EL YACIMIENTO

LUIS MONTERO MANGLANO

EL YACIMIENTO

PLAZA & JANÉS

Papel certificado por el Forest Stewardship Council®

Primera edición: junio de 2022

Printed in Spain – Impreso en España

ISBN: 978-84-01-02722-2
Depósito legal: B-5481-2022

Compuesto en Comptex & Ass., S. L.

Impreso en Liberdúplex
Sant Llorenç d'Hortons (Barcelona)

L 0 2 7 2 2 2

Here I opened wide the door:
Darkness there and nothing more.

E. A. Poe, *El cuervo*

Preludio

Testimonio de Jared Ortiz

Abril de 2015

Lo que le voy a contar no lo ha sabido nadie hasta ahora.

No sé por qué me lo he guardado para mí todo este tiempo. Supongo que tenía miedo de que pensaran que estaba loco o que me lo estaba inventando. La gente a veces puede ser muy capulla, ¿sabe a lo que me refiero?

Lo he pasado bastante mal estos últimos años. Con todas esas vistas y comisiones en las que tuve que declarar... Sentía como si todo el universo susurrase a mis espaldas. Mi foto salió incluso en un artículo del periódico: allí estaba yo, con mi peor cara de «¿Este es el tipo que le ha costado millones de dólares a la Fuerza Aérea de los Estados Unidos?». Parecía un auténtico gilipollas.

Por suerte al final todo pasó. Es curioso cómo las cosas se acaban olvidando tarde o temprano, ¿no cree? Un día eres el centro del mundo y al siguiente nadie te recuerda. Por supuesto que no salí de aquello sin algún rasguño. Tuve que dejar la fuerza aérea porque la presión para que me largara se hizo insoportable. Bien, lo hice, y no me arrepiento. Ahora tengo un buen trabajo y las cosas no me van mal del todo.

Sí, a veces me cuesta un poco dormir por las noches. Pero eso también acabará pasando. Supongo.

En fin, en lo que a mí respecta, el tema ya es viejo. Por eso no tengo inconveniente en contar las cosas tal y como fueron, incluso aquello que no dije en su momento.

En 2002 yo era sargento del Mando de Operaciones Especiales de la Fuerza Aérea en Afganistán. A nosotros no nos llevaron allí para construir huertos de patatas ni para repartir banderitas y chocolatinas. Fuimos a reventar a los malos, porque cuando el Tío Sam quiere repartir hostias, me refiero a hostias de verdad, nos llaman a nosotros.

Mi unidad llegó al teatro de operaciones en noviembre. Estábamos en la base aérea de Bagram, a unos cincuenta kilómetros al norte de Kabul. Allí, en invierno, hace un frío de tres pares de cojones; le puedo asegurar que no se parece en nada al clima de Yuma, Arizona, donde yo me crie. Las temperaturas a menudo descienden a bajo cero y cuando se pone a nevar eso parece el Polo Norte. Los afganos dicen que en Kabul la nieve es más valiosa que el oro. Tiene sentido, porque cuando llega el deshielo es la principal fuente de agua durante el verano y la primavera, cuando apenas llueve.

Dentro de mi equipo yo era el JTAC, controlador de ataque terminal conjunto. Por decirlo de forma simple, mi trabajo era dirigir las bombas a su destino, ¿comprende? Realizamos lo que se conoce como CAS o apoyo aéreo cercano.

La nuestra es una labor de combate, muy jodida... Por ejemplo: imagine que trasladamos un convoy del punto A al B, ¿me sigue? Si un grupo de talibanes ocultos en un peñasco empiezan a tirarnos pepinazos, se necesita que venga un avión a bombardearlos para proteger el convoy. Ahí es donde interviene un JTAC. Nosotros, los JTAC, sacamos nuestra radio, localizamos el objetivo, controlamos dónde está toda nuestra gente y solicitamos apoyo aéreo. Una vez que llega el avión, elegimos el armamento, le indicamos al piloto dónde se encuentra el objetivo y damos autorización para disparar. Si lo hacemos bien, entonces *bye, bye,* Mohammed... Pero si la cagamos, se corre el riesgo de que el avión nos bombardee a nosotros o que reviente un colegio, un convento de monjas, una congregación de cuáqueros o cualquier otra cosa por el estilo, ¿entiende? Hay que tener nervios de amianto para ser JTAC. Si no me cree, pregúntele a un controlador aéreo de cualquier aeropuerto del mundo qué le parecería hacer su trabajo mientras un millón de balas le pasan a centímetros de la oreja.

El 9 de enero de 2003 fui asignado para acompañar a un equipo de operaciones especiales que tenía como misión explorar un área de terreno que se encontraba entre Kabul y Jalalabad. Un par de días antes una compañía del ejército afgano había desaparecido mientras patrullaba esa zona. Nuestros oficiales tenían miedo de que algún señor de la guerra local se hubiera hecho fuerte allí sin que nosotros nos hubiéramos percatado de ello. Así que nos mandaron investigar.

Si mira usted un mapa de Afganistán verá que, más o menos, a medio camino entre Kabul y Jalalabad hay una zona montañosa por donde transcurre la cordillera del Hindú Kush, un macizo endiablado y traicionero.

Allí, hacia el sur, a unos cien kilómetros de Kabul, hay un grupo de picos que se disponen alrededor de un valle formando un cráter. Cuando uno lo ve en un mapa, parece como si Dios hubiera arrojado una piedra gigante en medio de las montañas dejando un profundo boquete. La cordillera que forman esas montañas se conoce como Mahastún. Recuerdo bien el nombre. En persa significa «el pedestal de la luna». El valle que hay en medio no estoy seguro de cómo se llamaba, el nombre no aparecía en los mapas.

Fue cerca de esas montañas donde fuimos a buscar a aquella compañía afgana desaparecida.

Solicitamos a la base de Bagram que estuviera listo un apoyo aéreo por si había problemas. Mi misión como JTAC era avisar a dicho apoyo llegado el caso. En Bagram pusieron a punto un par de Thunderbolt II, aviones A-10 monoplaza que se fabrican específicamente para misiones de ataque a suelo. Cada uno de ellos tiene un cañón rotativo GAU-8/A Avenger... Básicamente es un pepino de la hostia que dispara munición endurecida con uranio empobrecido. Con eso podías convertir cualquier cosa que se moviera en un agujero humeante. Cada unidad cuesta unos doce millones de dólares. Y yo era el responsable de que no sufrieran el menor rasguño.

Mi compañía salió al amanecer. Hacía mucho frío, unos cuatro o cinco grados, pero el cielo estaba despejado, sin una nube. O, como decimos en la fuerza aérea, CAVOK.

De pronto, a unos diez kilómetros del Mahastún, recibimos una primera descarga de fuego enemigo. Nos desplegamos adoptando una disposición defensiva y yo utilicé mi radio encriptada para solicitar el apoyo aéreo. Íbamos a meterles a esos cabrones una buena dosis de uranio empobrecido por el culo.

Localizamos el origen del fuego enemigo en una ladera a unos tres kilómetros de nuestra posición. Los cabrones nos lanzaban RPG y disponían de al menos dos Dragunov, pero, por suerte, sus francotiradores no parecían muy eficaces. Por la radio escuché a Playboy 1-1, el líder de una formación de dos Thunderbolt II que venían al rescate. Me pedía autentificación y que le guiara hacia el objetivo. Eso significaba que la caballería estaba a punto de llegar.

Patsy Hoare. Teniente Patsy Hoare. Ese era el nombre civil de la piloto de Playboy 1-1.

Separé los dos aviones por alturas. Decidí que el líder, Playboy 1-1, fuese el primero en atacar mientras usaba al segundo avión para reconocer la zona, por si esos cabrones tenían alguna sorpresa guardada. Le pasé el nueve líneas a Playboy 1-1 y le marcamos el objetivo mediante láser. Todo parecía ir bien hasta que, de pronto, recibí un aviso de Playboy 1-2. Con el pod de su avión había localizado lo que parecía ser un cañón antiaéreo portátil de misiles Blowpipe que amenazaba la trayectoria de ataque de Playboy 1-1. Esos hijos de puta estaban mejor provistos de lo que pensábamos. Rápidamente autoricé a Playboy 1-2 a atacar este segundo objetivo y me puse en contacto con Playboy 1-1, es decir, la teniente Hoare, y fijé el ataque a más altura para mantenerla fuera del alcance del cañón. Le dije que cambiara la munición de uranio por una bomba de quinientas libras, que se elevara a nueve mil pies y que sobrevolara el valle que rodeaba la cordillera del Mahastún.

Inmediatamente después autoricé su ataque y la teniente reventó su objetivo de un bombazo. Mientras tanto mantuve el otro avión a unos dos mil pies por encima de Playboy 1-1. Mi compañero me dio una palmada en el hombro. «Bien hecho», me dijo. Entonces fue cuando se jodió todo.

La teniente Hoare me contactó por radio. Al principio no oí nada más que ruidos como de estática. Pensé que quizá habría establecido contacto por accidente. Luego me pareció entender una frase:

«Hay algo aquí abajo, no sé qué es, es... enorme...».

Entonces la teniente Hoare empezó a entonar una especie de melodía. Se lo juro. Se puso a cantar.

Era más bien una especie de cadencia extraña, como un canto fúnebre. No pronunciaba palabras, tan solo sílabas, algo así como «tee-raht-pah-ree-ho... tee-raht-pah-ree-hoo...».

Una y otra vez.

Entonces oí un grito que me heló la sangre en las venas, la radio se cortó y perdí la comunicación.

Fue lo último que supimos de aquel avión y de su piloto. Desapareció, como si el cielo se los hubiera tragado a ambos.

Imagino que el resto ya lo conoce. Jamás pudimos encontrarlo por más que se hicieron toda clase de búsquedas y barridos. Era... una verdadera locura, como esas historias que cuentan sobre el Triángulo de las Bermudas.

Por supuesto que se organizó un pifostio de tres pares de narices. Ahí fue cuando comenzó mi infierno particular. Como JTAC, yo era responsable del destino de aquel aparato, y a partir de ese día pasé un calvario de comisiones, investigaciones y procesos de toda clase cuestionando cada una de las decisiones que había tomado. Tuve que escuchar cientos de veces la última transmisión de la teniente. Intentábamos sacar algo en claro de ella, pero solo se percibía aquel extraño cántico, el cual llegué a memorizar. Mi mujer me dijo que a veces lo entonaba en sueños, cuando parecía estar sufriendo una pesadilla.

Tuvieron que pasar años hasta que el asunto terminó para mí. En 2009 se le dio carpetazo de forma discreta y me exoneraron de toda responsabilidad. Ese mismo año abandoné las fuerzas especiales. La teniente Hoare, como usted sabe, sigue desaparecida.

Y ahora viene lo que jamás le conté a nadie.

Justo el año que dejé el ejército fui a visitar a la familia de la teniente. Pensé que, de algún modo, era algo que debía hacer para cerrar aquel capítulo de mi vida. Un terapeuta al que acudía por aquel entonces me dijo que era una buena idea.

Los Hoare vivían en Oakland, Oklahoma. Eran de ascendencia indígena, concretamente de la etnia pawne. Me recibieron con mucha cortesía, dadas las circunstancias. Creo que, en cierto modo, apreciaron mi visita.

La madre de la teniente Hoare me preguntó por sus últimas palabras antes de desaparecer, dado que la grabación del A-10 nunca llegó a ser de dominio público. Pensaba que aquella mujer tenía derecho a saberlo, así que le dije lo que escuché con todo detalle. Incluso la parte de la canción.

Así fue como descubrí que la melodía que la teniente entonó antes de desaparecer era un antiguo cántico de los indios pawne. Creo que no tiene una traducción precisa, pero sería algo parecido a esto:

Oh, infinito cielo azul,
contémplame vagando por esta tierra,
caminando hacia la batalla en soledad.
Confío en ti para que me protejas.

Es, según dicen, un himno que los guerreros entonaban cuando se encontraban cara a cara con el espíritu de la muerte.

Le diré algo más, si es que aún tiene paciencia para escucharme: cuando estuve en Afganistán, antes de que todo esto ocurriera, pregunté varias veces a la población local sobre ese valle oculto en la cordillera del Mahastún, el mismo que la teniente Hoare sobrevoló en su última misión.

Nadie quería hablarme de aquel lugar. Decían que no les gustaba ese sitio. Cuando yo preguntaba el motivo, siempre me respondían lo mismo:

«Al valle no le gustan los intrusos».

Diez años más tarde

El Estado Islámico en el Irak y el Levante (EIIL, también conocido como Dáesh), Al-Qaida y otras personas, grupos, empresas y entidades asociadas están generando ingresos de su participación directa o indirecta en la excavación ilegal y el saqueo y contrabando de bienes culturales procedentes de yacimientos arqueológicos, museos, bibliotecas, archivos y otros lugares, que se están utilizando para apoyar sus actividades de reclutamiento y fortalecer su capacidad operacional para organizar y perpetrar atentados terroristas.

Resolución 2347 del Consejo de Seguridad
de Naciones Unidas (24-12-2017)

En todo el mundo, las guerras y el terrorismo constituyen una amenaza para un patrimonio a veces milenario, vestigio de la diversidad de las civilizaciones humanas y de nuestra común humanidad... Lanzamos hoy un llamamiento para que la comunidad internacional tome conciencia. Pedimos a los Gobiernos, a la Unesco y a la sociedad civil que se movilicen para proteger y salvaguardar el patrimonio cultural de la humanidad.

Aung San Suu Kyi, Kofi Annan, Ellen
Johnson Sirleaf, Orhan Pamuk y Mario Vargas Llosa,
Declaración de Abu Dabi (2016)

1
Suren

«Me merecía un pequeño premio por haber aguantado todos estos meses sin tirarme por un puente o darme a las drogas»

¿Por dónde empezar? No estoy seguro, esto es nuevo para mí... Quizá por una tarde de mediados de otoño en Madrid. Son las siete y la tarde está oscura como una madrugada. En la radio suena «Top of the World» de The Carpenters.

Yo estaba muy lejos de sentirme en la cima del mundo, no tenía ánimos para música optimista, así que cambié de emisora. Me llegó una vocecilla desde el asiento trasero del coche.

—No cambies. Me gusta esta canción.

—Ok. Tú mandas, jefe.

Dejé que The Carpenters siguiera con su estribillo empalagoso. A mi espalda, Lucas empezó a silbar. O al menos lo intentó. Aún no le tenía cogida la técnica al asunto.

Conduje a través de una calle en penumbra entre modernos bloques de apartamentos. Un paraje desierto y anodino, como el decorado de una ciudad tras un día de rodaje. Los únicos comercios eran oficinas inmobiliarias, sucursales de banco y cafeterías sin clientes.

No me gustan los suburbios. Me parecen aburridos. Inquietantes incluso, como ciudades de mentira. Tristes purgatorios entre el infierno urbanita y el paraíso rural.

Al girar en una rotonda de aspecto triste, sentí una vibración en la muñeca. Me estaban llamando al móvil.

Dejé que el teléfono siguiera sonando. Tras recorrer un par de manzanas encontré un pequeño comercio y orillé el coche frente a la puerta. No estaba seguro de si era una papelería, una tienda de regalos o un supermercado; tal vez todo al mismo tiempo. Por los cristales del escaparate se filtraba una luz fantasmal.

—Tengo que ir a hacer una llamada, ¿te importa esperar aquí, jefe? Solo será un momento.

Lucas asintió en silencio.

Bajé del coche y entré en la tienda, desoladoramente vacía. El dependiente veía una película de Bollywood en un portátil. Me dirigí hacia el fondo del local, donde se vendían revistas y novelas de bolsillo junto a una nevera de productos precocinados.

Me desenrollé el móvil de la muñeca. Era un Tulevik de pantalla de grafeno flexible, de los que se doblan para poder llevarlo como si fuera un brazalete. Me costó un dinero que no debía gastarme, pero después del año de mierda que llevaba pensé que me merecía un pequeño premio por haber aguantado todos esos meses sin tirarme desde un puente o darme a las drogas.

Desplegué el teléfono y devolví la llamada que no había querido coger en el coche delante de Lucas. Escuché la voz de Margo después del primer toque. Sonaba grave y profunda, con ecos de tabaco y café, como la de una cantante de soul.

—¿Suren? Aleluya, justo ahora estaba a punto de marcar tu número otra vez.

—Lo siento, cuando me llamaste estaba conduciendo.

—No estarás huyendo de mí, ¿verdad? —preguntó, queriendo que pareciese una broma. Aunque apostaría a que era un temor que se le había pasado remotamente por la cabeza.

—Solo estoy llevando a Lucas a casa de mi hermana, no encontré canguro para esta noche.

La realidad era que no podía permitirme una canguro. Estábamos a últimos de mes y en mi cuenta quedaba lo justo para pagar las facturas. Aún estaba esperando a que me ingresaran el pago por una chapuza que grabé para un programa de cocina de un canal de *streaming*. No se lo dije a Margo porque no quería que supiera que estaba mal de dinero, no quería parecer desesperado por trabajar.

—Ah, sí, Lucas... Supongo que ya será todo un hombrecito, ¿cuántos años tiene?

—Seis —respondí, escueto. No me apetecía recordar ese cumpleaños, el primero sin su madre. Fue bastante deprimente.

—Jesús, cómo pasa el tiempo... Mándale saludos de su tita Margo, ¿lo harás? —Tal vez. En todo caso, a Lucas le daría igual, no tendría ni idea de quién era esa tal «tita Margo». La primera y última vez que la vio aún no tenía dientes—. Bien, no quiero entretenerte: te llamaba porque nos han retrasado la hora de la cita. Te espero a las nueve y media en el bar del hotel Villamagna.

Me mordí la lengua para no soltar un taco. Eso era un retraso de hora y media. Probablemente acabaríamos tarde y para cuando quisiera recoger a Lucas ya estaría dormido. Tendría que pedirle a mi hermana que se lo quedara toda la noche.

—¿No podemos trasladar la cita a mañana, o mejor al lunes?

—Mira, el tipo con el que nos vamos a reunir es bastante peculiar. Da gracias a que no nos haya convocado en plena madrugada, porque es igual que un vampiro: no duerme por las noches.

—No me fastidies, Margo.

—Oye, que no es culpa mía. Además, mañana no estará en Madrid, regresa a Zúrich a primera hora. Es ahora o nunca y, créeme, te conviene no dejar pasar esta oportunidad.

Le dije de mala gana que llegaría puntual, después colgué sin apenas darle tiempo a despedirse.

Sobre el mostrador vendían pequeños osos de peluche que servían como llaveros. Llevaban camisetas blancas y lucían sonrisas bobaliconas. Compré uno y salí de la tienda.

Al entrar en el coche intenté adoptar una actitud risueña. Lucas siempre era capaz de percibir cuándo me encontraba tenso o preocupado.

—Ya he vuelto, jefe, ¿todo bien?

Él asintió. Estaba sentado en su silla para coche, con sus piernecillas colgando como las de un muñeco. Parecía tremendamente pequeño y frágil atado a aquel armatoste.

Llevaba una camiseta que le quedaba grande y unos vaqueros que, en cambio, le venían cortos. Las perneras apenas le cubrían sus calcetines de Minions, uno de los cuales tenía un agujero en el talón. Era la única ropa limpia que encontré antes de salir de casa. Tendría que haber puesto una lavadora, pero lo olvidé por completo.

Casi podía escuchar la voz de mi hermana en cuanto lo viera aparecer: «¿Pero adónde lo llevas con esas pintas, Suren? Parece que lo has vestido con los restos de un mercadillo». Lo diría con ese tono. Ese que yo detestaba. El que me hacía sentir como un patético viudo medio tonto.

Es un asco sentirse un viudo de treinta y tantos. Todo el mundo te habla como si, de pronto, te hubieras vuelto viejo y estúpido. En mi caso, además, resulta especialmente absurdo, porque la madre de Lucas y yo nunca llegamos a estar casados.

En su silla, Lucas me miraba con resignación, como perdonándome por sacarlo de casa hecho un gualtrapa. Era su mirada de: «No pasa nada, papá. Sé que lo haces lo mejor que puedes». Desde que su madre murió, a menudo me miraba de esa forma. Y, cuando lo hacía, siempre pensaba en lo que su madre solía decirme las muchas veces que discutíamos.

«Siempre haces lo que puedes, Suren. Ese es tu problema: que solo haces lo que puedes. Espero que nunca llegue el día en que tengas que dar algo más, porque entonces no sé cómo te las vas a apañar».

Ojalá ella no estuviera contemplándome ahora desde algún rincón del más allá. Vería que, en efecto, me las estaba apañando fatal.

Lucas seguía mirándome con aquellos grandes ojos, con lo que me parecía una extraña y adulta mezcla entre amor y lástima. Se me hizo un nudo en la garganta y sentí una familiar opresión en el estómago, acompañada por la asfixiante necesidad de hacer cualquier cosa, por impensable que fuera, para ahorrarle un ápice de sufrimiento al renacuajo que me miraba desde su silla de seguridad.

Nadie te avisa de que, en esencia, la paternidad consiste en sobrellevar el pánico de la mejor manera posible.

Se suponía que la aterradora tarea de convertir a Lucas en un adulto sano y equilibrado debía haber sido un trabajo en equipo, pero su madre había muerto hacía unos diez meses a causa de una embolia cerebral. Acababa de cumplir veintinueve años.

Para cuidar de Lucas, tuve que dejar los trabajos que me obligaban a pasar largas temporadas fuera de casa, que eran casi todos, y con mis ingresos seriamente mermados, las cosas se habían complicado.

A veces, cuando Lucas y yo cenábamos en la mesa de la cocina o cuando veíamos la tele en el sofá, me quedaba en silencio pensando en cómo pagaría el alquiler ese mes, en si me saldría otro trabajo o, simplemente, en qué diablos había hecho para que el karma me fastidiara de aquella manera. Tal vez en otra vida fui traficante de esclavos o el perro de Hitler, yo qué sé; estaba dispuesto a creer que quizá me lo merecía. Pero Lucas no, joder. Lucas no. Solo era un niño.

En esos momentos en que, sin querer, me quedaba ensimismado en pensamientos depresivos, reparaba entonces en que Lucas me miraba fijamente imitando mi postura. Si yo ponía las manos bajo el mentón, él hacía lo mismo; si me apartaba un mechón de pelo de la frente, él reproducía el gesto como si fuera mi diminuto reflejo; lo mismo si suspiraba, si me rascaba la cabeza o si tamborileaba con los dedos sobre la mesa. Cuando me daba cuenta, dejaba de pensar en mis cosas y entonces le hacía muecas o gestos tontos y él los copiaba hasta que le entraba la risa. Creo que esa era la forma que tenía Lucas de cuidar de mí.

En definitiva, cada uno lo hacíamos lo mejor que podíamos.

Arranqué de nuevo el coche y recorrí el último tramo hasta el bloque de pisos donde vivía mi hermana. Ella estaba casada con un satisfecho burgués y tenía dos hijos, un niño y una niña, de nueve y cinco años. Siempre estaba dispuesta a echarme una mano, aunque yo evitaba depender de su ayuda, a veces de forma un tanto irracional. Lucas era mi responsabilidad, y quería demostrar (no sé a quién) que era capaz de bregar con ella. Quizá para compensar las veces que me desentendí de él cuando vivía su madre.

Detuve el motor y me volví hacia Lucas. Él levantó la mirada del cuaderno de pegatinas con el que estaba trasteando. Me fijé en que tenía un lamparón enorme en la pechera de la camiseta. Ojalá hubiera puesto esa dichosa lavadora.

—Bueno, jefe, ya hemos llegado. ¿Estás listo? —Él asintió con la cabeza. Yo me aclaré la garganta—. Oye... Me temo que ha habido un cambio de planes y esta noche tendrás que quedarte a dormir con tus primos, ¿te apetece?

Lucas dejó caer una mirada apagada sobre su libro de pegatinas.

—Oh, vale...

No se quejó, a pesar de que yo sabía que la idea no le hacía ninguna gracia. Casi nunca se quejaba. Ni siquiera de bebé lloraba mucho por las noches; ya por aquel entonces su madre decía que «iba a su bola», igual que yo.

—¿Va todo bien, jefe?

Él se puso a manosear nerviosamente el faldón de su camiseta.

—Es que... nos hemos dejado en casa a Gareth Oso. No podrá dormir solo, seguramente me echará de menos.

Gareth Oso era un osito de peluche que su madre le compró de recién nacido y que llevaba una camiseta del Real Madrid con el número 11 a la espalda. Ella lo llamaba «Gareth Bear». Era muy futbolera, muy madridista, se veía todos los partidos con Lucas cuando aún era un bebé. Siguieron haciéndolo a medida que él iba creciendo. Era una afición exclusiva de los dos, a mí el fútbol me aburre.

Lucas dormía abrazado a Gareth Oso todas las noches. Era incapaz de cerrar los ojos hasta que no sentía en la mejilla su desgastada nariz de felpa. Adoraba ese peluche.

—Claro que te echará de menos, pero no dormirá solo. Le dejaré que duerma conmigo.

—¿Seguro?

—Por supuesto. Pero espero que no ronque ni que le huela el aliento a pescado, como a la mayoría de los osos.

A Lucas le tembló una sonrisa en los labios.

—A Gareth Oso no le gusta el pescado, papá —me dijo, explicándome algo evidente—. Solo come miel y *nuggets* de pollo.

—Buena dieta. Entonces no hay problema, yo cuidaré de que no se sienta solo esta noche.

—Genial... —A pesar de todo, Lucas aún parecía preocupado. Mientras estrujaba una punta de la tela de su camiseta, a media voz, como si le diera vergüenza admitirlo, añadió—: Pero yo sí le echaré de menos... Y a lo mejor... A lo mejor no puedo dormir...

Me lo esperaba, por eso tenía un plan de emergencia. Me saqué del bolsillo el llavero de osito de trapo que compré en la tienda y se lo enseñé.

—No te preocupes, jefe, todo está bajo control. Te presento al mejor amigo de Gareth Oso. Se llama... Lucas Oso.

—¿Se llama igual que yo?

—Claro, porque es un nombre muy chulo. A los osos les encanta. Resulta que esta noche también tiene que dormir fuera de casa, pero le da miedo hacerlo solo.

—¿Por qué no puede dormir en su casa?

—Porque su padre también tiene que trabajar.

—¿Y en qué trabaja?

—En la fábrica de *nuggets* de pollo, con el padre de Gareth Oso. De hecho, son muy amigos, juegan juntos a los bolos. ¿Crees que podrás cuidar de Lucas Oso por esta noche, para que no se ponga triste?

—Sí, claro. —Le di el llavero y él lo contempló con gesto de aprobación—. Me gusta Lucas Oso. Tiene el pelo marrón, como el mío.

—Fantástico. ¿Qué me dices? ¿Nos vamos ya con tus primos?

Él asintió quedamente con la cabeza.

—Aún no te veo muy convencido, ¿va todo bien, jefe? ¿Es que no te apetece dormir con los primos?

—Sí, bueno... Ángela me gusta, me deja jugar con sus cosas. Pero Javi es un poco mandón; si no hacemos lo que él quiere, siempre se enfada.

—Ya, eso es porque tu primo es un capullo.

Él me miró con los ojos como platos.

—¿Qué es un capullo?

—Básicamente, alguien como tu primo. Pero mejor no se lo llames a la cara o a tu tía le dará un patatús. —Lucas se rio. Lo de «patatús» le había sonado gracioso—. ¿Listo para tu emocionante noche fuera de casa?

Él afirmó con la cabeza.

Bajé y abrí la puerta trasera para desatar las correas de seguridad de la silla mientras Lucas le explicaba a su nuevo amigo plantígrado algunos asuntos que consideraba de interés.

Al terminar le planté un beso en la frente.

—¿Sabes qué, jefe? —dije—. Te quiero.

Él me acercó su peluche nuevo para que le diera otro beso.

—¿Y a Lucas Oso?

—Bueno, aún no nos conocemos lo suficiente, pero estoy seguro de que es un gran tipo; siempre y cuando no le huela el aliento a pescado.

Lucas se rio de nuevo. Era mi sonido favorito.

2
Suren

«A ella le atraían los lugares exóticos
y misteriosos. A mí me atraía ella»

Margo y yo nos conocimos en la Universidad de Deusto, yo estudiaba mi último curso del grado de Comunicación Audiovisual y ella un posgrado en Antropología. Su familia tenía un rancho en Montana del tamaño de la provincia de Vizcaya. Gente de dinero, a pesar de lo cual Margo apenas había salido de los límites del Estado, de ahí su afán casi obsesivo por viajar, por conocer todos los rincones del mundo. Era algo que teníamos en común.

Nos hicimos buenos amigos, hablábamos de lo estupendo que sería pasar una vida entera saltando de país en país, llevando a cuestas tu hogar en una mochila. A ella le atraían los lugares exóticos y misteriosos. A mí me atraía ella.

Nunca se lo dije. No creí que mereciera la pena. Yo en aquel entonces salía con una chica que estaba a punto de dejarme y Margo pasaba por lo que denominaba una etapa de «barbecho sentimental» y no quería complicaciones. Tampoco me dio muestras de que yo la atrajera en ese sentido. De modo que nuestra relación se limitaba a charlar, beber, pasarlo bien y soñar con viajes descabellados que alguna vez haríamos.

Un día Margo tuvo la idea de hacer una web serie de tipo documental sobre turismo, para colgarla en su perfil de YouTube. Para ello necesitaba a alguien capaz de hacer una grabación profesional sin cobrar un duro y al que no le importara viajar en condiciones precarias por sitios ajenos a los circuitos turísticos. Me ofrecí voluntario.

Las primeras colaboraciones que hicimos salieron bastante bien, resultó que había química entre ambos. Margo tenía talento ante la cámara, era natural e ingeniosa; y a mí, cuando estaba inspirado, se me ocurrían buenas ideas que podíamos utilizar. El formato de la serie consistía en presentar a Margo como una intrépida aventurera, siempre dispuesta a cualquier locura, y a mí como a su pobre camarógrafo sufridor que la seguía haciendo resignados comentarios fuera de encuadre. En realidad, los dos éramos igual de inconscientes y no teníamos miedo a nada, incluso diría que Margo era más juiciosa que yo; pero descubrimos que esa dinámica en la que ella era la osada y yo el prudente a la gente le hacía gracia, así que optamos por explotarla.

Obtuvimos muchos seguidores con ese programa entrañablemente amateur. La gente comentaba todo tipo de cosas mediante mensajes plagados de emoticonos: «Adoro a Margo, ¡¡¡es graciosísima!!!», «Margo, ¿quieres casarte conmigo?», «¡Pobre Suren, cuánto le haces sufrir, ja ja ja! ¡Dale caña, Margo!» o «¿Por qué Suren no sale más veces? ¡Es muy guapo!». Incluso empezaron a circular gifs de nuestra web serie por las redes sociales. Se hizo muy popular uno en el que Margo miraba a cámara (es decir, a mí) con simpático gesto de reproche y el texto *Don't be chicken!* (No seas gallina), una especie de latiguillo que ella solía utilizar.

Con los miles de seguidores llegaron aportaciones económicas cada vez más generosas, las cuales invertimos en grabar una segunda web serie mucho mejor producida en la que hacíamos el recorrido del Transiberiano. Fue un éxito que atrajo a multitud de patrocinadores. Con esa ganancia, más un capital que aportaron los padres de Margo, montamos una pequeña productora llamada Nómada Media. El nombre aún me hace sonreír: me recuerda a una época en que yo era muy joven, muy aventurero y bastante idiota; pero también muy feliz. Aquel proyecto era bonito porque partía de la ilusión. No queríamos hacernos ricos, solo trabajar en algo que nos divertía.

Con Nómada Media grabamos documentales cuyo argumento siempre eran los viajes extremos. Se nos ocurrían ideas cada vez más locas: ¿atravesar el Mojave en camioneta? Por supuesto. ¿Seguir el rastro del culto vudú en Haití? Intenta detenernos. ¿Recorrer la Carretera de la Muerte en Bolivia? Ve arrancando el coche. ¿Viajar a Siria en plena guerra civil para recorrer la ruta de los cruzados? Solo necesito mi cepillo de dientes... A menudo nos metíamos en líos, pero lo pasábamos bien y creo que hacíamos grabaciones muy divertidas.

Con el tiempo empezaron a ser habituales los comentarios en redes que hablaban sobre nuestra situación sentimental y a Margo se le ocurrió que podría ser una buena idea fingir un poco de tensión sexual no resuelta en nuestras grabaciones. Algo sutil, nada demasiado evidente ni grosero. Yo no estaba tan convencido, porque *realmente* sentía algo por ella. No obstante, me guardé mis reparos. Al fin y al cabo, al público hay que darle lo que quiere.

Para entonces Nómada Media ya daba bastante dinero. Margo era un rostro conocido, más desde que empezó a publicar libros con sus experiencias, que alcanzaban siempre cuatro o cinco ediciones. Vendimos Nómada Media por una buena cantidad y empezamos a trabajar con grandes productoras que nos respaldaban con muchos más medios y difusión internacional. Sin embargo, tras lo de Siria, Margo empezó a cansarse de aquella fórmula. Decía que quería hacer algo más comprometido, de mayor carga social y de denuncia política. Yo no lo tenía nada claro. «La gente no nos ve para que le demos lecciones morales, Margo, solo quiere que la llevemos a sitios donde nunca ha estado», le decía. Ella se indignaba y me acusaba de falta de compromiso, lo cual me parecía injusto.

Cada vez discutíamos más por culpa de ese dichoso tema. Finalmente decidí darle una oportunidad a su enfoque y por eso grabamos aquel programa en El Salvador. No me gustó; nunca llegué a sintonizar con lo que Margo quería hacer y por primera vez sentí que la química entre ambos no funcionaba. Por si fuera poco, nos metimos en problemas muy serios con las maras locales de los que salimos vivos de milagro. A pesar de todo, ella obtuvo una gran satisfacción personal de aquella experiencia.

Para nuestro siguiente programa insistí en que hiciéramos algo más convencional, más de nuestro estilo de siempre y también menos arriesgado, para recuperarnos de lo de El Salvador. Ella aceptó y nos fuimos a grabar a la Costa Oeste de Estados Unidos, un sitio que siempre tuve ganas de conocer. Allí pasamos dos meses. Yo creía que todo iba sobre ruedas: la química había vuelto a surgir y lo pasábamos en grande, como cuando grabábamos nuestras primeras web series; para mí fueron días inolvidables. Habría jurado que ella también lo estaba disfrutando.

Justo el día que terminamos de grabar en Estados Unidos, Margo me soltó la bomba: le habían ofrecido presentar un programa de televisión en *streaming* y había aceptado. «¿Nos quieren a los dos?», pregunté, como un idiota. «No, solo a mí. A ti no te necesitan».

No me ofendió que quisiera seguir su carrera en solitario, yo sabía que en algún momento tendría que ocurrir y estaba dispuesto a aceptarlo; pero aquella forma de librarse de mí a escondidas, como si fuera un lastre, negociando un contrato a mis espaldas... Eso sí que me hizo daño.

Así que Margo se quedó en su país y yo regresé a España. Empecé a trabajar por mi cuenta. No me fue mal, seguí viajando mucho y colaborando con gente interesante; aunque nunca me divertí tanto como cuando Margo y yo empezamos. Después tuve que encargarme de Lucas y mi carrera se ralentizó hasta casi detenerse por completo.

Odiaba reconocerlo, pero me ponía un poco nervioso la idea de volver a verla. ¿Cuándo fue la última vez? Recuerdo que ella vino a España y yo aproveché para presentarle a Lucas. «Vaya, es muy... esponjoso», dijo al verlo. Le rozó la mano con el dedo, como si le diera miedo tocarlo. Tomamos un café en un bar llamado El Gato, en la plaza del Dos de Mayo. Era evidente que ambos nos sentíamos incómodos. Tras apenas media hora de charla insustancial, ella se marchó diciendo que tenía prisa. «Hablamos, ¿vale?», me dijo. De eso hacía algo más de seis años.

Me sentí algo desubicado cuando atravesé el recibidor del hotel Villamagna. Habían pasado unos siete años desde la última vez que dormí en un cinco estrellas. Fue en el Méridien de la ciudad de Hasaka, mientras las paredes se desconchaban bajo el fuego cruzado de los kurdos y el ejército sirio. No puedo decir que el servicio de habitaciones funcionara a las mil maravillas, sobre todo después de que volaran la recepción con un misil antitanque. A pesar de ello, Margo se las arregló para encontrar una caja de botellas de Four Roses casi intacta. Cuando las tropas del gobierno recuperaron el control de la ciudad, ella estaba roque en un sofá junto al cual acababa de derrumbarse medio techo.

Antes de entrar en el bar del hotel me acicalé un poco frente al reflejo de un cristal. Viejas costumbres: siempre quise que ella me viera guapo.

La encontré acodada en la barra. Tenía el mismo aspecto de siempre. La chica solitaria en la barra del bar, la chica a la que miras de reojo sin poder evitarlo. Te gustaría tener agallas para acercarte a ella, preguntarle su nombre e invitarla a una copa, pero no lo harás, solo soñarás con ello, porque sabes que es mucha mujer para ti. Sabes que es mucha mujer para cualquiera.

Margo vestía unos vaqueros y una chaqueta color camel. Bajo la chaqueta, una blusa blanca desabrochada justo hasta donde empezaban las curvas. Allí asomaba parte de un tatuaje: un corazón con las palabras AMOR DE MADRE. Había una curiosa historia detrás de aquel tatuaje: una vez, grabando en San Salvador, nos metimos, sin quererlo, en un follón bastante serio con la mara. En aquel viaje vi por primera vez cómo mataban a un hombre delante de mí. Margo y yo juramos que, si salíamos de aquel atolladero, cada uno nos haríamos un tatuaje que el otro escogería y en la parte del cuerpo que nos indicara. Lo de AMOR DE MADRE fue idea mía, me pareció lo suficientemente ridículo y gracioso. Ella me hizo tatuarme el símbolo anarquista en la nalga izquierda. Según dijo, a mi culo de niño pijo donostiarra le hacía falta un toque de atención.

Margo me vio e hizo un gesto desenfadado a modo de saludo. El corazón se me aceleró al encontrarme de nuevo frente a su cara pecosa y sus ojos grandes. En ellos detecté cierto cansancio, el mismo que veía en los míos cada día al mirarme al espejo.

Recordé la llamada que me hizo por sorpresa un par de días atrás. «Tengo una oferta que tal vez te interese», me dijo sin entrar en más detalles. No estaba seguro del todo de si quería volver a trabajar con ella, pero la situación de mi cuenta bancaria empezaba a quitarme el sueño por las noches.

Quizá aquel misterioso trabajo del que Margo quería hablarme era mi última oportunidad para reactivarla. En eso pensaba mientras cruzaba el bar del Villamagna y ocupaba un taburete frente a la barra, junto a mi antigua socia.

—Suren, me alegro de verte. ¡Tienes buen aspecto!

—Gracias. Tú también.

—Llegas un poco tarde, empezaba a pensar que te habías arrepentido.

—Lo siento, es que pasé antes por mi garaje a dejar el coche y he venido a pie.

—¿Que ha sido de tu moto? ¿No tenías una moto?

—La vendí. Ahora tengo un Dacia de segunda mano.

—¿Por qué? Adorabas esa moto. Tan solo te faltaba dormir con ella.

Me encogí de hombros.

—Sí, bueno... Las cosas han cambiado un poco.

—¿Qué has estado haciendo últimamente?

—Ya sabes: algo de esto, algo de lo otro... ¿Y tú?

—Lo mismo: algo de esto, de aquello... —Margo inspiró profundamente—. Aún tenemos unos minutos antes de la reunión. ¿Quieres tomar algo?

—Lo que estés bebiendo. —Ella pidió un refresco al camarero. Qué raro. Siempre fue una chica de burbon—. Bien, y... ¿cómo te van las cosas por California?

—¿California...? Oh, claro, supongo que no estás enterado. Ya no vivo allí.

—¿Y eso?

—Dejé de presentar aquel programa de televisión, ¿no lo sabías? —Esbozó una sonrisa amarga—. No, claro, ¿por qué ibas a saberlo? Imagino que ni siquiera lo viste una sola vez.

—En eso te equivocas. Vi algunos episodios, dos o tres, al principio. Sentía curiosidad.

—Oh... ¿Y... qué te pareció?

—Que no deberías lamentar que lo hayan cancelado.

Margo resopló una risa, aceptando la pulla con deportividad.

—En realidad no lo han cancelado. Se sigue emitiendo. Digamos que tuve algunas diferencias creativas con la productora. Ya sabes cómo son estas cosas: yo les hice un par de sugerencias, ellos me ignoraron, yo me marqué un farol y les dije que si no me hacían caso tendrían que buscarse a una rubia tetuda para sustituirme.

—¿Y qué hicieron?

—Encontraron a una rubia tetuda para sustituirme.

—Nunca se te dio bien soltar faroles, Margo.

—Ya es agua pasada. Y tienes razón, no era un programa muy bueno.

Se había quedado corta. El programa en *streaming* por el que me abandonó en California se llamaba «América con las estrellas». La idea era que ella viajaría por todo el país en compañía de diferentes celebridades. Si me lo hubiera consultado en vez de negociar a mis espaldas, le habría dicho que tanto el concepto como el formato me parecían inadecuados para ella, pero dejó bien claro que mi opinión le importaba un comino.

Para ser justos, diré que la productora no fue honesta con ella. Se lo vendieron como una oportunidad de hacer periodismo divertido y de cierto contenido social. Se suponía que sus compañeros de viaje serían políticos, científicos, artistas y personajes de ese perfil. La realidad fue que Margo acabó haciendo el payaso junto a *influencers* y ganadores de insólitos *reality shows*. Para mí fue una lastimosa experiencia ver a Margo llevando de excursión a tipos que apenas sabían construir una frase por lugares como Graceland, Tijuana o Las Vegas. No podía creer que me hubiera dejado tirado para hacer aquella basura.

Me abstuve de preguntarle en qué había estado ocupada desde que dejó «América con las estrellas». Tal vez se había casado con un vaquero de Montana y ahora tenía un montón de hijos y de caballos, no quería saberlo. Mi único interés era averiguar por qué me había citado en ese bar.

—¿Qué estoy haciendo aquí, Margo?

—Ya te lo dije: quiero presentarte a alguien. Se aloja aquí, arriba, en una de las suites caras. Me avisará en cuanto quiera que subamos.

—¿Y quién es ese hombre misterioso? Esa parte aún no me la has contado.

—Kirkmann. Jaan Kirkmann. ¿Te suena?

—Tal vez. ¿Debería?

—Yo pienso que sí porque, entre otras cosas, es el tío que fabricó ese juguetito que llevas en la muñeca.

—¿Mi Tulevik?

—La empresa es suya. Igual que Tulevik AT, Niepce o Eurocom, que el año pasado se hizo con la mitad de las acciones del grupo Bertelsman...Y la lista es aún más larga.

—Conozco todas esas empresas —dije. Medio mundo utiliza móviles Tulevik, por no hablar de que casi todo mi material de grabación era de Niepce. En casa tenía una Niepce A45 sin espejo capaz de grabar en 8K. Quería a ese cacharro casi tanto como a mi hijo—. Lo que no sabía era que todas pertenecieran a la misma persona.

—Si aquel programa de «América con las estrellas» hubiera sido como yo pretendía, Kirkmann era la clase de invitado que me habría gustado tener. Ese hombre es un visionario. Es joven, poco más de cuarenta, nació en Estonia, hijo de alemanes emigrados. Todavía reside en Tallin la mayor parte del año, que es donde tiene la sede de casi todas sus empresas. La prensa dice que el objetivo de Kirkmann es convertir Tallin en el centro de innovación tecnológica del mundo. Es como un moderno Steve Jobs del Viejo Continente: una especie de filántropo visionario. También es el fundador de varias asociaciones e iniciativas benéficas, especialmente las que luchan contra todo tipo de enfermedades: ELA, cáncer, sida...; puede que tenga algo que ver con el hecho de que él mismo es seropositivo.

—¿De veras?

—Al menos eso es lo que se rumorea. Kirkmann es un tipo más bien reservado en lo que a su vida privada se refiere.

—¿Tiene familia?

—Casado, sin hijos. Su marido es un abogado de aquí, de Madrid, que trabaja con el Human Rights Observatory. Un tipo con buena planta, muy fotogénico; es quien suele salir en los medios concediendo entrevistas mientras Kirkmann se dedica a sus cosas de genio sin que nadie le moleste. Su último proyecto es una especie de ONG, una fundación cultural llamada GIDHE, Global Initiative for the Defense of Heritage, o Iniciativa Global por la Defensa del Patrimonio.

—Bien, todo eso suena impresionante, pero ¿por qué quiere ese hombre reunirse conmigo?

—Porque vamos a ofrecerte un trabajo.

—¿Has dicho «vamos»? ¿En plural?

Ella dejó escapar un suspiro de paciencia.

—No te enteras de nada, ¿por qué crees que te he llamado? Hace unas semanas el GIDHE me contrató para un proyecto y me dieron la posibilidad de buscar un colaborador, alguien de mi equipo que supiera manejar una cámara. Yo mencioné tu nombre y Kirkmann quiere conocerte en persona, para eso es la reunión de esta noche.

—¿Qué quieres decir con eso de «alguien de mi equipo»? Tú y yo hace años que no somos un equipo, me lo dejaste bien claro.

—Vamos, Suren, no le busques tres pies al gato. Te estoy ofreciendo un trabajo, uno muy bien pagado que podrás conseguir si juegas bien tus cartas. En vez de ser tan suspicaz podrías estar un poco agradecido.

—Te estoy agradecido, pero entiende que me parezca raro. No he sabido nada de ti en años: ¿por qué justo ahora? ¿Por qué después de tanto tiempo?

Ella torció el gesto en una expresión reluctante.

—¿Y yo qué sé? ¿Por qué siempre tienes que darle tantas vueltas a las cosas? Oye, si aún sigues molesto por lo que pasó...

—No lo estoy. Pero quiero que me digas la verdad, de lo contrario ya puedes buscarte a otro.

—Ya sabía yo que me lo ibas a poner difícil... —masculló. Le dio un trago a su vaso, donde solo quedaban restos de hielo derretido y, sin mirarme a la cara, dijo—: Necesito a alguien que hable persa.

—Ya, ahora lo entiendo...

—No, no entiendes nada. Lo que digo es que necesito a alguien que hable persa y que, además, sca un cámara de primera y tenga un par de cojones. No conozco a mucha gente que cumpla esos requisitos, ¿sabes? —De pronto un mensaje hizo vibrar su teléfono sobre la barra—. Es Kirkmann. Dice que ya podemos subir.

Se levantó del taburete y se dirigió hacia la recepción sin esperarme. Un ascensor nos dejó en la última planta del hotel, frente a un pasillo silencioso que olía a madera nueva. Allí encontramos una puerta entreabierta que Margo cruzó sin llamar.

Aparecimos en un salón decorado con muebles caros de diseño moderno. Allí no había un alma. Desde un ventanal se apreciaba la imagen de cientos de luces encajadas en la oscura silueta de la ciudad. La estancia estaba casi en penumbra, iluminada por discretas lámparas que emitían una tonalidad suave. Me fijé en que encima de una mesa baja de cristal había una barra de sonido de las que suelen utilizarse para el televisor.

De pronto por una puerta lateral apareció un perro. Era un hermoso pastor alemán que se acercó trotando y moviendo el rabo alegremente. El animal apoyó sus patas delanteras en mis piernas y se me quedó mirando con actitud risueña. De su cuello colgaba una chapa con forma de hueso donde había un nombre escrito: FIDO.

Entonces surgió una voz de la barra de sonido que estaba sobre la mesa.

¡Hola, humano! ¿Cómo estás? ¡Me alegro de verte!

3
Suren

«Kirkmann nos contó que hace cincuenta años unos arqueólogos franceses encontraron unas extrañas ruinas en Tell Teba»

La voz tenía un timbre agradable y juvenil. Juraría que era la de Tom Holland o alguien parecido. Siguió sonando mientras el perro correteaba a nuestro alrededor.

¿Quién eres, humano? No te conozco, pero me gusta tu olor. Me fío de ti. Hueles como La Calle. ¿Vamos a ir a La Calle? Me gusta mucho La Calle.

Me sobresalté igual que un personaje de dibujos animados.

—¡Hostia, tú! ¿Me he vuelto loco o es que está hablando el perro?

Este apuntó a Margo con el hocico.

¿Otro humano? ¡Increíble! A ti tampoco te conozco, ¿quién eres? Yo soy Fido.

Por la misma puerta por la que había entrado el perro aparecieron dos hombres. Uno de ellos estaba angustiosamente delgado. Su rostro parecía el de una calavera con expresión risueña. Vestía unos pantalones vaqueros y una camisa de lino con cuello mao que colgaba de sus hombros como de una cuerda de tender. En cuanto apareció, el perro trotó hacia él con la lengua fuera.

¡Hola, Jaan! ¿Dónde estabas? Hay humanos aquí, ¿has visto? Son dos. Dos humanos. Dos. No los conozco, pero no parecen peligrosos. Yo soy Fido.

El hombre delgado sonrió y se arrodilló para acariciar la cabeza del perro con ambas manos.

—Lo sé, chico, ya lo sé.

Tú eres Jaan y me gustas. Eres mi amigo.

—Tú también me gustas a mí. Has estado muy bien, Fido. Has logrado sorprender a nuestros invitados, pero por hoy es suficiente.

El hombre accionó un pequeño mando a distancia que tenía en la mano y silenció la barra de sonido. El perro volvió a convertirse en un ser mudo.

—Oiga —dije—, eso que ha sonado... No era la voz del perro, ¿verdad?

—No, era la de un actor profesional —respondió el hombre delgado, incorporándose. Entre sus labios había una leve sonrisa, como la de un niño que disfruta de una travesura—. Pero si a lo que se refiere es a si esa voz reflejaba los pensamientos de Fido, puede apostar a que así es. Lo que acaban de escuchar es justo lo que Fido diría si hablara como nosotros. Alucinante, ¿verdad? —Me tendió la mano—. Soy Jaan Kirkmann, y usted, supongo, es el socio de Margo. En atención a ella, ¿le importa que mantengamos esta reunión en inglés?

—No hay problema.

—Gracias. Yo hablo español, ¿sabe? Aún no muy bien, pero me defiendo. Me gusta estudiar idiomas, lo encuentro muy estimulante. —Kirkmann esbozó una sonrisa tímida, como si acabara de reconocer algo vergonzoso—. Bueno, ¿qué opina de Fido? ¿Le ha impresionado?

Tuve la certeza de que todo aquel número del perro parlante había sido coreografiado en mi honor. Me hizo pensar en Lucas y en cómo solía enseñarle sus juguetes favoritos a los niños nuevos que conocía en el parque, era su forma de romper el hielo.

—Desde luego. Ha sido asombroso.

—Oh, pero no es tan inverosímil como parece. ¿Conoce esa película sobre un anciano que viaja en una casa voladora atada a un montón de globos? En ella aparece un perro capaz de hablar igual que Fido. Apenas recuerdo nada del argumento salvo ese detalle. Se me quedó grabado en la cabeza. Salí del cine pensando que sería estupendo poder crear una tecnología igual. Investigué el asunto y resultó que ya existían personas estudiando la manera de hacerlo posible: una compañía escandinava había hecho unos avances de lo más interesantes... Y otro científico, de una universidad del norte de Arizona, llevaba años analizando el lenguaje de los perrillos de las praderas... Descubrió, por ejemplo, que esos animales son capaces de expresar diferentes colores y rasgos físicos. Tienen todo un código lingüístico para adjetivos como «rojo», «azul», «grande» o «peligroso». Incluso son capaces de reconocer cantidades numéricas de forma abstracta, ¿no es alucinante?

—Es decir, que saben contar...

—Así es, por decirlo de forma sencilla. El cerebro del can doméstico funciona de manera muy similar. También hay otros estudios científicos que demuestran que, en lo que se refiere a la comunicación, los mecanismos cerebrales de los perros son muy parecidos a los de los humanos, especialmente los de las razas más inteligentes como el pastor alemán o el ovejero australiano. Fido es un cruce de ambos. Para poder comprender sus pensamientos solo se necesita la tecnología adecuada.

—¿Y esa tecnología cómo funciona?

—Bueno, es algo compleja. Se basa en microinformática, electroencefalografía e inteligencia artificial. En esencia, Fido lleva implantados unos sensores capaces de hacer una interpretación de sus patrones neuronales y motores, dicha interpretación es emitida en forma de frases a través de la barra de sonido que hay encima de esta mesa. La inteligencia artificial se encarga de rellenar las lagunas gramaticales en su forma de expresarse.

—Esos sensores... ¿no le causan ninguna molestia al animal?

—Para nada, no más que el chip de identificación que lleva cualquier mascota. Se trata de un sistema con el que se experimenta desde hace años, en ese sentido no somos pioneros. Ya en 2017 los científicos auguraban que tan solo haría falta una década para desarrollar un dispositivo traductor del lenguaje canino...

Aunque, ciertamente, Fido es lo que podríamos llamar un prototipo. Nuestro objetivo ahora es explorar sus posibilidades y considerar su adaptación a otras especies animales, como por ejemplo simios o incluso delfines.

—¿Gatos no? —preguntó Margo.

—¿Para qué? Si aplicásemos a un gato esta tecnología, lo único que oiríamos sería «tráeme de una vez mi comida, criatura inferior, y déjame en paz». —Kirkmann rio—. A Margo le gustan los gatos, pero a mí no demasiado.

—Caramba, pues... le felicito... —dije—. Ha inventado usted un artilugio revolucionario.

—¿Quién, yo? ¡Cielos, no! Son mis ingenieros quienes se encargan de todo. Mi único mérito es el de cubrir todas sus necesidades mientras trabajan en darle forma a mis descabelladas ideas. Algunas pueden llevarse a la práctica y otras no. Mi problema es que siempre tengo demasiadas, no soy capaz de concentrarme en una sola... Creo que hay un término psicológico para eso.

Kirkmann era un hombre muy expresivo. Hablaba muy deprisa, sin dar tiempo a sus pensamientos a pasar por filtro alguno antes de transformarse en palabras. Durante nuestra reunión me di cuenta de que saltaba de un tema a otro de forma algo anárquica, como si, tal y como él reconocía, le costara concentrarse en un solo asunto durante demasiado tiempo.

—Vaya, ¿eso es uno de nuestros Tulevik? —dijo de pronto al ver el teléfono de mi muñeca. Me cogió del brazo y se puso a examinarlo—. Oh, sí, un modelo Diamond 9. ¿Qué tal le funciona? ¿Está satisfecho?

—No me puedo quejar... Es bastante cómodo...

—La pantalla flexible es estupenda, adoro este modelo. Yo tengo uno igual, ¿lo ve?... Pero espere a que salga el Tulevik Diamond 10 dentro de un par de años: puede enrollarse hasta alcanzar la forma y el tamaño de un bolígrafo, va a alucinar cuando lo vea —por lo visto, le gustaba mucho el término «alucinar»—. Gracias al *bluetooth* se puede escuchar a Fido a través del Tulevik, o incluso leer sus pensamientos en la pantalla. Tan solo necesita descargarse una aplicación, le diré cuál es...

—¿Y el altavoz que hay encima de la mesa?

—Oh, sí, también vale para eso, por supuesto. Pero nos dimos cuenta de que a veces resulta mucho más cómodo leer a Fido que escuchar lo que se le pasa por la cabeza a cada instante. Al fin y al cabo es solo un perro: sus ideas a menudo suenan repetitivas y oírlas a viva voz puede resultar molesto. Lo siento, Fido, no es culpa tuya, pero es la verdad. —Kirkmann toqueteó mi teléfono sin esperar a que me lo quitara de la muñeca—. Ya está, ya tiene la app instalada...

El adiestrador de Fido, que era el tipo silencioso que había entrado con Kirkmann en la habitación, dijo que debía llevarse al perro a descansar. Margo y yo nos quedamos a solas con nuestro anfitrión, quien nos invitó a tomar asiento y se disculpó por habernos citado a horas tan tardías.

—Tengo comprobado que soy más productivo por las noches y eso hace que mis horarios sean algo anárquicos. Raras veces amanezco antes de la una o las dos de la tarde... ¿Queréis tomar algo? Yo no bebo alcohol, lo siento, pero puedo ofreceros un zumo o un refresco.

—No, gracias, señor Kirkmann.

—Dejémonos de formalidades, puedes llamarme Jaan. Y tu nombre es Suren, ¿verdad? Muy curioso, nunca lo había oído.

—Es persa. Fue mi madre quien lo escogió.

—¿De veras? ¿Y cómo se le ocurrió algo tan poco común?

—Porque su familia es de Irán. Se exiliaron a España al estallar la revolución de los ayatolás, cuando mi madre era adolescente. Conoció a mi padre en la universidad. Él es vasco, de Donosti.

—Una variada mezcla genética. Debí darme cuenta: hay algo en tus rasgos que resulta ciertamente exótico, si me permites que te lo diga.

Se lo permití, por supuesto. Además, no era la primera vez que escuchaba algo parecido. Cuando era niño, mi abuela paterna me llamaba «su pequeño morito» en un alarde de incorrección política muy propio de su generación. Con los años, los rasgos norteños de mi padre mitigaron un poco mis facciones orientales, para disgusto de mi madre, que piensa que en el mundo no existen hombres más guapos que los persas. Mi novia de la facultad solía decirme que mi cara era como una desconcertante versión aria del personaje de Aladino de la película de Disney. Aún no estoy seguro de qué significaba eso exactamente.

—Suren habla persa a un nivel prácticamente bilingüe —añadió Margo. Parecía que hubiera estado esperando una excusa para dejarlo caer—. ¿No es cierto?

—Sí... En fin, es lógico... —admití, sintiéndome exhibido—. En casa mi madre lo utilizaba a menudo... De hecho, mi abuela materna aún no domina el castellano a pesar de llevar años viviendo aquí.

—¡Oh, pero eso es fantástico! ¡Realmente estupendo! Esa capacidad te será muy útil en el trabajo que quiero ofrecerte. Pero antes déjame que te ponga en antecedentes: ¿conoces mi fundación cultural? ¿El GIDHE?

—Margo me ha hablado un poco de ese asunto.

—Su objetivo es la defensa y protección del patrimonio histórico y cultural en riesgo, un asunto que me preocupa mucho. Hace años las Naciones Unidas alertaron al mundo de que gran parte del terrorismo internacional se financia a través del expolio y la venta ilegal de antigüedades. ¿No es aberrante? Todas esas obras de arte vendidas para costear la muerte de millones de inocentes... «Reliquias de sangre», las llaman. Es triste, muy triste. Pero lamentarse no es suficiente, hay que actuar, por eso creé el GIDHE.

—Que es una fundación para la salvaguarda del patrimonio... —supuse.

—En realidad, es más bien una red internacional de centros culturales y universidades privadas: la Rey Guillermo y Reina María de Liverpool, la Melanchthon de Wittenberg, el Instituto

Arqueológico Pío XII de Taormina, la Organización Príncipe Juan Segismundo para el Desarrollo Cultural, que tiene su sede en Budapest... En fin, nuestra lista de colaboradores es muy larga y variada, os animo a que la consultéis en nuestra web.

—¿Y qué clase de labores son las que lleva a cabo el GIDHE? —pregunté.

—Hasta el día de hoy, básicamente de mecenazgo. Sobre todo, concedemos ayuda económica a los proyectos culturales en países en vías de desarrollo que nos lo solicitan, pero ahora queremos embarcarnos en algo más ambicioso. Concretamente en Afganistán.

—Comprendo. Imagino que desde que los talibanes regresaron al poder, habrá una gran cantidad de patrimonio histórico en riesgo allí.

—No exactamente. Las cosas han cambiado un poco, estos talibanes no son los que volaron los budas de Bamiyán hace más de veinte años. Ahora saben que necesitan un cierto apoyo internacional para que su régimen sobreviva y son más cautelosos. —Kirkmann torció el gesto—. No, el problema es diferente ahora... Diferente y más complejo. Déjame que te muestre una cosa.

El mecenas buscó una fotografía en su Tulevik y me la enseñó.

—¿Qué es esto? —pregunté.

—Se llama Kaija, en letón significa «gaviota». Es un vehículo aéreo que una de mis compañías ha desarrollado. Despega y aterriza en una perfecta línea vertical, y puede tomar tierra en cualquier parte, por angosta que sea. Imagino un futuro, no muy lejano, en el que el Kaija sea un elemento habitual en grandes ciudades como Londres, Nueva York o incluso Madrid. Trasladará a sus usuarios de un lugar a otro por el mismo precio que un taxi y de forma limpia y sostenible.

Me fijé en aquel artefacto con un poco más de atención. Parecía una especie de cabina de teleférico de líneas suaves y amplias lunas de cristal ahumado. En la parte superior tenía unos alerones de aspecto atrofiado, cada uno provisto de cinco pequeños rotores.

—Tiene una autonomía de mil kilómetros —dijo Kirkmann, con orgullo—. El Skai de BMW solo alcanza cuatro horas de autonomía de vuelo, y se supone que es el mejor del mercado. Mis ingenieros han conseguido que el motor del Kaija se coma con patatas al de BMW, y además es mucho más barato. Ahora mismo el Kaija es una realidad, tenemos una pequeña flota de cinco aparatos, pero todavía no hemos comenzado a comercializarlo. Cuando lo hagamos, vamos a cambiar para siempre el mundo del transporte. Y también a mejorar el planeta, porque el Kaija utiliza un motor de hidrógeno completamente eléctrico.

—Bien... eso suena fantástico, Jaan —respondí yo, confuso—. Pero no entiendo qué relación tiene con Afganistán o el patrimonio arqueológico en riesgo.

—Más de la que crees. El motor de hidrógeno del Kaija necesita litio para su fabricación... También los motores de Tesla, BMW, Nissan... Cualquier motor eléctrico necesita litio, además es esencial para almacenar la energía que producen las fuentes renovables. El litio, en resumen, es el petróleo de este siglo, y Afganistán posee grandes reservas de litio.

—Entiendo...

—El gobierno talibán no tiene, ni de lejos, los medios para explotarlo, pero en cambio otros países más ricos, como por ejemplo China, no solo poseen esa capacidad sino que están buscando denodadamente nuevas fuentes de litio. Desde que los talibanes recuperaron el poder en Afganistán, el gobierno chino ha sostenido económicamente al régimen a cambio, entre otras cosas, de concesiones para la extracción de litio en suelo afgano. Los chinos son listos: a ellos no les importa quién o cómo gobierne el país, tampoco tienen especial interés en imponer su régimen político más allá de sus fronteras, en eso se diferencian de los americanos o de los antiguos soviéticos... Lo único que

Pekín quiere son recursos. Cualquier otro aspecto le trae sin cuidado.

—Como, por ejemplo, la salvaguarda del patrimonio histórico... —me atreví a decir, sospechando por dónde iban los tiros.

—¡Exacto! Justo a medio camino entre Kabul y Jalalabad, en las faldas de una cordillera llamada Mahastún, que significa «el pedestal de la luna», hay un antiguo yacimiento arqueológico: Tell Teba. Su valor es potencialmente inmenso. Allí hay algo, algo importante. Por desgracia, bajo el yacimiento también hay un gran depósito de litio. Una compañía minera china obtuvo hace poco la concesión para abrir una mina y explotarla. Cuando lo hagan, los tesoros de Tell Teba se perderán para siempre.

—¿De qué clase de tesoros estamos hablando? —pregunté.

Kirkmann nos contó que hace cincuenta años unos arqueólogos franceses encontraron unas extrañas ruinas en Tell Teba. Nunca tuvieron la oportunidad de estudiar el yacimiento a conciencia y aquellas ruinas quedaron olvidadas.

—Nadie sabe qué hay allí —nos explicó—. Existen leyendas, mitos locales... Hablan del santuario de un antiguo culto desaparecido, también de una ciudad perdida a la que denominan la Ruina de Alejandro, supuestamente cerca de Tell Teba... En cualquier caso, todo está a punto de desaparecer bajo una mina de litio en menos de treinta días.

—¿Y el GIDHE pretende evitarlo?

—No, eso ya es imposible. Pero podemos ir a Tell Teba, entrar en el monasterio y rescatar cualquier tesoro arqueológico que encontremos antes de que lleguen los chinos. Esa será la misión del GIDHE y quiero que Margo y tú forméis parte de ella.

—Ya sé que voy a decir una obviedad, pero.... nosotros no somos arqueólogos.

—No, pero hacéis buenos documentales, y eso es justo lo que necesito. Quiero registrar todo el proceso de salvamento en una película. Haremos un lanzamiento comercial y la proyectaremos en los circuitos de festivales y salas de todo el mundo.

De esa forma queremos dar visibilidad al problema del patrimonio histórico en riesgo.

—¿La producción correría a cargo del GIDHE? —pregunté.

—La producción, los medios, todo. El material sería nuestro, de mis propias empresas; es una cláusula contractual, ya que tengo interés en que probéis algunos equipos de grabación que pensamos lanzar en breve al mercado. Por lo demás, Margo y tú tendréis total libertad creativa, nadie de la productora se inmiscuirá: solo decidme lo que necesitáis y os lo proporcionaremos.

—¿Qué porcentaje de beneficio obtendríamos nosotros por la exhibición comercial?

—Ninguno, lo lamento. Cualquier ganancia que generen los royalties de la película estaría destinada a financiar futuros proyectos del GIDHE. Sin embargo, ambos recibiréis un pago que creo que os compensará de sobra por ese detalle.

Kirkmann tecleó una cantidad en su móvil y luego me la enseñó. Lo primero que pensé fue que si ingresaba algo así en mi cuenta los del banco pensarían que acababa de atracar un casino.

—Vaya... Esto es... Joder... Es... una cifra bastante grande... ¿Seguro que no hay algún número de más?

—Bueno, no voy a mentirte: este no es un trabajo exento de peligro y pretendo que te merezca la pena asumir el riesgo.

—¿Por qué es peligroso? ¿Acaso no contamos con el permiso del gobierno afgano? —preguntó Margo.

—Sí, en ese aspecto todo está en regla, aunque a los talibanes no les hace mucha gracia. Para ser justos, han sido los chinos quienes han facilitado el acuerdo. A ellos no les importa que saquemos de allí lo que queramos mientras no interfiera en sus planes de explotación.

—Entonces ¿dónde está peligro?

—El gobierno talibán está lejos de tener todo el país bajo su control. Hay facciones aún más radicales que ellos que no nos quieren en Tell Teba. Terroristas, expoliadores... No nos pondrán las cosas fáciles.

A partir de ese momento me costó trabajo concentrarme. No me quitaba de la cabeza esa enorme cantidad de dinero y lo que podría hacer con ella: tal vez montar mi propia empresa en Madrid, renunciar a los trabajos mal pagados que me obligaban a estar fuera de casa tanto tiempo... Al fin podría cuidar de mi hijo en condiciones. Y deshacerme del puñetero Dacia de segunda mano.

La reunión se prolongó alrededor de media hora más, durante la cual apenas abrí la boca. Agradecí que Kirkmann no me pidiera una respuesta a su oferta al terminar.

—Entiendo que quieras tomarte un tiempo para pensarlo —me dijo—. Te llamaré el lunes y entonces me darás una respuesta. Si es positiva, dentro de una semana os mandaré a Kabul.

—¿Tan pronto?

—Sí, porque esto es una carrera contrarreloj, Suren. Además, antes de ir a Tell Teba quiero que entrevistéis a un experto del Museo Nacional de Kabul, él os hablará sobre lo que hay en ese yacimiento. Después os uniréis al equipo arqueológico de rescate.

Nos despedimos. Margo y yo bajamos en el ascensor hasta la recepción sin hablar apenas, cada uno rumiando sus propias ideas. Mi compañera propuso invitarme a una copa en el bar del hotel. Yo tenía ganas de irme a casa, pero acepté. Imaginaba que en algún momento tendríamos que hablar sobre la oferta de Kirkmann.

—¿Y bien? ¿Qué opinas? —me preguntó Margo cuando estuvimos sentados frente a la barra—. Ese Kirkmann... Vaya personaje, ¿eh?

—Es un crío. Y ese asunto que se trae en Afganistán es su juguete nuevo, espero que sepa cómo manejarlo.

—No te creas... Es más astuto de lo que parece. He investigado un poco por mi cuenta, ¿sabes? La empresa china que va a explotar el depósito de litio en Tell Teba también fabrica vehículos de motor de hidrógeno... Al parecer, están cerca de lanzar al mercado un modelo que puede competir directamente con el Kaija de Kirkmann.

—Ya veo... Y un poco de mala publicidad sobre esa empresa rival le vendría bastante bien, ¿no es cierto? Quizá muchos consumidores no deseen comprar su coche volador a una malvada compañía china que destruye yacimientos históricos.

—Pero eso solo lo sabrían si rodamos su documental... —completó Margo—. Como ves, Jaan Kirkmann no da puntada sin hilo.

—Quiere utilizarnos.

—Tal vez. Y tal vez sea cierto que también le preocupe lo de la pérdida del patrimonio histórico. Ambas cosas pueden ser compatibles. La gente es complicada, Suren.

Permanecí callado unos segundos, calentando mi vaso entre las manos.

—Voy a rechazarlo —dije al fin—. El trabajo. Creo que paso. Lo siento, Margo.

—¿Estás loco? ¡Esa cantidad de pasta! ¿Por qué, si puede saberse?

—Por muchas razones. En primer lugar, porque siento que Kirkmann nos está utilizando para asegurar las ventas de su trasto volador frente a la competencia. En segundo, porque ya no tengo veinte años y no quiero volver a arrastrarme con una cámara por agujeros dejados de la mano de Dios. Ya lo hice una vez. Estuvo bien, fue divertido, pero se acabó. Y además está Lucas, ¿qué será de él si me ocurre algo? Acaba de perder a su madre. Yo no me imagino... —Solo pensar en ello hizo que se me secara la boca y sintiera un nudo en el estómago; tuve que darle un trago a mi bebida—. No puedo hacer este trabajo, debo pensar en mi hijo.

—Pues deja de ser un cretino y piensa realmente en lo que le conviene: ese dinero puede cambiaros la vida a los dos.

—¿Qué más te da lo que yo haga? No me necesitas para aceptar la oferta de Kirkmann, puedes grabar esa película con cualquier otro.

—No, no puedo. No quiero. Te quiero a ti. Quiero que lo hagamos juntos, como en los viejos tiempos.

—Mira, si crees que con esto vas a compensarme lo de California, no necesitas hacerlo, lo digo en serio. No te guardo rencor, hace tiempo que lo he olvidado.

Ella negó lentamente con la cabeza. Parecía dolida.

—¿De veras crees que lo hago por eso?

—Por eso o porque hablo persa, me da igual. No voy a poner mi vida en riesgo solo porque tú tengas mala conciencia por algo que ocurrió hace años; sería injusto para mi hijo, y debo pensar en él y en su futuro.

—Vale, está bien, como tú digas... Pero hazme un favor, ¿quieres? Ya que debes pensar en tantas cosas, piensa en que cuando salgas de aquí irás a casa con tu hijo, te meterás en la cama, mañana te despertarás... ¿Y luego qué? ¿Irás a buscar otro trabajo con tu patético Dacia de segunda mano? ¿Acabarás aceptando la primera chapuza mal pagada que te ofrezcan con tal de tener algo de calderilla con que cubrir las facturas? Así una y otra vez, siempre igual... Esperando una oportunidad que cambie las cosas. Pues bien: aquí tienes tu oportunidad. ¿Cuántas más como esta crees que te esperan? ¿Cuántas crees que nos esperan a los dos? Piénsalo bien, Suren, porque igual descubres demasiado tarde que en vez de pasar los próximos años con tu hijo, los has pasado buscando un trabajo para manteneros a los dos.

Se me ocurrieron varias réplicas a sus palabras, pero pensé que no merecía la pena. Por otro lado, todas sonaban bastante hueras en mi cabeza.

De pronto me sentía muy cansado y con ganas de irme a casa. Saqué algunas monedas del bolsillo para pagar las bebidas y las dejé encima de la mesa.

—Adiós, Margo.

Ella dejó que me alejara. Después de dar unos pasos me llamó:

—Eh, Suren —me di la vuelta. Margo lucía una sonrisa triste—. No olvides contarle a Lucas que has conocido a un perro que habla, seguro que al renacuajo le volverá loco esa historia.

Levantó su vaso como haciendo un brindis de despedida. No se me ocurrió que más podía decirle, así que le di la espalda y me marché.

Ese mismo lunes, tras pasar todo el fin de semana sin poder quitarme las palabras de Margo de la cabeza, recibí una llamada de Jaan Kirkmann. Fue una conversación muy breve. Me preguntó si aceptaba el trabajo. Respondí que sí.

4
Diana

«Bienvenida a Zombieland, doctora Brodber»

—¿Está segura de que no nos hemos visto antes, doc? —me pregunta de nuevo el soldado que se sienta frente a mí en el helicóptero—. Su cara me es familiar.

El soldado se llama Yukio, lleva su nombre en una etiqueta pegada con velcro a su pecho. También lleva colgado de una de las cinchas de su complicado traje de combate un muñequito de lego vestido de Spiderman.

Juraría que el traje de combate era negro cuando despegamos, pero ahora luce un tono gris claro a juego con las paredes del interior del helicóptero. Serán imaginaciones mías. Debo de estar cansada.

No cabe duda de que está siendo un extraño viaje. Hace menos de veinticuatro horas aterricé en Dubái sola, tras un largo vuelo en clase turista y sintiéndome como si acabaran de escupirme de una centrifugadora. Por unos instantes añoré Liverpool, aunque no sea en absoluto una ciudad que se preste a ello. Un chófer que me aguardaba con un cartel, en el que mi nombre estaba mal escrito, me llevó al hotel. En la mesilla de noche de mi habitación había un cuenco de plata con cerezas y desde la ventana se veía el mar y la silueta del Burj Al Arab, a solo unos metros del hotel.

Mamá habría puesto el grito en el cielo. Siempre dice que es estúpido gastarse un dineral en una noche de hotel. «Durmiendo no se ve», es su sentencia favorita.

«¿Sabes cuántos meses de agua, luz y gas podría pagar con lo que cuesta una noche en este *bujero*?», me reprocharía. Pronunciando además con fuerza la palabra *bujero*. A mamá le gusta explotar su acento de barrio bajo, como si fuera motivo de orgullo. Cuando paso mucho tiempo con ella, en las vacaciones de verano o por Navidades, se me acaban pegando algunos giros (o, más bien, es mi memoria dialéctica quien los recupera). Luego se me escapan en el aula y los alumnos se me quedan mirando con cara de susto. Como aquella vez que solté que en Gaugamela Alejandro Magno les dio a los persas un buen «soplamocos».

«¡Estaos quietos de una vez si no queréis que os dé un buen soplamocos!», solía amenazarnos mi madre a mis hermanos y a mí cuando llegaba a casa después de trabajar. Mamá ayudaba en su restaurante a tía Martha y a tío Claude, un pequeño local de comida caribeña en el barrio de Aintree, allá en Liverpool. Al llegar a casa estaba reventada. Cuando nos amenazaba con el soplamocos siempre le salía un curioso acento antillano, a mí me recordaba a esa mucama negra que aparecía en los cortos antiguos de Tom y Jerry, a la que nunca se le veía la cara. Solo unas pantorrillas gordas y unos pies calzados con zapatillas de andar por casa. Cuando era niña no podía evitar imaginármela con la cara de mi madre.

—¡Ya lo tengo! —dice de pronto el soldado Yukio, sacándome de mis recuerdos—. Ya sé de qué la conozco: de aquella película, *Black Panther*, era la novia del protagonista.

Uno de sus camaradas, un muchacho al que llaman Bill el Guapo, niega con la cabeza.

—Esa era Lupita Nyong'o, capullo.

—Ya lo sé. A lo que me refiero es que la doctora me recuerda a ella; por eso su cara me era tan familiar.

—Deja de tirarle los tejos al personal del equipo arqueológico, Yukio. Es muy triste —dice la sargento Spinelli, sentada en el otro extremo del vehículo. Tiene que alzar la voz para hacerse oír por encima del ruido de las aspas. No le cuesta trabajo. La sargento Spinelli es una mujer morena y menuda —compacta, más bien—, pero tiene un vozarrón. Es la que está al mando del grupo de seis o siete soldados que viajan conmigo en el helicóptero.

—Lo siento, sargento, no sabía que la quería para usted sola.

—No sufras, Yukio, si algún día quiero tirarme a una mujer, te prometo que tú serás el primer nombre de mi lista.

El resto se ríe y dicen «uuuh», como si pensaran que Spinelli ha metido una pulla que merece ser celebrada. Luego siguen con las bromas, cada vez más gruesas. Parecen adolescentes en una excursión de instituto, pero al mirar sus fusiles de asalto recuerdo que son mercenarios. Matan por dinero.

El nombre de «mercenarios» no les gusta. Me lo dijo la sargento Spinelli ayer, cuando me dio la bienvenida en la recepción del hotel de Dubái. Prefieren denominarse Empresa Proveedora de Servicios de Defensa.

—Entonces ¿son ustedes militares? —le pregunté.

—No, doctora Brodber, aunque la mayoría de nosotros venimos del ámbito militar.

Ciertamente, al contemplar a mis compañeros de viaje se aprecia una cierta relajación en la disciplina: la sargento Spinelli hace bromas de mal gusto a costa de sus subordinados, el soldado Yukio lleva muñequitos de lego colgados del equipo, Bill el Guapo luce una insignia arcoíris prendida de su uniforme, y un tipo de rostro áspero al que llaman Walter el Abuelo lleva un pendiente en la oreja y un pañuelo rojo y grasiento atado al cuello... El único de ellos que muestra un aspecto y una actitud acordes a un soldado es un joven pálido y rubio, con unos ojos color acero que transmiten una frialdad impropia de sus facciones de adolescente. Se trata del sargento Ruan de Jagger, que comparte el mando del cuerpo de seguridad con Spinelli.

De Jagger está sentado muy quieto, mirando al frente, parece una estatua de nieve. No participa de las bromas y los comentarios jocosos de sus compañeros.

De pronto el helicóptero da una sacudida que me hace rebotar en el asiento y, sin querer, lanzo un ridículo gritito de susto. El sargento De Jagger me sonríe de forma cortés.

—¿Había montado antes en un helicóptero de transporte, doctora Brodber?

—No. —El maldito trasto da otro bandazo en el aire que hace que se me suba el estómago a la garganta. No quisiera tener que volver a encontrarme con mi desayuno—. Y, francamente, espero que esta sea la última vez.

—No tiene por qué preocuparse, es un transporte muy seguro. Aunque ojalá hubiéramos podido venir en uno de los Kaija del señor Kirkmann; por desgracia, estaban todos ocupados en otras labores.

Bajo nuestros pies, a miles de millas en caída libre, se encuentran las agrestes tierras del norte de Afganistán. Me lo imagino, aunque no puedo verlas: el helicóptero no tiene ventanas y huele a gasolina. Para olvidar la sensación de mareo, decido charlar un poco con el sargento De Jagger. Señalo un emblema rojo que lleva cosido en la pechera del traje de combate.

—¿Por qué todos ustedes llevan una letra tau?

—Es el logotipo de nuestra compañía: Tagma Security Services.

—¿Qué significa lo de «tagma»?

—Una palabra griega. En el Imperio bizantino era el nombre que recibían ciertos batallones de infantería de élite.

—¿Eso es lo que son ustedes, un cuerpo de élite?

Yukio, que ha escuchado nuestra conversación, interviene desde el asiento de enfrente.

—De lo que no hay duda es de que somos lo más caro que nadie pueda pagar, doc.

—Eh, Yukio, ¿eso no fue lo que dijo tu novia el día que la conociste? —dice Bill el Guapo.

Carcajadas. Yukio sonríe con resignación y murmura algo que suena a «Cierra el pico, gilipollas». Empiezo a pensar que debe de estar acostumbrado a llevarse todas las pullas de sus compañeros. Parece ser de los que las pone en bandeja.

—No se inquiete —me dice la sargento Spinelli, tras llamar al orden a su tropa—, somos un grupo de profesionales con mucha experiencia en zonas de conflicto. Vigilaremos que nadie le toque un pelo mientras esté en Tell Teba, para eso nos contrató el GIDHE.

—Kirkmann me dijo que Tell Teba era una zona segura.

—Afganistán no es nunca un lugar seguro, doctora. A medida que uno se aleja de Kabul, crecen las posibilidades de que le revienten el culo a balazos. Pero no se inquiete, hemos estado en escenarios más duros y peligrosos que este.

—Como la autocaravana donde vive Walter el Abuelo, por ejemplo —dice Yukio.

El aludido, que se está quitando la suciedad de las uñas con la punta de una navaja, responde, casi con desgana: «Pues a tu madre pareció gustarle», sin levantar la vista de su labor.

El helicóptero inicia la maniobra de descenso y siento a mi alrededor la tensión contenida de los hombres de Tagma. Yukio mastica chicle con frenesí, Bill el Guapo golpea rápidamente el suelo con el talón, como si estuviera a punto de echar a correr, e incluso el impávido sargento De Jagger tiene las mandíbulas crispadas. Spinelli ordena que nos preparemos para el aterrizaje. La aeronave roza el suelo dando suaves bandazos que me ponen el estómago del revés, así que cierro los ojos con fuerza.

Siento un golpe brusco cuando el helicóptero se posa en el suelo. Tres hombres de Tagma saltan a tierra con rapidez. Yukio me echa una mano para salir. El ruido que hacen las aspas del helicóptero es ensordecedor, de pronto me veo rodeada de polvo y cegada por la luz de una mañana fría. Me siento desorientada. Los soldados se mueven muy rápido, como si estuvieran en plena operación de asalto.

Miro hacia atrás, hacia el helicóptero, una cosa fea y gris. Me tiemblan las piernas y siento los músculos atrofiados por las horas de vuelo: primero tomé un avión en Dubái hasta Kabul, luego, allí, el helicóptero hasta Tell Teba... Creía que el trayecto nunca acabaría.

—No haga eso, doc —dice Yukio.

—¿El qué?

—Mirar al helicóptero después de aterrizar, da mala suerte.

—Ni caso —interviene Spinelli—. Chorradas de marines.

—¿Fuiste un marine, Yukio?

Él sonríe, guasón.

—*Semper fi,** doc. *Semper fi.*

Entonces reparo en que el traje de combate de Yukio ahora ya no es negro ni gris sino de un tono pardo, acorde con el paisaje. Se lo hago notar al soldado y este me guiña el ojo con aire pícaro.

—Bueno, es que el nuestro es un uniforme mágico, ya se irá dando cuenta.

—Doctora Brodber —dice Spinelli—, el director del equipo arqueológico la está esperando en el pabellón uno. La llevaré hasta allí.

Me gustaría tener tiempo para adecentarme un poco antes de reunirme por primera vez con mi jefe, pero supongo que en esta misión no andamos sobrados de tiempo, así que sigo a la sargento a través de la vieja base militar estadounidense que el equipo arqueológico del GIDHE ha habilitado como centro de operaciones para la misión de Tell Teba. Este será mi hogar durante los próximos treinta días.

La diferencia con mi habitación del hotel de Dubái es enorme. La base es un conjunto de pabellones de cemento y barracones tubulares, y muchos de ellos lucen un aspecto de abandono, algunos están en ruinas, como si acabaran de saltar por los aires. Hay restos de chatarra y mobiliario desguazado en los rincones,

* *Semper fidelis*, máxima latina que significa «siempre fiel», lema del Cuerpo de Marines.

producto seguramente del saqueo. Las paredes de cemento están cuajadas de grafitis en árabe, aunque en un muro distingo claramente las palabras GOD FUCK AMERICA. Parece que los anteriores inquilinos no dejaron buen recuerdo.

Entre los restos de la base deambulan algunos hombres de Tagma con sus desconcertantes trajes que cambian de color. Veo también a soldados afganos que parecen vestidos con restos de diferentes uniformes. La mayoría están en cuclillas sobre lugares elevados, vigilando el perímetro.

—¿Y esos hombres? —pregunto a Spinelli.

La sargento disimula un gesto de desagrado. No parece que le guste la presencia de los locales.

—Hombres de aldeas cercanas. El GIDHE los ha contratado para ayudarnos en las tareas de vigilancia y seguridad, fue una de las condiciones del gobierno afgano para dejarles a ustedes trabajar en Tell Teba.

Me consta que, a pesar de todo, a los talibanes no les gusta nada tenernos aquí. Pero nuestro dinero les encanta.

—¿De dónde es usted, doctora Brodber?

—De Liverpool.

—¿Y es..., ya sabe..., una auténtica doctora?

Sonrío un poco. La pregunta de la sargento Spinelli no me ofende, estoy acostumbrada a que para muchas personas los únicos doctores son los que trabajan en un hospital y los supervillanos de los cómics.

—Doctora en Filología, concretamente, en el estudio comparativo de las religiones orientales. También tengo un posgrado en Arqueología. Al menos, eso es lo que dice en el expediente de mi universidad.

Spinelli no parece impresionada. No la culpo. La Rey Guillermo y Reina María es una universidad más bien modesta. Somos un campus antiguo, fundado en 1693, pero durante siglos no fuimos más que un pequeño *college* con aire provinciano dedicado al estudio de las humanidades. Entonces nos adherimos al GIDHE y de pronto empezamos a recibir dinero a espuertas para becas, investigaciones, nuevos laboratorios y cosas así. El consejo rector estaba tan entusiasmado por aquella inesperada época de vacas gordas que apenas se pararon a pensar que, a todos los efectos, el GIDHE se había hecho con el control de la universidad. O quizá sí se dieron cuenta y no les importó en absoluto.

La sargento Spinelli me guía hasta un pabellón un poco más grande que los demás, un edificio de dos plantas que parece una caja de zapatos. Spinelli me explica que ese es el pabellón uno, donde se ha habilitado una sala de reuniones, que es más bien un cuarto grande de paredes agrietadas. Hay algunas sillas de pala, huele intensamente a amoniaco y hace un frío tremendo que una raquítica estufa eléctrica apenas puede mitigar. Aquí es donde tiene lugar mi encuentro con el doctor Wörlitz.

Erich Wörlitz es doctor en Historia Antigua y vicedecano de la Universidad Melanchthon de Wittemberg. Tiene unos cincuenta y tantos, rostro curtido, y el pelo crespo y gris, muy corto, que le brota alrededor de su frente despejada igual que una translúcida aureola de pelusa. Según mis informes, Wörlitz estuvo en el equipo que llevó a cabo la misión de salvamento arqueológico de Palmira, en Siria. También ha estado en Egipto, Irak, Turquía y no sé cuántos sitios más. El GIDHE sabía lo que hacía cuando le puso al frente de esta misión.

Al verme, Wörlitz sonríe. Solo un poco, como si, más bien, torciera el labio para espantarse una mosca de la mejilla.

—La doctora Brodber, supongo.

—Y usted debe de ser el señor Stanley. —Él me mira desconcertado—. Perdone, ha sido un chiste sin la menor gracia. A veces cuando estoy cansada digo tonterías.

—¿Un mal viaje?

—Largo, más bien. Y un poco incómodo, sobre todo la parte en helicóptero. Aunque imagino que me lo merezco por llegar la última.

—Oh, no, no es usted la última. Aún esperamos al equipo de grabación, que estará aquí en un par de días, y... por supuesto, también falta Fido.

—¿Quién es Fido?

—Es mejor que lo descubra usted misma, la verdad es que yo no sabría cómo explicárselo... —Wörlitz me señala al hombre que lo acompaña, un tipo grande y barbudo—. Creo que ya conoce a Ruben Grigorian.

Ruben, sin ningún pudor, me da un fuerte abrazo de oso. Muy típico de él. Yo también me alegro de verle. Coincidimos hace un par de años en una excavación en Bulgaria. Un día, al salir de las duchas que todos los arqueólogos compartíamos (en este mundo no hay nadie con menos sentido del pudor que un grupo de arqueólogos en plena faena) me topé con Ruben Grigorian como Dios lo trajo al mundo: barbudo, grueso y lleno de pelos. Nunca creí que nadie pudiera tener tanto vello en el cuerpo. Del susto se me cayó la toalla al suelo. Y ahí estábamos los dos, desnudos y mirándonos con cara de sorpresa: la Eva negra y el Adán peludo.

—¿Sabe qué? —soltó Ruben—. Ahora mismo somos un desafío para cualquier pintor renacentista.

Desde entonces nos hicimos amigos. Por desgracia, habíamos perdido el contacto en los últimos años. Culpa mía, soy un desastre para esas cosas.

Ruben Grigorian es experto en lingüística. Su cantidad de vello corporal es proporcional al número de lenguas que domina a la perfección. Yo solía enorgullecerme de mi conocimiento del sánscrito védico hasta que una breve charla con Ruben me hizo ver que mi sánscrito está a nivel «Barrio Sésamo», mientras que el suyo resultaría demasiado puro incluso para el dios Ganesha reencarnado. Lo que más me acompleja de todo es que solo tiene treinta y dos años.

Ruben es callado, pero muy simpático, y con un personalísimo sentido del humor. Iba para cura, según me contó una vez. Tiene un tío que es archimandrita de la Iglesia apostólica armenia, lo cual le da derecho a llevar una capucha negra muy pintoresca y un báculo plateado. Ruben dice que desde pequeño se sentía fascinado por la capucha y el báculo, su tío le parecía una especie de mago, como Gandalf o Dumbledore. Cuando le pregunté si quería ser cura solo por poder llevar ese atuendo, él sonrió con picardía. «Ni confirmo ni desmiento», respondió.

En realidad, Ruben es un tipo muy religioso, al igual que todos en su familia. Incluso llegó a entrar en el seminario, donde tengo entendido que alcanzó el rango de diácono, que en el cristianismo armenio son personas consagradas a la Iglesia pero que pueden compaginar esa entrega con otros aspectos de su vida. Y se les permite casarse. Justo antes de ser ordenado sacerdote, a su hermano mayor lo mataron en el conflicto entre armenios y azerbaiyanos por la disputa de Nagorno Karabaj y, para que su madre viuda no se quedase sola, Ruben abandonó el seminario y se matriculó en la Universidad Estatal de Ereván, donde obtuvo un doctorado en Lenguas Clásicas. Cuando estábamos en Bulgaria, Ruben solía citar extraños textos religiosos. Sus citas eran tan estrafalarias que sospecho que algunas se las inventaba para tomarme el pelo.

—Me alegro mucho de verte, Ruben —le digo, respondiendo a su abrazo—. En cierto modo, eres el culpable de que esté aquí. Cuando me enteré de que estabas metido en este proyecto, supe que no podía perdérmelo.

Ruben me pasa afectuosamente el brazo por encima de los hombros.

—Erich, esta mujer es la persona que más sabe de religiones orientales en el mundo, debemos cuidarla bien.

—Estupendo, para eso se supone que está usted aquí, Diana: para ayudarnos a separar el grano de la paja. Tenemos poco tiempo para poner a salvo todo lo que hay en este lugar y debemos ser especialmente cuidadosos a la hora de seleccionar aquello que tenga más valor. Voy a explicarle cuál es el plan que hemos trazado para los próximos días.

Wörlitz señala unos mapas de la zona desplegados sobre una mesa. Muestran el lugar donde nos encontramos. A medio camino entre Kabul y Jalalabad hay una formación montañosa cuya forma es como un cráter gigante: es la cordillera del Mahastún. Esa cordillera rodea un valle que tiene un nombre bastante pintoresco, se llama la Ruina de Alejandro. Tengo pendiente investigar de dónde diablos sale esa curiosa denominación.

De todas formas, Tell Teba no se encuentra en ese valle. El enclave está justo al otro lado, en la ladera oeste del Mahastún. En 1970 un pastor afgano encontró unos restos ceramios que vendió a un arqueólogo francés residente en Kabul. Este los examinó y determinó que eran piezas de al menos un milenio de antigüedad. A raíz del hallazgo, el gobierno afgano concedió a la DAFA, la Delegación Arqueológica Francesa de Afganistán, un permiso para excavar en la zona.

Los franceses encontraron los restos de un *vihara* en perfectas condiciones. Un *vihara* es un monasterio budista que a veces está excavado en roca viva, a la manera de los palacios nabateos de Petra, donde se filmó aquella película de Indiana Jones. Los arqueólogos franceses determinaron que el monasterio había quedado oculto tras un desprendimiento de parte de la ladera del Mahastún en el siglo x, aunque parece ser que para entonces las cuevas llevaban tiempo abandonadas.

Según los informes que tengo en mis manos, la DAFA pensaba que el *vihara* fue fundado durante el siglo v, cuando la región del Kabulistán estaba bajo dominio de los hunos blancos, también llamados heptalitas. Esto me resulta curioso ya que, según los viajeros chinos que visitaron la región en aquella época, los reyes heptalitas persiguieron el budismo en sus tierras, quemando monasterios y masacrando a los monjes. Cuentan las crónicas que los hunos blancos adoraban a seres demoniacos, violentos y sedientos de sangre; aunque no conviene darles mucho crédito, ya que tales crónicas fueron escritas, precisamente, por monjes budistas.

Por otra parte, lo que sabemos sobre la época de los hunos blancos es poco más que lo que conocemos sobre los extraterrestres o la Atlántida, así que todo es posible.

Los europeos tendemos a creer que la historia de la humanidad gira a nuestro alrededor, olvidamos que hasta la era moderna nuestro orgulloso continente no era más que un rincón en el extremo más remoto del mundo, un mundo cuyo verdadero epicentro se encontraba en medio de las inmensas tierras que separan Oriente de Occidente. Lo que hoy llamamos Afganistán fue durante siglos un nudo de vías de comunicación por el que transitaban millones de comerciantes, filósofos, reyes y peregrinos de todas las culturas conocidas por el hombre en aquellos días. Por sus caminos se cruzaron santones hindúes, escultores griegos, sabios sintoístas, magos de Zoroastro, guerreros de Alá, monjes nestorianos que rezaban a Cristo y budistas que predicaban la senda de la iluminación; y todos ellos dejaron huellas visibles de su presencia. No solo eso: también, a veces, incluso encontramos restos de antiguas civilizaciones de cuya historia lo ignoramos absolutamente todo.

Se esperaba que las excavaciones en Tell Teba arrojaran algo de luz sobre aquel oscuro periodo histórico, pero la DAFA apenas tuvo tiempo de rascar en la superficie. Literalmente. Cuando los soviéticos invadieron Afganistán en 1979, los trabajos quedaron abandonados. Años después los talibanes volaron el acceso a las cuevas de Tell Teba y todo el mundo se olvidó de que allí hubo una vez algo interesante.

—Debemos olvidarnos de excavar el *tell* —explica Wörlitz, mientras analizamos el mapa—. Los americanos construyeron la base en la que estamos ahora justo encima, así que es inútil que perdamos tiempo tratando de hallar algún vestigio. El plan es centrarnos en el *vihara*, el monasterio de la ladera de la montaña. Nuestro único objetivo durante los próximos veintiún días es abrirlo y sacar de allí todo aquello que sea de más valor.

—Antes de que quede sepultado bajo una mina de litio china —añade Ruben.

—¿Cuándo podremos entrar en el monasterio, Erich?

—En uno o dos días a lo sumo. Estamos a punto de despejar la entrada. Si quiere, puedo llevarla ahora a que vea cómo van los trabajos de desescombro, y de paso le presentaré al resto del equipo.

Los tres salimos del pabellón. Ruben me explica que el yacimiento del antiguo monasterio se encuentra en la ladera del Mahastún, al final de un sendero que parte de la base militar y que transcurre un par de millas a lo largo de la falda de la montaña. Uno de los hombres de Tagma nos escolta en el trayecto, es Yukio, mi risueño compañero de viaje.

—Es aconsejable que siempre que vayamos al yacimiento nos acompañen hombres armados —me indica Wörlitz—. No es obligatorio, pero hará bien en recordarlo, Diana.

—La sargento Spinelli me dijo que la seguridad en la base está garantizada.

—En la base sí, pero el yacimiento, técnicamente, está fuera de sus límites. No queremos correr riesgos.

—¿Por qué? ¿Ha habido algún problema?

—No... Es decir... nada serio —responde el arqueólogo, remiso—. El día que llegamos, alguien abrió fuego sobre nosotros cuando estábamos inspeccionando la entrada del *vihara*. Probablemente algunos locales ocultos en la montaña que quisieron asustarnos; no hubo heridos. Dejaron de disparar y se esfumaron en cuanto los hombres de Tagma respondieron.

—¿Cuánto hace de eso?

—Tres días. Desde entonces no hemos vuelto a tener ningún incidente.

—Ni lo habrá mientras yo ande por aquí, doc —fanfarronea Yukio.

—¿Quién fue el responsable del ataque?

—No lo sabemos —responde Wörlitz—. En cualquier caso, dejemos que la gente de Tagma se encargue de eso, nosotros debemos concentrarnos en el yacimiento. No podemos permitirnos ninguna distracción.

—Y si alguien recibe una bala perdida tenemos una médico de primera —añade Ruben, haciendo gala de su negro humor—. Te encantará la doctora Trashani, es más temible que los talibanes.

Comenzamos a ascender por el camino hacia el yacimiento. Siento cosquilleos en el estómago, estoy ansiosa por contemplar el acceso al monasterio, y más aún por ver su interior. Apenas puedo imaginarme qué clase de misteriosos tesoros nos aguardan.

De pronto un estampido resuena por encima de nuestras cabezas y rebota en múltiples ecos en la pared de la montaña. Suena como si alguien hubiera descorchado una botella. Ni siquiera siento miedo hasta que el ruido se transforma en un tableteo. Se me eriza la piel. Maldita sea... ¡Eso son disparos!

—¡Mierda! —salta Yukio, al tiempo que sujeta su subfusil en posición de ataque—. ¡Pónganse a cubierto, detrás de esa roca! ¡Rápido!

—¿Qué ocurre? ¿Quién nos dispara?

Una nueva ráfaga me golpea en los oídos. Me encojo hasta casi hacerme un ovillo.

—¡Haga lo que le digo, doc!

Ruben me toma de la mano y me arrastra tras la roca. Wörlitz va detrás, caminando casi a gatas. Siento cómo el corazón me late en cada parte de mi cuerpo. Yukio se comunica con alguien a través de la radio de su casco.

—¡Aquí Alfa 4! ¡Tenemos un 10-31, repito: 10-31! ¡A unos quinientos metros del yacimiento! ¡Solicito apoyo!

No veo a nuestros atacantes. El ruido de los disparos es confuso, a veces creo que están muy lejos, otras me parece que en cualquier momento saltarán sobre nosotros. Al sonar una nueva ráfaga, uno de los tiros arranca lascas a una piedra que está a solo unos pasos. De pronto oigo un grito. Miro a Yukio. Se lleva la mano al pecho y hace un gesto de dolor. Le han dado.

—¡Yukio!

Cierro los ojos con fuerza. Estoy segura de que está muerto. ¡Tiene que estar muerto! Nadie que recibe semejante disparo puede vivir para contarlo. Mierda. Pobre Yukio. Pobre y desgraciado muchacho. Sus supersticiones de marine resultaron ser ciertas: no debí mirar atrás cuando bajé del helicóptero.

Aún tengo los ojos cerrados. No puedo abrirlos, no quiero hacerlo y ver al pobre Yukio... ¡Oh, Dios mío! ¡Qué horror! Oigo entonces a un grupo de personas llegar a nuestra posición, distingo la voz de la sargento Spinelli, que ordena abrir fuego en dirección a la montaña. Las armas de Tagma escupen balas sin cesar durante lo que me parece una angustiosa eternidad. De pronto, un silencio. Largo, pesado. El aire huele intensamente a cordita. Entonces resuena, autoritaria, la voz de Spinelli.

—Pueden salir, ha pasado el peligro. Parece que los hemos espantado.

—Joder, esto es lo mismo que pasó el jueves, ¿quién coño es esa gente y dónde diablos se esconden? ¿Por qué no dan la cara?

Esa es la voz de Yukio... Abro los ojos y me lo encuentro sin un rasguño, salvo por un poco de polvo en su traje de combate.

—No puede ser... —digo, sin poder reprimirme—. Te dispararon... ¡Vi cómo te disparaban!

—Exacto, doc. Justo aquí, en el centro de mi bonito plexo solar. Qué cabrones, acertaron de pura chiripa.

—Pero tú no estás ni siquiera herido... ¿Cómo es posible...?

Él se quita el casco, me mira y sonríe.

—Ya se lo dije: este traje es mágico. —Me tiende la mano para ayudarme a ponerme en pie y salir de detrás de la roca—. Bienvenida a Zombieland, doctora Brodber.

5
Spinelli

«Son una escisión del Estado Islámico del Gran Jorasán, aún más fanáticos y violentos. Se hacen llamar Zulfiqar»

Cuando los americanos abandonamos Afganistán, el ejército dejó tras de sí un montón de basura. Mi novio, Pat, estuvo destinado en Kandahar por esas fechas. Dice que el Congreso les hizo salir tan rápido que en algunos destacamentos se dejaron la comida a medio terminar sobre las mesas de las cantinas. «Nos largamos de allí como si nos hubieran metido un cohete por el culo, no sé por qué diablos ahora tienes que ir tú a ese basurero», me dijo antes de despedirnos.

Yo tampoco tengo ni puta idea pero, en fin, aquí estoy, qué le vamos a hacer. De algo hay que vivir, ¿no, Pat? Y Tagma me está pagando una pasta por este curro.

Decía que cuando Pat y los suyos se largaron, dejaron el país lleno de basura. Y no me refiero a bolsas vacías de Doritos ni latas de Coors aplastadas ni cosas por estilo; no, hablo de bases militares enteras. Todavía hay como un centenar de ellas por aquí. Eso fue una cagada, porque algunas las ocuparon los muyahidines, los talibanes, los señores de la guerra y toda esa gente; y ahora no hay Dios que los eche. Otras se quedaron simplemente abandonadas, convertidas en ruinas de hormigón, hierro y uralita.

Son lugares deprimentes, como el escenario de un capítulo de *The Walking Dead*, por eso los locales las llaman Zombieland. Yo voy a pasarme las próximas semanas defendiendo uno de esos vertederos. Encantador.

Nuestro Zombieland es una vieja FOB* construida hace quince o veinte años que recibía apoyo de la base de Bagram, que está como a unos cien kilómetros de aquí. La montaron, al parecer, para controlar los movimientos de los muyahidines en los alrededores del Mahastún, que es un monte feo, enorme y picudo por donde no creo que nada vivo se arrastre desde que Dios creó el mundo.

Zombieland está junto a ese viejo monasterio budista en el que los arqueólogos están trabajando. A mí me parece que pierden el tiempo en esa cueva miserable, pero no es de mi incumbencia. Yo cobro por mantenerlos de una pieza hasta que nos manden de nuevo a casa, no por opinar.

Hoy hemos tenido follón por segunda vez, la primera fue el jueves pasado. Alguien, no tengo ni puta idea de quién, se ha escondido en las montañas y se ha puesto a pegar tiros a los arqueólogos cuando se acercaban al yacimiento. Por suerte los hemos dispersado y no ha habido heridos, pero a mí ya me han jodido el día. Se supone que soy la responsable de mantener el perímetro de seguridad tan blindado como el coño de una novicia y este tipo de cosas no facilitan en nada mi labor.

En cuanto Yukio alertó de los disparos, avisé a Bill el Guapo y al Abuelo y nos fuimos hacia su posición echando leches para ayudar. Ni se me pasó por la cabeza contar con los afganos, que son perfectamente inútiles. Su única dotación son viejos kalashnikovs soviéticos, no más mortales que un tirachinas bien manejado, y no hay forma de comunicarse con ellos salvo con ayuda de un intérprete, que nunca está cerca cuando lo necesito. Lo único que hacen es fumar tabaco y rascarse el culo. Ni siquiera se han inmutado cuando han sonado los tiros.

Una vez que logramos espantar a los atacantes del yacimiento, dejé a los arqueólogos al cuidado de Bill el Guapo y del Abuelo. Me alegro de que a la doctora Brodber no le haya pasado

* Forward Operating Base: Base de Operaciones Avanzada.

nada, sería una putada que le volasen la cabeza de un tiro cuando apenas llevaba aquí un par de horas.

A Yukio le han dado, pero, por suerte, el blindaje del *káliva* ha impedido que sufriera ningún daño. Al menos nuestro equipo está funcionando bien. Los *káliva* son nuestros trajes de combate. Dicen que los ingenieros que trabajan para Kirkmann han tardado diez años en desarrollarlos, y si yo los hubiera visto hace ese tiempo habría pensado que era tecnología extraterrestre.

El *káliva* es un traje militar con protecciones en torso, brazos y piernas hechas de grafeno; lo cual le confiere una ligereza y una elasticidad enormes. Se trata de un material que resiste grandes impactos. Estas placas poseen también una tecnología de camuflaje denominada «camaleón» que hace que su tonalidad cambie de forma dinámica para adecuarse al entorno. Además del grafeno, el *káliva* está fabricado con tejidos de un polietileno nanoporoso que regula la temperatura corporal y evita la sensación de calor o de frío extremos. El casco, también de grafeno, incluye tecnología del sistema integrado de aumento visual (IVAS), que posee funcionalidades que se activan y controlan mediante la voz, como GPS, visión nocturna, comunicación, acceso a imágenes por satélite... Incluso permite manejar pequeños drones de bolsillo de unos quince centímetros y no más de treinta gramos de peso que pueden equiparse entre la dotación del *káliva*.

El IVAS de nuestros cascos también puede conectarse vía dispositivo informático con nuestros subfusiles HK G36, lo que permite al soldado una mayor precisión en el tiro. Estos subfusiles poseen lectores de huellas digitales en el gatillo que hacen que solo su dueño pueda accionarlo. Es realmente apabullante todo lo que el equipo del *káliva 1* puede hacer. La primera vez que lo probé, cuando aún estaba en fase de prototipo, fue como estar en un videojuego. Si a los muyahidines afganos se les ocurre causarnos problemas, les vamos a dar una patada en sus polvorientos culos que no olvidarán fácilmente.

Después del tiroteo en los alrededores del yacimiento, le dije a Yukio que fuera a la enfermería para que le echaran un vistazo.

—Estoy bien, sargento. Esa bala ni siquiera era para mí, solo era un rebote, y el traje la ha parado sin problema.

—Me la suda. Que te vea el matasanos, es una orden. No ando sobrada de efectivos para esta misión y os necesito a todos en perfecto estado.

Yukio siguió remoloneando. En el fondo entiendo que no le hiciera gracia ir a la enfermería. La lleva una doctora albanesa que siempre parece estar de mal humor. Gruñe como un gato enfadado cuando considera que alguien la interrumpe en su labor, sea esta la que sea.

—Sargento, no sé si será importante porque el blindaje ha funcionado bien, pero lo cierto es que la tecnología IVAS de mi casco estuvo dando problemas cuando empezaron los tiros. El visor temblaba y se pixelizaba igual que un ordenador viejo.

La tecnología IVAS es lo que controla las funciones de realidad aumentada con las que está dotado el *káliva*. Si el IVAS falla, el casco del traje no es más útil que una cacerola muy grande y muy gruesa puesta en la cabeza.

—¿A ti también? Creí que solo le había ocurrido al mío.

—Solo fue un instante, pero igual sería buena idea que se lo comentara al ingeniero del equipo de arqueólogos.

—Sí, hazlo. Pero primero pásate por la enfermería.

Yukio obedeció por fin. Me gusta Yukio, es un buen tío y más listo que la mayoría de sus compañeros, pero a veces tiene la mala costumbre de hacer lo que le sale de los cojones. O, como dice su expediente, «tendencia puntual al cuestionamiento de la autoridad».

Creo que tengo un buen equipo para esta misión. No son muchos, solo veinte hombres, y entre ellos hay un par de veteranos en los que puedo confiar, además de Yukio. Por un lado está Walter el Abuelo, al que creo que le concederán por fin el rango de sargento cuando acabemos con este trabajo. Me alegro porque se lo merece: el Abuelo es un sureño templado y de sangre fría, un tipo al que le confiaría mi vida. Estuvo en infantería hasta que cumplió los cincuenta y colgó el uniforme para recorrer el país con su mujer en una autocaravana. Tardó menos de un año en descubrir que su mujer era una harpía insoportable y se divorciaron. No tuvieron hijos, de modo que el Abuelo pidió un puesto en Tagma para no tener que pasarse lo que le quedaba de vida dando vueltas a solas en aquella estúpida autocaravana o, como él suele decir, «aquel jodido ataúd con ruedas y paredes de formica». Ahora tiene casi sesenta tacos, pero podría tumbar de un puñetazo a cualquier chaval sin siquiera despeinarse. Lo de Abuelo es mejor no llamárselo a la cara cuando está de mal humor.

Aparte de él, de los conocidos me han asignado a Bill el Guapo y a Randy (no «Big Boy» Randy, sino el otro, el de Pasadena; «Big Boy» Randy se casó en abril con aquella tetuda de Alabama y ahora trabaja en el concesionario de coches de su suegro, que Dios le perdone). Con el resto de muchachos es la primera vez que coincido. Me habría gustado, eso sí, que Tagma hubiera enviado a más mujeres porque soy la única del equipo. No sé a qué lumbrera de la central de Illinois se le ocurrió convertir esta misión en la fiesta de la salchicha.

Creo que fue cosa del acuerdo que firmó el GIDHE con el gobierno afgano. Los talibanes no querían mujeres en la misión, por eso hay tan pocas. De hecho, en la central de Illinois pensaron que sería buena idea que yo compartiera el mando del equipo de seguridad con un hombre. Eso me jodió bastante, e incluso amenacé con rechazar el trabajo, pero me dijeron que el otro sargento sería Sánchez y acepté. Respeto mucho a Sánchez y sé que es un tío legal que no sería capaz de ningunearme.

Por desgracia, Sánchez tuvo un accidente estúpido un par de días antes de empezar la misión. Se resbaló con una placa de hielo cuando quitaba la nieve de su porche y se rompió una pierna, de modo que a última hora lo sustituyeron por un sargento nuevo, un sudafricano de Kimberley llamado Ruan de Jagger.

La primera vez que me lo eché a la cara casi me dio la risa. Por su aspecto, ni siquiera parecía que tuviera la edad legal para entrar en un bar. Luego me cabreé, ¿en qué coño pensaban los de la central de Illinois? ¿Acaso pretenden que sea su niñera o algo así? ¿Qué clase de experiencia en combate puede tener un tío con menos pelo en la cara que mi abuela?

Al leer su expediente vi que De Jagger había sido soldado en el ejército sudafricano y que sirvió con los cascos azules. No se especificaba en qué misión, así que se lo pregunté. Después de darme largas admitió que fue en Nueva Guinea, durante el conflicto con los papúas. Él estuvo en la misión que la ONU desplegó en la isla de Bougainville.

Joder. No me extraña que eso no apareciera en su expediente. Todos sabemos lo que ocurrió allí, aquella gran cagada que hizo dimitir en bloque a todo el gobierno sudafricano. Y resulta que De Jagger estuvo en todo el meollo. Vale. Admito que quizá sí que tenga algo de experiencia en combate, pero no precisamente una de la que enorgullecerse.

A De Jagger no le gusta hablar del tema, siempre que le pregunto me responde con evasivas. Ayer lo intenté una vez más.

—No hay mucho que yo le pueda contar, sargento —respondió—. Yo no era más que un simple cabo en aquella misión. Era muy joven. Demasiado.

«Demasiado joven», dice. Diablos. ¿Cuántos años tendría entonces si ahora parece un adolescente bien desarrollado? Muy pocos para ser testigo de las cosas terribles que, al parecer, ocurrieron en ese lugar. No me extraña que no le apetezca recordarlo.

No me gusta el sargento De Jagger. No me gustan sus ojos, esos ojos de pez que miran muy fijo, ni su cara pálida sin expresión. No sé qué clase de pensamientos se le pasarán a De Jagger por la cabeza cuando, sentado a solas en un rincón, se queda con la vista clavada en las páginas de su libro, haciendo como que lee, pero sin pasar la página durante horas, para luego cerrarlo exactamente en el mismo punto en el que lo abrió. Le comenté ese detalle al Abuelo, con quien tengo cierta confianza.

—A mí me parece un tipo equilibrado —me dijo—. Y los muchachos a su cargo parece que lo respetan.

Puede ser, pero yo no pienso quitarle el ojo de encima.

Aunque no me caiga simpático, no deja de ser mi adjunto en el mando, de modo que tuve que informarle de lo del tiroteo, así que regresé a Zombieland junto con Yukio.

Zombieland está casi pegada a una ladera del Mahastún, en la única extensión más o menos llana de un terreno, por lo demás, bastante accidentado. Yo tenía la idea de que Afganistán era una especie de desierto rocoso y árido, al menos así es como Pat me describía Kandahar, pero esta parte del país es muy diferente. Alrededor del Mahastún hay abundante vegetación. A unos diez kilómetros al este de Zombieland se extiende un bosque de coníferas muy tupido, que cubre la ladera de un monte por el que atraviesa un pequeño río y cerca hay una aldea abandonada. No puede verse desde la base porque lo tapa un espolón del Mahastún. En general, el paisaje me recuerda al de las montañas de San Juan, allá en Colorado, donde mi tío me llevaba a cazar alces cuando era pequeña. Aquí no creo que haya alces, pero sí muflones y, según me han dicho, unas cabras con enormes cuernos retorcidos como un sacacorchos llamadas «marjor». Al parecer, quedan muy pocas y es muy raro encontrarse con una, pero me encantaría hacerlo y tomarle unas fotos para mandárselas a mi tío. Le volverían loco.

La base militar tiene una extensión de algo menos de una hectárea. El perímetro está asegurado mediante muros de hormigón en forma de T invertida, de unos seis metros de altura; en resumen, lo que se suelen denominar «barreras de Alaska». La barrera tiene alambre de espino, tan oxidado que bastaría echarle una mirada de reojo para pillar un tétanos. Aparte de eso, se conserva más o menos íntegra en casi toda su extensión, aunque hemos tenido que reforzar algunos tramos con contenedores de *Hesco bastion* rellenos de pedruscos y tierra.

Tras los muros hay una serie de estructuras, la mayoría de ellas barracones hechos una ruina y pabellones de ladrillo y hormigón. Como ni los arqueólogos ni nosotros necesitamos tanto espacio, casi todos estos edificios están vacíos y tienen un aspecto siniestro. Parece el decorado de una película sobre el día después del apocalipsis.

Encontré a De Jagger en el pabellón uno. Ya estaba al tanto del tiroteo y de su resultado, había hablado con Bill el Guapo por radio.

—¿Sabemos quiénes eran los atacantes? —me preguntó.

—No, pero están escondidos por aquí cerca, de eso no cabe duda. Puede que no sean más que un puñado de bandidos que quieren asustarnos.

—O puede que se trate de algo más serio. —De Jagger señala un documento que estaba leyendo en la pantalla de su ordenador—. La central de Illinois mandó este informe ayer por la noche, tal vez debería echarle un vistazo.

Vi un montón de párrafos y tablas de gráficos muy poco atractivos. Cuando estamos de misión, los de la central nos mandan casi a diario informes más largos que el puñetero Libro de Mormón, e igual de insufribles. Nadie se molesta en leerlos nunca. Salvo De Jagger, al parecer.

—Hágame un resumen, ¿quiere, sargento? Ahora no tengo tiempo para ese ladrillo.

—Es la última valoración del estado de alarma en el país, basada en reportes de diferentes servicios de inteligencia. Según parece, la situación del gobierno es precaria.

Todo eso ya lo sabía. Hice mis deberes antes de venir aquí. Sé que el gobierno talibán, de mayoría suní, se mantiene en el poder gracias al apoyo y el dinero chinos, ya que sin una cosa y la otra probablemente el país se hundiría de nuevo en el caos. Los talibanes tienen muchos enemigos. Son sobre todo yihadistas chiíes financiados por Irán, Pakistán o el ISIS. Además de las diferentes tribus afganas bajo mando de rebeldes muyahidines y señores de la guerra. A sus diferencias religiosas con los talibanes se unen viejos rencores raciales que se remontan a varios siglos atrás.

—Ya sé que la situación del gobierno es precaria, sargento, esto es el jodido Afganistán. ¿Sabe cómo llaman aquí al presidente? «El alcalde de Kabul». Fuera de la capital, esto es el Salvaje Oeste.

—Lo sé, el problema es que, según este informe, parece que en la capital también pueden tener serios problemas en breve.

—Imposible. Los chinos han convertido Kabul en su patio trasero, eso lo sabe todo el mundo. No dejarán que la situación se deteriore. Además, todos los enemigos del gobierno están divididos, no hay ninguna facción que tenga fuerza suficiente para hacer caer a los talibanes.

—Parece que estos sí, sargento —respondió De Jagger, señalando la pantalla del ordenador—. Son una escisión del Estado Islámico del Gran Jorasán, aún más fanáticos y violentos. Se hacen llamar Zulfiqar.

—¿Y eso qué diablos significa?

—Al parecer, era el nombre de la espada que Hazrat Alí, yerno de Mahoma, recibió de manos del Profeta.

—Pues estupendo, los añadiremos a la lista de fanáticos que campan a sus anchas por este país. Uno más o uno menos, ¿qué importa? Todo seguirá igual.

—El informe dice que el Zulfiqar se ha vuelto muy activo últimamente, sobre todo desde que la injerencia de China en Afganistán se hizo más notoria. Los seguidores del Zulfiqar acusan a los talibanes de haber vendido el país a los extranjeros, y amenazan con —leyó una cita del informe— «liberar un océano de sangre ardiente que purificará toda esta tierra de infieles y paganos».

—La misma mierda de siempre. Solo son palabras. Te lo repito: no tienen medios para derribar al gobierno en Kabul, allí los talibanes son fuertes.

—En cuanto a lo de los medios... Hay algo en este informe que me preocupa, sargento. Dice que el Zulfiqar se financia a través de dos fuentes: el tráfico de opio y el contrabando de objetos arqueológicos. En los últimos meses el Zulfiqar ha saqueado varios yacimientos en las provincias del sur del país, siempre con el mismo método: primero, un grupo reducido de sus soldados (no más de tres o cuatro) evalúa desde la distancia el nivel de protección del yacimiento; después, un contingente numeroso y bien armado lo asalta, mata a quienes trabajan en él y se lleva todo lo que pueden. En un margen de tan solo veinticuatro a cuarenta y ocho horas pueden expoliar un enclave arqueológico sin dejar tras su paso nada más que cadáveres. —De Jagger me miró. El color de sus ojos me recordó por un momento al del filo de un cuchillo—. ¿Se da cuenta, sargento? Primero evalúan desde la distancia el nivel de protección del yacimiento... —repitió.

—Ok, vale, sé por dónde quiere ir. Cree que es justo lo que ha ocurrido hoy y lo que sucedió el jueves.

—Es que resulta extraño... ¿por qué se limitaron solo a unos disparos casi al azar? Parece como si quisieran comprobar hasta qué punto estamos en condiciones de responder.

—Bien, en ese caso, se llevarán una sorpresa: no han visto ni la mitad de lo que tenemos aquí guardado —repliqué, pensando en el armamento espacial de Kirkmann. No obstante, la teoría de De Jagger había logrado inquietarme—. Si esos tipos, Zulfiqar o como se llamen, están ahí fuera acechándonos, ¿dónde cree que se ocultarían? ¿Tal vez en la aldea abandonada que hay hacia el este?

De Jagger se acarició pensativo su fino labio inferior.

—Es probable. En cualquier caso, solo hay un modo de averiguarlo, ¿no le parece?

—Pare el carro. No vamos a meter la mano en ningún agujero para comprobar si hay o no un escorpión dentro. Quizá estamos sacando las cosas de quicio y esos disparos son cosa de algún paleto local que piensa que vamos a robarle sus cabras.

—Pero yo pienso que...

—No haremos nada impulsivo, ¿entendido? Ya no está usted en Bougainville, sargento, será mejor que no lo olvide si quiere que usted yo colaboremos como Dios manda.

Me pareció que De Jagger fruncía los labios, como si hubiera notado un mal sabor en el fondo del paladar. Aparte de eso, no mostró ninguna expresión.

—Como usted diga, sargento Spinelli —respondió con frialdad. Después, en el mismo tono, añadió—: Solo espero que esos arqueólogos terminen su trabajo sin que se demuestre que uno de nosotros está equivocado.

Menudo capullo.

Zombieland

6
Suren

«Tal vez Tell Teba no sea más que la puerta que nos lleve a un descubrimiento trascendental. Y terrorífico»

Los días previos a mi viaje a Kabul aproveché para pasar con Lucas el mayor tiempo posible. También para aprender cosas sobre mi destino.

Me puse en contacto con Bernardo Oyarzábal, Berni, un curtido reportero con el que colaboré después de que Margo y yo nos separásemos. Berni era un tipo peculiar y nos hicimos buenos amigos. Era un *globetrotter* de la vieja escuela, de los que ya no existen. En su memoria guardaba anécdotas suficientes como para tenerte embobado escuchándolo durante horas. Solo tuve oportunidad de trabajar con él en un par de ocasiones, luego se retiró porque a sus setenta y cinco años ya estaba cansado de zascandilear por esos mundos. Se compró un chalet en Alicante y allí pasaba su jubilación, tumbado al sol, disfrutando de sus nietos y escribiendo novelas históricas que se vendían muy bien, sobre los tercios de Flandes y ese tipo de cosas. Siempre me mandaba un ejemplar dedicado de la primera edición, aunque admito que todavía los tengo engrosando mi lista de lecturas pendientes.

Antes de salir de España hablé con él para que me diera algunos consejos sobre Afganistán. Aún mantiene buenos contactos con las agencias internacionales de noticias y pensé que él sabría de primera mano cómo estaban las cosas en la zona.

—¿Quieres un buen consejo, Suren? Pues aquí lo tienes: no vayas.

—Ya es tarde para seguirlo, ¿no tienes algún otro?

—Lo típico: intenta no destacar mucho. Déjate crecer la barba y lleva chaleco, allí el que no lleva chaleco es como si saliera a la calle en calzoncillos. Y nada de gafas de sol. De todas formas, tú no deberías tener muchos problemas para pasar desapercibido, tienes un poco cara de moro.

—Cara de persa. Si mi madre te oye decirme que parezco moro, le dará un ataque.

—Da igual. Pareces de allí, a eso es a lo que me refiero, tú ya me entiendes. Por lo demás, no tengo mucho más que decirte salvo que uses tu sentido común. Puede que tengas suerte y no sufras ningún percance. Recalco el «puede».

—¿Tan mal están las cosas?

—Según la información que tengo, sí. Pero parece que Kabul, de momento, es segura. Los chinos la han convertido en su cortijo y el consejo talibán hace la vista gorda porque necesita desesperadamente el apoyo de Pekín. Por supuesto, no es Las Vegas, pero tengo entendido que, si te las apañas bien, en la zona de las embajadas aún puedes encontrar un sitio donde te sirvan una cerveza a escondidas.

—Ok, tomo nota. ¿Algo más?

—Si vas a pasar tiempo en Kabul, te recomiendo que te busques un buen *fixer.* La mayoría se largaron o los mataron cuando los americanos salieron huyendo, pero ahora que están los chinos vuelve a haber algunos disponibles.

—¿Sabes de alguno?

—Puede que sí. Te voy a pasar un nombre. Uno de «mi salvavidas».

Berni tenía una libreta a la que llamaba «mi salvavidas», decía que en ella estaban registrados los nombres de personas que podían sacarte de cualquier apuro en cualquier lugar del mundo. Allí, según él, había desde misioneros hasta señores de la droga. Nunca compartía esos contactos con nadie, que hiciera una excepción conmigo debía considerarse un gran honor.

—Ahí va —me dijo, enviándome el nombre por email—. Memorízalo como si fuera el apellido de tu hijo. Si te metes en un follón, un follón serio, habla con este hombre.

—¿Cómo puedo localizarlo?

—Un buen *fixer* sabrá cómo ponerte en contacto con él. Pero, ojo, más vale que sea un asunto de vida o muerte porque no le gusta nada que lo molesten por tonterías, y si lo haces enfadar, vas a lamentarlo mucho.

—Gracias, Berni. Te debo una bien grande.

—No me las des. Ten mucho cuidado allí, muchacho, ese lugar no es ninguna broma.

Al día siguiente, Margo y yo nos embarcamos en un vuelo rumbo a la capital de Afganistán.

Kabul no es atractiva. No quiere serlo. Se ha rendido. Kabul ha sido destrozada tantas veces (por musulmanes, por mongoles, por británicos, por rusos, por estadounidenses, por talibanes...) que ya solo aspira a seguir existiendo. Kabul está harta de ser Kabul. Le gustaría ser otra cosa, pero no le quedan fuerzas para intentarlo, así que languidece y engorda, como un comatoso sobrealimentado.

Kabul tiene cinco millones de habitantes. Parece como si todos ellos vendieran algo. Los más afortunados comercian con heroína —en Afganistán se produce más del noventa por ciento de la que se trafica en todo el mundo—, se hacen ricos y se construyen casoplones entre edificios bombardeados. Los demás venden lo que pueden: películas pirata, artesanía, carne sanguinolenta de aspecto insano... En cualquier esquina, un niño te ofrece un vaso de zumo por cuarenta afganis, menos de un euro; el niño, sin duda, es mucho más inteligente de lo que tú llegarás a serlo en toda tu vida porque, como dicen en Kabul: «Después de cincuenta años de guerra todos los tontos están muertos». Las frutas son espléndidas, de unos colores muy intensos y preciosos. Son lo único de todo Kabul que no parece triste y hastiado. Cuando estuve allí, a veces sentía ganas de pasear por sus calles solamente para admirar las cestas de granadas, naranjas, peras y tomates que brillan como piedras preciosas. Nunca pude hacerlo y tal vez le sustraje a la ciudad su única ocasión de procurarme un recuerdo agradable.

Tras un viaje pesado y lleno de escalas interminables, Margo y yo pusimos el pie en la terminal de un aeropuerto donde la inmensa mayoría de los viajeros eran orientales. No había apenas ninguna mujer a la vista, y Margo estaba semioculta bajo un pesado chador que tuvo que ponerse en el baño del avión.

Nos recibió un individuo canoso y solemne que vestía a la manera afgana, aunque, por sus rasgos, era claramente chino. Se presentó como «señor Yang» y dijo ser secretario de la oficina comercial de China en Kabul. Lo acompañaba un tipo enorme con gafas de sol. Al verlo, imaginé la palabra «guardaespaldas» tatuada en su frente.

—Es un placer recibirlos, espero que hayan tenido un buen viaje —nos dijo el señor Yang. Luego sonrió—. Les hemos buscado un alojamiento en el barrio de las embajadas, les gustará, es un encantador albergue internacional. Hay muchos periodistas y hombres de negocios, la mayoría occidentales, como ustedes.

Yang sonrió de nuevo. Sonreía mucho, y casi siempre sin un motivo determinado.

No tengo muy claro por qué el señor Yang era nuestro enlace en Kabul, creo que tenía que ver con el hecho de que la oficina de comercio china había actuado como intermediaria entre el GIDHE y el gobierno talibán. Sea como fuere, el señor Yang se convirtió en nuestra sombra a partir de ese momento.

Salimos del aeropuerto y nos metimos en un coche blindado. El señor Yang y su guardaespaldas en la parte delantera, Margo y yo en los asientos de detrás. No sé por qué, pero me sentía como un detenido en un coche policial.

El señor Yang nos hizo un resumen de nuestra agenda.

—Ahora podrán cenar y dormir en su alojamiento. Mañana les acompañaremos al Museo Nacional para que realicen su entrevista al profesor Zurmati y pasado mañana les escoltaremos al aeropuerto, donde un transporte aéreo los llevará a Tell Teba.

—Le agradecemos tantas atenciones —respondí.

—Es un placer colaborar con el GIDHE. Al gobierno chino también le preocupa el patrimonio cultural en riesgo.

«A pesar de lo cual, dentro de un mes vais a enterrarlo bajo una mina de litio», pensé. Me preguntaba qué beneficio obtendría la oficina de comercio china a cambio de su colaboración con el GIDHE. Tal vez ninguno y lo único que pretendían el señor Yang y sus acólitos era mantenernos vigilados.

Por el camino el coche se cruzó con una nutrida manifestación de hombres vociferantes vestidos de negro. Al grito de «¡Zulfiqar! ¡Zulfiqar!» y «¡Muerte a los impíos!» agitaban pancartas con la fotografía de un individuo con el rostro velado al que solo se le veía el mentón, parecía una especie de siniestro líder espiritual. Entre los manifestantes había policías afganos, los cuales era difícil saber si estaban allí para mantener el orden o para mostrar su apoyo.

El tráfico estaba parado y de pronto nos vimos rodeados por una marea de manifestantes que pasaban a nuestro lado gritando con odio, algunos incluso golpeaban en las ventanillas.

—¿Quiénes son? ¿El comité de bienvenida? —preguntó Margo al señor Yang.

—Partidarios del Zulfiqar. Por favor, mantengan la calma y miren al frente hasta que pasen de largo.

—Sé cómo actuar en este tipo de situaciones —replicó mi compañera con presunción—. ¿Esta gente sale a menudo a dar voces por la ciudad?

—Últimamente casi a diario.

Encendí mi cámara Niepce A45 y me puse a grabar a los manifestantes pensando que aquellas tomas podrían encajar en nuestro documental. El chófer me lanzó una mirada fulminante por el retrovisor.

—Señor, yo que usted no haría eso.

Apagué la cámara.

Los manifestantes siguieron su camino y la circulación se reactivó, aunque no por ello fuimos mucho más rápido. El tráfico en Kabul era terrible, un maremágnum de motocarros, scooters y coches vetustos. Algunos eran de fabricación paquistaní, por lo que llevaban el volante a la derecha: una herencia del dominio británico; si bien eso no importaba demasiado ya que, en general, los conductores circulaban por donde les daba la gana.

El señor Yang nos dejó en un pequeño *guest house* llamado Kalula, que estaba justo al lado del edificio donde la oficina de comercio china tenía su sede. La calle parecía tranquila, aunque su aspecto recordaba a una barriada deprimida del extrarradio madrileño. En un parque cercano había una pequeña mezquita desde cuyo alminar la grabación del canto de un muecín llamaba a la oración.

Para acceder al Kalula había que pasar un control de seguridad que me pareció más rutinario que exhaustivo. El señor Yang se encargó de gestionar el registro. Después nos recomendó la cafetería del hostal para cenar algo y, antes de despedirse, dijo que vendría a recogernos al día siguiente a las nueve en punto.

Margo y yo teníamos habitaciones contiguas. Mi compañera me preguntó si me apetecía tomar algo en el bar.

—Lo siento, pero estoy agotado. Intentaré hablar con Lucas y luego me meteré en la cama. Tú deberías hacer lo mismo: no tienes buena cara.

—Mira quién fue hablar... Es por este estúpido chador, no veo el momento de quitármelo de encima. En fin, como quieras. Nos vemos mañana, Suren. Que duermas bien.

Entré en mi cuarto, me quité los zapatos y me dejé caer sobre la cama. Los párpados me pesaban por el sueño, así que, antes de caer roque, hice una videollamada a mi hermana, quien cuidaba de Lucas en mi ausencia. La interrumpí en plena cena familiar. Todo el clan estaba sentado a la mesa formando una cálida estampa hogareña, suave como una lectura bajo la manta en un día de lluvia. Era un doloroso contraste con mi desolada habitación de hostal en medio de la capital mundial del terrorismo.

—¡Hola, tío Suren! —gritó mi sobrina al fondo de la pantalla, sentada tras un plato de espaguetis—. ¿Qué me vas a traer de Agfanis... Agafist... Aganfis...?

—Afganistán —dije—. No lo sé. ¿Qué te parece la cabeza de un talibán?

—¡Suren! No le digas esas cosas, que luego se cree que es verdad. —Mi hermana se apartó un poco de la mesa para alejarse de la bulla familiar—. ¿Cómo estás?

—Bien. Ahora mismo un poco cansado, pero bien.

—Ayer hablé con mamá, dice que la llames cuando puedas, que está preocupada. Vio en las noticias unas imágenes de una manifestación en Kabul y le han traído malos recuerdos. Dice que es igual que en Teherán cuando derrocaron al sah.

«No. Es bastante peor», pensé.

—La llamaré mañana, aquí es muy tarde. De todas formas, si hablas con ella dile que no se preocupe. No hagáis caso a lo que digan las noticias, ya sabes que siempre son puro morbo. ¿Dónde está Lucas?

—En el dormitorio, buscando su Gareth Oso. No quería cenar sin él.

—Por Dios, que no lo pierda: hace años que ya no los venden con esa camiseta. ¿Cómo está? ¿Se porta bien?

—Como un bendito. Está muy contento, todo el día jugando con sus primos, pero te echa de menos. Cada noche me pregunta si estarás aquí por la mañana.

Sentí un pellizco en el corazón. Hubo una época, justo después de la muerte de su madre, que siempre me preguntaba lo mismo al acostarse. Ojalá este dichoso trabajo termine lo más pronto posible, me dije.

—¿Me lo pasas?

—Claro. Voy a buscarlo.

La cara de Lucas apareció al rato en la pantalla y, en cuanto lo vi, me sentí un poco menos cansado. Parecía de buen humor, llevaba puesto su pijama de dinosaurios, que era su favorito, y al inevitable Gareth Oso bien agarrado de la mano.

—Hola, jefe, ¿cómo lo llevas?

—¡Hola, papá! ¿Sabes qué? Mañana voy a ir al parque de atracciones con los primos.

—Eso suena bastante bien. ¿Y tienes pensado montar en la montaña rusa?

—No lo sé, a lo mejor me da miedo. El primo Javi dice que si te montas, te mareas y luego vomitas, ¿es verdad?

—Para nada, es lo más divertido de todo el parque de atracciones. Pero si no quieres subirte no tienes por qué hacerlo, tú solo pásalo bien, ¿de acuerdo, jefe?

—Vale.

Me habló un buen rato sobre sus emocionantes planes futuros y luego me enseñó un dibujo que había hecho, de un sonriente monigote multicolor todo cabeza, brazos y piernas. Se suponía que era yo. Parecía un fiel retrato, al fin y al cabo no tenía mejor aspecto cuando bajé del avión hacía un rato.

—Me encanta, es muy bueno. ¿Qué es lo que llevo en la mano, una maleta?

—Nooo, es Gareth Oso. Lo he pintado contigo porque estás muy lejos, por si te pones triste porque me echas de menos.

—Te echo un montón de menos, jefe, pero no estoy nada triste, de veras.

—¿Cuándo vas a volver?

—Pronto. Y cuando lo haga, te llevaré al parque de atracciones y nos subiremos a la montaña rusa.

—Vale. ¿Y podremos ir a comprar un gato?

Sus primos tenían uno y a Lucas siempre se le metía esa idea en la cabeza cuando pasaba una temporada con ellos. Con lo que Kirkmann iba a pagarme por este trabajo le compraría a mi hijo un tigre de Bengala, si se le antojaba. Le compraría un maldito zoológico entero de gatos, y no volvería a separarme de él hasta que dejase de necesitar dormir abrazado a Gareth Oso para no tener pesadillas por las noches.

—Por supuesto, pero ¿cómo lo llamaremos?

Lucas se quedó pensativo un rato.

—Gato Oso.

—Poner un nombre resulta difícil. Lo bueno es que tienes tiempo de sobra para pensarlo. —Ya llevábamos hablando veinte minutos. Lucas tenía que cenar y yo apenas era capaz de mantenerme despierto—. Ahora tengo que despedirme, ¿me das un beso?

Pegó los labios a la cámara y yo hice lo mismo. Perfecta sincronización de despedida.

—*Dooset daram*, jefe.

Lucas sonrió contento.

—¡Eso es lo que me dice la abuela!

—Sí, porque es persa. Significa «te quiero». Díselo tú la próxima vez que te llame por teléfono y la harás llorar de emoción.

Nos dijimos adiós con la mano y cerré la conexión. Después me quedé dormido como un tronco.

Me despertó el timbre del teléfono de la habitación, que llevaba sonando Dios sabe cuánto tiempo. Era el señor Yang para avisar de que estaría en la recepción del hostal en quince minutos. Me di una ducha rápida y luego fui a buscar a Margo. Había cambiado el chador por una combinación de abaya e hiyab, un poco menos sofocante. Incluso cubierta de aquella forma me seguía pareciendo atractiva. Sus ojos destacaban como un par de esmeraldas.

El señor Yang nos llevó al Museo Nacional. Este se encontraba en el distrito periférico de Darulaman, a unos dieciséis kilómetros del centro de la ciudad. Darulaman fue levantado en la década de 1920 por iniciativa del rey Amanullah Khan. Se suponía que iba a ser una moderna capital trazada según los estándares occidentales, llena de bulevares y palacetes diseñados por arquitectos franceses y alemanes, pero al rey Amanullah lo echaron a patadas del trono en 1929 y su proyecto quedó a medio terminar.

Darulaman me pareció un solar triste y yermo con algunas solitarias casas señoriales en mitad de la nada, la mayoría de ellas no eran más que un cascarón ruinoso. El Museo Nacional de Kabul estaba en un edificio neoclásico de fachada curva, a la entrada de un parque de aspecto descuidado. Un niño regaba los arriates de flores mustias que bordeaban la puerta principal mientras un adulto barbudo, sentado en una silla de plástico, lo supervisaba fumando un cigarrillo. Un transistor, a sus pies, emitía con sonido de lata la voz de un locutor hablando en darí.

El darí es la variante del persa que se habla en Afganistán. Yo podía entenderlo sin problemas, aunque me costó un poco acostumbrarme a la pronunciación. A diferencia del persa iraní, que es el que aprendí de mi madre, el darí aún conserva algunos giros arcaizantes (por ejemplo: mayor número de fonemas vocales) y, a mi juicio, un tanto afectados. Me resultaba bonito al oído y ciertamente curioso, como si en Madrid la gente siguiera utilizando en su día a día el castellano del Siglo de Oro.

Tanto el niño como el adulto se nos quedaron mirando como a dos extraños animales mientras entrábamos en el museo. Una vez allí, nos reunimos con el doctor Zurmati en su despacho. Rashmulá Zurmati era un hombre de mediana edad, completamente calvo y de rostro enjuto. Una barba gris delineaba el perfil de su mandíbula. Nos recibió ataviado con la vestimenta típica afgana, el *perahan tunban*, una especie de camisola larga hasta las rodillas. Como Zurmati era un hombre muy alto y delgado, la suya, de un elegante color gris perla, le daba cierto aspecto de santón venerable.

La conversación transcurrió en inglés, idioma que Zurmati hablaba correctamente salvo por un dulzón acento persa. Mientras yo preparaba la cámara, Margo le explicó brevemente cómo se haría la grabación.

—¿Esto será como una especie de entrevista? —preguntó el conservador.

—No, no, no —se apresuró a responder mi compañera—. Más bien una charla, sin guion. Usted hable cuanto quiera, no tema explayarse. Diríjase a la cámara o a mí, como le sea más cómodo. Suren y yo nos encargaremos de editarlo después.

Zurmati me dedicó una mirada apreciativa.

—Suren... Tiene usted un nombre muy importante, amigo mío. Persa, ¿verdad? Pero usted no es persa.

—No, mi madre lo es.

—Ya veo. Supongo que a mucha gente en España su nombre le sonará extraño, pero aquí no, aquí se trata de un nombre que trae a la memoria ecos imperiales. La dinastía de Suren gobernó desde Kabul el Reino indoparto hace más de dos mil años. Una antigua tradición dice que su primer rey, Gondofares, acogió en su corte al apóstol santo Tomás cuando este se dirigía a evangelizar la India. También se cree que Gaspar, uno de los magos persas que acudieron a Belén a adorar al Niño Jesús, era un monarca de la estirpe de los surénidas.

—¿Has grabado eso, Suren?

—Por supuesto, de lo contrario Lucas nunca me creerá cuando le diga que descendemos de los Reyes Magos.

—Estupendo. ¿Ve qué fácil ha sido, profesor Zurmati? ¿A que no se ha puesto nervioso ni nada? Pues este es el tipo de cosas que nos gustaría que nos contara, aunque más relacionadas con el proyecto de Tell Teba. Jaan Kirkmann nos dijo que conoce usted ciertos datos interesantes sobre ese yacimiento.

—Entendido, creo que me hago a la idea. ¿Quieren que me siente aquí, junto a la ventana, o...?

—Tengo una idea mejor: recorreremos las salas del museo y Suren nos seguirá con la cámara. Charlaremos sobre Tell Teba y, de paso, puede enseñarnos algunas piezas que le gusten. Hagamos que todo fluya de manera natural, ¿ok?

A Zurmati le entusiasmó la sugerencia. Margo y yo le seguimos en un paseo entre las antigüedades del museo mientras él nos contaba detalles sobre algunas de sus favoritas, así como la accidentada historia del edificio. De vez en cuando Margo espoleaba su locuacidad con alguna pregunta o comentario, eso se le daba de muerte.

—Profesor Zurmati, el GIDHE piensa que en Tell Teba hay restos arqueológicos que pueden mostrar hechos desconocidos del pasado de esta tierra. ¿Qué cree usted que hay en ese lugar, exactamente?

—Grandes tesoros. La tierra donde se encuentra Tell Teba era el antiguo Kabulistán, el eje del mundo antiguo. Alejandro Magno, sin duda el hombre más extraordinario que jamás ha existido, sabía que Afganistán era la puerta de Oriente, y que cuando esa puerta fuese abierta, el mundo cambiaría para siempre. Era justo lo que él pretendía. Por desgracia murió demasiado pronto, pero esa puerta que él abrió ya nunca volvería a cerrarse. Vengan conmigo, quiero enseñarles algo que les ayudará a comprender mejor mis palabras.

Seguimos a Zurmati hasta una de las salas donde había expuestas varias piezas de los siglos inmediatamente anteriores a la era cristiana. El profesor abrió una vitrina y sacó de ella una estatuilla de piedra con la forma de un hombre.

—Esta pieza data del siglo I antes de Cristo y fue encontrada en Bagram, a menos de cien kilómetros de aquí. Dígame, ¿a quién cree que representa esta figura?

—Bueno, no soy una experta como usted, pero me la voy a jugar y diré que es Buda.

—Correcto, es Buda. ¿Cómo lo ha sabido?

—El pelo rizado con ese moño, la túnica, el halo en la cabeza... En fin, así es como suele representarse a Buda, ¿no es cierto?

—Totalmente. Pero escuche: no existen representaciones de Buda con forma humana anteriores al siglo II antes de Cristo. Durante siglos, sus seguidores jamás pusieron rostro al fundador de su fe, siempre se le representaba mediante símbolos. Entonces, de pronto, algo sucedió, algo trascendental: Alejandro llegó a la India. ¿Sabe cuál era el nombre primitivo de la ciudad de Bagram, donde se halló esta pieza? ¡Alejandría del Cáucaso! A la muerte de Alejandro, Bagram se convirtió en la capital de un reino cuya cultura era esencialmente griega, ¡un reino helenístico a las puertas de la India! Ahora vuelva a mirar esta estatuilla con atención, observe sus detalles: los rizos de su peinado, el moño... Son propios de una estatua griega, ¿se da cuenta? El cabello del Apolo Belvedere luce de forma idéntica. En cuanto al halo, es un recurso del arte helenístico: a los héroes de la mitología griega se les representaba con un halo en la cabeza. Ahora contemple la túnica: en realidad es el atuendo de un filósofo ateniense, un himatión, con sus típicos pliegues en forma de paño mojado. Los filósofos indios, como lo era Buda, no vestían de esta forma, de hecho, solían ir casi desnudos. ¿Y qué me dice de la postura? ¿No observa en ella un *contrapposto* similar al de las estatuas de Fidias o Praxíteles? Esta estatua, amiga mía, es completamente helenística. La imagen prototípica de Buda, esa que usted ha identificado con un solo vistazo, no vino de Oriente sino de Grecia. Esto es un ejemplo de lo que se conoce como arte grecobudista o escuela de Gandhara, uno de los sincretismos culturales más sorprendentes que existen y que surge de los reinos helenísticos que aparecieron en Afganistán a partir del 323 antes de Cristo. Algunos de sus monarcas, como Menandro I, incluso abrazaron la fe budista.

—¿Y cuánto tiempo se mantuvieron esos reinos?

—Esa es una pregunta difícil de responder dado que apenas tenemos registros detallados de esa época. Fueron varios los estados helenísticos que se sucedieron tras la muerte de Alejandro: el Imperio seléucida, el Reino de Bactria, el Reino indogriego de Agatocles, el Imperio kushán... Digamos que la presencia de la cultura griega en esta región estuvo vigente de una u otra forma hasta el siglo IX, cuando los musulmanes persas se hicieron con el control del Kabulistán.

Disimuladamente contuve un bostezo y me acerqué a una pared para apoyar la espalda. La cámara empezaba a pesarme y hacía tiempo que me había perdido entre tantos reinos y nombres extraños. Estaba seguro de que Margo se cargaría casi toda aquella conversación en el montaje.

—Profesor Zurmati, tengo entendido que unos arqueólogos encontraron algo sorprendente en Tell Teba hace décadas. ¿Sabe de qué se trata y por qué tiene tanto valor?

Me dio la sensación de que aquel comentario no motivaba especialmente a Zurmati.

—Al parecer, son las ruinas de un *vihara*, un monasterio del siglo IV o V, creo... Pero no es el monasterio lo más importante. No, ahí hay algo más...

—¿A qué se refiere?

—En realidad, ese monasterio es algo meramente superficial: un *vihara* del siglo V... Bien, eso ya lo sabíamos: los franceses de la DAFA lo descubrieron hace cincuenta años. Debemos superar esa idea, ir más allá. Tal vez Tell Teba no sea más que la puerta que nos lleve a un descubrimiento trascendental. Y terrorífico.

—¿Qué descubrimiento es ese?

Zurmati extendió su dedo índice hacia arriba, como un orador a punto de decir algo importante.

—La Ruina de Alejandro: el Furioso Resplandor.

7
Suren

«No lo despiertes, gran rey, deja que duerma.
Deja que duerma o sabrás lo que es el terror»

—La Ruina de Alejandro —repitió Margo—. Ese es el nombre de un valle cercano a Tell Teba, ¿no es cierto, profesor Zurmati?

—Exacto. Justo en el corazón de la cordillera del Mahastún. Las cumbres de esas montañas están cubiertas por nieves perpetuas, son peligrosas y traicioneras. Existe un paso para atravesarlas, el paso de Cinvat, pero un movimiento sísmico que tuvo lugar a principios del siglo XX lo cerró para siempre.

—De modo que hoy ese valle es prácticamente inaccesible.

—Sí, pero no crea que era más fácil cuando el paso estaba abierto. Cinvat es un nombre arcaico, no es persa sino avéstico: una antiquísima lengua indoeuropea que utilizaban los magos de Zoroastro. Según su religión, para llegar al más allá las almas de los mortales debían atravesar un puente llamado Cinvat Peretum o Puente del Juicio. Solo los virtuosos lograban llegar al otro lado, los demás se precipitaban al infierno. Imagínese cómo de peligroso y temible debía de ser el paso del Mahastún para que lo bautizaran con el nombre de ese puente.

—También imagino que no mucha gente querría cruzarlo si lo que había al otro lado era un valle al que llamaban Ruina de Alejandro. No es un nombre muy atractivo.

—Cierto, pero esa denominación es tardía. Ese valle tiene muchos nombres en realidad. Los magos de Zoroastro, los que bautizaron el paso de Cinvat hace miles de años, lo llamaban de otra forma: la Morada del Furioso Resplandor.

—Estoy verdaderamente intrigada, profesor Zurmati, ¿qué o quién es el Furioso Resplandor?

—Para eso no tengo respuesta.

Margo pareció decepcionada. Yo también. Esperaba algo más espectacular dadas las expectativas.

—Pero sé una cosa —añadió el conservador—. Alejandro Magno lo vio con sus propios ojos: él atravesó el paso de Cinvat con sus hombres, estuvo en el corazón del Mahastún y allí... encontró algo.

—Debe contarnos esa historia, ¿no es verdad, Suren?

—Parece francamente buena —señalé.

Zurmati dirigió una tímida sonrisa a la cámara.

—¿Podría apagar eso un instante, si es tan amable?

Miré a Margo y ella asintió, de modo que desconecté la Niepce.

—¿Hay algún problema, profesor? —preguntó mi compañera.

—No, no; todo está bien. Pero lo que estoy a punto de contarles me gustaría que no quedara registrado, al menos no por el momento. ¿Les parece que volvamos a mi despacho?

Le seguimos obedientemente. Una vez allí, Zurmati nos preparó un té en un samovar repujado. Mientras, nos preguntó si habíamos leído alguna biografía de Alejandro Magno. Empezaba a pensar que el conservador tenía una leve monomanía con el personaje.

Yo contesté que no, salvo que aquella terrible película en la que Colin Farrell aparecía teñido de rubio —y durante la que me dormí a medio metraje— contara como biografía seria. Margo, por su parte, me dejó como un inculto respondiendo que ella había leído las *Vidas paralelas* de Plutarco.

—Ah, sí, Plutarco... —dijo Zurmati mientras servía el té—. Pero él escribió su biografía siglos después de la muerte de Alejandro, como usted sabe; al igual que Diodoro Sículo, Arriano, Justino y tantos otros. Por supuesto que en tiempos de Alejandro se escribieron muchos textos sobre sus hazañas, la mayoría por personas que lo conocieron bien, que lo acompañaron en sus conquistas. Pero todos aquellos textos se perdieron. Hoy en día solo los conocemos por fragmentos citados en fuentes secundarias como las *Vidas paralelas* de Plutarco... ¿Les gusta el té?

—Delicioso —respondió Margo.

Yo lo olisqueé un poco antes de probarlo. Olía a azafrán.

—Gracias. Es *khawah*, una mezcla local... ¿Por dónde iba? Oh, sí, las fuentes... Verán, entre todas esas fuentes secundarias hay una muy poco conocida, se trata del Antígono persa o Pseudo Antígono, un códice medieval escrito en Babilonia hace unos mil trescientos años. Fue saqueado de este museo en 1989, vendido en el mercado negro y recuperado de nuevo hace siete años; por eso es tan poco conocido. Desde entonces he estado estudiándolo.

» Se pensaba que el códice era una biografía inventada por un cronista persa anónimo, a partir de fuentes secundarias y firmada con el nombre de Antígono el Tuerto, uno de los generales más cercanos a Alejandro. Pero cuando yo analicé el códice me llevé una gran sorpresa: el texto no era una invención, es la copia literal de una auténtica biografía de Alejandro, hoy perdida, escrita por el verdadero Antígono el Tuerto. El texto de ese códice, en definitiva, es el testimonio directo de alguien que luchó junto a Alejandro aquí, en Afganistán, y uno de sus pasajes cuenta un episodio intrigante.

Entre trago y trago de té, Zurmati fue desgranando su historia con esa voz profunda adornada con su dulce acento darí. Según lo que recuerdo, decía más o menos así:

Durante su camino hacia la India Alejandro capturó una importante ciudad en el valle del río Kabul. Allí había un gran templo del fuego administrado por magos de Zoroastro, hombres que leían secretos en las estrellas. Se decía que no existía oráculo en Delfos ni en Olimpia ni en Siwa ni en cualquier otro lugar del mundo que superara en conocimiento y sabiduría a los magos de Zoroastro.

Alejandro quiso entrevistarse con ellos para comprender sus secretos y, según el Antígono persa, durante aquel debate les contó cómo el oráculo de Amón lo había proclamado hijo de los dioses después de conquistar Egipto. Los magos de Zoroastro no se mostraron muy impresionados. Se produjo un diálogo entre los sabios y el rey que el Antígono persa recogía de esta forma:

> —Te crees hijo de Zeus, gran rey, pero sangras, y temes, como cualquier otro mortal.
>
> —No temo a nada ni a nadie.
>
> —Pues si es así, gran rey, atrévete a cruzar el paso que solo los puros pueden atravesar. Atrévete a cruzar el paso de Cinvat.
>
> —Yo sé que ese lugar solo las almas de los muertos pueden cruzarlo, y mi alma sigue aquí, conmigo, y aquí permanecerá durante mucho tiempo, mientras me sonría la Fortuna.
>
> —No ese puente, gran rey, sino otro con el mismo nombre: el paso del Pedestal de la Luna, el paso de las montañas. Atrévete a cruzarlo y encontrarás tesoros como jamás has visto, pero también verás el Furioso Resplandor. No lo despiertes, gran rey, deja que duerma. Deja que duerma o conocerás el más profundo de los terrores.

Alejandro nunca fue capaz de ignorar un desafío y partió en busca del Pedestal de la Luna junto con una parte de su ejército. Al llegar frente al paso de Cinvat, Alejandro dejó a Antígono guardando la entrada y él se aventuró en las montañas con un grupo de hombres, los más valientes, los más fieros: la élite de entre sus tropas invencibles.

Pasaron los días. Alejandro no regresaba. El general Antígono empezaba a temer lo peor cuando, una noche, justo antes del amanecer, el hijo de Zeus apareció en el campamento. Cincuenta hombres habían cruzado con él el paso de Cinvat pero Alejandro regresaba solo. Y temblaba igual que un niño. Antígono quiso saber dónde estaban los demás soldados y Alejandro respondió que se habían quedado en el valle. El general entonces señaló que debían ir a buscarlos, pero Alejandro lo impidió con estas palabras: «¡No! Dejad que duerma. ¡Por los dioses! Dejad que duerma».

Entonces el rey ordenó a voces levantar el campamento y se alejó del Mahastún a tanta velocidad como pudo imponerle a su montura. No paró la marcha hasta que los hombres que lo acompañaban empezaron a caer exhaustos por el camino.

Alejandro nunca contó a nadie lo que vio en el valle del Mahastún ni por qué regresó solo del paso de Cinvat. Se sospechaba que algo terrible le había ocurrido al gran Rey en aquel valle, que desde entonces es conocido como la Ruina de Alejandro. Una ruina cuyo secreto el hijo de Zeus se llevó a la tumba.

Esta fue la historia que Zurmati nos contó aquel día en su despacho. No la grabé con mi cámara, pero conservo cada una de sus palabras como cicatrices en la memoria.

Margo preguntó qué había de cierto en aquella historia. Para Zurmati, lo importante no era la literalidad del relato, sino el hecho de que indicaba que había algo en el interior del Mahastún que merecía ser explorado.

—¿Algo como qué? —quiso saber Margo.

—En mi opinión, se trata de una ciudad. Varios indicios apuntan a ello: en primer lugar, el *vihara* de Tell Teba ya es una prueba de su existencia. Esa clase de cenobios solían construirse cerca de las ciudades, ya que estas proporcionaban sustento a los monjes. Tiene que haber alguna cerca que aún no se ha encontrado. Supongo que está en el único sitio donde no se han hecho exploraciones de ningún tipo: en el valle del Mahastún.

Zurmati nos explicó entonces que, hacia la década de 1820, durante la primera guerra anglo-india, un aventurero mercenario de Wisconsin llamado Alexander Gardner aseguró haber atravesado el paso de Cinvat. Dijo que allí había restos de una ciudad muy antigua, llena de tesoros, y que aún estaba habitada por gentes hostiles de las que Gardner pudo escapar de milagro.

El americano contó muchas veces su relato de la ciudad perdida, junto con otras vivencias igual de estrambóticas, hasta que, dicen, llegó a oídos del escritor Rudyard Kipling, a quien sirvió de inspiración para escribir su cuento *El hombre que pudo reinar*. Esa película sí que me gustó.

—Ciertamente, el relato de Gardner suena inverosímil —señaló Zurmati—. Es muy improbable que él solo atravesara el paso de Cinvat. Yo pienso que Gardner escuchó algunas historias y leyendas locales y las adornó convirtiéndose él en el protagonista. No obstante, es llamativo que esas leyendas existieran: desde hace siglos se habla del Mahastún y de la Ruina de Alejandro como de un lugar donde se ocultan dioses, tesoros, ciudades perdidas y, en tiempos más recientes, incluso extraterrestres. —El conservador mostró una sonrisa burlona—. Es difícil saber qué hay o no de cierto en esas historias, pero cuando una leyenda se sostiene en una tradición oral antigua (y esta se remonta más de dos mil trescientos años en el tiempo) casi siempre hay una base real que la alimenta.

—¿Y qué papel cumple el monasterio de Tell Teba en esta historia?

—Pienso que el *vihara* muestra un acceso a la Ruina de Alejandro, un camino abierto por los monjes como alternativa al lejano paso de Cinvat. Si desapareciera bajo una mina de litio, sería una catástrofe.

En ese momento ocurrió algo extraño. Justo cuando Zurmati mencionó la mina de litio, alguien lo llamó por su interfono y le pidió que acudiera a otro punto del museo. Zurmati se disculpó y nos dejó a solas, prometiendo regresar en unos minutos.

Al cabo de unos tres cuartos de hora, un tipo que dijo ser un vigilante del museo (aunque más bien tenía pinta de guerrillero) apareció en el despacho y nos dijo que, lamentablemente, al profesor Zurmati le había surgido un imprevisto y no podría continuar la entrevista. Después nos acompañó a la salida sin ninguna ceremonia.

—Vaya... Eso ha sido... inesperado —dijo Margo cuando estuvimos fuera—. Justo cuando menciona el litio, va y desaparece oportunamente. Llámame paranoica, pero empiezo a pensar que el señor Yang tiene oídos por todas partes.

—Espero que no hayamos metido al pobre Zurmati en un follón...

—¿Cuánto has grabado de la entrevista?

—Unos cincuenta minutos.

—¡Buf! Demasiado, habrá que reducirlo a cinco como mucho. De lo único que hablaba este tío era de Alejandro Magno y lo más jugoso ni siquiera hemos podido grabarlo —protestó—. Era gay, ¿verdad?

—¿Quién? ¿Zurmati?

—No, hombre, no: Alejandro Magno. Dicen que era gay.

—Y yo qué sé. ¿Qué más da eso?

—Podríamos dejarlo caer en el documental. Ya sabes: comparar la mentalidad pagana de hace siglos y el pensamiento religioso actual. Si Alejandro viviera hoy en día, algunos cristianos lo meterían en un campamento para curar la homosexualidad y los musulmanes fundamentalistas lo colgarían de una grúa.

—No sé cómo diablos vamos a dejar caer eso sin que parezca que lo hemos metido con calzador —repliqué, recordando viejas disputas de tiempos pasados.

—Ya se me ocurrirá algo.

—Es que, sinceramente, no me parece que venga a cuento.

—Relájate, Suren... *Don't be chicken!*

—¿Sabes? Nunca me gustó esa coletilla.

Llamamos al señor Yang para que viniera a recogernos y apareció al cabo de unos veinte minutos en su coche blindado.

—¿Cómo les ha ido? —nos preguntó—. ¿La entrevista ha sido de su interés?

—Sí, en cierto modo —respondió Margo—. Oiga, señor Yang, aquí en Kabul ya no nos queda nada por hacer, ¿no habría alguna forma de adelantar nuestro traslado a Tell Teba? Quisiéramos irnos hoy en vez de mañana.

—Lo siento, me temo que eso no será posible. Precisamente iba a decirles que han surgido problemas con su transporte y que tendrán que permanecer en la ciudad algún tiempo más de lo esperado.

—¿Qué clase de problemas?

—No se inquiete, asuntos burocráticos, nada que no se pueda solucionar.

—Pero ¿de cuánto tiempo estamos hablando, señor Yang?

—Oh, no mucho, seguramente... Les informaré de inmediato de cualquier novedad al respecto. Entretanto, si necesitan cualquier cosa, no duden en ponerse en contacto conmigo.

—Esto es muy irregular, hablaremos con el señor Kirkmann.

Yang sonrió.

—Por supuesto, por supuesto, háganlo —dijo de manera servil. Algo en su tono de voz me hizo comprender que hablar con Kirkmann no iba a resolver nada—. Ahora, si les parece, les llevaré de regreso a su hostal.

Margo y yo intercambiamos una mirada. Creo que ella sospechaba lo mismo que yo: estaríamos atrapados en Kabul hasta que Yang, o quienquiera que fuese el responsable de aquel sutil sabotaje, decidiera dejarnos marchar.

8
Diana

«Creo que he encontrado algo importante»

Pesadillas. Otra vez. Es la tercera noche que paso en Tell Teba y en todas he tenido malos sueños. Algo flota en el aire que convierte mis descansos en películas de terror.

Cuando suena la alarma del móvil a las siete en punto tengo la sensación de haber dormido apenas unos minutos, así que la ignoro. Estos madrugones van a acabar conmigo. Abro los ojos otra vez y han pasado cincuenta minutos. Maldita sea. Salto de la cama, me visto con lo primero que encuentro y salgo corriendo hacia el yacimiento, donde a estas horas seguramente todos estarán trabajando desde hace rato.

Los arqueólogos dormimos en el pabellón dos. Un edificio lleno de cuartos vacíos mínimamente habitable gracias a unos cuantos catres y un generador eléctrico. En sus mejores momentos parece el módulo de una cárcel abandonada.

La doctora Trashani ocupa un dormitorio junto al mío, aunque la médico prefiere pasar las noches en un catre de la enfermería, por si hay alguna urgencia de madrugada. El resto de las habitaciones del pabellón dos son las de Wörlitz, Ruben, Anton Skalder (nuestro ingeniero experto en cacharros raros) y Ugo, el adiestrador de Fido. Ugo y su perro fueron los últimos en unirse a la misión, llegaron a Tell Teba ayer, en uno de los Kaija. Me parece injusto que a mí me trajeran en un viejo helicóptero y reservaran el transporte de lujo para el perro; claro que Fido no es un perro normal.

En definitiva, cuatro hombres, dos mujeres (Trashani y yo) y un perro. Ese es el núcleo del equipo del GIDHE para la misión de Tell Teba. Todos ellos contratados personalmente por Kirkmann.

Por supuesto, no estamos solos. Además, hay treinta estudiantes de arqueología de la Universidad de Kabul que nos ayudan a buscar y recuperar las piezas de valor. Todos son hombres. Los coordina un profesor de la universidad, barbudo y cetrino, llamado Fadil. Jamás me mira a los ojos en las raras ocasiones en que me dirige la palabra.

La presencia de los estudiantes es una exigencia del gobierno talibán: temían que, si traíamos a nuestra propia cuadrilla de arqueólogos, nos lleváramos las piezas encontradas a museos occidentales. Como británica que soy, y dados nuestros antecedentes, no puedo reprocharles ese temor. Fadil y sus chicos están aquí para asegurarse de que ni una lasca de cerámica sale de Afganistán sin permiso del gobierno.

Al abandonar el pabellón dos a toda prisa me topo con Ruben. Más bien, casi me lo llevo por delante. Mi amigo lleva puesto un grueso plumas porque hace mucho frío. Eso amortigua el golpe.

—Eh, cuidado, Diana, ¿dónde es el fuego?

—¡Me he quedado dormida! ¡Hace rato que debería estar con Wörlitz, ayudando a desescombrar el acceso al monasterio!

—Dice el apócrifo de Josías: «La mujer que corre demasiado cae con más fuerza al tropezar» —replica, aunque estoy segura de que no existe ningún apócrifo de Josías—. Tranquila, Wörlitz tiene ayuda de sobra con Fadil y sus estudiantes; probablemente ni se ha dado cuenta de que no estás.

—¿Tú también vas hacia el yacimiento?

—No, hoy no. La cadera me está dando la tabarra, debe de ser por el frío, creo que va a nevar. —Ruben tuvo un accidente cuando participaba en una excavación en Georgia: una furgoneta con el freno de mano mal puesto se le vino encima y lo embistió. Ahora lleva una cadera artificial—. No me veo con fuerzas para andar triscando por el monte como una cabra loca. ¿Por qué no vienes conmigo al almacén? Quiero enseñarte algo.

Acompaño a Ruben al pabellón tres, una pequeña edificación no más grande que un garaje donde guardamos las piezas que hemos encontrado. De momento no son muchas, esperamos llenarlo en cuanto abramos el *vihara*. Tal vez hoy mismo.

Dentro del almacén hay una mesa plegable. Sobre ella veo un pequeño estuche de cuero que encontramos ayer entre los escombros que tapan la entrada al monasterio. En el interior del estuche había un pergamino con escrituras. Ruben ha estado trabajando en él y cree que ya tiene una traducción. Eso es lo que quería enseñarme.

Le echo un vistazo al pergamino. Es pequeño y quebradizo. El texto, de unas pocas líneas, está borroso, pero en general resulta legible.

—¿En qué idioma está escrito? —pregunto—. Parece griego clásico.

—No lo es, pero casi aciertas. Es alfabeto grecobactriano.

Asiento lentamente. El grecobactriano es una lengua irania ya extinta que fue desarrollada en la región donde nos encontramos durante el siglo I después de Cristo. Proviene del griego clásico que se utilizaba en los estados que surgieron en Oriente Medio tras la muerte de Alejandro Magno.

—Hay algo curioso en ese texto, por eso quería enseñártelo —dice Ruben—. Utiliza el alfabeto grecobactriano, pero no está escrito en esa lengua sino en sánscrito clásico.

Eso me sorprende. ¿Qué antigua civilización afgana escribía en bactriano y hablaba en sánscrito clásico? Ninguna que yo conozca. Los kushán, que eran un pueblo nómada de China que se establecieron en el Kabulistán, fueron quienes desarrollaron el lenguaje bactriano y no hablaban sánscrito. Todos los pueblos que hablaban sánscrito escribían en sánscrito. Es de cajón.

—Eso no tiene mucho sentido... ¿Qué es lo que dice?

Ruben me pasa una hoja anotada con la traducción:

> Año 1084 de la era yavanarajya, en el día 27 de Prausthapada.
>
> En el nombre de Acalanata el Inamovible: nada puede despertar al Furioso Resplandor. Ahora está con nosotros. Ahora somos nosotros. Por eso sellamos este santuario. Solo Alejandro, Bendito por los Dioses, puede romper este sello.
>
> En el nombre de Acalanata el Inamovible: dejad que duerma.

—Fíjate en la fecha —indica Ruben—. Año 1084 de la era yavanarajya... Eso equivale, más o menos, al siglo x de la era cristiana. Si el santuario al que se refiere este texto es el *vihara* de nuestro yacimiento, entonces todo apunta a que fueron los propios monjes quienes lo sellaron, justo en la fecha en que los arqueólogos de la DAFA creían que fue abandonado.

—De modo que tenían razón...

—¡Exacto! Este texto es un gran hallazgo.

Valoro el pergamino con más atención. Me pregunto qué precio podría alcanzar algo semejante en el mercado de antigüedades.

—Sin duda, pero el contenido es muy confuso... «Alejandro, Bendito por los Dioses». ¿Tal vez Alejandro Magno? ¿Y qué puede ser ese «Furioso Resplandor»?

—Diría que tenemos aquí un sugestivo rompecabezas. Será interesante ver cómo lo resuelves.

—Gracias por tu voto de confianza, pero este galimatías no me dice nada.

—Oh, no, eso no es cierto, lo sé. Algo te ronda por la cabeza, lo veo en tus ojos.

Tal vez... Podría ser... Aunque es solo una teoría...

En cualquier caso, ahora no tengo tiempo para desarrollarla. Más tarde quizá. Ya es hora de que me reúna con Wörlitz en el yacimiento. Al menos, Ruben me ha dado una excusa para justificar mi retraso sin tener que reconocer que se me han pegado las sábanas.

Dejo a Ruben en el almacén y me dirijo hacia el yacimiento. Al atravesar la explanada central de Zombieland veo cómo uno de nuestros dos vehículos Kaija toma tierra. Me pregunto si traerá por fin a los dos cineastas que van a grabar el documental sobre la misión. Todavía los estamos esperando.

Me paro un momento a observar el Kaija porque me fascina la manera tan grácil con que se mueve. Aunque tiene el tamaño de una autocaravana, flota en el aire igual que una pluma y apenas hace ruido. Parece cosa de magia.

El Kaija no trae pasajeros. Un grupo de afganos descarga de su interior algunos víveres: bidones de agua, productos congelados y unas pesadas barricas de aceite para freír. No se puede decir que la dieta en Zombieland sea la más sana, pero nos mantiene bien surtidos de proteínas.

Dejo atrás la zona de aterrizaje y tomo el sendero que conduce al *vihara.* Paso a paso, me aproximo hacia la imponente e inmensa ladera oeste del Mahastún, con sus picos cubiertos de niebla enfermiza. En lo alto del Pedestal de la Luna las nieves son perpetuas. Una leyenda dice que son restos de tierra lunar: cuando el dios Brahma creó el firmamento, primero esculpió la luna y luego la colocó cuidadosamente sobre el Mahastún para que el monte la sujetara mientras Indra colgaba las estrellas en el cielo. Por eso dicen que, por las noches, las cimas del Mahastún emiten un brillo plateado.

Lo cierto es que en mi primera noche en Tell Teba creí ver una débil fosforescencia sobre el monte. Seguramente un efecto óptico, producido por el reflejo de la luz de la luna en las nieblas de la cima. Aunque, como suele decir Ruben, eso demuestra que en todos los mitos hay una base de realidad.

Tras un ascenso por la pendiente de la ladera llego al yacimiento. Desde que se produjo el tiroteo, el perímetro está custodiado por hombres de Tagma. Llevan ese uniforme futurista, con su camaleónico yelmo que les cubre el rostro por completo, dándoles un aspecto inquietante.

De pronto, al cruzar el perímetro de seguridad, una criatura peluda viene trotando hacia mí. Escucho una voz que brota de mi teléfono móvil, en mi muñeca, curiosamente parecida a la del actor Tom Holland.

¡Hola, humano! ¡Conozco tu olor! ¡Me gusta! ¡Eres Diana! ¿Cómo estás, Diana? Yo soy Fido.

Todos los del equipo de la Iniciativa tenemos una aplicación instalada en el móvil que se activa cuando Fido «habla» cerca de nosotros, así podemos escuchar lo que dice. Detrás de Fido aparece Ugo, su adiestrador, un atractivo italiano moreno de cuerpo perfecto y que, hasta ahora, se muestra inmune a mis encantos. Ugo solo parece tener ojos para Fido.

—Buenos días, Diana —me saluda—. ¿Lista para una nueva jornada?

—Más que nunca. Y buenos días a ti también, Fido.

Buenos días, Diana. Hueles a desodorante y a sueño. Tienes sueño.

—Chico listo.

Me encantaría tener un Fido para mí sola. Es más perspicaz que la mayoría de los hombres con los que he estado, y mucho más atento.

¿Quieres jugar? Estoy jugando con Ugo. Es mi amigo.

—Claro. Tráeme un palo y te lo lanzaré.

No. Palo no. Buscar. Estamos buscando. Yo busco Las Cosas y Ugo me da El Premio. Me gusta El Premio. Está rico. ¿Quieres un El Premio? ¡Ugo, tengo una idea! ¡Dale un El Premio a Diana!

Ay, chucho, ya me gustaría...

—Mejor no, Fido. No creo que a Diana le gusten tus premios.

El Premio sabe a hígado crudo y patas de pollo. Pero aún no me han dado El Premio. Aún no lo he ganado. Tengo hambre. ¡Mira! ¡Un bicho!

Al ver a una lagartija descansando sobre una piedra, Fido pierde el interés en nosotros y empieza a olfatearla con curiosidad. El pobre reptil, asustado, se escabulle con rapidez y Fido va tras él. Le pregunto a Ugo qué es lo que están buscando.

—Piezas, antigüedades, ese tipo de cosas... Fido está adiestrado para encontrar objetos en el subsuelo si no se hallan a mucha profundidad. Wörlitz quiere que lo pruebe hoy por primera vez en el yacimiento, a ver qué tal resulta.

De pronto Fido empieza a ladrar llamando nuestra atención. Está entre dos enormes peñascos, escarbando con las patas delanteras.

¡Ugo, ven! ¡Corre! ¡Ven! ¡He buscado El Algo!

—«Encontrado», Fido. Se dice «he encontrado algo» —dice Ugo. Al parecer, la inteligencia artificial de Fido puede mejorar su vocabulario si se la corrige con regularidad.

¡Está aquí! ¡Ven! ¡Estaba persiguiendo a El Bicho y he buscado El Algo! Pero El Premio es para mí y no para El Bicho. El Bicho no ha buscado nada. No sabe.

Ugo le da una golosina a Fido mientras le pondera su éxito con entusiasmo exagerado. En efecto, el perro ha encontrado un «El Algo». Mientras recibe su merecido premio, yo continúo sacando tierra con las manos hasta desenterrar un objeto. Lo examino con el corazón palpitante. A primera vista me parece un *kila*, una daga de metal con forma de estaca de unas seis pulgadas. En el extremo de la empuñadura hay una cabeza con tres rostros tallada en una piedra blanca.

La daga *kila* o «puñal de los espíritus» se utiliza en algunos rituales del budismo tibetano como arma simbólica para vencer el miedo y la ignorancia. La que tengo entre mis manos parece en buen estado. Le doy la enhorabuena a Fido por descubrirla.

Gracias. ¿Puedo comérmela?

—Mejor no, no te gustaría el sabor. —Examino la daga y veo una inscripción en el filo. Juraría que es alfabeto grecobactriano, como el del texto que Ruben acaba de enseñarme. ¡Fantástico!

Esto abre una sugestiva gama posibilidades. Creo que he encontrado algo importante—. Ugo, tengo que enseñarle esto al doctor Wörlitz, ¿sabes dónde está?

—Acabo de verlo cerca del *vihara*, con los estudiantes afganos.

Encuentro a Wörlitz supervisando los trabajos de desescombro de la entrada al monasterio. Los estudiantes de la Universidad de Kabul acarrean capazos con tierra y rocas mientras su responsable, Fadil, les da instrucciones en su idioma. Suena como si les estuviera metiendo prisa. Wörlitz los contempla con una expresión de disgusto.

—Esto es muy doloroso, ¿sabes, Diana? —me confía—. Entiendo que estamos trabajando a contrarreloj y que no tenemos tiempo que perder, pero sufro al ver de qué manera estamos maltratando este yacimiento. Te aseguro que esto es cualquier cosa menos arqueología.

Entiendo a qué se refiere, y en parte siento lo mismo. En circunstancias normales, un yacimiento debe estudiarse con delicadeza. Es necesario emplear tiempo en abrir catas, estudiar los estratos del subsuelo y, en fin, llevar a cabo toda clase de concienzudos análisis antes de empezar a sacar tierra a paletadas como si se cavase una letrina. Es preferible no imaginar la cantidad de valiosa información que Fadil y sus estudiantes estarán destruyendo con sus capazos.

—En realidad, no es arqueología —replico—. Es una misión de rescate. Tú sabes de qué va esto, Erich: estuviste en Palmira.

—Incluso allí trabajábamos con más delicadeza... —refunfuña él—. ¡Fadil, por el amor de Dios, diles a tus chicos que tengan cuidado al retirar la tierra! ¡Puede haber restos importantes entre los escombros!

—Podemos ir más despacio si quiere, doctor Wörlitz; pero le aseguro que los chinos no tendrán tanto cuidado cuando conviertan esto en una mina —replica el afgano, en inglés con un fuerte acento—. Y cada vez falta menos para que eso ocurra.

—Está bien, está bien, entendido; que no bajen el ritmo. —Wörlitz me mira y chasquea la lengua—. No me gusta un pelo ese individuo. Tiene de profesor universitario lo que yo de domador de circo... Y en cuanto a esos supuestos estudiantes, prefiero no adivinar de dónde los han sacado.

Me fijo en uno de ellos, un joven con una tupida barba negra que está cargando con un cubo lleno de tierra. Me dedica una mirada francamente hostil mientras se aleja. Entonces me doy cuenta de que he olvidado cubrirme con el hiyab.

—Parecen buenos chicos... —digo, no muy convencida.

A continuación, le muestro a Wörlitz la daga que Fido ha desenterrado. Con eso logro que olvide por un momento su mal humor.

—Fantástico. El extraño perro parlante sí que nos puede ser útil después de todo. No estaba nada convencido de ello, pero Kirkmann insistió tanto en traerlo... —El arqueólogo examina la diga minuciosamente—. Parece un cuchillo ceremonial. ¿Dónde lo has encontrado?

—A una media milla en esa dirección, entre unos peñascos. Ugo apuntó las coordenadas exactas.

—Bien. Realizaremos una lectura tomográfica de la zona, por si hubiera algo más. ¿Te importa llevar la daga al laboratorio? Pídele a Skalder que la escanee y que saque una copia con la impresora 3D, así podremos quedarnos con una reproducción cuando entreguemos la original al Museo de Kabul.

De pronto los estudiantes empiezan a lanzar exclamaciones. Suenan como los hinchas del Liverpool cuando ven a Firmino correr hacia la portería con el balón. Fadil se acerca a nosotros agitando los brazos, eufórico.

—¡Doctor Wörlitz! ¡Una grieta! ¡Hemos abierto una grieta en la entrada!

Parece que al fin vamos a poder explorar el interior del monasterio.

9
Diana

«Jamás habría imaginado que la vida de un hombre dependería de que yo resolviera un acertijo»

La grieta que Fadil y los estudiantes han abierto es muy estrecha, de apenas unas pulgadas. Aún tardarán unas horas en convertirla en un hueco lo suficientemente grande para que pase una persona.

Sugiero a Wörlitz introducir un pequeño robot con cámara por la grieta para echar un vistazo, pues me consta que tenemos uno de esos aparatos. Pero él prefiere no interrumpir la labor de desescombro: quiere entrar en el monasterio hoy mismo.

Mientras los estudiantes se entregan a la labor de ensanchar la grieta, empiezan a caer finos copos de nieve. Hace demasiado frío para estar quieta viendo cómo Fadil y los suyos acarrean capazos de pedruscos pero, siendo sincera, tampoco me apetece unirme a ellos. Odio cargar peso.

—Voy a llevarle la daga a Skalder —informo a Wörlitz—. ¿Me avisarás si hay alguna novedad?

—Descuida. Ah, y si te cruzas con Ruben, dile que venga. Quiero que todos estéis presentes cuando abramos el acceso.

Regreso a Zombieland. A estas horas del día, cuando casi todo el personal está ocupado en el yacimiento, la antigua base militar luce un aspecto desolado y deprimente, como un viejo cementerio. El viento frío de la mañana hace volar polvo y desperdicios a ras del suelo, entre huecas construcciones deslabazadas. Se me ocurre que estos son los restos que dejaremos para los arqueólogos del futuro y no estoy segura de hasta qué punto dicen algo positivo sobre nuestra civilización.

Me dirijo al pabellón uno. Allí hemos montado un laboratorio para el análisis y la clasificación de las piezas. Es el dominio de Anton Skalder, donde me siento completamente fuera de lugar. Sé que el futuro de la arqueología está en todos esos trastos: las impresoras 3D, los ordenadores, los lectores tomográficos...; pero yo no me acostumbro a ello. Sigo siendo una *shovelbum* en mi corazón: prefiero freírme al sol en condiciones precarias, con una piqueta en la mano y una brocha en la otra, antes que pasarme horas en un laboratorio tratando de entender cómo funciona una máquina de análisis espectral. Eso es cosa de Anton Skalder.

Siento tener que perpetuar estereotipos sobre los ingenieros informáticos, pero Anton Skalder está como una cabra. Es un joven finés de veintitantos años al que solo le interesan tres cosas: los ordenadores, los videojuegos y los fenómenos extraterrestres. No es posible mantener con él una conversación que no acabe desembocando en alguno de estos asuntos, especialmente en lo de los extraterrestres, tema con el que está obsesionado. Incluso lleva en el móvil fotografías que, según él, muestran avistamientos de ovnis. Me las estuvo enseñando durante los diez minutos más largos de mi vida: decenas y decenas de imágenes idénticas de luces borrosas flotando en la nada.

Me encuentro a Skalder en reprografía. Skalder es espigado y pálido, se le pueden ver las venas bajo la piel. Reconozco que su aspecto me resulta un tanto grimoso. Tampoco me gusta su voz, suave y susurrante, ni sus ojos acuosos que miran sin apenas parpadear. A veces Skalder me recuerda al líder de una de esas sectas que acaban realizando suicidios en masa dentro de un granero.

—Anton, ¿estás ocupado? Necesito que me escanees una cosa para imprimir.

Skalder está trabajando en uno de los ordenadores. Vuelve la cabeza y me mira con sus enormes ojos saltones.

—¿Tiene que ser ahora, doc?

Muchas personas en Zombieland me llaman «doc», pero Skalder es el único capaz de imprimirle cierto matiz peyorativo. Creo que no le caigo bien, pero que me ahorquen si sé por qué.

—Si no es mucha molestia...

—Pues lo siento, doc. Vas a tener que esperar. La impresora no funciona.

—¿Qué le pasa?

—No tengo ni idea, pero no es la primera vez que no quiere arrancar. Lo normal es que al cabo de un rato se termine arreglando sola.

Como método de reparación no me parece nada sofisticado para venir de un ingeniero.

—¿No crees que deberías echarle un vistazo? Quizá sea algo serio.

—Ya le he echado «un vistazo». —Hace un irritante gesto de comillas con los dedos—. No tiene ningún problema, el software y el hardware están perfectamente. Es solo que, de vez en cuando, no le da la gana encenderse y punto. Les pasa a todos los dispositivos analógicos desde que estamos aquí, ¿no te has dado cuenta?

—Ahora que lo mencionas, es cierto que mi móvil últimamente tiende a apagarse sin motivo, y la verdad es que el wifi podría funcionar mucho mejor.

—¿Lo ves? Resulta lógico teniendo en cuenta el lugar en el que estamos.

—¿Qué le pasa a este lugar?

—Pulsos electromagnéticos, doc. Toda esta área es un foco de actividad electromagnética inusual, ¿no lo sabías? Es lo que provoca fallos en nuestros aparatos, lleva ocurriendo desde hace décadas. Eso y avistamientos de fenómenos paranormales.

Ay, Dios, ya empezamos...

—No me digas.

Los ojos de Skalder se encienden de entusiasmo.

—Ya lo creo que sí. Los soviéticos tenían un expediente clasificado sobre este lugar así de gordo. Es como el puñetero

Roswell de Oriente Próximo. Aviones que desaparecen o sufren extraños accidentes, luces en mitad de la noche, episodios de confusión mental...

De pronto se escucha el profundo eco de un bramido en la ladera de la montaña. El suelo tiembla. Todos los aparatos del laboratorio tintinean como campanillas de Navidad. Skalder me mira asustado.

—¿Qué coño...?

Nos asomamos por la única ventana de la habitación, desde la que se observa el yacimiento. Una enorme nube de polvo se eleva en el lugar donde está la entrada del monasterio. Eso no es buena señal.

El suelo ha dejado de temblar. Me apresuro a llamar a Wörlitz, quien, para mi alivio, responde antes del segundo tono.

—¡Erich! ¿Qué ha ocurrido?

—Nada, no ha sido nada. —La voz del arqueólogo tiembla un poco. Oigo exclamaciones por detrás—. Solo un pequeño desprendimiento. Estoy bien, todos estamos bien. Escucha, tienes que venir aquí inmediatamente.

—¿Seguro que estáis bien? ¿No hay ningún herido?

—No, no... Pero date prisa y ven... ¡Dios mío, Diana, tienes que ver esto!

Cuando llego al monasterio estoy casi sin aliento, pues he ido corriendo. Lo primero que me encuentro es a los estudiantes afganos aglomerados en torno a la entrada del monasterio. Todos están cubiertos de polvo. Parecen figuras de terracota. Tres hombres de Tagma están allí también, entre ellos el sargento De Jagger.

—¿Qué ha ocurrido, sargento?

—No estoy seguro, nosotros acabamos de llegar, pero tiene pinta de que una parte de la ladera se ha derrumbado.

—Espero que no haya sido otro ataque.

En ese momento aparece Wörlitz, abriéndose paso entre los estudiantes. También está sucio de tierra, incluso tiene una pequeña herida en la cabeza que sangra un poco, sin embargo luce una sonrisa espléndida.

—¡Está abierto, Diana! ¡El *vihara* está abierto! ¡Podemos entrar!

Sin apenas contener su entusiasmo, me cuenta lo sucedido. Al parecer, Fadil y los estudiantes trataron de ensanchar la grieta de la entrada con un gato hidráulico de tijera. Alguien calculó mal o colocó la herramienta donde no debía y eso provocó un pequeño desprendimiento de rocas que arrastraron los escombros que bloqueaban la entrada al monasterio. Por suerte, no había ninguna persona en su trayectoria, de lo contrario habría acabado al pie de la ladera con todos los huesos rotos. El peor parado fue Wörlitz, a quien una lasca de piedra le saltó a la frente produciéndole un pequeño corte.

Fadil aparta a los estudiantes para que podamos echar un vistazo a lo que la montaña ha dejado al descubierto. Se trata de una amplia oquedad irregular que da paso a un espacio oscuro y cavernoso. Huele como algo que lleva siglos cerrado.

—¡Luz, necesitamos más luz! —dice Wörlitz—. ¡Traed unas linternas! ¡Rápido!

Al cabo de unos instantes, varios focos nos muestran el interior de una gran cueva. Parece inmensa y no se ve el final. Pero lo más sorprendente es que todo el espacio está surcado por gruesas cuerdas y cadenas que lo atraviesan de lado a lado, formando una red casi impenetrable, del suelo al techo, de muro a muro; las cadenas no están sujetas a ningún enganche u argolla, simplemente desaparecen en el interior de las paredes de piedra, sin que se pueda apreciar qué las sostiene exactamente... Solo Dios sabe cuánto tiempo llevarán colgando en este lugar, están oxidadas, cubiertas de polvo y de telas de araña gruesas como sogas. Un viento fantasmal las hace mecer ligeramente, provocando un inquietante sonido metálico.

Atado a todas esas cadenas pende en el centro de la cueva un objeto de madera grande, a medio camino entre el suelo y el techo.

Parece una especie de viga curvada. Veo cómo se balancea con suavidad y no me gusta su aspecto. Me resulta ominoso.

Una imagen se me viene a la cabeza. Es un tanto absurda: en cierta ocasión vi una película en la que unos ladrones tenían que cruzar la cámara acorazada de un banco, que estaba atravesada por un montón de láseres. Al tocarlos, se activaba una alarma, de modo que los ladrones debían moverse entre ellos haciendo toda clase de contorsiones y malabarismos. Esta sala y su entramado de cadenas flotantes se me antoja una versión primitiva de la cámara acorazada de aquella película. Y no me gusta. Hay algo en ella que me pone mal cuerpo.

—¿Qué diablos es esto, Erich? —pregunto—. No se parece a un monasterio.

—No, en efecto... Yo diría que es más bien una especie de nártex. —Apunta con un foco hacia el otro extremo de la cueva. Allí, al otro lado de la tupida red de cadenas, se distingue un vano del tamaño de una puerta—. Tal vez haya que cruzarlo para acceder al *vihara.*

Fadil, con su linterna, señala la gran pieza de madera que cuelga en mitad de la estancia.

—¿Alguno de ustedes tiene idea de lo que puede ser ese objeto?

—No lo sé —respondo—. Quizá algún tipo de reliquia sagrada...

—Es un yugo. —Quien ha hablado es el sargento De Jagger. Todos lo miramos—. Mi padre tiene un rancho de ganado en Kimberley, sé reconocer un yugo cuando lo veo.

Un yugo... ¿A qué me recuerda eso...?

—En cualquier caso, resulta evidente que si queremos entrar en el monasterio debemos cruzar esta cueva —dice Fadil. Parece impaciente por hacerlo él mismo.

—Aguarda, Fadil, antes tenemos que sopesar los riesgos.

—No hay tiempo para eso, doctor Wörlitz. Además, ¿qué puede haber de arriesgado en echar un simple vistazo?

Antes de que nadie pueda detenerlo, Fadil se mete en la cueva. El afgano pasa por debajo de una de las cadenas y luego sortea otras dos que se cruzan formando un aspa. Sigue avanzando en dirección a la puerta que está al otro extremo. A cada paso se ve obligado a realizar contorsiones más complicadas para evitar las cadenas. Entonces se detiene. No encuentra el modo de seguir sorteando obstáculos hechos de eslabones, parece que está en un callejón sin salida.

—Vaya, esto es un poco más complicado de lo que esperaba...

—Fadil, vuelva, salga de ahí —le aconsejo—. Creo que no ha sido buena idea.

—No, espere, me parece que si trepo por esta cadena...

Se agarra a un eslabón herrumbroso y tira de él. De pronto suena un chasquido tras las paredes de la caverna, como si algo se hubiera roto. Al instante, una cadena atraviesa la cueva de lado a lado con la rapidez de un látigo y golpea a Fadil en la cabeza con tanta fuerza que lo derriba.

—¡Fadil!

El afgano, aturdido, intenta no perder el equilibrio sujetándose a dos cadenas que atraviesan la cueva en diagonal. De nuevo se escucha aquel sonido de ruptura, pero esta vez se repite varias veces. Súbitamente, las cadenas empiezan a moverse como si algo oculto tras los muros de la cueva las estuviera agitando. Se tensan, cambian de lugar y surcan el aire con una rapidez pasmosa. Fadil trata de evitarlas, pero solo logra enredarse y golpearse con ellas, parece un insecto atrapado en una tela de araña.

Desesperado, intenta llegar a la salida. Tropieza. Al levantarse, dos cadenas se cruzan en su camino, una a la altura del torso y otra en su cuello. Ambas se tensan con una fuerza increíble y arrastran al desdichado Fadil por la cueva hasta que se golpea de espaldas contra una pared. Allí queda atrapado por una pesada hilera de eslabones que le cruza el pecho y otra que le presiona la garganta. Fadil, colgado a unos metros del suelo, agita las piernas con desesperación intentando librarse de sus ataduras de metal. Tiene los ojos muy abiertos, una mirada de pánico. Una herida en su sien sangra en abundancia.

—¡Se está ahogando! ¡Hay que sacarlo de ahí! ¡Rápido! —grita Wörlitz.

Fadil emite un angustioso gorjeo mientras la cadena lo estrangula lentamente. Su mirada nos lanza una súplica angustiosa. ¡No podemos dejar que muera de esa forma! Doy un paso hacia la cueva, pero De Jagger me sujeta con fuerza por el antebrazo.

—Nadie va a entrar ahí. Es peligroso.

Los otros dos guardias de Tagma contienen a algunos de los estudiantes que pretendían rescatar a su profesor. Los gemidos rotos de Fadil se me clavan en los oídos. Creo que voy a volverme loca.

—¡Por el amor de Dios, sargento! ¡No podemos dejarlo así! ¡Esas cadenas van a matarlo!

—¿Quiere acabar igual que él, doctora Brodber?

Las pupilas de Fadil han dejado de moverse. Tiene la cabeza inclinada sobre el pecho, un reguero de saliva pende de su boca. Sus brazos y sus piernas cuelgan laxos, inmóviles.

Aparto la mirada llena de horror y, de pronto, me fijo en el yugo que pende en el centro de la cueva. Un yugo... De pronto recuerdo el texto que Ruben me mostró hace un rato: «Solo Alejandro, Bendito por los Dioses, puede romper este sello».

—¡El yugo! —grito, presa de una repentina inspiración—. ¡Hay que destruir el yugo, sargento! —lo observo angustiada. Es muy grueso y está suspendido a unos diez o doce pies de altura, no se me ocurre cómo podríamos siquiera dañarlo desde donde nos encontramos.

De Jagger asiente.

—Ok, entendido.

Colgado de la pared, el cuerpo de Fadil se agita en un espasmo.

Rápidamente, De Jagger saca un cilindro que llevaba guardado en el bolsillo de una de las perneras del *káliva.* Apunta un extremo hacia arriba y pulsa un dispositivo. Escucho un leve «bip» y, de pronto, del cilindro sale disparado un diminuto dron del tamaño de una pelota de golf que se queda flotando en el aire.

De Jagger utiliza la pantalla de su móvil para manejarlo. Hábilmente conduce el dron por el interior de la cueva esquivando las cadenas hasta situarlo casi pegado al yugo, entonces el sargento pulsa un icono en el móvil y, de repente, el dron estalla. Todos nos asustamos, pues ninguno se lo esperaba. La explosión localizada parte el yugo en dos pedazos que aterrizan en el suelo.

Las cadenas que lo sujetaban se sueltan y al instante, como por arte de magia, todas las cadenas que atravesaban la cueva pierden su tensión y caen al suelo en medio de un estruendo metálico. El cuerpo de Fadil se separa de la pared y se desploma igual que un peso muerto.

Mientras los hombres de Tagma mantienen a distancia a los estudiantes, De Jagger, Wörlitz y yo corremos hacia el interior de la cueva. Wörlitz toma el pulso en el cuello a Fadil. Allí tiene un espantoso hematoma de un color casi negro.

—¡Vive! —dice con un inmenso alivio.

A pesar de todo, Fadil no tiene buen aspecto y su respiración es apenas perceptible. Con cuidado, Wörlitz y yo lo llevamos fuera al tiempo que De Jagger se comunica con Zombieland a través de su yelmo.

—Aquí el sargento De Jagger. Tenemos un herido en el yacimiento. Repito: hombre herido en el yacimiento. Necesita atención médica inmediata.

No transcurre mucho tiempo hasta que llegan la sargento Spinelli y la doctora Trashani. Fadil, que sigue inconsciente, es trasladado a la enfermería en unas parihuelas. La doctora cree que habrá que evacuarlo, pues su estado es muy grave.

Todo ha sucedido demasiado rápido. Me tiembla todo el cuerpo. Me pregunto si no estaré en medio de una de esas pesadillas que no dejan de asaltarme en las últimas noches.

—¿Cómo lo supo, doctora Brodber? —escucho a mi espalda. Me vuelvo y veo a De Jagger. Me contempla con profunda curiosidad—. ¿Cómo supo que había que destruir el yugo?

—Era un nudo gordiano... ¿Conoce esa leyenda?

De Jagger asiente.

—En Frigia había un yugo envuelto en un intrincado nudo cuyos cabos estaban ocultos. Según la leyenda, quien lo desatara abriría las puertas de Oriente. Alejandro Magno resolvió aquel reto cortándolo de un tajo con su espada.

—«Es lo mismo cortarlo que desatarlo» —dije, citando las palabras que, según la leyenda, Alejandro pronunció en aquel momento—. Ruben Grigorian tradujo un texto que encontramos en la puerta del *vihara*. Decía que los monjes habían sellado el acceso de tal forma que solo Alejandro sería capaz de abrirlo. —Siento un escalofrío a lo largo de la columna—. Jamás habría imaginado que la vida de un hombre dependería de que yo resolviera un acertijo.

De Jagger se queda mirando un instante el interior de la cueva. Las cadenas, ahora tiradas en el suelo de manera inofensiva, parecen gigantescas serpientes en la oscuridad.

—Una trampa muy retorcida. E ingeniosa... ¿Alguna vez se había encontrado con algo semejante, doctora Brodber?

—No —respondo. Soy incapaz de quitarme de la cabeza la imagen de Fadil asfixiándose lentamente colgado de aquella pared—. Y ojalá que esta sea la última vez.

Empieza a nevar con mayor intensidad. De Jagger y yo regresamos a la base.

10
Spinelli

«“La próxima vez que quieran jugar a Indiana Jones, mejor que se lo piensen dos veces porque no tengo ninguna prisa por empezar a repatriar cadáveres”, le dije»

He dispuesto que evacúen a Fadil, el responsable de los estudiantes, en un Kaija. No me hace ninguna gracia quedarme sin uno de nuestros transportes aéreos.

La doctora Trashani piensa que su estado es grave. Al menos eso es lo que me ha dicho. Esa albanesa es una tipa muy peculiar. Me recuerda a mi tía Rhonda Mae, que es de esas personas que te dicen a la cara lo que piensan. En plan: «Cielo, con ese vestido pareces una fulana» o «Encanto, si sigues comiendo de esa manera tendremos que darte sepultura en un vagón de mercancías antes de primavera»; son frases muy del estilo de Rhonda Mae. Creo que la doctora Trashani y ella serían buenas amigas.

La Trashani, una mujer de armas tomar, me ha dicho que Fadil está vivo de milagro:

—Casi muere estrangulado. No sé durante cuánto tiempo ha estado su cerebro sin recibir oxígeno, sargento, pero no tiene buena pinta. Ojalá no haya secuelas graves.

—Creo que van a llevarlo directamente a un hospital en Kabul.

Trashani torció el gesto.

—Menuda garantía. Tendrá suerte si allí no terminan de matarlo del todo. Lo que no me entra en la cabeza es cómo a un hombre con estudios se le ocurre la absurda idea de meterse a ciegas en una cueva que lleva cerrada desde hace siglos.

Yo tampoco le veo sentido. Tal vez para responder a esa pregunta debería tener pene. O lo que sea que haga que los hombres se comporten a menudo como capullos sin cerebro.

Después de que se llevaran a Fadil malherido mantuve una charla nada serena con Wörlitz y le canté las cuarenta. «La próxima vez que quieran jugar a Indiana Jones, mejor que se lo piensen dos veces porque no tengo ninguna prisa por empezar a repatriar cadáveres», le dije. Wörlitz le echó las culpas a Fadil (muy gallardo por su parte) y me aseguró que en adelante serán más precavidos.

Hoy Wörlitz y su equipo han pasado el resto del día cerciorándose de que el interior de esa ruina no oculta más peligros. Lo último que sé es que mañana van a intentar entrar otra vez. Que Dios nos pille confesados.

Cuando terminé de hablar con el jefe de los arqueólogos ya era casi la hora de almorzar y estaba muerta de hambre, así que me dirigí hacia nuestro pabellón para comer algo sólido y, tal vez, echar un par de tragos de una de las latas de mi reserva personal y supersecreta de cerveza. Creo que me lo merecía.

Por el camino me crucé con Bill el Guapo y Randy el de Pasadena. Estaban cerca del almacén. Bill sostenía en la mano uno de nuestros drones Raven, de los que utilizamos para la vigilancia aérea perimetral. El UAV-Raven es un dispositivo de control remoto que parece un aeroplano de juguete, no más grande que una cometa y casi igual de ligero, dotado de una pequeña videocámara. Resultaba gracioso ver a Bill lanzar con la mano el Raven hacia el cielo, como un niño jugando con su avioncito. Parece mentira que un artefacto tan sofisticado se maneje de forma tan rudimentaria.

Yo llevaba un día de locos con todo lo de Fadil y demás, pero estaba segura de que no había ordenado hacer barridos con el Raven.

—Eh, Bill —lo llamé. Preferí tratar con Bill porque Randy el de Pasadena no es precisamente la lumbrera de mi equipo—. ¿Quién os ha dado permiso para sacar el Raven?

—Cumplimos órdenes del sargento De Jagger. Nos pidió que investigáramos los alrededores con el dron en busca de agentes hostiles. Por lo de los tiroteos, ya sabe.

Era una medida razonable, pero me molestó que De Jagger la hubiera ordenado sin consultarme; se supone que deberíamos informarnos mutuamente de ese tipo de cosas.

—Vale, pues seguid con ello e informadme de cualquier novedad.

—Sargento, ¿cómo está el hombre herido? ¿Ya se lo han llevado? ¿Se encuentra fuera de peligro? —me preguntó Randy.

—Te aseguro que su estado es mucho mejor de lo que será el tuyo si le haces algún daño al Raven. Tened cuidado con ese trasto, ¿entendido? No es un juguete.

Lo reconozco, enterarme de que De Jagger me había puenteado me cabreó un poco. Esperaba que una cervecita bien fría me calmara el ánimo.

En nuestro pabellón tenemos una sala de descanso bastante decente. No es ningún lujo, pero dado que cuando llegamos era una escombrera llena de basura no se le puede poner pegas. Gran parte del mérito es de Yukio, que es un tipo muy resuelto y con mucha iniciativa. Con ayuda de algunos compañeros limpió la sala, fabricó una diana y unos dardos y encontró entre los desechos de la base un par de sillones que arregló él mismo. Es todo un manitas.

Precisamente me lo encontré en la sala de descanso al entrar, con su portátil sobre las rodillas. Suele aprovechar sus ratos libres para hablar con su novia por webcam. Parecía que estaba teniendo algún problema con la conexión, pues le daba golpes a la pantalla y no paraba de soltar tacos entre dientes.

—¿Algún problema, Yukio?

—El ordenador, sargento, que no funciona. Hace un minuto iba perfectamente y de pronto se ha quedado frito. Le pasó lo mismo ayer. No me explico por qué: este trasto es nuevo, lo compré el mes pasado.

—¿Y qué hiciste ayer para arreglarlo?

—Nada. Lo dejé, y al encenderlo por la noche funcionaba sin problemas.

Iba a responder cuando me fijé en un nuevo elemento decorativo que alguien había puesto en una mesita, junto a la cafetera.

—Pero ¿qué cojones es esta cosa?

—Una rata, sargento. Más bien, el esqueleto de una rata. Lo ha traído Bill el Guapo.

A Bill el Guapo le gusta diseccionar animales, dice que le enseñó su abuelo. En el móvil tiene un montón de fotos de ranas tocando banjos diminutos, ardillas que parecen jugar al fútbol y cosas igual de grotescas. A él le parecen graciosas, todos los años le regala a su novio una de esas por Navidad. Bill tiene suerte de estar como un queso, si no moriría solo y rodeado de animales disecados en posturas inquietantes.

—Quita este bicho de mi vista, Yukio. Ya me las entenderé yo con Bill el Guapo si protesta.

Como si acabara de mentar al diablo, justo en ese instante Bill me llamó por el intercomunicador del *káliva.* Quería que me reuniera con él y con Randy junto al almacén.

Cuando llegué, los encontré hablando con el sargento De Jagger.

Le pregunté a Bill por qué me había llamado.

—Ya le he explicado al sargento De Jagger que...

—Bien, pues ahora cuéntamelo a mí.

—Sí, claro... Se trata del Raven, sargento. Ha captado algo.

—¿Dónde?

—Hacia el este, en la aldea abandonada que hay tras ese monte.

—Parece que no está tan abandonada como pensábamos —añadió De Jagger.

Bill el Guapo me mostró un archivo de vídeo en la tableta donde se registran las grabaciones del Raven. El vídeo captaba una imagen aérea de un grupo de casuchas desvencijadas al abrigo de una loma. Dos hombres vestidos con ropas afganas deambulaban entre ellas. Ambos con subfusiles al hombro. Uno de ellos levantó el rostro al cielo, señaló al dron y disparó, haciendo temblar la imagen.

—Intentó abatir el Raven —observó De Jagger.

—Ya lo veo.

La aldea abandonada estaba a solo unos pocos kilómetros de Zombieland. Todo apuntaba a que habíamos encontrado la madriguera de las comadrejas que nos dispararon en las dos ocasiones anteriores.

—Randy hizo que el Raven diera la vuelta de inmediato antes de que sufriera daños —explicó Bill—. Está claro que, sean quienes sean esos tipos, no quieren que nadie sepa que están allí.

—¿Cuántos son en total?

—No lo sé con seguridad, sargento. El Raven solo ha grabado a un par de ellos.

—Envíalo de nuevo. Necesitamos más información.

Bill dudó. Entonces De Jagger intervino.

—Sargento, entiendo que, tal vez, a Bill le preocupa que el dron sufra algún daño si lo enviamos de vuelta. Puede que a esos tipos de la aldea no les falle la puntería por segunda vez.

—La primera se libró por un pelo... —dijo Bill.

—¿Acaso se le ocurre alguna idea mejor, sargento De Jagger?

—Tenemos los *káliva*, nuestras armas y un vehículo blindado de última generación. Podríamos utilizarlos para ir a esa aldea y echar un vistazo.

—No mandaré a nadie hasta saber cuál es exactamente el nivel de riesgo. Hoy ya hemos tenido bastantes problemas por culpa de personas que actúan sin pensar en las consecuencias.

—Disculpe, pero opino que esto no tiene nada que ver. En este caso sabemos lo que nos espera: solo son dos hombres armados.

—Podría haber más, no estamos seguros de cuántos son.

—En cualquier caso, es un enemigo que podemos neutralizar fácilmente. Ahora bien, si tiene algún reparo, sargento Spinelli, no tengo inconveniente en formar mi propio equipo de voluntarios. Yo asumo toda la responsabilidad.

Sabía que lo de la autoridad compartida entre De Jagger y yo sería una puta mierda de sistema. Maldigo al capullo de la central de Illinois al que se le ocurrió poner a una tía al frente del Batallón de «a ver quién tiene la chorra más grande». Buen trabajo, Einstein.

Naturalmente, podía echarle ovarios y prohibir a De Jagger que se moviera de la base, pero eso crearía una situación incómoda. Los hombres estarían confusos sobre la cadena de mando y surgirían divisiones. Tampoco estaba segura de si De Jagger contaba con más apoyo que yo. Muchos hombres del equipo se morían por un poco de acción y por probar los sofisticados juguetes que habían puesto en nuestras manos.

Me sentí acorralada. No estaba segura de cuál era la mejor forma de actuar. Ahora pienso que hice justo lo contrario de lo que debería haber hecho: consultar con un subordinado.

—¿Tú qué crees Bill? —pregunté—. ¿Merece la pena mandar de nuevo al Raven?

—Con franqueza, sargento, si no podemos espantar a un par de afganos piojosos con todo este despliegue de medios, no sé qué coño hemos venido a hacer aquí.

En el fondo, no dejaba de tener parte de razón.

—Muy bien. Entonces saldremos a dar un paseo.

11
Spinelli

«Al recibir la lluvia de balas, el tipo se agitó como sacudido por descargas eléctricas y por todo su cuerpo se abrieron agujeros que escupieron chorros de sangre»

Más o menos una hora después ya teníamos montado un pequeño pelotón para explorar la aldea abandonada.

Yo preferí tirar de veteranos: Walter el Abuelo, Yukio y Bill el Guapo. De Jagger quiso llevarse a Randy el de Pasadena, que a mí me parece que es más tonto que una piedra pero, por algún motivo, a mi sargento adjunto le cae en gracia. Yukio fue el encargado de conducir nuestro vehículo blindado, el IMV Rhino, que es otro de los prototipos futuristas de Kirkmann.

El Rhino tiene un montón de mejoras con respecto a los modelos RG31, que son los que Tagma suele utilizar. El interior es más amplio, está mejor refrigerado, las ruedas pueden transformarse en orugas que se adaptan a todo tipo de terreno... Pero, sin duda, lo más impresionante es el sistema de visión VR que se comunica directamente con el yelmo del *káliva*. En los vehículos blindados tradicionales, el tipo que va dentro solo puede ver el exterior a través de las ventanillas de cristales reforzados, las cuales en los modelos RG31 son pequeñas, estrechas y siempre están llenas de mierda, por lo que la mayoría de las veces nadie salvo el conductor ve un carajo de lo que pasa fuera.

Gracias al sistema VR del Rhino, las ventanillas son casi de adorno. En el fuselaje del Rhino hay un montón de pequeñas cámaras acopladas, las cuales transmiten al visor del *káliva* un panorama de trescientos sesenta grados alrededor del vehículo. Básicamente como si estuvieras sentado encima del capó y pudieras ver cuanto te rodea con solo girar la cabeza. Además, el sistema visor del *káliva* te permite incluso hacer zoom en áreas determinadas a la manera de unos prismáticos. Y también funciona con visión nocturna. Es la rehostia.

Nos subimos al Rhino. Bill el Guapo controlaba la ametralladora del techo a través de un sistema RWS* desde el interior del vehículo. Yukio iba al volante, con el visor VR del *káliva* activado al igual que el resto de nosotros. Era una sensación extraña, como estar dentro de esas atracciones de Disney World donde te ponen unas gafas de realidad virtual, te meten en una cápsula que se mueve sobre su eje y parece que estás sobrevolando el espacio en el Halcón Milenario o explorando el mundo de Pandora. La nitidez del visor del *káliva* es alucinante.

—Eh, sargento, puedo ver mi casa desde aquí —bromeó Yukio.

—Pues dile a tu novia que no me espere esta noche —dijo el Abuelo.

Recorrimos unos diez kilómetros hasta llegar a una loma cerca de la aldea abandonada. El Abuelo, De Jagger, Randy y yo salimos y nos colocamos al abrigo de unas rocas cubiertas de arbustos desde donde teníamos una visión segura de la aldea, un grupo de miserables casuchas de adobe. Parecía que nadie la habitara desde tiempos de Jesucristo.

—¿Veis algo? —pregunté a través del sistema de comunicación de nuestros yelmos.

—Detecto movimiento frente a esa casa de la izquierda, la que está junto a los árboles.

Activé el zoom del *káliva* en la dirección que señalaba Randy.

—No me jodas, Randy: eso es una cabra —oí decir al Abuelo—. ¿Es que no sabes distinguir una puta de cabra de un talibán?

* Remote Weapon System: Sistema de Armas de Control de Remoto.

—Yukio, ¿me escuchas?

—Sí, sargento Spinelli. Alto y claro.

—El Rhino tiene una cámara térmica, ¿puedes activarla y ver lo que registra a través del visor de tu yelmo?

—Esta monada puede hacer lo que uno quiera, sargento.

Al cabo de unos instantes volví a escuchar su voz en el comunicador:

—Registro cinco huellas de calor. Cuatro son humanas, están dentro de la casa más grande que hay en el centro, la que tiene dos pisos. La quinta es la cabra de Randy, ¿quiere que Bill la reviente de un tiro? Podría disecarla y fabricarle una novia al Abuelo.

—¿Ves algo más?

—No, sargento. Salvo por los de esa casa, yo juraría que en la aldea no hay un alma.

Tenía que sopesar la situación. Habíamos localizado a cuatro personas y nosotros éramos seis, de modo que no deberíamos tener problemas para hacerlos picadillo; pero antes debía estar segura de que eran una amenaza. No quería masacrar a una familia de pastores.

—Bill.

—¿Sargento?

—Realiza un par de disparos de advertencia en dirección al bosque. No apuntes a ninguna de las casas, ¿entendido? Vamos a ver cómo reaccionan.

—A la orden.

Bill lanzó una breve ráfaga de metralleta desde el techo del vehículo. Una bandada de pájaros alzó el vuelo, espantada. El eco de los disparos se diluyó poco a poco dejando tras de sí un silencio tenso que se prolongó durante un par de minutos.

De pronto salió de la casa un hombre con la cabeza cubierta por un capuchón negro. El tipo llevaba un lanzacohetes al hombro. Se puso de rodillas y lo disparó. Se oyó un siseo sobre nuestras cabezas y un proyectil impactó a menos de cincuenta metros de donde estábamos apostados, provocando un géiser de tierra y piedras. Unos árboles cayeron derribados en medio de un crujido espantoso.

Randy el de Pasadena soltó un exabrupto:

—¡Hostia puta!

Pegamos la espalda a la roca que nos servía de parapeto y ordené a Bill que respondiera con la metralleta. El Rhino escupió fuego sobre el cabrón del lanzacohetes, que corrió a refugiarse en la casa de la que había salido. Desde las ventanas nos dispararon con fuego de subfusiles.

—¡Al vehículo! ¡Todos al vehículo! —ordené.

Nos metimos en el Rhino bajo el sonido de los disparos. Bill seguía vaciando el cargador de la ametralladora mientras gritaba toda clase de insultos. Yo me disponía a dar la orden a Yukio para que saliera de allí a toda hostia cuando oí a De Jagger dirigirse a Bill:

—Soldado, este vehículo está equipado con lanzagranadas, ¿verdad?

—¡Sí, sargento!

—¡Pues a qué diablos está esperando!

Bill, hasta arriba de adrenalina, acató la orden sin dudar. El Rhino lanzó una granada sobre la aldea que cayó a pocos metros de la casa donde estaba refugiado el enemigo. Se produjo una explosión. Parte de la estructura se vino abajo y tres hombres emergieron de los restos con la ropa hecha jirones y disparando a ciegas sus subfusiles. El del lanzacohetes nos disparó un segundo proyectil que por suerte se desvió aún más que el primero.

Ordené que alguien mandara al tío del lanzacohetes de vuelta con sus putos ancestros y Bill concentró sobre él todo el fuego de ametralladora. Al recibir la lluvia de balas, el tipo se agitó como sacudido por descargas eléctricas y por todo su cuerpo se abrieron agujeros que escupieron chorros de sangre. Cayó al suelo inerte sobre su maldito lanzacohetes y después Bill se ocupó de sus dos compañeros. A uno le reventó la cabeza como una sandía llena de petardos; el otro resultó herido pero no derribado, y tuvo tiempo de refugiarse en una choza cercana.

—¡«Salam aleikum», mamones! —gritó Bill.

—Buen trabajo —dije—. Hemos abatido a dos y un tercero está herido. Del otro no sabemos nada. Yukio, ¿ves algo con la cámara térmica?

—Hay uno dentro de la casa grande. Parece que está tumbado en el suelo, así que puede que también resultara herido cuando impactó la granada.

—¿Quiere que lance otra, sargento? ¡Por Dios, pídame que lance otra y lo enterraré en escombros como a un gusano!

—No, Bill. Quiero saber quiénes son y qué hacen aquí. —¿Mis hombres querían un poco más de adrenalina? Pues bien, iba a darles un buen chute, a ver si así dejaban de mirar a De Jagger como si fuera el puñetero general Patton de los cojones—. Vamos a capturarlos.

Ordené a Yukio y a Randy que se quedaran en el Rhino para cubrirnos si la cosa se complicaba y me llevé al Abuelo, a Bill y a De Jagger. La aldea estaba a solo unos quinientos metros de nuestra situación y podíamos llegar a pie sin dificultad.

Antes de salir conectamos el blindaje que hacía el *káliva* prácticamente inviolable. Se trata de una tecnología de MR o fluido de partículas ferromagnéticas. El traje, aparte de sus placas de exoesqueleto, posee en su interior una capa de un líquido compuesto por un cuarenta por ciento de partículas de hierro. Cuando dicho líquido recibe un impulso electromagnético a través de dispositivos conectados al *káliva*, el fluido MR se convierte en un sólido blindaje capaz de repeler una gran variedad de impactos. Este blindaje hace que el *káliva* sea ligero y flexible cuando está desactivado y duro como el acero cuando su portador lo necesita, y para ello basta con activar un simple comando de voz.

En cuestión de milésimas de segundo, la tela de nuestros trajes de combate se transformó en una coraza. Armados con nuestros fusiles de asalto, nos dirigimos lentamente hacia la aldea.

Bill activó un dispositivo dron para que sobrevolara el terreno y nos mostrara posibles amenazas. El aparato, del tamaño de un escarabajo, nos envió una vista aérea de la aldea a una pequeña pantalla emergente en la esquina inferior del visor de nuestros yelmos. Entre las casas de adobe no se apreciaban signos de vida, a excepción de la cabra de Randy, que hocicaba en el cadáver del tipo del lanzacohetes.

Formé dos grupos: el Abuelo y yo rodeamos la aldea para acceder por el este y mandé a De Jagger y a Bill entrar por el oeste y unirnos en el centro.

El lugar estaba silencioso y olía intensamente a pólvora. Llegamos hasta uno de los cadáveres. El tipo estaba boca arriba, vestía a la manera afgana y llevaba una especie de capirote negro que le cubría los ojos y la nariz.

—Ni un triste chaleco antibalas llevaba el cabrón —dijo el Abuelo—. A estos les hemos cogido por sorpresa.

Oí pasos unos metros por delante. Eran De Jagger y Bill. Les ordené que se detuvieran. En aquel momento los cuatro rodeábamos la casa grande donde, supuestamente, se refugiaban los dos supervivientes.

Me agaché sobre el cadáver y le quité el capuchón. Era un hombre de edad indeterminada. Alrededor de los ojos lucía unas viejas cicatrices, como si el tipo hubiera intentado mirar por unos prismáticos al rojo vivo. Me acerqué al otro cadáver, que estaba unos metros más a la izquierda. También llevaba un capuchón negro en la cabeza. Comprobé si sus ojos tenían las mismas cicatrices.

—¿Qué clase de herida es esa? —preguntó el Abuelo—. No lo toque, sargento; podría ser conjuntivitis o algo parecido. Mi cuñado la tuvo y es jodidamente contagiosa.

—No parece conjuntivitis. Más bien parece como si le hubieran querido quemar los ojos.

De pronto se oyeron disparos y sentí un fuerte impacto en el pecho. El Abuelo me empujó detrás de una cerca de ladrillo mientras sobre nuestras cabezas silbaban proyectiles de subfusil que venían de la casa grande. Justo al otro lado de nuestra posición, De Jagger y Bill respondieron al fuego.

—¡Sargento! ¿Está herida? —dijo el Abuelo.

—No, no; el blindaje ha funcionado de maravilla. Recuérdame que luego le ponga cinco estrellas en Amazon.

Lo cierto era que me dolía el plexo solar como si me hubieran dado un puñetazo. Horas después, cuando me quité el traje, vi un moratón en mi teta izquierda del tamaño de un pomelo. De no haber sido por el blindaje MR, ahora ni siquiera tendría teta izquierda.

El tipo de la casa grande dejó de disparar. El otro no había dado señales de vida, por lo que supuse que estaría herido o tal vez muerto.

—De Jagger, Bill y tú cubridnos desde ahí. Escupid balas como si no hubiera un mañana, ¿entendido?

—Recibido.

—¿Y nosotros qué hacemos? —preguntó el Abuelo.

—Tú y yo vamos a coger a nuestro amigo por la espalda mientras se entretiene intentando que no le vuelen la cabeza. A mi señal me sigues. ¿Estás listo?

—Joder, más que nunca.

—¡Ahora!

Salimos de nuestro parapeto y corrimos en dirección a la casa mientras Bill y De Jagger hacían llover plomo. Derribé de una patada una puerta de madera y vi al tipo agazapado junto a una ventana disparando con un subfusil. También llevaba un capuchón negro en la cabeza. Al oírnos se dio la vuelta y yo le apunté a la cabeza.

De pronto sucedió algo. No sé explicar qué fue. El visor del yelmo del *káliva* se volvió loco y la imagen tembló y parpadeó como un televisor viejo. Por el sistema de comunicación brotó un chirrido intenso que sonaba como miles de uñas rascando en una pizarra. Todos los sistemas del traje de combate fallaron al mismo tiempo, incluso el blindaje. Noté cómo el fluido MR volvía a su estado líquido cuando los circuitos electromagnéticos se apagaron, dejándome indefensa. El visor del yelmo se quedó en negro mientras aquel pitido como de cerdo degollado seguía taladrándome los oídos.

—¡Qué está pasando! —gritó el Abuelo.

Me quité el yelmo justo a tiempo para ver cómo el tipo al que habíamos acorralado disparaba al Abuelo a bocajarro. Una mancha de sangre se extendió por su hombro. Casi al mismo tiempo disparé mi fusil y el encapuchado cayó sentado con el estómago abierto por un agujero.

—¡Zulfiqar! —gritó.

Le golpeé en la cabeza con la culata de mi arma y se derrumbó igual que un muñeco. En ese momento De Jagger y Bill entraron en la casa. Ninguno de ellos llevaba puesto el yelmo.

—¿Qué ha pasado? ¡Maldita sea! ¿Qué coño ha pasado? —gritaba Bill—. ¡Nuestros trajes se han quedado fritos!

Me desentendí de él y fui a atender al Abuelo. Estaba apoyado en un muro, pálido y con los dientes apretados de dolor. Se agarraba el hombro con la mano y la tenía empapada en sangre.

—¿Estás bien, Walter?

—Tranquila, sargento... Duele de cojones, pero creo que salgo de esta. ¡Dios! ¿Alguien tiene un puto analgésico?

Bill utilizó el botiquín de primeros auxilios para hacerle una cura chapucera en el hombro. Una bala le había atravesado a la altura de la clavícula. La herida era bastante fea, aunque no letal.

—Vamos a sacarte de aquí, Walter —le dije. El problema era que, mientras los trajes no funcionaran, no podía avisar a Yukio para que se acercara a nuestra posición. Le pregunté al Abuelo si se sentía capaz de llegar caminando hasta el Rhino.

—Joder, no me quedaré aquí a disfrutar de las vistas. Pues claro que podré llegar por mi propio pie, no tengo otra opción. Y si no, que Bill el Guapo me lleve en brazos.

—De eso nada, Abuelo; apestas a Old Spice —dijo Bill mientras le colocaba un vendaje en la herida—. ¿Qué ha pasado con los trajes, sargento? ¿Por qué han fallado todos a la vez?

—No tengo ni idea. —Que el *káliva* se averiase de aquella forma era grave porque sin todos sus artilugios y sistemas del futuro no aportaba más protección que el mono de un basurero.

—Es como si algún tipo de pulso electrónico los hubiera inutilizado —dijo Bill—. Como un inhibidor o algo así. ¿Cree que estos bastardos de las capuchas tendrán un aparato capaz de hacer eso? Porque si es así, estamos jodidos.

—Sí, claro, Bill —dijo el Abuelo—. ¿Y dónde lo tienen escondido? ¿En el culo de la cabra? ¿Ves por aquí algún inhibidor de la era espacial?

Entretanto De Jagger había estado inspeccionando el resto de la casa. Al terminar se me acercó y me dijo que no había encontrado a nadie más.

—No puede ser —dijo Bill—. Se supone que había otro, ¿no? Eran cuatro, y solo hemos abatido a tres.

—A este no le hemos abatido. Aún respira —respondí, señalando al que había disparado al Abuelo.

De Jagger le desveló el rostro. Tenía los ojos abiertos y parpadeaba, aunque en ellos apenas quedaba un rastro de vida. Alrededor de las cuencas lucía las mismas marcas de quemaduras que sus difuntos camaradas.

El tipo miró a De Jagger y sus labios se torcieron en una sonrisa malévola. No le duró mucho porque empezó a toser y a vomitar sangre. De Jagger le apuntó a la cabeza con su fusil.

—¿Dónde está el otro? —preguntó con voz inexpresiva—. Tu compañero. *Zamil.*

El hombre escupió un cuajarón de sangre a la cara de De Jagger. El sargento respondió plantándole la bota en el estómago, justo sobre la herida, y empezó a presionar.

—*Zamil! Zamil!*

El encapuchado gritó de dolor mientras De Jagger repetía esa palabra a voces. Significa «compañero» en persa. Ni siquiera se había molestado en limpiarse el esputo de sangre de la mejilla, que le goteaba por el pómulo mientras seguía clavando el tacón de su bota en la herida de aquel tipo, cuyos alaridos empezaron a sonar como los de un animal.

—Basta ya, sargento —ordené—. ¿No ve que así no va a conseguir nada?

Sin alterar el gesto, De Jagger apoyó el cañón de su fusil en la cabeza del encapuchado y le voló la tapa de los sesos de un disparo.

Luego se apartó y se limpió la suela contra una pared.

—¡Maldita sea, sargento! —grité—. ¿Por qué ha hecho eso? ¡Quién coño le ha dado permiso para hacer eso!

Él me miró con aquellos ojos vacíos como un cristal. En su cara solo expresaba un leve desconcierto.

Aquel cuajarón de sangre seguía aún deslizándose por su mejilla.

—Tenía usted razón, sargento Spinelli. Era absurdo seguir interrogándole, no iba a decir nada.

Reconozco que perdí los nervios. No sé exactamente por qué motivo en concreto, si por la herida del Abuelo, el fallo de los trajes o, tal vez, porque la actitud indolente que vi en De Jagger al matar a un hombre a sangre fría me había puesto la piel de gallina.

Sus ojos... Esos ojos. Dios. No había nada en esos ojos cuando apretó el gatillo. Ni odio ni miedo ni satisfacción. Nada.

—¡Ha disparado a quemarropa a un hombre herido! ¿Es que ha perdido la puta cabeza? ¡No somos un escuadrón de la muerte! ¡No está en Bougainville ahora! ¿Me ha entendido?

Fue al escuchar el nombre Bougainville cuando sus ojos mostraron un asomo de expresión, pero no pude identificarla porque apartó la mirada de inmediato.

—Lo lamento mucho, sargento Spinelli. Pero pensé que era lo más humano: la herida de ese hombre era mortal. Y, además, casi acaba con uno de los nuestros.

—Eso es cierto, sargento —dijo Bill—. Ojo por ojo. Yo creo que ese bastardo se lo merecía...

—¡Cierra el pico, Bill! Cuando quiera tu opinión te la pediré.

—Vale, ¿por qué no dejamos de discutir y nos largamos de una vez? —dijo el Abuelo—. Igual se os ha olvidado a todos, pero aquí hay alguien que necesita atención médica.

Entre Bill y yo lo ayudamos a ponerse en pie mientras De Jagger inspeccionaba el interior de la cabaña. Entonces encontró algo que captó su interés.

—Sargento Spinelli, creo que debería ver esto.

Eran unos documentos escritos en árabe. Todos estaban sellados con un emblema con forma de alfanje. Recordé que, cuando estuvo en el ejército, el Abuelo había pasado unos años destinado en Irak, donde aprendió algunas nociones básicas del idioma.

—Walter, ¿tienes alguna idea de qué pone en estos papeles?

El Abuelo, sujeto por Bill el Guapo, hizo un gesto de fastidio.

—Claro, deja que los estudie con calma; a fin de cuentas, no es que esté herido ni nada de eso, puedo dedicar un rato a la lectura, qué carajo. —Me quitó los documentos y los miró por encima—. No sé qué esperas que haga con esto, lo único que aprendí en Irak fue a chapurrear un par de... —De pronto se quedó callado. Su expresión se ensombreció, y juraría que no fue solo por el dolor de la herida en el hombro—. Mierda.

—¿Qué ocurre, Walter?

—Será mejor que llevemos cuanto antes estos papeles a alguien que los pueda traducir, sargento. O mucho me equivoco, o diría que se avecinan problemas serios.

12
Suren

«Margo y yo nos dimos cuenta de que si nos atrapaban no saldríamos vivos de allí, así que echamos a correr a ciegas buscando un lugar donde escondernos»

Después de la charla con Zurmati en el museo, contactamos con Kirkmann para decirle que estábamos varados en Kabul. A nuestro mecenas le disgustó la noticia, pero no le sorprendió:

—Ya me esperaba algo así... Sabía que los chinos nos la iban a jugar tarde o temprano.

—¿Crees que es cosa de ellos? —preguntó Margo.

—Estoy casi seguro. Aunque no pusieron trabas a la misión de rescate, nunca les gustó la idea del documental, tenía la sospecha de que tratarían de sabotearlo de algún modo. Pero, tranquilos, lo solucionaré.

—Jaan, ¿qué pasará si nos retienen aquí demasiado tiempo? El documental no tendrá ningún valor si, cuando lleguemos, la misión está a punto de terminar.

—Dejadlo en mis manos, ya os he dicho que lo solucionaré. Haré que os saquen de ahí mañana... En un par de días, como mucho. Entretanto, estad localizables en todo momento y no os mováis del hotel.

¿Adónde diablos se supone que íbamos a ir?

No nos quedó más remedio que pasar las siguientes horas vagando entre nuestras habitaciones y el bar del hostal Kalula.

Al menos el alojamiento era pasable, no mucho peor que cualquier albergue europeo para mochileros. Era sencillo, estaba limpio y casi siempre tenían agua caliente; el wifi funcionaba y en el bar, localizado en un discreto patio interior, no se estaba del todo mal.

Al caer la tarde, los pocos clientes del Kalula, la mayoría corresponsales extranjeros, solían ir allí para relajarse. Si uno lo deseaba, para cenar podía tomar una pizza y una lata de cerveza turca (servida a escondidas por el camarero y a cambio del triple de su valor) o un botellín de Zam Zam Cola, la versión iraní de la Coca-Cola.

Después de hablar con Kirkmann, Margo y yo cenamos juntos en el bar. Allí, en privado, las normas del decoro se relajaban un poco, por lo que Margo podía permitirse no llevar puesto más que unos vaqueros y un suéter. A pesar de todo, no estaba contenta. Aquel retraso forzoso la desesperaba. Yo intentaba ser positivo; a fin de cuentas, no íbamos a cambiar nuestra situación a base de fruncir el ceño.

—He pensado que tal vez mañana podríamos intentar grabar algo en la ciudad.

—¿Para qué?

—Puede que captemos algo interesante, y en el peor de los casos nos servirá como material de relleno para el montaje final. —Ella no parecía muy entusiasmada—. Además, seguro que le amargamos un poco la mañana al señor Yang si nos largamos del hostal sin avisar.

Margo sonrió un poco.

—Eso ya me gusta más... —Se fue a la barra y regresó con un botellín de Zam Zam Cola. Era el tercero que se tomaba.

—Sabes que, si lo pides discretamente y no te importa que te estafen en el precio, aquí te sirven cerveza, ¿verdad?

—Prefiero una de estas.

Me la quedé mirando mientras arrancaba la chapa de la Zam Zam Cola con el llavero.

—¿Qué pasa? ¿Tengo algo en la cara?

—Vale, vas a tener que explicarme esto. No te he visto beber una gota de alcohol desde que nos encontramos en Madrid. ¿Quién eres tú y qué has hecho con la verdadera Margo?

—Ya no bebo.

—¿En serio? ¿Desde cuándo?

—Desde que dejé aquella basura de *América con las estrellas.* —Ella evitó mirarme a la cara—. Pasé por una mala racha... Pero da igual, seguro que no te interesa.

—Claro que me interesa. ¿Qué pasó?

—Perdí un poco la cabeza..., con lo del despido y todo eso, ya sabes... Digamos que me agobié. Pensaba que aquel programa iba a convertirme en alguien respetable y, en vez de eso, me vi en la calle de un día para otro después de pasarme un año entero haciendo el payaso. Fue duro. Los cabrones de la cadena corrieron la voz de que yo era una tía difícil, de que no se podía trabajar conmigo... Lo peor es que tenían razón.

—Eso no me lo creo. Jamás me costó trabajar contigo.

—Cambiaron muchas cosas cuando nos separamos, Suren. Yo cambié. Y no para mejor, precisamente. A mi ego no le sentó bien trabajar en solitario... El caso es que cuando me echaron mi cabeza estaba hecha un lío: me sentía agobiada, insegura... En fin, para resumir: me sentía como una mierda. Empecé a beber algo más de la cuenta. Mucho más de la cuenta. —Se quedó callada, parecía estar dudando si contarme algunos detalles. Al final no lo hizo, quizá la avergonzaban demasiado—. No fue una buena época.

—Lamento oír eso.

—Es igual, por suerte ya pasó. Mi familia me ayudó mucho, regresé con mis padres a Montana y eso me sentó muy bien, allí estuve un par de años, hasta que encontré un trabajo de reportera en una tele local. A partir de ese momento, las cosas fueron mejorando poco a poco, incluso firmé un contrato con una cadena de deportes de Boston.

—¿Deportes? ¿En serio?

—¿Qué pasa? ¡Me gustan los deportes! Y fue muy divertido, comentaba partidos de básquet, fútbol y ese tipo de cosas... ¿Sabías que pasé media temporada cubriendo a los Patriots? No se me daba nada mal.

—Entonces ¿por qué no seguiste?

—Porque no era esto —respondió, señalando a su alrededor—. Lo echaba de menos. No te imaginas cuánto. Echaba de menos viajar, vivir aventuras, descubrir lugares nuevos y meterme en líos en países cuyo nombre me costaba pronunciar... Lo de los deportes era un trabajo, Suren, pero esto... Esto era mi vida, y quería recuperarla.

—Entiendo. Así que lo del canal de deportes tampoco duró...

—Solo hasta que se me acabó el contrato. Me ofrecieron renovarlo, pero lo rechacé. Por aquel entonces yo había empezado a salir con alguien... —Sin quererlo, se me torció el gesto—. ¿Qué? ¿Qué pasa?

Había un «alguien», claro. Tenía que haberlo, no era lógico pensar que durante todos estos años ella hubiera hecho voto de castidad.

—No, nada. Continúa.

—Como te decía, conocí a alguien. Era un buen tío, periodista de la cadena. Le gustaba viajar, igual que a mí, así que decidimos hacer algo juntos, un piloto para un programa de turismo que pensábamos vender a alguna cadena de televisión. No funcionó.

—¿Por qué?

—Porque ese tipo no eras tú, Suren, por eso no funcionó. Me sentía como Ginger Rogers intentando bailar sin Fred Astaire.

—Oh, vaya. —Me quedé un instante sin saber qué decir—. ¿Seguís... seguís juntos?

—No, qué va, pero aún somos buenos amigos. Y tú, ¿qué? ¿Tienes a alguien?

—Ahora mismo no... Estando Lucas resulta un poco complicado.

—Pero, hombre, eso tienes que solucionarlo. No te vendría mal descargar un poco el depósito, ya me entiendes, así dejarías de estar más tenso que la cuerda de un piano. Dime la verdad: ¿cuánto tiempo hace que no te das un homenaje?

Mucho más del que me atrevía a reconocer, según atestiguaba mi historial de internet. El rollo del padre soltero no resulta tan atractivo a las mujeres como la gente se cree.

—Es triste, pero creo que desde antes de que muriera la madre de Lucas.

—No fastidies.

—A mí me lo vas a decir...

Nos quedamos los dos un rato en silencio. Yo mirando la pantalla de un televisor apagado y Margo haciendo girar lentamente el botellín de Zam Zam Cola entre sus dedos.

—¿Cómo era ella?

—¿Quién?

—La madre de Lucas, ¿cómo era? Siento curiosidad. Me cuesta imaginármela.

—No se parecía en nada a ti.

—¿Eso es un cumplido o una crítica?

—Ni una cosa ni la otra. Solo es algo que se me ha ocurrido de pronto.

—¿Dónde la conociste?

—En una aplicación de internet. No hay nada mágico en nuestra historia, lo siento. Era una buena chica, pero no tuvo suerte, se merecía a alguien con una cabeza mejor amueblada que la mía... Vivíamos separados mucho antes de que muriera. Lo cierto es que nunca fui lo que se dice «un buen novio», aunque, si puedo alegar algo en mi defensa, diré que claramente no estábamos hechos el uno para el otro. Ella no me quería, ni yo a ella. Lucas fue un accidente.

—Eso suena muy duro.

—Sí, pero es la verdad. Y no importa. Dos personas no tienen que quererse para tener un hijo juntas, aunque es una faena para el crío que va a nacer. Sin embargo, ella siempre fue una madre fantástica, de veras, lo hizo mucho mejor que yo. Yo aún era un niñato cuando nació nuestro hijo, todavía me faltaba madurar y un par de hostias. Me las llevé todas juntas cuando ella murió de repente y yo tuve que hacerme cargo de Lucas. Ahora intento compensárselo de la mejor forma que puedo. Es... es un crío estupendo, ¿sabes? Quiero con locura a ese canijo.

Margo alzó su botellín de refresco.

—Pues brindemos por él. Y por nosotros... Míranos: aquí tirados en un bar miserable y lamentándonos por nuestras patéticas existencias, ¿tan tristes nos hemos vuelto?

—No lo creo. Solo hemos madurado. Es bueno madurar, supongo, te hace más inteligente y más sabio; pero también es una señal de que la Gran Fiesta ha terminado y de que más te vale haberlo pasado bien porque nunca se va a repetir.

—Ya, pero ¿exactamente en qué momento nos convertimos en dos adultos amargados? Yo a menudo me lo pregunto.

—En mi caso, creo que fue cuando compré aquel puñetero Dacia de segunda mano. Cuando nos paguen por este trabajo pienso empujarlo por un barranco.

—Amén a eso, hermano.

Mientras terminábamos nuestras bebidas hicimos planes para el día siguiente. Decidimos acercarnos a Chicken Street, una calle comercial en la que esperábamos captar algo con sabor local para nuestra película. Luego nos fuimos a dormir.

Por la mañana salimos del hostal sintiéndonos muy satisfechos de haber burlado la vigilancia del señor Yang.

En Chicken Street estaban los comercios de alfombras, antigüedades, perfumes y demás mercancías exóticas. Curiosamente, lo único que no se podía comprar eran pollos: para eso estaba el Mercado de las Aves. Esperaba encontrarme un pintoresco bazar como los de Estambul o Marrakech, pero me llevé una desilusión. Había, en efecto, muchos comercios, pero el aspecto de Chicken Street era el de una calle moderna, con feos edificios de estilo soviético y una interminable hilera de coches aparcados junto a las aceras.

Apenas encontramos señales de la frenética actividad comercial que, en otros tiempos, debió de ser característica de aquel lugar. Muchas de las tiendas estaban cerradas y las pocas personas con las que nos cruzamos caminaban apresuradas y lanzándonos reojos hostiles. En general, el panorama era más deprimente que exótico.

De pronto escuchamos un rumor creciente que llegaba del final de la calle. Una multitud avanzaba gritando consignas a favor del Zulfiqar. Muchos de ellos tenían el rostro cubierto con telas negras que solo dejaban a la vista la boca, igual que el hombre cuyo retrato adornaba las pancartas que llevaban.

Toda Chicken Street estaba vacía salvo por la marea del Zulfiqar. Los transeúntes se habían ido y las tiendas echaron el cierre al paso de la manifestación. Algunos hombres del Zulfiqar llevaban armas: alfanjes y fusiles que agitaban sobre sus cabezas. Entonces alguien disparó al aire unas cinco o seis veces. Cada disparo fue coreado por un millar de voces que clamaban exultantes el nombre de Alá. Fue como una señal. Unos manifestantes empezaron a arrojar piedras y ladrillos contra los escaparates de las tiendas, otros se lanzaron sobre los coches, golpeándolos con barras de hierro y empujándolos para que volcaran, todo ello en medio de un griterío ensordecedor. Las gentes del Zulfiqar ya no coreaban ningún nombre, sino que simplemente gritaban de forma extática, igual que animales. A su paso dejaban un reguero de vandalismo y destrucción.

Margo y yo nos escondimos detrás de un Toyota. Encendí la cámara para grabar a los manifestantes. Entonces a mi espalda escuché a alguien llamarnos en inglés:

—¡Eh, vosotros! ¿Qué hacéis? ¿Estáis locos? ¡Venid aquí!

Al mirar por encima del hombro vi a un hombre que nos hacía señas desde el interior de una tienda. Margo se señaló el pecho.

—¡Sí, os digo a vosotros, cretinos! ¡Apagad eso y meteos aquí dentro si no queréis que os maten a palos!

Obedecimos. De pronto nos encontramos en el interior de una tienda atestada de mercancías junto con un hombre joven, de pelo rizado y moreno, que vestía ropas afganas. En cuanto estuvimos dentro, cerró la puerta y echó varios cerrojos.

—¡Tenéis que estar mal de la *cabeza*! —nos dijo. Era un tipo muy expresivo: movía mucho las manos al hablar y remarcaba con su tono de voz las palabras que le parecían importantes—. Menos mal que os he visto a tiempo. Sois periodistas, ¿verdad? Seguro que sois periodistas, todos sois igual de *inconscientes.*

—No somos periodistas, estamos grabando un documental. Me llamo Margo y este es Suren.

—Wahib —se presentó el hombre—. Sea lo que sea lo que estéis haciendo, será mejor que os quedéis aquí hasta que esa *gentuza* pase de largo.

De pronto se oyeron golpes, gritos y disparos al otro lado de la puerta. La manifestación había llegado a la altura de nuestro refugio. Wahib nos llevó por un laberinto de trastiendas donde se apilaban mercancías de todo tipo. Aquel local era suyo, nos explicó; vendía alfombras y antigüedades. Encima de la tienda estaba su casa, un apartamento diminuto donde nos dio cobijo y nos sirvió un té mientras nos contaba algunas cosas sobre él. Wahib era un comerciante pastún que, antes de que los talibanes recuperaran el poder, había trabajado como *fixer* para los corresponsales extranjeros en Kabul, por eso hablaba tan bien inglés.

—No deberíais haber salido de vuestro hostal —nos recriminó—. Las calles de Kabul ya no son seguras para *nadie* desde que el Zulfiqar se ha hecho fuerte. Hasta los talibanes les tienen miedo.

—¿Están en contra del gobierno talibán? —pregunté.

—Sí, sobre todo desde que empezaron a hacer tratos con los chinos, los rusos y toda esa gente. El Zulfiqar cree que el consejo talibán se ha vendido a los extranjeros, y cada vez tiene más seguidores que piensan lo mismo. Llevan *meses* inflitrándose por toda la ciudad igual que un *veneno* y ahora están por todas partes, esperando una señal.

—¿Qué clase de señal?

—Una orden para ejecutar su plan de desatar el caos aquí, en Kabul, y hacer caer a los talibanes: lo llaman la «Ira de Dios».

—¿Y tú cómo sabes todo eso?

—Porque yo no era un *fixer* cualquiera, era uno muy *bueno*. Tengo amigos y parientes por todas partes, incluso conozco gente que está metida en el Zulfiqar. —Wahib movió lentamente la cabeza de un lado a otro—. Mala gente, muy mala gente. Los talibanes son fanáticos, pero estos están *locos*. Se queman la cara con brasas encendidas, por aquí, por la parte de alrededor de los párpados. Y luego se cubren el rostro porque dicen que Alá les ha prohibido contemplar el mundo hasta que no lo hayan purificado. Su líder se arrancó *los ojos de las cuencas* con sus manos. Eso es lo que dicen, y yo me lo creo.

Wahib nos habló de muchas otras cosas interesantes. Pasamos con él varias horas y cuando nos despedimos lo hicimos en muy buenos términos.

Regresamos al hostal para almorzar y pasamos la tarde esperando que Kirkmann se pusiera en contacto con nosotros. Recibimos una llamada suya por la noche, más bien tarde.

—Chicos, tengo buenas y malas noticias. La mala es que hemos tenido que evacuar a un miembro del equipo de Tell Teba.

—¿Qué ha ocurrido? —preguntó Margo.

—Nada grave, tranquilos; ese tipo, Fadil, sufrió un accidente cuando trabajaba en el yacimiento, pero ahora está en un hospital de Kabul y lo están tratando a las mil maravillas, se pondrá bien. Como no hay mal que por bien no venga, nos han dado permiso para que os saquemos de Kabul en el mismo transporte que ha llevado al herido desde Tell Teba. Mañana mismo estaréis en el yacimiento.

Se suponía que era una buena noticia, pero, más tarde, metido en la cama y con la luz apagada, pensé en las advertencias de Wahib y sentí una ligera inquietud. Me alegraba de dejar Kabul al día siguiente, aunque me preguntaba si Tell Teba no estaría demasiado cerca de lo que al parecer se avecinaba. Mientras me vencía el sueño conté los días que me quedaban para volver a casa y, finalmente, recordando el rostro de mi hijo, me quedé dormido.

Entonces, en medio de mis sueños inquietos, se desató el caos. Una explosión como nunca antes había oído hizo temblar toda mi habitación y, por un instante, el corazón se me detuvo en el pecho. Saboreé el terror más puro y primitivo al abrir los ojos. No supe dónde estaba. Ni siquiera sabía si estaba despierto o a punto de vivir una pesadilla. Había polvo por todas partes. Las pupilas me escocían y empecé a toser con tanta fuerza como si estuviera a punto de vomitar las entrañas. Un pitido denso taladraba mis tímpanos doloridos y, al fondo, como un eco lejano, distinguí gritos, golpes y más explosiones.

Salí a ciegas de la cama tambaleándome como un borracho, sin dejar de toser. Apenas podía ver nada. Había mucho humo y los ojos me lloraban. El pitido en mis oídos se mitigó un poco, escuché a alguien llorar a gritos y voces desesperadas que ordenaban desalojar el edificio. Me faltaba el aire para respirar, así que lo primero que hice fue abrir la ventana. Una luz anaranjada teñía la ciudad del color del infierno. De la calle llegaba una cacofonía de gritos, sirenas y explosiones.

Mi mente empezó a procesar todos aquellos estímulos de forma racional. «Esto ya lo he vivido. Sé lo que debo hacer», me dije.

En primer lugar: mantener la calma. El peligro no desaparece por más miedo que uno tenga, pero el miedo puede ser el mayor peligro si dejas que te paralice. Me vestí rápidamente y cogí mi mochila, aquella en la que guardo todo lo imprescindible y que en mis viajes siempre tengo a punto por si se presenta una situación de «deja todo lo demás y sal corriendo». Estaba viviendo una de esas situaciones.

Algo se derrumbó en el hostal en medio de un gran estruendo. Por suerte no era mi habitación. De momento. Más gritos, entre ellos distinguí mi nombre. Golpes en la puerta. Abrí y me encontré con Margo, cubierta de polvo y con una herida en la cabeza. Llevaba puesto su chaleco lleno de bolsillos y que era el equivalente de mi mochila para situaciones de emergencia.

Me preguntó si estaba herido y luego me dio un pañuelo empapado en agua con el que me tapé la boca, ella llevaba uno igual. De esa forma nos adentramos por el pasillo en busca de la salida más próxima. El humo apenas nos dejaba ver nada. Hacía mucho calor y en las paredes brillaba el reflejo de un fuego, una parte del pasillo se había derrumbado y entre los restos vi un cuerpo cubierto de sangre y polvo. Nos cruzamos con varias personas que trataban desesperadamente de ponerse a salvo.

La bomba no había estallado en el hostal, de ser así nos habría matado, sino en un edificio colindante donde se encontraba la oficina de comercio china. Cuando el edificio se derrumbó, se llevó con él parte de nuestro hostal, provocando decenas de muertos y heridos. Y aquello fue solo una pequeña muestra del terror que empezaba a desatarse por toda la ciudad en ese preciso momento, un terror sincronizado de forma perfecta y que obedecía a un plan trazado previamente con minuciosidad.

La «Ira de Dios».

Mientras Margo y yo intentábamos salir con vida de allí, Kabul se convertía en un infierno. Estallaron bombas en los hospitales, en los edificios de gobierno y en el corazón de los barrios más poblados; y al tiempo que media ciudad volaba por los aires como un polvorín bajo una tormenta, los soldados del Zulfiqar salieron de sus escondites y empezaron a sembrar el caos. El plan para provocar la caída de Kabul se ejecutó con sangrienta precisión.

Margo y yo logramos salir a la calle. Había muertos, heridos y fuego por todas partes. Llantos, miedo y dolor. Al igual que nosotros, nadie sabía aún el alcance de lo que estaba ocurriendo.

Cuando nos alejábamos del edificio, un tumulto se aproximó hacia nuestra ubicación, gritando el nombre del Zulfiqar. Eran como un ejército saqueando una ciudad vencida. Mataban a los heridos en el suelo, a tiros o a machetazos, y perseguían a aquellos que aún estaban en disposición de huir. Comandos del Zulfiqar recorrían diversos puntos de la ciudad en aquel preciso instante causando tanto daño como eran capaces. No distinguían entre oriundos y forasteros, hombres y mujeres, niños y adultos; para ellos, todo aquel que no estaba en sus filas era un enemigo, y no merecía otra cosa que la muerte. Kabul se había convertido de nuevo en la capital del terror.

Margo y yo nos dimos cuenta de que si nos atrapaban no saldríamos vivos de allí, así que echamos a correr a ciegas buscando un lugar donde escondernos. Encontramos cobijo en un portal cochambroso y golpeamos la puerta con la esperanza de que alguien nos abriera. Nada. No había ningún buen samaritano que quisiera ayudar a un par de extranjeros.

Yo colapsé. Me dejé caer en cuclillas en una esquina del portal, entre restos de basura. Estaba en shock.

—Eh, ¿qué haces? Levanta. ¡Levanta, vamos! ¡No podemos quedarnos aquí! —Margo me zarandeó, pero yo no reaccionaba. No podía—. ¡Vamos, Suren, vamos! Piensa en Lucas, ¿me oyes?, piensa en tu hijo, concéntrate en eso, ¿vale? ¡Mantén la cabeza fría! Nos hemos visto en peores que esta.

No era cierto, pero el recuerdo de Lucas me resultó útil. Pensar en él reactivó mi instinto de supervivencia y empecé a razonar con claridad. Me di cuenta de que estábamos cerca de Chicken Street.

—¡La tienda de Wahib! —exclamé.

Nos dirigimos hacia allí. Al final de la calle, la silueta de un grupo del Zulfiqar se recortaba sobre un fondo en llamas. Si no encontrábamos pronto un refugio, podíamos darnos por muertos.

Logramos llegar a la tienda del *fixer* y nos pusimos a golpear su puerta, desesperados. Recuperé mi fe en un poder superior y di gracias a todos los santos del cielo cuando el aterrado rostro de Wahib se asomó por una rendija.

—¡Santo Dios! —exclamó al vernos. Su expresión era la de alguien que contempla dos fantasmas—. Pero ¿qué hacéis ahí fuera, desgraciados? ¡Entrad! ¡Rápido, rápido!

El guía nos franqueó el paso, cerró la puerta blindada y nos llevó a su pequeño apartamento. Poco a poco empecé a sentirme a salvo.

—¡Os lo advertí! —nos dijo el *fixer* mientras limpiaba la herida de la frente de Margo—. Os dije que esto pasaría, debisteis marcharos de la ciudad.

—¿Qué está pasando, Wahib? —pregunté, aturdido.

—¡Que toda la capital ha saltado por los aires! ¡Kabul está a merced del Zulfiqar, eso está pasando! Y vosotros, pobres tontos, estáis en el ojo del huracán. ¡Os lo dije! ¡La «Ira de Dios»! Más os vale largaros cuanto antes, ahora mismo la vida de cualquier occidental que siga en Kabul no vale un centavo.

—Si pudiéramos llegar al aeropuerto... —dije. Aún me aferraba a la quimérica idea de que el transporte de Kirkmann nos estaría esperando allí como si nada hubiera ocurrido.

—No cuentes con ello, mañana esta ciudad será un campo de batalla, y el aeropuerto, una ratonera. Sé de lo que hablo: estuve aquí cuando se marcharon los americanos y, creedme, esto será mucho peor.

—¿Y qué se supone que vamos a hacer entonces?

—No lo sé. Por el momento esperar —respondió Wahib—. Podéis pasar aquí la noche. No es muy cómodo, pero al menos estaréis a salvo durante unas horas.

Quisimos pagarle por su ayuda pero él se negó a aceptar ningún dinero, así que le dimos las gracias de todo corazón a nuestro inesperado protector.

—No me las deis —replicó—. Os iréis mañana, no me importa cómo ni adónde. Si alguien descubre que os estoy ocultando, tendré suerte si lo único que hacen conmigo es colgarme de una farola.

13
Diana

«Ahora que lo mencionas... En alguna ocasión los he visto hacer signos contra el mal de ojo dirigidos hacia la montaña»

Ayer, durante la noche, nevó copiosamente. Hoy Zombieland ha amanecido cuajado de manchas blancas, como una imagen que se estuviera deshaciendo poco a poco.

El paisaje no es lo único que ha desaparecido durante la madrugada: la mitad de los estudiantes han abandonado el yacimiento, así como varios de los trabajadores afganos. Se fueron, al parecer, en plena noche, sin previo aviso. Los que se han quedado no saben nada o no nos quieren decir nada al respecto.

Wörlitz teme que los hombres desaparecidos puedan haberse llevado algunas de las piezas del almacén, así que me ha pedido que compruebe que no falta nada. El sargento De Jagger me acompaña.

—¿Y bien? ¿Está todo? —me pregunta. Lleva una lista con los objetos que hemos ido encontrando al despejar el acceso al *vihara.*

—Por desgracia, me temo que no. Falta una bolsita con monedas de la época sasánida, cinco fragmentos estatuarios de terracota con la forma de la cabeza de Buda y una pequeña caja con restos de esmalte, posible artesanía china de en torno al siglo VI.

De Jagger chequea la lista.

—Eso es prácticamente todo lo que ustedes habían encontrado hasta ahora. ¿Cree que se lo han llevado los afganos?

—No le encuentro otra explicación —respondo contrariada—. Algunas de esas piezas pueden venderse por mucho dinero en el mercado de antigüedades.

—En esta lista hay dos objetos más: un estuche de cuero que contiene un papiro y un... ¿*kila*?

—Ah, sí, la daga que encontró Fido.

—¿Están en el almacén?

—No, pero nadie las ha robado. Esas piezas tienen inscripciones que necesitan ser traducidas, así que las guarda Ruben Grigorian.

—¿Está segura de que las tiene aún en su poder?

—Pregúnteselo usted mismo: viene hacia aquí.

Ruben se acerca renqueando al almacén, da la impresión de que su cadera está especialmente dolorida esta mañana. De Jagger le pregunta por la daga.

—El estuche lo tengo yo, la daga la dejé en el laboratorio a cargo de Anton Skalder. ¿Falta alguna otra cosa? —De Jagger le enumera las piezas robadas—. ¡Qué desgracia! Es lamentable cuando se producen hurtos en los yacimientos arqueológicos.

—¿Le ha ocurrido anteriormente?

—Solo en un par de ocasiones que yo recuerde. Pero sé que muchos de mis colegas se han tenido que enfrentar a menudo a este problema, ¿no es cierto, Diana?

—En todas y cada una de las excavaciones en las que he participado siempre desaparecían piezas —respondo, en un suspiro—. A veces pienso que tengo una especie de imán para los saqueadores.

El sargento De Jagger se marcha para informar a Wörlitz. Cuando nos quedamos a solas, reparo en que Ruben no tiene buen aspecto, parece cansado. Me dice que ha pasado mala noche por culpa del dolor de cadera.

—Precisamente iba a pedirle una de sus pócimas a la doctora Trashani, quiero estar en plena forma cuando entremos en el monasterio. ¿Me acompañas?

Mientras caminamos hacia la enfermería, Ruben me dice que ha traducido la inscripción de la daga *kila*. Es una sola frase, escrita en alfabeto grecobactriano. Dice: «Dejad que duerma».

—Igual que lo que decía aquel texto: «En el nombre de Acalanata el Inamovible: dejad que duerma...» —reflexiono en voz alta—. ¿Qué crees que significa? ¿«Dejad que duerma» quién?

—Ni idea. Tal vez sea una daga mágica contra el insomnio ocasional.

—No me vendría mal una de esas... —digo, pensando que esa noche apenas he dormido—. ¿Sabes? Puede que sepa qué hay detrás de esa daga, pero antes de estar segura debo verificar algunos datos.

Encontramos a la doctora Trashani fumando un cigarrillo a la puerta del dispensario. Fatmida Trashani tiene edad para ser mi madre, pero parece mucho más joven. Es delgada como un junco y siempre se cubre la cabeza con unos preciosos hiyabes, hechos con pañuelos estampados tipo Christian Dior o Carolina Herrera, que le sientan francamente bien. Me da un poco de envidia. Cuando yo me pongo el hiyab parezco una aldeana con cara de torta.

—¿De nuevo haciendo el vago, Ruben? —dice al ver al armenio—. Deja de echarle cuento a lo de tu cadera, estás más sano que yo.

—Dice el Martirologio de Toledo: «Desconfía del galeno cuya lengua es más venenosa que sus remedios».

Fatmida frunce la comisura del labio en su versión de una sonrisa y tira la colilla al suelo.

—Anda, pasa. Pero no te daré más analgésicos, no es bueno que te acostumbres.

Fatmida prepara un té de abedul que, dice, ayudará a Ruben a calmar sus dolores. La doctora Trashani es experta en microbiología y una firme defensora de la medicina natural, ha publicado muchos estudios al respecto y ha viajado por medio mundo estudiando hongos y plantas medicinales.

Mientras Ruben se toma su té, hablamos de la fuga de los estudiantes y del robo de las piezas del almacén. A Ruben le parece evidente que ambos hechos están conectados.

—No me lo creo —replica Fatmida—. ¿Cuántos afganos se han marchado? ¿Veinte? ¿Treinta? ¿Todos ellos eran saqueadores? ¿Incluidos esos estudiantes que llevan aquí desde el principio sin que jamás desapareciera nada? Yo creo que la mayoría de ellos se han ido porque tenían miedo.

—¿Miedo?

—Sí, ya viví algo parecido una vez. Fue a finales de los noventa, por aquel entonces yo participaba en una expedición botánica en la cuenca del Amazonas. Investigábamos hongos selváticos. Un grupo de nativos nos guiaba. Uno de los investigadores desenterró por casualidad una estatuilla de madera con forma de reptil grotesco. Debajo de ella había una antigua fosa común donde contabilizamos diez esqueletos humanos, todos ellos de niños de entre seis y doce años. Llevaban abalorios y tenían las manos y los pies atados con cuerdas.

»Ante aquel hallazgo, nuestros guías se pusieron muy nerviosos. Dijeron que era un pozo de sacrificios dedicado a aplacar la ira de un antiguo dios al que llamaban Yig, y que recibiríamos un castigo por haberlo profanado. Al día siguiente los nativos se negaron a continuar con nosotros y se marcharon.

—¿Y la maldición de Yig? ¿Cumplió sus promesas de castigo con vosotros? —preguntó Ruben, con sorna.

—Algunos enfermaron de disentería, pero creo que eso tuvo más relación con el agua contaminada que con la venganza de un antiguo dios —respondió Fatmida, en el mismo tono—. En cualquier caso, creo que nuestros afganos han sido víctimas del mismo miedo supersticioso que aquellos nativos amazónicos.

—Ahora que lo mencionas... En alguna ocasión los he visto hacer signos contra el mal de ojo dirigidos hacia la montaña.

—¿Te das cuenta? No les gusta este lugar, ellos sabrán por qué, pero lo ocurrido ayer con Fadil y con ese guardia de Tagma al que hirieron en la aldea confirmó sus temores, por eso se han marchado.

A propósito de eso, le pregunto a Fatmida por Walter el Abuelo, a quien recuerdo de mi viaje en helicóptero. La doctora dice que está bien, que la herida fue menos grave de lo que parecía. Le pregunto entonces que por qué no se lo llevaron a Kabul, como a Fadil.

—No lo veo necesario. Además, él se niega a meterse en un hospital afgano, dice que ya pasó por eso en Damasco y que antes prefiere hacerse de nuevo la vasectomía. Un tipo juicioso.

Dejo a Ruben y a Fatmida tomándose un segundo té de abedul y me encamino hacia el laboratorio. Al entrar, me encuentro a Skalder inspeccionando uno de los yelmos del uniforme de Tagma. Creo que ayer el *káliva* les dio algún problema en la aldea y han pedido a Skalder que revise su funcionamiento.

Le pregunto al ingeniero por la daga que encontró Fido y él, de mala gana y sin levantar la vista del yelmo, me señala una caja en un estante. Después se coloca unos auriculares inalámbricos y sigue con lo suyo, como si yo no estuviera allí.

No me importa, también yo necesito concentración. Tengo una teoría sobre la daga que deseo comprobar, así que me he traído mi ordenador para consultar bases bibliográficas en la red y algo para comer. Esto me va a ocupar tiempo.

La daga es, sin duda, un objeto propio del ceremonial budista. Creo que puede estar relacionada con una antigua secta que hoy se cree extinta: la senda del Sayanabuda o del Buda durmiente. Al investigar sobre ella descubro que son muchos los expertos que opinan que dicho culto nunca existió, pero su historia es fascinante y, en cierto modo, hermosa.

Todas las escuelas budistas creen que hace miles de años un príncipe llamado Siddharta se cansó de este mundo corrupto y enfermo, lo cual no le reprocho, y se sentó a meditar bajo un árbol Bhodi. Pero mientras que todas esas escuelas creen quc

Siddharta concluyó su meditación transformado en el Buda, el Iluminado, los seguidores del Camino del Sayanabuda pensaban que, en realidad, el príncipe Siddharta nunca despertó.

En vez de eso, trascendió a tal grado de sabiduría que sus sueños se convirtieron en nuestra realidad. Es decir: todo lo que vemos, el universo que nos rodea, nuestra propia existencia como individuos no es más que un sueño en la mente del Siddharta Sayanabuda, el Buda durmiente.

Exacto, amigo. Tú y yo no existimos más que en el Matrix de un príncipe hindú que lleva durmiendo cientos de siglos.

Si el Sayanabuda despertara de su sueño, toda nuestra realidad desaparecería. En resumen, significaría el fin del mundo. Así pues, la secta del Sayanabuda nació con un doble objetivo: en primer lugar, sus monjes practicaban la meditación y la vida de virtud aspirando a unirse al Buda durmiente en su letargo para reforzarlo y así asegurar la existencia de nuestra realidad; en segundo lugar, era misión de los monjes Sayanabuda el enfrentarse a las fuerzas de la oscuridad que trataban de interrumpir el sueño del Buda durmiente y provocar el apocalipsis. Los monjes de esta secta creían en la existencia de unos espíritus de la iluminación y el conocimiento, llamados bodhisattvas, que protegían al Sayanabuda durante su descanso. A estos espíritus dedicaban sus oraciones y ofrendas, para que se mantuvieran diligentes en su misión.

Al repasar y sintetizar todos estos datos, me doy cuenta de que las creencias de la secta del Buda durmiente encajan muy bien con mi daga misteriosa. Este tipo de dagas, llamadas *kila* o «puñal de espíritus», se utilizan en el budismo tibetano como una especie de talismán contra las fuerzas del mal. Y la inscripción DEJAD QUE DUERMA podría perfectamente relacionar la daga con el camino del Sayanabuda.

No quiero entusiasmarme en exceso, pero empiezo a pensar que tal vez la daga indique que el monasterio de Tell Teba era un *vihara* de la secta Sayanabuda. En tal caso sería el único que se conserva en todo el mundo. Se cree que la secta del Buda durmiente nació en Kabul durante el reinado de Demetrio I Aniketos, un monarca indogriego que se convirtió al budismo. Por este motivo, y según dicen los expertos, la secta del Sayanabuda recibió una enorme influencia de la religión clásica helenística, de la cual pudo haber tomado algunos préstamos y haberlos adaptado a su propia fe. La escuela Sayanabuda sería, por lo tanto, un sincretismo entre mitos de origen griego y creencias budistas. Hay quien incluso piensa que el Buda durmiente se basa en el personaje de Endimión, el pastor de Olimpia a quien Zeus sumió en un eterno sueño.

Eso explicaría por qué aquel texto que Ruben tradujo estaba escrito en sánscrito pero con un alfabeto de origen griego.

Me merezco una palmada en la espalda, creo que he encontrado algo muy importante. Es decir, Fido y yo lo hemos encontrado, no me olvido de la intervención de ese adorable peludo. Si mis hipótesis se confirman, pienso regalarle la chuleta más grande y jugosa que el dinero pueda comprar.

Mi investigación se ve interrumpida por una llamada de Wörlitz, que me pide que acuda a la sala de reuniones del pabellón uno. También quiere que avise a Skalder y que vayamos los dos juntos.

Una vez allí nos encontramos con el rostro de Jaan Kirkmann en la pantalla de un ordenador gracias al moderno milagro tecnológico de la videollamada. También están presentes los dos sargentos de Tagma, Ruben, Fatmida y Wörlitz; aunque ellos de forma corpórea. El motivo de esta convocatoria debe de ser de extrema importancia, Kirkmann no acostumbra a dar la cara en este tipo de charlas de gabinete, suele dejar que sea Wörlitz quien hable en su nombre si es que tiene algo que decirnos.

Ocupamos cada uno una silla de pala frente al ordenador. Skalder se sienta al final, y se pone a jugar con un cubo de Rubik, como si todo aquello no fuera con él. El resto permanecemos atentos a las palabras de nuestro mecenas y benefactor.

—¿Ya estamos todos? ¿Podemos empezar? —dice echando un vistazo a la sala desde su despacho, sito en alguna ciudad asiática—. Estupendo. Gracias a todos por interrumpir vuestro trabajo para esta reunión. Tengo que daros un par de noticias importantes y delicadas que creo que es mejor que todos escuchéis. Empezaré diciendo que, al parecer, esta noche se han producido disturbios en Kabul. La información que tengo es algo confusa, pero todo indica que ha habido una serie de atentados terroristas simultáneos obra de un grupo hostil al gobierno talibán. Se hacen llamar Zulfiqar.

»Aún no conozco la gravedad de la situación como ya os he dicho, la información es confusa. El consejo talibán ha cerrado toda vía de comunicación mientras estabilizan la capital. En resumen, no sé qué diablos está pasando ahí, nadie lo sabe. Estamos intentando contactar con nuestro equipo de documentalistas en Kabul, esperamos que ellos puedan darnos información de primera mano sobre cómo están las cosas allí. Estoy seguro de que no debemos preocuparnos; las cosas se tranquilizarán pronto. Por otro lado, todos esperábamos encontrar un cierto grado de inestabilidad local. En el GIDHE lo teníamos previsto, de modo que, a partir de ahora, recibiremos el apoyo logístico desde Jalalabad. Sé que está un poco más lejos que Kabul, pero me consta que allí, de momento, la situación se mantiene en calma. Esto no tiene por qué afectar a vuestro trabajo. Repito: no tiene por qué afectar a vuestro trabajo. Seguid con él como hasta ahora.

—Pero no tenemos transporte aéreo —dijo Wörlitz—. Mandamos ayer los dos Kaija a Kabul, ¿sabemos cuándo volverán?

—No... Esto... No, ahora mismo no puedo darte ese dato, Erich; pero no te preocupes. Tenemos un Kaija en Nueva Delhi y voy a hacer que lo envíen hoy mismo a Jalalabad. Lo tendréis en Zombieland en un par de días, como muy tarde.

Sospecho que Kirkmann no nos está diciendo toda la verdad. Parece tenso y sus pupilas se agitan demasiado. Como mi her mano cuando mamá le preguntaba de dónde sacaba el dinero para comprarse aquella ropa tan cara.

Interrogo a Kirkmann sobre la deserción de los estudiantes y los trabajadores afganos.

—Ah, sí, eso... Qué raro, ¿verdad? Alucinante, más bien. No os preocupéis, os enviaremos personal nuevo desde Jalalabad junto con los Kaija. ¿Podéis apañaros solos hasta que lleguen? Es importante que la misión de rescate no se interrumpa.

—Supongo que sí... Hoy mismo tenía previsto acceder al interior del monasterio, para eso solo necesito a las personas que están en esta sala ahora mismo —dice Wörlitz.

—Fantástico, Erich; poneos con ello. Pero antes quiero hablaros de otro tema. —Kirkmann se agita incómodo en su carísima silla tapizada de cuero—. Ayer, como todos sabéis, el equipo de Tagma neutralizó eficazmente una amenaza potencial para el yacimiento. Esa es la buena noticia.

—¿Y la mala? —pregunta la doctora Trashani.

—No hay ninguna mala noticia, pero sí un posible contratiempo. La sargento Spinelli os lo explicará con más detalle.

La jefa del equipo de Tagma se pone de pie. En la mano tiene unos papeles.

—Encontramos estos documentos en la aldea y uno de los afganos los ha traducido para nosotros. No me andaré con paños calientes: son planes para asaltar y saquear nuestro yacimiento. Esos hombres a los que neutralizamos eran del Zulfiqar, y formaban una especie de avanzadilla cuya misión era valorar nuestros niveles de seguridad. Según estos documentos, esa era la primera fase de sus planes. La segunda es atacar nuestra posición. —Un murmullo de inquietud recorre la sala y Spinelli tiene que alzar la voz—. No sabemos cuándo tendrá lugar. Quizá en unos días, quizá en unos minutos. Lo que es seguro es que somos su objetivo.

—O puede que nuestra maniobra de ayer en la aldea les mostrara de lo que somos capaces y ahora hayan cambiado de idea —interviene De Jagger.

—Eso no es más que una remota posibilidad —replica Spinelli—. Además, los *káliva* fallaron. Dejaron de funcionar en plena refriega y luego, de pronto, se arreglaron solos. Pienso que deberíamos hablar también de ese tema.

—¿Por qué? A los trajes no les pasa nada —dice Skalder.

—Uno de mis hombres está en la enfermería con un agujero de bala en el hombro, vaya allí y cuénteselo a él.

—Llevo horas haciéndoles pruebas: la estructura no está dañada, no hay errores en el hardware ni en el software... Si ayer tuvieron un pequeño fallo, debió de ser algo puntual, una mera anomalía.

—Pues cuando todo esto se llene de yihadistas pegando tiros, póngase a cubierto tras una anomalía de esas, porque es probable que para entonces los trajes solo sirvan como disfraz de Halloween.

—¡Sargento Spinelli, eso no va a ocurrir! —replica Kirkmann con brusquedad—. Anton, tú vuelve a repasar el funcionamiento de los trajes. Si hay algún problema, podemos arreglarlo, sea el que sea.

—Ya sé que podemos, pero repito que no tienen ningún fallo. ¿Cómo diablos se supone que debo arreglar una cosa que no está rota?

Spinelli y Skalder se ponen a discutir. Pronto todos queremos expresar nuestra opinión en voz alta, quizá demasiado alta. Al final, no hay manera de entender lo que está diciendo nadie. Wörlitz se ve obligado a dar un par de golpes en su silla para hacernos callar. Entonces Kirkmann toma la palabra.

—Sé que todo esto resulta inquietante, pero recordad: solo tenemos tres semanas antes de que el yacimiento desaparezca bajo una mina de litio. Por favor, no olvidéis lo que estamos haciendo en Tell Teba ni todo lo que está en juego.

—Pero ¿y si nos atacan? ¿Qué haremos? —pregunta Ruben.

—En solo tres semanas es improbable que os veáis sometidos a un ataque de tal magnitud que el equipo de Tagma no pueda repelerlo, ¿no es cierto? —La pregunta va dirigida a los dos sargentos.

—Siempre y cuando todos los dispositivos funcionen como es debido... —responde De Jagger.

Spinelli se limita a lanzar un gruñido ambiguo.

Entonces interviene Wörlitz.

—Estamos a punto de acceder al *vihara*, sería una lástima marcharnos justo ahora. Creo que, al menos, deberíamos aguantar unos días más. Solo unos días... ¿Qué puede pasar en unos días?

Decidimos someterlo a votación. Yo tengo muy claro mi voto: no he venido hasta aquí para volver a Liverpool con las manos vacías. Y, desde luego, no me asustan unos cuantos tiros. Me crie en Seven Sisters, por el amor de Dios, me dormía con el sonido de las sirenas de policía.

Todos deben de ser igual de inconscientes que yo, porque nadie vota por abandonar la misión. Parece que el razonamiento de Wörlitz de «esperemos unos días, a ver qué pasa» ha sido simple pero efectivo. Resuelto el dilema, Kirkmann disuelve la reunión y volvemos al trabajo.

Ya es hora de comprobar de una vez por todas qué diablos se oculta dentro de ese dichoso monasterio.

14
Diana

«Huele a tierra húmeda y corrompida,
como imagino que debe de oler un panteón»

Es la primera vez que regreso al nártex que antecede al monasterio desde que Fadil casi muere estrangulado por aquella trampa de cadenas. El espacio está ahora iluminado por unos focos que se alimentan de un generador portátil. La luz, aunque escasa, hace que parezca menos inmenso y amenazador.

Frente a nosotros hay una puerta, aquella que Fadil nunca llegó a cruzar. Está tallada en la roca, sus jambas adornadas con relieves en forma de voluta. El tiempo los ha desgastado hasta hacerlos casi invisibles. La puerta está sellada por un manto de telas de araña.

Más allá del umbral se nos muestra una densa oscuridad.

—Esta vez no quiero accidentes —dice Wörlitz—. Vamos a tomar todas las precauciones necesarias y, por favor, ¡tened mucho cuidado con dónde ponéis los pies!

Skalder aparece llevando un pequeño trasto con ruedas que maneja a distancia como un coche teledirigido. Lo acompaña la doctora Trashani. El artilugio sirve para medir la pureza del aire dentro del *vihara*. No es prudente entrar en un recinto que lleva siglos cerrado sin antes comprobar que la atmósfera no está repleta de esporas tóxicas o algo parecido. No queremos acabar como los tipos que abrieron la tumba de Tutankamón.

El aparato proporciona unas lecturas que Fatmida analiza. Su veredicto es que el aire del santuario es tan respirable como el del exterior. Dice que probablemente se ha mantenido más o menos ventilado gracias a la existencia de oquedades en la montaña, las cuales aún no hemos descubierto.

No obstante, y para estar seguros de que no hay riesgo, Wörlitz decide llevarse a Fido en esta primera exploración. Por lo visto, su desarrollado sentido del olfato puede sernos útil. Si hay algo tóxico en el aire, Fido puede detectarlo y ponernos sobre aviso.

También lo acompañaremos Ruben, Skalder y yo. Al ingeniero lo necesitamos para realizar lecturas tomográficas de la estructura.

Una vez establecido el grupo para la exploración preliminar, nos disponemos a entrar en la cueva de las maravillas. Fatmida nos obliga a ponernos unos trajes sanitarios desechables y unas mascarillas. A Ruben los pelos de la barba se le salen por todas partes y Skalder parece una barra de tiza. Al único que le sienta bien el traje, y eso no me sorprende nada, es a Ugo, el adiestrador de Fido.

Skalder lleva un artilugio que parece una especie de cámara fotográfica submarina. Es el lector TC portátil gracias al cual puede escudriñar el interior de cualquier objeto. Lo apunta hacia mí y hace un chiste grosero sobre el color de mi ropa interior. Le digo que aparte de mí esa cosa si no quiere que se la meta tan hondo por el recto que ni Fido sería capaz de encontrarla. Ruben suelta una carcajada y Wörlitz nos llama al orden.

Uno detrás de otro franqueamos la entrada del *vihara*. Fido y Ugo entran primero. El perro parece un poco retraído y no se separa de las piernas de su cuidador, pero al olisquear la oscuridad no detecta señales de peligro. Los siguen Wörlitz, Skalder y Ruben, quien antes de desaparecer en la oscuridad me mira y me guiña un ojo. Yo paso la última.

Estamos dentro.

Todo está oscuro, es como si tuviera los ojos cerrados. Huele a tierra húmeda y corrompida, como imagino que debe de oler un panteón. Wörlitz nos pide que nos quedemos quietos mientras arma un foco de baterías recargables. Cuando lo enciende, una luz gélida atenúa las sombras a nuestro alrededor. Por primera vez contemplamos las entrañas del monasterio.

Estamos en un amplio espacio, grande como un salón de baile, cubierto por una bóveda esquifada. La luz del foco tiñe los muros pétreos de un inquietante tono azul. El suelo es plano y las paredes pulidas, decoradas con frisos y arcos mixtilíneos tallados directamente sobre la roca viva. La sala tiene planta cuadrada. En los muros que están a mi izquierda y a mi derecha hay cuatro vanos cerrados por puertas de madera provistas de herrajes. Puede que sean las celdas de los monjes, no estoy segura.

A unos metros enfrente de mí, esculpido en una pared de roca, hay un enorme portal rectangular de unos diez pies de alto por seis de ancho. Está sellado por una inmensa losa de piedra sobre la que hay un fastuoso relieve polícromo que representa a Acalanata, «el Inamovible». Según el budismo tántrico, es uno de los Cinco Reyes de la Sabiduría que luchan contra las fuerzas del mal. Acalanata es una versión fiera y colérica de Buda. En el relieve está sentado sobre sus piernas cruzadas, en una mano sostiene una espada con serpientes entrelazadas y en la otra una soga para someter a los espíritus de las tinieblas. Lo rodea un círculo de llamas y en su rostro luce una expresión de furia terrible.

Flanqueando el portal hay cuatro esculturas de Buda, dos a cada lado, con las espaldas pegadas a la pared. Las cuatro son idénticas y reconozco en ellas el inconfundible estilo del arte grecobudista de la escuela de Gandhara. Los budas están de pie, cubiertos por una túnica de tipo himatión cuyos delicados pliegues se adaptan a la forma de sus cuerpos. Todos ellos lucen un peinado griego. Tienen la cabeza levemente inclinada hacia el suelo, con los ojos cerrados y una sonrisa arcaica en los labios. Por un momento esas cuatro sonrisas me resultan inquietantes, como si los budas de piedra compartieran un secreto perverso.

Me alegro de que Ruben esté con nosotros porque hay varias inscripciones. Cada uno de los budas está encima de un pedestal sobre el cual hay talladas letras griegas. ¿Puede que sea alfabeto bactriano, como el de la daga? Son las mismas que hay en la falsa puerta, junto al relieve de Acalanata, solo que allí están acompañadas por una extensa inscripción en sánscrito.

Fido se pone a olfatear la puerta. De pronto adopta una postura amenazante. Arruga el hocico, le muestra los dientes al relieve de Acalanata y empieza gruñir. Parece que no le cae nada simpático.

El perro empieza a ladrar.

¡Márchate! ¡Vete! ¡Estas Personas son mis amigos! ¡No vas a hacerles daño, aléjate de aquí!

—Tranquilo, chico, no es nada —dice Ugo, tratando de calmarlo—. No es más que una escultura, es de mentira, ¿lo ves? No es real.

Tengo la impresión de que Fido no está ladrándole al relieve de Acalanata sino a la pared, como si percibiera algo al otro lado.

Skalder analiza el relieve que cierra el portal con el lector TC.

—Aquí detrás hay algo —nos informa—, puede que un pasillo, un corredor u otra cámara; no estoy seguro.

Fido sigue ladrando, cada vez más nervioso. Su adiestrador se lo lleva al otro extremo de la cueva, donde logra calmarlo a base de palabras suaves y golosinas. Mientras tanto, el resto inspeccionamos el conjunto de budas y la misteriosa puerta de piedra. Le pregunto a Skalder si está completamente seguro de que es auténtica y no una decoración esculpida.

—La lectura tomográfica indica claramente que esto es un muro de unos cuarenta centímetros de grosor, y que tras él hay un espacio vacío; lo que no puedo deciros es cómo se abre.

Entonces Wörlitz llama nuestra atención sobre cierto detalle en las esculturas de Buda:

—Las manos. Es sorprendente... ¿Os habéis fijado en sus manos?

Son de metal. Un metal grisáceo con manchas de verdín. ¿Bronce, tal vez? Las estatuas las tienen levantadas a la altura del pecho y con las palmas hacia fuera. Al inspeccionarlas de cerca descubro que todas ellas tienen las muñecas y los dedos articulados, igual que esos maniquíes de madera que suelen utilizar los pintores.

—Manos móviles —dice Ruben—. Qué raro. ¿Por qué les fabricaron manos móviles?

Me atrevo a lanzar una hipótesis:

—Tal vez de esa forma los monjes que vivían aquí podían alterar los mudras de las estatuas, quizá con algún sentido litúrgico.

—¿Qué es un «mudra», doc? —pregunta Skalder.

—Son gestos que se hacen con las manos y que forman parte del ritual budista. Por ejemplo: si coloco las mías de esta forma —uno las palmas a la altura del pecho, como si estuviera rezando—, estoy haciendo el «mudra namaskara», un gesto de saludo o de reverencia. Ahora mismo las cuatro estatuas forman con sus manos el «mudra abhaya», que es un gesto de protección contra el mal. Las palmas hacia fuera simbolizan el rechazo al miedo y los cinco dedos extendidos representan las cinco perfecciones: generosidad, moralidad, paciencia, esfuerzo y meditación.

—O sea, que estas cosas se pueden poner con la postura que uno quiera...

El ingeniero agarra la mano de una de las estatuas y pliega sus dedos hasta cerrarla en un puño. De pronto escuchamos un sonido metálico que reverbera por toda la cueva. Fido levanta las orejas como un sabueso de caza y apunta con el hocico hacia una de las puertas de madera de las celdas monásticas.

¡Allí! ¡Algo se ha movido allí, en La Puerta! ¡Ha hecho El Ruido y se ha movido! ¡El olor ha cambiado!

Wörlitz le recrimina severamente al ingeniero su imprudencia y le ordena que no vuelva a tocar nada sin permiso. Después ambos se acercan a la puerta de madera que señala Fido. Ruben y yo nos quedamos examinando las inscripciones en la base de las esculturas.

—¿Sabes qué dice aquí? —me pregunta, señalando una de ellas—. Dice: «Serapis».

¡Serapis! ¡El dios protector de Alejandría! Siento un cosquilleo de emoción en el estómago.

—¿Estás seguro de eso?

—Del todo. La pregunta es: ¿por qué aparece el nombre de una deidad helenística en la base de una estatua que, claramente, representa a Buda y no a Serapis?

Me llevaría mucho tiempo explicarle ahora mis teorías sobre la secta Sayanabuda y su relación con la mitología griega. En vez de eso le pido que traduzca las inscripciones de las otras tres esculturas y el resultado es asombroso.

En una de ellas dice «Apolo».

En otra dice «Ares».

En la última, «Hécate».

Serapis, Apolo, Ares y Hécate; los cuatro son nombres de dioses de la mitología griega. ¡Esto es sin duda un monasterio de la secta del Buda durmiente! ¡Cada vez estoy más convencida de ello! Si al menos supiera por qué esos nombres eran importantes para los monjes que construyeron este lugar... Tal vez la respuesta se halle en las inscripciones grabadas junto al relieve de Acalanata. Le pregunto a Ruben si puede traducirlas.

—Ahora no, no soy tan rápido, pero gracias por el voto de confianza. En un par de horas puedo darte algo sobre el texto escrito en sánscrito. Del otro, del bactriano, me temo que tardaré un poco más, aunque tengo el pálpito de que ambos dicen lo mismo.

Wörlitz nos llama. Ha ocurrido algo interesante: cuando Skalder movió los dedos de la mano del Buda, la cerradura de la puerta de una de las celdas se desprendió, quizá activada por un mecanismo similar al que movía las cadenas que aprisionaron a Fadil. Eso nos permite inspeccionar su interior.

—Y todo ha sido gracias a mí —se jacta Skalder.

Menudo cretino.

La celda es muy pequeña, apenas un cubículo excavado sobre la roca viva. No hay decoración de ningún tipo, solo piedra desnuda. Junto a una pared veo un poyete de alrededor de cinco pies de largo. Supongo que era lo que los monjes usaban como cama, lo recordaré la próxima vez que me queje de que mi colchón es demasiado blando.

Encima del poyete hay una curiosa escultura policromada. Representa a un monje sentado en la clásica postura de la flor de loto, en su rostro hay una pacífica sonrisa y dirige la mirada hacia su regazo, donde sujeta un bote cilíndrico entre las manos. La estatua es bellísima y exquisita, ¡está sorprendentemente bien conservada! Su cara es una máscara dorada y en su túnica color azafrán aún se aprecian restos de filigranas de pan de oro.

—¡Es magnífica! —exclama Wörlitz—. Es, sin duda, lo más valioso que hemos encontrado hasta ahora. La Iniciativa GIDHE estará satisfecha, ¡esta pieza tiene mucho valor!

—Al menos medio millón de libras —digo de forma automática—. El mes pasado esa fue la cantidad que se pagó en Sotheby's por una figurita nepalí del siglo IX. Esta estatua puede que sea de la misma época, quizá anterior, y es como tres veces más grande.

En ese momento noto que Fido se cuela por entre mis piernas y empieza a inspeccionar la estatua con su nariz de trufa. Tras olisquearla un par de veces, estornuda y se aparta con el rabo entre las piernas.

¡No me gusta cómo hueles tú! Hueles a El Polvo. Y estás muerto.

—Muerto no, Fido, es inanimado —le corrige Ugo—. Es una estatua, las estatuas no están muertas, son I-NA-NI-MA-DAS.

Entonces Skalder, que ha estado analizando la escultura del monje con su lector TC, nos mira con una expresión bastante extraña en los ojos:

—Eh, docs... Esta cosa está hueca... Y os aseguro que no os vais a creer lo que hay dentro...

15
Diana

«Se la conoce como “momificación en vida”,
y el proceso es sumamente desagradable»

Hemos encontrado tres estatuas más, había una dentro de cada celda del *vihara.* Eso hacen cuatro en total.

Las cuatro son muy parecidas. Todas ellas representan monjes en posturas de meditación. Sin embargo, cada una posee algún rasgo que la distingue de las demás. Les he puesto nombre a todas. A la que encontramos en primer lugar, la que tiene un botecito de alabastro en el regazo, la llamo Ringo. Hay otra con un bigote pintado sobre el rostro, como si fuera un anciano: la llamo John. La tercera tiene las manos formando un delicado mudra que le da una cierta pose afeminada, a esa la llamo Paul. George, la última, es la que me parece más bonita de las cuatro, porque tiene menos suciedad y los colores de la policromía se conservan casi íntegros.

Le he dicho a Ruben lo de los nombres y me ha mirado con una sonrisa guasona:

—De modo que John, George, Paul y Ringo. ¿Me tomas el pelo?

—Eh, soy de Liverpool, ¿qué esperabas?

Hemos decidido dejar por el momento a Paul, George y John en sus celdas y llevarnos a Ringo, la del botecito de alabastro, a Zombieland para someterla a un examen más preciso.

Según el lector TC de Skalder, Ringo, al igual que los otros tres «Beatles», está hecho con un armazón de madera cubierto por una capa de mortero mezclado con guijarros, similar al *opus caementicum* que utilizaban los albañiles romanos. Está hueco y en su interior alberga un cuerpo humano momificado.

Nuestras estatuas son, por lo tanto, sarcófagos.

Resulta un hallazgo curioso y un tanto siniestro, pero no extraordinario. Era una práctica habitual entre algunas sectas budistas que los monjes colocaran momias dentro de esculturas que funcionaban como relicarios. Se trataba de un rito común en el Lejano Oriente, en lugares como China o Japón, aunque su origen no está del todo claro. Se cree que esta técnica de momificación, conocida como *sokushinbutsu*, pudo nacer en el Himalaya. También se la conoce como «momificación en vida», y el proceso es sumamente desagradable.

Que yo sepa, el *sokushinbutsu* no se practicó nunca en Afganistán, pero no sería imposible que dicha técnica llegara a estas tierras de la mano del budismo tántrico en torno al siglo VII. Quizá la secta del Sayanabuda practicara sus propios ritos de momificación en vida.

La estatua que alberga la momia de Ringo tiene muchas capas de suciedad y en algunas zonas ha perdido la policromía por completo. En algún momento, durante los últimos siglos, debió de caerse al suelo porque tiene un pequeño hueco abierto en la parte trasera de la cabeza. Si me asomara por él, podría ver el cráneo arrugado de Ringo, e incluso rozarlo con la yema del dedo, pero no es algo que me apetezca hacer.

Por suerte para mí, la responsable de manipular cosas muertas es Fatmida, nuestra matasanos, así que Wörlitz y yo, con la ayuda de Skalder, trasladamos a Ringo al laboratorio para que la doctora pueda echarle un vistazo. Ruben ha preferido ir al pabellón uno para trabajar con la traducción de los textos del portal con el relieve de Acalanata. Dice que no le gusta hurgar en los muertos.

Preparamos cuidadosamente a la estatua con la momia sobre una camilla, bajo un potente foco de quirófano. Mientras, Fatmida le da instrucciones a Skalder, quien mastica chicle con la boca abierta, para conectar su lector de TC portátil a un monitor para ecografía. A continuación, la doctora nos reparte guantes de látex y mascarillas a cada uno.

—Os aviso que lo estoy grabando todo —nos indica—. Así que cuidad vuestro lenguaje, no quiero palabrotas en mi laboratorio. Y eso va por ti, Skalder.

Fatmida dice en voz alta la fecha, la hora y nombra uno a uno a los presentes. Me siento como si estuviera en una de esas series de detectives en las que el protagonista tiene que asistir a una autopsia. Con el lector TC, Skalder escanea lentamente la superficie de la estatua y en el monitor para ecografía se va formando una imagen en 3D del esqueleto de Ringo. Incluso pueden verse restos de musculatura adheridos a los huesos. Fatmida estudia minuciosamente la imagen desde varios ángulos.

—Yo diría que es un varón adulto. No aprecio daños importantes en la estructura ósea, salvo por una rotura soldada en el cúbito del brazo izquierdo. Skalder, acerca el escáner a la zona del vientre, por favor. Eso es, gracias. Vaya... Esto no me lo esperaba.

—¿Qué pasa, doc? ¿El fiambre está embarazado?

—Querido, si solo vas a aportar simplezas, te sugiero que mantengas la boca cerrada. —Fatmida señala con un bolígrafo el monitor. Dentro de la caja torácica de Ringo pueden verse unas formas oscuras y atrofiadas—. ¿Veis esto? Son sus órganos internos: el estómago, el páncreas, el hígado... Es muy extraño. Una momia no debería conservar sus órganos internos. Lo lógico hubiera sido que se los extirparan durante el proceso de embalsamamiento. Me pregunto cómo se habrá llevado a cabo, ¿no hay alguna forma de sacar el cuerpo de esta especie de coraza?

Skalder escanea cada uno de los recovecos de la estatua. La lectura demuestra que está formada por dos grandes piezas soldadas la una a la otra. No hay goznes ni cierres ni ninguna forma de abrir la estatua sin causarle un daño irreparable. Quien metiera ahí dentro a Ringo no pensó en que nadie quisiera sacarlo en un futuro.

No obstante, el botecito de alabastro que Ringo tiene en su regazo sí que puede abrirse fácilmente. El escáner muestra que hay un objeto en su interior. Wörlitz da su aprobación para que Fatmida lo extraiga con cuidado.

—¿Qué es esto, Erich? —pregunta la doctora, dándole el objeto a Wörlitz—. ¿Un instrumento musical?

—Parece un murli, una flauta... Como la que utilizan los encantadores de serpientes en la India; pero esta es más grande y está hecha de metal. Qué curioso... Me pregunto si aún funcionará.

—Si aceptáis un consejo de una médico titulada, yo que vosotros no me metería eso en la boca para comprobarlo.

La flauta tiene grabado un sol junto con una inscripción en sánscrito muy sencilla, lo suficiente como para que yo pueda improvisar una traducción sin tener que acudir a Ruben: «Yo soy la voz del cantor, de aquel que domina la Furia».

—¿Qué te parece, Diana? —pregunta Wörlitz.

—No estoy segura... Estaba pensando en Orfeo.

—¿Orfeo?

—Sí, Orfeo, el hijo de Apolo. Cuando tocaba su lira, las fieras se apaciguaban. Esta inscripción me ha hecho recordarlo y me pregunto si no será otro ejemplo más del sincretismo religioso de la secta Sayanabuda, otro préstamo de la mitología clásica. Igual que los nombres de dioses griegos que hay en las estatuas de la cueva.

Sacudo la cabeza y le digo que no me haga caso, que solo pensaba en voz alta. Estoy tan ansiosa por relacionar el *vihara* con la secta del Buda durmiente que quizá esté viendo fantasmas.

Nos olvidamos de la flauta por el momento y volvemos a centrar nuestra atención en Ringo. Fatmida insiste en que necesita acceder a la momia para determinar aspectos tales como su antigüedad o la causa de la muerte. Sobre este último punto señalo que tengo una teoría.

—Creo que Ringo murió por *sokushinbutsu*, automomificación.

—¿Bromeas? —dice Skalder—. ¿Ese tipo... se momificó a sí mismo? Quiero decir... ¿se sacó el cerebro por la nariz, metió sus propias tripas en un tarro y todo lo demás?

—Desde luego que no. La automomificación era más bien una práctica ascética llevada al extremo.

—Creo recordar que leí algo sobre ese tema hace tiempo —dice Fatmida—. He olvidado los detalles, pero sí que me puso la piel de gallina. Desde un punto de vista médico me pareció aberrante.

Trato de explicar de forma sencilla en qué consiste el *sokushinbutsu*: imagina que eres un monje que desea alcanzar la budeidad, es decir, deseas convertirte en un ser inmortal y en un espejo de virtud. ¿Quién no quiere vivir para siempre en un estado de perpetua iluminación? ¿Quién no desea ser un bodhisattva? Ahora bien, el proceso no es sencillo. De hecho, es sumamente doloroso. Se lleva a cabo en tres etapas que pondrán a prueba tu disciplina, tu temple y llevarán al extremo tu capacidad para el sufrimiento. La vida eterna no sale gratis.

En la primera etapa debes reducir tu dieta al máximo: agua, fruta y nueces. Nada más. La dieta se combina con un extenuante ejercicio físico, como si quisieras optar a ser el próximo campeón mundial en todas las disciplinas olímpicas. La idea es desintegrar hasta el último gramo de grasa que haya en tu cuerpo. Probablemente, después de una semana en este plan ya no tengas fuerzas ni para quejarte por el dolor, y lo más seguro es que al cabo de un mes desees estar muerto. Mala suerte: aún te quedan tres años por delante antes de pasar a la siguiente etapa, que es aún peor.

Después de mil días, la dieta se reduce. Se acabaron los festines de nueces y fruta fresca. A partir de ahora solo agujas de pino, resina y cortezas de árbol. Si antes creías que pasabas hambre, ahora conocerás una nueva dimensión del dolor por la falta de alimento. El agua también queda prohibida, solo puedes tomar una infusión al día hecha con hojas del árbol de la laca. Y ojalá disfrutes de su sabor, porque su savia es enormemente tóxica y tiene efectos abrasivos: un solo sorbo de ese té y pasarás el día vomitando hasta la última bilis. El objetivo, precisamente, es eliminar de tu cuerpo todos sus líquidos. Deshidratación radical. Este es el momento en que realmente desearías estar muerto, aunque la toxina del árbol de la laca seguirá en tu organismo mucho después de que eso ocurra para secar tus vísceras y preservarlas de las bacterias y los insectos necrófagos. ¿Cuánto tiempo piensas que podrás resistir comiendo resina y vomitando violentamente a diario? Da igual lo que respondas: esta etapa se prolonga durante otros tres años.

Al llegar a la tercera etapa ya no eres más que un despojo de piel y huesos, un cadáver andante. Los presos liberados de un campo de exterminio parecerían lozanos en comparación contigo. Pero, por desgracia para ti, aún sigues vivo. Ahora llega el momento en que te introducen en una caja de pino rellena de sal, donde pasarás lo que queda de tu anémica existencia meditando en la postura de la flor de loto, sin comida y sin bebida. Tu único ejercicio físico será el de hacer sonar de vez en cuando una campanilla para indicar que aún respiras. Cuando ya no tengas fuerzas para hacerla sonar, sellarán tu caja y dejarán lo que queda de ti ahí dentro durante tres años. Transcurrido este tiempo, la abrirán de nuevo para inspeccionar tu cadáver. Si está incorrupto, ¡enhorabuena, has alcanzado la budeidad! Serás venerado por los siglos de los siglos. Pero no esperes que eso ocurra. Miles de monjes lo intentaron a lo largo de la historia y, que se sepa, solo veintiocho tuvieron éxito, el resto debieron conformarse con un entierro honorable tras una década de tortura improductiva. El hecho de que en el *vihara* de Tell Teba haya cuatro cadáveres supuestamente automomificados es toda una rareza.

—Entonces, lo que tenemos aquí es nada más y nada menos que un Buda viviente —me dice Fatmida, señalando a Ringo.

—Algo parecido. Más bien un bodhisattva: un ser que ha emprendido el camino de la budeidad y vela por la salvación de todos nosotros.

—Comprendo, pero, aun así, me gustaría hacerle una autopsia.

Por desgracia no es posible sacar a Ringo de su coraza, así que a Wörlitz se le ocurre extraer una muestra de la cabeza de la momia a través de un pequeño agujero que hay en la parte trasera.

Skalder y yo sujetamos la escultura en ángulo, con mucho cuidado, para que la doctora pueda introducir unas delgadas pinzas y un escalpelo por la oquedad y sajar un fragmento de piel del cráneo de Ringo. La muestra es como una escama de pergamino marrón y arrugado. Fatmida la sujeta delicadamente con las pinzas y la mete en un recipiente transparente con forma de disco.

Cuando estamos a punto de soltar la estatua, un insecto parecido a una hormiga sale del agujero y trepa por el dorso de la mano de Skalder. El ingeniero deja escapar una exclamación:

—¡Ay! ¡Esa cabrona me ha mordido! —Da un manotazo y la hormiga cae sobre la camilla.

—Déjame ver... —dice Fatmida, examinándole la mano—. ¿Eres alérgico a las picaduras de insectos? ¿Avispas, abejas y ese tipo de cosas?

—No, joder, pero me duelen mucho.

—A ti y a todo el mundo, querido... No creo que vayas a morirte de esto, así que deja de decir tacos.

—¡Ese bicho me va a contagiar la lepra o algo así, estoy seguro!

—Lo dudo horrores —musita la doctora mientras aplica una pomada antibiótica sobre la diminuta herida de Skalder. A continuación recoge la hormiga con unas pinzas y la guarda en un bote de muestras—. Pero, a fin de cuentas, ha estado paseándose por un cadáver momificado y tal vez alimentándose de él, así que la analizaré para descartar que sea una potencial bomba patógena. Si descubro que es portador de una horrible bacteria devoradora de carne, serás el primero en saberlo.

—Muy graciosa, doc, pero que muy graciosa. Mira cómo me parto de la risa.

Le echo un vistazo al insecto metido dentro del bote. Es bastante grimoso, tiene un color blancuzco y la cabeza cubierta por una especie de pelusa parecida al moho que crece en la mermelada cuando se queda abierta demasiado tiempo.

En el laboratorio ya hemos terminado. Wörlitz y Skalder se marchan, este último sin parar de protestar. Yo me quedo para intercambiar impresiones con Fatmida mientras nos tomamos un té.

Al cabo de un rato Ruben aparece en el laboratorio. Tiene noticias que darme:

—He terminado de traducir las inscripciones del portal.

—¿Las del relieve de Acalanata?

—Eso es. Tal y como sospechaba, dice lo mismo en ambas. En una de ellas el texto es sánscrito védico; en la otra, bactriano, pero el idioma utilizado también es sánscrito, como en la daga que me enseñaste. Te he enviado la traducción por correo electrónico.

—Entonces ¿para qué has venido a contármelo?

—Porque quiero ver tu cara cuando las leas y, sobre todo, me gustaría que me explicaras, si es que puedes, qué sentido tiene para ti ese bendito galimatías porque yo no entiendo una palabra.

Abro mi cuenta de correo desde el móvil y busco el archivo remitido por Ruben. Según su análisis, esto es lo que los monjes de Tell Teba dejaron escrito para la posteridad:

> El portal está cerrado. Bendito sea Acalanata, el Inamovible, que lo guarda. Bendito sea el Conquistador de los Tres Planos, que lo guarda. Bendito sea el Dispensador del Néctar Celestial, que lo guarda. Bendito sea el Vencedor de la Muerte, que lo

guarda. Bendito sea el Devorador de Demonios, que lo guarda. Benditas sean sus manos puras, que cierran el portal.

Aléjate, peregrino. Los Cinco Reyes de la Sabiduría te lo mandan. No puedes cruzar este umbral. Solo nosotros podemos. Nosotros somos la voz del cantor que domina la Furia.

Aléjate, peregrino. El portal está cerrado. No entres en la morada de tinieblas del Príncipe Infinito. No despiertes al Furioso Resplandor.

Deja que duerma.

16
Suren

«Yo soy Zana, de la estirpe nuristaní, de la sangre de Alejandro.
En Kabul soy el rey, pero en las montañas soy Dios»

En Kabul la red móvil se había caído, por lo que nos era imposible comunicarnos con nadie. Yo me angustiaba pensando en Lucas. Imaginaba que el colapso de la ciudad habría llegado a los informativos de todo el mundo y que mi familia estaría preocupada. No hacía más que devanarme los sesos pensando en cómo ponerme en contacto con mi hijo, en cómo enviarle alguna señal de que estaba bien.

Wahib nos había dado un plazo de veinticuatro horas para salir de su tienda. No podíamos reprocharle que estuviera asustado: en las calles estaban masacrando a los extranjeros y a quienes colaboraban con ellos. Un simple rumor, una denuncia anónima de un vecino o el mero hecho de vestir «de manera occidental» podía costarte ser despedazado a manos del Zulfiqar.

Ni Margo ni yo queríamos poner a Wahib en peligro, pues bastante se había arriesgado ya por nosotros. El afgano nos aconsejó abandonar Kabul y buscar una ruta segura a Jalalabad, hacia donde, según él, se estaban dirigiendo los extranjeros que huían de la capital. El problema era que no sabíamos cómo hacerlo.

Entonces recordé, a la desesperada, el «salvavidas» que mi amigo Berni Oyarzábal sacó de su agenda secreta y que me ofreció antes de salir de España. Yo había memorizado su nombre: Masud al-Iskander Zana. Cuando se lo mencioné a Wahib, él me miró como si hubiera perdido la cabeza.

—¿Con Zana? ¿Quieres hablar *con Zana*?

—¿Quién es ese individuo? ¿Un guía? —pregunté. Lo único que yo conocía de él era su nombre.

—No, no es un *guía.* Es un... Es una especie de... Dios santo, ¿por qué diablos crees que iba a ayudaros *a vosotros*?

—¿Acaso no puede?

—Sí, sí... Supongo que si hay alguien capaz de burlar al Zulfiqar ese es Zana. Yo podría encontrarlo, pero... —Wahib se rascó la nuca, incómodo—. No será *fácil...* Oh, no, no lo será. Será *peligroso*, y puede que el mayor peligro sea precisamente llevaros ante él. Si queréis mi consejo, no os mezcléis con Zana, podríais acabar mal.

—¿Quieres decir peor que como estamos ahora? —replicó Margo—. No sé qué decirte, amigo, pero si ese tal Zana no va a degollarme en cuanto me vea, estoy dispuesta a darle un voto de confianza.

—Está bien, con tal de que salgáis de mi tienda cuanto antes... Puedo intentar llevaros ante Zana, pero no os prometo nada. Es muy *escurridizo*. Muy pocas personas lo han visto cara a cara y yo no soy una de ellas.

Salió a la calle en busca de nuestro contacto y regresó varias horas después, casi al atardecer, para informarnos de que había concertado un encuentro con nuestro «salvavidas».

Wahib nos sacó de su tienda de madrugada, en plena oscuridad, y nos metió en la parte trasera de una furgoneta de reparto con las lunas tintadas. Condujo a través de la ciudad durante unos veinte minutos, con Margo y yo encogidos y callados como muertos bajo un montón de alfombras.

Finalmente detuvo el vehículo en un sombrío callejón que apestaba a carne podrida. Había una salida de emergencia junto a un montón de basura, donde varios gatos de aspecto tiñoso hocicaban entre los desperdicios. Unos cinco minutos más tarde —cinco minutos de nervios a flor de piel—, de aquella puerta salió un tipo con un fusil al hombro.

—Este es Amin, un primo de mi cuñado —nos dijo Wahib—. Él ha sido mi contacto para poder llegar hasta Zana.

Wahib y su pariente se dieron un abrazo e intercambiaron palabras en un idioma que no reconocí. Luego Amin nos indicó que lo siguiéramos a través de la salida de emergencia.

Nos condujo por un corredor hasta un amplio vestíbulo lleno de escombros y basura por todas partes. Me pareció que estábamos en un cine abandonado. En las paredes había carteles con los colores deslucidos por el paso del tiempo, en ellos se veían fotos de mujeres enjoyadas y hombres varoniles. Eran anuncios de viejas películas iraníes rodadas sesenta o setenta años atrás: *El ruiseñor de la granja, La novia fugitiva, Moriría por dinero...*

El pariente de Wahib, Amin, nos metió en una sala de proyección en idéntico estado de ruina. Más de la mitad de las butacas habían desaparecido, las paredes estaban llenas de boquetes y los listones de madera que las adornaban se habían podrido. La pantalla se encontraba rajada de esquina a esquina y sobre ella había dianas pintadas, cubiertas de agujeros de bala.

Cuando entramos en la sala, Amin nos dijo por señas que guardásemos silencio. Apenas había iluminación, tan solo un foco detrás de la pantalla. Vi las espaldas de algunos hombres sentados en las butacas. Fumaban cigarrillos y el humo flotaba sinuosamente sobre ellos, como en una película de cine negro. En el escenario, frente a la pantalla, había otros dos o tres hombres parecidos al que nos guiaba; ellos también iban armados. Flanqueaban como una guardia pretoriana a un individuo que estaba en el centro del escenario sentado en un butacón. El tipo era enorme, muy ancho, como un campeón de lucha libre. Tenía la barba más negra e hirsuta que he visto en mi vida, los labios gruesos, húmedos como babosas, y nariz rota de boxeador. En resumen, el tal Zana me pareció una mala bestia.

En el escenario nadie hablaba, como si Zana y sus acólitos estuvieran aguardando algo. Yo pensé que ese «algo» éramos nosotros, pero me equivocaba. Amin nos hizo bajar discretamente hasta las primeras filas del patio de butacas, como espectadores que llegan tarde a la película, y nos quedamos en silencio junto a la pared sin que nadie nos hiciera el menor caso.

En las butacas había unos diez o doce hombres, algunos con barbas ya entrecanas y otros con apenas algo más que un bozo adolescente. Todos iban armados, resultaban una curiosa mezcla entre soldados de fortuna y niños perdidos. Muy cerca de mí, en la butaca del extremo de la segunda fila, había un muchacho lampiño desmadejado sobre su asiento, con la pierna encima del reposabrazos. Jugaba con una Game Boy de los años noventa y tenía un cigarrillo colgándole del labio. Cuando llegamos a su altura, nos miró durante un buen rato antes de volver a concentrarse en su videojuego.

De pronto algo ocurrió sobre el escenario. Dos hombres de Zana aparecieron llevando a rastras a un soldado del Zulfiqar con su inconfundible capuchón en la cabeza. Parecía que acabaran de darle una paliza y apenas podía tenerse en pie. Los hombres lo arrojaron frente a Zana. Uno de ellos le dio una patada en las costillas y le quitó la capucha de un tirón. Sus ojos estaban rodeados de viejas quemaduras violáceas.

Zana se puso en pie y empezó a interrogar a sus hombres. Me arrimé a Wahib y, en un susurro, le pregunté en qué lengua estaban hablando.

—Es pasto. Se dice que Zana es medio pastún, eso puede favorecernos.

—¿En qué sentido?

—Los pastunes se rigen por un código de honor muy antiguo, el *pashtunwali*. Les obliga a ofrecer protección a cualquier persona que invoque el código, independientemente de quién sea o de quién la persiga. *Nanawatai*, lo llaman. Asilo. Si llegamos a negociar con Zana, debemos acogernos al *nanawatai*, tal vez así logréis que acepte llevaros a Jalalabad.

Sobre el escenario, Zana agarró al del Zulfiqar por el cabello y empezó a gritarle en pasto a la oreja. Pude ver gruesas gotas de saliva salir disparadas de su boca. Le pregunté a Wahib qué estaba ocurriendo.

—Es una especie de juicio. Esos hombres han capturado a uno del Zulfiqar y lo han traído aquí para que Zana decida qué hacer con él.

Zana dio una orden a uno de sus hombres y este se llevó a rastras al del Zulfiqar fuera del escenario. Detrás de la pantalla aparecieron dos sombras negras, una era la del prisionero y la otra la del soldado de Zana. La silueta del soldado obligó a la del prisionero a ponerse de rodillas y le disparó a bocajarro en la nuca. Los hombres de las butacas aplaudieron y lanzaron vítores, como hinchas de fútbol al ver un gol.

—Es nuestro turno —dijo Wahib—. Ahora, por Dios, guardad silencio. Dejad que hable yo.

Zana se sentó en su butacón igual que un sátrapa en plena audiencia. Hizo un gesto en dirección a nosotros y nos hicieron subir al escenario. Durante un instante que me pareció eterno, aquel sujeto se limitó a mirarnos fijamente. Luego se dirigió a Wahib en persa darí.

—Tú eres Wahib, ¿no es cierto? —Tenía una voz grave, como de resaca—. Tu primo Amin dice que quieres que saque a unos extranjeros de Kabul. ¿Son estos?

—Sí. Dos, el hombre es europeo, español; la mujer, americana.

Zana se quedó mirando a Margo y luego negó vehementemente con la cabeza.

—Lo que pides es un disparate. La ciudad está tomada por esos cerdos del Zulfiqar, ya han matado a dos de los nuestros en los disturbios. Si tus extranjeros fueran listos, se habrían marchado hace tiempo, pero siguen aquí y, por lo tanto, son estúpidos. No voy a arriesgar la vida de mis hombres para proteger a unos estúpidos. Que se apañen solos. Largaos.

—Estas personas están desesperadas e indefensas. No tienen medios para valerse por sí mismas, Zana. Te necesitan.

—Un milagro es lo que necesitan, Wahib, o como quiera que te llames; y yo no hago milagros. —Zana me señaló—. A ese tal vez podría sacarlo. No parece extranjero, pero la mujer... No, imposible. Además, ¿por qué habría de hacerlo?

—Por hospitalidad, *nanawatai*. Te debes al código de tu gente, tu padre era pastún, Zana, lo sé muy bien.

Zana se quedó callado. Me pareció que no sabía qué responder a eso y que, tal vez, Wahib había acertado en la diana al invocar el derecho de asilo pastún. En la sala se hizo un silencio expectante. Entonces, de pronto, alguien empezó a reírse a carcajadas en el patio de butacas. Era el muchacho que jugaba con la Game Boy.

El joven dejó de lado su videoconsola y se puso en pie.

—De modo que sabes quién era mi padre, Wahib, primo de Amin. Entonces me llevas mucha ventaja.

Cuando el muchacho habló, se produjo un cambio radical en el hombretón con quien Wahib estaba negociando. De pronto pareció encogerse sobre sí mismo y ya no me resultó tan temible e imponente. Se apartó unos pasos de nosotros al mismo tiempo que el chico de la Game Boy subía de un brinco al escenario.

— Tal vez puedas decirme quién era, porque mi madre se llevó ese secreto a la tumba. Quizá ella misma tampoco lo sabía. Tal vez mi padre era un pastún, no lo niego, o tal vez fuera un tayiko amarillo de ojos rasgados, o un baluchi que se tiró a mi madre confundiéndola con una de sus cabras; tal vez era un uzbeko, un turcomano o un hazara; eso explicaría por qué nací esclavo y pobre como una rata. Tal vez mi padre era el mismísimo demonio encarnado o quizá nací de un arcángel igual que Jesucristo. Ni lo sé ni me importa. Pero sí sé que mi madre era una nuristaní tan hermosa y pálida como la luz del sol, que por mis venas corre la sangre de los nuristaníes, que la sangre de los nuristaníes es la sangre del Gran Alejandro y que por eso todos los nuristaníes somos reyes, dueños y señores de nuestro destino; porque los hijos del Nuristán somos los más listos, los más fuertes, los más fieros, los mejor dotados entre las piernas y los más heroicos bastardos de este o cualquier otro rincón del planeta. Así que métete tu código pastún por el culo, Wahib, primo de Amin, y dame una buena razón por la que deba prestaros mi ayuda.

Aquel muchacho se quedó plantado frente a nosotros con las manos en las caderas y, de pronto, se convirtió en el centro de toda la sala. Igual que una estrella de rock, tenía un don para adueñarse de cualquier escenario.

Al verlo de cerca me di cuenta de que no era tan joven como yo creía, aunque difícilmente podría tener algo más de una veintena de años. Sus rasgos eran desconcertantes, un rostro surgido de la mezcla entre Oriente y Occidente. Tenía la piel blancuzca, el cabello anaranjado y los ojos de un intenso color ambarino, a cierta distancia parecían amarillos como los de un gato.

Vestía pantalones afganos y se cubría la cabeza con un *pakul*, una especie de boina típica entre los hombres de la región. El resto de sus prendas eran bastante variadas: una camiseta de fútbol americano que le quedaba enorme, y sobre ella un chaleco de tela vaquera tan gastado que parecía que lo hubiese llevado puesto desde el día de su nacimiento.

Wahib se le quedó mirando con una expresión de total confusión.

—Espera un momento, ¿tú eres Zana?

—Yo soy Zana.

—¿Y... y con quién he estado hablando hasta ahora?

—No eres muy listo, ¿verdad, Wahib, primo de Amin? No me extraña: tu primo también es un idiota. Este tipo es un señuelo. Suelo usar un señuelo por dos motivos: primero, porque no me gusta mancharme las manos con la apestosa sangre del Zulfiqar y, segundo, porque en el último mes han intentado matarme tres veces. Llámame paranoico, pero empiezo a pensar que hay gente a la que no le caigo muy bien. —Zana se cruzó de brazos sin alterar su postura arrogante y echó un vistazo por encima del hombro de Wahib—. ¿Estos son tus extranjeros?

—Así es. Como le he dicho antes a tu hombre....

—Sí, ya lo he oído. Cierra el pico y no me des más la tabarra con eso. —Zana nos miró de arriba abajo. Se detuvo más tiempo en Margo. Entonces, en un inglés sorprendentemente correcto, le preguntó—: ¿Eres musulmana?

—¿Hablas mi idioma?

—Sé hacer muchas cosas con la lengua. Responde a mi pregunta: ¿eres musulmana?

—No.

—Entonces quítate esos trapos y ese pañuelo de la cabeza, no estás en una fiesta de disfraces. Si lo llevas por respeto a nuestra cultura o alguna otra memez similar, pierdes el tiempo. Aquí ninguno creemos en otra cosa que no sean nuestras armas, y para el resto de palurdos de ahí fuera todo lo que no sea llevar burka les parece igual de ofensivo que salir a la calle enseñando las tetas. —El joven se dirigió hacia Wahib, de nuevo en persa darí—: ¿Son los dos así de estúpidos? Porque en tal caso mi señuelo tiene razón: no puedo llevarlos a ninguna parte si se van a comportar como tarados.

—No, de veras. Son viajeros con muchísima experiencia, pero necesitan tu ayuda para llegar a Jalalabad.

—Olvídalo, no pienso ir a Jalalabad.

—¿Por qué?

—Oh, pues porque está muy aburrido en esta época del año. ¿Qué clase de pregunta idiota es esa? No tengo por qué darte explicaciones. Que tus amigos se busquen a otro que los lleve.

Aquello sonaba definitivo, eso me hizo entrar en pánico porque mis posibilidades de regresar con Lucas se volvían inexistentes.

—¿Nos llevarías hasta Tell Teba? —espeté.

Zana clavó en mí sus ojos amarillos y me observó con gran interés.

—Hablas persa.

—Sí.

—Tu acento es horrible.

—Lo siento, no tengo otro.

—Pero es gracioso. Y supongo que mi inglés no debe sonar mucho mejor. ¿Por qué quieres ir a Tell Teba? Allí no hay nada.

—Hay un grupo internacional de arqueólogos con los que mi amiga y yo íbamos a colaborar. Están bien protegidos y cuentan con medios de transporte para alcanzar la frontera paquistaní en cuestión de minutos. ¡Por favor! Si no quieres llevarnos a Jalalabad, entonces al menos déjanos en Tell Teba, que está más cerca.

—¿Arqueólogos? ¿Como Indiana Jones? Esta sí que es buena... Nunca he visto una excavación arqueológica, ¿habrá trampas con rocas rodantes y pozos llenos de serpientes? —Al ver mi cara de confusión se echó a reír—. No, ya sé que no, solo te estoy tomando el pelo. Sin embargo, reconozco que siento cierta curiosidad por saber qué están excavando allí... De niño me contaron historias muy extrañas sobre ese lugar, muy extrañas... En el supuesto de que considerase llevaros a Tell Teba, ¿qué ganaría yo con eso?

—Podemos pagarte.

—No quiero tu dinero, no lo necesito. Kabul es mi ciudad, me pertenece: todo cuanto me hace falta puedo cogerlo cuando me dé la gana. ¿Puedes pagarme con armas?

—No.

—Entonces no tienes nada que yo quiera.

—Antigüedades —dije a la desesperada—. Allí hay muchas, son muy valiosas. Si nos llevas a Tell Teba, podemos dejar que te quedes con alguna.

Sí, supongo que yo no podía prometerle tal cosa, por no hablar de la total falta de ética implícita en mi oferta; pero no me paré a pensarlo. Le habría prometido a Zana todos los fondos del Museo del Louvre si con ello lograba convencerlo para que me llevase a casa.

El joven se quedó pensativo. Mientras tanto, Wahib traducía nuestra negociación en voz baja para Margo.

—Antigüedades, ¿eh?... ¿Y dices que son valiosas?

—Muchísimo. Pueden alcanzar miles de dólares en el mercado negro. Cientos de miles. Millones. Con eso podrás comprar las armas que quieras.

—No quiero venderlas, ¿quién te has creído que soy? ¿Un expoliador, como esos cabrones del Zulfiqar? ¿Te parezco yo uno de esos hijos de puta?

—¡No, no, en absoluto! Solo quería decir que...

—¿Habrá cascos?

—¿Qué?

—Cascos, ya sabes: para la cabeza. Un casco griego, como el que llevaba Alejandro Magno. Me gustaría tener uno de esos. Uno auténtico.

—¡Sí, claro! Cascos y espadas, y de todo. Puedes quedarte el que más te guste.

—Ya veo... Tentador, pero no es suficiente. No, lo siento, no voy a llevaros. Se acabó, esta conversación ha terminado.

Nos dio la espalda y mis esperanzas se esfumaron. Entonces Margo dio un paso al frente y, reconociendo el logotipo de la camiseta de Zana, dijo:

—¡Eh, oye! ¿Te gustan los Patriots?

—Claro que no, el fútbol es un decadente deporte extranjero. ¿Tendrían que gustarme solo porque tengan el récord de victorias consecutivas de la NFL y porque es el equipo que más veces ha ganado el trofeo de la Super Bowl? ¿Tendrían que gustarme solo porque con ellos jugaba Tom Brady, el mejor quarterback de la historia, y porque son dueños del Gillete Stadium que es un campo de la hostia? ¿Por quién me tomas, mujer?

—Puedo conseguirte un autógrafo de Tom Brady.

—Mientes.

—¡No, en serio! Soy periodista, conozco al entrenador de los Patriots, lo he entrevistado muchas veces. Puedo conseguir que cualquier jugador te firme un balón, una camiseta o lo que tú quieras. Si nos sacas de Kabul, te juro por Dios que te lo conseguiré.

—¿Me tomas el pelo? ¿También del puto Tom Brady?

—De quien tú quieras.

Zana miró a Margo con una ceja levantada, como si no se fiara.

—Me daréis un casco antiguo y una camiseta firmada por Tom Brady —dijo al fin. Luego señaló la funda de mi Niepce—. Y también quiero esa cámara.

—Entonces ¿hay trato? —pregunté ansioso.

—Sí, qué diablos. Podemos salir de aquí mañana al amanecer. Las carreteras están vigiladas, pero puedo sacaros por las montañas delante de las narices del Zulfiqar.

—¿Eso no será peligroso?

El joven adoptó una teatral pose de arrogancia: los brazos cruzados sobre el pecho, las manos bajo las axilas, la cabeza erguida, ligeramente ladeada y echada hacia atrás, y en sus ojos la mirada de quien cree —más bien sabe— que el mundo le pertenece.

—Veo que aún no sois conscientes de con quién estáis hablando. Dejadme que os lo aclare: yo soy Zana, de la estirpe nuristaní, de la sangre de Alejandro. En Kabul soy el rey, pero en las montañas soy Dios.

17
Suren

«Estalló una cortina de llamas en el recibidor. El fuego se extendió hacia las paredes, y un denso olor a humo y carne quemada se empezó a notar por todo el edificio»

Zana nos dijo que esa noche podíamos alojarnos en el cine abandonado que le servía de cuartel general. Yo le di las gracias y le pregunté dónde podíamos acomodarnos.

—Donde os apetezca —respondió—, aquí hay suelo de sobra para todo el mundo.

Finalmente Margo y yo no instalamos en la última planta del edificio, en un cuartucho lleno de latas de películas vacías. Zana nos dijo que nos avisaría al amanecer. Yo caí rendido en cuanto apoyé la cabeza sobre mi brazo, agotado por el cansancio y la tensión.

Me desperté en un sobresalto cuando escuché un estruendo y varios gritos que venían de las plantas inferiores. «No, otra vez no, joder», pensé. El sonido de los disparos indicaba que había problemas.

—¿Qué ocurre? —pregunté a Margo.

—No lo sé.

Ella abrió la puerta con cuidado. Salimos del cuartucho y nos asomamos a una barandilla desde la que se veía el recibidor del cine.

Allí abajo las balas zumbaban por todas partes. Era un asalto en toda regla. La guarida de Zana estaba siendo invadida por hombres encapuchados del Zulfiqar, armados con pistolas, subfusiles y machetes. En el suelo había un hombre acribillado a tiros sobre un charco de sangre. Me pareció reconocer al señuelo de Zana.

Tres encapuchados del Zulqifar aparecieron en mi campo de visión gritando como posesos. Uno de ellos llevaba un cóctel molotov. De pronto escuché una ráfaga de ametralladora, los hombres de Zana se defendían. Los tres encapuchados fueron abatidos, el del cóctel molotov soltó la botella, que ya estaba prendida, y al caer estalló una cortina de llamas en el recibidor. El fuego se extendió hacia las paredes, y un denso olor a humo y carne quemada se empezó a notar por todo el edificio.

Cuatro encapuchados empezaron a subir la escalera hacia los pisos superiores, perseguidos por tres hombres de Zana armados hasta los dientes. Se produjo un tiroteo, uno del Zulfiqar gritó cuando una bala le atravesó el abdomen y luego se desplomó por el hueco de la escalera. Cayó justo en medio de la hoguera en que se había convertido el nivel inferior del edificio.

Margo y yo nos metimos de nuevo en nuestro cuartucho. Nos miramos, tratando de inspirarnos mutuamente algún plan. En ese momento algo golpeó la puerta y una voz terrible empezó a proferir insultos y juramentos.

Nos lanzamos contra la puerta y la apuntalamos con el hombro, haciendo fuerza para que el asaltante no pudiera entrar. Un disparo hizo saltar el pestillo, que no se le incrustó a Margo en la cadera de milagro. Nos alejamos en dos zancadas y nos refugiamos detrás de un sofá hecho jirones mientras la puerta se llenaba de agujeros en medio de un tableteo ensordecedor.

Después alguien la derribó de una patada. Era un encapuchado del Zulfiqar con un subfusil en la mano. Al vernos, lo apuntó hacia nosotros para disparar. Nada más verlo, agarré una lata de película y se la lancé con todas mis fuerzas. Le acerté en plena boca, pero con eso no logré más que enfurecerlo.

El encapuchado apuntó su arma hacia nosotros. Se oyó un tiro que hizo silbar mis oídos. Aquel sujeto gritó de dolor, dejó caer su arma y una mancha de sangre comenzó a extenderse sobre su hombro.

Miré a mi izquierda: Margo sostenía un pesado revólver con ambas manos. Todavía salía humo del cañón.

Mi compañera disparó una segunda vez, pero el tiro salió completamente desviado e hizo un agujero en la pared. Trató de apretar el gatillo de nuevo, pero el arma se había encasquillado. El del Zulfiqar, ciego de rabia, con el hombro lacerado por una bala y el labio partido por mi modesta lata de película, recuperó su arma y apuntó directamente a mi cabeza mientras Margo seguía peleándose con el revólver.

Cerré los ojos y pensé en Lucas.

Entonces una figura irrumpió en nuestro cuartucho gritando y blandiendo un machete. Había mucho humo y polvo, apenas pude ver nada salvo una gran hoja afilada cortando el aire un par de veces, y luego escuché un sonido similar al de un cuchillo sajando carne a golpes. El encapuchado gritó y cayó al suelo. Tenía dos tajos enormes en el cuello, uno a cada lado. Tras él estaba Zana, limpiando de sangre la hoja de su machete contra la pernera del pantalón.

—¿Estáis bien? —nos preguntó—. No os mováis de aquí. Tenemos algún que otro problemilla ahí abajo, así que tal vez debamos salir con un poco de retraso.

El nuristaní se largó. Desde los pisos inferiores seguían llegando ruidos de gritos y disparos. Margo y yo encajamos de nuevo la puerta en el hueco como pudimos y la bloqueamos con el sofá. Nos sentamos encima para hacer más peso.

—¿De dónde diablos has sacado un revólver? —pregunté.

—Se lo compré a Wahib. Pero solo tengo ocho balas.

—Seis —corregí—. Y parece que se encasquilla. Espero que no pagaras mucho por él.

—Bueno, ya me conoces: nunca he sabido regatear.

Me sonrió y yo, a duras penas, le devolví la sonrisa. Después nos quedamos callados, jadeando y con el corazón latiendo a toda velocidad, mientras bajo nuestros pies tenía lugar una pequeña batalla campal. Incluso sentía temblar el edificio.

Empecé a preguntarme si alguien habría apagado el fuego del recibidor y, en caso de no ser así, qué pasaría con Margo y conmigo si Zana no regresaba a buscarnos. No quería morir en el incendio de un cine abandonado de Kabul.

En ese momento golpearon la puerta.

—¡Soy yo! —La voz de Zana—. ¡Abridme! —Apareció acompañado por dos hombres muy jóvenes—. Coged vuestras cosas. Nos largamos.

Ya no se oían tiros, pero había mucho humo y olía intensamente a quemado.

Margo y yo tomamos nuestros escasos enseres y seguimos al nuristaní hasta una angosta escalera de metal que bajaba hacia un sótano. Desde allí accedimos a un túnel subterráneo de ladrillo infestado de moho y grafitis. Unas ratas negras de cola pelada caminaban pegadas a la pared, chapoteando entre charcos de agua estancada.

—¿Qué lugar es este? —preguntó Margo.

—No tengo ni idea —respondió Zana—. Mis hombres y yo lo encontramos de casualidad. Puede que sea un antiguo sistema de alcantarillado en desuso... Estas galerías llegan a puntos repartidos por toda la ciudad, aún no las he explorado todas. Me fueron muy útiles cuando se largaron los americanos porque gané una pasta sacando por aquí a personas que huían de los talibanes.

—Como nosotros.

—Sí, princesa. Aquí huir de los fanáticos es nuestro segundo deporte nacional.

—¿Y el primero?

—Yo qué sé, ¿el baloncesto?

Le pregunté a Zana por los asaltantes de ahí arriba.

—Seguidores del Zulfiqar. Sabía que tarde o temprano esos cabrones nos acabarían encontrando, pero esperaba que tardasen un poco más. Lástima, era un escondite muy chulo. Pero no sufras por mí, Suren el del terrible acento persa, tengo muchos más. Haré que el Zulfiqar pague por esto, pero primero cumpliré nuestro acuerdo.

—Muchas gracias... Podías haber huido sin nosotros y no lo has hecho.

—Podía haberlo hecho, en efecto. Pero quiero mi casco con cuernos y mi camiseta firmada por Tom Brady.

El túnel se bifurcaba varias veces, pero Zana y sus hombres nunca dudaban qué dirección tomar. Al cabo de un rato salimos a la superficie. Aparecimos en un descampado lleno de basura cerca de un grupo disperso de casuchas de adobe. Allí nos reunimos con dos hombres, uno era un anciano y el otro un muchacho, apenas un niño. Junto a ellos vi cinco caballos atados a un poste. Eran caballos nervudos, muy poco vistosos, de color embarrado y crines sucias.

Al ver a Zana, el viejo sonrió mostrando unas encías desnudas y carnosas como las de un bebé. Ambos se abrazaron y se saludaron en un idioma que no comprendí, creo que era pasto. Después Zana bromeó con el muchacho haciendo como que sacaba una moneda de su oreja. El viejo, con su bastón, señaló los caballos y soltó una larga parrafada en pasto. Zana asentía con la cabeza de vez en cuando. Cuando el viejo terminó de hablar, el nuristaní nos preguntó si sabíamos montar.

—¿Vamos a usar los caballos para salir de la ciudad? —dijo Margo.

—En realidad ya estamos fuera de la ciudad. Los caballos son para ir a Tell Teba a través de los pasos de montaña. No hallarás sementales más resistentes en todo el mundo. Confía en mí, nadie sabe de caballos más que yo.

—El de la izquierda es una mula.

—¿Qué? ¡Viejo cabrón estafador! ¡Ven aquí ahora mismo!

Zana y el anciano empezaron a discutir con grandes aspavientos. Luego se unió el muchacho. Los tres gesticulaban y se voceaban unos a otros golpeándose el pecho, señalando al cielo o agitando el puño como actores de una tragedia griega. Al cabo de un rato se dieron grandes abrazos y Zana se dirigió de nuevo a Margo:

—En efecto, es una mula. Veo que tú también entiendes de caballos, mujer. Te dejaré que escojas el que más te guste. Excepto el más grande. El más grande es para mí.

Yo solo había montado un par de veces en mi vida, así que, aunque aquellos animales no parecían muy bravos, preferí no correr riesgos y me quedé con la mula. Margo escogió un caballo gris, enjuto como un lebrel, y Zana, una yegua manchada e igual de orgullosa que su nuevo jinete. Los otros dos animales que quedaban fueron para los hombres de Zana que vendrían con nosotros a Tell Teba.

Emprendimos el camino mientras aún despuntaba el amanecer. Mi mula seguía al caballo de Margo con la cabeza gacha, el paso seguro y una actitud tristona. Me sentí identificado con aquel buen animal, llevando su carga con resignación hacia un destino desconocido.

18
Diana

«Si supieras lo que yo sé, te darías cuenta de que en este lugar hay cosas mucho peores, doc. Están allí, en el corazón de la montaña, y más nos vale que no se muevan de su sitio»

Durante la cena en el comedor del pabellón uno, Ruben y yo charlamos sobre los enigmáticos descubrimientos que hemos realizado en el *vihara.* El debate es tan animado que apenas probamos la comida y el tiempo pasa sin que nos demos cuenta.

Al cabo de un rato, cuando el comedor hace tiempo que se ha quedado vacío, Ruben pone cara de pillo y saca una botella de vino de su mochila. Dice que tiene dos más en su cuarto. Chico malo. Cuando le pregunto cómo diablos pudo pasarlas por la frontera afgana, se limita a llevarse un dedo a los labios con aire misterioso.

Nos bebemos el vino en tazas de papel. Lástima, porque es un vino excelente. Le digo a Ruben que hace tiempo que no probaba uno tan bueno, aunque puede que mi entusiasmo se deba, en parte, a que ya nos hemos trasegado casi toda la botella entre los dos.

—Dice el Talmud de Babilonia: «Noé inventó el vino mezclando la vid con sangre de cordero, de león, de cerdo y de mono; por eso el hombre, aunque sea dócil cual cordero, si bebe en exceso se creerá fuerte como un león, luego se ensuciará como un cerdo y finalmente se tambaleará y será ridículo igual que un mono».

—¿Y en qué fase estás tú ahora exactamente?

—Algo a medio camino entre el cordero y el león —dice alegremente—. Ahora, cuéntame esa teoría tuya sobre el texto del *vihara* antes de que me convierta en cerdo y ya no pueda prestarte atención.

Se refiere al texto que hay en el portal con el relieve de Acalanata, el que está rodeado por esas cuatro misteriosas estatuas de Buda con los dedos articulados. He estado analizándolo y tengo algunas hipótesis sobre su significado, aunque son tan extravagantes que jamás me atrevería a compartirlas de no llevar unas cuantas tazas de vino armenio en el cuerpo.

—Está bien: partamos de la base de que el muro donde se encuentra el relieve de Acalanata es una puerta, ¿de acuerdo?

—Es una premisa razonable: el texto lo dice claramente y las pruebas tomográficas así lo confirman.

—Bien: pues si se trata de una puerta, lo lógico es que pueda abrirse. Pero aún no sabemos cómo. Según mi teoría, la clave está en las manos articuladas de las cuatro esculturas de Buda. Piénsalo: ¿y si fuera una especie de cierre de combinación? Es decir: si colocas las manos de cada uno de los budas en la postura adecuada, formando los mudras precisos, entonces la puerta se abre. Simple.

—Curioso... Encuentro tu teoría muy sugestiva. Una pregunta: ¿cuáles son los mudras que, según tú, deben formar las manos de las estatuas para que se abra la puerta?

—No lo sé... todavía. Puede que la clave esté en el texto. Fíjate en este pasaje, el del inicio. —Abro en mi móvil el archivo que Ruben me envió con la traducción y leo en voz alta—:

> El portal está cerrado. Bendito sea Acalanata, el Inamovible, que lo guarda. Bendito sea el Conquistador de los Tres Planos, que lo guarda. Bendito sea el Dispensador del Néctar Celestial, que lo guarda. Bendito sea el Vencedor de la Muerte, que lo guarda. Bendito sea el Devorador de Demonios, que lo guarda. Benditas sean sus manos puras, que cierran el portal.

El texto, en definitiva, habla de cinco guardianes: los Cinco Reyes de la Sabiduría. Acalanata, el Inamovible, es el primero de ellos, el más importante según la tradición budista. El segundo es Trailokyavijaya, Conquistador de los Tres Planos. El tercero, Kundali, el Dispensador del Néctar Celestial. El cuarto, Yamantaka, el Vencedor de la Muerte y, finalmente, el quinto, Vajrayaksha, el Devorador de Demonios.

—Ya veo —dice Ruben—. En efecto, todos mencionados en el texto. Y, sin embargo, en la puerta solo hay uno de ellos esculpido en relieve: Acalanata. Eso es lo que te extraña, ¿verdad?

—Así es. En el arte budista, los Cinco Reyes de la Sabiduría suelen representarse juntos alrededor de Acalanata, pero aquí no están. Lo que hay son cuatro estatuas idénticas de Buda.

—Quizá esas estatuas sean los cuatro compañeros de Acalanata que te faltan. ¿Acaso no son los Reyes de la Sabiduría personificaciones de la cólera de Buda?

—¡Exacto! Es lo mismo que pienso yo, pero la pregunta que me atormenta es: ¿por qué los budas tienen nombres de dioses griegos? ¿Por qué uno es Serapis, otro Hécate, otro Apolo y otro Ares? ¿Qué significa eso?

—Diana, me temo que ahora mismo no estoy en condiciones de conjeturar sobre ese aspecto. Demasiado vino.

—Llámame loca, pero tengo el pálpito de que si resuelvo ese enigma, sabré cuáles son los mudras que deben formar las manos de los budas para abrir el portal.

—Dios mediante... Y cuando lo abras, ¿qué esperas encontrar al otro lado?

—Según el texto, una ciudad. —«Y una cantidad de fama y dinero como nunca esperé sacar de este lugar», pienso.

—El texto también habla de algo llamado «Furioso Resplandor» a quien no conviene molestar. De hecho, yo diría que quien escribió esas palabras quería avisarnos de que abrir el portal es una mala idea.

—No es más que la típica admonición para asustar a los saqueadores. Tú, como arqueólogo, sabes perfectamente lo que es un texto apotropaico. En la Antigüedad los colocaban por todas partes.

—Lo sé, lo sé: «Si abres la tumba te enfrentarás a la maldición de los dioses» y toda esa parafernalia. He visto amenazas semejantes en sepulcros, relicarios y hasta en fuentes públicas... Y sin embargo...

—Sin embargo, ¿qué?

—Que no me gusta cómo suena la que hemos encontrado en el *vihara*. Hay algo en su tono... No parece apotropaico... No es como si quisiera asustarnos, es como si quisiera... prevenirnos por nuestro bien.

—Deja ya el vino, Ruben, empiezas a decir cosas raras. Dentro de poco me hablarás sobre las maldiciones de las momias de Egipto.

Él sonríe con picardía.

—Me encanta la película *La momia*, debo de haberla visto cientos de veces.

—¿La de Boris Karloff?

—No, la de Brendan Fraser, pero, por Dios, no se lo digas a nadie.

La botella está vacía y son más de las once de la noche. Ya va siendo hora de irse a la cama, de modo que Ruben y yo salimos del pabellón uno.

Fuera, el silencio es gélido y gratificante. Es el *Blackout* y en Zombieland la noche es negra y azul. Todas las luces están apagadas por seguridad, órdenes de Tagma. La sargento Spinelli lo llama *Blackout*. Eso quiere decir que cuando cae el sol, la única luz permitida en Tell Teba es la de la luna y las estrellas, aunque esta noche están ocultas tras un cielo encapotado.

Empieza a nevar. Me quedo ensimismada mirando caer los copos y de pronto me siento nostálgica.

—De niña me encantaba la nieve. Mis hermanos y yo arrancábamos los carámbanos de los quicios de las puertas y les dábamos lametazos. «Helados de invierno», los llamábamos. También jugábamos a tirarnos bolas y a hacer muñecos y casitas de enanos...

—El juguete más barato y el más divertido.

—Y también el más difícil de conseguir: ni todo el dinero del mundo puede comprarlo cuando no se tiene. Eso me gustaba. Nos hacía iguales a mí y a los niños más ricos.

Ruben me dedica una mirada comprensiva.

—El dinero no sobraba en casa, ¿verdad?

—No, me temo que no.

De hecho, en casa éramos pobres como ratas. Recuerdo aquel piso miserable de Seven Sisters. Mis tres hermanos y yo dormíamos en un sofá cama porque no teníamos espacio y porque era la única forma de no morirnos de frío en invierno: el piso no tenía calefacción. Mi madre y mi padrastro ocupaban el único dormitorio. Los escuchábamos roncar, tener sexo y pelear a gritos cuando él llegaba borracho a casa. Seven Sisters no era un lugar edificante.

Vestíamos de lo que donaban las parroquias. Yo siempre llevaba prendas más grandes o más pequeñas de lo que me correspondía. Y aquel olor. Aquel inconfundible pestazo a tela vieja y lejía desinfectante. Nunca se iba, por más que mi madre lavaba aquella ropa una y otra vez. Ella siempre se esforzaba porque no pareciésemos indigentes, pero era una lucha complicada, aquel olor nos delataba. La tela vieja y la lejía desinfectante. El olor a pobre.

Cuando mi padrastro se largó, nos mudamos a Liverpool con mis tíos y las cosas mejoraron un poco. Vivíamos en una casa donde las chicas teníamos un dormitorio y los chicos otro, y mamá ganaba algún dinero trabajando en el restaurante de tío Claude. Pero seguíamos siendo pobres. Aquel olor, aquel maldito olor, nos persiguió desde Londres a Liverpool como una nube tóxica, ahora mezclado con el aroma a aceite refrito del restaurante de mi tío. En el instituto las chicas blancas con ropa nueva y móviles arrugaban la nariz a mis espaldas, a menudo sin que les preocupara que yo me diera cuenta.

Yo estudiaba como una mula porque quería una beca para ir a la universidad y salir de aquella casa, de aquella vida. Y, aunque no dejo de repetirme a mí misma que lo he logrado, a veces tengo pesadillas en las que ese hedor a lejía y ropa vieja me rodea en forma de nube verdosa. La gente la señala y se aparta de mí tapándose la nariz. «Huele a pobre», dicen. Entonces me despierto bañada en sudor, con ese olor clavado en las fosas nasales.

—Sé lo que es crecer en un hogar humilde —me dice Ruben, sacándome de mi ensimismamiento—. Ropa de segunda mano, juguetes de segunda mano, mis padres haciendo verdaderos milagros para darnos de comer a todos... Cuando entré en el seminario, aquello me pareció un palacio. Era muy joven, no había conocido nada mejor.

—¿Cuántos años tenías?

—Catorce.

—Vaya —digo asombrada—. ¿Por qué tan pronto?

—Porque lo tenía muy claro, o al menos eso pensaba. Primero el seminario menor, luego el seminario mayor. Ya era diácono cuando a mi hermano lo mataron y decidí posponer mi ordenación para estar con mi madre. —Ruben nunca dice «mi hermano murió», siempre «lo mataron», como queriendo indicar que existe un culpable al que quizá, ni con toda su caridad cristiana, sea capaz de perdonar.

—Y... ¿piensas ordenarte algún día?

—No lo sé... Mi madre ya no me necesita tanto como antes. Ahora vive con una hermana suya, viuda y con muchos hijos, ya no está sola en absoluto. Supongo que, tal vez, debería plantearme terminar lo que empecé, y sin embargo...

—¿Sin embargo?

—Últimamente pienso mucho en lo que dijo san Agustín: «Señor, hazme casto y virtuoso, pero no todavía».

Suelto una carcajada.

—Eso te lo has inventado.

—Oh, no, de veras que lo dijo. Puedo demostrarlo.

Nos quedamos en silencio un instante, viendo la nieve. Mi cuerpo se agita en un escalofrío y, de inmediato, Ruben se quita su abrigo y me lo ofrece. Me parece un gesto muy tierno, Ruben es un hombre tan bueno que, en ocasiones, me hace sentir incómoda. Me pregunto si tendrá la capacidad de adivinar los pecados de las personas que le rodean. ¿Acaso los sacerdotes no son especialmente hábiles para eso? Claro que Ruben no es sacerdote. Aún no.

De pronto siento ganas de estar sola.

—Creo que daré un pequeño paseo antes de meterme en la cama, necesito despejarme un poco. ¡Hacía tanto que no bebía!

—¿Te importa si no te acompaño? Este relente nocturno no le sienta nada bien a mi cadera, y mañana me gustaría ser capaz de levantarme de la cama.

Le digo que puede irse tranquilo y nos damos las buenas noches. Ruben se aleja hacia los dormitorios y yo me pongo a caminar sin rumbo disfrutando del balsámico silencio nocturno.

Me aventuro por entre un grupo de barracones abandonados, convertidos en siluetas melladas y oscuras. Un animal aúlla quejumbroso en la lejanía. Un lobo gris. Hay muchos en las montañas, según parece. Al mirar a mi alrededor me doy cuenta de que me he desorientado y no estoy segura de en qué parte de la base me encuentro. Entonces escucho una respiración a mi izquierda, donde hace un instante no había nadie, y una silueta se materializa delante de mí.

Contengo una exclamación al darme cuenta de que es uno de los hombres de Tagma con uno de sus trajes camaleónicos. Por ese motivo no había reparado en su presencia. Cuando se quita el casco («yelmo», lo llaman ellos, lo cual me suena pintorescamente medieval), veo el rostro del sargento De Jagger.

—Dios mío, sargento, menudo susto me ha dado.

—Lo siento, doctora Brodber, no era mi intención, pero no debería pasear sola y a oscuras por la base, especialmente en esta área; podría tropezar con algo y hacerse daño.

—Usted tampoco lleva ninguna luz encima.

—No la necesito, el yelmo tiene visión nocturna.

—¿Qué hace por aquí? ¿También está dando un paseo?

—No, Yukio y yo estamos vigilando el área. ¿No lo ha visto? Si viene del sector oeste ha tenido que pasar justo a su lado.

—Con esas armaduras mágicas que ustedes llevan es difícil verlos si una no presta atención, sobre todo ahora que está tan oscuro.

En ese momento me parece ver una luz en la ladera de la montaña, como si alguien hubiera encendido una linterna y la hubiera apagado de nuevo rápidamente. Se lo señalo al sargento:

—Allí arriba, en el yacimiento... ¿Tal vez sea uno de sus compañeros?

—Imposible, está prohibido encender cualquier tipo de luz en el exterior durante el *Blackout*. Además, no lo necesitamos, tenemos los yelmos. ¿Está segura de que ha visto algo?

—Pues no lo sé... —Entonces lo veo de nuevo: un destello—. ¡Sí, mire! Ahí hay alguien, no cabe duda.

De Jagger se comunica con Yukio para anunciar que deja su puesto y se dirige al yacimiento. Voy tras él. Tengo curiosidad por saber quién de nosotros está solo allí arriba a estas horas y por qué.

Al llegar a las inmediaciones de la entrada al monasterio, al borde de una empinada cuesta, nos encontramos con Skalder. Está haciendo anotaciones en una libreta a la luz de una linterna de acampada. Junto a ella hay un telescopio apuntando al cielo, ignoro qué demonios pretende ver si está todo cubierto de nubes.

—Oiga, no puede tener eso encendido —le reprende De Jagger—. Apáguelo ahora mismo, por favor.

—Vale, tranquilo, Robocop. Solo dame un minuto mientras apunto unas coordenadas.

—Por favor, le estoy pidiendo amablemente que apague esa linterna de inmediato.

—Joder, ya está. —El ingeniero obedece de mala gana—. ¿Los paramilitares han tomado el mando y nadie me lo ha dicho o qué demonios ocurre aquí?

En ese momento De Jagger recibe una comunicación, al parecer tiene que ir a relevar a alguien en su puesto de no sé qué sector. Después de repetirle a Skalder que apague esa luz y regrese a la base, se marcha dejándonos a solas.

—Capullo neofascista... —murmura el ingeniero cuando De Jagger está demasiado lejos para oírle.

—Son las reglas, Anton, ya lo sabes. El sargento solo estaba cumpliendo con su obligación.

—Sí, claro: «Yo solo cumplía órdenes, señoría». ¿De qué me suena eso? Vengo aquí todas las noches y nunca me habían llamado la atención. Qué sospechoso es que, de pronto, quieran tenerme controlado; seguro que es porque han descubierto lo que estoy haciendo. Esta gente se las sabe todas.

—¿Y qué se supone que estás haciendo?

—Investigar.

—¿Investigar el qué?

—Todo. Este lugar, la montaña. Ya te lo dije, aquí se ha registrado mucha actividad paranormal: avistamientos, desapariciones, alteraciones en los campos magnéticos... Hablo de fenómenos extraterrestres, doc.

—Por Dios, Anton...

—Puedes creerme o no, me da igual, pero es la verdad. ¿Nunca has oído hablar de la Expedición Dolgoruki? En los años ochenta, un grupo de científicos soviéticos cruzó el Mahastún para explorar el valle que hay en su interior. Se dice que estos científicos habían estado realizando extraños experimentos con seres humanos en un laboratorio secreto de Siberia, y que esos experimentos tenían relación con algo que hay en el valle. Los soviéticos creían que, fuera lo que fuese, no era de este mundo, por eso decidieron ir a buscarlo. ¿Y sabes qué, doc? Jamás volvieron, desaparecieron todos allí dentro.

—¿Y cómo sabes tú todo eso?

—Porque sé dónde hay que investigar, y puedes estar segura de que he investigado a conciencia sobre este lugar, sobre todas las cosas inexplicables que han ocurrido aquí. Ahora mismo estamos siendo testigos de una de ellas: fíjate en la cima de la montaña, ¿no ves cómo brilla?

—Eso es la luz de la luna reflejándose sobre la nieve.

—¿Pero qué luna, si el cielo está totalmente cubierto? No, de eso nada. Ese brillo no proviene de la cima de la montaña, doc. Viene del interior, del valle, como si ahí dentro hubiera algo que emite ese resplandor.

Seguro que me arrepentiré de preguntar, pero lo hago.

—¿Y tienes alguna prueba de eso?

—Ah, por fin he captado tu atención. Lo sabía... Pues ya que te interesa, te diré que he visto muchas cosas desde este lugar, doc. Toda clase de cosas, no sé si me entiendes. Puedo enseñarte unas fotografías que hice la noche en que se largaron los afganos. Son muy interesantes. Estoy convencido de que mucha gente pagaría auténticas fortunas por publicarlas... o para que nunca salgan a la luz. Deja que te las muestre, no te vas a arrepentir.

Skalder me planta su móvil delante de la cara y empieza a mostrarme imágenes de cielos estrellados y vistas nocturnas de Zombieland. Todas me parecen idénticas.

—Lamento decírtelo, Anton, pero no encuentro nada en estas fotos que valga una fortuna para nadie.

—Fíjate bien. Observa esta de aquí, esta es la mejor. ¿Qué te parece? Interesante, ¿no crees? ¿Cuánto dinero pagarías tú por esta fotografía, doc? Tan solo di una cifra.

Al ver la imagen entiendo por fin a lo que se refiere.

—Reconozco que esta es... interesante —digo, midiendo mucho mis palabras—. Aunque no tengo ni idea de cuánto podría valer algo así.

—Todo depende del comprador, doc. Digamos mil euros, ¿tú pagarías mil euros por ella?

—Es una cifra demasiado alta, ¿no crees? La foto tampoco es tan buena.

Skalder tuerce el gesto y, por fin, aparta el móvil.

—Esa es tu opinión, doc. Ya veremos qué les parece a los demás cuando se la enseñe. —El ingeniero guarda el móvil en una bandolera que deja en el suelo, junto a la funda del telescopio—. De lo que estoy seguro es de que vale al menos mil euros.

—Si tú lo dices... —Decido que ya estoy cansada de hablar de la dichosa foto. Es una conversación que no lleva a ninguna parte—. Me marcho, Anton, buenas noches. Y será mejor que no vuelvas a encender otra vez esa linterna o el sargento De Jagger se pondrá furioso.

—Ese tipo no me asusta —replica él, despectivo. En ese momento se oye, a lo lejos, el aullido de un lobo gris—. Si supieras lo que yo sé, te darías cuenta de que en este lugar hay cosas mucho peores, doc. Están allí, en el corazón de la montaña, y más nos vale que no se muevan de su sitio.

19
Spinelli

«He tenido que meter a un tipo muerto en un cuarto vacío y cubrirlo de nieve para que no se pudriera más de lo que estaba»

Se me acumulan los problemas y no sé ni por dónde empezar a resolverlos. Todo el día ha sido para mí como un desfile de putadas que han culminado esta tarde, cuando he tenido que meter a un tipo muerto en un cuarto vacío y cubrirlo de nieve para que no se pudriera más de lo que estaba.

Pero empezaré por el principio.

Por la mañana hablé con Wörlitz de nuestra situación. Las noticias que llegan de Kabul son contradictorias y nada tranquilizadoras, y estoy convencida de que es cuestión de tiempo que esos tíos del Zulfiqar ataquen nuestra base. Así se lo he transmitido a Wörlitz esta mañana. He sido muy clara: le he dicho que hay que desalojar Tell Teba y retirarnos a Jalalabad antes de que sea tarde. Ha sido como tratar de razonar con mi dedo gordo del pie.

—Imposible, no podemos irnos ahora que acabamos de abrir el monasterio —ha respondido—. Pero si la situación se complicara también en Jalalabad, entonces estaría dispuesto a evacuar el yacimiento.

—Doctor, esa idea es terrible. Jalalabad es, actualmente, nuestro único punto seguro para salir del país. Si la situación se complicara también allí, eso significaría que estaríamos atrapados como ratas.

El arqueólogo se quedó rumiando mis palabras con una lentitud desesperante. Parecía que estuviera dudando entre los postres de un menú en vez de sobre el destino de varias vidas humanas.

Después, con la misma condescendencia que si le hablara a alguien muy estúpido, Wörlitz me dijo que yo no podía entender la importancia del trabajo que estamos haciendo. Que su equipo y él debían poner a salvo un legado que pertenecía a toda la raza humana y que moralmente no podían eludir esa responsabilidad. El tipo parecía creerse de verdad toda esa mierda, porque al hablar se engolaba como un mesías.

Salí de la reunión cabreada y deprimida y me dirigí a nuestro pabellón. Tenía ganas de reventar algo a patadas y prefería que fuera alguno de nuestros muebles. Allí me encontré con el Abuelo. Sigue recuperándose de la herida de su brazo y se pasa las horas en nuestra sala de descanso leyendo en su ebook novelas de John Grisham, Robert Ludlum y ese tipo de escritores que le encantan a los tíos de la edad de mi padre. En cuanto me vio la cara supo que no estaba contenta.

—¿Va todo bien, sargento?

—No preguntes. —Me serví un café. Estaba tibio y flojo, lo que no ayudó a mejorar mi humor—. Wörlitz no quiere evacuar, dice que esperemos; no sé a qué, a que tengamos que convertir Zombieland en El Álamo, supongo.

—Bueno, no puedes culparlo por ello. Si quieres decirle al Grande y Todopoderoso Kirkmann que tú tomaste la decisión de abandonar su proyecto de millones de dólares antes de conseguir ningún resultado, pues entonces: «olé tus cojones». —Esto último lo dijo en español—. Pero entiendo que Wörlitz no quiera tragarse ese sapo. Además, tampoco podemos ir a ninguna parte: los vehículos Kaija que nos prometieron aún no han llegado.

El Abuelo estaba en lo cierto. Eso me recordó que debía intentar ponerme en contacto con Kirkmann para darle el coñazo otra vez con lo de los Kaija, así que me dirigí hacia el pabellón uno, donde está nuestro centro de comunicaciones. Por el camino me topé con Yukio, que estaba buscándome.

—Sargento, me parece que tenemos un problema entre manos.

—Si solamente fuera uno, podría considerar que hoy es mi día suerte. ¿Qué pasa ahora?

—Anton Skalder, el ingeniero, se ha perdido.

—¿Cómo que se ha perdido?

—Pues eso: que no lo encuentran. Notaron su ausencia en el desayuno y luego en el laboratorio, parece ser que nadie lo ha visto desde ayer.

—Joder, ¿y se dan cuenta ahora? ¿Quién lo vio por última vez?

—De Jagger dice que la doctora Diana Brodber y él se lo encontraron anoche cerca del yacimiento. El sargento le tuvo que llamar la atención porque tenía una linterna encendida y no la quería apagar.

—Putos ingenieros...

Yukio y yo fuimos a hablar con la doctora Brodber, que estaba en el yacimiento. Nos contó que estuvo con Skalder un rato hasta que lo dejó a solas alrededor de la medianoche. Comprobé que, en efecto, nadie recordaba haberlo visto desde entonces.

Que aquel tipo hubiera desaparecido era un problema, pero no el único del que tenía que ocuparme, así que dejé que De Jagger coordinara la búsqueda mientras yo intentaba contactar con Kirkmann. Lo logré, aunque me costó bastante tiempo. El tipo está en Australia o no sé dónde, cazando unicornios o lo que sea a lo que se dediquen los magnates que tienen el dinero por castigo.

Tras hablar con Kirkmann, De Jagger me dio aviso por el comunicador de que habían encontrado por fin al ingeniero cerca del yacimiento.

Fui hacia allí y lo primero con que me topé fue con ese extraño perro parlante. Me pone nerviosa ese chucho. No me gusta que los perros hablen, me parece una cosa antinatural. Yo crecí en una granja. Había perros por todas partes y nunca los vi hacer nada más interesante que comer, cagar y copular. Nunca me pareció que tuvieran nada sustancial que decir.

El caso es que Fido se me acercó trotando con la lengua fuera, con esa cara que ponen los perros que parece que están sonriendo. Su cuidador, Ugo, un italiano que está cañón, venía con él. Me dijo que el perro había logrado encontrar a Skalder.

Seguí a Ugo y a su animal por un sendero en la montaña que se alejaba del yacimiento hasta que el perro se desvió hacia un terraplén.

¡Sígueme, La Sargento! ¡El Skalder está aquí abajo! ¡Aprisa!

La pendiente, bastante escarpada y pedregosa, se prolongaba unos veinte metros. Al final, en un repecho amplio, estaban De Jagger y la doctora Fatmida Trashani, esta última inspeccionando un cuerpo tendido en el suelo boca abajo. Fido se sentó junto al cuerpo y me miró.

¡Este es El Skalder! No se mueve. ¿Me lo puedo comer?

—Por favor, que alguien saque de aquí a este animal —dije.

Me llamo Fido.

Ugo le dio un trozo de cecina y se lo llevó. Me acerqué al cuerpo, estaba cubierto de barro seco y yacía en una postura desmadejada. Tenía la ropa hecha jirones, sobre todo el pantalón, dejando al aire una buena porción del glúteo y el muslo izquierdos. La carne, muy blanca, estaba cubierta de heridas.

Le pregunté a la doctora Trashani si el cuerpo era el de Anton Skalder. Ella asintió con la cabeza, como alguien que acepta un pésame durante un funeral. Quise saber qué cojones había pasado allí.

—No estoy segura. Tiene un golpe en la nuca, y hematomas y rozaduras en la cara y las manos. Todo parece indicar que caminaba por el sendero de ahí arriba, que tropezó, cayó por el terraplén y se golpeó la cabeza con una piedra.

—¿Hace cuánto de eso? ¿Puede... determinar la hora de la muerte o como se diga?

—El *rigor mortis* apenas es apreciable, lo que me hace suponer que lleva muerto no más de tres o cuatro horas. No obstante, el sargento De Jagger dice que eso no puede ser.

Le pregunto a De Jagger el motivo y me responde que el cuerpo estaba cubierto de nieve cuando Fido lo encontró. Pero la última vez que nevó fue durante la madrugada y, según las cuentas de la doctora, Skalder debió de morir hacia el amanecer.

—El perro ha estado olisqueando el cuerpo y dice que lleva doce horas muerto —dice Trashani.

—¿Y usted se lo cree?

—Es un chucho muy listo.

—No hablará en serio.

—Mire, sargento Spinelli: yo no soy forense, y ahora mismo no dispongo de más herramientas de análisis que mis ojos y mis manos. No puedo hacer una autopsia sin un permiso legal. Así que, en mi opinión, deberíamos al menos tener en cuenta lo que diga el perro.

—El perro ha dicho que se lo quería comer.

—Esa en concreto no me parece una buena idea.

Señalé las heridas en las piernas de Skalder, que claramente eran de mordiscos. Incluso le faltaba un pedazo de pantorrilla.

—A mí tampoco, pero diría que ya le ha dado un par de bocados.

—Eso no lo ha hecho Fido —saltó su cuidador, raudo como si defendiera la honradez de un pariente—. Yo jamás se lo habría permitido y en ningún momento ha estado a solas con el cadáver.

—Además, estas heridas no son recientes —añadió Trashani—. Parece más bien cosa de alimañas, lo cual apoyaría la idea de que lleva aquí toda la noche y no solo tres o cuatro horas.

Menuda mierda de situación. Creo que nunca en mi vida me he sentido más estúpida e impotente. Pedí que le dieran la vuelta. Estaba harta de ver su muerto trasero lleno de mordiscos. De Jagger ayudó a la doctora a girar el cuerpo hasta que lograron ponerlo boca arriba.

—Joder... —exclamé entre dientes al ver la cara del ingeniero—. Maldita sea.

Tenía una cuchillada en la garganta lo suficientemente grande como para que alguien pudiera meter ahí la mano. De hecho, un par de pequeños escarabajos salieron de allí corriendo en cuanto el cadáver se movió. Un tercero salió de su boca, que estaba abierta. También sus ojos lo estaban. Demasiado. Dos enormes bolas blancas contemplando el infinito y descubriendo allí algo terrible.

La doctora Trashani se quitó el hiyab de la cabeza y lo utilizó para cubrir el rostro de Skalder.

—Alguien tenía que hacerlo... —dijo, como disculpándose.

—Lo han degollado.

—Sí, eso parece.

Nos quedamos en silencio un buen rato.

—¿Y ahora qué? —pregunté en voz alta, dirigiéndome a nadie en concreto—. ¿Qué hacemos?

La doctora se apartó del cuerpo y se encendió un cigarrillo. Dio una larga calada y luego exhaló un suspiro envuelto en humo.

—Buena pregunta. La verdad, no lo sé. Nadie de aquí estaba preparado para algo semejante. —Dejó caer una mirada compungida sobre el cadáver—. Pobre Skalder, siempre inoportuno, hasta para morirse. Quién iba a imaginar que acabaría partiéndose el cuello en un desgraciado accidente.

—¿Eso cree? ¿Que fue accidental?

—Sí, sargento, eso creo. Eso creeremos las dos por el momento, ¿comprende? Hágame caso, tal y como están los ánimos, usted no quiere regresar a la base y decirle a todo el mundo que alguien ha degollado a un miembro del equipo.

—¿Y qué se supone que les voy a decir?

—Lo más sencillo: que el pobre Skalder estuvo merodeando por aquí en plena noche aunque sabía que no debía hacerlo, que le echaron la bronca por encender una linterna, la apagó y que luego no se atrevió a volver a encenderla para no llevarse otra regañina. Después, al intentar regresar a la base a oscuras se desorientó, tropezó y se partió la cabeza. Fin del misterio. El culpable fue una roca y un ingeniero con pocas luces.

—Literalmente.

—Sí, en cierto sentido trágico, sí.

—¿Y qué hacemos con lo de...? —Me pasé el pulgar por el cuello en un gesto gráfico.

—Estoy segura de que usted sospecha, igual que yo, que esto ha sido obra de las mismas personas a las que su equipo atacó en aquella aldea. Todo parece indicar que han pasado de tirotearnos a enviarnos avisos más serios.

—Creo que ella tiene razón, sargento —dijo De Jagger—. Debemos aumentar la seguridad, pero discretamente, sin que cunda el pánico.

«Lo que debemos es sacar el culo de este agujero antes de que nos lo apuñalen», pensé.

—Muy bien, muy bien, nos pondremos a ello... —claudiqué, agotada—. ¿Y qué hacemos con el ingeniero?

—No hay mucho más que se pueda hacer —respondió Trashani—. Por ahora sugiero que nos llevemos el cadáver de aquí antes de que las alimañas lo limpien por completo.

Llamé a Randy y a Yukio por el comunicador y les pedí que trajeran algo para trasladar el cuerpo de Skalder. Mientras les esperábamos, De Jagger se puso a merodear por la zona con la mirada fija en el suelo como si estuviera contando sus pasos. Le pregunté qué diablos estaba haciendo.

—Busco el arma del crimen, sargento.

No me pareció que eso tuviera ninguna importancia.

—No creo que esté por aquí, el asesino debió de llevárasla.

—Aun así, si me lo permite, voy a seguir buscando por la zona.

Por mí podía ponerse a cavar agujeros en la montaña hasta que se hiciera de noche. Allí lo dejé, rastreando el suelo como un sabueso, mientras Randy, Yukio y yo nos llevábamos el cadáver a Zombieland.

Debíamos de ser la comitiva fúnebre más extraña del mundo.

20
Suren

«Deliraba sobre una ciudad oculta en el Pedestal de la Luna, una ciudad de fantasmas repleta de tesoros y gobernada por un príncipe infinito»

La ruta para salir de Kabul nos condujo a través de una barriada deprimida con aspecto de favela. A nuestro paso los viejos que montaban guardia a las puertas de sus chabolas se nos quedaban mirando sin mostrar especial interés.

Para los niños, en cambio, éramos una gran atracción. O, más bien, Zana lo era. Le reconocían y rodeaban su caballo coreando su nombre. El nuristaní disfrutaba siendo el centro de atención. Gastaba bromas a los muchachos, los hacía reír y los llamaba por sus nombres, como si conociera de memoria el censo de aquellos barrios olvidados. A los más pequeños los cogía en brazos y los montaba sobre su caballo durante un trecho, y cada vez que algún chiquillo sonreía, sus ojos brillaban satisfechos. Era evidente que disfrutaba. A Zana le gustaban los niños, y ellos parecían adorarle.

Tardamos un buen rato en dejar atrás aquel lugar y empezar a adentrarnos por los caminos que serpenteaban entre los riscos de las montañas. Inmensas paredes de roca jalonadas de manchas de nieve crecieron poco a poco a nuestro alrededor, sus cumbres parecían sostener el cielo. Los montes tenían el color gris pálido de las ruinas milenarias y el aleteo de los pájaros provocaba ecos centuplicados. A veces el camino no era más que una senda estrecha sobre un desfiladero, como una ondulada cicatriz en la piel de la montaña. Mi mula no tenía vértigo. Ella seguía caminando, paso a paso, y yo me balanceaba suavemente sobre su grupa. Si cerraba los ojos, podía imaginarme en medio del océano en un bote a la deriva.

Junto a nosotros viajaban a modo de escolta dos guerrilleros de Zana, un par de muchachos de los cuales al más joven apenas le había brotado el bozo. Anchos y fuertes como soldados antiguos. Hablaban poco y cuando lo hacían, utilizaban el pasto. Casi siempre estaban muy serios, aunque creo que era más bien una pose para parecer duros. Cuando no los mirábamos, se reían y bromeaban entre ellos. Ambos se llamaban Mohamed, y Zana, para evitar confusiones, les había puesto nombres nuevos. Al más alto lo llamaba Dodger y al otro, al que parecía más avispado, Fagin.

Dodger y Fagin solían turnarse para marchar varios metros por delante del grupo y así comprobar que el camino era seguro. Durante aquella primera jornada en que salimos de Kabul yo apenas abrí la boca, aún estaba aturdido por el asalto del Zulfiqar.

Mi silencio se veía sobradamente compensado por Zana, que no paraba de hablar. A veces con sus hombres, a menudo con Margo y, cuando nadie le hacía caso, soltaba pensamientos en voz alta o, simplemente, se ponía a cantar cualquier melodía que se le pasara por la cabeza; la mayoría de las veces era «Eye of the Tiger» de Survivor, de la cual no se sabía la letra y la sustituía por una retahíla de nananás.

Con Margo hablaba bastante. No paraba de preguntarle cosas sobre Estados Unidos. Los conocimientos de Zana sobre aquel país se basaban en los múltiples *blockbusters* de Hollywood y series que había visto en grabaciones pirata. Presumía de tener cientos de ellas. A veces narraba escenas enteras de películas como *Rambo*, *Tiburón*, *El Padrino* o las sagas de superhéroes con tanto entusiasmo como si las hubiera protagonizado él mismo. Le fascinaba todo lo que tuviera relación con la cultura americana, sobre todo cine y deportes. Acribillaba a Margo con preguntas para corroborar hasta qué punto era cierto lo que había visto en las películas.

Cada dato le parecía fascinante, aunque cuando Margo le respondía algo que alteraba sus esquemas, optaba por no creérselo. «En eso te equivocas —le replicaba—. Yo sé que en Estados Unidos todo el mundo tiene una casa con piscina, una ranchera y una metralleta; y que cuando no vas a ver los partidos de béisbol de tus hijos pierdes el respeto de tu clan, y que en las bodas la novia se vuelve loca; lo he visto en las películas. ¡No sabes nada de tu propio país!». Y entonces empezaban a discutir.

Margo y Zana discutían a menudo. Él en ocasiones la llamaba «princesa», cosa que a ella la ofendía enormemente, y acusaba a Zana de ser un machista arrogante.

Él se sorprendía.

—¡No lo soy! —protestaba—. Me gustan las mujeres: sois listas, sois fuertes y oléis bien. Las mujeres sois un tesoro que debe cuidarse.

Ella se ofendía aún más:

—No necesito que nadie cuide de mí —replicaba.

Zana la miraba sin comprender.

—Eso no tiene sentido. Todo el mundo necesita que alguien cuide de él: yo cuido de mis hombres y ellos cuidan de mí, nosotros cuidamos de ti y tú cuidas de nosotros; así es como debe funcionar el mundo, princesa, seas hombre o mujer.

Margo le decía que los afganos eran unos machistas, y entonces llegaba el turno de Zana de ofenderse:

—¿A quién llamas afgano, mujer? Yo soy un nuristaní de la sangre de Alejandro. En mi tierra las mujeres visten trajes de colores y se pintan el rostro. Ellas escogen al hombre con quien quieren vivir y, si se cansan de él, lo abandonan y se marchan con otro. Son libres y trabajan muy duro. Así era en tiempos de mis abuelos, hasta que llegaron los musulmanes, las cubrieron con velos y las encerraron en sus casas; entonces dejaron de ser libres y los nuristaníes tuvimos que cruzar el Hindú Kush y buscar una tierra donde seguir adorando a nuestros dioses y admirando a nuestras mujeres. Esos a quienes tú llamas afganos nos lo arrebataron todo salvo nuestro orgullo, nunca lo olvides cuando hables conmigo.

El nuristaní tenía siempre una respuesta para todo. En la filosofía de Zana, el mundo no era un lugar complejo. Y, como todos los jóvenes, estaba convencido de que sus ideas eran las correctas. No era ningún estúpido a pesar de todo, de lo contrario Margo no habría perdido el tiempo debatiendo con él, a ella le aburrían los hombres sin inteligencia.

Zana solo callaba cuando hacíamos alguna parada en el trayecto. El camino era duro y nuestras monturas precisaban de descanso con cierta regularidad. Cuando nos deteníamos, Dodger y Fagin montaban un pequeño campamento, alimentaban a los caballos y compartían con nosotros un puñado de tasajo y frutos secos que llevaban como provisiones. En esos momentos Zana se apartaba del grupo, buscaba algún lugar cómodo donde sentarse y se ponía a leer. Entre sus cosas llevaba un grueso libro de bolsillo que casi se caía a pedazos de lo usado que estaba. Zana lo sacaba, apoyaba la espalda sobre un árbol o una roca y se enfrascaba en la lectura hasta que llegaba el momento de seguir el camino, y entonces retomaba su parloteo.

Al caer la tarde nos detuvimos junto a un riachuelo. Los caballos se pusieron a beber. Dodger preparó un fuego mientras Fagin despellejaba un conejo que había cazado durante el día. Zana, como siempre, devoraba su libro escrito en persa tumbado en el suelo, con la cabeza apoyada en la silla de su yegua.

Margo lo miraba desde la distancia, intrigada:

—Me pregunto qué estará leyendo con tanta concentración.

—*Oliver Twist* —respondí.

—¿En serio?

—Te lo prometo, eso es lo que pone en la cubierta. ¿De dónde te crees si no que ha sacado los nombres de Dodger y Fagin?

—Menudo personaje... Reconozco que me tiene intrigada. ¿Cuál será su historia? ¿No sientes curiosidad?

—Según él, por sus venas corre la sangre de Alejandro Magno —respondí, imitando la manera en que Zana impostaba la voz cuando soltaba balandronadas de ese tipo, cosa que hacía a menudo—. Pero si tanto interés tienes, no te costará tirarle de la lengua. Desde luego, al chico le gusta hablar.

—Sí, puede que lo haga —dijo Margo, pensativa. Después se quedó callada mirando el fuego.

La luz de las llamas y el último resplandor del atardecer se reflejaban sobre sus ojos y daban forma a las líneas de su cara. Pensé que le sentaba bien, que estaba bonita, tal y como la tenía guardada en la memoria.

Pensé en aquel día en San Francisco, la última vez que trabajamos juntos. Aquel día en que todo pudo haber sido diferente.

Fuimos a la playa a ver atardecer. Fue un bello atardecer, muy parecido a este, solo que en vez de contemplar olas de fuego las contemplábamos de océano. El sol se retiraba lentamente dejando olvidadas en su camino un puñado de estrellas pálidas y temblorosas. Estrellas asustadas.

Por la noche nos metimos en un bar de Haight Ashbury, ya estábamos un poco borrachos porque en la playa habíamos tomado algunas cervezas. En el bar pedimos unas cuantas más, de una marca llamada Old Milwaukee. Fue una buena noche, una noche increíble arruinada por un amanecer inoportuno. Había una gramola en el bar donde sonaba una canción. Inconscientemente empecé a tararear al recordarla.

Ah, now I don't hardly know her.
But I think I could love her.
Crimson and Clover...

Margo sonrió a las llamas, como si viera en ellas algo bonito.

—«Crimson and Clover», de Tommy James and the Shondells —dijo—. ¿Te acuerdas de San Francisco?

—Siempre que escucho esa canción... ¿Cómo se llamaba aquel bar? Lo he olvidado...

—Seguro que no. Haz memoria.

Estuve pensando un buen rato y, de pronto, me vino a la cabeza.

—Cloister's. En Haight Ashbury, junto a aquella tienda de discos...

A ella le gustó que lo recordara. Se lo noté en la forma en que me miró.

—Eso es. Cloister's. «Crimson and Clover» sonando de fondo. Y mucha cerveza.

—Old Milwaukee.

—«Olé» Milwaukee, como tú decías. No tenía ninguna gracia y, aun así, siempre me reía cuando hacías el chiste.

Lo recordaba bien. Ella se reía como avergonzada, mirándome con cara de «mira que eres tonto». Estaba tan bonita que, en una de esas, sin pensármelo demasiado, me acerqué y la besé; porque había bebido bastantes cervezas y porque estaba deseando hacerlo desde el día que la conocí, y ya no era capaz de ocultárselo ni un solo segundo más, creía que me ahogaría si seguía haciéndolo. Sonaba «Crimson and Clover», de Tommy James and the Shondells, y nos besamos hasta la última nota. La canción seguía sonando en mi cabeza cuando, ya en aquel motel que daba al mar y desde el cual se podían escuchar las focas por la noche, nos desnudamos el uno al otro sin dejar de mirarnos a los ojos. Yo estaba nervioso como un adolescente en su primera vez. No podía esperar el momento de seguir besándola, tocándola, de sentir su piel sobre la mía; y, al mismo tiempo, deseaba que aquel instante previo en el que sencillamente nos mirábamos a los ojos fuese eterno.

Mientras contemplaba las llamas de la hoguera, rememoraba todas aquellas sensaciones.

—¿Por qué lo hiciste, Margo? —me atreví a preguntar, aunque no a mirarla mientras lo hacía—. ¿Por qué firmaste aquel contrato y me dejaste tirado después de aquella noche? Siempre me lo he preguntado. Creía que estábamos bien.

En mi voz no había reproche, solo, quizá, un poco de tristeza porque así era como me sentía en ese momento.

Ella me miró sorprendida.

—¿Fue por lo de El Salvador? —insistí—. ¿Porque nunca quise hacer aquel programa? Lo podíamos haber hablado; si deseabas probar otro enfoque en nuestra forma de trabajar, yo estaba dispuesto a intentarlo.

Margo se quedó observando el fuego en silencio. En el borde de sus labios apareció una sonrisa amarga.

—No entiendes nada, Suren. Nunca entendiste nada.

—Entonces explícamelo.

—La primera vez que me ofrecieron ese contrato fue un año antes de lo de San Francisco. Desde entonces no pararon de insistirme para que firmara, y yo siempre me negaba. No quería trabajar con nadie que no fueras tú.

—Pero cambiaste de idea...

—Sí, porque entonces ocurrió lo de aquella noche en San Francisco... La cerveza, la música de los Shondells, los besos y todo lo demás... Luego me desperté por la mañana y no había nadie en tu lado de la cama. No había nadie. Bajé a desayunar y te encontré allí, comiendo huevos revueltos y con tu estúpida cara de resaca, y antes de que abriera la boca, me pediste disculpas y me prometiste que no iba a volver a ocurrir, que todo fue culpa del alcohol y que, entre nosotros, nada había cambiado.

—¡Porque creía que eso era lo que querías escuchar! Cuando desperté, estaba aterrado. Tú siempre... tú siempre decías que trabajábamos bien porque éramos solo amigos, que si algún día nos dejábamos llevar y la cosa iba a más todo se fastidiaría. No quería perderte, aunque fuera a costa de hacerte creer que yo no sentía nada por ti.

—¿Y no se te ocurrió pensar que, a lo mejor, el hecho de que me acostara contigo aquella noche era un indicio de que había cambiado de opinión?

—¿Lo... hiciste?

Ella suspiró.

—Ay, Suren... Pero ¿qué más señales necesitabas?

Apenas podía creerme lo que estaba escuchando. Todo este tiempo, todos estos años, yo había creído que...

—Estúpido... —dije, sin poder evitarlo.

—Oh, sí, ya lo creo.

—Lo que te dije aquella mañana no era verdad, no era lo que sentía. Era... ¡era justo lo contrario!

—Pues lo disimulaste muy bien. Tanto que llegué a creer que ya nada iba a ser como antes. Porque tú me gustabas, Suren, me gustabas mucho, y yo no me veía capaz de seguir trabajando contigo sabiendo que tú no sentías lo mismo, por eso acepté ese contrato... Y reconozco que algo de despecho hubo, sí, para qué te voy a engañar; pero, sobre todo, lo que quería era sacarte de mi cabeza.

—Pero... ¡podías habérmelo dicho entonces!

—Sí, pero el caso es que no lo hice. Demándame. Aunque tú no fuiste el único que actuó como un idiota. Cuando pasó un tiempo me arrepentí y quise arreglarlo, quise ser sincera contigo, pero para entonces tú ya habías conocido a alguien, tenías un hijo... Era todo demasiado complicado, no quise meterme en líos ni a ti tampoco.

—No puedo creerlo... —Tenía ganas de golpearme en la frente sin dejar de repetir la palabra «estúpido»—. De veras que no puedo creerlo... Todo podría haber sido tan... distinto.

Ella se encogió de hombros filosóficamente.

—Cierto. Podríamos haber sido felices, o tal vez no; quizá no hubiéramos durado más de un par de meses, quién sabe. Pero lo que es seguro es que Lucas ahora no existiría, piensa en ello. ¿A quién de los dos habrías escogido, a tu hijo a mí?

Sabía que era una pregunta retórica, pero quise contestar.

—Me gustaría tener las dos cosas.

—Qué respuesta tan diplomática...

—No, lo digo en serio. —La miré a los ojos—. ¿Crees que aún es posible?

Ella guardó silencio un buen rato antes de responder.

—Me gustaría mucho volver a San Francisco... Ver de nuevo el atardecer en Baker Beach, después pasear por Haight Ashbury y meternos en el Cloister's, si es que aún existe, beber Old Milwaukee y escuchar «Crimson and Clover» contigo; la verdad es que eso sería... sería increíble.

—Entonces quizá deberíamos intentarlo...

Ella sonrió un poco. No era capaz de distinguir qué expresaba aquella sonrisa: ¿incredulidad?, ¿esperanza?, ¿ilusión?

—Tal vez, Suren, tal vez... —Me miró durante unos segundos, como valorando hasta qué punto estaba siendo sincero. Luego me acarició la mejilla con ternura—. Pero primero tenemos que volver a casa.

Los hombres de Zana interrumpieron aquella conversación cuando regresaron junto a la hoguera para preparar la cena. Fagin utilizó el conejo que había cazado y desollado como ingrediente básico de un plato que olía de maravilla. Cuando ya casi estuvo listo, Zana se unió a nosotros.

—¡Un festín digno de un sah! Tenemos buen fuego, buena comida y el cielo está cubierto de estrellas, ¿qué más se puede pedir? Pasaremos aquí la noche y partiremos de nuevo al amanecer, a este ritmo llegaremos a Tell Teba antes del siguiente ocaso.

—Hemos tenido suerte de no haber sufrido ningún encuentro desagradable en el camino —dijo Margo.

—Suerte no, princesa: me habéis tenido a mí. Estas montañas son un nido de guerrilleros, bandidos y otras gentes con las que no querrías toparte, pero yo sé cómo hacernos invisibles.

—¿Y cuál es el truco, Zana?

—No hay truco: este es mi hogar y conozco cada uno de sus rincones. Yo nací en estas montañas aunque un poco más al norte, en el corazón del Nuristán. Lo primero que vieron mis ojos fueron sus bosques y sus ríos de plata, los mismos que sedujeron a los soldados de Alejandro hace miles de años. Se enamoraron de nuestra tierra y de nuestras mujeres, y con ellas engendraron vástagos que llevaban el bosque en los ojos y la luz del sol de Macedonia en los cabellos. Al menos eso decía mi madre. Cuando salí de su vientre, aún cubierto de sangre, me colocó sobre sus rodillas según la costumbre nuristaní y me dio un nombre. Me llamó Masud, que significa «afortunado», y Al-Iskander, «hijo de Alejandro». Para ella yo era un príncipe y así solía llamarme también: su *zana*, su príncipe. —Zana se quedó absorto unos segundos. Después nos miró con una sonrisa pícara—. Tengo alma de poeta, ¿verdad?

—Eso no es malo —dijo Margo—. Me gusta escucharte, háblame de ti: el gran Masud al-Iskander Zana, el joven guerrero poeta.

—¿Por qué no mejor el joven y guapo guerrero poeta? Dices que eres periodista, ¿crees que me harías famoso en América? ¿Harían una película sobre mí?

—Claro. Si la historia es buena...

Zana rio.

—Entonces no habrá película porque no es una buena historia. Es amarga, triste y aburrida; y en el mundo hay demasiadas historias parecidas, nadie necesita una más. Tal vez Suren pueda contarnos algo que nos guste a los dos, princesa, lleva todo el día rumiando en silencio, igual que esa vieja mula que lo lleva a cuestas. Vamos, comparte conmigo algún buen relato, amigo. ¿No dices que has viajado mucho? Demuéstramelo.

—Está bien, ¿qué tipo de relato?

—Me gustan los de fantasmas, como, por ejemplo, ¿qué diablos se le ha perdido a vuestra gente en Tell Teba?

—Esa no es una historia de fantasmas.

—Oh, eso es lo que tú te crees. Pero se cuentan cosas de aquel lugar, cosas que ponen la piel de gallina... Allí hay una montaña vieja y oscura, el Pedestal de la Luna, que rodea un valle cuyo nombre los ancianos de mi tierra nunca pronunciaban sin antes hacer toda clase de signos contra el mal de ojo.

—La Ruina de Alejandro.

—Así es como lo llaman algunos, amigo, en efecto, pero los nuristaníes lo conocemos por otro nombre: Aidas Iskanderiya. —Uno de los escoltas, Dodger, escupió al oír el nombre y se besó el dedo pulgar; un gesto para espantar los malos espíritus. Zana atizó el fuego moribundo haciendo volar chispas incandescentes que se consumieron en la oscuridad—. Se dice que hace mucho tiempo los magos de Zoroastro construyeron un gran templo en el valle del Mahastún para estudiar las estrellas. Cuentan que sus ojos escudriñaron demasiado profundo en la oscuridad del cielo y que allí vieron cosas terribles. Dicen también que nadie, salvo el Gran Alejandro, se ha internado en ese valle y ha regresado para contarlo, pero yo sé de alguien que sí lo hizo.

»De pequeño me contaron que, una vez, un pastor nuristaní encontró por casualidad una entrada al corazón del Pedestal de la Luna y se adentró en el valle. Muchos años después regresó a su aldea y todos dijeron que ya no era el mismo hombre, que se había vuelto loco. Durante el día vagaba en silencio como un espectro, no bebía, no probaba bocado; era aterrador cruzárselo arrastrando los pies por los caminos, con su mirada muerta, consumido como un rastrojo, como si algo se lo estuviera comiendo por dentro, siempre rodeado de un enjambre de moscas que se posaban sobre sus ojos y su boca. Por las noches miraba al cielo y gritaba como un animal o deliraba sobre una ciudad oculta en el Pedestal de la Luna, una ciudad de fantasmas repleta de tesoros y gobernada por un príncipe infinito. La llamó Aidas Iskanderiya. ¿Sabes lo que significan esas palabras, Suren?

—No lo sé, no parece persa.

—Porque no lo es, viene del griego antiguo: Hades Alexandreya, Alejandría del Infierno.

21
Diana

«Ya sé cómo abrir el portal de Acalanata»

Wörlitz ha decidido oficiar él mismo una breve oración comunitaria en el comedor por el eterno descanso del alma de Anton Skalder, para todo el que desee acudir. La típica reacción que cabría esperar de un devoto luterano.

No tengo ni idea de si Skalder era luterano como Wörlitz, pero lo dudo bastante. De hecho, a mí me produciría un cierto pudor admitirlo en voz alta: «¡Soy luterana!». No sé, me suena terriblemente anacrónico, como enorgullecerse de ser husita o bogomilo.

Tengo muchos defectos, pero la hipocresía no es uno de ellos. No me gustaba Skalder ni lamento su muerte, esa es la verdad, así que no le veo sentido a perder mi tiempo rezando por su alma a un Dios en el que no creo. Además, si Wörlitz tuviera más tacto habría organizado algún tipo de ceremonia aconfesional, aunque me alegro de que no lo hiciera porque entonces me habría dejado sin excusa para no participar.

La doctora Trashani tampoco ha ido al servicio religioso, así que aprovecho para ir al dispensario. Ayer me abrí una herida en la ceja y me he quedado sin desinfectante, así que espero que Fatmida me dé un poco.

Me la encuentro examinando algo con un microscopio digital. Entre los dedos sujeta un cigarrillo sin encender. Como en el dispensario está prohibido fumar, Fatmida acostumbra a trabajar con un pitillo apagado en la mano. A veces incluso le da caladas como si aspirase humo invisible.

—Adelante, pasa, Diana —me dice sin apartar los ojos del microscopio—. Siéntate por ahí. Dame un minuto y enseguida estoy contigo.

Lleva puesto un hiyab muy elegante, naranja y amarillo con lunarcitos blancos estampados, que le sienta bien a su piel tostada. Por debajo se le escapan algunas hebras de pelo gris oscuro. «Antes solía teñírmelo, pero ahora no pierdo el tiempo en eso, ¿para qué?», me dijo una vez.

—¿Qué estás analizando?

—Aquella hormiga que mordió a Skalder, la que salió de la momia que encontrasteis en el *vihara.* Quiero comprobar si portaba algo tóxico.

—Me parece que ya es un poco tarde para eso, no creo que a Skalder vaya a afectarle de ningún modo.

—Supongo, pero el caso es que cuando examiné su cadáver encontré una hinchazón bastante extraña en el lugar donde recibió el mordisco. La mordedura de una hormiga no debería causar una hinchazón semejante, salvo que no sea una hormiga común y corriente. Quería saber si esta tenía algo de especial.

—¿Y bien?

—Compruébalo tú misma. —Fatmida se aparta del microscopio para que eche un vistazo—. Esto es una muestra de uno de los filamentos blanquecinos que brotan de la cabeza del insecto.

La pantalla muestra algo parecido a unas vainas azuladas que se amontonan sobre un fondo gris. Dan un poco de grima. Parecen babosas microscópicas.

—¿Qué se supone que estoy mirando?

—Parece que algún tipo de ascomicetos, tal vez de un parasitoide de la familia de los *Clavicipitaceae*, similar al *Ophiocordyceps unilateralis*.

—Prueba otra vez, pero ahora con palabras más sencillas.

—A grandes rasgos, es un hongo. Un hongo parásito.

—¿Es peligroso? Para las personas, me refiero.

—No tengo ni idea. Me atrevería a decir que no, pero, por si acaso, he pedido que nadie se acerque al cadáver de Skalder hasta estar segura. Hay miles de especies de hongos catalogadas, y muchas más de las que no sabemos nada. Esta no la había visto antes y, además, su comportamiento es un poco extraño.

—¿En qué sentido?

—Observa. —Fatmida frunce los labios y emite un silbido bajo y monocorde durante unos segundos. En la pantalla veo cómo los hongos se agitan en un leve temblor y se quedan quietos cuando la doctora deja de silbar—. ¿Te das cuenta? Reaccionan al sonido.

—Pero ahora estamos hablando y no se mueven.

—Es que no reaccionan a cualquier sonido, solo a algunos. Por ejemplo, a un silbido. Tampoco a cualquier silbido, solo se agitan cuando alcanza un tono determinado. ¿Y sabes qué? Creo que es porque... no les gusta.

—Mejor no voy a preguntarte cómo has llegado a esa conclusión.

—Me gustaría estudiar este hongo con mayor profundidad, tiene algunas características desconcertantes. Posee elementos propios de los *Clavicipitaceae*, pero también rimposomas como los quitridios, que son los hongos más primitivos que existen: llevan en la Tierra más de cuatrocientos millones de años.

—Y este además baila.

—Sí, además baila.

—Podrías llamarlo así: el hongo bailarín.

—Eso suena terrible, querida.

—¿Hongo temblador?

—Un poco mejor, pero no.

—¿Hongo marchoso?

—Sabes que poner nombres a las cosas no se te da nada bien, ¿verdad?

Me echo a reír. Fatmida recoge el microscopio y entonces repara en mi ceja herida.

—¿Cómo te has hecho eso?

—Ayer por la noche tropecé y caí de bruces al suelo cuando regresaba a mi dormitorio en pleno *Blackout*. No fue una buena idea, sobre todo después de haberme bebido media botella de vino con Ruben.

—Está supurando un poco... Te lo limpiaré, no te muevas. —Me quita mi chapucero apósito con cuidado y procede a colocarme uno nuevo. Mientras, en un tono fingidamente casual, me pregunta—: ¿Te cruzaste con alguien ayer por la noche?

—Solo con De Jagger y Skalder, con nadie más.

—Bien.

—¿Es cierto lo que dice Wörlitz, que Skalder se despeñó por una ladera y que por eso se mató?

—Eso parece —responde, y luego, como queriendo cambiar de tema, añade de forma apresurada—: De modo que ayer Ruben y tú celebrasteis una pequeña fiestecita etílica hasta las tantas.

—Simplemente nos entretuvimos un poco hablando del monasterio y de ese portal con relieves. —Guardo silencio un instante—. ¿Sabes? Creo que ya sé cómo abrirlo.

Fatmida levanta las cejas, vagamente interesada.

—¿De veras?

—Sí. Creo que ya sé cómo abrir el portal de Acalanata. —Siento un leve cosquilleo en el estómago al decirlo por primera vez en voz alta—. O, por lo menos, tengo una hipótesis que parece tener sentido. Me ha venido esta noche a la cabeza, como una inspiración.

—Eso me gustaría escucharlo. Pero salgamos fuera y me lo cuentas, necesito un cigarrillo.

En el exterior del laboratorio hace frío pero los gruesos plumas que llevamos mantienen el calor de nuestros cuerpos. Últimamente ha nevado mucho y Zombieland empieza a parecerse a una ilustración de la Navidad en el apocalipsis.

—Bueno, adelante, dime cómo abrir ese portal misterioso —dice Fatmida—. Pero piensa que, sobre esos asuntos, tengo el mismo conocimiento que tú acerca de los hongos, así que intenta que suene sencillo.

—Está bien. El punto de partida es que, junto al portal, hay cuatro estatuas de Buda con las manos articuladas, y que para abrirlo hay que colocar esas manos en la posición correcta.

—¿Y tú sabes cuál es?

—Creo que sí. En el portal hay tallada una imagen de Acalanata, el soberano de los Cinco Reyes de la Sabiduría. En el arte budista, cada uno de esos reyes tiene las manos colocadas en una postura concreta, lo que se conoce como un mudra. Pienso que, si las manos de las cuatro estatuas que rodean el portal se disponen formando cada uno de los mudras de los Reyes de la Sabiduría que acompañan a Acalanata, la puerta se abrirá.

—Parece sencillo. Me pregunto por qué no se te ha ocurrido antes —dice Fatmida, siempre sincera.

—En este punto es donde llega lo complicado. Junto al portal de Acalanata hay cuatro estatuas de Buda...

—Que representan los otros Cuatro Reyes de la Sabiduría. Sí, eso lo entiendo.

—Correcto, pero el problema es que las cuatro esculturas son idénticas, así que, en principio, no hay forma de saber qué mudra le corresponde a cada una.

—Alguna diferencia habrá entre ellas, supongo; de lo contrario sería absurdo.

—La hay. Cada una tiene un nombre tallado en su pedestal: una se llama Ares, la otra Apolo, otra Hécate y la cuarta Serapis.

—Pero eso son dioses griegos, no espíritus budistas. No tiene sentido.

—Lo cierto es que sí lo tiene. Estoy casi segura de que ese monasterio fue ocupado por monjes que pertenecían a la secta del Sayanabuda o del Buda durmiente. Uno de los rasgos de esa secta es que sus fieles sincretizaron la religión budista con la mitología griega. Por ese motivo, creo que cuando esculpieron las estatuas que simbolizaban a los Cuatro Reyes de la Sabiduría las identificaron con nombres de dioses griegos que tenían atributos semejantes. Por ejemplo, uno de esos reyes es Kundali, el Conquistador de los Tres Planos, a quien se le suele representar con serpientes que se deslizan por sus brazos y sus tobillos. ¿Sabes cuál es uno de los atributos del dios Apolo? También una serpiente. Por lo tanto, según mi teoría, a la estatua que lleva el nombre de Apolo hay que colocarle las manos con la forma del mudra «kundalini», el del Conquistador de los Tres Planos. —Extiendo el dedo índice de mi mano izquierda y lo sujeto con la derecha como si fuera el *joystick* de una videoconsola—. Así, de esta forma. ¿Comprendes?

—Ya veo —dice Fatmida con tono neutro—. ¿Y los otros tres?

—Otro de los Reyes de la Sabiduría es Vajrayaksha, el Devorador de Demonios. Se le suele representar con tres caras, igual que a la diosa griega Hécate, cuyo nombre figura en una de las estatuas. Además, Hécate es, al igual que Vajrayaksha, una deidad vinculada al inframundo. Por ese motivo las manos de la estatua que lleva su nombre deberían mostrar el mudra del Devorador de Demonios.

»Otra de las estatuas del *vihara* tiene el nombre de Serapis, que es un dios importado a estas tierra por Alejandro Magno, quien, a su vez, lo trajo de Egipto. Serapis es una evolución del dios solar Apis, cuyo símbolo era un toro sagrado. Es un símbolo casi idéntico al que se suele asociar con Yamantaka, el Vencedor de la Muerte, otro de los Cinco Reyes de la Sabiduría y a quien se representa montado en un buey blanco.

—Por lo tanto, las manos de la estatua con el nombre de Serapis tendrían que mostrar el mudra de ese tal Yamantaka, ¿no es cierto?

—Veo que lo vas pillando. El último de los Reyes de la Sabiduría es Trailokyavijaya...

—¿Cómo? ¿Trailo... qué? ¡Cielo santo! ¿Y a ti te parece que los nombres de mis hongos son enrevesados? Ni siquiera sé cómo pronunciar eso.

—Trai-lo-kya-vi-ja-ya —repito separando las sílabas—. El Conquistador de los Tres Planos. Es un rey guerrero al que se le representa portando toda clase de armas en sus múltiples manos. Es lógico pensar que los monjes del Buda durmiente lo asociaron con Ares, el dios olímpico de la guerra. A la estatua que lleva su nombre en el *vihara* le corresponde, por lo tanto, el mudra de Trailokyavijaya.

—Y de ese modo el portal se abrirá. —Fatmida le da una larga calada a su cigarrillo—. Tiene su lógica. ¿Estás segura de que esa es la solución?

—Si no lo es, entonces no se me ocurre otra forma de abrir el dichoso portal que no sea usando dinamita.

—Lo cual me parece un método un tanto invasivo... Escucha, si tan convencida estás, ¿por qué me lo has contado a mí y no a Wörlitz? Deberías estar ahora mismo accionando las manos de esas esculturas en vez de aquí, perdiendo el tiempo viendo cómo me fumo un cigarrillo.

Fatmida tiene razón. Además, el hecho de que no se haya reído de mi hipótesis resulta muy motivador, ahora incluso estoy ansiosa por ponerla a prueba. ¿Qué es lo peor que puede pasar si me equivoco? ¿Que el portal no se abra? Bien, eso no cambiaría en nada nuestra situación actual.

Dejo a Fatmida en el laboratorio y voy en busca de Wörlitz. Supongo que el dichoso oficio religioso de Skalder debe de haber terminado hace rato. Por el camino me encuentro a Fido trotando a solas. Ugo a veces lo deja pasear a su aire por la base para que haga ejercicio, dice que es bueno para él no estar todo el día pegado a su cuidador. Fido aprovecha esos momentos de independencia para revolcarse entre la nieve, que le encanta. Es su forma perruna de liberar tensiones cuando nadie lo vigila.

—Hola, Fido, ¿dónde está Ugo?

¡Hola, Diana! Hueles a Contenta. Ugo no está. Está con Las Otras Personas. Me ha dicho que vaya a explorar. Me gusta explorar. ¿Quieres explorar conmigo?

—Gracias, pero ahora no —respondo, acariciándole detrás de las orejas. Sé que eso le gusta.

¿Sabes cómo llaman las pulgas a un perro? Lo llaman El Taxi.

A veces Fido cuenta chistes. En serio. Ugo me explicó que es cosa de la inteligencia artificial que lleva implantada. Cuando su sistema de comunicación detecta que el perro quiere agasajar a un humano o resultarle agradable (como ahora, que se siente agradecido por que le rasque las orejas), entonces la inteligencia artificial traduce ese impulso aleatoriamente en forma de un cumplido o de un chiste. Yo prefiero los cumplidos porque los chistes suelen ser malísimos.

—¿Te apetece acompañarme un rato? Voy al yacimiento.

Sí. Yo te acompaño. Podemos jugar con la nieve. ¡Es muy divertido! Pero no te la comas. No se puede.

Durante el camino el perro no habla demasiado. Eso también es cosa de la inteligencia artificial. Hace de filtro cuando Fido repite las mismas cosas sin parar y entonces desconecta momentáneamente el traductor hasta que dice algo diferente. Gracias a eso, mientras paseamos juntos puedo ahorrarme escuchar a Fido insistir en lo mucho que le gusta rebozarse en la nieve. Su sistema de traducción es muy útil, pero en ocasiones se agradece que sea un perro mudo y corriente como los demás.

Cuando llevamos un trecho, de pronto Fido se detiene y levanta la cabeza. Algo ha captado su atención, algo que no le gusta. Su hocico se llena de arrugas y se pone a gruñir y a ladrar.

—¿Qué ocurre, Fido?

¡No debes estar ahí! ¿Qué haces ahí? ¡No me gustas! ¡Márchate!

No habla conmigo. O eso intuyo porque no me mira a mí, sino a uno de los barracones deshabitados de la base. Antes de que pueda decirle nada, echa a correr en esa dirección y se lanza contra una puerta cerrada. Apoya las patas delanteras en la puerta y se pone a ladrar como loco.

¡He dicho que te marches! ¡Tú no estás ahí! ¡Ya no! ¡Ese olor no es tuyo, no te pertenece!

No sé qué hacer. Cuando Fido se pone así, Ugo sabe cómo calmarlo, pero quizá a mí no me haga caso. Con cuidado, lo agarro del collar y trato de alejarlo de la puerta.

—Basta, Fido. ¡Quieto! —le ordeno con voz firme y tajante, tal y como Ugo nos suele aconsejar.

Por suerte Fido es un perro fantásticamente bien adiestrado y responde a mi autoridad. Deja de ladrar, pero aún se muestra nervioso.

No tiene que estar ahí. Ya no. —Fido gruñe—. *¡No tiene que estar ahí! ¿Por qué está ahí? No lo entiendo. No lo entiendo. No lo entiendo.*

—¿Quieres calmarte? ¡Ahí no hay nada!

—¿Va todo bien, doctora Brodber?

Es De Jagger, que aparece a mi espalda. Últimamente este hombre tiene la molesta capacidad de sobresaltarme siempre que se me acerca.

—No lo sé... Fido está empeñado en que hay una persona en este barracón.

¡No es La Persona! ¡No huele como La Persona! No lo entiendo. No lo entiendo.

—Sí, ya lo has dicho, calla de una vez —replico irritada. Luego desconecto el comunicador de su programa de traducción—. Lo siento, Fido, no me apetece seguir escuchándote durante un rato.

De Jagger palmea la cabeza del animal en un gesto más automático que afectuoso.

—Aquí dentro no hay nadie, doctora, se lo garantizo.

—¿Está seguro? Porque el perro está muy nervioso. —Fido no para de ladrarle al barracón. Empiezo a pensar si no habrá algún ratero o algo peor escondido dentro—. Quizá debería usted comprobarlo.

—No lo veo necesario, pero si insiste...

En la hebilla del cinturón lleva prendido un llavero con varias llaves. Utiliza una de ellas para abrir la puerta del barracón. De su interior emerge un olor desagradable. El espacio es pequeño y está oscuro. Dentro solo hay un gran montón de nieve compacta y endurecida.

—Pero ¿qué diablos...? —exclama De Jagger.

A unos pasos del montón de nieve está tirado en el suelo el cadáver de Skalder. Maldita sea. Ahora ya sé por qué el sargento estaba tan seguro de que no había nadie en el barracón. Lo que no entiendo es qué le ha sorprendido tanto al entrar.

Fido se acerca a olisquear el cuerpo. Al hacerlo empieza a gemir muy quedo y luego se oculta detrás de mis piernas. Como he apagado su traductor, no sé qué es lo que le asusta.

De Jagger mira a su alrededor, confuso. Estoy molesta con él, siento como si me hubiera gastado una broma macabra.

—Debió decirme lo que había aquí dentro, sargento. —No me hace caso, parece absorto, como si estuviera preocupado por algo—. Sargento, ¿me está escuchando?

—Yo... Oh, sí, disculpe, doctora... Es que aquí hay algo extraño... Muy extraño... El cuerpo... Nosotros no dejamos ahí el cuerpo tirado en el suelo, lo dejamos en ese montículo, cubierto por varias capas de nieve.

—¿Lo hizo usted mismo?

—Se lo ordené a Yukio y a Randy, pero ellos me aseguraron que lo habían dispuesto tal y como se lo indiqué.

—No quiero acusar a nadie, pero parece que no siguieron al pie de la letra sus instrucciones —contengo un escalofrío. Quiero marcharme de ahí, no me gusta ese sitio. No quiero seguir viendo a Skalder de esa forma, tirado en el suelo en medio de un charco, igual que un despojo.

—Sí, claro... es probable... —dice De Jagger, no muy convencido—. Le diré a Yukio que venga y me ayude a colocar el cuerpo como es debido. Usted es preferible que se marche y siga con lo que estaba haciendo, doctora.

No tiene que repetírmelo. Cojo a Fido y me alejo del barracón, dejando a De Jagger custodiando el cadáver y sumido en un mar de dudas.

22
Spinelli

«Pensé que tal vez lo de abrir una puerta adornada con un demonio y que lleva siglos cerrada no está entre las diez mejores ideas del mundo. Pero qué sabré yo»

Bill el Guapo me está volviendo loca. A veces me siento tentada a dejarlo KO de un culatazo en los morros, pero sería una lástima estropearle esa cara. Además, su novio se cabrearía bastante.

La culpa de todo la tiene esa estatua que sacaron los arqueólogos del monasterio, la que tiene un muerto dentro. En serio, no me lo invento: un tipo amojamado desde hace la puñeta y que, según dicen, lo metieron ahí cuando aún estaba vivo.

La momia la tenemos en un cuarto junto al almacén, y Bill el Guapo no para de decirme que ayer por la noche, cuando estaba vigilando, oyó ruidos extraños en la estatua. En el interior de la estatua, para ser exactos.

—Se lo juro, sargento, sonaba como si algo estuviera arañando y dando golpecitos ahí dentro —me dijo esta tarde.

Las cosas que tiene una que aguantar.

—Bill, ¿te das cuenta de que esta mañana hemos descubierto un cadáver en el yacimiento? ¿En serio vas a venirme ahora con esta mierda como si fuera algo importante?

Bill el Guapo es un tipo supersticioso. Dice que su abuela era médium, que leía las cartas, hablaba con los espíritus y todas esas cosas. No le gusta un pelo que los arqueólogos anden trajinando con momias y de vez en cuando se queja entre dientes: «Nadie me dijo que íbamos a profanar tumbas cuando me ofrecieron esta misión». Parece mentira que un tipo cuyo hobby es la taxidermia sea tan escrupuloso con esos temas.

—Seguro que esa momia tiene la culpa de que el ingeniero se haya roto la crisma —me replicó Bill—. Cuando molestas a los difuntos, siempre ocurren cosas malas.

No me jodas, Bill, en serio. Ahora tendré que poner a otro a vigilar el almacén por las noches. Lo que menos necesito en este momento es que mis hombres empiecen a portarse como chiflados.

—No quiero oír una palabra más, Bill. Ahora coge el Raven y vete con Randy a inspeccionar los alrededores, ¿entendido?

Justo después de esta discusión, Wörlitz me pidió que fuera a verlo al pabellón uno. Cuando llegué me lo encontré con la doctora Brodber. Parecían un matrimonio a punto de anunciar que van a tener un bebé.

—Creo que estamos listos para dar un paso más en la exploración del monasterio —me dijo Wörlitz—. La doctora Brodber ha descubierto cómo abrir un portal que hay allí dentro.

—Bien, pues... los felicito —dije, suponiendo que eso era la hostia de importante, aunque a mí no me lo parecía.

Luego le pregunté si había algo que mis hombres y yo pudiéramos hacer al respecto.

—En realidad sí, por eso la he llamado. Queremos abrir el portal de inmediato y necesitaremos que estén presentes algunos de sus hombres, por si hubiera algún problema de seguridad.

Le dije que contara con ello y que yo misma me presentaba voluntaria, porque admito que sentía cierta curiosidad. También me llevé a Yukio, que sé que le gustan estos temas arqueológicos. Supuse que con que fuéramos solo nosotros dos sería más que suficiente, no quería dejar Zombieland mal defendida solo para vigilar cómo unos tipos abrían una puerta.

Ha sido la primera vez que he visto el monasterio por dentro. Es asombroso que la gente de hace siglos fuera capaz de excavar un espacio tan grande dentro de esa cueva, con todos esos relieves y adornos tallados sobre la roca. No obstante, el lugar me ha parecido siniestro como una mazmorra.

En la puerta que los arqueólogos se disponían a abrir había un relieve de una especie de demonio envuelto en llamas. Dicen que es Buda, pero no Buda exactamente, sino una especie de gemelo suyo cabreado o algo así. No sé qué clase de perturbado le rezaría a un dios que te mira como si estuviese a punto de arrancarte la cabeza.

Junto a la puerta estaban Wörlitz, Grigorian, la doctora Brodber y los únicos cuatro estudiantes afganos que aún no se han largado. Unos focos alumbraban el relieve del Buda cabreado, dándole un aspecto inquietante. Yukio y yo estábamos algo apartados y con nuestras armas a mano, intentando no estorbar.

Entonces la doctora Brodber se ha acercado al portal y todo el mundo se ha quedado en silencio mirándola. Por un instante me acordé de la escena del final de esa película de Indiana Jones en la que los nazis abren el Arca Perdida, empiezan a salir espíritus por todas partes y a un tipo le estalla la cabeza y a otro se le derrite la cara. Pensé en eso al ver a la doctora acercarse a las estatuas en medio de aquel silencio. Y también pensé que tal vez lo de abrir una puerta adornada con un demonio y que lleva siglos cerrada no está entre las diez mejores ideas del mundo. Pero qué sabré yo.

La doctora se colocó frente a una de las estatuas y se puso a moverle las manos, las cuales estaban articuladas como las de un muñeco. Al colocarlas de una forma concreta, se escuchó un fuerte golpe metálico que parecía venir del interior de la puerta.

La arqueóloga repitió el mismo proceso con las otras tres estatuas. Cada vez que toqueteaba sus manos y sus dedos se escuchaba el mismo sonido, una especie de «¡clac!» que hacía eco por toda la cueva, como si alguien hubiera golpeado la pared con una barra de hierro. Cuando terminó con la cuarta escultura, la doctora Brodber dio unos pasos hacia atrás y se quedó mirando el portal. Me pareció que todos los presentes contenían la respiración. Reconozco que yo también lo hice. Creo que fue un momento muy emocionante. Todo indicaba que iba a ocurrir algo, pero... ¿qué?

Yo esperaba que, como en las películas, la puerta se abriera sola de repente, pero eso no sucedió. De hecho, no pasó nada.

Los arqueólogos parecían frustrados. Se retiraron a un rincón y empezaron a hablar entre ellos, a media voz, como si fueran un grupo de médicos a los que se les está muriendo un paciente.

—¿Esto es todo? —me dijo Yukio—. Vaya, esperaba algo mejor.

Se acercó hacia la puerta y le dio un golpe con la punta del pie. Entonces se escuchó por toda la cueva un crujido que me puso la piel de gallina.

Le grité a Yukio que se apartara justo cuando el portal, que era un monolito de varias toneladas de roca pura, se le vino encima. Aquella mole inmensa se desplomó provocando un estampido tremendo que hizo temblar el suelo y levantó una nube de polvo. Incluso los focos se apagaron.

—¡Yukio! ¡Yukio! ¡Maldito idiota! ¿Dónde estás? ¡Responde!

—¡Aquí, sargento...! —Le oí toser en medio del polvo y sentí un enorme alivio—. Estoy bien... pude apartarme antes de que esa cosa me aplastara.

El muy cabrón tiene una flor en el culo, siempre lo he dicho.

—¿Están todos bien? —preguntó Wörlitz—. ¿Hay alguien herido?

Tras comprobar que todos seguíamos de una pieza, los arqueólogos se acercaron cautelosamente al portal. Al asentarse el polvo dejó a la vista la entrada de una gruta cuyo final se hundía en la más profunda oscuridad. Parecía la entrada al maldito infierno. Y, desde luego, olía como si lo fuera.

De pronto se escuchó el tintineo de unas campanillas, seguido de un lamento espantoso que venía de la gruta. Era aterrador, como el gemido de un alma torturada; jamás había escuchado cosa igual. Temí que el ser que gritaba de esa forma surgiera de la oscuridad, y no tenía ganas de saber qué aspecto tenía. Si Bill el Guapo hubiera estado allí en ese momento, seguramente habría manchado los pantalones.

Los arqueólogos se quedaron paralizados.

—¡Por Dios! Pero ¿qué es ese sonido infernal? —exclamó Wörlitz.

La doctora Brodber encendió uno de los focos y se adentró unos pasos en la gruta.

—Miren —dijo señalando a la pared—. Viene de aquí.

En las paredes de la gruta, cerca de la entrada, había varios agujeros atravesados por finas cuerdas tensadas. El viento pasaba a través los agujeros y, al hacer vibrar las cuerdas, provocaba aquel desagradable chillido.

—Es solo un truco —dijo la doctora—. Para asustar a los extraños.

La luz del foco reveló otras cosas en el interior de aquel enorme corredor: del techo colgaban un montón de campanillas adornadas con cintas de colores. Había decenas, cientos de ellas tal vez. Se balanceaban suavemente produciendo un leve tintineo. Las cintas estaban deshilachadas y llevaban escritos extraños símbolos. Algunas se habían caído al suelo. La doctora Brodber tomó una de ellas y leyó lo que ponía.

—«Dejad que duerma».

Sus palabras hicieron un eco extraño en la cueva.

Inspeccionó algunas más. En todas ponía lo mismo.

—Erich, no veo el final del túnel —dijo la arqueóloga—. ¿Cuánto crees que medirá?

—No lo sé, Diana. Pero pronto lo averiguaremos.

23
Suren

«—¡Niño de los juegos! —El anciano empezó a reír de forma histérica—. ¡Eso es lo que eres y eso es lo que siempre serás! ¡Que Dios te maldiga, niño de los juegos!»

Al caer la noche vivaqueamos en sacos de dormir al abrigo de un alero de roca. Cuando desperté lo primero que hice fue mirar el móvil. Nada de cobertura, como siempre. Debía empezar a asumir que caminar por aquellas montañas era como volver a la Edad Media, así me evitaría mucha frustración.

Mientras terminábamos de desayunar apareció Fagin galopando sobre su caballo. Se había despertado antes que nosotros para ir a inspeccionar el camino y ahora regresaba con noticias para Zana:

—El paso de Khalanda está cerrado. Ha debido de producirse un desprendimiento hace poco.

—Entonces iremos por el camino del norte —respondió el nuristaní—. Habrá algo de nieve, pero no tanta todavía como para que los caballos no puedan pasar.

—Pero el camino del norte nos lleva directos a la aldea de Mujtaba.

—Lo sé.

—Tu tío...

—Tengo cientos de tíos, Fagin, miles de ellos, todos son viejos, borrachos y viciosos; pero resulta que Mujtaba es el más estúpido, así que no te preocupes por él. Sé cómo manejarlo.

Nos pusimos en marcha siguiendo un sendero que serpenteaba entre árboles pardos y pelados. El cielo era una masa gris y compacta. Hacía mucho frío, pronto empezó a nevar, copos grandes y finos como cenizas. Marchábamos a paso lento por aquel paisaje decolorado y silencioso.

A diferencia del día anterior, Zana se mostraba callado y taciturno, como si estuviera de mal humor. En la primera parada en el camino, en vez de ponerse a leer su ejemplar de *Oliver Twist*, sacó de las alforjas de su yegua un machete enorme y se pasó un buen rato afilándolo. Cuando estuvo satisfecho con el resultado, lo metió en una funda con una correa y se lo colgó a la espalda. También inspeccionó personalmente las armas de Dodger y Fagin, dos viejos fusiles que llevaban encima desde que salimos de Kabul.

—Algo no va bien —me dijo Margo cuando reanudamos la marcha—. Zana está inquieto.

—Lo sé, también lo he notado. Puede que tenga que ver con nuestro cambio en la ruta. —Le conté la conversación que había escuchado entre Fagin y Zana antes de partir—. Será mejor que estemos alerta.

—Oh, por eso no te preocupes, a mí nadie me cogerá desprevenida. Dios sabe que tengo mis propios recursos. —Se palpó el revólver que le había comprado a Wahib y que llevaba metido en el pantalón, con la culata a mano.

Nuestro camino transcurría paralelo a un río por el fondo de un cañón. Sus aguas aceradas parecían frías como el hielo. De pronto surgió ante nosotros una torre cilíndrica de ladrillo, muy alta y esbelta, decorada con restos de relieves en estuco formando letras y diseños geométricos. En la cima se veían los restos de un pabellón medio en ruinas. Plantada allí, en mitad de la nada, parecía algo sacado de las páginas de una novela de espada y brujería, como un vestigio de un antiguo reino olvidado. Le pregunté a Zana qué era aquello.

—Este es el minarete de los Gúridas, así lo llaman.

—¡Es impresionante!

—Sí, supongo que no está mal si eres de esos a los que les van los edificios viejos. A mí me gusta porque me recuerda que hubo un tiempo en que los habitantes de esta tierra sabían hacer algo más que matarse entre ellos.

—¿Quién lo construyó?

—No tengo ni idea, lleva aquí desde siempre. Dicen que antes había una gran mezquita y un caravasar, para las caravanas que hacían la ruta entre la India y Samarcanda. Se cuenta que hace siglos se detuvo en este lugar una caravana de esclavos, que estos se rebelaron y capturaron a los imanes de la mezquita y a los mercaderes del caravasar. A todos ellos, uno detrás de otro, los arrojaron vivos desde lo alto del minarete, una caída de más de cincuenta metros. Dicen que por las noches aún se les oye gritar de terror antes de estrellarse contra el suelo.

—¿Eso es cierto?

—¿Y yo qué sé? Tengo mejores cosas que hacer que venir aquí a escuchar fantasmas. —Zana señaló el pabellón en lo alto de la torre—. ¿Ves esos arcos? A veces, cuando el viento los atraviesa, suena como una especie de gemido. Si yo eructara hacia una lata vacía también sonaría como el lamento de un alma en pena, pero te aseguro que no hay nada de sobrenatural en eso. Los fantasmas no me dan miedo, Suren, sería una estupidez teniendo en cuenta que el mundo ya está plagado de hijos de puta vivitos y coleando.

—¿Como ese tal Mujtaba, el de la aldea...? —me atreví a insinuar.

—Ah, eres un cabrón taimado... A veces olvido que entiendes el darí. Has oído mi conversación de esta mañana, ¿verdad?

—Tengo orejas, no puedo evitarlo.

Zana se echó a reír.

—Tal vez algún día alguien te las corte, amigo. Ten cuidado con lo que escuchas o puede que no vuelvas a llevar gafas de sol.

—¿Mujtaba es pariente tuyo?

—Puede ser. Él dice que sí. Aquí las noches de invierno son largas y aburridas y los hombres no tienen mucho que hacer para entretenerse aparte de follar, así que las familias son numerosas.

—¿Es un hombre peligroso?

—¿Por qué preguntas eso?

—Porque llevas un machete colgado a la espalda y ayer lo llevabas dentro de tus alforjas. Creo que algo te preocupa.

—Mujtaba y yo tenemos una vieja deuda pendiente y quiero estar preparado por si me veo obligado a cobrarla, eso es todo. Por lo demás, no tienes motivos para sentirte inquieto. Te aseguro que el hombre más peligroso de estas montañas cabalga junto a ti en este momento.

Dejamos atrás el minarete de los Gúridas y nos internamos por un trecho flanqueado por terrazas de cultivo. Poco después llegamos a una aldea, más bien un deprimente puñado de chozas de adobe que parecían madrigueras colgadas de la ladera de la montaña.

No vi a muchas personas a nuestra llegada. Tampoco vi niños. Los lugares sin niños son lugares muertos, y, en ese sentido, aquel era un cementerio. Incluso los hombres que lo habitaban parecían sepultureros, con sus oscuras camisolas y sus barbas negras. Nos contemplaban en silencio mostrándonos a las claras que no éramos bienvenidos. Además de ellos, deambulaban por la aldea unas extrañas figuras similares a fantasmas cubiertos por sudarios. Eran las mujeres. Todas con la cabeza envuelta en telas oscuras, sin dejar ni un centímetro de piel al aire. A nuestro paso esos pobres fardos de tela andantes corrían a meterse en sus casas o a esconderse donde pudieran. Al parecer, la mirada de un forastero bastaba para hacerlas impuras aunque estuvieran tapadas de pies a cabeza.

Salió a nuestro encuentro un pequeño grupo de aldeanos encabezado por un viejo arrugado y nudoso como la rama seca de un árbol. Llevaba la barba teñida de henna color naranja, siguiendo una costumbre que según la tradición islámica fue establecida por el propio Mahoma. El viejo clavó su mirada legañosa en Zana y le habló en darí:

—La paz sea contigo, Masud al-Iskander.

—Y también contigo, Mujtaba Ahmadzai, y con tu próspera y alegre aldea.

El viejo detectó el sabor del sarcasmo y no le gustó, a juzgar por cómo arrugó el labio superior.

—Uno de tus hombres apareció hace un rato y nos avisó de tu llegada. También nos previno de que te acompañan dos occidentales. —El viejo entornó los ojos con desgradado—. Y veo que uno de ellos es una mujer.

—Tan sagaz como siempre, Mujtaba, no se te escapa una.

—Son malos tiempos para andar en compañía de occidentales. Sí, muy malos. Hay gente que no los quiere bien. Temo por tu seguridad, sobrino.

—Lo sé, y no sabes cuánto me enternece tu preocupación. Pero tú y tus simpáticos compinches podéis dejar de temblar, no vamos a quedarnos, solo estamos de paso. Así que si tienes a bien apartarte del camino, seguiremos nuestra ruta y que Alá te colme de bendiciones a ti y a tu gente. Y a tus cabras también. Que os bendiga a todos. Hasta más ver, tío.

—No, no, de ningún modo. Eres sangre de mi sangre y no puedo dejar que te marches sin que antes tus compañeros y tú gocéis de mi hospitalidad. Es lo justo.

—Gracias, pero tenemos prisa.

—¡Insisto! Ya casi se ha ido el sol. Pasaréis la noche con nosotros y os daremos de comer como manda la ley de Dios. Si te marchas, consideraré que desprecias mis atenciones y eso me ofendería.

Vi cómo las mandíbulas de Zana se tensaban.

—De acuerdo. Solo por esta noche.

—¡Estupendo pues! Venid, venid conmigo a mi casa. Todo está preparado. Vosotros cenaréis conmigo y ella con las mujeres, la atenderán muy bien.

Descabalgamos y, de pronto, un grupo de telas andantes rodeó a Margo. Le expliqué que las mujeres solo pretendían llevarla a donde quiera que ellas pasaban el tiempo lejos del pecaminoso contacto con los varones. Ella se dejó hacer, aunque reticente. A mí tampoco me gustaba que la separaran de nosotros.

Zana y yo fuimos conducidos a la casa de Mujtaba. Allí nos sentamos en el suelo, sobre unas alfombras deshilachadas y cuyo diseño se había borrado tras el roce de innumerables traseros y pies descalzos. Hacía mucho calor y olía muy mal, una mezcla entre sudor, abono y carne en mal estado. En total éramos unos diez comensales hacinados en un espacio insuficiente. Mujtaba hacía de anfitrión junto con un grupo de hombres barbudos a quienes presentó como sus hijos y que nos miraban, especialmente a mí, como si fuésemos el primer plato de la cena. Se apreciaba tensión en el ambiente y la actitud servil de Mujtaba no ayudaba a relajarla, más bien al contrario.

De cenar nos sirvieron unos trozos de carne mezclados con arroz pastoso y cosas negras que, supongo, serían pasas. Tal y como me temía, el arroz estaba pasado y la carne de aquel animal, fuera el que fuese, sabía como si hubiera muerto por enfermedad meses antes de ser cocinado.

—Comed, comed —insistía nuestro anfitrión—. El camino que os espera es largo y las montañas no son seguras; los hombres del Zulfiqar llegan a todas partes y pagan grandes recompensas a quienes les entregan a un occidental, sobre todo si es mujer. Y también castigan severamente a quienes los ayudan. ¡Qué tristes tiempos vivimos en los que ya ni siquiera se respeta el sagrado vínculo de la hospitalidad!

—De locos, sí —masculló Zana.

—Esta noche dormiréis bajo mi techo. Yo me acomodaré en la casa de uno mis hijos.

Tras la cena, el viejo y su silenciosa prole nos dejaron solos para que pudiéramos descansar. Yo me acomodé como pude sobre las raídas alfombras del comedor de Mujtaba y, tras hacer una bola con mi ropa y meterla en la mochila para utilizarla como almohada, me dispuse a esperar el sueño.

Me fue imposible pegar ojo. Hacía frío, el suelo estaba duro y escuchaba los ronquidos de Dodger y Fagin reverberar por toda la casa. Además, tenía la cabeza llena de ideas inquietantes. No me gustó el tono de voz del viejo Mujtaba cuando dijo que el Zulfiqar pagaba grandes sumas por los extranjeros, especialmente mujeres. Tenía la impresión de que era una amenaza poco sutil. Empecé a preocuparme por Margo. Llegué a la conclusión de que había sido una torpeza por nuestra parte dejar que la separaran del grupo.

Cada vez más desasosegado, decidí comprobar que estaba bien, así que me vestí y salí a inspeccionar la aldea por mi cuenta.

Caminé despacio y sin hacer ruido, como un ladrón entre las sombras, tratando de no despertar a nadie. A veces escuchaba el balido de una cabra y me llevaba un susto de muerte porque sonaba como un quejido de ultratumba. A aquella hora de la noche, la aldea de Mujtaba parecía un nido de espectros.

No tenía muy claro qué se suponía que debía hacer. ¿Colarme dentro de cada una de esas casuchas hasta encontrar a Margo? Sin duda podía haber perfilado mi plan un poco mejor. Entonces vi una luz en la ventana de una de las viviendas y me pareció escuchar voces femeninas dentro.

Al asomarme descubrí a Margo rodeada por tres mujeres con burka. Parecía que acabaran de despertarla de malos modos. Su saco de dormir estaba abierto en el suelo y ella solo llevaba una sudadera y unas bragas. Intentaba recuperar sus pantalones, pero aquellas mujeres fantasmales la agarraban de las muñecas y tiraban de ella como si quisieran sacarla a rastras de la habitación.

Yo golpeé la ventana.

—¡Eh!, ¿qué estáis haciendo? Dejadla en paz.

Irrumpí dentro de la casa. Las tres mujeres veladas me rodearon y empezaron a darme empujones. Tenían una fuerza sorprendente. Una de ellas me golpeó en el pecho con el codo. Tropecé y, al caer al suelo sentado, la agarré del velo y se lo quité de un tirón.

Lo que había debajo no era una mujer sino un hombre. Entonces alguien me dio un fuerte golpe en la cabeza, el cual abrió un paréntesis en mi memoria que abarca desde que descubrí a aquel tipo oculto bajo el burka hasta que, un tiempo después, recuperé el conocimiento.

Abrí los ojos. La boca me sabía a sangre y a vómito. La cabeza me reventaba de dolor. Tenía muchísimo frío y no paraba de tiritar. Lo primero que vi fue una luna grande y blanca en el cielo. Aún era de noche, pero ya no estaba en la aldea sino tirado a la intemperie encima de un charco de barro.

Tenía las muñecas y los tobillos atados con tiras de plástico duro, de las que se utilizan para embalar. Las de las muñecas estaban tan apretadas que me habían hecho arañazos en la piel. Me costaba respirar porque tenía dos trozos de cinta aislante tapándome la boca. Aturdido y confuso, miré a mi alrededor y vi una especie de faro gigante que llegaba hasta el cielo. Tardé unos segundos en darme cuenta de que era el minarete de los Gúridas.

Intenté moverme, pero solo fui capaz de retorcerme como una lombriz de tierra. Al girar la cabeza descubrí que Margo estaba a mi lado. Atada y amordazada, igual que yo. Tenía un ojo morado y un reguero de sangre seca que brotaba de su nariz. Daba la impresión de que había costado más reducirla a ella que a mí.

Cuando vio que había recuperado el sentido, Margo mc lanzó una mirada desesperada, como preguntándome si estaba bien. Yo asentí con la cabeza. A los dos nos habían dejado tirados en el suelo bajo un árbol seco. A unos metros estaba el minarete y junto a él había tres hombres. Dos de ellos llevaban rifles de cazador. Al tercero lo reconocí en cuanto vi su barba teñida de naranja.

—No tardarán en llegar —dijo Mujtaba—. Tened paciencia.

—¿Estás seguro de que es aquí donde los recogerán los hombres del Zulfiqar? —preguntó uno de los otros.

—¿Cuántos minaretes como este crees que hay en los alrededores?

—Hace frío.

—¡He dicho que tengáis paciencia! Pronto aparecerán y os aseguró que la espera valdrá la pena. Nos pagarán una fortuna por la mujer. Por el hombre tal vez algo menos, supongo que le cortarán el cuello en cuanto le pongan la mano encima.

—¿Y qué haremos cuando Zana descubra que nos los hemos llevado?

—No lo descubrirá. Él todavía duerme. En cuanto terminemos con esto, volveremos a la aldea y nos aseguraremos de que no despierte nunca.

—Ojalá sea pronto. No me gusta este sitio, y menos de noche. Los espíritus de los muertos rondan por aquí.

—¡Pues cierra la boca si no quieres que te mande con ellos! Estoy harto de escucharte, ¿por qué no puedes quedarte en silencio igual que tu hermano? —El viejo se acercó a nosotros y se quedó mirando a Margo. Parecía estar contemplando una pepita de oro grande y brillante—. Qué piel tan blanca... Y ese pelo... Sacaré mucho dinero por ti, ya lo creo... ¿Habéis cogido sus cosas?

—El hombre solo llevaba encima lo puesto. La mochila de la mujer la hemos dejado junto al árbol. Dentro había una pistola.

—Bien. No les diremos nada de la pistola a los del Zulfiqar, ellos no necesitan las armas y nosotros sí.

El viento creció en intensidad. De pronto se escuchó una especie de silbido grave que fue haciéndose cada vez más y más profundo, venía de lo alto del minarete y sonaba como si un montón de niños gimieran al unísono.

—Los espíritus... —farfulló uno de los hombres de Mujtaba. Se puso a temblar al tiempo que hacía gestos contra el mal de ojo—. ¡Son los espíritus de las ruinas! ¡Que Dios nos proteja!

Mujtaba le ordenó silencio, dirigiendo una mirada recelosa hacia lo alto del minarete.

Aprovechando que el viejo nos daba la espalda, Margo me mostró sus muñecas. De alguna forma había logrado romper las cintas de plástico. «¡Disimula!», parecieron decirme sus ojos. Yo asentí varias veces con la cabeza. Si Margo lograba recuperar su revólver sin que nuestros captores se dieran cuenta, aún teníamos una posibilidad de escapar.

Poco a poco se arrastró hacia su mochila. Justo cuando logró abrirla, el viento se calmó y el cañón volvió a quedarse en silencio. Mujtaba giró la cabeza hacia nosotros.

—Eh, tú, pequeña zorra, ¿qué crees que estás haciendo? —Apartó la mochila y le dio una patada a Margo en el estómago. Entonces se oyeron los cascos de unos caballos que se acercaban—. ¡Ah, aquí llegan por fin! Justo a tiempo.

Tres jinetes aparecieron en lo alto de un sendero y se detuvieron a unos cuantos metros del minarete. La luz de la luna iluminó al que estaba en el centro y, al verlo, la expresión de Mujtaba se transformó en una mueca de espanto.

—¡Zana! —chilló—. ¡Matadlo! ¡Que no se acerque a mí!

Los hijos de Mujtaba dispararon con sus rifles al tiempo que Fagin y Dodger abrían fuego con sus fusiles. Las balas surcaron el aire por todas partes. Mientras tanto Zana, lentamente, levantó el brazo, metió la mano por detrás de su espalda y desenfundó su machete. Lo blandió a la luna y, exhalando un grito, se lanzó a la carga contra Mujtaba y sus vástagos de igual manera que lo habría hecho un guerrero de tiempos antiguos. Entre los tambores de rifles y fusiles, Zana avanzaba al galope. Las balas impactaban contra el suelo levantando tierra y nieve, siempre cerca de él pero sin rozarlo ni una sola vez, como si el nuristaní estuviera bendecido por la fortuna.

«La fortuna favorece a los audaces», dicen que era el lema de Alejandro. Quizá había algo de cierto en eso de que su sangre corría por las venas de Zana.

Uno de los hijos de Mujtaba cayó al suelo cuando una bala le atravesó la cabeza. El otro se refugió junto a su padre detrás del minarete y apuntó a Zana con el rifle. Estaba demasiado cerca como para que fallase el tiro. Entonces Margo sacó el revólver de su mochila y disparó tres veces seguidas con más furia que acierto. Dos balas rebotaron en la pared del minarete arrancando lascas de ladrillo, pero la tercera rozó el hombro del hijo de Mujtaba, quien gritó y soltó su rifle. En ese momento el caballo de Zana cayó sobre él. El nuristaní, con un golpe de machete seco y certero, le rajó el cuello. La sangre salpicó a Zana en el rostro. Mujtaba echó a correr graznando como un pajarraco. Zana hizo frenar su caballo y desmontó. Caminó implacable detrás del anciano, sin acelerar el paso, mientras limpiaba en su camisa la sangre de la hoja del machete.

—Eres un viejo miserable y estúpido. Te di la oportunidad de dejarnos marchar en paz y tú, como siempre, pensaste más con tu bolsillo que con tu cabeza. Todo esto es culpa tuya.

El anciano intentó trepar por una ladera, pero resbaló con un montón de grava y cayó rodando. Zana lo agarró del cuello y lo llevó a rastras hasta el minarete. El viejo se retorcía como un gusano y no paraba de chillar con voz de grajo.

—¡Niño de los juegos! ¡Déjame, niño de los juegos!

Zana lo empotró contra la pared del minarete. Sus ojos amarillos brillaban de furia.

—¿Cómo me has llamado?

—¡Niño de los juegos! —El anciano empezó a reír de forma histérica—. ¡Eso es lo que eres y eso es lo que siempre serás! ¡Que Dios te maldiga, niño de los juegos!

—¿Quieres ver a Dios, tío? Yo te lo presentaré.

Agarró al viejo por la nuca y lo arrastró al interior del minarete. Mujtaba pataleaba y suplicaba. Ambos desaparecieron en el interior de la torre mientras Dodger y Fagin cortaban mis ataduras y las de Margo.

De pronto sobre nuestras cabezas se oyó un alarido terrible que resonó en un eco por todo el cañón. El viejo Mujtaba salió despedido desde la cima del minarete y cayó a plomo. No llegué a ver cómo su cuerpo impactaba contra el suelo, pero sí escuché un golpe seco que me provocó un escalofrío.

Zana descendió al cabo de un tiempo. Salió por la puerta de la torre a toda prisa y con rostro sombrío.

—¡Tenemos que irnos! Los hombres del Zulfiqar ya están aquí, los he visto desde lo alto del minarete.

—Zana, debemos regresar a la aldea a por las otras dos monturas —dijo Fagin.

El nursitaní escupió una maldición. Un grupo numeroso de hombres a caballo surgió de pronto desde uno de los extremos del cañón y galopó hacia el minarete. Rápidamente, Fagin subió a Margo a la grupa de su caballo y yo me monté en la yegua de Zana, bien agarrado al jinete.

—¡Corred! —ordenó Zana a sus hombres—. ¡A la aldea! ¡Tan rápido como podáis!

Los hombres del Zulfiqar se dieron cuenta de que tratábamos de escapar de ellos y azuzaron a sus monturas para interceptarnos. Por todo el cañón se escuchó retumbar el galope de los caballos, un sonido antiguo, de viejos ejércitos cargando para la batalla.

Oí disparos a mi espalda. Zana espoleó la yegua con furia y el animal atravesó el cañón a la velocidad de una centella. Frente a nosotros podía ver a Dodger y Fagin, este último con Margo a su espalda, galopar a la misma velocidad.

Zana guio a su montura al interior de un espeso bosque con la intención de despistar a nuestros perseguidores. Yo no dejaba de escuchar gritos y disparos que impactaban en la nieve y en los troncos de los árboles, sentía que los hombres del Zulfiqar nos tenían rodeados y que pronto nos darían caza, si antes una bala perdida no me reventaba los sesos.

—¡Sujétate fuerte, Suren! ¡No te sueltes!

Me agarré al torso de Zana con tanta fuerza que no entiendo cómo no lo dejé sin respiración. Él sacudía las riendas con rabia y clavaba los talones en los flancos de la yegua sin parar de azuzarla a gritos. El pobre animal piafaba exhausto al tiempo que reventaba nieve y barro con sus cascos, levantando a cada paso puñados de piedrecitas que me impactaban dolorosamente en las mejillas. Cerré los ojos para que una de ellas no me dejara tuerto y, a partir de entonces, me sumí en un lugar oscuro donde todo temblaba como el epicentro de un terremoto, en medio de una sinfonía de gritos, disparos y uñas de caballo golpeando la tierra como un tambor en la batalla.

Abrí los ojos al sentir el doloroso arañazo de unas ramas en la mejilla. Galopábamos a tal velocidad que el bosque nevado era tan solo un montón de manchas negras y blancas que giraban a mi alrededor.

Ya no veía los caballos de Dodger y Fagin. Ni tampoco a Margo.

De pronto, tres jinetes brotaron de las sombras justo frente a nosotros. Eran hombres encapuchados del Zulfiqar.

—¡Suren, dime que tienes un arma!

—¡Tengo un revólver! —Estaba en la mochila de Margo. La cogí cuando, con las prisas por alejarnos del minarete, ella se la dejó olvidada.

—¡Pues ponte a pegar tiros como si no hubiese un mañana!

Sin parar de dar brincos por culpa del galope frenético de la yegua, saqué como pude el revólver de la mochila y apunté de mala manera hacia los jinetes del Zufiqar. Dos de ellos se alejaron para ponerse a cubierto; el tercero, quizá el único que percibió mi total falta de puntería, siguió avanzando hacia nosotros a toda velocidad como si quisiera embestirnos. Buscaba acercarse todo lo posible para tenernos a tiro de su fusil.

Atónito, vi cómo Zana espoleaba aún más a nuestra yegua y cargaba contra el jinete del Zulfiqar. Con asombrosa precisión en cada gesto, desenvainó el machete de la funda de su espalda y, cuando estuvo a un par de metros del otro, se lo lanzó agitando el brazo como si hiciera restallar un látigo.

El machete surcó el aire girando sobre su eje y se clavó justo entre los ojos del hombre del Zulfiqar, que cayó derribado dejando que su caballo siguiera galopando sin control hacia la noche. Nuestra yegua pasó a toda velocidad junto al cadáver y Zana, sin aminorar la marcha, inclinó el cuerpo hacia un lado, agarró el mango del machete para desclavarlo del cráneo del hombre muerto y volvió a meterlo en su funda. Creo que nunca he visto ni veré nada semejante.

—¡Venid a por más, bastardos! —gritó el nuristaní—. ¡Tengo de sobra para todos!

A los otros dos jinetes no se les veía por ninguna parte. Quizá habían huido aterrorizados al descubrir el destino de su compañero, cosa que me parecería lógica. Ya estaba a punto de unirme a Zana en sus voces de júbilo cuando, de pronto, se oyó un silbido agudo que surcó el aire y, segundos después, una parte del bosque estalló en llamas justo ante nuestros ojos.

La yegua enloqueció de espantó al ver el fuego, relinchó, se encabritó y nos tiró al suelo, luego escapó al galope.

—¡Salgamos de aquí!

Casi no oí la voz de Zana porque los oídos me zumbaban por culpa de la explosión, pero sí me di cuenta de que pronto aquel bosque sería un infierno, de modo que eché a correr detrás del nuristaní.

No podía dar crédito: ¡cohetes! Esa gente del Zulfiqar estaba aún más perturbada de lo que pensaba. ¡Atacaban con cohetes a dos simples fugitivos a caballo!

Salimos del bosque sin dejar de correr, cruzamos un riachuelo y seguimos avanzando tan rápido como nos permitían nuestras piernas para alejarnos lo más posible del lugar de la explosión. Nos refugiamos entre unos grandes peñascos y allí, finalmente, Zana se dejó caer al suelo, exhausto.

—Maldito seas cien veces, Mujtaba —dijo entre jadeos—. Sabía que aún después de muerto serías como un jodido grano en el culo.

Permanecimos un buen rato tirados de espaldas sobre aquel suelo de hojarasca, intentando recuperar el resuello y entonando nuestro ritmo cardiaco. Poco a poco empecé a creer que habíamos sorteado el peligro más inmediato.

—Margo y los otros... —dije—. Nos separamos de ellos cuando nos perseguían.

—Lo sé, pero seguro que están bien.

—¿Cómo lo sabes?

—¿Prefieres que te diga que los tres están muertos?

Cerré el pico, sin saber qué responder a eso. Después dejé escapar un largo suspiro de agotamiento:

—Me bastaría con que supiéramos qué hacer ahora...

—No podemos volver a la aldea porque estará infestada de hombres del Zulfiqar, y tampoco quedarnos aquí demasiado tiempo porque no es seguro. La única opción es avanzar.

—¿Cómo? ¡Ya no tenemos caballos!

—Pero aún conservamos nuestras piernas, Suren, y deberías considerarte afortunado por eso. —El nuristaní se incorporó y me tendió la mano para ayudarme a ponerme en pie—. Vamos. Tell Teba no está muy lejos, si caminamos a buen ritmo llegaremos antes de que te des cuenta. Confía en mí.

—Pero Margo...

—Ahora mismo no es algo que podamos solucionar, de modo que no pienses en ello. —Me cogió del brazo y me levantó del suelo. Después apoyó su mano sobre mi hombro, en un gesto que pretendía transmitirme ánimos—. Sé que estás cansado, Suren, pero tenemos que seguir.

«Cansado» no describía, ni por asomo, mi estado de agotamiento. Me dolían atrozmente todos los músculos y apenas me sentía capaz de permanecer de pie, mucho menos de caminar durante horas, pero Zana tenía razón: debíamos ponernos en movimiento.

Saqué fuerzas para dar el primer paso al pensar que, tal vez, si la fortuna nos sonreía, encontraríamos a Margo y a los otros en nuestro camino.

[illegible] tesoro encontrado que [illegible]

[illegible] vestigios [illegible]

—¿Qué clase [illegible] siguiente, [illegible]

[illegible] una foto en su ordenador. En [illegible] en la ladera de [illegible] algunos bronces en arcilla [illegible] la foto [illegible] nada interesante hasta que la [illegible] me señaló [illegible] lo que parecía una [illegible] en la ladera.

—¿Qué es esto? [illegible]

—Un relieve [illegible] broadbent— similar a los de la necrópolis de [illegible], en Irán. Hace siglos, [illegible]

24
Spinelli

«Esto es un mensaje, igual que lo del ingeniero.
Quieren que sepamos que vienen a por nosotros»

Ayer los arqueólogos metieron un pequeño robot con una cámara dentro de la gruta abierta en el monasterio, parecido a esos que la NASA envía al espacio para sacar fotos de Marte y ese tipo de cosas. Al parecer, lo dejaron que se paseara un rato a su aire a ver qué encontraba. Esta mañana Wörlitz me ha mostrado los resultados en el laboratorio del pabellón uno.

—La gruta tiene una extensión de unos cuatro kilómetros. Atraviesa el Mahastún y comunica con el valle que hay en el interior de la montaña.

—La Ruina de Alejandro —añadió la doctora Brodber, que también estaba presente.

—Eso es. Hemos analizado minuciosamente las imágenes captadas por el robot. La conclusión, sin apenas margen de error, es que al otro lado de la gruta, en el valle, hay vestigios arqueológicos que merece la pena investigar.

—¿Qué clase de vestigios? —pregunté.

La doctora Brodber me enseñó una foto en su ordenador. En ella se veía la ladera de una montaña y algunos jirones de niebla. Miré la foto un buen rato sin ver nada interesante hasta que la arqueóloga me señaló el contorno de lo que parecía una persona esculpida en la ladera.

—¿Qué es esto? —pregunté.

—Un relieve rupestre —respondió Brodber—. Similares a los de la necrópolis de Naqsh-e Rostam, en Irán. Hace siglos, los persas esculpían grandes relieves monumentales en las montañas para honrar a sus reyes y sus dioses.

—Ah, como el Monte Rushmore.

—Sí, algo parecido.

—Este también parece bastante grande...

—Y lo es —añadió Wörlitz—. De ciento cincuenta metros de altura, según nuestros cálculos.

Dejé escapar un silbido. Eso son muchos metros.

En otra fotografía se veía el relieve más de cerca, lo suficiente como para apreciar algunos detalles. Tenía la forma de un hombre barbudo de perfil, con un ojo enorme que me recordó al que salía en aquella película de los hobbits. También lucía una especie de corona con cuernos de toro. Tenía las manos alzadas hacia una esfera que caía del cielo envuelta en llamas. Alrededor había un montón de inscripciones en un alfabeto marciano.

—¿Esto son letras? —pregunté.

—Escritura cuneiforme, muy antigua —respondió Brodber—. Dice: «Kidinnu Rey de Reyes. Príncipe Infinito. Ira en la batalla. Yo, Kidinnu, Príncipe Infinito, recibí de Ahura Mazda el Furioso Resplandor y el An-Âyanah me ordenó despertarlo».

—¿Y qué significa todo eso, doctora?

—Ahura Mazda es el antiguo dios supremo de la religión indoiraní, y An-Âyanah uno de sus muchos nombres. Significa «El que no tiene forma». No tengo ni idea de quién es ese Kidinnu. Jamás me encontré su nombre durante mis estudios, por eso creemos que merece la pena acercarse al valle a echar un vistazo.

Al fin asomó la serpiente de su madriguera, como solía decir mi abuela. Lancé a Wörlitz una mirada hostil.

—Me aseguró que cuando abrieran el monasterio interrumpiría la misión y nos trasladaríamos a Jalalabad hasta que la situación se calmara.

—No sabía que encontraríamos una nueva puerta que nos llevaría a otro lugar —respondió en tono jactancioso. No sé si he usado bien la palabra «jactancioso», lo que quiero decir es que su voz sonó como la de un capullo integral.

—Siempre hay una nueva puerta, doctores —repliqué, haciendo esfuerzos por no perder las formas—. En algún punto hay que detenerse. Usted me lo prometió, Wörlitz.

—¿Eso es cierto? —preguntó Brodber.

El otro, al menos, tuvo la decencia de mostrarse un poco avergonzado.

—Sí, tal vez... Y nos iremos, pero no antes de inspeccionar el valle, sobre todo después de lo que hemos descubierto. Tan solo le estoy pidiendo un par de días más, sargento Spinelli.

Eso ya lo había oído antes.

Justo en ese momento recibí un aviso de De Jagger, quería que me reuniese con él de inmediato, era urgente.

—Esto no ha terminado, Wörlitz —dije antes de marcharme—, seguiremos con esta conversación.

Fui al encuentro de De Jagger, que me esperaba en la entrada oeste de Zombieland, la que está en la zona más apartada de donde nos hemos instalado y que no solemos utilizar.

—Creo que debería ver esto, sargento —me dijo con cara de haber estado en un funeral.

Me acompañó fuera del perímetro de la base. Allí, a unos metros de distancia del acceso, me topé con algo dantesco. Alguien había clavado varias estacas en el suelo, cinco o seis, y en cada una de ellas había un perro ensartado con el cuello abierto por una cuchillada. La sangre aún goteaba de las heridas y se acumulaba en repugnantes charcos oscuros sobre la nieve.

—¿Cuándo ha ocurrido esto? —pregunté.

—Han debido de hacerlo durante la noche... y justo delante de nuestras narices —respondió De Jagger—. Esto es un mensaje, igual que lo del ingeniero. Quieren que sepamos que vienen a por nosotros.

Aparté la mirada de aquellos pobres animales.

—Ordene a los hombres que quiten esto de aquí, supervíselo usted personalmente. Y, De Jagger, que nadie se entere de esto hasta que yo lo diga, ¿entendido?

El sargento asintió. Después, sintiendo todavía náuseas en el estómago, fui en busca de Yukio y Bill y les mandé que sacaran el Raven y que se pusieran a inspeccionar el área.

Bastó un solo paseo del dron espía para captar movimiento en la aldea vecina abandonada. Allí se habían congregado decenas de hombres y vehículos. Gente del Zulfiqar. Los muy cabrones tenían de todo, incluso había un HIMARS* montado en un camión. Tecnología estadounidense, parte sin duda de toda la mierda que nos dejamos en este país cuando salimos corriendo y sin mirar atrás en 2021. Gracias, puto Tío Sam.

Al ver las imágenes del Raven me entraron sudores fríos. Esa gente no se preparaba para una escaramuza, estaban montando un dispositivo de ataque en toda regla.

Tenía que pensar con sumo cuidado cuáles serían mis siguientes pasos. Había que actuar con cabeza, no podía ponerme a correr por la base como una loca gritando «¡Nos atacan! ¡Nos atacan!», y dejar que se desatara el pánico. «Mente fría», eso dice siempre mi padre: en las peores situaciones hay que mantener la mente fría.

Valoré la situación con detenimiento, lo más juicioso sería evacuar Zombieland de inmediato, pero no disponíamos de medios para hacerlo porque los vehículos Kaija que Kirkmann nos prometió aún no habían llegado; se suponía que deberían estar aquí pasado mañana.

Tal vez, si hay un dios en el cielo y no está cabreado conmigo, el Zulfqar no ataque la base antes de que lleguen los Kaija y nos dé tiempo a salir de esta ratonera. Y si atacan antes, hay posibilidades de que podamos repelerlos. Nuestros medios son mu-

* High Mobility Artillery Rocket System: sistema de lanzamisiles múltiple ligero que suele ir acoplado sobre un vehículo a motor.

cho mejores y más modernos: tenemos el Rhino y también los *káliva*. Estoy segura de que cualquiera de nosotros pertrechado con uno de esos trajes vale lo mismo que diez zarrapastrosos lunáticos del Zulfiqar. Si nuestra dotación funciona como es debido, tendríamos que ser capaces de mantenerlos a raya.

Si funciona como es debido...

Necesitaba pensar y poner mis ideas en orden, de modo que fui a nuestra sala de descanso. Allí me abrí una lata de cerveza y me senté a bebérmela a oscuras, haciendo una lista de mis siguientes pasos. Poco después entró el Abuelo. Sin encender la luz, fue a la nevera, cogió otra lata y se sentó a mi lado. Estuvimos así un buen rato, bebiendo en silencio como dos camaradas en un bar tras un largo día de mierda. Por un momento me sentí menos estresada.

—¿Sabes que se nos están acabando las cervezas? —dijo el Abuelo, al fin. Yo me eché a reír de puro hartazgo... ¿En algún momento alguien me daría una buena noticia? Solo una, no era mucho pedir—. Un día malo, ¿eh?

—No te haces a la idea.

Nos quedamos callados. Bebiendo en silencio.

Al rato apareció De Jagger. Estaba buscándome para decirme que ya habían hecho desaparecer los perros empalados.

—Gracias —respondí—. Sargento, voy a darle unas instrucciones por si hubiera algún... incidente en la base, ya sabe a lo que me refiero. Quiero que su prioridad sea proteger a los arqueólogos. Si las cosas empezaran a complicarse, usted y un par de hombres recojan a todo el personal civil que puedan en el menor tiempo posible y llévelos a un lugar seguro, ¿le parece factible?

—Por supuesto, sargento Spinelli.

Lo miré a los ojos. Esos ojos decolorados e inexpresivos.

—Bien, porque usted sabe que es casi seguro que ese escenario se acabe produciendo. Necesito saber que puedo confiar en usted en ese cometido mientras yo coordino la defensa de la base.

—Mantendré a salvo a los arqueólogos, se lo garantizo. Estaré preparado.

—Eso espero. Ahora, si no le importa, busque a Wörlitz y dígale que se reúna con nosotros en el pabellón uno porque tenemos algo muy importante que decirle. —Me quedé mirando mi lata de cerveza con pena. Solo quedaban un par de tragos, tal vez los últimos que iba a poder beberme en paz y quietud hasta solo Dios sabe cuándo—. Yo iré enseguida. Tan solo deme unos minutos, por favor.

De Jagger se marchó, dejándome de nuevo a solas con el Abuelo.

—¿Confías en ese tipo? —me preguntó.

—Es mi adjunto al mando, no me queda otro remedio.

—No sé si deberías...

—¿Qué quieres decir?

—Nada, pero he oído cosas... Cosas que pasaron en Bougainville, ese lugar del que De Jagger se niega a hablar por más que le preguntes. Él dice que dejó el ejército por propia voluntad, lo cual es cierto, pero yo sé que, de no haberlo hecho, lo habrían expulsado tarde o temprano, cuando todo lo de Bougainville saliera a la luz. Lo que ocurrió en esa isla, aquella masacre, dejó tocados a todos los cascos azules que estuvieron allí, la mayoría no eran más que chavales con armas. La experiencia los traumatizó, ninguno era el mismo cuando regresó a su casa. Hay gente que piensa que el soldado Ruan de Jagger fue uno de los pocos a quien no afectó toda esa mierda. ¿Y sabes por qué? Porque dicen que en realidad ya estaba mal de la cabeza antes de que ocurriese aquello y que por eso nadie notó la diferencia.

—Pero en Tagma tuvieron que hacerle un montón de pruebas psicológicas para contratarlo, como nos hicieron a todos.

—Ya, ¿y qué? ¿Crees que Bill el Guapo está en sus cabales, por ejemplo?

—Hablo en serio, Walter.

—Y yo también. ¿Pruebas psicológicas? No me jodas, sargento, tú también hiciste esos test y sabes cómo son. Cualquiera puede aprobarlos salvo que se presente al examen con un embudo en la cabeza y asegurando ser Jesucristo. Hay mucha gente en el mundo que parece normal, como tú y como yo: les gustan los perros, son amables con sus vecinos y hasta se sacan doctorados universitarios; pero si un día le echas un vistazo a sus sótanos, puede que lo que encuentres ahí abajo te ponga los pelos de punta.

—¿Y crees que De Jagger es una de esas personas?

—Creo que no es mala idea que hayas decidido mantenerlo alejado de todo el follón cuando empiecen los tiros. —El Abuelo me dirigió una mirada astuta—. Porque de eso iba todo aquello de «mantenga a salvo a los civiles mientras yo me encargo de todo lo demás», ¿no es cierto?

—Eres un viejo taimado y puñetero, ¿lo sabías, Walter?

—Eso es justo lo que diría mi exmujer.

—Te conocía bien, entonces.

—Demasiado, por eso me mandó a tomar por saco.

Volvimos a quedarnos en silencio. Yo sabía que debía ponerme en marcha, pero demoraba el momento de hacerlo. Aún conservaba en mi cerveza el último trago. No me gustaba cómo sonaba eso: el último trago. Parecía demasiado definitivo.

—Huele a batalla —dijo el Abuelo, de pronto—. Lo siento en los huesos, como cuando estuve en Irak. Con el tiempo desarrollas la capacidad de percibir cuándo se avecina algo. Sí: «olor a batalla», así lo llamábamos.

—Walter...

—Dime, sargento.

—Quédate conmigo, ¿vale? Cuando todo empiece... quiero que me guardes las espaldas, ¿lo harás?

—Por supuesto —respondió. Luego se repantigó en su asiento—. No vamos a ponerles las cosas fáciles a esos cabrones cuando vengan a por nosotros.

Tras escuchar aquello, me atreví finalmente a dar el último sorbo de cerveza. Dejé la lata en el suelo y me puse en pie, lista para reunirme con los demás en el pabellón uno y convertirme en el cuervo de mal agüero que trae las malas noticias.

Fue justo entonces cuando la instalación eléctrica de Zombieland colapsó. Todos los aparatos, todos nuestros sistemas de seguridad; absolutamente todo dejó de funcionar al mismo tiempo, como si sobre nosotros hubiera caído una maldición.

25
Suren

«Llamamos a gritos a quien fuera que pudiese respondernos, pero solo nos llegó el eco de nuestras voces»

Después de varias horas de caminata ininterrumpida paramos a descansar en una majada cuya ubicación Zana conocía. Allí pude al fin dormir un poco, envuelto en una manta de piel que los dueños de aquel refugio de pastores habían dejado guardada.

Podría haber estallado una bomba a mis pies y seguramente no me habría despertado. Cuando al fin abrí los ojos, habían pasado varias horas. Salí de la majada para estirar mis músculos entumecidos y encontré a Zana leyendo su ejemplar de *Oliver Twist*. Me preguntó si estaba listo para seguir la marcha.

—Sí, ese sueño me ha sentado bien. Pero estoy pensando en Margo y en tus hombres, ¿crees que habrán llegado a Tell Teba?

—Suren, no vamos a encontrarlos. Es mejor que te olvides de eso.

—¿Cómo puedes estar tan seguro?

—Porque esta majada era el lugar donde debíamos habernos reunido si durante el camino algo nos obligaba a separarnos, eso fue lo que acordé con Dodger y Fagin en Kabul. Llevamos aquí varias horas y no han aparecido.

—¿Crees que les habrá ocurrido algo?

—No necesariamente. Dodger y Fagin son tipos duros. Sin embargo, empiezo a pensar que dirigirse a Tell Teba les pareció demasiado peligroso y decidieron tomar otra ruta.

—¿Adónde?

—Tal vez a Jalalabad... Fagin conoce gente allí. Si yo fuese él y necesitara ayuda, probablemente esa habría sido mi decisión. Claro que Bagram está más cerca, y Dodger tiene parientes allí, así que puede que hayan tomado ese camino... —Zana se encogió de hombros—. En resumen, y para serte sincero, no tengo ni la más remota idea de dónde pueden estar ahora.

Conocía bien a Margo, sabía que estaba hecha de una pasta muy dura y quise pensar que se encontraba a salvo. Angustiarme por ella no sería útil para nadie, así que centré todos mis esfuerzos en sacar de mi cabeza toda clase de siniestras conjeturas. Ya había demasiadas cosas que me preocupaban, si añadía a la lista otra —una que, por añadidura, ni siquiera estaba en mi mano remediar—, me volvería loco.

Zana señaló unos riscos y me dijo que, tras ellos, a un par de horas, estaba Tell Teba, y que tal vez podríamos llegar al atardecer. Sin más dilación, nos pusimos en camino siguiendo el curso de un riachuelo.

Al aproximarnos a Tell Teba observamos unas columnas de humo negro que no auguraban nada bueno.

Un silencio helado nos acompañó durante todo el último trecho de camino. Cuando al fin franqueamos la entrada de la base del GIDHE, nadie nos impidió el paso. El viento siseaba por entre los edificios abandonados dando la impresión de que alguien susurraba detrás de cada esquina. Llamamos a gritos a quien fuera quc pudiese respondernos, pero solo nos llegó el eco de nuestras voces.

Algunos pabellones tenían sus muros ennegrecidos por un fuego que parecía haberse extinguido hacía poco. Otros mostraban serios impactos de proyectiles. El aire apestaba a cenizas.

Descubrimos los primeros cadáveres junto a un gran pabellón que estaba destrozado, como si una bomba hubiera estallado sobre él. Yacían en el suelo acribillados a balazos y llevaban puestos unos sofisticados trajes de combate con un logotipo con forma de T. Había tres cuerpos, a dos de ellos daba la impresión de que les habían disparado por la espalda mientras corrían a buscar refugio, el tercero tenía un tajo en la garganta. A los tres les habían sacado los ojos.

—Zulfiqar —dijo Zana, escupiendo al suelo. Luego desenvainó su machete—. No creo que sigan por aquí, habrían saltado sobre nosotros nada más vernos, pero no te alejes demasiado.

Exploramos el interior del pabellón grande. El panorama era terrible, encontramos más cadáveres, la mayoría con trajes de combate, solo unos pocos eran afganos con ropas civiles. A ninguno se le permitió conservar los ojos después de muertos, era la firma del Zulfiqar.

—Se refugiaron aquí dentro e intentaron resistir el asalto —observó Zana—. Pobres diablos, los masacraron como a animales.

—No hay armas —señalé—. Los que llevan uniformes eran hombres entrenados para el combate, pero ¿por qué no tienen armas?

—El Zulfiqar se las llevó, seguramente. Así es como actúan, nunca dejan tras de sí nada que les pueda ser útil.

—Pero... ¿Cómo... cómo ha podido ocurrir esto?

—Simplemente porque ellos eran más y estaban mejor armados, no tiene ningún misterio.

—¡Pero el GIDHE contaba con la mejor tecnología de defensa! ¡Eso fue lo que nos dijeron!

—Pues falló. ¿Qué quieres que te diga, Suren? Resulta que no era la mejor después de todo.

Zana siguió inspeccionando el pabellón. Yo iba tras él, aturdido, intentando encontrar una explicación a aquel desastre.

Entramos en una sala cuyo mobiliario daba a entender que era una cantina o un comedor. En la puerta vimos el cadáver de otro de los hombres de Tagma. Prendida en el pecho llevaba una identificación con su nombre: Bill. Tenía el tórax cubierto por una costra de sangre seca y un enorme agujero de bala a la altura del estómago. Sus ojos, en cambio, estaban intactos.

—Este se defendió con todas sus fuerzas hasta el último aliento —dijo Zana.

—¿Cómo lo sabes?

—Por los ojos. El Zulfiqar no saca los ojos de los enemigos que luchan con valor, es su forma de mostrar respeto.

Junto al cadáver de Bill había otro combatiente, un tal Walter. Con él no habían mostrado la misma consideración. Inspeccionamos el piso superior. Allí solo había un cadáver más, dentro de un despacho. Lo encontramos sentado detrás de una mesa, con la cara mirando al techo. Se había pegado un tiro en la boca y en la pared que estaba tras él había una gran mancha de sangre grumosa.

Zana rebuscó en los bolsillos del cadáver hasta encontrar una cartera. La abrió y leyó el nombre que aparecía en un carnet de conducir.

—Erich Wörlitz... ¿Sabes quién es?

—Era el director de proyecto de la misión arqueológica.

—Parece que ha dejado una nota.

Encima de la mesa había un papel donde Wörlitz había garabateado unas palabras, Dios sabe para quién. El mensaje era escueto: «Lo siento. Debí evacuar». Nada más.

Zana dio una palmada sobre el hombro del cadáver.

—Ya es tarde para eso, Erich, amigo —dijo en tono desenfadado—. Pero si te sirve de consuelo, yo te perdono.

Dejó de nuevo la cartera en el bolsillo de Wörlitz después de vaciarla de billetes. «Él ya no los necesita», se justificó. Acto seguido salimos del pabellón y continuamos explorando la base con la esperanza de hallar algún superviviente. Solo vimos rastros de muerte y destrucción. Tampoco encontramos armas o vehículos: el Zulfiqar se había llevado cualquier cosa que pudiera tener algún valor. Eso incluía las antigüedades, tal y como comprobamos al hallar unos listados de piezas arqueológicas de las cuales no había ni rastro.

En el interior de otro de los pabellones igualmente saqueado descubrimos a la sargento Spinelli.

Yacía en un rincón, con la espalda apoyada en la pared y detrás de una mesa puesta a modo de parapeto con la superficie acribillada a balazos. Localizamos su cuerpo al final de un largo reguero de sangre como si se hubiera arrastrado en busca de refugio y allí la alcanzara la muerte, sin dejar de disparar hasta la última bala de su recámara. Su rostro lucía una expresión serena, casi parecía dormida. El Zulfiqar no profanó su cadáver: sus ojos estaban intactos.

Los de ese pabellón fueron los últimos cuerpos que encontramos. Solo nos quedaba inspeccionar el yacimiento en la ladera de la montaña. Al dirigirnos hacia allí, pasamos por entre unos barracones con pinta de llevar tiempo abandonados. Zana se detuvo de pronto.

—¿Qué ocurre? —pregunté.

—Me parece haber visto algo moverse en esa dirección.

—¿Una persona?

—Tal vez... No estoy seguro. Ha sido solo un instante.

Miré hacia donde señalaba pero no vi nada. Tampoco se oía nada salvo el viento.

—¡Hola! —dije alzando la voz—. ¿Hay alguien ahí?

Nadie respondió.

—He debido imaginármelo. Sigamos.

El yacimiento arqueológico estaba destrozado, había herramientas tiradas y material hecho pedazos por todas partes. Zana se puso a inspeccionar lo que me pareció que era un desprendimiento de rocas.

—Esto ha sido provocado —dijo—. Explosivos. Aquí había algo, probablemente una cueva. Esta pared de la montaña está llena de ellas, ¿lo ves? Oquedades, cavernas, grutas naturales... Creo que puedo trepar a esa de ahí y echar un vistazo dentro.

—¿Para qué?

—Quiero mi casco. Me prometiste un casco antiguo de verdad si te traía a Tell Teba. Bien, yo he cumplido mi parte, pero de momento lo único que he visto han sido muertos y chatarra. No pienso irme de aquí sin mi casco, aunque para encontrarlo tenga que peinar cada rincón de este cementerio.

Era difícil quitarle una idea de la cabeza cuando se obcecaba, de modo que no tuve más remedio que esperar mientras se metía a explorar aquella pequeña cueva. Salió al cabo de un rato, cubierto de tierra y con telarañas en el pelo.

—Nada —dijo, sacudiéndose el polvo de la ropa—. Ni cascos ni tesoros ni nada; menuda mierda, no es más que un simple agujero. ¿Y ahora qué, Suren?

—No... no lo sé... Yo... no esperaba encontrarme con esto. ¡Creía que aquí nos ayudarían!

—Me dijiste: «Llévanos hasta Tell Teba y ya no seremos problema tuyo, Zana». Pues bien: aquí estás. ¿Qué se supone que debo hacer ahora contigo?

—¿Vas a marcharte y dejarme aquí tirado?

—Oh, eso es lo que debería hacer, desde luego. Pero quiero mi casco y no pienso irme hasta que lo tenga. —El nuristaní se puso a trepar por la ladera de la montaña.

—¿Qué estás haciendo?

—Voy a montar un campamento. Esa cueva en la que he entrado me parece un buen sitio, no es muy grande, pero bastará para los dos y nos mantendrá a cubierto cuando empiece a nevar.

—Hay un montón de barracones vacíos allí abajo, en la base, ¿por qué no ocupar uno de ellos?

—Porque estaríamos más expuestos. En la cueva no pueden vernos, pero en cambio nosotros sí podemos vigilar si alguien se acerca demasiado. Además, la base está llena de gente muerta, ¿a ti te agrada dormir con gente muerta? Porque a mí no. Los cadáveres huelen mal y hacen ruidos asquerosos cuando empiezan a pudrirse, seguro que no quieres estar tan cerca de ellos como para escucharlos en mitad de la noche.

—Ok, lo capto: cuanto más lejos de los barracones, mejor.

—Muy bien, Suren. Tal vez consiga hacer de ti alguien de provecho después de todo. Ahora ayúdame con esto, ¿quieres?

Tras montar nuestro refugio, regresamos a la base para realizar una segunda exploración en busca de algo que nos pudiera ser útil mientras aún quedase luz solar.

En una especie de pequeño almacén me hice con un par de linternas y un plano de la base con señalizaciones detalladas. Zana, por su parte, encontró un recipiente de metal cerrado con combinación. Tenía el tamaño de una caja de zapatos y algo repicaba en su interior al agitarlo.

—Suren, ¿qué es un «murli»? —La palabra aparecía en una etiqueta pegada a la caja—. Seguro que es algo valioso, de lo contrario no lo habrían guardado bajo llave, ¿no crees?

El nuristaní se sentó en el suelo con las piernas cruzadas e intentó forzar la cerradura. Me recordó a un monito jugando con un coco.

—Según este plano, hay una cocina y una despensa junto a este almacén. Tal vez podamos encontrar algo de avituallamiento.

—Ojalá haya macarrones con queso...

—¿Por qué? ¿Te gustan?

—Ni idea, nunca los he probado; pero me gustaría hacerlo, los americanos los comen a todas horas, es lo único que les gusta: macarrones con queso. Me parece buena idea lo de explorar esa cocina: ve tú delante y yo te sigo.

La cocina estaba en un barracón de ladrillo. Un boquete en la pared rodeado de hollín indicaba el lugar donde había impactado un proyectil, tal vez una granada, un mortero o algo parecido. Aunque la estructura del barracón había aguantado, la explosión había hecho estragos en la cocina: muebles volcados y despedazados, paquetes de comida tirados por el suelo.... Una estantería de metal se mantenía en precario equilibrio junto al boquete. En sus estantes había varios bidones llenos de aceite para freír, algunos agujereados. Casi me abro la cabeza al resbalar con un gran charco grasiento. Me giré para decirle a Zana que vigilase dónde pisaba, pero no estaba detrás de mí. Encendí la linterna y alumbré a mi alrededor, no lo vi por ninguna parte.

Supuse que en algún momento nos habríamos separado sin que yo me diese cuenta.

De pronto escuché ruidos que venían del fondo de la cocina, allí había una puerta entreabierta que imaginé que sería la despensa. Por lo visto Zana la había encontrado antes que yo.

Me dirigí hacia allí.

—Siento decirte que aunque encuentres tus macarrones con queso no sé cómo nos las vamos a apañar para cocinarlos...

Empujé la puerta y me topé con un hombre que no era Zana.

Me quedé paralizado. El tipo estaba sentado en el suelo, comiéndose a puñados el contenido de un paquete de granos de café. Hacía mucho ruido al masticar, como si estuviera pulverizando guijarros con las muelas. No reaccionó al veme. Se quedó allí, acuclillado, comiendo su café y con la mirada ausente.

Sus ojos inexpresivos y sus movimientos mecánicos me hicieron pensar que aquel hombre sufría algún tipo de shock. Yo alcé las manos lentamente para no parecer agresivo.

—Hola... —dije en inglés—. Tranquilo. Soy amigo. Me llamo Suren...

Al oír mi voz, sus pupilas me enfocaron. Se puso en pie muy despacio. El paquete de café se le cayó del regazo y su contenido se desparramó por el suelo. Aquel pobre hombre tenía un aspecto lamentable, su ropa estaba sucia y hecha jirones, y su piel y sus labios lucían un tono cianótico.

Su mano derecha estaba cubierta de grumos de café y en la izquierda sostenía un cuchillo de cocina. De pronto el tipo abrió la boca de forma grotesca, como si quisiera desencajarse la mandíbula, emitió una especie de siseo y se abalanzó sobre mí levantando el cuchillo.

Apenas tuve tiempo de utilizar la puerta de la despensa como escudo. Él la apartó de una patada y cortó el aire con la hoja del cuchillo. Buscaba mi gaznate y no lo encontró por unos pocos centímetros.

—¡Oye! ¡Para! ¿Qué estás haciendo?

El hombre de la despensa me agarró del cuello. Sus dedos estaban fríos como el hielo. Pude zafarme de él dándole un puñetazo en la nariz. Oí crujir sus huesos, pero no soltó ni un grito ni un quejido, ni siquiera un gesto de dolor. Como respuesta intentó rajarme el estómago. Logré evitarlo poniendo rápidamente mi mochila entre los dos; el tipo la apuñaló cuatro o cinco veces seguidas. Esas podían haber sido mis tripas.

Eché a correr hacia la salida y me di de bruces con Zana, que al fin se dignaba a aparecer. El nuristaní enarboló su machete, se colocó delante de mí para protegerme y se encaró al otro.

—Ok, amigo. Será mejor que te calmes un poco o voy a lijar el suelo con tu cara.

Aquel individuo se arrojó sobre Zana apuntándole a los ojos con su cuchillo. Con un golpe de machete, mi compañero se lo arrancó de la mano. Sonó «¡clic!» y el cuchillo salió despedido girando en círculos. Al mismo tiempo, Zana le dio una patada en el plexo solar. El otro trastabilló, resbaló en un charco de aceite y cayó sobre la estantería de los bidones, que se desplomó encima de él con todo su contenido. Yo aparté la mirada justo antes de escuchar un sonido espeluznante, como si alguien triturara una montaña de hojas secas. Cuando volví a mirar, la mitad superior del cuerpo del hombre de la despensa estaba aplastada bajo un montón de bidones llenos de aceite.

—¿Está... muerto? —pregunté.

—Si no lo está, va a necesitar un buen cirujano plástico. —Zana golpeó el cuerpo con la punta del pie. El tipo no movió ni un músculo.

—¿Dónde diablos estabas?

—¿Yo? Salí un momento a mear. No te puedo dejar solo ni un segundo, chico; en cuanto me despisto, mira en qué líos te metes.

Me sentía mal, mareado y con el estómago revuelto, y me dolía la garganta al tragar. Me senté en el suelo porque las piernas me temblaban.

—Pero ¿por qué este gilipollas quería sacarme los ojos? Ni siquiera me conoce —soltó molesto.

—No lo sé... Tal vez estaba en shock... Puede que sobreviviera al ataque del Zulfiqar y eso le hiciera perder la cabeza. Él... no dijo ni una palabra cuando lo encontré: tan solo me miró y se me tiró al cuello.

Zana encontró una cartera en uno de los bolsillos del muerto. La abrió para inspeccionarla, como hizo con la de Wörlitz.

—Se llamaba Anton Skalder —dijo—. Nacido en Finlandia... ¿Ese país existe?

—No me suena el nombre, pero debía de ser alguien del GIDHE. ¿Crees que habrá otros supervivientes?

—Si todos van a ser igual de simpáticos, espero que no. En cualquier caso, hemos explorado la base casi por completo y solo nos hemos encontrado con este.

—¿Deberíamos seguir buscando?

—No, por hoy ya es suficiente, regresemos a nuestra cueva. Ya casi es de noche y no tengo ganas de volver a salvarte el cuello, a este ritmo acabaré por mellar la hoja de mi machete.

Ya había oscurecido cuando ocupamos nuestro refugio. Zana encendió un pequeño fuego y a su lumbre nos cenamos unas tiras de carne seca con arroz, un arroz pastoso y especiado que preparé cociéndolo en nieve derretida sobre las brasas de la hoguera, un método que aprendí en los Andes. No estaba bueno, pero mataba el hambre y calentaba el estómago. Fuera empezó a nevar con fuerza.

Después de la cena, mientras los dos contemplábamos caer la nieve y yo me preguntaba en silencio cómo diablos iba a salir del atolladero en el que estaba metido, el nuristaní empezó a cantar una melodía sin palabras, suave y cadenciosa. Al oído sonaba dulce y simple como una nana, y tuvo el sorprendente efecto de calmar un poco mi inquietud. Me dejé llevar por la melodía y, durante unos instantes, logré no pensar en nada que no fuera aquella música.

Cuando Zana terminó le pregunté por aquella canción. Me dijo que la aprendió de niño, en el Nuristán, donde las madres se la cantan a sus hijos al llegar el invierno. Estaba dedicada a una ninfa llamada Khiona, y le daba las gracias por cribar las nubes para hacer caer la nieve sobre las montañas. Le dije que era muy bonita.

—Lo es, en efecto. Los nuristaníes conocemos muchas como esta. Canciones e historias, de niño las aprendí todas. A veces regreso a mi tierra, con mi gente, y se las canto a los más pequeños. Me gusta pasar tiempo con los críos, son divertidos.

—¿Vas con los tuyos a menudo?

Zana negó lentamente con la cabeza. Me pareció detectar un asomo de tristeza en su gesto.

—No tanto como me apetecería. A algunos de mis paisanos no les gusta verme por allí.

—¿Por qué?

—Porque fui el niño de los juegos.

—El niño de los juegos... ¿No es así como te llamó Mujtaba?

—Sí, y ya viste cómo reaccioné, así que te aconsejo que no sigas su ejemplo.

—¿Es un insulto?

—Es una herida. Pero mejor olvidemos el tema.

Zana se tumbó de espaldas con las manos entrelazadas bajo la nuca. Así se quedó un buen rato, mirando el techo de la cueva.

—Tú tienes un hijo, ¿verdad, Suren?

—Sí. Tiene seis años.

—¿Cómo se llama?

—Lucas.

—Lucas... ¿Qué le gusta hacer? ¿Jugar a la pelota, trepar a los árboles y ese tipo de cosas?

—En Madrid no hay muchos árboles a los que pueda trepar, pero de todas formas es un chico tranquilo. Le gusta dibujar, inventar historias con sus muñecos y leer cuentos; aunque prefiere que se los lean a él.

—¿Tú le lees cuentos?

—Siempre que puedo. —Me quedé callado un instante. El recuerdo hacía daño—. Me gustaría estar leyéndole uno ahora mismo. Lo echo mucho de menos.

—¿Cómo es criar a un hijo? ¿Es difícil?

—La verdad es que necesitaría toda la noche para responderte a eso.

—Yo creo que debe de ser muy difícil. Yo sería un padre terrible, le dejaría hacer todo lo que quisiera, no le negaría nada jamás, sería incapaz de hacerlo; y si alguien le hiciera llorar, aunque derramase una sola lágrima, al culpable le arrancaría la cabeza con mis propias manos.

—Querer que tu hijo nunca sufra no es ser un mal padre, al contrario; pero tarde o temprano te das cuenta de que es imposible.

—Pues no debería serlo —dijo el nuristaní con obstinación—. Ningún niño debería sufrir nunca. Jamás.

Se quedó un tiempo en silencio, contemplando caer la nieve.

—Cuando vuelvas a tu casa, ¿le hablarás a tu hijo de mí?

—De eso puedes estar seguro.

—Bien. Dile a Lucas que Masud al-Iskander Zana le manda saludos. Dile: «Conocí al más fuerte y valiente de los nuristaníes. Era un príncipe en las montañas y todos temblaban ante él; y me juró, por la sangre de Alejandro que corre por sus venas, que me mantendría a salvo para que pudiera volver contigo y nunca más nos separemos». Díselo así, Suren. ¿Lo harás?

—Te lo prometo.

—Bien, eso está bien... —Cerró los ojos y se acomodó para echarse a dormir—. Y ahora a descansar. Buenas noches.

Empezó a roncar a los pocos minutos. Yo aún me quedé despierto un buen rato. En mi mente, miles de pensamientos danzaban igual que los copos de nieve en el cielo: pensamientos blancos sobre un fondo oscuro. A mi alrededor, las brasas de la hoguera apagándose suavemente a medida que las sombras se adueñaban del Pedestal de la Luna. El sueño empezó a vencerme.

Estaba casi dormido cuando creí escuchar una voz que llegaba de algún punto indeterminado al fondo de la cueva. Al principio no estaba seguro de si lo había soñado, pero entonces vi a Zana incorporarse.

—¿Has oído eso? —preguntó.

Asentí. Zana desenfundó su machete, lo que nunca era buena señal. Entonces volvió a escucharse aquella voz.

Me resultó muy extraño porque parecía provenir más bien de debajo de nosotros, como si alguien hablara desde un sótano. Por si fuera poco, además me resultaba familiar.

—No estamos solos —dijo Zana en voz baja.

Nos desplazamos sigilosamente hacia el fondo de nuestro refugio. Allí se sentía una brisa cargada de aromas viciados brotar de entre las piedras. Aparté algunas de ellas y quedó al descubierto un agujero que alumbré con la linterna. El foco de luz mostraba una cueva justo debajo de nuestros pies, parecía bastante grande.

Entonces una sombra se movió ahí abajo.

¡Hola! ¡Hola! ¿Estáis ahí? Sé que estáis ahí. Puedo oleros —se escuchó, con toda claridad.

Aparté más piedras para ensanchar el agujero. Daba a una rampa natural desde la que se podía descender fácilmente hasta la cueva inferior. Zana apuntó la linterna hacia el pie de la rampa y de pronto apareció una cara. Una cara peluda, con una lengua rosada y orejas hiniestas.

¡Hola! ¡Estáis ahí! Lo sabía. ¡Qué bien que os haya encontrado!

—¡Fido! —exclamé, reconociéndolo al instante. ¿Cuántos perros hay en el mundo que sean capaces de saludar con palabras?

Él puso las patas sobre la rampa y empezó a agitar el rabo.

—¿Por qué hablas con él? —dijo Zana, con un leve temblor en la voz—. ¡No hables con él! Es... ¡es un chucho!

No soy un chucho. Me llamo Fido.

Descendí por la rampa hasta el perro, que me recibió con entusiasmo. Le acaricié la cabeza, contento por haberlo encontrado. Me pareció que era señal de algo bueno.

—¡Hola, chico! ¿Te acuerdas de mí? ¡Soy Suren! ¡Madre mía, cómo me alegro de verte!

¡Hola, Suren! Recuerdo tu olor. Es un buen olor. Amigable. Tú me gustas. Me gusta haberte encontrado. Los demás se pondrán muy contentos de que haya encontrado a La Gente, tal vez me den El Premio.

—¿Los demás? ¿No estás tú solo? ¿Hay alguien más contigo?

Sí, muchas Las Personas. Pero están al otro lado de El Túnel.

En ese momento Zana descendió por la rampa. Fido se acercó a olisquearlo.

—Aparta, chucho, que corra el aire. No quiero que te me acerques hasta que alguien me explique por qué puedes hablar como una persona, ¿entendido? —El nuristaní iluminó a su alrededor con la linterna—. ¿Qué clase de sitio es este?

Es El Monasterio. No me gusta cómo huele.

La luz mostraba el interior de una cueva bastante grande. Había puertas en las paredes y, al fondo, se veían unas estatuas de piedra junto a una abertura oscura y enorme. Tal vez aquello era a lo que Fido llamaba «El Túnel».

—¿Puedes llevarnos con las otras personas, Fido? —pregunté.

¡Claro! ¡Seguidme, detrás de mí! Tan solo hay que atravesar El Túnel y llegaremos.

—Llegaremos, ¿adónde?

Allí. A La Ciudad en La Montaña. Donde están todos Los Tesoros.

La Ruina de Alejandro

26
Margo

«El amor nos hace estúpidos, tú eso lo sabes muy bien»

Ey, Gran D, ¿me escuchas? Aquí Margo.

Estoy empezando a cansarme un poco de esta situación, ¿sabes? Ya sé que te gusta ponernos a prueba, como a Moisés en el desierto y a toda esa pobre gente de la Biblia; y bien sabe Dios (en este caso, tú) que no soy de las que se quejan por tonterías. No, señor. Ya conoces mi lema: «Ayúdate a ti mismo».

Así que, querido Gran D, permíteme que te recuerde que no dije nada cuando nuestro hostal de Kabul voló en pedazos y casi nos matan en aquel infierno; tampoco cuando aquel viejo que apestaba a cabra muerta nos secuestró para vendernos a los fundamentalistas islámicos. ¿Oíste que me quejara? No, ¿verdad?

Tampoco te pedí cuentas cuando de pronto aparecieron aquellos tipos del Zulfiqar y empezaron a perseguirnos, pegando tiros y gritando como demonios. Fue una locura. Me subí al caballo de Fagin mientras Zana montaba a Suren en su yegua y empezamos a cabalgar a toda pastilla. Incluso me dejé olvidada mi mochila. Mierda (y perdona mi lenguaje, Gran D). Espero que Suren la cogiera.

No sé cuánto tiempo estuvimos galopando en la oscuridad. Creía que jamás escaparíamos. Era enloquecedor. El caballo de Dodger iba junto al que montábamos Fagin y yo, pero a la yegua de Zana la perdimos de vista cuando nos metimos en un bosque para tratar de despistar a los tipos que nos perseguían.

Solo tú sabrás cuántos eran porque, como es lógico, no me detuve a contarlos. A mí me sonaban como un pequeño ejército. Aunque no podía verlos, escuchaba sus gritos que parecían venir de todas partes. Tanto da que fueran cinco como quinientos: mi corazón latía igual de desbocado en el pecho.

Una vez en el bosque, Fagin se puso a dar vueltas buscando una salida. Yo miré atrás. Grave error. Justo en ese momento el caballo dio un salto enorme y una rama que debía de tener el tamaño de un transatlántico me golpeó en la cabeza. Caí rodando al suelo. No me abrí el cráneo porque soy una buena amazona. Qué demonios, nací y crecí en un rancho que se extiende por tres condados, aprendí a montar antes que a andar y sé cómo caerme de un caballo. Además, tuve la suerte de que un montículo de nieve blanda amortiguase el golpe.

Fagin siguió galopando hasta que se lo tragó la oscuridad sin darse cuenta de que me había caído... o eso quiero pensar. Aunque si me dejó atrás para salvar el cuello, oye, ¿quién soy yo para reprochárselo? No soy precisamente la que más derecho tiene a andar por ahí tirando la primera piedra.

Gateando, me escondí detrás de una roca pocos segundos antes de que aparecieran tres hombres del Zulfiqar a caballo. Dos de ellos pasaron de largo persiguiendo a Dodger y a Fagin, pero el tercero frenó en seco, desmontó y su puso a buscarme por los alrededores.

Contuve la respiración y me pegué a la roca en la que estaba escondida como si tratara de fundirme con ella. Era cuestión de tiempo que aquel tipo me encontrara. Entonces hice algo muy estúpido: intenté salir corriendo.

Fue una tontería porque, al caer de la yegua, me hice daño en una pierna y apenas era capaz de cojear con cierta rapidez. Salí de mi escondite y esprinté tan rápido como pude, pero el dolor era demasiado intenso. Aquel tipo me vio y se lanzó a por mí. Intenté acelerar mi ritmo, pero la pierna me falló y caí de bruces sobre la nieve. Mi mano se cerró en torno a una rama gruesa que había en el suelo y entonces, justo cuando el tipo trataba de agarrarme del hombro, me giré blandiendo la rama a modo de defensa.

Por suerte, aún recuerdo algunas cosas que aprendí cuando estaba en el equipo de lacrosse de la Universidad de Missoula. ¿Te acuerdas de eso, Gran D? ¿Aquel día que me expulsaron del campo porque le partí la nariz a la capitana de las Rocky Mountain Grizzlies cuando me llamó «zorra»? Nadie pegaba tan duro como yo. Lógico: aprendí a jugar con mi hermano Paul y sus amigos, y mi hermano me enseñó a pegar con el bastón donde más duele. «Un buen golpe justo en la nuez, Margo —solía decirme—. Con la parte del bastón que agarras con el puño. Eso les deja KO». Querido Paul, Dios te bendiga, estés donde estés.

Así que agarré la rama con todas mis fuerzas y le solté a aquel hombre un puñetazo demoledor en plena garganta. Ni se lo esperaba. Gorjeó igual que un desagüe atascado y se quedó de rodillas en el suelo intentando tomar aire. Lo malo fue que la rama se me partió, haciendo imposible que pudiera seguir usándola como arma. Intenté aprovecharme de que el tipo estaba fuera de combate para escapar y buscar un escondite o un arma más dura. Por desgracia se recuperó antes de lo que yo esperaba.

Si no hubiera tenido aquella cojera, lo habría podido dejar atrás, estoy segura. En circunstancias normales, nunca me habría alcanzado. Pero tropecé por segunda vez y en esta ocasión ni siquiera conseguí ponerme en pie.

Y justo cuando ese tipo estaba a punto de atraparme, un canto rodado surcó el aire como una bala e impactó en plena frente del hombre del Zulfiqar.

Unos metros delante de mí estaba Fagin, el bueno de Fagin, subido a una roca y armado con una honda, igual que un David de tiempos bíblicos. ¿Sabes qué, Gran D? Tienes un extraño sentido del humor.

Fagin disparó otro canto con la honda. Fue todo un espectáculo ver cómo aquel básico artilugio en sus manos se convertía en un arma casi mortal. Mi respeto y afecto por aquel muchacho alcanzó niveles estratosféricos. El proyectil golpeó al del Zulfiqar en la sien con tanta fuerza que lo dejó sin sentido. Se desplomó como una bolsa de basura.

Dodger apareció por detrás de Fagin. Comprobó que el del Zulfiqar ya no era una amenaza y después me ayudó a levantarme. Caminé apoyada en su hombro hasta donde se encontraba Fagin, quien me recibió con una sonrisa y se señaló el pecho.

—Nuristaní, sangre de Alejandro. Nosotros no abandona.

Aprende, Gran D: eso es hacer las cosas con estilo.

Dodger y Fagin habían vuelto a por mí, y no solo eso, también habían conseguido otro caballo. No había tiempo para explicaciones, así que me monté en él sin hacer preguntas y reanudamos nuestra huida.

Justo cuando ya salíamos del bosque, oí como si un cohete surcase el cielo y, al instante, una enorme explosión detrás de nosotros. El corazón del bosque se convirtió en un infierno. Dodger, Fagin y yo imprimimos aún más ritmo a nuestras monturas y no paramos de correr hasta que estuvimos seguros de que ya nadie nos seguía.

Parecía que, por el momento, habíamos logrado ponernos a salvo. Pero habíamos perdido a Zana y a Suren.

Intenté hacerles ver a mis dos compañeros que debíamos encontrarlos, pero Fagin, el único que chapurreaba alguna palabra en mi idioma, negó vehementemente con la cabeza.

—No. Jalalabad. Vamos Jalalabad.

—¿Qué? —exclamé—. ¡De eso nada, amigo! Tenemos que encontrar a Suren e ir a Tell Teba, ¡ese era el trato!

A Fagin le costó mucho tiempo, mucho esfuerzo y muchas frases en inglés mal construido hacerme entender que el camino a Tell Teba estaría cuajado de hombres del Zulfiqar, y que Dodger y él habían acordado con Zana que si en algún punto del viaje se separaban, debían dirigirse a una ciudad segura. La más cercana era Bagram, pero Fagin decía que la ruta a Jalalabad era más directa, o al menos eso creí entender. Lo que sin duda me quedó del todo claro fue que mi opinión no contaba en absoluto: o iba con ellos a Jalalabad o me quedaba sola buscándome la vida.

Bien. Tampoco me has oído que proteste por eso, Gran D. Lo único que has oído de mí ha sido: «Vale, como tú quieras», pero mi paciencia tiene un límite. Así que es probable que, a partir de ahora, empiece a quejarme solo un poco. O quizá bastante. Puede incluso que haya tacos e insultos, y quizá te diga algunas cosas de las que me pueda arrepentir. Si me paso de la raya, puedes mandarme a tomar por saco y abandonarme a mi suerte, lo aceptaré con deportividad. Tan solo te pido una cosa a cambio. Una solo. Nada más que una. Y te juro que nunca más te pediré nada.

Por favor, cuida de Suren. No dejes que le pase nada malo.

El amor nos hace estúpidos, tú eso lo sabes muy bien. En ese aspecto, Suren y yo somos un buen ejemplo. Imagino, Gran D, que te lo pasaste muy bien a nuestra costa, observándonos desde tu Jerusalén Celestial, viendo cómo nos íbamos enamorando poco a poco el uno del otro sin darnos cuenta. Yo mirándole embobada pensando en lo mono que estaba con ese aspecto desaliñado que se le ponía después de días grabando nuestro programa, viviendo casi como vagabundos; y él, que se ponía nervioso como un adolescente cuando teníamos que compartir una cama, un saco de dormir o un trozo de suelo; cosa que ocurría a menudo. La de veces que nos hacíamos reír el uno al otro sin motivo, la forma en la que nos dábamos energía en los momentos difíciles... Todo eso para acabar separándonos de malos modos por culpa de un malentendido aquella noche en San Francisco. ¿Ese era el ridículo destino que tenías previsto para nosotros, Gran D? Pues, si es así, déjame que te haga una crítica constructiva: deberías trabajar un poco más tus giros argumentales, porque tus guiones dan asco.

Y, sin embargo, dejaste que nos volviéramos a encontrar. Tú sabrás por qué, pero no creo que fuera para pasar un rato divertido viendo cómo nos mataban los guerrilleros yihadistas. Seguro que ese no es tu estilo.

Perdóname, estoy divagando. Te decía que Dodger y Fagin insistieron en llevarme a Jalalabad y, al menos, esa parte de su promesa la cumplieron.

Ya sabes, Gran D, que yo no soy de llorar. Pero tenías que haberme visto cuando me despedí de Dodger y Fagin.

Supongo que lo has visto porque tú estás en todas partes, pero ya sabes a lo que me refiero. No recuerdo haber llorado tanto y tan a moco tendido desde que a Dozer lo atropelló aquella furgoneta. ¿Cuántos años tenía yo entonces? Diez u once. Mamá dijo que Dozer se había ido contigo. Espero que estés cuidando bien de mi perro, por cierto.

Pues sí, Gran D, he llorado un Niágara cuando nadie me veía. Supongo que ha sido una forma de soltar toda la tensión acumulada en los últimos días, y, sobre todo, porque Suren no está conmigo y no tengo ni idea de qué ha sido de él. Ni siquiera sé si sigue vivo. Espero por tu bien que así sea, Gran D, o de lo contrario rezaré a Dozer para que te despierte cada mañana con un mordisco en el culo. Es mi perro, hará lo que yo le pida.

Me he sentido enormemente desorientada cuando Dodger y Fagin me han dejado sola, y eso que estoy acostumbrada a moverme por toda clase de lugares. Jalalabad es una ciudad fea y caótica. Como un enorme bazar surgido espontáneamente a la orilla del río Kabul, entre edificios chatos de ladrillo carentes de atractivo.

Lo primero que hice fue ponerme en contacto con alguien del GIDHE. Resulta que el GIDHE tiene personal aquí, en Jalalabad, una especie de legación (no sé de qué otra forma llamarlo) que han montado en un hotel de la ciudad. Allí me presenté en cuanto tuve ocasión, después de hablar por teléfono con un tipo del GIDHE que apenas daba crédito cuando escuchó mi historia. Habría dado dinero por ver la cara que puso, y eso que no le conté ni la mitad.

El hombre del GIDHE me recibió en el lobby del hotel. Se llama Rajiv Khumar y, si en este mundo existe alguien claramente superado por su trabajo, ese es sin duda el señor Khumar.

—Es un desastre, un verdadero desastre... —Estas palabras las repitió al menos cien veces—. Esperábamos que hubiera algún incidente en la misión arqueológica, pero esto... ¡Dios bendito! ¡Nada parecido a esto! ¿Quién podría prever algo así? ¡El gobierno de Kabul nos dio garantías! ¡Garantías, le digo! ¡Y contábamos con el mejor equipo de seguridad!

Le pregunté de qué diablos estaba hablando y entonces me contó lo del ataque al yacimiento de Tell Teba. Me quedé horrorizada.

—No puede ser... ¡Suren, mi socio, iba camino de Tell Teba! ¡Es probable que estuviera allí cuando atacaron! ¿Cuándo ocurrió eso exactamente?

Khumar me lo dijo y yo eché cuentas. Con un inmenso alivio, reparé en que, si Suren había llegado a Tell Teba, existía una remota posibilidad (muy remota) de que lo hubiera hecho después de que atacaran la base. En tal caso debió de encontrarse un montón de escombros y ninguna ayuda, lo cual no mejoraba demasiado su situación, pero al menos dejaba abierta la posibilidad de que todavía estuviese vivo.

—¡Puede que mi compañero siga allí! ¡Tienen que ir a rescatarlo! —exigí al señor Khumar.

—¿Cómo? —lloriqueó el chupatintas—. Nadie va a enviar ningún vehículo a ese lugar, y mucho menos el GIDHE, eso no es factible en absoluto. ¡Su socio no debió ir a Tell Teba!

Te juro, Gran D, que en ese momento habría sido capaz de estrangular al señor Khumar con su propia corbata. «¡No debió ir a Tell Teba!». ¡Bravo, genio! Entonces la solución es muy sencilla, menos mal: llamaré a Suren, le diré que se coja un taxi y que se venga para acá, porque el señor Rajiv Khumar, la lumbrera del GIDHE, dice que no debió ir a Tell Teba.

—Bien, pero el caso es que mi socio puede que esté allí esperando un rescate que no va a aparecer. Ahora hágame el favor de decirme cómo piensan sacarlo de ese agujero.

Menudo inútil. No hizo más que repetir una y mil veces que «estudiarían el problema». Desesperante, Gran D. Fue como discutir con un postre de gelatina: lo único que consigues es que se eche a temblar. Terminé aquel encuentro con la deprimente sensación de haber perdido mi tiempo y decidí ponerme en contacto con la única persona que podía ayudarme. Y no, no me refiero a ti porque, si te soy sincera, después de todo lo ocurrido, mi confianza en tus capacidades estaba bajo mínimos en ese momento. De hecho, me imaginaba el cielo como un lugar lleno de señores Khumar con túnica y alas en la espalda haciendo una gestión de mierda.

No, me refería a Jaan Kirkmann, el culpable en última instancia de todo este desastre.

Me costó muchas llamadas localizarlo, hasta que al fin, ya de madrugada, se dignó a devolverme una de ellas. Se puso en contacto conmigo por videollamada desde un despacho en algún lugar que no quiso especificarme.

—¡Margo, estás a salvo! —dijo al verme—. ¡No imaginas cuánto me alegro! Esto es alucinante... ¿Qué ha ocurrido? ¿Cómo has llegado hasta Jalalabad? ¿Suren está contigo?

No dejó de acribillarme a preguntas intercaladas con un montón de «alucinantes» hasta que tuvo una versión completa de mis últimas desventuras. Lo encontré bastante noqueado por el ataque al yacimiento, decía que llevaba días sin dormir. Le había estallado en las manos su capricho arqueológico y aún se preguntaba cómo había sido posible. Por ponerte un símil cinematográfico, Kirkmann me recordaba al personaje de John Hammond justo después de que los dinosaurios de *Parque Jurásico* empezaran a comerse a sus potenciales clientes.

Al concluir mi relato, él se mostró muy afectado y me prometió que el GIDHE me compensaría, pero eso a mí, en aquel momento, me importaba más bien poco.

—Lo que quiero es encontrar a Suren. Cabe la posibilidad de que esté en Tell Teba.

—Eso explicaría por qué hemos captado la señal de uno de nuestros equipos, como si alguien estuviera intentando establecer contacto.

—¡Ese podría ser Suren!

—Tal vez, pero el caso es que la señal no venía de Tell Teba, sino del Mahastún, en concreto del valle que hay en el interior de las montañas... Alguien la envió desde allí, y claramente utilizó equipo del GIDHE. Eso podría significar que hay más supervivientes y que quizá Suren esté con ellos, lo cual es una buena noticia.

—¿Entonces?

—El problema es que ahora mismo no sé cómo podemos sacarlos de ahí, y si se han refugiado en la Ruina de Alejandro, eso no hace más que complicar el rescate. Hemos estudiado la manera más rápida de acceder al valle y esta sería por vía aérea.

—Fantástico, entonces pueden enviar los Kaija.

—Podría, sí. Estarían allí en cuestión de horas, pero...

—Pero ¿qué?

—Es un riesgo demasiado grande. En primer lugar, las mismas fuerzas hostiles que atacaron Tell Teba podrían interceptar el Kaija y, en segundo lugar, el Kaija es más bien un vehículo de tipo funcional... Como un utilitario volador, por decirlo de forma sencilla. No estoy seguro de que sea el medio más adecuado para realizar un rescate en el Mahastún. Tal vez podría conseguir un helicóptero, pero tardaría un tiempo.

—¿Cuánto tiempo?

—No lo sé, quizá un par de semanas... Una, si no surgiera ningún inconveniente durante las gestiones, cosa poco probable. Ahora mismo conseguir vehículos de ese tipo en Jalalabad es casi imposible, tendría que pedirlo prestado al ejército, alquilárselo, o traerlo desde otro país; y todo eso requiere una alucinante cantidad de tiempo.

Kirkmann me pidió que dejara el asunto en sus manos, que, por mi parte, no había nada que pudiera hacer y que lo mejor sería que regresara a casa. Me aseguró que él se ocuparía de todo.

Recordé que una vez, hace tan solo unos días, Jaan Kirkmann también me aseguró que la misión arqueológica de Tell Teba contaba con todas las medidas de seguridad, de modo que su palabra ya no me inspiraba ninguna confianza.

Y, sin embargo, tiene razón, quizá debería irme a casa. Ahora mismo no puedo ni expresar con palabras cuánto me gustaría ver de nuevo a mis padres, a mis hermanos... Ha habido momentos en que pensé que no volvería a hacerlo.

No quiero abandonar a Suren, pero ¿qué otra cosa puedo hacer? ¿Cómo puedo ayudarle? No hay ningún medio a mi alcance salvo rezar con todas mis fuerzas para que cuides de él, Gran D. Tienes que hacerlo. Se supone que tú eres el de la infinita misericordia, así que ten un poco de compasión y protege a Suren por mí. Fíjate, ya ni siquiera te pido volver a verlo, solo que lo mantengas con vida. Es más, si quieres fulminarme con un infarto esta misma noche a cuenta de los muchos litros de alcohol con que me envenenaba en mis horas bajas, me parecerá justo si a cambio haces que Suren regrese sano y salvo con su hijo.

Mucho me temo que Tú eres lo único que le queda.

27
Suren

«Lo primero que vieron mis ojos al abrirse fue
una especie de criatura robótica apuntándome
a la cara con el cañón de un arma»

Seguimos a Fido por el interior de un túnel que atravesaba la montaña. En las paredes había rollos de oración tibetanos que giraban lentamente movidos por un viento gélido. Esto provocaba sonidos como de verja mal engrasada que me ponían la piel de gallina.

Me dio la impresión de que el túnel se extendía unos cuantos kilómetros. Gracias a las linternas que rapiñamos en la base de GIDHE durante nuestra exploración, nos evitamos tener que atravesarlo a oscuras.

Hice muchas preguntas a Fido por el camino. Quería saber exactamente qué nos íbamos a encontrar al otro lado, pero la perruna gramática de nuestro guía no siempre era comprensible. Fido recitaba muchos nombres de personas que no me sonaban de nada. Su voz salía por unos pequeños altavoces de su collar, aunque también se escuchaba en mi móvil gracias a una aplicación que servía para eso y que había olvidado que tenía instalada de serie, como en todos los Tulevik que el GIDHE entregó a sus miembros al firmar el contrato de Afganistán.

Zana asistía mudo y suspicaz a los diálogos entre el animal y yo. Imagino que no sabía muy bien cómo lidiar con la idea de un perro parlante. Intenté explicarle cómo era posible, aunque no lo hice demasiado bien porque yo mismo no llegaba a entenderlo del todo. Mi compañero no se creía que aquellas palabras salieran de la mente del animal y empezó a hacerle toda clase de preguntas para ponerlo a prueba.

—Eh, perro, ¿cuántas son dos más dos?

¿Dos más dos qué?

—Pues eso: dos más dos.

Lo siento. No te entiendo.

—Claro que no, porque tú solo eres un chucho tonto y yo una persona.

A medida que se convencía a sí mismo de que era más listo que el perro, su reticencia a alternar con Fido fue disminuyendo.

Según avanzábamos por el túnel, la temperatura era cada vez más baja. Finalmente alcanzamos una salida ancha de unos tres o cuatro metros de altura. En las jambas había dos esculturas en relieve. Representaban dos hombres con cabezas de toro y símbolos inscritos por todo el cuerpo, una especie de minotauros que sostenían el dintel de la puerta sobre sus hombros y que parecían a punto de embestir al vacío. Cada uno de ellos tenía el brazo izquierdo extendido, mostrando la palma de la mano en un gesto de rechazo, como si nos obligaran a volver sobre nuestros pasos.

—*Daiva...* —masculló Zana—. Aquí no hay nadie, ¿adónde se supone que nos está llevando tu amigo el pulgoso?

—¿Qué sitio es este, Fido?

La Puerta de Toros. Diana los llama Los Toros Blancos. No me gustan. Dan miedo. Pero no hacen nada. Solo son estatuas y están muertos.

Desde el otro lado de la puerta llegaban ráfagas de viento y nieve que sentí en mi piel como el filo de un cuchillo. Tuve que cubrirme el rostro con el abrigo antes de seguir avanzando.

El túnel se cortaba de forma abrupta en lo alto de una ladera azotada por la nieve, al final de un sendero estrecho que descendía hacia un valle boscoso. Fido avanzaba con agilidad, pero a Zana y a mí nos costaba bastante más esfuerzo. El terreno era pedregoso y resbaladizo, la nieve caía con fuerza y las luces de nuestras linternas morían a cada paso, con las baterías exhaustas.

—Maldita sea, ¡nos estamos metiendo en una ventisca! —protestó Zana—. Dile a ese perro estúpido que aminore o lo perderemos.

La nieve nos golpeaba en rachas cada vez más violentas y la oscuridad era casi total. Resultaba muy penoso avanzar, hasta el punto de que empecé a plantearme si seguir a Fido había sido una buena idea. Tal vez deberíamos haber esperado a que amaneciera, pero ya era tarde para echarse atrás.

Costaba trabajo no perder de vista a Fido y seguir avanzando de cara a la ventisca. Aquellos copos de nieve eran como pequeñas esquirlas de cristal y el viento aullaba igual que una jauría, apenas me dejaba oír las maldiciones que Zana profería unos pasos por delante de mí. Algunas ráfagas eran tan violentas que creí que me arrancarían las orejas de cuajo. ¿Dónde diablos nos habíamos metido?

Estaba muy oscuro y yo casi ni podía abrir los párpados por culpa del viento. Tenía la sensación de caminar entre árboles y peñascos rodeado por un paisaje hostil, donde cada silueta parecía algo amenazador. En medio de aquella negrura arañada por la nieve llegó un momento en el que no podía distinguir la espalda de Zana frente a mí. Escuchaba, eso sí, la voz de Fido en mi teléfono, pero entrecortada y llena de ruidos de estática, como si fuera un disco viejo.

¡Vamos...! Ade... lante... Cerca... de mí...

—¡Fido, ve más despacio! ¡No podemos verte!

Entonces dejé de oír a nuestro guía. Lo llamé varias veces, pero lo único que logré fue llenarme la boca de nieve. Zana se detuvo en seco.

—¡Basta, esto es ridículo! ¡No voy a seguir caminando a ciegas hasta que se me congele el culo! ¡Tenemos que buscar un refugio!

—¡Pero no veo a Fido! ¡Creo que lo hemos perdido!

—¡Que le den al perro! ¡Si quieres conservar la nariz, busquemos un refugio!

El nuristaní tenía razón: era estúpido, además de arriesgado, empeñarse en avanzar contra aquel temporal; de modo que lo seguí hasta una roca bastante grande donde nos parapetamos al abrigo del viento.

—Menuda situación —rezongó mi compañero—. ¡No veo más allá de dos pasos! ¿Funciona tu linterna?

—La apagué hace un rato para no gastar las pilas, ya apenas alumbraba.

—Enciéndela. Trataremos de echar un vistazo con lo que le quede de batería.

Un foco moribundo flotó entre los remolinos de nieve. Al principio no mostró nada más que árboles y rocas. Entonces, a lo lejos, me pareció ver una silueta que se movía de forma torpe y lenta en medio de la ventisca.

—¡Mira allí! Veo algo... o a alguien.

La tormenta silbó con más fuerza. Zana oteó en la dirección que yo señalaba.

—Sí, parece... ¡una persona! —Se puso en pie y agitó los brazos sobre su cabeza—. ¡Eh, aquí! ¡Estamos aquí!

Ambos gritamos e hicimos gestos con la linterna intentando llamar la atención de aquel hombre, pero cada vez se alejaba más de nosotros.

—Es imposible que no nos oiga, no podemos estar tan lejos —dijo Zana—. ¡Ayuda! ¡Por favor, ayuda!

La silueta ya apenas era visible en la oscuridad.

—Es inútil, se marcha.

—¡Vamos tras él! ¡Quizá podamos alcanzarlo!

Salimos de nuestro parapeto y avanzamos a trompicones con las caras cubiertas por nuestros antebrazos, sin poder ver más allá que el pedazo de suelo donde íbamos a poner el pie en nuestro siguiente paso. Zana gritaba con la esperanza de llamar la atención de la persona a quien seguíamos, pero hacía tiempo que la habíamos perdido de vista. El nuristaní no quería darse por vencido y aceleraba el paso sacando fuerzas de no sé dónde, porque a mí apenas me quedaban las justas para moverme. Me di cuenta de que si Zana seguía alejándose lo perdería al igual que a Fido y a la misteriosa silueta en la ventisca.

Me aterraba la idea de quedarme allí solo, así que intenté esprintar para seguir el ritmo de mi compañero. Mala idea. Como tenía que avanzar con los ojos casi cerrados no me percaté de que me desviaba hasta que me choqué contra algo. Sentí como si me golpearan en las piernas con una pala y caí al suelo.

—¡Zana! ¡Zana! ¡Espera! ¡Ayúdame!

Pensé que la había fastidiado de veras. No era capaz de incorporarme y, seguramente, el nuristaní ni se habría dado cuenta de mi tropiezo. Se alejaría hasta dejarme solo en aquel atolladero. Seguí gritando y agitándome en el suelo como un tipo al que acaban de lanzar a una piscina. Con los ojos cerrados, manoteando y gritando «¡Zana!» una y otra vez, mi estampa debía de ser muy poco digna. Entonces alguien me agarró de los brazos.

—Vale, vale, ya te he visto, deja de chillar... Madre mía, entre Margo y tú, ¿por qué tuve que quedarme con el más torpe de los dos? —Me levantó del suelo tirando de mí por las axilas. Tuve la sensación de que la ventisca había rebajado su intensidad—. ¿Estás bien?

Me daba igual. Tan solo quería encontrar un agujero en el que hacerme un ovillo y esperar a que parase de nevar. Estaba cansado, asustado, somnoliento y, por si fuera poco, sentía un dolor áspero en ambas espinillas. Más tarde descubriría allí sendos cortes cubiertos por una costra de sangre seca.

—¿Con qué cojones me he tropezado?

Zana alumbró con la linterna un montón de chatarra oxidada sobre la cual se acumulaba la nieve.

—Vaya, ¿qué te parece? Que me ahorquen si esto no es un auténtico ZIL, reconocería este morro chato en cualquier parte. —El camión se inclinaba hacia un lado, tenía las lunas hechas añicos y el capó levantado; daba la sensación de haber caído del cielo siglos atrás—. Tecnología soviética de primera, *tovarich.*

—Zana golpeó un par de veces la carrocería con el puño; sonó igual que un bidón hueco—. Una vez conduje un trasto de estos, los rusos los dejaron por todas partes cuando los echaron los talibanes... Aguanta lo que sea, pero chupa gasolina como un desgraciado. Yo diría que es un modelo 130, de los años ochenta o así... Estos se conducían en tus tiempos.

—Pero ¿qué edad te crees que tengo?

—Yo qué sé; viejo, igual que este trasto.

—¿Crees que podremos refugiarnos dentro? —pregunté mientras Zana lo rodeaba para inspeccionarlo.

—Algo mejor, incluso. Tu tropiezo ha sido cosa de la Fortuna, amigo. Fíjate.

A unos pasos del camión había una formación rocosa bastante grande y, en ella, lo que parecía ser una puerta tallada. Ni en sueños podíamos haber esperado encontrar semejante refugio por puro azar. Aunque la ventisca ya no era tan violenta, seguía siendo inviable soportarla al raso en nuestras condiciones.

Al atravesar aquella puerta encontramos lo que parecía ser algún tipo de vivienda rupestre excavada por Dios sabe quién. Nos sorprendió descubrir que no éramos los primeros en utilizarla como refugio, aquel lugar estaba lleno de trastos que uno esperaría encontrar en un campamento bien equipado: había un catre, un hornillo de gas y hasta una rudimentaria mesa plegable que servía de escritorio. Bajo la mesa Zana encontró un baúl de metal.

—¡Fíjate en esto! —exclamó al abrirlo—. Lámparas de queroseno..., mantas..., abrigos... ¡Pero si hasta hay comida aquí dentro!

Mi compañero me lanzó una bolsa de plástico que contenía latas etiquetadas en cirílico.

—¿Cómo sabes que es comida?

—Porque ya he visto antes raciones de campaña soviéticas. Probablemente dentro haya pescado ahumado, pollo con fideos o *tushonka*, carne guisada... ¡Ojalá sea pollo con fideos!

En el baúl también había galletas de aspecto rancio, paquetes de té, latas de zumo y tabletas de azúcar. Zana abrió una de las raciones y empezó a comérsela con las manos, un bloque de carne parda cubierta de grasa amarilla y gelatinosa.

—¿No quieres un poco? —me preguntó, con los carrillos llenos.

Yo puse cara de desagrado y él se encogió de hombros como diciendo: «Mejor, más para mí».

—¿De dónde crees que ha salido todo esto?

—Los soviéticos debieron montar aquí un campamento, aunque no me imagino cómo pudieron llegar o qué diablos los trajo a este agujero.

Logré encender una de las lámparas de queroseno y me puse a inspeccionar el refugio mientras Zana seguía devorando raciones de campaña. El espacio era estrecho y profundo. Al fondo, bajo una red de camuflaje hecha jirones, había un montón de cajas de metal verde cerradas con candados. Nada de interés, pero percibía algo que me inquietaba a pesar de no poder definir qué era exactamente.

Entonces empecé a reparar en pequeños detalles: una navaja de afeitar abierta junto a una palangana con agua... Un par de botas tiradas en el suelo... Ropa sobre el respaldo de una silla... Un libro abierto colocado boca abajo sobre la mesa... Un hornillo de gas en el que había una lata llena de una sustancia viscosa y cubierta de moho... Al fin identifiqué aquello que me parecía tan inquietante: a pesar de que todo estaba cubierto de óxido, polvo y telarañas, en un claro estado de abandono, tenía la incómoda sensación de que, en cualquier momento, alguien entraría para retomar la lectura o el afeitado que dejó a medias, o para terminar la comida que puso a calentar al fuego.

Encima de la mesa del escritorio vi un cuaderno con cubiertas metálicas. Tenía grabado un sello en la portada, idéntico al que encontré en las cajas y en algunos de los pertrechos.

—Zana, ¿reconoces este emblema?

—Nunca lo había visto. No parece militar.

—Es soviético, de eso no cabe duda. Fíjate en estas letras: CCCP... —Dejé el cuaderno donde estaba y miré a mi alrededor—. Qué extraño... Aquí no falta nada de valor: hay víveres, ropa, documentos, cajas de material... Parece como si las personas que montaron este campamento se hubieran desvanecido de pronto.

—Ya, bueno... Igual que en Tell Teba.

—Sí, pero en este caso no se aprecian signos de violencia. Ni siquiera he encontrado armas.

—Lástima, nunca está de más tener alguna.

—¿Qué crees que ocurrió aquí?

—No lo sé. Pero sucedió hace demasiado tiempo como para que me importe. —El nuristaní se golpeó el pecho con el puño y eructó—. Sí, señor, nada mejor que un buen aperitivo de madrugada... ¿Quieres que nos echemos a suertes el catre?

—Pero ¿qué pasa con Fido? ¿Y con esos supervivientes de Tell Teba con los que se supone que íbamos a encontrarnos?

—No podemos seguir dando vueltas por ahí con esta nevada, Suren. Seguro que el perro está bien, y si nos ha encontrado una vez, puede volver a hacerlo. Mañana pensaremos qué hacer, cuando haya luz y después de un buen descanso... Porque, chico, no sé tú, pero yo estoy hecho polvo.

También yo estaba exhausto. Mi resistencia física y mental se acercaba al límite. Aquella jornada estaba siendo excesivamente larga e intensa.

Nos rifamos el catre y tuve la suerte de que me tocase a mí. A Zana no le importó, él era capaz de dormirse sobre el filo de una navaja.

Desperté horas después empapado en sudor y temblando de frío. Durante unos instantes de confusión, creí estar todavía en medio de una pesadilla cuando lo primero que vieron mis ojos al abrirse fue una especie de criatura robótica apuntándome a la cara con el cañón de un arma.

No era un sueño, era muy real. Algo nos había encontrado al fin, y no parecía amistoso.

28
Diana

«No sabemos cómo vamos a salir de este lugar»

He soñado con el ataque a Zombieland.

He revivido cada momento de aquella terrible experiencia: los disparos, las explosiones, la confusión... El Zulfiqar trajo vehículos armados con cohetes y sometieron nuestra base a un bombardeo despiadado. Yo estaba en mi cuarto, metiendo algunas cosas en mi mochila para llevármela cuando fuésemos a explorar el valle, tal y como Wörlitz había dispuesto. Ya casi había terminado de hacer mi pequeño equipaje cuando, de pronto, el pabellón donde estaban nuestros dormitorios se puso a temblar como si estuviera a punto de venirse abajo mientras pedazos de argamasa se desprendían sobre mi cabeza.

Al igual que experimenté de nuevo esta noche en mi sueño, salí del pabellón para averiguar qué estaba pasando. Escuché una sirena estremecedora que me arañó los tímpanos, también disparos y explosiones; había hombres de Tagma corriendo por todas partes, y los pocos trabajadores afganos que aún permanecían con nosotros gritaban llenos de pánico y trataban de buscar refugio. A lo lejos, por entre las bombas, oí la voz grabada de un muecín aclamando el nombre de Dios, que los hombres del Zulfiqar utilizaban de igual manera que los ejércitos antiguos hacían sonar cornetas y tambores de batalla para aterrorizar al enemigo.

Corrí hacia el pabellón uno. Allí estaba la sargento Spinelli rodeada de hombres de Tagma.

—¿Qué ocurre? —pregunté.

La sargento me miró con dureza.

—¡Nos atacan! —dijo.

Había un claro reproche en sus ojos, pude apreciarlo de nuevo en mi sueño. Era una mirada que transmitía sus pensamientos sin lugar a dudas: «Lo avisé. Llevo días avisándolo y nadie me hizo caso, ahora aténganse a las consecuencias».

No teníamos electricidad: la instalación que surtía la base se había parado y el software de los trajes de combate káliva tampoco funcionaba. Las bombas caían sin pausa, en mi sueño todo retumbaba, como si el mundo entero se estremeciera.

—¡Sargento, saque de aquí a la doctora Brodber! —gritó Spinelli.

Pregunté por Wörlitz, pero Spinelli no me escuchó, estaba voceando órdenes a todo su equipo. De Jagger, casi a rastras, me sacó del pabellón uno:

—Vamos, doctora, tengo que ponerla a salvo.

Bill el Guapo se unió a nosotros a modo de escolta. En sus ojos vi pánico, imagino que porque sabía que su *káliva* inutilizado no le iba a proporcionar más protección frente a las balas que mi propia ropa de abrigo. Al menos los de Tagma tenían sus armas, yo solo contaba con mi mochila.

—¡Espere! ¡Espere, sargento! ¡Tenemos que encontrar al doctor Wörlitz! —dije. En mi sueño lo repetía numerosas veces, y nadie me hacía caso.

—No se preocupe, iremos a por los demás —prometió De Jagger.

Nos dirigimos hacia la enfermería y allí estaban Fatmida y Ruben. Fatmida metía apresuradamente toda clase de productos médicos en una bolsa, incluso vi cómo guardaba un cartón de tabaco y un microscopio electrónico, que en mi sueño adquirió proporciones gigantescas.

—¡Tienen que venir conmigo, ahora! —ordenó De Jagger.

Yo seguía preocupada por Wörlitz, ¿dónde podía estar?, aunque reconozco que me parecía mucho más urgente ponerme a salvo yo misma. Para quienes crecimos en el arroyo, salvar tu pellejo es siempre lo primero porque nadie suele hacerlo por ti.

Salimos de la enfermería a toda prisa. Ruben iba detrás. Lo recuerdo bien. Se quedó rezagado porque su cadera le hacía ir más lento. Grité. O al menos lo hice en mi sueño: «¡Vamos, Ruben!». Salimos de aquel lugar y entonces escuché un silbido que me heló la sangre en las venas. Un cohete cayó sobre un barracón cercano y lo redujo a escombros. El impacto fue tan enorme que la onda expansiva hizo añicos un muro de la enfermería. Miré hacia atrás, hacia donde el muro se derrumbaba, y vi a Ruben desaparecer bajo un montón de escombros.

En mi sueño, en mi terrible pesadilla, sabía que Ruben había muerto aplastado, y yo salía huyendo para no sufrir el mismo final. Afortunadamente la realidad fue bien distinta. Justo antes de que el muro se desplomara, apareció de la nada ese muchacho de Tagma llamado Yukio y lo apartó a tiempo de un empujón. Ambos rodaron por el suelo, entre polvo y cascotes. Ruben se golpeó la cabeza muy fuerte contra una roca, hizo un sonido espantoso y yo grité. Fatmida corrió hacia él y, con su ayuda, logró ponerse en pie. Estaba vivo, pero muy aturdido, y tenía una terrible herida en el cráneo que sangraba con abundancia. Fatmida la cubrió de cualquier manera mientras seguíamos corriendo en busca de un lugar en el que refugiarnos.

Yukio no apareció solo, iba con un compañero suyo, aquel al que llaman Randy el de Pasadena. Se unieron a nuestro grupo, pero De Jagger consideró que no necesitaba tanto apoyo y que uno de ellos debía regresar al pabellón uno con la sargento Spinelli para ayudar en la defensa de la base. Los tres, Randy, Yukio y Bill el Guapo echaron a suertes quién se iría. Le tocó a Bill. Pobre desdichado. Mucho me temo que precisamente suerte fue lo que no tuvo aquel día.

Cuando Bill se separó de nosotros, el sargento De Jagger nos metió en un almacén. Allí se atrincheró, pensando que en aquel lugar estaríamos seguros. De pronto el suelo tembló y las débiles paredes del almacén se agitaron igual que hojas movidas por el viento.

—¡Sargento, creo que este lugar no es un buen refugio! —Estaba segura de que si nos quedábamos allí más tiempo moriríamos tiroteados o sepultados por efecto de una explosión.

—¡Toda la base está bajo fuego enemigo, doctora! —replicó él—. ¿Dónde diablos sugiere que nos metamos?

—¡El monasterio! ¡Allí estaremos a salvo!

Le pareció una mala idea. Dijo que si se producía un desprendimiento de rocas en la ladera de la montaña por culpa del bombardeo, entonces quedaríamos allí atrapados.

—No, hay un túnel, ¿no lo recuerda? ¡Podemos cruzarlo y buscar refugio en el valle, lejos del ataque!

Dudó un instante. Yukio apoyó mi idea, igual que Fatmida. Finalmente De Jagger decidió seguir mi recomendación. Ordenó a Randy que llenara una bolsa del almacén con una serie de pertrechos básicos: un pequeño generador eléctrico, no más grande que una lata de pintura, mantas térmicas, linternas y un par de sacos de dormir. Fue lo más útil que encontramos. Yukio añadió, además, un ordenador portátil que estaba etiquetado con el nombre de Skalder. Después salimos del almacén y atravesamos la base a la carrera, encogidos bajo el fuego de artillería, en dirección al yacimiento.

Por el camino, cuando zigzagueábamos desesperados por aquel caos, pasamos junto a un pabellón destrozado. Fido rebuscaba entre los cascotes, gimiendo y llamando a Ugo, su adiestrador. En mi pesadilla de esta noche vi el cuerpo de Ugo aplastado bajo un montón de rocas, cubierto de sangre y heridas, pidiendo auxilio a gritos; pero eso no ocurrió. A Ugo jamás llegué a verlo, ni tampoco a Wörlitz ni a tantos otros con los que perdimos el contacto.

Cogí a Fido y lo llevé con nosotros al monasterio para ponerlo a salvo. Durante mi pesadilla nos introducíamos en la gruta, que estaba oscura como una tumba, y de pronto, al otro lado del túnel aparecía una luz, un resplandor tan intenso que me hacía daño en los ojos cuando intentaba mirarlo. Entonces escuchaba una voz en mi cabeza, un voz grave y terrible, como un rugido: «Kidinnu, Ira en la batalla. Siervo de Ahura Mazda y esclavo del Furioso Resplandor».

La luz se hacía cada vez más intensa hasta resultar abrasadora, yo intentaba prevenir a los demás para que no corrieran hacia ella, pero nadie me oía, aquella voz bestial era mucho más fuerte que la mía («Kidinnu, Ira en la batalla...»). Quise dar media vuelta pero no pude, mi cuerpo no respondía a mi voluntad, seguía corriendo hacia aquel resplandor. Su fulgor me abrasaba las retinas, la piel, la carne... De mis músculos brotaron llamas, empecé a arder igual que una antorcha y, de pronto, vi el rostro muerto de Anton Skalder. Sus ojos eran dos ascuas de luz, pero de una luz extraña, negra y, sin embargo, al mismo tiempo cegadora. Abrió la boca y de ella brotó aún más luz.

«Dejad que duerma», escuché. Y entonces me desperté aterrorizada.

Tardé unos segundos en darme cuenta de que ya no estoy en Zombieland, de que al final logramos cruzar el túnel y que ahora ese mismo grupo de supervivientes y yo estamos atrapados en lo que puede que sea el mayor hallazgo arqueológico de este siglo. Pero ninguno tenemos ni la más remota idea de qué puede ser.

Tal vez me falta imaginación para concebirlo. ¿Se trata de una ciudad? ¿Un santuario? ¿El grandioso testimonio de una civilización perdida? Necesitaría investigar este lugar durante años solo para hacerme una vaga idea de lo que hemos encontrado.

Me cuesta un poco recuperarme de la impresión causada por mi pesadilla. Revivir todo aquello otra vez, aunque solo haya sido en mi imaginación, ha sido inquietante y perturbador... Estoy metida en un saco de dormir, dentro de una estructura rupestre a la que yo llamo Palacio de las Águilas. De niña soñaba con vivir algún día en un palacio. Lo malo de los sueños es que a veces se cumplen.

A mi refugio lo llamo Palacio de las Águilas porque en la fachada tiene unas pilastras con capiteles en forma de águila con las alas desplegadas. En el interior hay restos de pinturas centenarias (milenarias quizá), pero no se distingue nada porque los muros están cubiertos de una fungosidad dura parecida al liquen y emite una leve fosforescencia. Al principio era chocante, pero yo ya me he acostumbrado. Esos hongos están por todas partes, lo cual quizá explique por qué la cima del Mahastún brilla por las noches. Lo lamento, Skalder, estés donde estés: los extraterrestres no tenían nada que ver.

Nos encontramos instalados en un espacio al que hemos bautizado como la «Explanada de los Palacios». Se trata de un área de terreno despejado y un perímetro similar al de un campo de fútbol... A quién pretendo engañar: no tengo ni idea de cuánto mide un campo de fútbol. Digamos simplemente que este lugar es bastante grande.

El área está cerrada en tres de sus cuatro lados por una pared rocosa de unos sesenta o setenta pies de altura cuajada de construcciones rupestres. Hay alrededor de unas veinte, algunas al nivel del suelo, el resto apiladas unas sobre otras a lo largo de la pared montañosa como los bloques para hacer casitas con los que jugaba de niña.

A estas estructuras las llamamos «palacios», pero pueden ser cualquier cosa, tal vez tumbas o templos. No tengo ni idea. Sus fachadas están esculpidas directamente en la piedra, con la misma técnica que las construcciones nabateas de Petra o Maidan Saleh, en Arabia. Aunque a lo que más me recuerdan es a las tumbas de la necrópolis de Myra, en Turquía. De hecho, su disposición apilada es casi idéntica.

Las fachadas tienen un estilo ecléctico, como si hubieran sido talladas en diferentes épocas y por distintas culturas. En ellas se mezclan capiteles persas, frontones griegos, pilares de formas caprichosas similares a los de los templos hindúes y amplias cornisas con las esquinas graciosamente curvadas hacia arriba, en una forma que recuerda a los techos de las pagodas orientales. La mezcla me resulta extraña. Detrás de las fachadas hay cámaras excavadas en la roca, de paredes tan perfectamente lisas que parecen pulidas por una máquina. En todas ellas hay restos de pinturas o relieves. Y muchos hongos luminosos.

Encontramos la Explanada por casualidad. Cuando atravesamos el túnel, aparecimos en un camino que se bifurcaba en dos, uno hacia el este y otro hacia el oeste. De Jagger decidió tomar el del este, que nos condujo a este extraño lugar repleto de ruinas.

Al cabo de un rato, los trajes de los hombres de Tagma y el resto de nuestros dispositivos electrónicos volvieron a funcionar. Intentamos ponernos en contacto con Zombieland, pero nadie respondió a nuestras llamadas, así que empezamos a temer lo peor. Hubo un pequeño debate y decidimos montar un campamento en la Explanada, aprovechando los palacios como refugios, y desde aquí esperar noticias de la base. Establecimos un plazo de veinticuatro horas. Pasado ese tiempo, el sargento De Jagger y Yukio se arriesgaron a regresar a Zombieland para investigar. Recorrieron el túnel del Mahastún hasta el *vihara* y allí descubrieron que la salida estaba bloqueada.

Eso ocurrió ayer y, desde entonces, seguimos sin tener claro qué hacer. Nadie responde a nuestras llamadas de socorro y tampoco nos atrevemos a explorar el valle a ciegas para buscar otra salida. Imagino que hoy tomaremos una decisión sobre nuestros planes, porque es evidente que no podemos permanecer aquí de forma indefinida.

Tenemos algunos pertrechos básicos y los hombres de Tagma conservan sus armas y sus trajes *káliva*, los cuales ayer volvieron a funcionar de forma tan inexplicable como cuando se desactivaron antes del ataque. Pero eso no es todo, tampoco tenemos agua ni comida. El tema del agua no nos preocupa en exceso dado que hay nieve abundante a nuestro alrededor, pero la comida es otro cantar. No podremos permanecer más tiempo en la Explanada si no tenemos con qué alimentarnos. Yo estoy muerta de hambre.

Salgo de mi refugio en el Palacio de las Águilas. Ayer cayó una ventisca breve pero intensa que ha cubierto el valle de nieve. Cojo un puñado y me lo meto en la boca. Si me imagino que es un helado, tal vez así engañe el vacío que siento en el estómago.

Al contemplar el valle veo por todas partes palacios similares a los de la Explanada. Están excavados o esculpidos en las laderas, los peñascos y los monolitos rocosos desperdigados por el bosque que cubre la Ruina de Alejandro. Una ciudad perdida esperando a que desentrañemos sus secretos.

Sin embargo, el más grande que he visto hasta ahora está en la Explanada. Tiene dos cámaras en su interior y lo llamo el «Palacio de los Soldados» porque en la fachada hay dos relieves de tipos con lanzas y sombreros picudos. Allí me encuentro a Yukio trabajando con un ordenador. No veo a De Jagger ni a Randy, me pregunto dónde estarán.

Desde que estamos atrapados en el valle, Yukio ha estado intentando contactar con Zombieland (o con quien sea que nos responda) por medio de su ordenador, pero no puede dedicarse a ello demasiado rato. Primero, porque debemos racionar la energía de nuestro generador portátil y, segundo, porque tanto el generador como el resto de los aparatos electrónicos se averían cada dos por tres. Si en Zombieland teníamos que lidiar ocasionalmente con máquinas que de pronto dejaban de funcionar, aquí, en el valle, los fallos de energía son rutinarios.

—Buenos días, doc. ¿Ha podido descansar un poco?

—Apenas. He tenido unos sueños extrañísimos.

—¿Usted también? Yo he tenido pesadillas propias de un mal viaje de ácido.

Estoy a punto de preguntarle lo que ha soñado, pero decido que, en realidad, prefiero no saberlo. En vez de eso le pregunto qué está haciendo. Me responde que intenta recuperar la señal del satélite de la Iniciativa GIDHE, el que sostenía toda la red de comunicaciones de la misión de Tell Teba. Por algún motivo desconocido, dentro del valle no nos presta cobertura.

—Quiero pensar que la señal se sigue emitiendo y que la perdimos cuando cruzamos aquel túnel... Sé que suena raro, pero no tengo otra hipótesis mejor. No soy ingeniero ni nada de eso, y que no podamos comunicarnos me desconcierta tanto como a los demás.

Es desconcertante, sin duda, porque nuestras líneas de comunicación con el exterior no funcionan, pero, en cambio, dentro del valle sí lo hacen. Por eso podemos seguir escuchando a Fido, entre otras cosas.

—¿Alguna idea sobre cómo recuperar esa señal?

—Por el momento utilizo el ordenador para lanzar un ping a la red del satélite a ver si con suerte obtengo alguna respuesta... —Al ver mi cara de póquer, Yukio entiende que debe ser más claro—. Digamos que soy como un náufrago que trata de hacerle señales de humo al barco que ve a lo lejos. Solo que, en realidad, ni siquiera estoy seguro de si es un barco o un montón de mierda flotando en el mar.

—Al menos el ordenador todavía funciona.

—Por el momento. Solo hasta que las OHP que emite este valle provoquen que se cuelgue otra vez.

—¿Las OHP?

—Ondas hijas de puta —responde—. Las llamo así porque no tengo ni idea de lo que son, pero sí tengo claro que hay algo en este lugar que inutiliza nuestros aparatos electrónicos siguiendo un patrón regular.

—¿Qué patrón?

—Básicamente, el que le sale de los huevos.

Eso me hace sonreír. Lo que más me gusta de Yukio es que ni siquiera en una situación como la nuestra pierde las ganas de bromear.

—¿Dónde está el sargento De Jagger?

—Se marchó hace un rato con Randy a comprobar si la ventisca ha afectado a los caminos que descienden hacia lo profundo del valle.

Me alegra oír eso, tal vez signifique que De Jagger está considerando que abandonemos la Explanada para buscar una ruta alternativa que nos permita salir de este lugar, tal y como no dejo de pedir.

Mientras hablo con Yukio veo acercarse a Fatmida, fumando un cigarrillo y con la cabeza envuelta en un precioso hiyab color púrpura, los ojos ocultos por unas gafas de sol y vestida con un mono verde oliva que le hace parecer una guerrillera con estilo.

—¿Y bien? ¿Está listo el desayuno? —nos pregunta—. Creo que hoy tomaré café solo y una generosa ración de huevos con tocino.

—Yo pensaba que los musulmanes no comían cerdo, doc —dice Yukio.

—Mi hambre no profesa ninguna fe religiosa, querido. Ahora mismo devoraría un cerdo entero, aunque eso me asegurase la condenación eterna. —Torciendo el gesto, le da una larga calada a su pitillo—. Ojalá tuviéramos algo que comer, lo que fuera. Estoy hambrienta.

—Al menos cuentas con tus cigarrillos para calmar la gusa.

—De momento, Diana, de momento. Me entran escalofríos de pensar que puedo quedarme sin tabaco antes de salir de este agujero.

Por ahora nadie ha perdido los nervios. Tal vez se deba a que en el fondo todos somos caracteres de mentalidad práctica: soldados e investigadores. Sabemos que de nada sirve lamentarse, de modo que preferimos enfocarnos en buscar soluciones y en recordar que aún seguimos vivos y de una pieza. Solo Ruben tiene aún una fea brecha en la cabeza, pero Fatmida dice que no es grave —para ser precisos, «demasiado» grave es lo que dice en realidad—, y con lo que trajo en su botiquín ha podido tratarla.

Otro asunto diferente es cómo gestionamos cada uno esa tensión que siempre parece estar a punto de quebrarnos: Fatmida consume un cigarrillo tras otro, a veces encendiéndose el siguiente con la colilla del anterior, De Jagger a menudo se queda en silencio con la mirada pérdida en el infinito, Ruben se muerde las uñas y murmura oraciones entre dientes cuando cree que nadie lo mira y Yukio se pone histérico cuando no tiene las manos ocupadas en algún trabajo. A los únicos que parece afectarnos menos esta tensión es a Fido, a Randy y a mí. En el caso de Randy y Fido creo que se debe a que la inteligencia de ambos es limitada. En lo que a mí respecta, reconozco que mi entusiasmo por la magnitud de este hallazgo arqueológico, único en la historia, supera cualquier otro sentimiento.

Sé que debería estar más preocupada, pero no puedo. Todos mis compañeros están ansiosos por escapar de aquí. Yo en cambio no tengo ninguna prisa. Antes quiero saber dónde estamos.

En la Explanada hay un lugar al que llamo «Palacio del Tesoro». Alberga una única cámara cuyas paredes están forradas de placas de oro desde el suelo hasta el techo... Es algo extraordinario: ¡una habitación entera cubierta de oro! De tales cosas solo se oye hablar en los mitos y las leyendas, ¡pero este lugar es real! ¿Por qué habría de sentirme impaciente por abandonarlo? Antes quisiera desentrañar sus misterios.

Las paredes del Palacio del Tesoro están cubiertas de escrituras. Cada una de sus placas de oro contiene un largo texto en un alfabeto diferente. Ruben y yo hemos identificado cuatro de ellos: persa cuneiforme, arameo, griego y sánscrito. El resto parecen variaciones de los otros cuatro, aunque hay uno en concreto que nos tiene desconcertados, especialmente a Ruben, porque no se parece a ningún sistema de escritura que hayamos visto antes. Ayer intentó traducir las escrituras, pero un súbito e intenso dolor de cabeza le hizo desistir. Me preocupa que el golpe que se dio en Zombieland tenga algo que ver.

Cuando se lo comento a Fatmida, ella me tranquiliza.

—Puede que no haya relación, tal vez esas fuertes jaquecas sean simplemente una manifestación de estrés. ¿Cómo está Ruben esta mañana?

—No lo sé, aún no lo he visto.

—Todavía estará descansando; iré a comprobar si se encuentra bien y le haré un nuevo chequeo a su herida.

La acompaño al refugio de Ruben, un lugar al que llamamos «Palacio Pequeño». No hay nadie allí, lo que nos resulta extraño. Tras buscar en el resto de los edificios de la Explanada, finalmente encontramos a Ruben en el interior del Palacio del Tesoro. Está sentado en el suelo, con su saco de dormir sobre los hombros y rodeado de papeles con anotaciones. Tiene un cuaderno en la mano sobre el que tacha algo de forma vehemente, casi furiosa, al tiempo que farfulla entre dientes.

—No... no... Kidinnu no es Alexandros... ¡Es Ademanos!... Su nombre en griego... Claro... Ademanos... Estúpido, estúpido... ¡Tiene que ser lo mismo...!

—¿Ruben?

Él me mira. Acaba de reparar en nuestra presencia. No tiene buen aspecto. Parece alguien que haya pasado una larga y dura noche de insomnio. Al vernos nos dedica una sonrisa de labios agrietados y se pone a recoger sus papeles torpemente, como si le hubiéramos sorprendido haciendo algo vergonzoso.

—Oh, hola, hola... Estáis despiertas... ¿Ya es... ya es de día? Vaya... Me temo que he perdido la noción del tiempo... No podía dormir, así que vine aquí e intenté traducir algunas de... algunas de las inscripciones.

—¿Has pasado toda la noche traduciendo textos?

—Es probable, sí, es probable... pero ha merecido la pena. Creo que estoy a punto de verlo claro, sí... Hay un texto, solo uno, pero que se repite en diferentes alfabetos. El griego... Sí, creo que tomando el griego como base puedo descifrar el resto. Estoy casi seguro de que es una crónica... Una crónica histórica, ¿entendéis? Sobre ese Kidinnu, el Príncipe Infinito... Creo que era el rey... El rey de todo esto, o una especie de guardián, no lo sé... Recibió un don... «de los cielos», eso dice el texto: «llegó de los cielos». No sé qué es, aún no. Pero estoy a punto de descubrirlo... Sé que está aquí. Está aquí.

—¿Quién está aquí?

—Kidinnu... Lo he visto en un sueño. Un sueño me ha inspirado, como al profeta Daniel; a veces Dios nos habla a través de los sueños... Solo necesito un poco más de tiempo... Solo un poco más de tiempo...

—A mí me parece más bien que lo que necesitas es un poco más de descanso —le digo con suavidad—. Date un respiro, ¿de acuerdo? Mírate, ni siquiera eres capaz de vocalizar con claridad.

—¡Pero es que ya casi lo tengo! Todo... todo es el mismo texto, ¿sabéis? El mismo texto —repite—. Salvo esas inscripciones de ahí... No. Esas no. —Las mira como si fuesen intrusas—. Es grecobactriano. Ahí dice: «Dejad que duerma», es todo lo que dice... Dejad que duerma. Una y otra vez. Y otra, y otra, y otra. Dejad que duerma.

—Ese me parece un consejo excelente —dice Fatmida—. Vete a dormir, Ruben.

—No, no puedo... De veras que me gustaría, pero no puedo... No paro de tener pesadillas, siempre, en cuanto cierro los ojos. Creo que hay algo que no me está sentando bien...

Fatmida se encara con Ruben y le habla con la severidad propia de una maestra de escuela.

—Querido, me temo que estás sufriendo el principio de una crisis de ansiedad. Es normal, todos estamos bajo mucha tensión, no es nada de lo que avergonzarse. Ahora escúchame bien: vas a ir a mi refugio, te vas a tumbar y vas a echarte una larga siesta.

Ruben emite un largo y profundo suspiro de agotamiento. Asiente trémulo con la cabeza y se marcha, cojeando penosamente. Me sorprendería que fuera capaz de llegar hasta el catre sin caerse redondo.

Cuando nos quedamos solas, Fatmida mira los papeles tirados por todas partes con un gesto de reprobación.

—Fíjate en esto... —murmura—. Menudo desastre... Pobre Ruben.

—¿Por qué lo has mandado a dormir en tu refugio?

—¿Cómo?

—Le has dicho que se acostara en tu refugio y no en el suyo, ¿por qué?

—Ah, eso... Es que en el mío apenas hay líquenes, el de Ruben en cambio está plagado de ellos.

—¿Y eso qué tiene que ver?

—Tal vez nada, pero... —La doctora niega con la cabeza—. No lo sé, ya veremos... ¿Te importaría recoger sus notas mientras voy a buscarle un ansiolítico? Seguramente querrá estudiarlas más tarde.

Echo un vistazo a los apuntes de Ruben. Están repletos de una caótica maraña de apretujadas notas, como si hubiera querido cubrir cada centímetro del papel. No entiendo nada de lo que pone, creo que está escrito en armenio.

Cuando salgo del Palacio del Tesoro veo a De Jagger acercarse a la Explanada, lo acompañan Randy y Fido, que va trotando alegremente entre ellos. Ya estamos todo el grupo reunido al completo: lo único que queda de la misión de Tell Teba.

De pronto veo algo tan increíble que dejo caer las notas de Ruben: alguien más viene con ellos. Dos hombres. No tengo ni idea de quiénes son.

29
Suren

«Voy a pedirte que no le cuentes esto a nadie, Suren, ¿me has entendido? A nadie. Creo que será lo mejor»

En cuanto vi por primera vez al sargento De Jagger supe que ese tío iba a ser como un continuo e irritante dolor de muelas.

Me dio un susto de muerte, como si no hubiera tenido ya suficientes sobresaltos. Al despertar de un sueño lleno de pesadillas, lo primero que vi fue al maldito Predator apuntándome a la cara con un subfusil. De Jagger llevaba puesto ese traje de combate, el *káliva*, que parecía una armadura espacial, y la cabeza metida en un casco como de soldado galáctico. Junto a él había otro tipo que encañonaba a Zana. Ese era Randy, un chaval enorme y con menos luces que una patera. No tengo ni idea de cuál era su apellido. A veces Yukio, el otro soldado de Tagma a quien conocí más tarde, lo llamaba «Randy el de Pasadena».

Fido apareció entre los soldados y le puso las patas en el pecho a Zana.

¡Hola, Amigo Persona! Te he vuelto a encontrar. ¿Cómo estás? Me alegro de verte.

De Jagger se quitó el yelmo y se nos quedó mirando con aquellos ojos suyos que parecían dos canicas de cristal. Por la forma en que nos miraba, tanto podía estar pensando en estrecharnos la mano como en volarnos la cabeza.

—Soy el sargento Ruan de Jagger, de Tagma, al mando del equipo de seguridad de la misión arqueológica de la Iniciativa GIDHE en Tell Teba. ¿Quiénes son ustedes? —El sargento vio por el rabillo del ojo cómo Zana amagaba un gesto y le apuntó al pecho con su arma—. Señor, aparte las manos de ese machete, ahora no lo va a necesitar.

—Eh, Suren, échame un cable, a veces mi inglés se traba un poco: ¿este gilipollas me está retando a que le arranque la nuez con mis propias manos? Porque eso es justo lo que he entendido.

—Está bien, vamos a tomárnoslo con calma... Sargento, soy Suren Gaitán, también pertenezco al equipo de la Iniciativa, me contrataron para documentar la misión. Mi compañera y yo nos quedamos atrapados en Kabul...

—¿Cómo salió de Kabul? ¿Y cómo ha llegado hasta aquí? ¿Viene de la base de Tell Teba? Responda.

—¡Eso intento! Pero me resulta difícil concentrarme mientras me apunta a la cara con un arma.

De Jagger bajó el subfusil y le ordenó a Randy hacer lo mismo. Le resumí los sucesos que me habían llevado hasta la Ruina de Alejandro, desde que aterricé en Kabul hasta que Zana y yo encontramos a Fido en el túnel del yacimiento. Le expliqué que, aunque el Zulfiqar había volado el acceso desde Tell Teba —cosa que De Jagger ya sabía—, nos habíamos topado por casualidad con otra entrada. De Jagger asintió.

—Entiendo... Fido rastrea a menudo el túnel... Creo que aún busca a su adiestrador. Por lo visto, ayer tuvo un golpe de suerte y los encontró a ustedes, pero luego los perdió en la tormenta. Randy y yo estábamos explorando por los alrededores de nuestro campamento cuando nos hemos encontrado con el perro. Él nos ha traído hasta aquí.

—¿Tienen un campamento? —pregunté—. ¿Hay más supervivientes?

—Solo seis... Siete, si contamos a Fido. Desde el túnel parte un sendero hacia el este que lleva a una explanada, allí es donde estamos refugiados. Ustedes tomaron justo la dirección opuesta. Es una suerte que Fido los haya podido rastrear.

—Pero nos topamos con alguien de su grupo... Me refiero a que ayer, durante la tormenta, vimos a una persona. Tratamos de llamar su atención, pero sin éxito.

De Jagger me miró con el ceño fruncido.

—Eso es imposible.

—Lo vimos con toda claridad: una persona caminando en la nieve.

—Señor Gaitán, ninguno de nosotros se alejó ayer por la noche del campamento, puedo jurárselo. Además, ¿por qué iba nadie a hacerlo a solas y en medio de una ventisca?

Pensé que quizá la tormenta y el agotamiento confundieron mis sentidos. En cualquier caso, no me parecía el asunto más importante en ese momento. Le dije al sargento que si nos llevaba de nuevo al túnel, Zana y yo podríamos indicarle la manera de regresar a Tell Teba. Él repuso que no era una opción viable.

—Randy y yo acabamos de pasar frente a la boca del túnel y hemos comprobado que está cerrada, cubierta por un desprendimiento. El temporal de nieve de anoche debió de causarlo.

—Pero... habrá alguna otra forma de salir del valle...

—Eso espero, el problema es que aún no la hemos encontrado. Hasta entonces es mejor que se hagan a la idea de que están tan atrapados aquí como el resto de nosotros.

—Fantástico. ¿Quién me mandaría a mí seguir a ese estúpido perro? —farfulló Zana.

De Jagger nos preguntó cómo habíamos encontrado aquel refugio y yo se lo expliqué. Le alegró saber que habíamos encontrado víveres; por lo visto, su grupo carecía de avituallamiento. Mientras Randy y él hacían acopio de latas con raciones de campaña, yo salí al exterior, deseoso de sentir el brillo y el calor del sol.

Hacía frío, pero era soportable. De la ventisca ya solo quedaban enormes neveros acumulados entre los peñascos y a los pies de los árboles. Los restos del camión ZIL seguían junto a la entrada de nuestro refugio. Reparé en que no era la única prueba de que, tiempo atrás, alguien estableció allí una especie de campamento base. Cerca había otras dos cuevas que contenían material parecido al que hallamos en la nuestra: prendas de abrigo, más raciones de campaña, equipo técnico estropeado... En una incluso encontré una vieja Avrora 215 de 8 milímetros, un modelo de cámara doméstica que se comercializaba en la Unión Soviética. Estuve tentado a llevármela para mi colección. En otra de las cuevas, que me pareció un rudimentario laboratorio, había toda clase de chismes científicos. Aquella chatarra debía de tener al menos unos cincuenta años.

—Este lugar es sorprendente —dijo De Jagger cuando salió de nuestro refugio. En la mano llevaba aquel cuaderno de tapas de metal que vi la noche anterior—. Sin duda se trata de una antigua base de exploración, pero ¿dónde están ahora sus ocupantes? ¿Y cómo llegaron hasta aquí?

Cerca de donde estábamos arrancaba un camino de tierra aplanada, bastante ancho. Era como si alguien hubiera querido abrir un paso para vehículos grandes a través del bosque.

—Tal vez llegaron por esta carretera... —sugerí.

—Parece que desciende hacia el corazón del valle —observó De Jagger—. Convendría explorarla, pero lo dejaremos para más tarde. Ahora será mejor que les llevemos a nuestro campamento.

Lo que quedaba de la Iniciativa GIDHE había montado una base en un lugar al que llamaban la Explanada, rodeado de fachadas monumentales esculpidas sobre cortes en la pared de la montaña. Parecían más antiguas que el propio tiempo.

Nuestra aparición en la Explanada causó un gran impacto, como era de esperar. Allí estaba Yukio, el cual, a diferencia de Randy y De Jagger, no me pareció un capullo integral; y también las dos doctoras: una de ellas era médico, de Albania, y la otra una arqueóloga inglesa. A Ruben Grigorian, el armenio que era seminarista o algo parecido, no lo vi hasta más tarde.

Diana y la doctora Trashani me parecieron las dos personas más cabales de todo el grupo. Con Diana, de hecho, sentí una conexión casi inmediata, me agradaba la manera en que transmitía confianza y seguridad. En algunos aspectos me recordaba un poco a Margo. La doctora Trashani, por su parte, era una mujer admirable, siempre centrada en buscar soluciones en vez de problemas. Nada más vernos aparecer a Zana y a mí, nos efectuó un chequeo médico para comprobar nuestro estado. Se sorprendió mucho al ver la colección de cicatrices que Zana lucía orgulloso por todo el cuerpo.

—Has debido de tener una vida interesante, querido. Algunas de estas viejas heridas son bastante feas.

—Descuide, lo más bonito aún sigue intacto.

Después llegó mi turno. Trashani no me encontró ninguna avería importante, salvo por mis golpes en las espinillas y un corte en el brazo que no acababa de cerrarse bien.

—Voy a tratarte con un antibiótico esta herida; no me gusta el aspecto que tiene. ¿Cuándo te la hiciste?

—Ayer. Un hombre me atacó en el yacimiento de Tell Teba... Dios, parece que fue hace un siglo.

Le conté a la doctora la pelea con el tipo que encontré en aquella despensa y cómo la cosa no acabó bien para él. Se lo describí y le dije el nombre que ponía en su documento de identidad: Anton Skalder.

Ella se quedó en silencio. Su mano suspendida en el aire, a unos centímetros de mi brazo, sosteniendo el algodón con el que estaba a punto de limpiarme la herida.

—Perdón, ¿he dicho algo malo?

—No, no. Es solo que tu relato me plantea un problema que no sé cómo interpretar: Anton Skalder murió hace días, mucho antes de que tú lo encontraras. Yo misma certifiqué su defunción.

—Entonces es evidente que la persona que me atacó no era él.

—Es evidente, sí... —dijo ella, aunque no me pareció que estuviera muy convencida—. Voy a pedirte que no le cuentes esto a nadie, Suren, ¿me has entendido? A nadie. Creo que será lo mejor.

Tras el chequeo, la doctora me dejó en manos de Diana, a quien tuve que describirle el deprimente panorama con el que Zana y yo nos encontramos en Tell Teba. Diana recibió mis noticias con el resignado fatalismo de quien ve confirmadas sus peores expectativas.

—Es terrible, terrible... Y sin embargo... no puedo evitar sentirme afortunada por haber sobrevivido... —Me miró con una leve expresión de culpa—. Qué forma tan horrible de enfocarlo, ¿verdad? Debes de estar pensando que soy terriblemente cruel.

Nunca he sentido demasiada confianza en el género humano. Pienso que, por cada mártir noble y abnegado, hay como unos mil tipos que tan solo aspiramos a pasar por este mundo sin causar demasiado daño y, sobre todo, sin que nos lo causen a nosotros. La reacción de Diana me pareció comprensible.

—¿Hay algo que Zana y yo podamos hacer para ayudar? —pregunté, ahora que sabía que todos estábamos atrapados en aquel barco a la deriva que se hundía lentamente—. ¿Cuál es exactamente vuestra situación?

—No muy buena... De hecho, yo diría que es nefasta: aislados, incomunicados, sin apenas recursos... Pero al menos ahora tenemos comida gracias a vosotros.

En ese momento apareció el sargento De Jagger. Quería informarme sobre algunas normas que yo debía observar, entre ellas, la de no aventurarme en solitario lejos de la Explanada. Parecía un policía recitándome mis derechos. Cuando terminó de hacerlo, Diana le preguntó si pensaba regresar al lugar donde habíamos pasado la noche Zana y yo.

—Desde luego, quiero explorarlo con más detenimiento. He visto algunas cosas que podrían sernos útiles: prendas térmicas, víveres... También encontré esto. —Nos mostró aquel cuaderno de tapas de metal que yo ya había visto la noche anterior—. Me parece que está en ruso.

—Ruben entiende el ruso, le pediré que le eche un vistazo en cuanto despierte. El pobre ha pasado la noche en vela y esta mañana no se encontraba nada bien, Fatmida le dio un chute de algo y lo mandó a descansar.

En ese momento se oyó a Zana discutir con alguien a voces. El sargento, Diana y yo salimos apresuradamente a la Explanada y lo vimos enfrentándose a Randy.

—¡Suelta eso! ¡Es mío! ¡Yo lo encontré!

Al parecer, el motivo de la disputa era una pequeña caja de metal que Randy intentaba quitarle a Zana de las manos. Se había empeñado en confiscársela aduciendo que era un objeto robado.

Era la misma caja etiquetada con la palabra «murli» que Zana encontró en Tell Teba poco antes de que yo me topara con el tipo de la despensa. No tenía ni idea de que la hubiera conservado, probablemente el nuristaní aún creía que dentro guardaba un valioso tesoro.

—Señor, este objeto no es suyo —intervino De Jagger—. Si no quiere ser culpable de un expolio, va a tener que entregármelo.

—Y tú vas a tener que obligarme, cretino.

La tensión aumentó. Por el rabillo del ojo vi cómo Randy colocaba el dedo cerca del gatillo de su subfusil.

—Pierde el tiempo, sargento, no entrará en razón, es como todos los suyos: solo saben matar y robar a los muertos —escupió entre dientes.

—También sabemos castrar cerdos, ¿quieres que te lo demuestre? —Zana desenfundó su machete.

De Jagger se interpuso entre ambos colocándose el subfusil frente al pecho, bien a la vista, y clavó sus ojos fríos en mi amigo.

—Señor, ¿va a causar algún problema?

El nuristaní pareció calmarse. Guardó su machete y se acercó a Randy con actitud remolona. Se le quedó mirando un par de segundos y después torció la boca en una especie de sonrisa reticente. Le tendió la caja y, justo cuando Randy iba a cogerla, le sacudió un formidable derechazo en la mandíbula. El de Pasadena cayó al suelo sobre su trasero.

Maldita sea, Zana...

De Jagger se descolgó el subfusil del hombro y apuntó al pecho de mi amigo. Por un instante creí que iba a acribillarle a tiros allí mismo. Quizá lo habría hecho si Diana no hubiera intervenido. La arqueóloga le arrebató a Zana la caja de las manos y la abrió accionando un pequeño cierre de combinación. Sacó de ella un instrumento de viento hecho de metal.

—¿Esto es todo? —dijo—. ¿Vamos a liarnos a tiros por una maldita flauta? ¡Tenéis que estar de broma! Sargento, deje de hacer el ridículo y baje el arma. Y tú, chico, toma esto. —Le puso a Zana aquel objeto, el murli, en las manos—. Esto es lo que querías, ¿no? ¡Pues ya lo tienes! Ahora ve a tomar un poco el aire hasta que se te bajen los humos, ¿entendido?

Zana se guardó el murli en el bolsillo y señaló a la cara de De Jagger con el dedo.

—Tú no me gustas, amigo.

Dio media vuelta y se alejó. Fido se fue tras él moviendo la cola.

—No debió hacer eso, doctora Brodber. Esa pieza pertenece a la Iniciativa GIDHE.

—Y usted no debió encañonar a nadie por una estúpida trifulca, sargento. Digamos que los dos nos hemos excedido bastante en nuestras funciones, así que olvidemos este asunto.

De Jagger no respondió. Se limitó a amagar una inclinación de cabeza y luego se alejó. Supongo que con el rabo entre las piernas. Yo me sentí en la obligación de disculparme por aquel espectáculo.

—Lo lamento. A menudo Zana puede ser... incontrolable. Le convenceré para que pida disculpas.

Ella suspiró. No parecía molesta, solo muy cansada.

—Si logras que lo haga, sería estupendo... Aunque, entre nosotros, creo que ese puñetazo le ha venido bien a Randy. Últimamente me preocupa que De Jagger y él se crean con demasiada autoridad.

—Espero que dentro de esa caja no hubiera nada valioso.

—En absoluto... Solo era un murli, una especie de flauta ceremonial que encontramos en la excavación. Es una chuchería sin apenas valor, lo único que tiene de interesante está en la inscripción que lleva grabada.

—¿Qué dice?

—«Yo soy la voz del cantor, aquel que domina la Furia».

—¿Y eso que significa?

—Ojalá lo supiera.

De pronto, Diana se quedó mirando algo que ocurría a mis espaldas. Me giré y vi a un hombre que cruzaba la Explanada arrastrando una rama gruesa y pesada.

—Discúlpame... —Diana se dirigió hacia el hombre—. Ruben, ¿qué haces? ¿Adónde vas con eso? Tendrías que estás descansando.

El individuo, el tal Ruben, tenía la mirada vidriosa y caminaba como un sonámbulo. Sus labios se movían como si estuviera susurrando palabras, pero de ellos no brotaba sonido alguno. La mente de aquel sujeto parecía encontrarse en un lugar muy alejado del resto de su cuerpo... Ni siquiera dio muestras de escuchar a Diana cuando le interpeló, se limitó a seguir caminando con su enorme rama a rastras.

Se metió dentro de una de las estructuras rupestres de la Explanada, en una especie de pequeña cueva cuyas paredes estaban forradas de placas doradas. Ruben enarboló su rama con ambas manos como si fuera un mazo y descargó un golpe tremendo en una de las placas de la pared. Sonó como si alguien hubiera tocado una campana.

—¡Ruben! —exclamó Diana—. ¿Te has vuelto loco? —Él golpeó la pared por segunda vez. Diana trató de quitarle la rama—. ¡Suelta eso, vas a causar un daño irreparable a esta estructura!

Forcejearon.

—¡Ayúdame, Suren! —me pidió.

Ese Ruben tenía una sorprendente fuerza y no estaba dispuesto a renunciar a su rama, que defendía como si estuviera hecha de piedras preciosas. Al final, entre los dos logramos arrebatársela.

Entonces, de forma completamente inesperada, aquel tipo se lanzó de cabeza contra la placa de la pared.

En la cabeza tenía una herida apenas curada. Golpeó el muro con tanta fuerza que la costra de la herida se abrió y empezó a sangrar. Diana dejó escapar un grito. Antes de que ella o yo pudiéramos reaccionar, Ruben embistió de nuevo contra la pared. Después otra vez, y otra, siempre en el mismo punto... Su cabeza quedó cubierta de sangre.

Diana y yo tratamos de sujetarlo y él se resistió con furia: pataleaba y gritaba como un loco, escupiendo gruesos hilos de saliva. De pronto se sacudió igual que un becerro de rodeo y, más de forma casual que intencionada, me propinó un fuerte golpe en el estómago con la rodilla. Yo lo solté. El tipo gritó con rabia y arrojó todo el peso de su cuerpo contra la placa de la pared.

El golpe resonó como el tiro de un cañón e hizo volcar la placa. En la sección de pared que antes ocupaba quedó al descubierto una entrada a una cámara de la que brotó una vaharada de aire pútrido y viciado. Diana se quedó anonadada, con los ojos fijos en aquella estancia secreta. Yo me acerqué al tal Ruben, que yacía desmadejado en el suelo. Estaba seguro de que en una de aquellas embestidas se habría roto algún hueso.

Lo ayudé a incorporarse. Su aspecto era terrible, tenía la cabeza cubierta de sangre y polvo y respiraba entre jadeos, pero parecía mucho más sosegado, como si toda su ira y su fuerza se hubieran consumido al lanzarse por última vez contra la placa de oro. De hecho, ni siquiera parecía la misma persona.

—Lo siento... Lo siento mucho... —repetía sin cesar.

Llamó a Diana y esta se arrodilló junto a él. Se puso a limpiarle la cara con su pañuelo.

—Ruben... pero ¿qué te ha pasado?

—No lo sé... De veras que no lo sé... Creía que soñaba... Te lo juro... creía estar soñando... No me lo explico... Ni siquiera sentía... dolor... —En su mirada había miedo y confusión. Creo que aún estaba bastante aturdido. Miró a su alrededor y reparó en la entrada a la cámara recién descubierta—. Oh, sí... —dijo, casi en un susurro, antes de desmayarse—. Me lo esperaba... Lo vi en mi sueño: un hipogeo... Una tumba oculta tras una cortina de oro.

30
Diana

«Fue un combate singular, cara a cara: el mago y el conquistador de imperios, el Príncipe Infinito contra el Sol de Macedonia»

Dejamos al pobre Ruben al cuidado de Fatmida. No me explico qué le ha podido ocurrir, era como si hubiera perdido el juicio. «Una manifestación de estrés, no hay duda», ha diagnosticado Fatmida. Yo no lo tengo tan claro... Si ella hubiera estado allí cuando Ruben se lanzó contra aquel muro, cubierto de sangre... Ha sido algo terrible.

—La tensión acumulada en exceso a menudo acaba aflorando de maneras extrañas, doctora Brodber —me ha dicho De Jagger, que, al igual que todos los demás, acudió al Palacio del Tesoro en cuanto oyó el escándalo que Ruben estaba montando—. Créame, lo he visto muchas veces en escenarios de batalla. Pero estoy seguro de que Grigorian mejorará en cuanto descanse un poco.

Eso espero yo también. Estoy preocupada por Ruben.

Lo que más me inquieta es que su arrebato, en cierto modo, tenía un propósito. Había una cámara oculta en el Palacio del Tesoro y Ruben lo sabía, aunque no imagino cómo lo pudo descubrir... Tal vez anoche, cuando se pasó horas en vela descifrando los textos de las placas de oro. Quién sabe. Todo esto es de lo más extraño.

He vuelto al palacio para explorar la cámara junto con De Jagger y Suren. Es sin duda un recinto funerario. Al entrar percibo destellos a mi alrededor. En los muros hay pedazos de un mineral cúbico y plateado, similar a la pirita, en cuyas múltiples facetas se refleja la luz de nuestras linternas. Puedo escuchar los latidos de mi propio corazón.

La cámara no es muy amplia pero sí de gran altura. No hay adornos ni relieves ni pinturas; los pedazos de titilante mineral son el único ornamento, y su efecto es sobrecogedor.

En el centro de la cámara hay un trono monolítico cubierto de inscripciones cuneiformes. Sentado en él, el rey nos contempla con sus ojos inmensos, de un tamaño casi grotesco. Creo que nuestra presencia no le complace. Parece un rey feroz. Incluso aterrador.

Kidinnu, el Príncipe Infinito.

Se trata de una fabulosa estatua dorada. Al verla, recuerdo un pasaje de la Biblia, del libro de Daniel: «El rey Nabucodonosor levantó una estatua de oro que medía veintisiete metros de alto y la plantó en el valle de Dura, en la provincia de Babilonia».

Esta no es tan grande. Si me colocara de pie frente a ella, mis ojos le llegarían a la altura del pecho, pero eso no la hace menos impresionante.

Oigo entonces la voz de Suren, a mi espalda:

—«Contemplad mis obras, poderosos, y desesperad»... —dice, más bien murmura. Luego me mira levemente avergonzado cuando se da cuenta de que lo he oído—. Leí *Ozymandias* en la facultad —me dice, como disculpándose.

Entiendo por qué la estatua de Kidinnu le ha recordado el poema de Shelley. Si pudiera hablar, creo que eso es justo lo que diría. Y su voz sería terrible.

La estatua representa a un hombre vestido a la manera de un rey oriental. Lleva un *gaunaka*, una especie de abrigo largo con mangas, y debajo una túnica suelta y pantalones ceñidos. Todos los reyes persas los llevaban, tal y como escribió Jenofonte hace más de dos mil años. A los griegos de Alejandro Magno los pantalones les parecían una prenda afeminada, propia de bárbaros decadentes. Estas ideas y muchas más me zumban en la cabeza.

Estoy tan aturdida, tan estupefacta ante lo que veo, que no acierto a pensar con claridad.

El *gaunaka*, la túnica, los pantalones... Todo está tallado en oro. El rostro del rey es una máscara de oro. En la cabeza lleva una especie de casco con forma de tiara y adornado con cuernos, también forjado en oro. Igual que las armas que Kidinnu sujeta en cada mano. En la derecha, una maza real; en la izquierda, un *sagaris*: un hacha de batalla que por un lado tiene una punta roma, como la de un martillo, y por el otro, una afilada hoja. El *sagaris* es un arma capaz de aplastar huesos y sajar carne con idéntica eficacia.

Veo a Suren filmando con una cámara. ¿De dónde la habrá sacado? Todo parece tan irreal... En un acto reflejo, me arreglo un poco el pelo: si mi imagen va a ser famosa, no quiero estar hecha un adefesio. De pronto la idea me parece tan ridícula que me echo a reír. Me siento nerviosa, excitada, fascinada... ¡Oh, Dios...! Esto es increíble. Todo esto es increíble.

—Aquel hombre, Ruben, dijo que esto era una tumba —recuerda Suren—. Pero no veo ningún sarcófago ni nada parecido, ¿dónde...?

—Creo que la estatua es el sarcófago. El cuerpo de Kidinnu fue embalsamado y cubierto de oro.

—Es... increíblemente hermoso. —El sargento De Jagger está plantado frente al trono de Kidinnu, muy quieto, con los ojos fijos en el rostro del rey. Resulta que el impasible De Jagger tiene un corazón capaz de conmoverse después de todo.

Le pregunto qué cree que deberíamos hacer con este nuevo y espectacular hallazgo.

—No estoy seguro... Tal vez lo más prudente sería no tocar nada hasta que Grigorian nos explique qué es todo esto, si es que puede. A fin de cuentas es él quien lo ha encontrado.

Me parece una buena idea. Salimos de la tumba y regresamos a la Explanada. Allí intercambio impresiones con Suren. Le doy las gracias por haber registrado en vídeo el momento del hallazgo, a nadie se nos había ocurrido hacerlo.

—Es mi trabajo, llámalo «deformación profesional» si quieres —responde encogiéndose de hombros. Después, con tono amargo, añade—: Para esto me contrataron, ¿no?

—¿De dónde has sacado esa cámara?

—Mi vieja Niepce... Aparte de mi hijo, es lo más valioso que tengo en el mundo. Jamás me separo de ella, este bendito trasto ha sobrevivido a Siria, El Salvador y no sé cuántos sitios más... Es como mi amuleto de la suerte. —Deja escapar un suspiro—. Se la ofrecí en pago a Zana a cambio de escoltarme a Tell Teba. Intento disfrutar de ella todo lo que pueda antes de que se acuerde de reclamármela.

Precisamente nos encontramos con Zana sentado en un rincón de la Explanada, aprovechando un anémico rayo de sol que asoma a duras penas por el cielo encapotado. Está leyendo un libro, con Fido hecho un ovillo cerca de él. Es curioso que el perro apenas se haya separado de su lado desde que llegó.

Me sorprende verlo ahí, tan tranquilo, como si nada extraordinario ocurriese a su alrededor. Suren le pregunta si acaso no le interesa que hayamos encontrado una cámara funeraria secreta llena de tesoros.

—Si no puedo quedármelos, no. Además, las tumbas son para los muertos, a mí no se me ha perdido nada en una de ellas.

Su apatía me parece casi ofensiva. Intento hacerle ver la importancia del hallazgo describiéndole cada detalle de la estatua de Kidinnu, pero de todo lo que le digo, solo hay un punto que despierta su interés.

—¿De veras tiene un casco con cuernos? Fantástico, en ese caso es mío, Suren me debe uno. Recordadlo cuando repartáis el botín.

Su amigo intenta hacerle ver que eso no funciona exactamente así. Entretanto, veo a Fatmida en su refugio y voy hacia ella para preguntarle por el estado de Ruben.

—Lo he dejado descansando. Tiene algunos golpes y magulladuras, pero nada importante. Creo que su problema es más bien mental, no físico.

—Ya. Esta situación nos está poniendo a todos a prueba.

—No, no hablo de la situación, hablo del lugar. Es este sitio en concreto lo que le afecta: su crisis, las pesadillas, su estado de confusión mental... Ruben lo está respirando.

—¿Qué significa eso de que «lo está respirando»?

Ella responde a mi pregunta con otra.

—¿Has tenido pesadillas desde que estamos aquí?

—Sí, cada noche. Como todos, creo.

—Tú lo has dicho: como todos. Eso no es casual, querida, ni tampoco es fruto del estrés. Me temo que está en el aire... Esos hongos fosforescentes... Captaron mi atención desde el momento en que los vi. Los he analizado y he descubierto que despiden unas esporas como las de los hongos psilocibios, pero de una variedad muy particular.

—Espera un momento... ¿Psilo... qué?

—Psilocibios. Hongos alucinógenos; provocan estados de alteración mental. ¿Nunca has probado las setas? ¿Ni siquiera cuando estudiabas en la universidad?

—Bueno, tuve mi época, como todo el mundo, pero solo fumaba algo de hierba de vez en cuando... ¿Quieres decir que esos líquenes son setas alucinógenas?

—De una variedad muy extraña, en efecto. Normalmente es necesario ingerir los psilocibios para que hagan efecto, pero en este caso parece que basta con respirar cierta cantidad de sus esporas. Hice una prueba anoche y fue... una experiencia intensa. Más bien aterradora, de hecho. Todos estamos respirando esas esporas y estoy casi segura de que eso es lo que nos provoca las pesadillas.

—Pero ¿por qué a Ruben le afectan más que al resto de nosotros?

—Porque creo que depende de la cantidad de esporas que asimila el organismo. El refugio de Ruben está cuajado de hongos y por eso se ha visto más expuesto a sus efectos, aunque no niego que estén interviniendo otros factores que se me escapan.

Quizá hay algo que lo hace más vulnerable, no lo sé... Ni siquiera sé exactamente qué tipo de reacción provocan en el cerebro, y eso me inquieta. He observado, además, otro aspecto sorprendente en esos hongos.

—¿Otro más?

—Sí. Su estructura celular es casi idéntica a la de aquel que encontré en la hormiga que mordió a Skalder, ¿recuerdas? ¿Cómo lo llamaste...? ¿El «hongo bailarín»? Creo que esta especie es similar, puede que incluso sea la misma.

—Si hay una posibilidad de que el aire que respiramos sea tóxico, ¿no crees que deberíamos hacer algo al respecto?

—Hasta el momento nadie salvo Ruben ha mostrado síntomas preocupantes. —Fatmida le da una larga calada al cigarrillo—. O puede que lo que le ocurre a Ruben solo sea agotamiento mental y yo esté sacando las cosas de quicio.

Ambas acordamos recomendar al resto del grupo tomar algunas precauciones, pero evitando dar demasiados detalles, al menos hasta que Fatmida esté segura de su hipótesis.

Dejo que la doctora se vaya a retomar sus estudios sobre los hongos y regreso a la tumba porque quiero fotografiar las inscripciones grabadas en el trono de Kidinnu. Tal vez en ellas encuentre más información sobre este lugar.

Cuando termino de registrarlas con mi móvil, me voy a mi refugio para estudiar los textos. No soy tan hábil como Ruben, pero creo que podré descifrar al menos parte de su significado si está escrito en un idioma que yo pueda entender.

Identifico dos alfabetos: griego y cuneiforme. El último no sé leerlo, así que lo intento con el primero. Descubro satisfecha que el texto está escrito en una lengua que domino: es koiné, el habla común en el imperio de Alejandro Magno. No estoy segura del todo, pero creo que relata las hazañas de un tal Aremanos, un soberano grande y poderoso que fue «abrasado por el sol de Macedonia» antes de que pudiera desatar un gran poder que Ahura Mazda le concedió: el Furioso Resplandor.

Lleno varias páginas de notas peleándome con la traducción hasta que escucho una voz familiar a mi espalda.

—El tiempo vuela cuando te pones a desentrañar uno de esos textos, ¿verdad? Conozco esa sensación.

El aspecto de Ruben me impresiona. Tiene la cara llena de apósitos que Fatmida le ha colocado para curar sus magulladuras, es como si le hubieran dado una paliza. Parece al menos diez años más viejo que cuando estábamos en Zombieland.

—Vaya, bienvenido de nuevo. ¿Cómo te encuentras?

—Oh, bien; solo un poco avergonzado... No logro entender qué es lo que me ha ocurrido antes. Solo sé que me metí en mi saco, me quedé dormido y tuve un sueño terrible y extraño... O, más bien, yo pensaba que era un sueño. Entonces desperté y estaba frente a aquella cámara funeraria, contigo y con ese muchacho... Todo el cuerpo me dolía, como si me hubieran arrojado desde una ventana... —Ruben sacude la cabeza—. De modo que no fue un sueño: realmente yo derribé aquella placa a golpes... Es... muy desconcertante.

—¿Sabías que allí se ocultaba una cámara sepulcral?

—Sí, lo sabía. Lo leí en los textos que traduje, pensaba decírtelo. Desde luego, lo que nunca se me pasó por la cabeza fue abrirla a la fuerza de la manera en que lo hice... —Se calla; es evidente que no quiere seguir hablando de esa especie de episodio psicótico del que ha sido víctima hace un rato. No se lo reprocho.

—Tal vez deberías descansar un poco más, te vendrá bien.

—No, no quiero dormir. —¿Es miedo lo que he detectado en sus ojos por un instante?—. Prefiero mantener la mente ocupada, eso sí que me vendrá bien. —Echa un vistazo a mis traducciones. De vez en cuando hace alguna corrección con un lápiz que se saca del bolsillo. No me lo tomo a mal. Es, como diría Suren, «deformación profesional»—. ¿Ya has descubierto que Aremanos es el nombre griego de Kidinnu?

—¿De veras? Maldita sea, ni siquiera se me había ocurrido.

—Me lo imagino, yo tardé bastante en reparar en ello. No entendía nada, pensaba que las placas del Palacio del Tesoro hablaban de dos personas distintas hasta que comparé el texto bactriano con el arameo, solo entonces me di cuenta. Por cierto, ¿sabías que no era un rey?

—¿A quién te refieres?

—A Kidinnu... O Aremanos. No era un rey sino más bien una especie de sumo sacerdote. El texto bactriano suele referirse a él como *magoi*: un mago.

—¿Y qué es «el sol de Macedonia»?

—Alejandro, por supuesto. Kidinnu y Alejandro se enfrentaron aquí, en este valle, fue un combate singular, cara a cara: el mago y el conquistador de imperios, el Príncipe Infinito contra el Sol de Macedonia. El relato está escrito en las placas del Palacio del Tesoro. Alejandro mató a Kidinnu y después dejó el valle, pero sus hombres se quedaron aquí para vigilar al mago.

—¿Para vigilarlo? ¿Por qué, si estaba muerto?

—Al parecer, ellos creían que Kidinnu estaba derrotado pero no muerto, o no del todo... Algo llamado Furioso Resplandor podía devolverle la vida y los hombres de Alejandro debían vigilar que eso no sucediera. Si a pesar de todo Kidinnu resucitaba, el Sol de Macedonia regresaría al valle para someter de nuevo al Príncipe Infinito. Solo él tenía el poder de hacerlo, ya que era hijo de Amón y, por lo tanto, un dios. Al parecer, nadie esperaba que Alejandro pudiera morir como cualquier otro ser humano.

—Otra vez se menciona ese «Furioso Resplandor», igual que en la inscripción de la puerta del *vihara*, ¿lo recuerdas?

—Sí: «Aléjate, peregrino. No despiertes al Furioso Resplandor»... Eso decía. Sé lo que me vas a preguntar: ¿qué es el Furioso Resplandor? Pero la respuesta no es sencilla. Ni tampoco breve.

—Por suerte o por desgracia tenemos todo el tiempo del mundo, así que adelante: te escucho.

Ruben suspira, como si cogiera fuerzas antes de hablar.

—Lo que yo sé es lo que cuentan los textos grabados en las placas del Palacio del Tesoro, nada más que eso, y en algunos aspectos son irritantemente crípticos. Dicen que hace mucho tiempo, un grupo de magos devotos de Ahura Mazda, seguidores del profeta Zoroastro, se retiraron a estas montañas y encontraron todas estas construcciones rupestres, los restos de una antigua ciudad deshabitada. No sabían quién la construyó, pero creían que sus moradores desaparecieron, o más bien se extinguieron, miles de años atrás. En el texto se dice que la ciudad ya estaba aquí antes de que el primer ser humano fuese creado, y que para entonces ya hacía tiempo que estaba deshabitada.

»Los magos de Zoroastro creían que los antiguos moradores de la ciudad conocían extraños secretos ocultos en las estrellas, por eso los magos se establecieron aquí, porque pensaban que era una especie de colosal observatorio astronómico y querían hacer uso de él para sus propios rituales y sus estudios del firmamento.

—¿Cuándo ocurrió eso?

—El texto dice que sucedió setenta y siete años después de la muerte del profeta Zoroastro.

Eso es lo mismo que no decir nada. Primero, porque setenta y siete me suena a cifra inventada, más bien simbólica; y segundo, porque seguimos sin saber con exactitud cuándo nació y murió Zoroastro. Últimamente los académicos tendemos a situar su nacimiento en algún punto de hace tres mil o tres mil quinientos años. De ser así, esos magos de los que habla Ruben llegaron a este valle cuando la dinastía de Tutankamón gobernaba en Egipto.

—Los magos —sigue contando Ruben—, se dedicaron a sus estudios durante largo tiempo, buscando dioses en el firmamento. Entonces, una noche, observaron una intensa luz que surgió de entre las estrellas. Los textos del Palacio del Tesoro la describen como «mil amaneceres en la medianoche». Dicen que aquel resplandor se desprendió del cielo y cayó sobre las montañas —añade—. El observatorio de los magos se derrumbó y todos ellos murieron... Todos salvo uno: Kidinnu, quien recuperó el

Furioso Resplandor de entre los escombros convencido de que era un heraldo de Ahura Mazda. Los textos lo describen como «un don», a veces como «una estrella», otras inscripciones dicen que era una especie de ángel o de emanación del propio Ahura Mazda... —Ruben se encoge de hombros—. En lo único que coinciden es en que era, esencialmente, algo que cayó del cielo.

—Y Kidinnu lo recogió.

—Más bien lo rescató. Al precipitarse sobre el Pedestal de la Luna, el Furioso Resplandor quedó sepultado en el corazón del valle, sumido en una especie de letargo. Por decirlo de otra forma: estaba «dormido». Kidinnu entendió que Ahura Mazda le había encomendado la misión de despertarlo para que desatara todo su poder, y en ello se empleó a partir de ese momento. Al valle acudieron entonces peregrinos de todas partes, incluso desde tierras lejanas, y, dirigidos por Kidinnu, levantaron un gran templo. Dicho templo tenía forma de cubo y, en su interior, había una cámara santa también cúbica donde dormía el Furioso Resplandor.

—Un cubo dentro de otro... —repito. Esa forma geométrica me resulta conocida—. Un teseracto.

—Supongo que esa sería una forma correcta de denominarlo. Un templo teseracto, diseñado basándose en medidas con propiedades mágicas, capaces de contener el poder que moraba en su interior. Se supone que el teseracto aún sigue aquí, en el centro del valle. La antigua ciudad sagrada volvió a repoblarse y en ella Kidinnu gobernaba como príncipe y sumo sacerdote de un nuevo culto basado en la veneración a aquel extraño poder que vino de las estrellas. Los textos dicen que el Furioso Resplandor concedió a Kidinnu la inmortalidad, y por eso su dominio en el valle se extendió durante siglos, hasta que llegó Alejandro.

Eso, como es lógico, me parece imposible. Le digo a Ruben que seguramente Kidinnu no sea un nombre propio, sino más bien una especie de título hereditario que ostentaban los sumos sacerdotes del valle, lo cual explicaría su pervivencia a lo largo de centurias. Es decir, no hubo un solo «kidinnu», sino multitud de ellos.

—Tal vez... —dice mi amigo—. Sin embargo, los textos dan a entender que el mago que se enfrentó a Alejandro era el mismo que recibió el don de Ahura Mazda miles de años atrás. La única variación que he observado es que, según el idioma en que está escrito el texto, se describe a Kidinnu con diferentes matices.

Le pido que me explique un poco mejor esa idea.

—La mayoría de los textos hablan de Kidinnu en términos elogiosos —aclara Ruben—. Los que están en sánscrito y arameo, por ejemplo, dicen que era un soberano implacable pero justo, con el virtuoso objetivo de despertar el regalo que Ahura Mazda entregó a los hombres. Dicen que la ciudad del valle era un paraíso, y que toda la Tierra sería igual cuando el Furioso Resplandor se alzara de su letargo. Sin embargo, el tono del texto griego es radicalmente distinto: Kidinnu era un monstruo enloquecido y sanguinario, y su ciudad, un reino infernal de muerte y sufrimiento habitado por criaturas demoniacas. El influjo del Furioso Resplandor se describe como una fuerza diabólica, una aberración más allá de todo conocimiento humano que por nada del mundo debía permitirse que se desatara. Su magia sobrenatural atraía a las gentes a esta ciudad y las transformaba en esclavos de Kidinnu... —Su voz se apaga y, casi en un susurro, añade—: Al valle no le gustan los intrusos. Quien se aventura en él jamás lo abandona, ni vivo... ni muerto.

Ruben se queda en silencio, ensimismado.

—¿Eso es lo que dice el texto griego?

Él reacciona a mi voz con un sobresalto.

—¿Eh...? Oh, sí... Eso dice, más o menos... También dice que Alejandro, hijo de Amón, llegó al valle aceptando un desafío de los sacerdotes de la fortaleza de Aornos. Aquí encontró el infierno de Kidinnu y le plantó cara... Imagínatelo: el dios contra el mago, en una lucha épica que hizo temblar el valle. Finalmente, el dios venció y el cuerpo de Kidinnu fue sepultado en una estatua de oro. Después de eso, Alejandro se marchó dejando aquí a sus hombres con la misión de custodiar la ciudad e impedir que el Furioso Resplandor despertara. El texto dice que los griegos construyeron un templo dedicado al dios Serapis adosado al teseracto, en cuyo interior había un portal a través del que se accedía a la cámara sagrada del Furioso Resplandor. Ese portal debía permanecer cerrado para siempre.

—¿Y qué pasó después? ¿Por qué la ciudad está ahora abandonada?

—No lo sé. El texto más moderno del Palacio del Tesoro es el que está escrito en griego y concluye con la construcción del templo de Serapis. No cuenta nada más.

—Si el teseracto y el templo serapeo siguen aquí, tenemos una oportunidad única para explorarlos. —Apenas puedo disimular la excitación que me causa el solo hecho de pensarlo.

—Sí, es una gran oportunidad, en efecto... Pero no me parece una buena idea.

—¿Por qué no?

—Porque he soñado con ese lugar. He soñado con que me encontraba frente al portal construido por Alejandro, y en mi sueño sentía una necesidad desesperada por abrirlo, de tal magnitud que ni con toda mi fuerza de voluntad podía resistirme. En mi sueño intentaba pedir a Dios que quitara de mi cabeza la idea de abrir ese portal, pero no recordaba ninguna oración y sentía que allí, en aquel lugar, Dios no podría escucharme... —Ruben me mira a los ojos—. Tengo miedo, Diana. Me aterra este lugar. Soy consciente de que algo le está haciendo... a mi cabeza. Tenemos que salir de aquí y volver a casa antes de que... —Su voz se interrumpe y su mirada se pierde en algún punto lejano, como si hubiera perdido el hilo de sus pensamientos.

—¿Antes de qué, Ruben?

Él se queda en silencio durante unos largos segundos. Parpadea, confundido, y me mira.

—Disculpa... ¿qué estaba diciendo?

—Deberías irte a descansar, creo sinceramente que lo necesitas.

Él, obstinado, vuelve a negar con la cabeza.

—No sería capaz. Lo que agradecería es que alguien me diera una ocupación, si sigo ocioso acabaré por perder el juicio... ¿Quieres que te eche una mano con las inscripciones del trono?

Algo me dice que no es buena idea dejar que siga leyendo sobre ciudades malditas y dioses muertos, me parece que no le está haciendo ningún bien. Reparo entonces en aquel cuaderno de cubiertas metálicas que De Jagger trajo del lugar donde encontró a Suren. Lo dejé entre mis cosas, cerca de mis apuntes.

—De acuerdo, ya que tantas ganas tienes de hacer algo útil, podrías echarle un vistazo a esto. Nada de mitos ni leyendas, solo un texto ruso corriente y moliente. Puede que en él haya alguna pista que nos indique cómo salir del valle.

—¿Ruso dices? Bueno, eso no será ningún desafío para mí, es casi como leer en mi propio idioma... —Ruben se fija en el sello de la portada y lo identifica de un solo vistazo—. Academia de Ciencias de la Unión Soviética... ¿Cómo ha venido esto a parar aquí?

—Eso, amigo, es justo lo que esperamos que tú nos respondas.

Б/180681-C

Memorándum de Iván Galáiev, Instituto Minero de Leningrado
Secretario del Presidium de la AH CCCP*
Misión: «Dolgoruki». Clave: Б/180681-C
Nivel: CONFIDENCIAL

7 de abril—. La gruta natural que discurre por el interior del macizo montañoso del Mahastún se interrumpe al cabo de unos cuatro kilómetros. Tan solo unos metros de roca nos separan de la Ruina de Alejandro y del objetivo de nuestra misión. Los miembros más importantes del equipo nos hemos reunido esta tarde para discutir la mejor forma de proceder.

Durante la reunión me he mantenido en un discreto segundo plano. Como secretario del Presidium, mi cometido aquí es meramente el de representar al órgano rector de la Academia de Ciencias. No tengo voto ni apenas voz. Burenin, el representante del Secretariado Científico, me lo dejó bien claro desde el primer día. Mejor no contrariar a Burenin. Es miembro del Partido y resulta evidente cuál es su cometido en esta misión.

En la reunión se han hecho varias propuestas. Burenin no ha aportado ninguna. Él nunca habla. Nunca interviene. Solo vigila y escucha mientras el resto comparten sus ideas.

Ha sido un largo debate porque nuestro equipo es numeroso. Además de Burenin y yo, hay un investigador de la Comisión Arqueográfica, experto en Historia Antigua, dos miembros del Instituto Botánico Komarov y un grupo de cinco científicos del Instituto Lysenko de Ingeniería Biológica. También nos acompaña el teniente Oqilov, un oficial tayiko al mando de un

* Academia de Ciencias de la Unión Soviética.

grupo de soldados del Distrito Militar del Turquestán. Ha sido, precisamente, el teniente Oqilov quien ha propuesto abrir una salida a la gruta con explosivos. Burenin ha dado su aprobación.

Esperemos que el plan tenga éxito.

9 de abril—. Oqilov ha abierto la gruta con una voladura controlada. La salida es incluso lo bastante amplia como para que pase nuestro camión con el equipo. Mañana entraremos en la Ruina de Alejandro.

10 de abril—. Ya tenemos un campamento base. Está a solo unos metros de la vía de acceso que Oqilov y sus hombres despejaron con los explosivos. Esto es estupendo porque, en caso de necesidad, podremos traer cómodamente nuevos suministros.

El campamento está en un bosque en el que hay varias cuevas. Las cuevas fueron sin duda excavadas por la mano del hombre y en ellas se aprecian interesantes tallas ornamentales. Gryshenko, el investigador de la Comisión Arqueográfica, está encantado y no para de hacer dibujos. Dice que dentro de una de las cuevas hay un relieve que representa lo que él cree que es un mapa del valle. En la zona también hay numerosos hongos de los cuales hemos tomado muestras para analizar.

11 de abril—. Avances importantes: Gryshenko ha corroborado que el relieve de la cueva es un mapa, y que en él se indica la ubicación del templo de Serapis construido por Alejandro Magno. Gryshenko lo denomina «serapeo», que entiendo que es el término académico. Por otro lado, los investigadores del Instituto Botánico han analizado los hongos y están seguros de que contienen las mismas esporas que se encontraron en la Piedra Dolgoruki.

12 de abril—. Burenin se mueve como una sombra por el campamento y me pide informes por escrito de absolutamente todo.

Hoy me ha encargado uno sobre la Piedra Dolgoruki. Adjunto copia aquí. Lo he redactado de memoria, por lo que algunos datos pueden no ser muy precisos:

> Muestra 282, conocida como «Piedra Dolgoruki»: fragmento mineral de 1,81 kg de peso. Fue descubierta de forma casual en un almacén del Instituto de Minería de Leningrado en 1932. El fragmento llamó la atención de un grupo de investigadores del Instituto cuando determinaron que se trataba de un mineral desconocido hasta la fecha, el cual manifestaba sorprendentes propiedades. Análisis más exhaustivos hechos a posteriori han establecido que la piedra emite una leve radiación en forma de impulsos aleatorios que afecta a los campos magnéticos. Se ha comprobado también que estos impulsos pueden inutilizar aparatos eléctricos y neutralizar la frecuencia de las ondas de radio. Por el momento se desconoce la naturaleza de la radiación emitida por la piedra y por qué provoca estos efectos.
>
> Esos impulsos, aunque aleatorios, reaccionan a sonidos emitidos en determinada frecuencia como si, de algún modo, la Piedra fuera capaz de «escuchar». Se hicieron experimentos con diapasón y sus resultados fueron inequívocos: la Piedra emite un impulso cuando «escucha» una nota específica, y este impulso es de mayor intensidad cuanto más cercana se halla la fuente del sonido.
>
> En estas mismas pruebas de laboratorio se verificó también que los impulsos pueden ser neutralizados mediante cristales de galena. Por algún motivo que aún no se ha determinado, este mineral, la galena, tiene la cualidad de «repeler» los impulsos emitidos por la Piedra Dolgoruki actuando como un escudo frente a los mismos.
>
> Además de todo lo expuesto, parte de la Piedra está cubierta de un hongo liquenizado de una variedad desconocida. Este liquen también manifestó propiedades inusuales que fueron sometidas a estudios sobre cuyo desarrollo no estoy al tanto.
>
> La Academia de Ciencias (AH) trató de rastrear el origen de la Piedra. Tras una investigación minuciosa, se descubrió que

había pertenecido al príncipe Vassili Alexyevich Dolgoruki. En 1918 el príncipe fue condenado a muerte y todas sus propiedades pasaron a manos del Estado en cumplimiento del Decreto sobre la Tierra. Entre ellas se encontraba la Piedra, que, junto con otros objetos, fue depositada en el Instituto de Minería de Leningrado sin que se conozcan las circunstancias exactas de dicho depósito.

El príncipe Dolgoruki era un hombre de grandes inquietudes científicas y explorador avezado en su juventud. La investigación de la AH logró determinar que el príncipe encontró la Piedra durante una expedición a Afganistán. Dolgoruki aseguraba que provenía del valle interior del Mahastún, conocido como la Ruina de Alejandro, y que era un fragmento de un monolito mucho mayor. Tal vez algún tipo de cuerpo celeste cuya composición exacta está siendo estudiada por astrónomos.

Durante las últimas décadas una comisión especial de la AH ha estudiado todo lo relacionado con la Piedra Dolgoruki. Esta comisión, compuesta por científicos y expertos de diversas disciplinas, registró sus conclusiones en un informe fechado en 1978. A grandes rasgos, el informe concluye que existe una relación entre la Piedra Dolgoruki y un antiguo templo con forma de teseracto que, según fuentes, fue construido durante el segundo milenio antes de Cristo por magos zoroástricos. Partes de este informe están clasificadas como OB (Alto Secreto), por lo que hasta el momento no tengo acceso a ellas.

La misión Б/180681-C tiene como objetivo explorar la Ruina de Alejandro y localizar el cuerpo celeste del que fue extraída la Piedra Dolgoruki para su posterior traslado y estudio.

15 de abril—. Sin lugar a dudas el interior del valle emite una radiación en forma de impulsos idéntica a la de la Piedra Dolgoruki, solo que de una intensidad mucho mayor. Hemos traído cristales de galena para proteger nuestros aparatos eléctricos y, en general, funcionan como estaba previsto. Sin embargo, hoy por la tarde se ha registrado un impulso de una fuerza inusitada que ha neutralizado el efecto escudo de los cristales de galena e inutilizado momentáneamente parte de nuestro equipo. Espero que se trate de un hecho aislado.

16 de abril—. Me pregunto por qué en esta misión hay tantos botánicos y biólogos y en cambio apenas hay geólogos.

17 de abril—. Hoy mismo hemos comenzado a abrir un camino hacia el centro del valle. Hemos talado algunos árboles y despejado el arranque de una vía con la anchura necesaria para que circule nuestro camión.

20 de abril—. La obra de la carretera avanza sin novedad. Hoy Gryshenko, el arqueólogo, me ha mostrado fotografías de unos papiros muy interesantes que datan del siglo VI. Fueron elaborados por el antiguo culto del Buda durmiente, o secta de Sayanabuda (G. dice que hay unas ruinas de un monasterio de esa secta en el Mahastún, algo más al sudeste del lugar por donde nosotros accedimos al valle). El papiro muestra una esfera de luz cayendo sobre unas montañas. En el interior de la esfera hay una criatura azulada de rostro maligno. G. la ha señalado y ha dicho, bromeando, que la Piedra Dolgoruki es un pedazo de ese ser. Los monjes del Sayanabuda creían que lo que hay en el centro del valle es un demonio que vino desde las estrellas para despertar a Buda de su meditación.

23 de abril—. Hemos tenido que volar un peñasco que interrumpía el trazado de nuestra carretera. Oqilov ha traído una cantidad absurda de explosivos a esta misión. ¿Para qué necesitamos tantos?

24 de abril—. Le hablo a Burenin sobre los explosivos. Dice que si el cuerpo celeste que buscamos está dentro del templo teseracto, como cree Gryshenko, puede que (cito textualmente) «haya que sacarlo por las malas». Yo le he respondido que, en cualquier caso, no me gusta que haya tanto material explosivo por el campamento, así que le he pedido que al menos le sugiera a Oqilov almacenarlo lejos de nosotros. Burenin dice que lo hará. Eso espero. Últimamente noto a Burenin disperso, a veces incluso incoherente en su discurso. Creo que no está durmiendo bien.

25 de abril—. Oqilov ha sacado parte de los explosivos del campamento y los ha almacenado en la gruta por la que accedimos al valle. Es un avance, pero me sentiré más tranquilo cuando todas las cargas estén bien lejos de nosotros.

27 de abril—. Uno de los soldados asegura haber visto intrusos en las inmediaciones del campamento durante su guardia nocturna. Oqilov y sus hombres han inspeccionado el perímetro y han encontrado unos rastros, pero creen que pueden ser de animales. Una falsa alarma, sin duda. A pesar de todo, Burenin está muy nervioso y quiere que se doble el número de efectivos durante las guardias.

30 de abril—. Ha ocurrido un hecho desgraciado. Durante la noche, una de las cargas explosivas almacenadas en la gruta se ha detonado provocando un desprendimiento en la ladera de la montaña. Nadie se explica cómo ha podido ocurrir, pero el caso es que ahora nuestra vía de salida del valle está cerrada. Hemos considerado la posibilidad de tratar de abrirla de nuevo con la única carga de explosivos que nos queda, pero tanto Burenin como Oqilov han descartado por completo la idea. Burenin no quiere malgastarla por si la necesitamos para acceder al cuerpo celeste. Oqilov, por su parte, no está seguro de que en el interior de la gruta no haya quedado algún explosivo sin detonar, y teme que si utilizamos la nuestra para abrirla pueda provocar una deflagración en extremo violenta y peligrosa. Tendremos que buscar otra forma de salir del valle. Hemos pedido ayuda por radio, pero nadie nos responde.

2 de mayo—. Más problemas. Gryshenko ha desaparecido. Esta mañana se alejó a solas del campamento para inspeccionar unas ruinas y, desde entonces, nadie lo ha vuelto a ver. Lo hemos buscado sin éxito durante horas, hasta que nos hemos quedado sin luz. Reanudaremos la búsqueda mañana cuando salga el sol.

3 de mayo—. Me preocupa Burenin. Creo que no está bien. Apenas duerme y no parece que le inquiete ni la desaparición de Gryshenko ni la explosión en la gruta. Solo habla del cuerpo celeste, no para de repetir que hay que llegar a él como sea y, cuando está a solas, farfulla cosas sin sentido, como que hay que «despertarlo».

4 de mayo—. Seguimos sin encontrar rastro de Gryshenko.

5 de mayo—. Sin rastro de Gryshenko.

6 de mayo—. He tenido una charla muy interesante sobre el cuerpo celeste con Leónov, uno de los científicos del Instituto Lysenko. Comenzamos debatiendo sobre la hipótesis de que impactara en el valle hace unos tres mil o cuatro mil años, que es la que maneja el Instituto de Minas de Leningrado. Eso nos ha llevado a hablar sobre el liquen que cubre parte de la Piedra Dolgoruki y del cual hemos hallado aquí muestras abundantes. Dice Leónov que no cree que el liquen llegara del espacio exterior, sino que es más bien el producto de la simbiosis entre una rara variedad de hongo del valle y una especie de cianobacteria de origen desconocido que el cuerpo celeste trajo consigo. El resultado, dice, es un liquen cuyas propiedades tienen asombrados a los expertos biólogos y botánicos. No ha querido revelarme qué propiedades son esas, solo ha dicho que su potencial es (cito textualmente) «fascinante y aterrador». Creo que durante nuestra charla me ha revelado información confidencial, tal vez porque desde que Burenin está, digamos, indispuesto, todo el mundo ha bajado un poco la guardia. Estoy seguro de que si tiro de la lengua a Leónov me contará más cosas.

Sin rastro de Gryshenko.

7 de mayo—. Encontrado el cadáver de Gryshenko. Parece evidente que no estamos solos en el valle.

31
Suren

«Era imposible abrirse paso sin tener que apartar sus cadáveres con la punta del pie. A menudo los aplastábamos sin querer con las suelas de nuestras botas»

Los latidos del corazón del valle.

Yukio los llamaba las OHP, las ondas hijas de puta. Anulaban por completo cualquier cosa que tuviera un circuito eléctrico, igual que si una mano invisible pulsara el botón de apagado. Él sospechaba, aunque no podía probarlo, que las OHP fueron las causantes de inutilizar los *káliva* y demás sistemas de defensa de Tell Teba justo cuando atacó el Zulfiqar.

«A esas cabronas nunca les gustó que hubiera gente hurgando en las montañas. Por eso nos la jugaron», decía a veces, farfullando las palabras como si revelara un secreto.

Cuando el valle emitía una de esas ondas, se te erizaba la piel y sentías un leve hormigueo en el estómago, parecido a cuando desciendes por una montaña rusa. La doctora Trashani describió sus efectos de un modo muy pintoresco: dijo que era como si un fantasma te atravesara el cuerpo.

A Fido las OHP le afectaban un poco más que al resto. Cuando llegaba una, erizaba las orejas y emitía un gemido. Las OHP también afectaban a su sistema de voz y cuando se lo volvíamos a conectar decía: «*¿Qué ha sido ese El Sonido? ¡No me gusta!*». Y cosas por el estilo.

Grigorian encontró una forma de neutralizar el efecto de las ondas cuando se puso a traducir aquella bitácora de la expedición soviética; se trataba de un material que los rusos trajeron al valle, así que decidimos ir a su campamento para buscarlo.

El valle estaba cubierto por una niebla pastosa que hacía que el campamento pareciera aún más desolado y siniestro. Yo me puse a filmar cómo De Jagger y Yukio sacaban cajas con equipamiento diverso de los refugios. Mientras, Zana deambulaba en busca de cosas que rapiñar. Ya se había agenciado un par de botas, un ajedrez y un abrigo militar de lana que le hacía parecer un espantapájaros. Fido lo acompañaba hablándole sin parar.

¿Quieres que busque El Algo? De esa cueva surge un olor bueno, ¿quieres que vaya a ver qué es? ¡Quizá sea comida! La compartiremos.

—Suren, quítame a este estúpido perro de encima. ¡No para de seguirme a todas partes!

—Lo siento, amigo, pero creo que le gustas.

—Maldita sea, ¿por qué?

—Yo qué sé. Los perros son extraños.

Cuando hablábamos entre nosotros solíamos hacerlo en darí, así que Diana me preguntó por qué protestaba Zana.

—Conflictos perrunos, nada importante.

—Oh, bien... —respondió ella, distraídamente. Desde que habíamos llegado al campamento soviético no dejaba de mirar la carretera de tierra aplanada que se internaba hacia el valle, como preguntándose qué habría al final.

De Jagger y Yukio salieron de una cueva acarreando un contenedor metálico entre los dos y lo dejaron junto a otros que ya habían agrupado cerca de la carretera. Eran bastante pesados, pero el *káliva* tenía un sistema en su diseño que permitía a su portador levantar pesos sin esfuerzo hasta cierto límite.

De pronto oí gemir a Fido. Noté un espasmo en el estómago bastante fuerte y la Niepce se apagó.

—¡Guau! ¿Habéis sentido eso? —exclamó Yukio—. ¡Esa OHP era de las gordas! Pero los trajes no han dejado de funcionar, qué extraño...

Posaron el contenedor en el suelo y De Jagger reventó la tapa con una palanca. Dentro había un montón de rocas plateadas no más grandes que una pelota de golf.

—¿Qué es esto, doc? —preguntó Yukio.

—Justo lo que estábamos buscando: cristales de un mineral llamado galena. Ruben dice que los soviéticos los utilizaban para neutralizar el efecto de las OHP.

—¿Y de veras funcionan?

—Bueno, De Jagger y tú estabais cerca de ellos y vuestros trajes siguen operativos, en cambio la cámara de Suren se ha quedado frita, así que yo diría que sí, que funcionan.

—¡Estupendo! ¡Por fin algo bueno! —Yukio cogió un trozo de galena y le dio un beso—. A partir de ahora no pienso separarme de esta preciosidad. ¡*Spasibo*, camaradas, estéis donde estéis!

Nos repartimos los cristales, uno para cada uno, aunque Zana se metió tres o cuatro en los bolsillos. Creo que su brillo plateado le hizo pensar que eran muy valiosos. Después De Jagger y Yukio se pusieron a abrir los demás contenedores. En uno de ellos encontraron un montón de cables y piezas. A mí me parecieron los desechos de un almacén de ferretería, sin embargo Yukio parecía estar familiarizado con todos aquellos trastos.

—Creo que son detonadores. Detonadores para explosivos.

—Quizá Randy debería echarles un vistazo, ¿no estuvo con el servicio de artificieros de Pasadena? —dijo De Jagger.

—Sí, dos meses —replicó Yukio, desdeñoso—. Dudo que en ese tiempo aprendiese algo más allá de distinguir un cartucho de dinamita de una vela perfumada. Modestamente, sargento, si necesitara usted montar uno de estos cacharros, le aconsejo que me lo pida a mí.

—Espero que no sea necesario. Por otro lado, no sirven de nada sin explosivos y aquí no hay ninguno. Me pregunto por qué.

La pregunta, más bien, era cómo diablos salieron los rusos del valle, aunque eso no podríamos saberlo hasta que Grigorian terminara de traducir el diario. Precisamente en ese momento estaba en la Explanada trabajando en ello.

Yukio y De Jagger terminaron de abrir el resto de las cajas. Después nos pusimos a vaciar parte del contenedor de galena, pues no íbamos a necesitar todos los cristales, y lo llenamos con los víveres que pudimos encontrar en la base. Todo esto nos llevó un buen rato, al cabo del cual Yukio observó que no tardaría en hacerse de noche y que sería mejor regresar a la Explanada.

—Esperad un momento —dijo Diana—. ¿Dónde está el sargento De Jagger?

No lo veíamos por ninguna parte y ninguno recordábamos exactamente cuándo lo habíamos visto por última vez, estábamos demasiado ocupados registrando los restos soviéticos en busca de latas de comida.

Exploramos los alrededores llamando a voces a De Jagger.

¡Yo he visto a El Sargento Persona! Se marchó por La Carretera y desapareció en La Niebla —informó Fido.

Llevaba repitiéndolo un buen rato, pero nadie le hacía caso. Fue Diana la primera en atender a sus palabras.

—¿Se ha ido él solo y sin avisar? —dijo—. ¿Hace cuánto de eso, Fido?

El Antes. Se ha marchado El Antes.

Supongo que era mucho pedir que un perro tuviera una noción del tiempo más precisa.

Nuestro amigo canino nos aseguró que él podía encontrar al sargento, así que decidimos internarnos por aquella carretera y tratar de seguir sus pasos. No creíamos que hubiera llegado muy lejos.

La ruta no era precisamente un bello paseo. El valle estaba silencioso como un cementerio y la espesa niebla transformaba cualquier sombra en algo que preferirías no encontrarte en una pesadilla. A medida que avanzábamos, el camino se hacía más tosco y estrecho hasta convertirse en un sendero que serpenteaba entre peñascos con fachadas esculpidas, como las que había en la Explanada. A veces, de aquellas fachadas surgían de pronto pajarracos negros graznando y batiendo las alas. Alguno me dio un buen susto. Fido, en cambio, se divertía tratando de atraparlos al vuelo.

¡Pájaros tontos! ¡Pájaros tontos! ¡Volved! ¡Os voy a dar vuestro merecido!

Logró agarrar a uno con un salto espectacular. Sus huesos crujieron entre los dientes del perro, quien, muy satisfecho y con el hocico manchado de sangre, le llevó el pájaro a Zana a modo de presente.

—¿Qué me traes? ¿Un estornino? Bah, es más bien canijo..., pero supongo que estará sabroso después de ponerlo un rato al fuego.

Cuando Fido vio que su nuevo amigo no le hacía ascos al pájaro se fue a cazar más. Iba y venía en busca de nuevas presas. Trajo un ave agusanada que fue la primera de varias que se encontraban en igual o peor estado, hasta que a Zana se le agotó la paciencia.

—¡Basta! ¡Ya te he dicho que no quiero más pájaros! Además, no trates de engañarme, sé que no los estás cazando tú, ¿de dónde diablos sacas toda esta carroña?

¿Quieres más? Ven, sígueme. Hay muchos más por aquí.

Fido nos llevó por un sendero hasta que nos topamos con una pareja de estatuas muy grandes, de unos tres metros cada una, agrietadas y cubiertas de zarcillos secos. Ambas estaban cara a cara y representaban un grifo sentado sobre sus cuartos traseros, con su cuerpo de león, su cabeza de águila y las alas desplegadas en abanico sobre sus lomos. Eran como esas esfinges enormes que se exponen en el Museo Británico.

Los grifos flanqueaban lo que parecía ser el arranque de una calzada, o, más bien, de lo que quedaba de ella. Casi todos sus adoquines habían desaparecido entre raíces y arbustos, pero su trazado aún era apreciable.

Sobre la calzada había decenas de estorninos muertos, patéticos montones de plumas con las patas encogidas. Algunos llevaban días pudriéndose, otros parecían recién caídos del cielo; la mayoría no eran más que huesos. Parecía algo apocalíptico: la tierra cubierta de aves fulminadas en pleno vuelo.

Diana me pidió que filmara los grifos. Era imposible no sentirse sobrecogido por aquellos vigilantes de piedra, guardianes de un camino que nadie había recorrido en... ¿cuánto tiempo? ¿Cientos de años? ¿Miles? Sus ojos ciegos, al mirarte desde la altura, parecían despreciarte: «No eres nadie, no eres nada; nosotros seguiremos aquí siglos después de que hayas empezado a pudrirte como esos pájaros».

¡Por aquí! ¡El Sargento Persona ha ido en esta dirección! —anunció Fido de pronto.

El animal nos guio siguiendo un rastro que nos llevaba a través de la calzada de los grifos. Toda ella estaba alfombrada de pájaros muertos... Cientos de ellos. Era imposible abrirse paso sin tener que apartar sus cadáveres con la punta del pie. A menudo los aplastábamos sin querer con las suelas de nuestras botas y sus huesecillos crujían como grava. El olor era nauseabundo, pues muchas de aquellas aves aún estaban pudriéndose.

Empecé a sentirme mal, mareado, y a cada paso la sensación iba a peor. Yukio caminaba cerca de mí, con el subfusil pegado al pecho. A veces le oía mascullar entre dientes: «Pájaros muertos... ¿Por qué hay tantos pájaros muertos? No es normal, no, señor, ya lo creo que no es normal... Tantos pájaros muertos».

Encontramos a De Jagger al final de la calzada. Estaba de espaldas a nosotros, quieto como una estatua de sal, observando algo con la intensidad y el pasmo de alguien que contempla el mar por primera vez.

Se trataba de un cubo. Un colosal cubo de piedra del tamaño de un edificio, hecho de sillares de arenisca negra con vetas rojizas. Un castillo sin almenas ni torreones, inmenso y solitario, rodeado de un silencio blanco. En sus caras no había adornos ni ventanas, solo hileras de roca apiladas una encima de otra.

—¡Por fin, sargento! —dijo Yukio—. ¿Por qué se alejó del grupo sin decir nada a nadie?

De Jagger nos miró a todos con expresión de desconcierto, parecía preguntarse cómo habíamos aparecido de pronto a su espalda.

—Lo siento... Es extraño, no era consciente de haberme alejado tanto, solo comencé a caminar y... me distraje.

—Le hemos estado llamando, ¿no nos oyó?

—Sí, oí mi nombre, pero... la voz venía de... —Lanzó una mirada inquieta al cubo—. No importa... ¿Qué lugar es este, doctora Brodber?

—Diría que nos hemos topado con el templo que, según las inscripciones del Palacio del Tesoro, Kidinnu ordenó levantar como morada para el Furioso Resplandor.

Zana miraba aquella mole siniestra con el rostro torcido.

—Esto no parece un templo...

—Según los textos que Ruben tradujo, es más bien un teseracto: una estructura con forma de cubo cuyo interior alberga otro cubo idéntico, pero más pequeño. No muy lejos de aquí debería haber un santuario dedicado al dios Serapis levantado por Alejandro para sellar el teseracto.

—¿Sellarlo? —preguntó De Jagger—. ¿Para impedir que nadie entrara?

—Más bien para impedir que algo saliera de él —respondió Diana, sin querer dar más detalles.

—Entonces el teseracto no es un templo, es una prisión.

—Desde luego, no es un lugar en el que me gustaría quedar atrapado —observó Yukio—. ¿Soy el único que nota algo malo aquí? Como una OHP más suave, pero, no sé... también más... nociva...

Rodeamos el cubo hasta encontrar un pequeño santuario adosado a una de sus caras. Era una estructura muy simple, con forma de casita y un frontispicio clásico en la entrada. Me recordó al Partenón de Atenas, pero de un tamaño mucho más reducido...

Diana utilizó para describirlo muchos términos técnicos bastante más profesionales que «estructura con forma de casita», pero no fui capaz de recordar ninguno salvo *in antis*. Dijo un par de veces que era «un templo *in antis*».

Con respecto al cubo, la proporción del templo era como la de una pelota de tenis comparada con un balón de baloncesto. Su parte trasera estaba adherida al teseracto y en el extremo delantero había un pórtico en cuyo interior encontramos una estatua en ruinas de un hombre en un trono. Estaba decapitado y le faltaba el brazo izquierdo. El derecho lo apoyaba sobre un animal sentado a sus pies: un perro con tres cabezas y una serpiente a modo de collar. Imagino que a Fido debió de parecerle desconcertante.

Gracias a ese extraño perro tricéfalo, Diana identificó al hombre de la estatua como Serapis, un dios mitad griego y mitad egipcio a quien, al parecer, Alejandro se encomendó en su lecho de muerte. Diana nos contó que era un dios relacionado con el Inframundo y eso me pareció un mal augurio.

En realidad, todo me daba malas vibraciones: la niebla, el silencio, la tierra sembrada de pájaros muertos, el dios sin cabeza, su siniestra mascota y, sobre todo, ese cubo monolítico negro surcado de vetas rojas que parecían venas y capilares; de alguna forma le conferían el aspecto de ser algo vivo. Incluso habría jurado que emitía un tenue zumbido de cadencia regular, como el latido de un corazón. O quizá eran imaginaciones mías porque nadie más lo comentó, aunque vi a Fido agachar las orejas como si oyera algo desagradable.

No me gustaba aquel lugar. No me gustaba nada. Quería marcharme cuanto antes.

—Quizá sea mejor regresar a la Explanada... Los demás se estarán preguntando por qué tardamos tanto.

De Jagger pasó a mi lado.

—Yo voy a entrar —dijo. Creo que, de haber estado en su camino, me habría apartado de un empujón.

Se aventuró en el serapeo solo, sin esperar a nadie, como quien responde a una llamada. Los demás lo seguimos. Yo entré el último, dudando a cada paso. Antes de atravesar el umbral dirigí una mirada inquieta hacia mi espalda.

Tenía la sensación de que alguien me estaba observando.

32
Suren

«Nadie muere en el valle. Nadie sale de él. Nadie vive en él... Ahora lo comprendo: es como el Hades... Hades Alexandreya, Alejandría del Infierno»

—¿Algo va mal, Suren? —Diana había notado mi inquietud.

—No lo sé... Es este lugar, me pone de los nervios: hay pájaros muertos por todas partes y una extraña estructura gigante con forma de cubo..., ¿qué diablos se supone que es? ¿Por qué un cubo? Parece algo que construiría una maldita civilización extraterrestre.

Diana esbozó una sonrisa condescendiente.

—Tampoco es tan extraño. En la Antigüedad, los aqueménidas construyeron varios templos y cámaras de tesoros con forma cúbica. En Pasagarda, en Naqsh-e Rostam... Conocemos muchos ejemplos. Este es algo más grande de lo habitual, lo admito, pero te aseguro que no tiene nada de alienígena.

—¿Quieres decir que tú no percibes que algo no está bien aquí? ¿De verdad que no lo notas?

—Solo estás sugestionado... A veces el miedo puede hacer que...

—No me hables del miedo, lo conozco muy bien porque me he jugado la vida en más sitios de los que puedo recordar; y hace falta mucho más que unos pájaros muertos y una ruina abandonada para hacerme sentir como me siento ahora.

—Lamento si te he ofendido, no era mi intención.

—No importa... Es solo que... En fin, dejémoslo... Puede que tengas razón y mis nervios estén algo alterados. Sigamos adelante.

Dentro del serapeo nuestros pasos hacían rebotar ecos en los muros. Me aventuré en su interior como quien cruza un puente de maderas podridas temiendo que en cualquier momento se hunda bajo sus pies. En el aire había un aroma extraño a metal quemado. Sobre mi cabeza, bloques de piedra negra formando una tosca bóveda; también piedras negras en las paredes, a mi izquierda y a mi derecha, bajo mis pies, por todas partes... Al caminar por aquel espacio sentías como si te estuviera tragando la tierra.

Unos diez o doce metros después de franquear la entrada nos topamos con una pared muy alta. Allí había una puerta de bronce digna de una catedral, tanto por sus proporciones gigantescas como por su impresionante decoración. Entonces me di cuenta de que el serapeo era, en realidad, un enorme portal y que allí, frente a nosotros, estaba el verdadero acceso al teseracto, la prisión del Furioso Resplandor.

La puerta me pareció inabarcable, inmensa. Dos hojas de bronce unidas formando una superficie completamente cuajada de relieves; no había un solo centímetro que no estuviera embellecido por una figura, dando lugar a un abrumador tejido de filigranas escultóricas.

A todos nos dejó sin palabras, pero, en el caso de De Jagger, parecía que el sargento no hubiera contemplado en su vida nada más hermoso. Acercó la mano a la puerta hasta rozar uno de los relieves y después siguió su perfil con la punta de los dedos, lentamente, con infinita delicadeza; era el suyo un tacto anonadado.

La composición del relieve era muy enrevesada. En el centro destacaban dos hombres luchando a muerte: uno de ellos tenía un rostro alargado y tosco, sus ojos y su boca no eran más que muescas, tajos profundos en el bronce; y llevaba puesto un casco con cuernos. Frente a él, un hombre de soberbio perfil y rasgos jóvenes y atractivos, un halo rodeaba su cabeza como si irradiara luz: allí estaba, en todo su esplendor, el Sol de Macedonia. Alejandro, a quien los dioses envenenaron joven por miedo a que, agotada la tierra, se empeñara en conquistar el cielo. El hijo de Amón sometía —más bien humillaba— al malvado Kidinnu, el

Príncipe Infinito, quien caía derrotado a sus pies. Sus armas, una especie de espadas curvas, se cruzaban en el centro de la puerta con dramatismo. Casi podías escuchar el sonido del metal contra el metal, el aliento de Alejandro al descargar su último golpe, el impacto de la rodilla de Kidinnu al caer en tierra... Podías también recrear la siguiente escena en tu mente: el arma del Príncipe Infinito partiéndose en pedazos, y Alejandro, ya casi sin fuerzas, rugiendo un grito de victoria; su espada corta el aire y siega la vida de Kidinnu con un último golpe desesperado. La lucha se acaba, pero Alejandro siente que el triunfo aún no es completo: el siervo, Kidinnu, está muerto, pero no su amo, no el Furioso Resplandor. Por algún motivo, ni siquiera el hijo de un dios puede acabar con él. De modo que Alejandro opta por encerrarlo tras una puerta de bronce sellada con su victoria.

La lucha entre Kidinnu y Alejandro era la única escena narrada. El resto de la superficie de la puerta estaba cubierto por relieves de bestias de toda clase, tantas que resultaba difícil distinguirlas: vi leones, águilas, elefantes, caballos y docenas de criaturas de distintas especies, también había grifos, quimeras, hidras y multitud de seres fantásticos; todo el reino animal se había congregado para contemplar la lucha entre el Mago y el Conquistador de Imperios. Era una obra de arte espectacular.

Filmé con la Niepce cada detalle que pude captar a pesar de que apenas había luz. Seguramente sería una grabación de la que profesionalmente me sentiría avergonzado, pero aun así no me importó. Mientras tanto, De Jagger se preguntaba si había alguna forma de abrir la puerta.

—Dudo que sea algo sencillo, sargento —respondió Diana—. Mucho me temo que no fue diseñada para que cualquiera pudiera atravesarla.

Eso me pareció estupendo, sentía muy poco entusiasmo por saber qué había al otro lado.

En la puerta no se veía ningún cerrojo ni aldaba, pero sí había varios engranajes con forma de volante, similares a llaves de paso de la válvula de una tubería. Estaban encajadas en algunas de las figuras de los animales y, aunque no las conté, me pareció que había al menos dos o tres decenas de esas llaves.

Yukio también se fijó en ellas.

—Tal vez haya que manipular estas ruedas para abrir el portón... Aunque tendrán tanta porquería que dudo que giren un solo milímetro.

—O puede que ese portón ni siquiera se abra —añadió Zana—. ¿Qué sentido tendría? Se supone que Alejandro encerró aquí a uno de sus enemigos, ¿no es cierto? Si yo fuera él habría echado la llave y la habría tirado bien lejos.

De Jagger no estaba de acuerdo.

—No, es imposible... Tiene que poder abrirse.

Diana examinaba las puertas de bronce. Sobre una de sus hojas encontró una placa con una inscripción en griego. O, al menos, ella dijo que lo era; a mí me parecieron garabatos hechos al azar. Traducirlos no le costó mucho esfuerzo.

> Tú, Alejandro, quisiste contemplar el confín más allá de Oriente. Nos buscaste y ordenaste: «Llevadme donde acaba el mundo».
>
> Ahora velamos al que duerme. Ahora somos la llave.
>
> Cuatro somos más nuestro alimento.
>
> Si te equivocas, te devoraremos.

—¿Qué significa? —pregunté—. ¿Es algún tipo de acertijo?

—Unas instrucciones, más bien... —respondió Diana, reflexiva—. Creo que Yukio tiene razón y estos engranajes abren la puerta, no veo qué otra función podrían tener. Supongo que hay que girarlos, pero no todos, solo un número concreto de ellos, como si fuera la combinación de una caja fuerte... «Cuatro somos más nuestro alimento...». Eso hace un total de cinco, ¿tal vez la cantidad de engranajes que hay que accionar? Tiene sentido... —Diana hizo una larga pausa—. Pero ¿cuáles son?

—Podríamos probar con unos cuantos al azar —propuso Yukio—. Si es la llave correcta, abrirá un cerrojo; esta puerta debe de tener unos cerrojos enormes, harán mucho ruido cuando se muevan. Sabremos que hemos acertado cuando el sonido nos lo indique.

«Si te equivocas, te devoraremos», decía el texto... ¿Acaso yo era el único que recordaba esa parte?

De Jagger, que hasta el momento había guardado un silencio absorto, dijo:

—Merece la pena intentarlo.

Resueltamente se dispuso a girar una rueda que estaba encajada sobre el lomo de un elefante. Diana lo detuvo:

—¡Espere, sargento, espere! Toquetear todos estos resortes sin ton ni son sería inútil. En el mejor de los casos perderíamos el tiempo, y en el peor, podríamos causar algún daño irreparable. Mejor volvamos a la Explanada y pensemos detenidamente cómo abordar el estudio de este nuevo hallazgo...

—Con todo respeto, doctora Brodber, eso sí que me suena a una pérdida de tiempo.

De pronto Fido se puso a ladrar llamando nuestra atención. Lentamente, Zana desenvainó su machete.

—Lamento interrumpir, pero creo que tenemos visita.

La silueta de un hombre recortada a contraluz ocupaba la salida del serapeo. No podíamos ver sus rasgos. El hombre caminó a través del templo arrastrando los pies, hasta que se puso al alcance de las linternas de los *káliva.*

Diana dejó escapar una exclamación de sorpresa.

—¡Ruben! ¿Qué haces aquí? ¿Cómo has llegado?

Grigorian tenía la misma expresión en su cara que cuando derribó la pared del Palacio del Tesoro. No llevaba más abrigo que un jersey y una camisa, por lo que temblaba de pies a cabeza.

—De la misma forma que tú, Diana: siguiendo la carretera... «Hay un camino que al hombre le parece derecho, pero su fin es camino de muerte»... Oh, ¿dónde he leído eso antes? No lo recuerdo... No importa. Sabía que te encontraría aquí.

—Randy no debió dejarle salir solo de la Explanada —dijo De Jagger.

—Randy, Randy... el chico obtuso de Pasadena... «Pasadena» es una palabra chippewa, ¿lo sabíais?, significa «corona del valle...». Pobre Randy el de la Corona del Valle, no sabe que estoy aquí, me he escabullido sin decirle nada a nadie... Oh, Diana, Diana... —Cogió las manos de la arqueóloga y la miró con profunda tristeza. Grigorian tenía los ojos acuosos, como si hubiera bebido... ¿Tal vez estaba borracho? No lo creo. El aliento no le olía a alcohol y, aunque divagaba, su voz sonaba clara y firme—. Ya sabes a lo que he venido.

—No, no lo sé... ¿Qué te ocurre, Ruben? —dijo ella. Se mostraba apenada y preocupada por el estado de su amigo.

— Ocurre que he visto la luz, pero es más bien un resplandor, ¿verdad que es curioso? He terminado de traducir el diario de la expedición soviética... ¿Queréis saber cómo salieron de aquí? —Negó con la cabeza y sonrió—. No salieron. No se puede salir del valle. Nadie sale del valle... —Grigorian puso un desagradable tono de voz agudo, como si imitara a un niño asustado—. «Oh, no, Ruben, pero ¿cómo nos dices eso? Qué horror, ¿entonces vamos a morir aquí? Oh, Dios, no, no, Ruben, no; no queremos morir, Ruben, no queremos morir, socorro...». —Soltó una risilla, satisfecho al parecer de lo bien que había recreado nuestros miedos—. Esto dice el evangelio de Ruben: nadie muere en el valle. Nadie sale de él. Nadie vive en él... Ahora lo comprendo: es como el Hades... *Hades Alexandreya*, Alejandría del Infierno, así es como llamaban a este lugar... Estamos en el infierno... No, esperad, no, no es un infierno: ¡es un Tártaro! Aquí viven los titanes, justo detrás de esa puerta de bronce. *Asto na koimitheí*, deja que duerma... *Asto na koimitheí*... Sé que quieres abrir la puerta, Diana, todos queréis abrir la puerta, por eso habéis venido.

—Ruben, nosotros solo...

—Tranquila, tranquila... Lo sé, yo también quiero hacerlo... ¡Pero no podemos! ¡No debemos! Y sin embargo... ¿cómo evitarlo? Es imposible... Su voz... ¿Has oído su voz, Diana? ¿La has escuchado? ¿Lo has visto en tus sueños? Ese resplandor radiante y terrible... ¡Es imposible resistirse a él! Es imposible... —Se abrazó a Diana y, como si fuera una declaración de amor, dijo—: Tan solo hay una forma.

Tenía una navaja escondida en el pantalón. Una de esas simples navajas de boy scout que se pliegan y caben en un bolsillo. La sacó de pronto, gritó: «*Asto na koimitheí!*», y embistió contra Yukio con su ridícula navajita de acampada. Trató de clavársela en el pecho, pero el blindaje del *káliva* desvió la hoja sin dificultad. Justo en ese momento, Zana agarró a Grigorian y lo tumbó de un puñetazo. El pobre lunático se quedó patéticamente tendido de espaldas en el suelo. Cuando intentó incorporarse, De Jagger le golpeó en la frente con la culata del subfusil, tan fuerte que le abrió una herida sangrante. Eso enfureció a Diana.

—¡Basta! ¡Parad! ¡No le hagáis daño! —Se arrodilló junto a su amigo y le limpió la herida con la manga de su abrigo.

Grigorian apoyó dócilmente la cabeza sobre el hombro de Diana. Tenía la mirada perdida en el infinito y murmuraba palabras ininteligibles. No era, en absoluto, la imagen de un hombre cuerdo.

De Jagger lo miraba con la boca torcida en una expresión desdeñosa.

—Ya me he cansado de todo esto... —dijo.

Antes de que nadie se lo pudiera impedir, sujetó con ambas manos la llave sobre el lomo del elefante y la giró. Sonó un desagradable arañazo metálico, pero, sorprendentemente, se movió sin apenas dificultad.

Ojalá no lo hubiera hecho.

¡Paradlo! ¡Duele! ¡Duele mucho!

Fido aulló de forma lastimosa y yo sentí como si me clavaran agujas ardiendo en los oídos hasta lo más profundo del cráneo. Fue algo atroz. Igual que una OHP, pero de un efecto cien veces más dañino restallando por todo mi cuerpo. Los globos oculares me palpitaban, parecía que de pronto se hubieran hinchado al doble de su tamaño y estuvieran a punto de reventar. Perdí la visión. Sentí un intenso ardor en la piel y una insoportable presión en el estómago hizo que me doblara en dos. Caí de rodillas al suelo y vomité bilis, me sentía tan mal, experimenté tal dolor, que llegué a pensar que me estaba muriendo.

Sin embargo, aquella terrible sensación desapareció súbitamente. Tal vez ni siquiera duró más que unos segundos. Exhausto y tembloroso, miré a mi alrededor. Todos mis compañeros parecían haber sufrido tanto como yo. A Yukio incluso le sangraba la nariz.

—¡Joder...! ¿Qué... qué ha pasado...? —preguntó, en un estado de confusión total—. ¿Esto lo ha provocado la... la puerta...?

Entonces en el exterior del serapeo se oyó un coro de chillidos histéricos, como si todas las aves del valle se hubieran puesto a gritar al unísono.

Se desató el caos antes de que me diera tiempo a preguntarme qué diablos producía aquel ruido espantoso. Una bandada de aves negras irrumpió en el interior del templo en medio de un griterío agudo y ensordecedor. Miríadas de pájaros enloquecidos que se agitaron a nuestro alrededor en un torbellino de plumas de hedor pútrido, volando sin rumbo como un enjambre de moscas, lanzándose a ciegas contra los muros y contra nosotros. Sentí miles de garras y pequeños picos arañando mi piel, buscando mis ojos. Grité. Todos gritamos. Con un brazo trataba de cubrirme el rostro y con el otro sacudía el aire histéricamente mientras apartaba como podía a aquel huracán de aves que parecían querer arrancarme la piel a picotazos, chillando igual que un coro de brujas.

—¡Salgamos de aquí! —gritó alguien—. ¡Fuera! ¡Todos fuera!

Esprinté hacia la salida a través de aquella espantosa tormenta de plumas y garras. Escuché disparos. De Jagger y Yukio intentaban espantar a tiros a las aves, pero aquellas criaturas no mostraban miedo a nada. Su único objetivo era causarnos el mayor daño posible con suicida fijación.

Salí del serapeo y reparé en que muchas de las aves muertas que sembraban la calzada ya no estaban allí. Me asaltó la idea siniestra de que habían resucitado para lanzarse sobre nosotros igual que una plaga bíblica, como castigo por profanar aquel antiguo santuario. En el exterior, el panorama era igual de dantesco que dentro del templo: una nube inmensa de pájaros chillaba y aleteaba entre la niebla. Aquella jauría alada nos atacaba con rabia y voracidad. Vi a Zana tratando de ahuyentarlos a machetazos, a alguno lo sajó en dos en pleno vuelo, pero los pájaros seguían atacándolo por todas partes. Fido aullaba y daba dentelladas al aire sin ser capaz de mantener a raya a aquellas diabólicas aves. Yukio dejó caer su subfusil y echó a correr. De Jagger disparaba al aire y gritaba como un poseso.

Perdí por completo la orientación. La niebla y los pájaros aleteando a mi alrededor sin cesar me sumieron en un estado de pánico. Entonces escuché un ladrido detrás de mí.

—¡Fido, sácame de aquí! ¡Busca un refugio!

Agarré el collar del perro y dejé que tirase de mí hasta el interior de una pequeña cueva excavada en una roca. Parte de la entrada estaba oculta por un desprendimiento de tierra, Fido podía atravesarla cómodamente, pero yo tuve que hacerlo a gatas. Por suerte también era demasiado pequeña para los pájaros. Allí me sentí a salvo por primera vez, aunque seguía oyendo los tiros del arma de De Jagger y el chillido de las aves.

—Buen chico, buen perro... —dije jadeando. Fido me miraba satisfecho. Tenía el pelaje cubierto de plumas y sangre en el hocico. Parecía que había dado buena cuenta de algunos de esos putos pájaros. Genial —. Eres el mejor perro del mundo.

Gracias, tú también. ¿Estás bien? ¿Tienes miedo?

—¿Miedo? Chico, estoy jodidamente aterrado...

¿Qué es El Jodidamente?

«Mírate, Suren, atacado por una bandada de estorninos enloquecidos y charlando sobre semántica con un perro, ¿no es fantástico?», pensé. Me eché a reír, pero al mismo tiempo también lloraba. ¡Dios, cuánto deseaba salir de aquel maldito valle infernal! Lo deseaba con toda mi alma.

Zana apareció de pronto gateando por la puerta de la cueva y me alegré mucho de verlo, aunque más se alegró Fido, que se puso a sellarle la cara a lametones.

—Para, para ya, estúpido perro. Estoy bien, y no gracias a ti, por cierto... —El nuristaní se acomodó junto a mí. No había mucho espacio en aquella cueva, parte de ella parecía haberse derrumbado siglos atrás—. ¿Cómo hemos venido a parar aquí, Suren? Recuérdamelo.

—Yo quería volver con mi hijo y tú un casco con cuernos, pero en algún momento el plan se nos fue de las manos.

Zana escupió una risa desfallecida. Tenía el rostro lleno de heridas sangrantes de picotazos.

Dejó caer su mano sobre mi hombro.

—¿Estás bien, Suren?

—Creo que sí... ¿Y tú?

—No me quejo.

—¿Los demás...?

—He visto a Yukio y a Diana refugiarse bajo un peñasco. Este sitio es más cómodo... A De Jagger lo perdí en la niebla, pegando tiros al aire como si fuera Tony Montana puesto de cocaína, ¿sabes quién te digo...? Tony Montana, *Scarface*... ¡Bang, bang, bang! En cuanto al otro, al tío zumbado, no tengo ni idea de dónde está. Lo vi echar a correr hacia el bosque con la cabeza infestada de pájaros.

Permanecimos resguardados en la cueva hasta que dejamos de oír chillar a las aves. Cuando nos atrevimos a salir ya no estaban, habían volado lejos, ya fuera al cielo o al infierno. Tampoco vimos a ningún otro ser vivo a nuestro alrededor.

Entonces escuchamos a alguien acercarse. Me giré y vi a Grigorian, cuyo aspecto no habría sido peor si acabara de salir de una fosa retirando la tierra con sus manos. Cojeaba penosamente en dirección al teseracto, su cuerpo escoraba hacia un lado con tal precariedad que temí que en cualquier momento fuera a desplomarse. Los pájaros le habían hecho jirones la ropa con sus picos y sus garras, y habían cubierto su piel de laceraciones; pero lo peor era lo que le habían hecho a sus ojos, arrancados de sus cuencas a picotazos. Grigorian caminaba a ciegas hacia el teseracto, como si un implacable instinto lo arrastrara a aquel lugar, aun en contra de su voluntad.

—Déjame, demonio... —gimoteaba, dirigiéndose a quién sabe qué clase de criatura oculta en su imaginación—. ¡No quiero! ¡No puedes obligarme...! Oh, Dios, no dejes que lo haga... ¿Por qué no puedo dejar de escuchar su voz? ¿Por qué aun estando ciego puedo ver su furioso resplandor?

Me acerqué a aquel infeliz para tratar de detenerlo. Lo sujeté por el brazo y sus manos temblorosas se aferraron a mí con desesperación.

—¿Quién eres...? No importa... Debes ayudarme, ¡necesito ayuda! ¡No permitas que le abra la puerta! ¡Él quiere obligarme a ello y a mí apenas me quedan fuerzas para resistirlo! —Traté de calmarlo asegurándole que le llevaríamos a la Explanada para curar sus heridas—. ¡No! Es inútil... ¡Inútil! ¡No podré evitarlo eternamente! ¡No puedo escapar de su voz! Oh, Dios mío, ¿qué clase de infierno es este? Ahora es tarde, el resplandor me llama... —Se zafó de mí con violencia, poseído de una súbita fuerza—. ¡Pero aún no te pertenezco, criatura de las estrellas! ¡Aún no!

—¡Suren, cuidado! —Zana reparó en que Grigorian todavía sujetaba su navaja en la mano. Me aparté de él cuando enarboló la hoja hacia mí.

Justo en ese momento aparecieron Diana y los dos hombres de Tagma.

—¡Ruben! —gritó la arqueóloga.

Su amigo volvió la cabeza hacia ella al escuchar su voz.

—Por lo que más quieras, Diana..., dejad que duerma.

Acto seguido se clavó la hoja de la navaja en la garganta hasta la empuñadura. De la herida manó sangre violentamente mientras Grigorian se rebanaba el cuello de lado a lado con aterradora precisión y antes de que ninguno pudiéramos evitarlo. Al terminar, cayó al suelo de rodillas con el pecho cubierto de sangre.

Su cuerpo sin vida se desplomó sobre un montón de nieve teñida de rojo.

33
Suren

«Yo soy la voz del cantor, aquel que domina la Furia»

En la Explanada, al caer la noche, el grupo de supervivientes mantuvimos una deprimente discusión sobre qué hacer con el cadáver de Grigorian, que aún seguía junto al teseracto, tal y como lo habíamos dejado.

Tras un largo y estéril intercambio de ideas, Diana, que hasta el momento apenas había abierto la boca, dijo con aire hastiado:

—A fin de cuentas, ¿de qué serviría moverlo de donde está? Llevar al pobre Ruben de un lado a otro... ¿Qué sentido tiene? Es todo tan... absurdo...

La doctora Trashani, que era la única que se mostraba algo resolutiva, le dio la razón:

—Tampoco yo veo ningún sentido a que estemos aquí debatiendo sobre unas exequias —añadió, mostrando con la expresión de su cara hasta qué punto le parecía un asunto ridículo—. Lamento lo que le ha ocurrido a Ruben, y yo también me siento horrorizada y sorprendida; pero en lo que tenemos que pensar es en la forma de salir de aquí. A estas alturas parece evidente que nadie va a venir a buscarnos.

—¿Y qué sugiere usted, doctora? —intervino De Jagger—. ¿Adentrarnos a ciegas por el valle en busca de una salida?

—Algo tendremos que hacer, o de lo contrario puede que todos acabemos como el pobre Ruben.

No entendía por qué De Jagger se mostraba tan reacio a abandonar la Explanada. Lo achaqué a un exceso de prudencia.

En el fondo tenía su parte de razón: nuestra reciente y extraña experiencia en el teseracto demostraba que en lo profundo de la Ruina de Alejandro acechaban más peligros de los que podíamos imaginar. Sin embargo, la idea de De Jagger de no movernos de la Explanada también me parecía cuando menos improductiva. Quedarnos allí a esperar, decía él en resumidas cuentas. Bien, pero... ¿esperar a qué?

El debate se empantanó hasta que Diana, sin mediar palabra, se marchó a su refugio, supongo que buscando la soledad. Eso puso fin a la reunión.

Podía entender cómo se sentía porque creo que yo experimentaba algo similar. Diana tenía razón cuando dijo que toda aquella situación era absurda, una pesadilla desconcertante.

Por mi parte, la muerte de Grigorian me asustó aún más de lo que demostré delante del grupo, frente a quienes intentaba mantenerme sereno. Me hizo pensar que, desde que aterricé en Kabul, había sorteado la muerte en más de una ocasión y a menudo por pura suerte. ¿Cuánto más me iba a durar? ¿Cuánto tiempo podría seguir caminando por el borde del abismo sin despeñarme? Hoy había sido Grigorian, mañana podría ser cualquier otro, podría ser yo.

Imaginaba al destino señalándome con su dedo cósmico: «No puedes eludir siempre el desastre, Suren. Ya te has librado demasiadas veces. Ahora te toca a ti». Se apoderó de mí la certeza irracional de que no saldría vivo del valle, tan profunda que hasta llegué a sentir que me costaba respirar. «Jamás volveré a casa, igual que Grigorian y todas esas personas masacradas en Tell Teba», me repetía.

«No volveré a ver a Lucas. No volveré a ver a mi hijo».

Estrangulado por esa idea, me puse a caminar a solas por la Explanada bajo un cielo inusualmente cubierto de estrellas, cada vez más deprimido, más asustado.

Entonces oí música. Zana había hecho un pequeño fuego frente a la entrada de uno de los palacios y estaba sentado a su lumbre. Tocaba una suave melodía con su murli, la flauta que rescató de las ruinas de Tell Teba y que Randy le quiso quitar.

El nuristaní hacía sonar las notas con los ojos cerrados mientras la luz de la hoguera pintaba su rostro entre las sombras. Tumbado a sus pies descansaba Fido. Aquella estampa tuvo la virtud de transmitirme una profunda paz y sosiego.

Me acerqué y me senté junto al fuego a escuchar la música de Zana. Era una melodía sencilla y melancólica, muy hermosa. Percibí en ella resonancias de algo ancestral, como si hubiera viajado en el tiempo desde los días antiguos de los caravasares, en que los viajeros horadaban a pie o a lomos de camellos los caminos entre Asia y Europa. Probablemente ellos, en sus campamentos de las estepas interminables, se reunían por las noches alrededor de la hoguera bajo las estrellas y tocaban música como la que Zana interpretaba en su murli.

Pensé que a Lucas le habría gustado aquella melodía. Le encantaba la música, se pasaba horas escuchando canciones o canturreando. Su madre era igual, siempre estaba cantándole a Lucas, desde que era un bebé. Lo cogía en brazos, le colocaba los labios sobre la cabecita y le murmuraba melodías. Cuando Lucas se hizo mayor, ella le enseñaba canciones y él las repetía con su lengua de trapo.

Hasta el momento, la idea de regresar con Lucas había sido el motor que me había empujado a avanzar. Pensar en él me había dado fuerzas durante el infierno de Kabul, cuando me secuestraron en la aldea de Mujtaba, cuando encontré Tell Teba convertida en un cementerio... Sin embargo, allá, en el valle, ni siquiera eso era suficiente. Había algo en ese lugar, algo malvado, que mataba mi esperanza. La muerte de Grigorian había sido un último y duro golpe a mi moral. Me sentía derrotado y vacío.

De algún modo debí exteriorizar esta sensación de desaliento, porque Zana dejó de tocar el murli y me miró:

—¿En qué piensas, amigo?

—En que nunca saldré de aquí, en que jamás volveré a casa... Lo sé... Yo... Lo he hecho todo mal, absolutamente todo...

—No digas tonterías, Suren, claro que vas a salir de aquí. Solo debes ser fuerte y no darte por vencido.

—Para ti es fácil decirlo, y puede que eso te funcione, pero no a mí —respondí irritado.

—¿Qué quieres decir?

—¡Que no todos somos igual que tú, Zana! Quiero decir que... Ya lo sabes..., que no todos estamos hechos de tu misma pasta. Tú... tú tienes algo, ¿no te das cuenta?, algo de lo que la gente corriente carecemos, ¡tú eres una especie de maldito héroe! —le solté aquello como un insulto—. No puedes pedirme a mí que lo sea porque no lo soy, ¿comprendes? ¡No lo soy! Solo soy... una persona.

Zana tuvo la cortesía de no interrumpir mi arrebato hasta que perdí todo el fuelle.

Se hizo el silencio. El nuristaní contemplaba el fuego con una sonrisa triste en los labios. Atizó un poco las brasas con su machete.

—No soy ningún héroe, Suren. Soy como tú, una persona... Nada más que el niño de los juegos.

—Eso ya me lo dijiste una vez, y para mí no significa nada.

—No, por suerte para ti... —Zana suspiró—. Yo nací en las montañas. Y cuando vine al mundo no era nada, igual que cualquier otro ser humano. Tan solo tenía dos cosas: a mi madre y la sangre que corre por mis venas, y una de ellas la perdí demasiado pronto. Hace tiempo juré que la otra no me la arrebatarían jamás. Mi madre murió y me quedé solo: era débil, incapaz de valerme por mí mismo... Viví un tiempo en la aldea sin pertenecer a nadie o, al menos, yo creía que era así... Hasta que un día apareció Mujtaba, recuerdas bien a esa rata, ¿verdad, Suren? —El nuristaní escupió al suelo—. Espero que me esté escuchando desde el infierno.

—Él era pariente tuyo...

—Decía que era hermano de mi padre. Quizá lo era, no lo sé, jamás conocí a mi padre, aunque es probable que no fuera más que una mentira... Mujtaba solía hacerlo, iba por las aldeas llevándose a los huérfanos con cualquier pretexto porque los huérfanos eran una buena mercancía. Me llevó con él y, al cabo de unos días, me vendió a otras personas. Talibanes. En esta tierra, por desgracia, siempre hubo demasiados. Animales como esos del Zulfiqar... Retuercen su fe hasta convertirla en algo nauseabundo. Entre las muchas cosas que desprecian se encuentran las mujeres. Algunos de ellos las desprecian tanto que hasta les repele la idea de tener sexo con ellas, así que para desfogarse se sirven de niños. A esa clase de gente fue a la que me vendió Mujtaba.

Zana se quedó en silencio, siempre con la vista clavada en el fuego. Yo no dije nada, ¿qué puede decirse ante algo semejante?

—A esos niños los obligan a hacer cosas... Cosas para ellos, para esos hombres... —El nuristaní hizo una larga pausa—. Nos llamaban «los niños de los juegos» porque eso es lo que te dicen..., eso es lo que nos decían: que eran juegos, que estábamos jugando con ellos. Y lo peor de todo, lo más terrible de todo, es que llegas a creer que es cierto, que solo estás jugando. Pero, al mismo tiempo, sabes que algo no está bien porque continuamente sientes miedo y humillación. Miedo y vergüenza. Eso fue lo único que conocí durante mucho tiempo, Suren... No son sentimientos propios de un héroe, ¿no crees?

Quise decir algo, pero él me hizo un gesto suave con la mano, casi amable, para que no le interrumpiera.

—Éramos varios, los niños de los juegos. Vivíamos juntos en aquel infierno, pero no éramos amigos, no tienes mucha capacidad para relacionarte con otros niños cuando estás viviendo algo así... Un día, detrás de un armario de la casa donde nos tenían, encontré un gato, un cachorro, no sé cómo llegó hasta allí, pero me lo quedé. Le daba de comer, jugaba con él... Lo mantenía escondido porque me daba miedo que me lo quitaran, no nos dejaban tener cosas nuestras, solo las que ellos nos daban; de modo que nadie sabía de su existencia. Hasta que, una noche, uno de esos hombres vino a buscarme cuando estaba dormido... No era uno de los peores, a aquel solo le gustaba desnudarse y meterse conmigo en la cama, no me hacía nada más, no como los otros. El gato se asustó o se enfadó, no lo sé... El caso es que atacó a aquel hombre y le arañó la cara. Ni siquiera le hizo mucho daño, no era más que un cachorro, pero aquel hombre se puso muy furioso y le partió el cuello con sus propias manos, como si fuera una rama.

Zana apartó la vista del fuego y me miró a los ojos.

—Todos somos personas débiles, Suren. Todos somos pequeños. Pero también hay algo heroico en nuestro interior... Una suerte de poder dormido, si quieres llamarlo así. En realidad somos pequeñas personas poderosas. Normalmente vivimos postrados y con miedo hasta que un día, de pronto, nos ponemos en pie, apretamos los dientes y hacemos cosas de las que no nos creíamos capaces. No lo hacemos cuando queremos, sino cuando algo en nuestro interior erupciona igual que un volcán. No nos avisa, no lo planeamos, simplemente dice: «Estoy aquí, ¡ahora ve y mueve esa montaña!», y lo hacemos, aunque ello consuma todas nuestras fuerzas. Nos convertimos durante un instante en pequeñas personas poderosas, ¿comprendes lo que quiero decir? Todos somos pequeñas personas poderosas... Aquel día, cuando ese bastardo le partió el cuello a mi gato, yo me convertí en una de ellas. No lo planeé, no esperaba que ocurriera. Durante mucho tiempo había soportado toda clase de abusos, algunos incluso peores y más humillantes que aquel, y jamás, nunca, se me pasó por la imaginación rebelarme porque pensaba que era imposible; pero de pronto... moví una montaña.

El nuristaní arrojó una piedra a la hoguera y levantó una pequeña polvareda de pavesas.

—Maté a ese hombre, por supuesto. Cogí una piedra y le machaqué la cabeza a golpes allí mismo, aunque eso ya no importa demasiado. Después escapé, todavía con su sangre en mis manos, y dejé de ser el niño de los juegos. Desde entonces he vuelto a pasar miedo y he vuelto a sentirme débil muchas más veces de las que me agrada reconocer; pero eso ya no me paraliza porque sé lo que soy: soy una pequeña persona poderosa.

Yo esbocé una sonrisa amarga.

—No tengo la sensación de que eso me describa...

—¿No la tienes? ¿Estás seguro?

Iba a negarlo de forma obstinada, pero entonces recordé el día que murió la madre de Lucas, y en cómo tuve que asimilar de pronto la idea de que ahora mi hijo dependía solo de mí porque no tenía a nadie más. Ese pensamiento me habría paralizado de terror unos meses antes, pero cuando tuve que hacerlo, no lo dudé. Puede que aquel fuera el momento en que me convertí en una «pequeña persona poderosa».

Pensé que si una vez fui capaz de mover una montaña, eso significaba que en alguna parte de mi interior estaba la fuerza para volver a hacerlo. O puede que no. En cualquier caso, esa posibilidad me ayudó a recuperar una chispa de esperanza.

—Me gustaba esa melodía que estabas tocando —dije—. ¿Podrías... volver a hacerlo, por favor?

—No, era una música triste, melancólica. Ya basta de tristezas. Mejor escucha esto, te gustará más.

El nuristaní interpretó una canción agradable, con una cadencia más alegre que la anterior. También era muy bonita, hacía pensar en soleadas tardes de verano, descansando bajo la sombra fresca de los árboles. Las melodías que conocía Zana tenían una potente capacidad evocadora, aunque el murli que tocaba no les hacía del todo justicia. Recordé entonces la inscripción que, según Diana, había grabada en él. ¿Cómo era...?:

«Yo soy la voz del cantor, aquel que domina la Furia».

Aquel modesto instrumento no daba la impresión de tener la fuerza suficiente para domar furia alguna; más bien parecía algo pequeño y deleznable.

Y, sin embargo, durante el tiempo en que la música de Zana se escuchó en la oscuridad del valle, este resultó un lugar menos sombrío.

34
De Jagger

«¡Los he visto, sargento, los he visto! ¡Allí, en el bosque...!»

¿Dónde estoy? ¿Qué lugar es este? ¡No veo nada! ¿Por qué está todo tan oscuro?

Tranquilo, tranquilo, Ruan; cálmate y respira hondo.

Pero no sé dónde estoy ni cómo he llegado hasta aquí... No... no es posible. Yo no recuerdo...

Está bien, Ruan, te entiendo, estás asustado, estás nervioso, sé cómo te sientes; ya nos ha ocurrido otras veces, ¿recuerdas? No es la primera. Cierra los ojos y cuenta hasta diez. Acuérdate de tu entrenamiento: para aclimatar la vista a la oscuridad, cierra los ojos y cuenta hasta diez. Uno... dos... tres... Eso es... Despacio, respira hondo... siete... ocho... Muy bien. Ahora abre los ojos.

Maldita sea, ¿por qué estoy sentado en el suelo? No lo sé, no recuerdo nada... Pero este lugar, esas piedras en las paredes... Son como los cristales de galena. Y la estatua... Ah, sí, conoces esa estatua, ¿no es cierto, Ruan? Esa figura sentada en un trono, esos rasgos... Los ojos ovalados y saltones, el rostro oblongo...

Es Kidinnu, ahora lo veo claro: es Kidinnu. Diablos, ya sé dónde estoy, estoy dentro de esa tumba que encontró Grigorian.

Pero... ¿cómo he llegado hasta aquí?

No importa. Ya pensaremos en eso luego, ahora concéntrate en calmarte, aún estás un poco asustado. ¿Oyes los latidos de tu corazón? Bum, bum, bum... Chico, es como un redoble de tambores. Comprendo que despertar de pronto en mitad de la noche en plena oscuridad sin saber dónde estás es una experiencia aterradora, pero ya deberías estar acostumbrado, ¿no es cierto? No es la primera vez que ocurre. Las lagunas de memoria. Minutos que desaparecen sin saber cómo o adónde van: en un momento estás en un lugar, y de pronto estás en otro diferente sin tener ni la más remota idea de qué es lo que ha sucedido en medio. Ya sabes a lo que me refiero, Ruan.

Pero me dijeron que no volvería a ocurrir. El médico me lo dijo.

Te dijo que *probablemente* no volvería a ocurrir, y hasta el momento ha acertado, ¿no? Antes de acabar atrapado en este valle, ¿cuántas veces te ocurrió lo de los lapsos de memoria? Casi nunca. Exacto: casi nunca. Pero en este lugar me pasa a menudo... ¿Por qué? Maldita sea, ¿por qué? ¿Qué diablos hago aquí sentado en el suelo y mirando esta estatua?

Vale, Ruan, para. Te estás poniendo histérico otra vez. Bum, bum, bum. ¿No lo oyes? Calma. Tranquilo. Mira la estatua. Eso es: mira la estatua, concéntrate en la estatua. Es bonita. Es incluso relajante. Su cara es como las máscaras de las tiendas de Kimberley... ¿Recuerdas las máscaras de las tiendas de Kimberley, Ruan? Ah, sí... Me gustaba mirarlas. Aunque el señor Morkel, nuestro vecino, decía que eran falsas. «Los negros las fabrican en serie en un garaje para engañar a los turistas», decía. Máscaras falsas, pero me recuerdan a casa.

Sí, me gusta esa escultura... Tiene algo... No sé qué exactamente... ¿No te parece que tiene algo? Sí, ya lo creo: Kidinnu es una fantástica obra de arte. Fíjate en el cetro, con esas filigranas en el mango y la esfera brillante. Parece muy pesado, como una maza. Apuesto lo que quieras a que con eso podrías partirle la cabeza a alguien igual que si fuera una calabaza seca. Un arma soberbia, sí ... También me gusta, pero el casco... El casco sí que es precioso, ¿no crees?

Lo es. No puedo dejar de mirarlo.

Me pregunto cómo será llevarlo en la cabeza. Parece como si se adaptara al cráneo igual que un guante. Un hombre debe de sentirse muy poderoso luciendo algo así en la batalla.

Bien, ahora intenta reconstruir tus pasos, no debería ser tan difícil, ¿qué es lo último que recuerdas antes de abrir los ojos?

Te fuiste a dormir. Sí, de eso me acuerdo. Habíamos estado discutiendo sobre la muerte de Grigorian y la posibilidad de salir del valle.

Perfecto, Ruan, ¿qué más?

Me fui al refugio, pensando en lo que vi allí, en ese extraño templo cúbico, cuando huía de aquellos pájaros. Pensando en que no debo decirle a nadie lo que vi, no aún. Primero tengo que entender qué era eso. Qué era esa cosa.

No importa, dejemos ese asunto por ahora. ¿Qué más recuerdas? ¿Qué pasó después, cuando te fuiste a descansar? Recuerdo que le estaba dando vueltas a eso que vi y entonces me quedé dormido. Podía echar una cabezada de unas cuatro horas antes de que me tocara sustituir a Randy en su guardia a las tres, y ahora son las... Joder, las dos y media... ¿Y dónde está Randy? ¿Por qué no me he topado con él? Se supone que debería haberme visto caminar sonámbulo (o como diablos sea) entre mi refugio y la tumba. ¿Dónde está ese cabeza de chorlito?

Será mejor que salgamos de aquí y vayamos a buscarlo a la Explanada. Quizá le haya ocurrido algo, sabes que eso es posible. Después de lo que has visto esta mañana lo sabes perfectamente, Ruan.

Pero... ¿qué es lo que he visto? Aún no estoy seguro.

Sea lo que fuere, era peligroso, de eso no cabe duda. Ve a buscar a Randy.

No se ve un alma por la Explanada, ni rastro de Randy... ¿Le habrá ocurrido algo? Dios, hace un frío de mil demonios... Por suerte a ti no te afecta demasiado el frío, ¿verdad? No, siempre lo he llevado mejor que el calor. Odio el calor. ¿Recuerdas Bougainville, Ruan? Joder, en Bougainville las temperaturas eran altas como en el infierno, y yo no lo soportaba. Todo el día empapado en aquel sudor húmedo, como si acabaras de salir de una ducha caliente. A veces me daban ganas de caminar desnudo, igual que esos mungkas isleños, negros como el carbón. Bougainville sí que era una tortura; si pude salir de allí con vida, podré salir de este valle.

Al capitán Pirow no le gustaban los mungkas, aunque trataba de disimularlo porque le aterrorizaba pensar que alguien pudiera acusarlo de racista. Pirow era un imbécil. Si tu piel no era blanca como el yeso, para él eras un animal, así de simple; y todos sabíamos perfectamente lo que pensaba, no engañaba a nadie. Y lo curioso es que a nadie le preocupaba lo más mínimo. Quiero decir que Pirow podría haberse subido a una caja de madera en mitad de nuestro campamento y gritar a voz en cuello que todos los negros y mestizos del mundo deberían vivir en zoológicos y a nadie del regimiento le habría importado una mierda, porque la mayoría pensaba igual que él. Frans, ¿te acuerdas de Frans?, el tipo que dormía encima de nuestra litera; a los mungkas los llamaba *munkeys* y les metía cacahuetes en los paquetes de Unicef con ayuda humanitaria porque le parecía muy gracioso. Y Frans ni siquiera era el peor. La mayoría de los cascos azules que estábamos en Bougainville con el capitán Pirow no teníamos ni idea de qué coño hacíamos en esa isla apestosa ni nos importaban en absoluto los mungkas y sus problemas. Lo único que sabíamos era que, por algún motivo, los mungkas querían echar a los papuanos de su isla, a los que llamaban «pieles rojas», y que como estos no querían irse porque trabajaban en las minas, los mungkas se habían puesto violentos con ellos. Unos y otros peleaban a machetazos en las aldeas, había matanzas, violaciones y crímenes atroces por todas partes: mungkas contra papuanos, «pieles negras» contra «pieles rojas»; y a nosotros no nos importaba porque, entre otras cosas, no habríamos sabido distinguir a unos de otros aunque nos fuera la vida ello. Ni siquiera sé cómo ellos podían, tal vez por el olor o algo así, no tengo ni idea. Ciertamente, a mí me parecían igual de racistas e igual de estúpidos que el capitán Pirow y todos los demás.

A los cascos azules nos mandaron allí para que dejaran de matarse entre ellos. Y creo que fue una elección nefasta porque, caramba... Es que de verdad que no nos importaba en absoluto lo que hiciera esa gente. La máxima de Pirow (que era un imbécil, ¿ya te he dicho que era un imbécil?) se resumía en: «No os metáis en líos». Nosotros a lo nuestro, a repartir los paquetes de Unicef cuando llegaban y a atender a los famosos que venían a hacerse fotos al campamento de refugiados papúas que, se supone, nosotros protegíamos. Pirow era el primero en posar para las cámaras, con su estúpida actitud de buen samaritano, como diciendo: «Aquí lo tenemos todo bajo control, Dios salve al buen hombre blanco que vela para que los salvajes no se maten a cuchilladas».

Los hombres de verdad no son como Pirow, racistas urbanitas de mala conciencia, ¿verdad, Ruan? Nada de eso. Los hombres de verdad son como el señor Morkel, nuestro vecino en Kimberley. Un tipo honesto y brutal, ¿te acuerdas de él? Un afrikáner duro como una piedra... *Pappa* no apreciaba demasiado al señor Morkel, pero tenían negocios juntos y venía a casa de vez en cuando. Grande, barrigudo, con una barba que parecía hecha de alambre de espino. Y su parche en el ojo... ¡Oh, ese parche era fantástico! ¿Te acuerdas? Él decía: «Un león me arrancó el ojo de un zarpazo, pero yo me llevé sus pelotas», y se reía a carcajadas. ¡Cómo me gustaba ese parche! Yo quería uno igual... La verdad es que, a veces, cuando miro el casco de oro de Kidinnu, pienso en el parche del señor Morkel.

Es curioso.

Morkel contaba aquellas historias de negros que asaltaban las granjas de los blancos en Noord Kaap y que te ponían los pelos de punta. Siempre igual: «Ayer entraron donde los Kruger, mataron al padre y forzaron a las dos hijas», «El martes fueron a la granja de Fichardt y a su hijo lo ataron a un poste por el cuello y lo mataron de una paliza»... Me daban pesadillas esas historias. A *pappa* no le gustaba que las escuchara. Aquí, en el valle, he vuelto a tenerlas, las pesadillas. Morkel vivía convencido de que, en cualquier momento, los negros irían a su granja para matarlo, yo creo que incluso lo esperaba con ansia. Tenía un rifle de caza del cual nunca se separaba. Casi lo estoy oyendo ahora decir: «Quieren venganza, no descansarán hasta vernos muertos a todos los blancos». *Pappa* replicaba: «Tonterías, no son más que saqueadores, nuestra raza no tiene nada que ver». Y el señor Morkel: «Quizá, pero cuando vengan a por este blanco, estaré preparado. Es muy simple: o ellos o nosotros».

O ellos o nosotros. Era la filosofía del señor Morkel.

A Randy le fascinó la història del señor Morkel cuando se la conté... Maldita sea, Randy, ¿dónde diablos te has metido? Aléjate un poco de la Explanada, Ruan; tal vez lo encuentres en los alrededores.

Odio hablar de mis cosas con extraños, pero con Randy hice una excepción. Me gusta, es un buen tío. No en plan «seamos amigos» y eso, pero sí alguien en quien se puede confiar. Nunca me cuestiona, y eso es bueno, ¿verdad? Sí, yo creo que está bien... Por eso le conté lo del señor Morkel a Randy, porque estaba hecho una mierda y pensé que le animaría. Todo lo de Tell Teba le ha afectado mucho, el ataque al campamento y demás; algunos de los que han muerto allí eran sus amigos... Supongo que por eso aquella noche, la primera que pasamos en el valle, lo encontré escondido en una de estas cuevas, ovillado en una esquina y llorando igual que un crío. Vale, no pasa nada, Randy, no hay nada de malo en eso. Todos nos hemos roto alguna vez. No eres menos hombre por esconderte a llorar cuando la situación te supera. Randy es muy joven, aún más que yo, aunque no lo parezca porque es enorme.

Lo cierto es que lloraba sobre todo de rabia... «Putos paquis. ¡Putos paquis, quisiera matarlos a todos!», decía, sollozando y sorbiéndose los mocos. Para Randy todas las personas que viven aquí son «paquis», es de esa clase de tipos a los que les cuesta encontrar matices raciales más allá de «blancos» y «negros».

«Putos paquis hijos de puta», decía sin parar, como un disco rayado. Lloraba e insultaba. Nosotros sabemos lo que se siente, ¿verdad, Ruan? Miedo, rabia, sed de venganza... Así que le conté lo del señor Morkel. «O ellos o nosotros, Randy. O ellos o nosotros», le dije. Si quieres salir de aquí, Randy, tienes que estar conmigo. Yo te sacaré del valle, te lo juro, pero tienes que estar conmigo porque no me fío de nadie más, porque me parece raro que ningún otro se haya escondido a llorar en una esquina, me parece raro que todos actúen con tanta entereza, como si no tuvieran miedo. Quien diga que no tiene miedo es un mentiroso.

Trashani es una mentirosa, Yukio es un mentiroso, la doctora Brodber es una mentirosa, y de la peor calaña, además, porque cree que somos estúpidos, Ruan. Ese tipo, el español, es otro mentiroso. Y el afgano que está con él es un criminal. Randy lo tiene enfilado porque para él no es más que otro «puto paqui», y lo mira de reojo como si se estuviera conteniendo para no reventarle a tiros, en venganza por quienes mataron a sus amigos en Tell Teba.

Tranquilo, Randy. Yo te voy a sacar de aquí. Sé cómo hacerlo, pero tienes que ser leal. Recuerda: o ellos o nosotros. Ahora mismo estamos en el filo de navaja, nosotros y tú, Randy.

Ellos o nosotros...

Eso fue exactamente lo que le dijimos algunos compañeros del regimiento y yo al capitán Pirow en Bougainville, cuando los mungkas atacaron el campamento de refugiados papúas. Sí, el que nosotros custodiábamos, pero a cierta distancia, porque ni Pirow ni nadie quería mezclarse demasiado con los tipos de piel morena. Los mungkas aparecieron una noche y masacraron a los papúas a tiros y machetazos. Un grupo de *raskoi*, bandidos. Había cientos de ellos sembrando el pánico por la isla y eran salvajes e irracionales como simios. En las ciudades tenían por costumbre violar a las mujeres como rito de paso, luego las mataban y descuartizaban sus cadáveres porque así se evitaban problemas con la policía. Eso mismo fue lo que hicieron en el campamento de los papúas. Cuando se oyeron los primeros gritos, Pirow nos ordenó que no moviéramos ni un dedo. Dijo que era un asunto entre nativos y que no debíamos inmiscuirnos para no correr «riesgos innecesarios». Lo dijo así: «riesgos innecesarios». Más tarde, cuando contamos los cadáveres de las niñas y las mujeres, Pirow se dio cuenta de la magnitud de su cagada y colapsó por completo. Fue patético. Le dio como una especie de crisis: gemía, balbuceaba y decía que le iban a hacer responsable de todo... «No es mi culpa, no es mi culpa», repetía. Maldito imbécil. Maldito y débil imbécil. Se desmoronó cuando Frans y otros lo acorralaron en su oficina, ¿te acuerdas, Ruan? «Capitán, hay que darle su merecido a esos *munkeys*, no pueden librarse de un castigo», porque Frans y los demás estaban deseando matar pieles negras, llevaban meses rezando por tener una excusa para hacerlo, igual que el señor Morkel. Y, al final, Pirow dice que vale, que de acuerdo, pero que nada desproporcionado. Frans se puso a limpiar su arma en el patio y me miró: «De Jagger, ¿quieres venir a cazar *munkeys*?». ¿Y por qué no? Al fin y al cabo, si no hacíamos nada podían envalentonarse y atreverse con los cascos azules. Era la típica tesitura de «o ellos o nosotros».

En la primera aldea que nos topamos, Frans encontró a dos negros con armas y los mató allí mismo de un tiro en la cabeza. Pam, pam. Uno a cada uno, delante de las mujeres, los niños y los ancianos; ni siquiera preguntó, solo los vio y les disparó. Pam, pam, Ruan, pam, pam. Los otros hombres rugieron como gorilas y se lanzaron contra nosotros. A un soldado de Pretoria le clavaron un machete en el estómago, vi la punta asomarle por la espalda. Eso no estuvo bien. Nada bien, Ruan, nada bien. Frans ordenó disparar y yo acaté la orden porque ese era mi condenado trabajo. Ráfagas de balas de un lado a otro, pam, pam, mungkas muertos sobre el barro... ¿Aún los oyes, Ruan? Pam, pam... Pam, pam... Sonaban como los latidos de tu corazón cuando has abierto los ojos en la tumba de Kidinnu. Disparaste a todo piel negra que se te puso a tiro. ¿Por qué lo hice? No lo sé, ¿acaso importa? Claro que no, Ruan, tú lo sabes, los dos lo sabemos: no había ningún motivo en concreto. Solo demostrarles que o ellos o nosotros. Así de simple.

A Frans le gustaba matar mungkas, ¿por qué crees que le gustaba tanto, Ruan? No lo entiendo. A fin de cuentas, matar a un hombre no es muy diferente de aplastar una hormiga, ¿qué hay de divertido en ello? Pero, Dios sabe por qué, Frans disparaba y se reía, disparaba y se reía...

No paro de soñar con aquello desde que estoy en el valle. Revivo cada momento de aquel baño de sangre; no sé a cuántos pieles negras pudimos masacrar, tal vez fueron el doble de papúas que los *raskoi* habían torturado y asesinado el día anterior. En mi sueño lo veo con más claridad que en mis recuerdos. La sangre de los mungkas cubre el suelo de la aldea. El barro es rojo. Chapoteamos en sangre. Veo a Frans disparando a la espalda de las mujeres pieles negras que huyen con sus chiquillos en brazos. Se ríe como un histérico cada vez que acierta a una: «¡Es como jugar al tiro al blanco!». Frans se ahorcó en su garaje tres meses después de aquello. Lo curioso es que en mi sueño veo cómo deja de disparar y luego, siempre riendo como un lunático, se cuelga de la rama de un árbol hasta morir. Entonces un montón de mungkas cubiertos de barro rojo caminan hacia mí y me acorralan dentro de una cabaña. «No vas a escapar de esto, Ruan. Ninguno vamos a escapar de esto», dicen, con la voz de Frans, y se ríen como lunáticos.

Ninguno vamos a escapar de esto.

Tuve esa misma pesadilla como un millón de veces después de regresar de Bougainville, y, en el momento en que escuchaba la voz de Frans («Ninguno vamos a escapar de esto»), me despertaba empapado en sudor. También he tenido esa pesadilla en el valle. Pero aquí es distinto. El final es distinto. Cuando abro la puerta de la cabaña para esconderme de los mungkas, veo un resplandor inmenso que me ciega. Luego se disipa y veo una puerta hecha de bronce, llena de figuras en relieve. Y entonces sé, de algún modo *sé*, que tengo que abrir esa puerta para escapar, que no hay otra forma, y que si no abro esa puerta moriré ahogado en sangre. ¿Qué significa eso?

Creo que está claro, Ruan. A mí al menos me lo parece, ¿a ti no? Es una señal. Una maldita señal tan grande como un edificio. Es la Madre de Todas las Señales.

Para escapar tienes que abrir la puerta.

¿Eso tiene sentido?

No lo sé, Ruan, pero si no lo tuviera, ¿por qué soñamos cada noche con esa puerta? ¿Por qué hemos descubierto que esa puerta existe? Porque existe, es real, está dentro de ese templo con forma de cubo... De acuerdo, no sé si es exactamente igual a la de nuestro sueño, ¡pero se parece tanto! No puede ser casualidad, ¿verdad, Ruan? No puede ser casualidad.

No, yo creo que no.

Debería pensar en ello detenidamente... Pero antes tengo que encontrar a Randy. Pero ¿dónde? ¡No veo nada! Está todo demasiado oscuro.

¿Sabes lo que me gustaría? Me gustaría volver a la tumba de Kidinnu y sentarme allí a contemplar ese magnífico casco de oro, que es como el parche del señor Morkel. Allí no se estaba tan mal al fin y al cabo... Hay algo cálido en ese lugar. Y, por algún motivo, presiento que el contemplar ese casco me ayudará a poner en orden mis ideas... Tal vez, incluso, si me lo colocara en la cabeza...

—¡Sargento!

—Randy, menudo susto, ¿dónde diablos estabas?

Mejor no le digas nada, Ruan, no le cuentes que acabas de despertarte frente a la estatua de Kidinnu y que no sabes cómo llegaste allí. Por ahora que sea nuestro secreto, no queremos que piense que estás loco, ¿verdad, Ruan? Además, míralo, tiene aún peor aspecto que tú: está pálido como una luna y tiembla como una hoja, parece que haya visto un fantasma.

—¡Los he visto, sargento, los he visto! ¡Allí, en el bosque...!

—Calma. Respira hondo. —Así, pon tu mano en su hombro, transmítele seguridad, eres quien está al mando. Sabes bien de lo que habla porque tú también los has visto antes, cerca del templo cúbico. Es normal que esté aterrado—. Cuéntamelo todo.

—Estaba haciendo mi guardia cuando oí unos ruidos extraños que venían de allá abajo, del bosque. Pensé que podía ser alguna alimaña y no quería que se acercarse a la Explanada.

—¿Por qué no usaste la visión nocturna del yelmo?

—Porque olvidé que estaba operativa. No recordaba que ahora, con esas piedras, los componentes del *káliva* ya no se averían.

Era de esperar en Randy. Es leal, pero no es el más listo del grupo.

—De modo que fuiste hacia el bosque, por eso no te encontré por aquí... ¿Qué ocurrió después? Continúa.

—Seguí aquel ruido... Algo agitándose. Habría jurado que eran pasos, sargento, lo habría jurado. Entonces sí que me acordé de la piedra y encendí el visor nocturno del yelmo... —Le fallan las palabras. Dios, fíjate: sí que está aterrado—. Los vi, sargento, le juro que los vi. Eran dos... Eran dos.

—Lo sé.

Y ahora te mira sorprendido. Seguramente eso no lo esperaba.

—¿Usted también... los ha visto?

—Sí, a uno de ellos. Me atacó, quería atravesarme el cuello con algo, no sé con qué, tal vez un puñal o algo parecido. Pude escapar por los pelos. ¿Los que tú has visto iban armados?

—No... Creo que no. Solo... caminaban. —Se queda callado. Quizá esté asimilando la información, dale tiempo, Ruan, porque le costará trabajo, especialmente a alguien como él. Recuerda que tú tampoco querías creerlo, a pesar de que lo viste con tus propios ojos—. ¿Qué son? ¿Son... paquis, como los que atacaron Tell Teba?

Te encantaría responder a eso, Ruan, pero no sabes cómo. ¿Paquis? No, no lo creo... El que nos atacó no parecía un paqui; de hecho, más bien se parecía a algo que espera la muerte en la cama de un hospital; pero ¿cómo le explicamos eso a Randy? Ni siquiera tú eres capaz de entender qué fue lo que viste.

—Eso ahora no importa, Randy; lo que importa es que son una amenaza.

—¿Lo saben los demás?

—No, y por el momento es mejor que quede entre nosotros. Ellos no están preparados para enfrentarse a algo así, no están entrenados como tú y yo.

—Pero Yukio...

—Sí, tal vez se lo digamos a Yukio, pero aún no lo he decidido. Hasta entonces mantén la boca cerrada.

—Sí, sargento.

—Necesito que estés centrado, Randy, ¿comprendes? Ahora sabemos que existe una amenaza real en el valle, así que tenemos que salir de aquí lo antes posible. Te prometí que saldríamos, ¿no es cierto, Randy?

—Sí, sí, sargento.

—Cumpliré mi promesa, pero tienes que confiar en mí. ¿Confías en mí, Randy?

—¡Por completo! Usted está al mando.

—Excelente, porque necesitaré todo tu apoyo. Al fin he encontrado la solución a nuestros problemas... La he visto en mi mente con toda claridad. Es la puerta, Randy. Tenemos que abrir la puerta.

—¿La puerta...?

Duda. Está dudando, ¿por qué está dudando? No lo puedes permitir. Debe creer en La Puerta. ¡Tiene que confiar en La Puerta! Allí está la solución, la solución a todo. Debes hacérselo entender. Coloca de nuevo la mano sobre su hombro. Eso es, Ruan, muy bien. Sé firme, mírale a los ojos, haz que sienta tu determinación. Repítele las órdenes.

—Tenemos que abrir la puerta. No hay otro camino para escapar de aquí, y tenemos que hacerlo antes de que nos maten esas cosas que has visto. Recuérdalo, Randy: o ellos o nosotros.

35
Diana

«Voy a ir al grano, doctora. Solo quiero hacerle una simple pregunta: ¿conoce la forma de abrir la puerta del teseracto?»

Kidinnu, con su inexpresivo rostro de oro, me contempla desde su trono.

En la tumba hace mucho frío, las paredes están repletas de inscripciones. Quien las hiciera, sin duda tenía mucho que contar. Hay textos en cada uno de los idiomas que alguna vez se hablaron en esta parte del mundo. He descifrado ya unos cuantos, pero alguien de mi nivel tardaría meses, años quizá, en traducirlos todos. Ruben lo habría hecho en un tercio de ese tiempo.

Ruben...

No. No debo seguir lamentándome por él. Ya está, se acabó, ya no tiene remedio. Ahora necesito concentrarme.

Apenas he dormido y siento como si todo mi cuerpo funcionara a pocas revoluciones por minuto. Incluso me cuesta coordinar mis movimientos para ayudar a Suren a montar su cámara sobre un trípode casero, hecho con piezas y objetos de todo tipo.

También ha venido Zana, quien, seducido por la promesa de grandes tesoros, ha superado su reticencia a meterse en la tumba. Ahora mismo deambula con las manos a la espalda buscando objetos de valor, aunque transmite más curiosidad que avidez. En esta ocasión, Fido no revolotea a su alrededor. A Fido no le gusta la tumba, nunca entra si puede evitarlo.

Suren trata su cámara con extremo cuidado. Ayer casi se le rompe cuando huíamos de aquella bandada de pájaros. La forma casi obsesiva con la que protege ese aparato me hace pensar que tal vez, inconscientemente, se esté extrapolando a sí mismo sobre esa cámara de algún modo, como si pensara que mientras siga funcionando a él tampoco le ocurrirá nada malo.

O puede que simplemente no quiera que se estropee porque es un trasto muy caro.

Me gustaría decirle que pierda cuidado, que si su preciosa Niepce se avería seguramente Kirkmann le pagará una nueva. Qué demonios: Kirkmann debería pagarle una cámara hecha de oro macizo en compensación por todo lo que está sufriendo. No sé qué pensarán los demás, pero si yo logro salir de aquí con vida, voy a exprimir a Kirkmann y al GIDHE hasta sacarles el último penique. ¡Abogados de Liverpool, esperadme! Pronto os pediré cita; porque yo sí pienso salir de aquí. No acabaré como Ruben. De ningún modo. Yo saldré de este jodido valle, demandaré a Kirkmann, publicaré mis estudios sobre este lugar y de todo ello obtendré una cantidad obscena de dinero. Tanto como para enterrarme en oro, igual que Kidinnu. Yo sí que voy a ser una Princesa Infinita, la Princesa de la Cuenta Bancaria Infinita.

Pero antes tengo que permanecer con vida.

—Bien, esto ya está, ya puedes soltar de ese lado —dice Suren. Luego se saca una piedra de galena del bolsillo y la coloca sobre la cámara para evitar que las OHP interrumpan la grabación—. Podemos empezar cuando quieras.

Quiero registrar la mayor cantidad posible de imágenes de la tumba porque si salimos de aquí —es decir: «cuando salgamos de aquí»— eso es todo lo que tendré para poder estudiarla. Lógicamente no me planteo regresar a la Ruina de Alejandro a corto plazo.

Mientras Suren y yo grabamos, Yukio trata de recuperar la señal de nuestro satélite; cree que si la galena mantiene a raya a las OHP puede lograrlo. No sé si servirá de algo seguir enviando mensajes de socorro que al parecer nadie escucha. Me temo que pronto tendremos que ponernos a buscar formas de escapar del valle por nuestros propios medios, por mucho que De Jagger rehúya esa idea.

—¿Sabéis qué? Una vez salí en un documental —dice Zana.

Suren le responde mientras, con actitud profesional, calibra toda clase de medidores para la grabación.

—¿De veras?

—Oh, sí. De unos periodistas de la BBC que recogían testimonios sobre la guerra en Kabul y toda esa mierda. Fue divertido. A uno de ellos le robé la cartera y unas Ray-Ban bastante chulas. Se las cambié a otro tipo por un reproductor Blu-ray.

—¿Me estás insinuando que debo vigilar mis bolsillos?

—Siempre debes vigilar tus bolsillos, Suren. Siempre.

—Ok. Lamento decirte que en este documental tú no eres la estrella, así que, por favor, apártate un poco porque sales en el encuadre.

Suren sigue a lo suyo. Preparar la cámara es algo que lleva tiempo, según dice. Zana se aleja unos pasos y se pone a inspeccionar la estatua de Kidinnu. Me pregunta qué es lo que el Príncipe Infinito tiene en la mano.

—Un *sagaris*, un hacha de batalla persa.

—Para cortar y aplastar, muy práctico. —Le quita el arma a la estatua y realiza una elegante finta en el aire—. Tiene buen equilibrio.

—Por favor, déjala donde estaba, es una antigüedad.

—Como tú digas. Yo lo único que quiero es su casco.

Después de soltar el *sagaris*, Zana pierde el interés por la estatua y se pone a inspeccionar los dibujos de las paredes.

—Anoche te oí tocar el murli. Fue muy bonito, eres todo un virtuoso.

—Gracias. Podría incluso haber estado mejor de haber tenido un instrumento en condiciones, pero ese murli no funciona bien. Las notas no suenan como deberían. —Saca la flauta de su bolsillo y la observa con gesto crítico. Yo no veo que tenga nada de raro—. Suren dice que hay algo escrito aquí... «Yo soy la voz del cantor, aquel que domina la Furia». Tú eres la experta en cosas viejas, así que dime: ¿qué significa eso?

—No lo sé. Pero en esta tumba hay algo que quizá tenga relación, ¿quieres que te lo enseñe?

En un muro detrás de la estatua de Kidinnu descubrí ayer una escena en bajorrelieve y con inscripciones en sánscrito. En ella se muestra a un sol llameante provisto de rostro humano... o casi humano: sus rasgos en realidad son dos muescas para los ojos y un pequeño rectángulo para la boca. Una serie de circunferencias surgen de él, como si las irradiara. Alrededor hay hombres adorándolo de rodillas, uno de ellos es más grande que los demás y tiene un casco con cuernos. Todos ellos tocan instrumentos de viento, flautas bastante similares al murli de Zana.

Picado por la curiosidad, Suren se une a nosotros para contemplar el bajorrelieve.

—¿Qué representa?

—Los hombres que tocan instrumentos creo que son sacerdotes, salvo el más grande, que es Kidinnu. Llevan a cabo algún tipo de ceremonia religiosa: tocan música para esta figura en llamas que está en el centro de la composición. ¿Veis las inscripciones? Es sánscrito védico, una de las lenguas más antiguas del mundo. Aquí pone: «El Furioso Resplandor que cayó del cielo». Pero lo más interesante es esta otra inscripción de aquí, la que hay sobre Kidinnu. Dice: «Yo soy la voz del cantor, aquel que domina la Furia».

—Igual que en mi murli —apunta Zana—. ¿Por qué?

—Ojalá lo supiera, tengo el pálpito de que la respuesta a esa pregunta es más importante de lo que parece. He estado pensando... Ese murli lo encontramos junto a la momia de un monje de la secta del Sayanabuda. Sus seguidores creían que Buda duerme en un descanso eterno del que no debe despertar. Cuando Buda sufre lo que ellos llamaban «malos sueños», el mundo se agita, así que una parte importante del ritual de la secta consistía en tocar música para calmar las pesadillas de Buda, tal vez con instrumentos similares a ese murli.

—¿Y eso tiene alguna relación con este bajorrelieve? —pregunta Suren.

—Quizá... En esta escena, Kidinnu y sus acólitos tocan para el Furioso Resplandor porque creen que de esa forma pueden «dominar su furia», es decir: controlar su poder. Tal vez, siglos más tarde, los monjes Sayanabuda interpretaron «dominar» no como sinónimo de «controlar», sino como sinónimo de «apaciguar». En cualquier caso, hay un punto en común: la música tiene un efecto sobre ese poder.

—Entonces... ¿crees que el Furioso Resplandor y el Buda durmiente de la secta Sayanabuda son la misma... cosa?

—Creo que sí, Suren. De hecho, estoy casi convencida. La diferencia es que, para los budistas, la música servía para calmarlo mientras que para Kidinnu, en cambio, servía para alterarlo. ¿Quién de los dos estaba en lo cierto? Imposible saberlo.

—Solo son cuentos viejos —dice Zana, despectivo—. Leyendas, mitos... Bobadas de gente muerta. Ninguno tenía razón, obviamente.

—¿Tú crees? Ruben me contó que los soviéticos creían que ese Furioso Resplandor era un cuerpo celeste hecho de un mineral que reacciona a determinados sonidos emitiendo ondas electromagnéticas. —Los tres contemplamos en silencio el bajorrelieve unos segundos. Después señalo las líneas curvas que irradian del sol con cara humana—. Fijaos en estas líneas, ¿qué os parecen? ¿Acaso no tienen el aspecto de ondas de radio? Entre nosotros, yo creo que esto que vemos aquí es una de las representaciones más antiguas que existen de una auténtica OHP.

Zana hace un divertido gesto de desdén.

—¡Bah...! No me tomes el pelo, mujer. Zana no es ningún tonto.

Suren, en cambio, observa la imagen fijamente. En su cara tiene la clásica expresión de «un penique por tus pensamientos».

—Diana, esta cosa... Este Furioso Resplandor, o como se llame... ¿es lo que hay dentro del teseracto? ¿Está ahí abajo, en el centro del valle *ahora mismo*?

—Los soviéticos creían que sí, por eso vinieron a buscarlo.

—¿Por qué? ¿Para qué diablos lo querían?

—Lo ignoro, yo no he leído ese diario, solo sé lo que Ruben me contó antes de... —Me veo obligada a hacer una pausa. En las últimas horas no he dejado de pensar en Ruben, en cómo le afectó este lugar. En cómo nos afecta a todos—. No sé lo que hay en el teseracto, Suren, ni siquiera puedo imaginarlo. Pero pienso que, sea lo que sea, es mejor que se quede donde está.

Él asiente.

—Sí, yo también lo pienso... Por suerte nos sería imposible sacarlo aunque quisiéramos. No sabemos cómo se abre la puerta del teseracto.

—Creo que yo lo sé. —Suren me mira muy fijo, casi inexpresivo. No estoy segura de si quiere que siga hablando—. Anoche se me ocurrió un modo...

—Princesa —interviene Zana—, si tu idea es reventarla con dinamita, que conste que a mí ya se me había ocurrido antes.

—No, no. Tiene una combinación, como una caja fuerte. Aquellas ruedas que había sobre los relieves de los animales... Pienso que, si se giran siguiendo la secuencia correcta, la puerta se abrirá. Cada elemento de la secuencia es un animal.

—Y si se hace de la forma incorrecta, nos reventarán los sesos, igual que la última vez, lo cual no es algo que me apetezca experimentar de nuevo. ¿Acaso sabes tú cuál es esa secuencia?

—Sí, creo saberlo. La respuesta está en aquella inscripción que encontramos. Recordad el primer verso: «Tú, Alejandro, quisiste contemplar el confín más allá de Oriente. Nos buscaste y ordenaste: "Llevadme donde acaba el mundo"». Existe una antigua biografía de Alejandro Magno, un libro conocido como el Pseudo Calístenes, lleno de hazañas y sucesos fantásticos sobre la vida del conquistador. En él se narra que, en cierta ocasión, Alejandro capturó a dos grifos y les ordenó que lo llevaran volando hasta una altura desde la que poder «contemplar el confín más allá de Oriente». Eso me hace pensar que los grifos son la clave de la combinación de la puerta, y también lo que dice el segundo verso: «Ahora velamos al que duerme. Ahora somos la llave». Debí haberme dado cuenta enseguida: incluso había estatuas de grifos flanqueando la calzada que conducía hasta el teseracto.

—En aquella puerta recuerdo haber visto muchos animales —dice Zana—. Había leones, elefantes, águilas, caballos... Pero estoy casi seguro de que no había ningún grifo.

—Claro que no, porque eso forma parte del acertijo. El tercer verso decía: «Cuatro somos ahora, más nuestro alimento». Un grifo es una criatura con cabeza de águila y cuerpo de león. En la puerta había águilas y leones, esa es la secuencia: águila y león, pero repetida dos veces... «cuatro somos ahora», porque dos fueron los grifos que acarrearon a Alejandro. De modo que el orden correcto sería: águila, león, águila, león...

—¿Y qué hay de la última parte del verso? —pregunta Suren—. Aquello de «más nuestro alimento».

—Oh, sí... Esa es la última clave de una combinación compuesta por cinco animales. El quinto animal es un caballo.

—¿Por qué un caballo?

—De nuevo me baso en el texto del Pseudo Calístenes. Según dice, cuando Alejandro capturó a los grifos, los ató a una cesta para fabricar una especie de carro alado. Sin embargo, los grifos se negaron a moverse, de modo que Alejandro clavó el hígado de un caballo en la punta de su lanza y lo utilizó como cebo para obligarlos a que emprendieran el vuelo. Ahí está el «alimento» del que habla el verso: un caballo. Con eso la secuencia ya queda completa.

Suren se queda callado con una expresión sombría. El hecho de que parezca que acaban de darle una muy mala noticia me hace creer que piensa que mi teoría es correcta.

—Tiene sentido... Eso... tiene sentido.

—Puede ser —dice Zana con gesto hosco—. Pero yo no pienso ir a comprobarlo. La última vez que me acerqué a esa puerta acabé vomitando hasta la última entraña y cubierto de apestosas plumas de pájaro. Por mí, que se pudra donde está.

El nuristaní escupe una flema al suelo. Lo hace a menudo para manifestar su desprecio.

—Diana, ¿me permites darte un consejo? —dice Suren—. Mejor no le cuentes esto a nadie. Imagina que se lo dijeras a alguien y esa persona intentara... intentara probar por su cuenta esa combinación. ¿Comprendes a dónde quiero llegar? En ningún caso sería una buena idea.

Tiene razón, no lo sería en absoluto.

Empezamos con las grabaciones del interior de la tumba. Cuando ya llevamos un rato sacando tomas, aparece el sargento De Jagger. Me pregunta si puede hablar conmigo en privado. Mientras me lo pide, no deja de mirar de reojo la corona de Kidinnu. Mi hermano Delroy, que tiene una relación difícil con la bebida, mira igual las botellas de cerveza durante sus recurrentes periodos de abstinencia.

El sargento y yo salimos a la Explanada. Solo son las cuatro y media, pero ya ha comenzado a oscurecer. Aquí, en el valle, el sol no permanece durante mucho tiempo y parece limitar su presencia a visitas de cortesía. La niebla se ha espesado y hace frío. Espero que no nieve.

—Voy a ir al grano, doctora. Solo quiero hacerle una simple pregunta: ¿conoce la forma de abrir la puerta del teseracto?

Por un instante me quedo sin palabras. Miro sus ojos con la esperanza de escrutar algo en ellos, pero nada, es como contemplar dos botones de escarcha.

—No. —Tampoco es que sea una mentira, ¿cierto? No sé con seguridad cómo abrir la puerta, tan solo tengo una hipótesis plausible—. Lo siento. No tengo ni idea.

El sargento me sostiene la mirada durante unos segundos.

—¿Está segura?

—¿Por qué habría de mentir?

—Hace un momento Randy escuchó casualmente el fragmento de una conversación entre usted y el camarógrafo español. Creyó entender que sí que sabe cómo abrir esa puerta.

—Randy imagina cosas. Y será mejor que deje de espiar conversaciones privadas o él y yo vamos a tener un problema serio. —Intento apartarlo, pero no se mueve de donde está—. Sargento, déjeme pasar.

De Jagger sigue mirándome sin apenas pestañear. ¿Qué diablos le pasa? ¿A qué viene esta actitud? No me gusta cómo me observa, con esos ojos vacíos. Me sorprendo buscando a mi alrededor a alguien que esté cerca... ¿Acaso estoy asustada? ¿Del sargento De Jagger? Qué estupidez, no es más que un crío con uniforme... Y, no obstante, ¿por qué me inquieta comprobar que no hay nadie cerca? Maldita sea... ¿Dónde está todo el mundo?

—Debemos abrir esa puerta, doctora, es importante. Usted tiene que entenderlo.

—¿Por qué, si puede saberse?

—Porque... —Hace una pausa—. Porque es lo que tenemos que hacer. Nos ayudará a salir de aquí.

Por primera vez noto algo en sus ojos. Una especie de brillo alucinado.

—Sargento, como la única autoridad académica que representa al GIDHE en este lugar, voy a ser muy clara: nadie va a abrir esa puerta si yo puedo evitarlo. Ahora, por favor, apártese.

De Jagger me agarra del brazo.

—Esa no es la respuesta que esperaba.

—¡Suélteme!

—Tal vez podamos negociar de alguna manera... Tengo algo que estoy seguro que usted quiere: una antigua daga ceremonial budista, ¿le suena? Estoy dispuesto a dársela, siempre y cuando sea razonable y comparta conmigo la manera de abrir esa puerta.

Si cree que puede amedrentarme está muy equivocado. No tiene ni idea de con quién está tratando.

—Sargento, no se lo voy a repetir: suélteme. Me está haciendo daño.

No obedece. Al contrario, la presión sobre mi muñeca aumenta. Es como si De Jagger ni siquiera fuera consciente de que está haciendo fuerza, lo cual me asusta.

Entonces, por detrás del sargento, veo a Fatmida acercarse hacia nosotros.

—Perdonadme. —Su expresión es de recelo. Su instinto le dice que ocurre algo malo, pero no sabe qué exactamente. En cuanto la ve, De Jagger me suelta—. ¿Interrumpo algo?

—Nada importante.

Fatmida me mira. Yo asiento de mala gana.

—Bien, en tal caso... Diana, quería hablar contigo de un asunto, si tienes tiempo...

De Jagger nos hace una cortés inclinación de cabeza y nos deja solas.

Maldito desequilibrado. Primero Ruben pierde el juicio y ahora De Jagger. Más le vale andarse con cuidado, porque si vuelve a pasarse de la raya conmigo no dudaré en hacer que lo lamente. Sabe que soy muy capaz.

—No me gusta ese hombre —dice Fatmida, viendo cómo se aleja el sargento—. Nunca me ha gustado. A veces me da la impresión de que algo no anda bien en su cabeza.

—Tal vez haya respirado demasiadas de esas esporas alucinógenas de las que me hablaste.

—No, creo que lo suyo ya estaba ahí antes de las esporas... —murmura, y a continuación le da una calada a su cigarrillo—. Tengo que enseñarte algo importante. ¿Puedes acompañarme a mi refugio?

36
Diana

«¿Qué acabo de ver? ¿Qué clase de horror ha alumbrado mi linterna por un instante? No lo sé. No quiero saberlo. Lo único que quiero es que no me alcance»

Cuando entramos en su refugio, Fatmida me da una cajita de plástico y me pide que la abra. En su interior hay un escarabajo. Sobre su concha se ha formado una desagradable capa de algo parecido al moho y emite una débil fosforescencia, igual que los líquenes que crecen por todo el valle.

—¿Dirías que ese insecto está vivo? —me suelta de pronto.

Me parece una pregunta bastante extraña.

—Sin duda su aspecto no es el más saludable, pero por cómo corretea de un lado a otro, yo diría que sí, que está bastante vivo.

—Ese es el problema: que estás en un error.

—Me parece que no te sigo.

Ella le da una calada larga a su cigarrillo. Larga y ansiosa. Percibo que está muy tensa.

—La naturaleza a menudo puede ser inexplicable, Diana. Verás: en las junglas de Tailandia vive una especie de hormiga, la «hormiga carpintera» se llama. Estos insectos a veces son infectados por un parásito... Un hongo, para ser exactos, un *Ophiocordyceps unilateralis*... Sus esporas penetran a través del exoesqueleto de la hormiga y empiezan a reproducirse en el interior de su cuerpo. Poco a poco toman el control de sus músculos, sus fibras... y su cerebro. Al cabo de tres días, esta agresiva invasión parasitaria da lugar a una criatura híbrida entre el hongo y la hormiga en la cual el parásito es quien da las órdenes. El parásito obliga al insecto a separarse de su colonia y a internarse en la selva hasta encontrar un suelo cuyas condiciones sean favorables para que el hongo se pueda reproducir. Una vez allí, el hongo ordena a la hormiga que se aferre a una hoja con sus mandíbulas y, a continuación, las células parásitas comienzan a multiplicarse hasta que un tallo brota a través de la cabeza del huésped, justo en el momento en que el sol está en el mediodía... Siempre a esa misma hora. Los expertos no saben por qué. Por supuesto, la hormiga muere, sin embargo, el hongo parásito sigue desarrollándose hasta que emite nuevas esporas, las cuales infectarán a otras hormigas y el proceso volverá a empezar... Es un ciclo reproductor tan diabólico como eficaz. A este hongo se le llama el «hongo zombi», si bien no es un nombre muy certero ya que el hongo no convierte a la hormiga en un zombi, pues esta sigue viva en todo momento mientras actúa como huésped. Una vez que muere, al parásito ya no le sirve de nada.

»El comportamiento de este hongo parásito sigue siendo un enigma... El hecho de que actúe como una especie de organismo inteligente sin serlo resulta inquietante... Por suerte parece, y solo parece, que únicamente ataca a las hormigas carpinteras. Aunque hay quien cree que podría parasitar a otras especies. A animales de mayor tamaño como, por ejemplo, este escarabajo.

Miro al insecto, que deambula estúpidamente por el interior de la caja.

—¿Quieres decir que este bicho está infectado por uno de esos «hongos zombis»?

—Sí y no... Es algo más complicado. —Fatmida se enciende otro cigarrillo. Ni siquiera se ha terminado el anterior—. Este escarabajo está infectado con unas esporas, sí, pero no con las del *Ophiocordyceps unilateralis*, sino con las de los líquenes fosforescentes que hay por todo el valle. Y ya estaba muerto cuando se infectó, lo sé porque yo misma realicé todo el proceso. Sin embargo, ahora está vivo.

—No comprendo... ¿Eso es posible?

—Si alguien me lo hubiera sugerido hace una semana, me habría reído en su cara, pero ahora... Apliqué esporas de los líquenes fosforescentes a un escarabajo común. Comprobé que, al igual que las del «hongo zombi», estas parasitaban al huésped, pero no lo mataban, simplemente lo mantenían con vida. Llevé el experimento un paso más lejos y yo misma maté al escarabajo con una sustancia tóxica. Lo vi morir. Horas después resucitó ante mis ojos. No sé cómo pudo ocurrir... Mi hipótesis es que la sustancia tóxica mató al escarabajo, pero no a las esporas, y ahora son ellas quienes tienen el control de su cuerpo.

Cierro la caja y la dejo sobre la mesa. Ya no quiero seguir mirando ese insecto, ni siquiera me apetece tenerlo cerca. Me da escalofríos.

—¿Esas esporas son las mismas que estamos respirando? ¿Las que... afectan a nuestros sueños? —Fatmida asiente. De pronto tengo la necesidad de cubrirme la boca con algo—. Y a la vista de... esto, ¿piensas que el hongo podría ser aún más nocivo para nosotros?

Se queda en silencio. La mujer que siempre tiene respuestas para todo ahora parece que no tiene nada que decir.

—No lo sé. Ni siquiera sé a qué especie pertenecen estas esporas, en mi vida había visto nada semejante, salvo...

—¿Salvo cuándo?

—Son las mismas esporas que encontré en la hormiga que mordió a Skalder.

Disparos. Una ráfaga de disparos. Resuenan con toda claridad antes de que Fatmida termine su frase. Ambas nos sobresaltamos y salimos del refugio para averiguar quién ha disparado y contra qué.

En la Explanada están todos los hombres menos Randy. De Jagger y Yukio llevan puestos los yelmos de los *káliva* y Zana empuña su machete. De pronto aparece Randy a la carrera.

—¡Están aquí! —grita—. ¡Sargento, los he visto! ¡Se acercan al campamento!

Fido empieza a ladrar. Yukio lo tiene sujeto por el collar, de lo contrario saldría disparado hacia el bosque.

¡Marchaos! ¡No os acerquéis! ¡Estas Personas están bajo mi protección!

No se puede ver nada a través de la niebla, es demasiado espesa y ya apenas queda luz. Los hombres de Tagma pueden utilizar sus visores nocturnos, pero para mí es imposible saber qué se esconde entre la bruma, aunque no me cabe duda de que hay algo. Lo siento en la piel.

—¿Quién ha disparado, Randy? ¿Has sido tú? —pregunta De Jagger.

El muchacho de Pasadena tiene la respiración acelerada.

—¡Tuve que hacerlo! ¡Se estaban acercando, se acercaban demasiado! ¡No sé si he logrado asustarlos!

—¿Dónde están?

—Hacia el oeste. Vienen del oeste.

—¿Cuántos son?

—No lo sé. Uno, varios, no lo sé... No estoy seguro. Yo... los he oído. Los he sentido. ¡Vienen hacia aquí!

—¿Se te ha ido la puta cabeza, Randy? —salta Yukio—. ¡No puedes ponerte a pegar tiros a ciegas! ¡Ni siquiera sabes a qué le estabas disparando!

De Jagger ordena silencio con un gesto.

—Randy y yo iremos a investigar. Yukio, quédate aquí y protege a los demás. Si alguien se acerca, no te pares a pensar: abre fuego.

—Con su permiso, sargento: pero ¿quién coño se iba a acercar?

De Jagger no responde. Él y Randy se dirigen hacia el linde de la Explanada. El tejido del *káliva* se funde con la niebla y, de pronto, ambos parecen desvanecerse en el aire.

Le pregunto a Yukio qué diablos está ocurriendo.

—¡Ni idea, doc! Tal vez Randy se ha vuelto majara y ahora ve fantasmas, yo qué sé.

—No, hay algo en la niebla —dice Zana, oteando la oscuridad con gesto serio—. El perro lo nota, y yo también. Hay algo, pero no sé qué es.

Fido deja de ladrar. Todos nos quedamos atrapados en un silencio tenso, escuchando, aguardando. El valle nos trae ruidos extraños. Temblores de maleza, gritos de aves nocturnas... Aves. Pienso en los pájaros del teseracto y tiemblo en un escalofrío.

Algo se mueve a lo lejos, entre los árboles. Fido emite un gruñido grave, casi inaudible. El puño de Zana se tensa alrededor del mango de su machete. Yukio coloca el dedo cerca del gatillo de su subfusil. Tengo la sensación de que el tiempo se ha detenido y estamos cautivos en un limbo neblinoso. El viento arrastra más sonidos. Crujidos. Roces. Los latidos de mi propio corazón. La respiración contenida de mis compañeros.

Miedo. Puedo oír el miedo.

—¡Socorro! ¡No...! ¡Ayuda!

Dios mío, es la voz de Ruben.

Siento como un golpe en las entrañas. No, no es posible, no puede ser él. Dirijo a Fatmida una mirada de profunda angustia y ella niega con la cabeza.

—Era él, ¿verdad? Ese... era Ruben. Era su voz.

—Es imposible, Diana. Ruben está muerto.

—Tú no lo viste, quizá nos equivocamos... ¡Quizá lo abandonamos malherido en aquel lugar!

Vuelvo a escucharlo. Pide auxilio. Está en medio de la niebla y pide auxilio. Sus gritos... Sus gritos son espantosos. Tengo que hacer algo.

—¡No, Diana, no es él! ¡Créeme, no es él!

¡Claro que es Ruben! Puedo jurar que es su voz, la oigo tan clara en mi cabeza como mis propios pensamientos. Nos necesita. Tenemos que hacer algo. No podemos fallarle otra vez.

Antes de que nadie pueda detenerme, corro hacia la niebla tras la voz de Ruben. Creo que puedo seguirla. Sí. ¡Seguro que puedo dar con él!

Prendida al cinturón llevo siempre una linterna. En el momento en que me sumerjo en la niebla la enciendo, aunque su luz apenas es útil. No obstante, la niebla parece imbuida de una sutil fosforescencia similar a la que emiten los líquenes de nuestros refugios. Un brillo lechoso y fantasmal me rodea por todas partes. Llamo a Ruben a voces. Repito su nombre mientras avanzo a través del boscaje. Nada me responde. Las hojas muertas crujen bajo mis pies y las ramas de los árboles rozan mi cuerpo, mi cabello, con un tacto furtivo. ¿Dónde estoy? Dios mío, creo que me he desorientado.

—¡Ruben!

Tengo la impresión de que la niebla ha levantado un poco, o quizá me estoy acostumbrando a ella. Alumbro el suelo con mi linterna y veo que estoy en un sendero natural. Me detengo. Necesito saber dónde estoy... ¿He dejado atrás la Explanada? ¿Está acaso a mi izquierda o frente a mí? No lo sé... ¿Por qué habré sido tan impulsiva? Si al menos pudiera encontrar a Ruben. Porque él está aquí, no me cabe duda: era su voz.

—¡Ruben! ¡Por favor, si estás aquí hazme una señal! ¡No puedo encontrarte!

Algo cambia en el aire. Puedo notarlo en mi piel, como si un hilo de agua helada se deslizara por mi espinazo. Me siento observada por unos ojos ocultos en la niebla. Se mueven en círculos a mi alrededor agitando la maleza a su paso. Noto una opresión en el pecho. Es miedo. Terror en bruto. No debo estar aquí. Tengo que marcharme de aquí.

Logro dar un paso y entonces, a unas yardas frente a mí, veo una silueta... Hace un instante no estaba. Me detengo en seco. Su contorno me resulta familiar, es el de un hombre alto, corpulento. No puedo ver su rostro, no es más que una mancha oscura tras un velo brumoso. La niebla, imbuida de una enfermiza luminiscencia, alumbra la silueta por detrás. Es como una sombra china ante una bombilla a punto de agotarse.

—¿Ruben...?

El hombre de la niebla da un paso adelante. Cojea ligeramente, igual que Ruben. Es él. Tiene que ser él. Debería alegrarme por haberlo encontrado, de que esté vivo, y, sin embargo, no soy capaz de moverme. ¿Por qué? ¿Por qué siento miedo?

Ruben, o lo que parece ser Ruben, continúa avanzando hacia mí. Aparece otra silueta. Ahora son dos... ¿cómo es posible? Otro hombre surge de la niebla y se une a Ruben. Después otro más. Se detienen. Tres sombras oscuras que me miran desde el corazón de la niebla. Tres fantasmas. Uno de ellos tiene algo en la mano, parece una espada... ¿Una espada? ¿Acaso la niebla me hace ver cosas raras? No. Sé lo que estoy viendo, y que me trague la tierra ahora mismo si no tiene el perfil de un maldito *kopis* griego.

Retrocedo un paso. Me gustaría echar a correr, pero me da miedo darles la espalda a esos tres seres. Entonces algo aparece detrás de mí. Es un *káliva*. Su portador se quita el yelmo y veo el rostro de Randy. Nunca en mi vida me he alegrado tanto de echármelo a la cara.

Randy me mira, luego clava sus ojos en las tres figuras sin rostro que siguen quietas frente a mí, como si esperaran una señal. Las mejillas del chico de Pasadena se quedan sin sangre. Sus ojos brillan por el miedo.

—Doctora... —dice en voz baja—. No se mueva. Por lo que más quiera, no mueva ni un músculo.

Lentamente, trata de colocarse el arma sobre el hombro. Entonces, una de las siluetas empieza a caminar hacia nosotros. Las otras dos la siguen. Cada vez más rápido, más rápido. Levanto el haz de mi linterna hacia el rostro de aquella cosa a quien tomaba por mi amigo.

¡Dios bendito! *Eso* no es Ruben.

Dejo caer la linterna al suelo. El grito de terror de Randy me hace reaccionar y echo a correr justo detrás del chico de Pasadena, quien huye de esas cosas manifestando el pánico genuino de un niño que viera por primera vez a la criatura que anida bajo su cama. No puedo culparle. Yo también siento un miedo atroz.

¿Qué acabo de ver? ¿Qué clase de horror ha alumbrado mi linterna por un instante? No lo sé. No quiero saberlo. Lo único que quiero es que no me alcance.

Corro tan rápido como puedo, hasta sentir punzadas en el costado. Randy es mucho más veloz que yo. Detrás de mí escucho los pasos de las sombras que nos persiguen. Cada vez más cerca. Dios mío, están cada vez más cerca.

Tropiezo con algo. Una rama, una roca, no lo sé. Caigo al suelo de bruces. Tengo el pie metido en una especie de hoyo.

—¡Randy! ¡Ayúdame!

El chico de Pasadena se vuelve. Está tan pálido que parece muerto. Da un paso hacia mí, entonces ve a las tres sombras y se queda paralizado como un conejillo en medio de una carretera.

Su rostro brilla por el sudor. Me mira. Mira a las sombras. Traga saliva. Niega con la cabeza, se da la vuelta y huye hasta perderse en la niebla. Me abandona.

Una de las sombras ya está tan cerca que puedo distinguir su rostro. No sé qué es eso, pero no es humano. Lo parece, pero es imposible que lo sea. Y lo peor es que si no logro liberar el pie, pronto me atrapará. ¡No puedo permitirlo! ¡No puedo dejar que esa cosa me toque!

¡Atrás! ¡Marchaos! ¡No le haréis daño a Mi Amiga! ¡Marchaos u os destrozaré!

¡Fido, bendito animal! Surge de pronto de entre los árboles y se coloca entre las sombras y yo, firmemente plantado como un parapeto. El lomo erizado y los colmillos al aire, su aspecto es como el de un lobo salvaje que ladra y ruge a las sombras. El valiente Fido no le tiene miedo a nada.

Las sombras se detienen. De pronto una de ellas cae abatida por una ráfaga de disparos que le cruza el pecho en diagonal. Fido no ha venido solo, Yukio lo acompañaba. Surge justo a tiempo para disparar sobre esas cosas que viven en la niebla. Su intervención, aparte de neutralizar a una de ellas, ha hecho que las otras dos se escabullan en la oscuridad. Ahora no puedo verlas, pero estoy segura de que siguen acechando.

Yukio me ayuda a liberar el pie del agujero.

—¿Está bien, doc? ¿Puede moverse?

—Sí, pero ¿qué son...?

—¡Ya tendremos tiempo de preguntárnoslo luego, ahora salgamos de aquí! No se separe. Fido nos indicará el camino.

Corremos de regreso a la Explanada. Siento como si huyera a través de una pesadilla. Estoy segura de que nos habríamos perdido en la niebla de no ser por el extraordinario olfato de nuestro aliado canino, que nos conduce sanos y salvos a nuestro campamento.

Ahí están Zana y Suren. El uno enarbolando su machete; el otro, un revólver que no tengo ni la más remota idea de dónde lo habrá sacado. Cuando nos ve aparecer, se lo guarda en la parte trasera del pantalón y se dirige a Yukio.

—¿Dónde está la doctora Trashani?

—¿Qué...? ¿No está aquí?

—No. Hace rato que no la vemos, pensábamos que habría ido detrás de usted.

—¡Maldita sea! ¡Ni siquiera me di cuenta de que me seguía! —Yukio parece angustiado. Se arrodilla delante de Fido—. Chico, ¿puedes rastrear a Fatmida? ¿Igual que has hecho con Diana?

El perro se pone a la tarea. Localiza el olor de Fatmida y comienza a seguirlo. Antes de ir tras él, Yukio nos da una orden tajante.

—No se les ocurra salir del campamento. ¡Va en serio! ¡No me la jugaré por ninguno de ustedes una tercera vez!

—Yo voy contigo —declaro—. Si Fatmida se ha marchado, es por mi culpa. Te ayudaré a encontrarla.

Yukio aprieta los labios hasta casi hacerlos desaparecer. Parece que va a impedirme que lo acompañe, pero finalmente se encaja el yelmo en la cabeza.

—No se separe de mí, ¿me ha entendido? ¡Vamos!

Seguimos a Fido de regreso al corazón del bosque, tras el rastro de Fatmida. Empiezo a arrepentirme de mi decisión, pero ya no puedo echarme atrás, nos hemos alejado tanto de la Explanada y hemos dado tantas vueltas que no sabría cómo volver.

Oigo un grito, parece una mujer. Yukio se detiene y señala hacia su izquierda.

Caminamos unos metros en esa dirección hasta que Fido encuentra un hiyab cubierto de sangre: es uno de los elegantes pañuelos con los que Fatmida se cubre la cabeza. Al verlo, siento como si el corazón fuera a perforarme el pecho.

Desde el lugar donde está el pañuelo parte un rastro sangriento, tan claro que ni siquiera necesitamos a Fido para seguirlo. Nos lleva a través de la espesura hacia una pared de roca con varias fachadas esculpidas en su superficie. En una de ellas hay una pequeña puerta cuyas jambas, cuarteadas por la ruina, están decoradas con máscaras de gorgonas. Sobre una de las gorgonas hay impresa la huella sangrienta de una mano. Aún está húmeda.

Al otro lado de la puerta escuchamos un gemido.

La cruzamos y accedemos a una oscura cueva, idéntica a nuestros refugios de la Explanada. Allí, en un rincón, encontramos a Fatmida.

—Dios bendito... —dice Yukio.

Tiene el estómago abierto por un tajo profundo de arma blanca. La ausencia de luz nos oculta hasta qué punto la doctora ha sido víctima de una carnicería, pero nos permite intuir la madeja oscura y viscosa que Fatmida trata de mantener en el interior de su vientre, cubriéndola con un brazo esmaltado en sangre hasta el codo. No puedo evitar una náusea, su herida está más allá de toda cura que podamos ofrecer.

Aún le queda un resquicio de vida. Su torso se mueve al ritmo de una laboriosa respiración, provocando un espantoso sonido húmedo que brota de sus entrañas. Fatmida vuelve la cabeza hacia nosotros.

Yukio, en cambio, se arrodilla junto a la doctora quitándose el yelmo.

—Vamos a sacarla de aquí, doctora, no mire la herida. Solo míreme a mí o a Diana.

Fatmida clava sus ojos en los míos. Apenas hay vida en ellos.

—Los he visto, Diana...

—No hables, intenta reservar tus fuerzas.

—Ellos no me vieron a mí, pero me acerqué demasiado... Quería contemplarlos... Comprender qué son. Mi padre siempre me decía: «Tanta curiosidad acabará matándote»... —Emite una risa breve que hace rebosar sangre por su barbilla—. Uno de ellos me clavó esto en el estómago... Toma, cógelo, quiero que lo examines. —Sostiene en la mano una pequeña espada—. ¿Sabes lo que es...? —Asiento lentamente con la cabeza. Ella me devuelve el gesto y, agotada, cierra los ojos y apoya la cabeza contra la pared—. Son un milagro, Diana... Eso son: un milagro... Algo extraordinario e incomprensible... Los moradores del valle. Parecen monstruos, pero son... un milagro...

Las últimas palabras que pronuncia antes de morir.

Mi mente se queda en blanco.

—Tenemos que irnos, doc. —La voz de Yukio me saca de mi estupor—. Lo siento mucho, pero tenemos que irnos antes de que esas cosas vuelvan. Ya no podemos hacer nada por ella.

Como una sonámbula, sigo a Yukio de regreso al bosque. Fido nos conduce a la Explanada, donde llegamos sanos y salvos. Todo cuanto ocurre a mi alrededor me parece irreal, como si le estuviera pasando a otra persona y yo lo contemplara desde muy lejos. Es extraño.

El resto de nuestro grupo, lo que queda de él, nos recibe en la Explanada: De Jagger, Randy, Suren y Zana. Nos acribillan a preguntas que apenas puedo comprender. Yukio da las explicaciones.

Siento algo pesado en mi mano derecha. Dirijo la mirada hacia ella y descubro que aún sostengo el arma que Fatmida me entregó antes de morir. ¿Por qué la he traído conmigo?

—¿Qué es eso, Diana? ¿Qué llevas en la mano? —Escucho la voz de Suren. Es como si llegara desde el otro extremo del mundo.

Levanto el arma y me quedo mirándola, ensimismada. Está cubierta de sangre.

—Es un *kopis* —respondo con voz ausente—. Una espada curva que utilizaban los soldados macedonios de Alejandro Magno. El último ejército que empuñó un arma semejante en estas tierras desapareció hace más de dos mil años. Alguien acaba de utilizarla para matar a la doctora Trashani.

Б/180681-С

Memorándum de Iván Galáiev, Instituto Minero de Leningrado
Secretario del Presidium de la AH CCCP
Misión: «Dolgoruki». Clave: Б/180681-С
Nivel: CONFIDENCIAL

12 de mayo—. Anoche los extraños moradores del valle nos atacaron otra vez. Hemos perdido a otros tres hombres.

Oqilov ha convocado una reunión para discutir sobre nuestros siguientes pasos. Burenin no ha estado en ella porque hace días que es incapaz de mantener un discurso coherente. No duerme, apenas come, tan solo deambula por el campamento farfullando cosas sin sentido. Leónov incluso cree que oye voces en su cabeza.

Así pues, la reunión ha transcurrido sin Burenin.

Durante la misma, Oqilov ha propuesto abrir un túnel de salida en el Mahastún con explosivos. Aún conservamos una carga de dinamita y algunos detonadores.

Hemos votado por seguir su plan.

14 de mayo—. Burenin va a peor. Hoy he intentado hablarle. Creo que ni me escuchaba. Se ha puesto a divagar sobre una puerta que debe ser abierta y sobre despertar a alguien o a algo (cito textualmente) «ahora que Alejandro no puede impedirlo». Sin duda ha perdido la cabeza.

15 de mayo—. Esta mañana Burenin no estaba. Nos temíamos una nueva tragedia, pero hemos seguido un rastro hasta el templo de Serapis junto al teseracto, donde lo hemos encontrado.

No sé cómo, durante la noche logró llevarse hasta allí el contenedor con la dinamita. Cuando hemos accedido al serapeo, el muy desdichado pretendía volar la puerta de bronce. Akobian intentó razonar de forma pacífica con él y Burenin se volvió completamente loco. Sacó una navaja de su bolsillo, se lanzó sobre Akobian y lo apuñaló al menos una decena de veces por todo el cuerpo, sin parar de gritar incoherencias similares a las que me dijo ayer. Antes de que pudiéramos hacer nada, el pobre Akobian estaba muerto. Entonces, Oqilov, sin decir palabra, ha disparado a bocajarro contra Burenin, matándolo en el acto.

Hemos dejado la dinamita en el serapeo. Oqilov cree que es un lugar tan bueno como cualquier otro para guardarla hasta que decidamos dónde la vamos a utilizar.

18 de mayo—. Otro asalto nocturno de los moradores del valle. Hemos perdido a Oqilov y a tres más. Lo más trágico es que Oqilov ha muerto a manos de uno de sus propios hombres, un soldado llamado Salazkin, quien perdió los nervios y comenzó a disparar hacia todas partes creyendo que los moradores lo acechaban. Oqilov resultó herido en el pecho y el estómago. Dado que nuestro médico desapareció hace una semana, no hemos podido hacer nada por él. Murió de madrugada.

Ahora no sabemos qué hacer con la bomba.

Solo quedamos Leónov, Gosmanov, tres de los soldados de Oqilov y yo mismo.

20 de mayo—. Acabo de mantener una larga y reveladora conversación con Gleb Leónov, el científico del Instituto Lysenko de Ingeniería Biólogica. Ahora ya estoy al tanto de todos aquellos detalles de nuestra expedición que me ocultaron (que nos ocultaron a todos). Ya sé por qué nos trajeron aquí. Siempre pensé que nuestro objetivo principal era la localización y extracción para su posterior estudio del cuerpo celeste del cual salió la Piedra Dolgoruki. Se suponía que para eso habíamos estudiado sus propiedades durante décadas. Estaba en un error. La Piedra nunca fue la prioridad. Lo prioritario era lo que vino con ella.

Leónov apareció en mi refugio al caer la noche. Traía una botella de vodka que llevaba días ocultando y que deseaba compartir conmigo. La botella estaba a la mitad y, a juzgar por la mirada un tanto acuosa de Leónov, sospeché que llevaba vaciándola en solitario desde hacía un buen rato.

«Es hora de que alguien sepa la verdad», me dijo Leónov cuando estuvimos a solas. A continuación, entre vaso y vaso de vodka, me habló del Proyecto Veles.

Yo ya sabía que la Piedra Dolgoruki había dado lugar a la creación de diferentes proyectos de estudio independientes entre sí. La Piedra, y todo lo relacionado con ella, se analizó desde diferentes puntos de vista: astronómico, geológico, arqueológico... Según Leónov, el Instituto Lysenko de Ingeniería Biológica llevó a cabo su propio estudio creando una comisión científica bajo el nombre de Proyecto Veles en 1947. Dicho proyecto realizaba sus experimentos en un laboratorio secreto cerca de Yakutsk, en Siberia oriental, con la única supervisión de algunos organismos del gobierno de muy alto nivel. De todas las investigaciones relacionadas con la Piedra Dolgoruki, esta era la más reservada; muy pocas personas estaban al tanto.

El Proyecto Veles descubrió que lo que habitualmente llamamos «Piedra Dolgoruki» puede que no sea, en realidad, un mineral, sino algún tipo de material orgánico fosilizado. Le dije a Leónov que yo ya estaba familiarizado con esa teoría. «No es una teoría, es un hecho», me respondió.

Hace miles de años, un cuerpo celeste impactó sobre la Tierra en la Ruina de Alejandro. Ese cuerpo celeste, al que los científicos del Instituto Lysenko habían bautizado como Veles (un antiguo dios eslavo), tal vez llegó a nuestro planeta en estado fósil o tal vez no, no había forma de saberlo; pero lo que era seguro es que trajo consigo una especie de cianobacterias que, al simbiotizarse con una muy rara especie de hongo ascomiceto que crecía en el Mahastún, produjo una variedad de liquen parasitario completamente desconocida en nuestro planeta. La Piedra Dolgoruki estaba cubierta de ese liquen, cuyas muestras los científicos del Proyecto Veles habían estudiado en secreto durante décadas.

Según Leónov, ese hongo liquenizado emitía unas esporas que mostraron toda clase de fascinantes propiedades. Los científicos del Proyecto Veles realizaron pruebas con diversos pacientes cobaya, no necesariamente voluntarios. Comprobaron que, cuando la espora se respiraba en gran cantidad, causaba distintos grados de alteraciones en la actividad cerebral que variaban según el paciente. Estas alteraciones provocaban pesadillas, delirios y alucinaciones visuales y auditivas. En algunos casos muy extremos, los pacientes que asimilaron la espora llegaron a creer que se habían reencarnado en alguien llamado Kidinnu. Como es lógico, Leónov se sorprendió mucho cuando encontró ese nombre en los estudios arqueográficos realizados sobre la Ruina de Alejandro.

Sin embargo, la más asombrosa de todas las propiedades de ese hongo se manifestaba al entrar en el torrente sanguíneo. El hongo era capaz de detener el envejecimiento celular.

«¿Se da cuenta de lo que eso significa? —me dijo Leónov ardorosamente—. ¿Comprende lo que quiero decir? No ralentizaba la degeneración celular, no hacía que fuera más lenta, ¡la detenía por completo! Una vez que entraban en el torrente sanguíneo, las esporas paraban en seco la cuenta atrás hacia nuestra muerte».

Aquella espora, explicó Leónov, podía hacer real la más primitiva aspiración del ser humano: vivir eternamente, obtener la eterna juventud. Su hallazgo auguraba el inicio de una nueva era para nuestra especie, un paso de gigante en nuestra evolución.

Por desgracia, las esporas del hongo actuaban como un organismo parásito que utilizaba como huésped el organismo humano. Una vez en su interior, las esporas creaban hongos que infestaban los órganos de los pacientes comenzando por el cerebro, luego parasitaban el aparato digestivo, los pulmones y, por último, el corazón, provocando la muerte del huésped. Los científicos del Proyecto Veles no habían encontrado la forma de detener ese proceso sin que ello supusiera también exterminar el hongo mediante quimioterapia y, por lo tanto, renunciar a sus efectos positivos sobre la degeneración celular. La infestación, en el mejor de los casos, no se prolongaba más allá de unas semanas. El resultado siempre era idéntico: el huésped fallecía.

Sin embargo, la muerte del huésped no significaba el fin del hongo parásito que, de alguna forma, era capaz de tomar el control sobre la actividad cerebral del fallecido. El cuerpo no se deterioraba, o lo hacía de una forma tan lenta que era prácticamente imperceptible salvo por el hecho de que, llegado a cierto punto, el hongo que seguía creciendo dentro del cuerpo del sujeto huésped se manifestaba a través de la capa cutánea. El resultado era un ser simbiótico, parte humano y parte parásito, capaz de moverse y actuar como si estuviera vivo.

«Pero esa apariencia de vida era solo ilusión —aclaró Leónov—. No estaba vivo en el sentido en que usted y yo aplicamos ese término a un ser humano: era el parásito quien lo controlaba, el huésped tan solo ponía el cuerpo».

Leónov y su equipo hicieron muchos experimentos en pacientes. Cuando el hongo tomaba el control de los sujetos, estos manifestaban un comportamiento extremadamente violento. Atacaban a cualquiera que se acercase a ellos. Algunos miembros del Proyecto Veles murieron a manos de sus propios pacientes. También mostraban una gran resistencia física, la única forma de neutralizarlos era poniendo fin a su actividad cerebral.

«Al principio —me dijo Leónov—, intentábamos acabar con aquellos experimentos fallidos de la forma más humana posible. Los sedábamos para, después, dañar el cerebro mediante un proceso quirúrgico. Nos dimos cuenta de que eran inmunes a la sedación; además, los experimentos fallidos empezaban a ser demasiados, así que para deshacernos de ellos comenzamos a utilizar un método más rápido: un tiro en la cabeza. Era lo más eficaz». No sé cuántos de sus «pacientes» fueron exterminados de aquel modo. Leónov no se atrevió a darme una cifra exacta. «Después incluso ese sistema nos pareció lento —añadió—, así que los incinerábamos en hornos crematorios. Era la única forma de acabar con ellos cuando el hongo tomaba el control».

Le pregunté si realmente esa medida era necesaria. Él respondió que, tarde o temprano, era inevitable pues se volvían demasiado agresivos y no había manera de mantenerlos bajo control. Me habló de un caso, de un adolescente que tenía trece años cuando el hongo parasitó su organismo. Fue el que más les duró. Pudieron mantenerlo con vida durante siete años, hasta que mató a varias personas y tuvieron que acabar con él. «De no haber sido así —me dijo Leónov—, aún podría estar vivo; podría incluso habernos sobrevivido durante siglos: sus células no se degeneraban ni un ápice a causa del efecto de la espora. Cuando lo sacrificamos, su nivel de desarrollo celular aún era el de un muchacho de trece años».

El Proyecto Veles tuvo que suspenderse cuando un incendio arrasó el laboratorio de Yakutsk y destruyó todas las muestras del liquen extraídas de la Piedra Dolgoruki. Leónov sospecha que el fuego fue provocado.

Nuestra expedición tenía, por lo tanto, el objetivo principal de encontrar y recolectar más muestras del liquen en la Ruina de Alejandro.

«Al menos esa parte la hemos cumplido —dijo Leónov con amargura. Los efectos del vodka ya eran visibles en él—. Pero es inútil porque está claro que nunca saldremos de aquí... ¿Y sabe una cosa? Quizá sea lo mejor. Ahora que he visto a los moradores del valle he comprendido lo que ese hongo puede hacer. Fuimos estúpidos al pensar que algo así puede controlarse».

Leónov se ha marchado cuando nos hemos terminado la botella (él se ha bebido la mayor parte). He visto cómo se adentraba en la noche con paso tambaleante. Me ha dado la impresión de que no se dirigía hacia su refugio.

Llevo mucho tiempo reflexionando sobre todo lo que me ha contado, incapaz de conciliar el sueño. Pienso en todos estos templos y ruinas que hemos encontrado, y en una observación que me hizo Gryshenko, el arqueólogo, antes de desaparecer: en el valle no hay cementerios.

No hay mausoleos ni necrópolis ni ningún otro tipo de estructura de carácter funerario; como si aquí nadie hubiera necesitado jamás sepultar a sus muertos.

No hay tumbas, pero sí unos extraños moradores que no dejan de acecharnos. Ahora, al conocer las revelaciones de Leónov, no puedo dejar de preguntarme cuánto tiempo llevan custodiando este lugar.

21 de mayo—. Leónov ha desaparecido. Esta mañana no estaba en su refugio ni tampoco en los alrededores. Confieso que me esperaba algo así. Entre sus cosas hemos encontrado una carta para sus familiares. Aunque la he leído, no reflejaré aquí su contenido por ser de ámbito estrictamente privado. Sin embargo, en ella había un pasaje que no puedo evitar anotar en esta bitácora. Dice así:

> La Piedra Dolgoruki y ese liquen parásito... No sé qué los trajo aquí ni de dónde. No imagino qué puede ser lo que se oculta en el valle, atrapado dentro de ese extraño templo; pero de algo estoy seguro: no vino aquí para nuestro beneficio. Dejadlo donde está. Dejad que duerma.

Ya solo quedamos Gosmanov, los soldados Leivin y Vydenko, y yo.*

* Esta es la última entrada del Memorándum de Iván Galáiev, secretario del Presidium de la AH CCCP. Misión: «Dolgoruki». Clave: Б/180681-C.

37
De Jagger

«¿Lo oyes? Ahí está otra vez... Maldita sea,
¿por qué nadie más lo oye?»

—Exactamente, ¿qué estamos buscando, sargento?

Es Yukio quien pregunta. ¿Por qué siempre tiene que cuestionarlo todo? Un soldado no tiene por qué saber cosas, debe bastarle con acatar órdenes. Así era entonces, ya sabes, en el pasado... En aquellos tiempos. Buenos tiempos de hombres y de guerreros, los días en los que nadie cuestionaba la voluntad del líder, porque su voluntad era la de los dioses, era la de Ahura Mazda, la del Furioso Resplandor... Pero entonces llegó Alejandro. Y ya sabes lo que ocurrió cuando llegó Alejandro. Lo recuerdas, ¿verdad, Ruan?

Dios, creo que me duele la cabeza... Me duele mucho la cabeza.

—¿Sargento...?

—Disculpa, Yukio, no te estaba escuchando.

—No tengo claro qué es lo que se supone que debemos encontrar.

¿Oís ese zumbido? ¿De dónde viene? ¿Soy yo el único que lo escucha?

—Buscamos una caja o algún tipo de recipiente grande. Los soviéticos lo dejaron aquí.

—¿Está seguro?

¡Por el amor de Dios! ¡Sí! ¡Sí, estoy seguro! ¿Por qué no dejas de hacer preguntas, preguntas y más preguntas y te pones a trabajar, maldito cretino? ¡Obedece las dichosas órdenes!

—Creo que sí.

—¿Y qué es lo que hay en esa caja?

Hazlo callar. ¡Haz que se calle de una vez! ¡Por los clavos de Cristo, si vuelve a hacer otra pregunta juro que le arrancaré la lengua con mis propias manos!

—No estoy seguro, Yukio, ya os lo he dicho. —Él no tiene por qué saber la verdad, por el momento—. Pero sospecho que puede tratarse de material que nos podría ser útil en estas circunstancias: tal vez munición, quizá incluso armamento de algún tipo.

Al fin, Yukio se da por enterado y cierra el pico. Gracias a Dios. Enciende las linternas adosadas al yelmo y se pone a inspeccionar el serapeo. Está muy oscuro y el suelo lleno de pájaros muertos. Aquí dentro apesta a pudridero.

¿Por qué Yukio no puede ser como Randy?

No lo sé, pero ojalá se le pareciese un poco más. Mira Randy, cómo rebusca por detrás de esas columnas, callado y obediente, como debe ser. No ha puesto ni un solo «pero» a esta misión porque confía en mí, porque es leal a mí, porque sabe que yo haré lo correcto para sacarlo con vida del valle. Ellos o nosotros. Randy lo entiende. No es listo, pero lo entiende.

Aunque es evidente que odia estar aquí. Es la primera vez que entra en el serapeo, nunca antes había estado ante las puertas de bronce del teseracto... Esas bellísimas puertas de bronce... ¿Lo oyes? Creo que viene de ahí detrás.

¿El qué?

Eso. El sonido. Viene de detrás de las puertas. ¡Oh, qué ansioso estoy por abrirlas! ¡Qué ansioso estoy de que esto acabe de una vez! Anoche fue un infierno, con esos seres acechando en la niebla... ¿Qué son? Ojalá supiera qué son.

Ah, Ruan, ya lo sabes: son demonios. Has soñado con ellos. Ahora están aquí. Por eso tenemos que irnos, por eso tenemos que abrir esa maldita puerta. Pero los demonios no nos lo pondrán fácil, no quieren que estemos aquí, por eso mataron a la doctora

Trashani, por eso nos matarán a todos si no abrimos esa maldita puerta.

—Sargento, aquí no hay nada, ¿por qué no regresamos?

Otra vez Yukio, por supuesto. Cómo no.

¿Qué sabrá él? No tiene ni idea. Pero tú sí estás al tanto. Lo descubriste al inspeccionar los documentos personales de Grigorian. Había hecho un montón de anotaciones sobre el diario soviético, pero casi todas estaban en armenio. Había, no obstante, un par de apuntes en inglés, probablemente porque Grigorian pensaba enseñárselos a alguien del equipo, quizá a Diana. En una de esas anotaciones mencionaba que los soviéticos habían dejado algo importante en el templo.

Algo que necesitaremos en caso de que la doctora Brodber se niegue a cooperar.

—Sargento, creo que hay algo aquí, en este rincón.

Fantástico, Randy. Muy bien, Randy. Sabía que hacía bien confiando en ti. Tú tienes otra pasta, chico. Hacen buen producto en Pasadena, no cabe duda. Estás muerto de miedo y, aun así, acatas mis órdenes. Dios bendito, no sabes cuánto apreciamos eso. No sabes cuánto apreciamos el hecho de que cuando dije que había que venir al serapeo a buscar esa caja, tú tan solo asentiste con la cabeza, incluso después del miedo que pasaste anoche. En cambio Yukio... ¿qué hizo Yukio? Cuestionar. Dudar. Como siempre. Maldito sabihondo de ojos rasgados.

¿Qué fue lo que dijo?

Algo como: «Sargento, no podemos dejar solos a los civiles en la Explanada». Imbécil. Con o sin nosotros estarán muertos si no abrimos esa puerta. Estarán muertos si no... obedeces... mis... putas... órdenes, ¿te queda claro, joder? ¿Te queda claro? Eso es lo que le tenía que haber dicho, pero en cambio opté por ser razonable. Siempre opto por ser razonable.

Maldita sea, otra vez ese sonido. ¿Lo oyes? ¿Lo oyes? Ese sonido...

De modo que le dije a Yukio que los civiles estarían perfectamente. Ese afgano del machete cuidaría de ellos. No es más que un salvaje, pero tiene agallas.

Oh, sí, tiene agallas. Demasiadas. ¿No has pensado que eso puede ser un problema, Ruan?

Lo será, sin duda; pero dejaremos que Randy se encargue. Sí, que se encargue Randy. Lo odia con toda su alma.

No ha sido fácil convencer a Yukio para que regrese al templo. De hecho, al final he tenido que tirar de galones. Es una orden, Yukio. Aún sabes cómo obedecer una orden, ¿no? ¿O acaso tengo que empezar a pensar que vas a ser un problema? Porque, querido Yukio, si no eres uno de nosotros, entonces eres uno de ellos.

O ellos o nosotros.

Fíjate en Randy. Qué gran soldado es Randy. No flaquea, a pesar del temor. No duda. No cuestiona. Le habría ido bien allá, en Bougainville. Habría masacrado a todos aquellos pieles negras sin inmutarse en caso de que alguien se lo hubiera ordenado. Igual que yo. Y seguramente no le habría supuesto ningún problema, no como a Frans, que se ahorcó en su garaje meses después porque su mujer decía que se despertaba gritando todas las noches y que ya no podía más, «por culpa de lo que hizo en Bougainville». Estúpido Frans. Estúpido y jactancioso Frans. Si cumplir una simple orden fue lo que te quitó el sueño, ¿por qué coño te enrolaste en el ejército?

Ese sonido... Otra vez... ¿Lo oyes?

—¿Sargento?

—Sí, ya voy, Randy. Disculpa. Me he distraído.

La caja está en un rincón, cubierta de polvo, telas de araña y hojas muertas. He pasado justo al lado de ella hace un minuto y ni la había visto. Bien hecho, Randy. Bien hecho.

Es un contenedor sólido, de metal, no más grande que una mesilla de noche; por suerte no está cerrado, los soviéticos debieron de dejarlo aquí apresuradamente. A Yukio le basta con levantar la tapa para que podamos ver lo que guarda en su interior.

Es justo lo que esperábamos encontrar, ¿no es maravilloso?

—Joder... —masculla Yukio—. Cartuchos de dinamita.

—¿Por qué dejaron esto aquí los rusos? —pregunta Randy.

—Ni idea, pero ahora ya sabemos por qué había detonadores en su campamento.

—Yukio, ¿podrías armarlos para activar el explosivo? —Sé que la respuesta es afirmativa. Probablemente Randy también podría hacerlo, pero Yukio será más rápido y fiable.

—Sí, supongo que sería capaz... Pero ¿cree que será necesario, sargento?

No podías resistirte a hacer otra puñetera pregunta, ¿verdad? Simplemente no podías. Claro que será necesario. Es más: será imprescindible. Si la doctora Brodber se niega a cooperar, la única forma de abrir el teseracto será con esa bomba.

Exacto, y los dos sabemos que tenemos que abrirlo, ¿no es cierto, Ruan? Los dos lo sabemos. La única forma de salir de aquí es abrir el teseracto porque...

Porque...

Porque no hay otra manera. ¿No lo oyes? No hay otra manera. ¿Puedes escucharlo? Te lo está diciendo. Lo que hay al otro lado de la puerta lleva repitiéndolo desde que has entrado en el templo: «No hay otra manera, no hay otra manera, no hay otra manera»... Tenemos que abrir esa puerta, Ruan, tenemos que hacerlo.

—¿Oís eso?

Yukio y Randy me miran desconcertados. No puede ser que no lo hayan oído. Tienen que haberlo oído.

—¿El qué, sargento?

—Nada. No importa.

Yukio se me queda mirando. No me gusta cómo me mira. Sus pupilas esconden signos de interrogación. ¿Debería ordenarle que deje de mirarme? ¿Debería gritarle para que deje de mirarme? Algunos soldados no entienden otro lenguaje.

Ahora Yukio dirige su atención hacia la bomba. Algo se le pasa por la cabeza.

—Supongo que podríamos utilizar el explosivo para despejar la entrada de la cueva que comunica con Tell Teba, la que recorrimos para llegar hasta aquí... Es arriesgado, pero... Qué diablos... Sí, podría funcionar... Es una buena idea, sargento.

Estúpido. No ha entendido nada. Tal vez deberías contarle ese sueño... El que tuviste anoche. Era parecido a los demás: estabas en Bougainville, Frans disparaba a los *mungkeys* sin parar de reír («¡Es como jugar al tiro al blanco!»), luego se ahorcaba de la rama de un árbol, los pieles negras te perseguían, corrías hacia la cabaña, abrías la puerta y veías...

Un resplandor.

Al mirar atrás los pieles negras se han convertido en demonios. Llevan lanzas y corazas, y sus rostros están comidos por esa especie de fungosidad repugnante. Ahí están: los demonios. Sabes que debes llegar al resplandor para escapar de ellos. Estás a punto de llegar. A punto. De pronto, de entre los demonios, ves aparecer a un guerrero. Su aspecto no es repugnante sino todo lo contrario: es hermoso, es espléndido, brilla igual que un amanecer. Lleva una espada y con ella derriba a los demonios, uno detrás de otro, y cuando el último yace sobre un charco de barro y sangre, te mira con ojos radiantes de furia, alza su espada y arremete directamente contra ti.

Es Alejandro. Lo sabes. En el sueño lo sabes. Es Alejandro.

Detienes su acometida alzando una espada que, no sabes por qué, ahora tienes en tu mano. Notas un peso sobre la cabeza. Es el casco de Kidinnu. Al sentirlo, te da fuerzas. Te sientes poderoso. Pero esa sensación dura poco, solo hasta que el Sol de Macedonia grita tu nombre apuntándote con su espada.

«¡Kidinnu!».

Es puro odio lo que destila: sus heridas sangran odio, y no es sudor sino odio lo que cubre su piel... Te odia a ti. Quiere verte muerto. Entonces sientes terror, un horror brutal y doloroso. Debes huir. Tienes que alcanzar el resplandor o, de lo contrario, morirás. De modo que corres hacia la cabaña, chapoteando en el lodo, sorteando los cadáveres de los pieles negras, que visten como antiguos soldados. Tu mano se acerca al resplandor, a tu salvación. Cuando al fin logras tocarlo, este desaparece. Ya no estás en Bougainville. Ahora te encuentras dentro del templo, delante de la puerta de bronce, vistes el *káliva* pero en tu cabeza luces todavía el yelmo de Kidinnu. Al mirar a la puerta sabes que debes abrirla, que todo se arreglará cuando abras esa puerta, que de esa forma los salvarás a todos: a Randy, a los demás y, sobre todo, a ti mismo. Lo sabes con la misma certeza profunda que sabías que aquel guerrero radiante que deseaba tu muerte era Alejandro. De modo que te dispones a abrir la puerta y, con asombrosa facilidad, su hoja de bronce se desliza sobre sus goznes, y de nuevo ves un resplandor inmenso, precioso, bello como nada que hayas visto jamás. Esa es tu salvación. La salvación de todos.

Lo recuerdo, lo recuerdo bien. Ahí fue cuando desperté.

Pero ¿cómo vas a explicarle todo eso a Yukio? A Yukio, que siempre pregunta, que siempre cuestiona... No, imposible. Ni siquiera lo intentes. Yukio no es como Randy. Yukio no entiende. Yukio no obedece.

¿Lo oyes? Ahí está otra vez... Maldita sea, ¿por qué nadie más lo oye?

—Vamos a acoplar el temporizador al explosivo —ordenas. Que sientan tu determinación y, sobre todo, que sientan que no les debes ninguna explicación. Lo que haces lo estás haciendo por ellos, para salvarlos, incluso a pesar de que es probable que algunos no lo merezcan—. Una vez que esté armado, colocaremos el explosivo junto a esa puerta de bronce.

Tus hombres te miran. Dudan.

—Sargento... ¿Por qué... por qué vamos a hacer algo semejante?

—Porque son mis órdenes, Yukio.

Estoy empezando a cansarme de ti, cabrón amarillo. Te lo digo en serio: estás empezando a agotar mi paciencia con tus putas preguntas.

—Por supuesto, sargento, pero...

—No veo que Randy las esté cuestionando.

—Fantástico, será porque él las entiende. En tal caso, me agradaría mucho que me las aclarase a mí. —Mira a Randy con un impertinente gesto de desafío.

Randy, nuestro fiel Randy, se muestra un tanto azorado, pero sabe demostrar por qué has depositado en él tu confianza.

—Es una orden de nuestro superior, Yukio. No la cuestiono, simplemente la cumplo. Es lo que todos debemos hacer si queremos salir a bien de esta situación.

—Sargento, usted sabe que soy tan disciplinado como el que más. Siempre he acatado sin rechistar las órdenes de la sargento Spinelli y también las suyas; pero si realmente está dispuesto a volar esa puerta, cosa que, por otro lado, me parece la idea más estúpida que nadie jamás haya tenido... ¡Por Dios que creo que tengo derecho a saber el motivo!

—El motivo es que yo soy tu superior al mando y te he dado una orden. Para ti no tiene por qué haber ningún otro.

Nos sostiene la mirada. ¿Quién diablos se cree que es? ¿Quién se cree que es para desafiarte a ti?

—No voy a armar un explosivo capaz de reducir este lugar a escombros sin, al menos, consultarlo con el resto del equipo. La doctora Brodber tiene derecho a saber lo que usted pretende, sargento.

Te estás pasando de la raya, Yukio. Te lo advierto: te estás pasando de la raya.

—¿Esa es tu última palabra?

—¡Sí, joder...! Esto es... es una locura, ¿es que no se da cuenta?

Pégale un tiro, Ruan. Reviéntale la boca y ciérrasela de una vez por todas.

El disparo hace daño en los oídos al resonar en las paredes del templo. Randy se encoge. Está pálido y suda por cada poro de su piel, pero no mueve un músculo cuando Yukio cae al suelo y empieza a formarse un charco de sangre alrededor de su cabeza.

Se acabó, Yukio. Ahora sigue haciendo tus putas preguntas en el infierno a quien tenga la paciencia de escucharlas.

—Sargento...

Pobre Randy. Tiembla de pies a cabeza. Mira el cadáver de Yukio con los ojos como huevos, parece que está a punto de vomitar. Tienes que calmarle. Necesitas que esté calmado. Acércate a él y coloca tu mano sobre su hombro, sabes que eso lo tranquiliza. Este momento es importante, yo diría que incluso trascendental. Aquí vas a poner a prueba la lealtad de tu soldado. Randy tendrá que decidir en quién deposita su fe, si en sus ojos o en los tuyos.

—Tú has sido testigo de lo que ha ocurrido, ¿verdad, Randy? Yukio me apuntó con su arma y tuve que defenderme.

¿Está dudando? Te mira. Luego al cadáver de Yukio, el cual aún tiene una expresión de sorpresa en el rostro. Después otra vez a ti.

—Él... sacó su arma...

Muy bien, Randy. Muy bien.

—Perdió la cabeza, Randy.

—Perdió la cabeza... —Por primera vez, Randy parece hacerse cargo de la situación—. Iba a dispararle a usted, sargento. Eso es lo que iba a hacer, ¿no es así?

—Exacto, tú mismo lo has visto con tus propios ojos. Por suerte, he tenido buenos reflejos.

—¡Lo siento mucho, sargento, debí haberlo impedido!

—No importa, Randy. Lamento que haya terminado de esta forma, pero estaba claro que Yukio se había convertido en un problema serio.

—Estaba cuestionando sus órdenes, señor.

—Correcto, así es. Incluso pretendía consultarlas con el resto del equipo. ¿Acaso ahora vamos a dejar nuestras decisiones en manos de gente como ese afgano del que no sabemos nada? ¿Son sus órdenes las que prefieres seguir, Randy?

Al mencionar al «puto paqui», los ojos de Randy brillan de odio.

—No, claro que no, sargento; por supuesto que no.

—Si queremos salir de aquí con vida, debes confiar en mí. Tú no vas a flaquear, ¿verdad, Randy? Tú eres un buen soldado.

—No, señor, no voy a flaquear. Gracias, señor.

—Bien. Ahora piensa en ese afgano... ese «paqui». Cree que puede salir del valle a través de las montañas. Recuerda que ayer, justo después de que perdiéramos a la doctora Trashani (por culpa de Yukio, que abandonó su puesto, he de añadir), trató de convencernos a todos de que hoy le siguiéramos en una absurda exploración a través del Mahastún. ¿A ti eso te parece una buena idea?

De nuevo su odio aflora. Eso está bien. Ese odio le da fuerzas, le infunde valor. Debes explotar su odio.

—¡Por supuesto que no! Ese cerdo no es más que un terrorista, como todos los demás.

—Seguramente planea llevarnos a las montañas y abandonarnos allí para salvar su pellejo, quizá después de robarnos todo lo que llevamos encima. Ya sabemos que es un ladrón.

—Sí, ¡exacto! Quiere engañarnos, sargento. Seguramente incluso piensa matarnos como a perros, igual que hicieron los suyos en Tell Teba.

—Y Yukio quería consultar con él mis órdenes... ¿Te das cuenta, Randy? ¡Consultar con él!

Noto cómo dirige otra mirada al cadáver de su compañero. Esta vez, en sus ojos hay desprecio.

—Nos estaba poniendo las cosas difíciles... —murmura.

—Eso es.

—¿Qué... qué vamos a hacer ahora, sargento?

—En primer lugar, necesito acoplar el temporizador al explosivo, ¿crees que sabrás hacerlo?

—Sí, señor. Puede que no sea tan bueno con las cosas mecánicas como Yukio, pero aún recuerdo las lecciones que aprendí en los artificieros.

—Magnífico. Ponte a ello de inmediato. Cuando termines, volveremos a la Explanada y le pediremos a la doctora Brodber que colabore con nosotros. Si lo hace, no necesitaremos esta bomba para nada.

—¿Y si se niega?

—No lo hará, créeme... Sin embargo, cabe la posibilidad de que ese afgano nos complique las cosas si se obceca en seguir su plan de llevarnos a las montañas.

—No mientras yo pueda impedírselo, sargento. —Me mira con ardor—. Ellos o nosotros.

Sonríele. Se lo merece. Es un buen chico, un magnífico soldado. Ojalá hubiera estado en Bougainville. Ojalá hubiera estado aquí cuando vino Alejandro. Habría derramado hasta la última gota de su sangre por el Furioso Resplandor.

¿Lo oyes? Esa voz. De nuevo esa voz... ¡Es imposible que nadie más la oiga!

38
Suren

«En este lugar los muertos no mueren del todo»

Tomamos la decisión de abandonar la Explanada la misma noche que perdimos a la doctora Trashani. Zana y yo comprendimos que había llegado el momento de largarse. Él creía que podía encontrar una salida a través del Mahastún.

—Tenlo por seguro. Yo no temo a este viejo peñasco, y no existe un paso de montaña que mis ojos de nuristaní no puedan encontrar.

Era arriesgado, pero me parecía mucho mejor que seguir languideciendo en la Explanada sin ningún objetivo, viendo cómo nuestro grupo se reducía de forma alarmante. Necesitaba hacer algo, tomar alguna iniciativa, sentir que mi suerte, o al menos una parte de ella, volvía a depender de mis propios actos y decisiones.

—Si nos marchamos, tendremos que decírselo a los demás —señalé.

—Haz lo que quieras, pero yo me iré de aquí solo o acompañado. Estoy harto de perder el tiempo entre estas malditas ruinas.

Al despertar aquella mañana, estaba decidido a largarme. Tan solo quedaba comunicárselo al resto del grupo, pero la Explanada se hallaba extrañamente vacía. De Jagger, Yukio y Randy no estaban, y tampoco vi a Diana por ninguna parte. Él único que aún seguía allí era Fido, quien se puso a caracolear alrededor de Zana, como de costumbre, mientras el nuristaní devoraba el contenido de una lata de fruta en almíbar a modo de desayuno.

Finalmente encontré a Diana dentro del palacio que había servido de refugio a la doctora Trashani. En la mano llevaba un elegante pañuelo estampado que contemplaba con actitud reflexiva.

—Uno de los hiyabes de Fatmida... —dijo al verme—. Es bonito, ¿verdad? Muy elegante. Siempre quise preguntarle dónde los compraba, pero nunca me acordaba de hacerlo... ¿Crees que sería muy inapropiado si me quedara con este? Era mi preferido.

—Supongo que a ella ya no le importa.

—No, supongo que no. —Se quedó en silencio. Después se guardó el pañuelo en el bolsillo y paseó lentamente la mirada sobre las pertenencias de la doctora—. No dejo de pensar en que murió por mi culpa.

—¿Por qué dices eso?

—Si yo no hubiera salido corriendo hacia la niebla, ella no me habría seguido y ahora estaría viva. —Diana me miró, desesperada—. Oí a Ruben pidiendo auxilio, te lo juro. Lo oí con tanta claridad como te estoy oyendo a ti ahora... Pero fui la única, solo estaba en mi cabeza... ¿No te parece algo demencial?

Lo era, sin duda. Como también lo fue que, mientras Zana y yo estuvimos a solas en la Explanada y el resto del grupo deambulaba por la niebla cazando fantasmas, yo escuchara la voz de Lucas llamándome: lloraba, decía que se había perdido y que estaba asustado. De no haber sabido con toda certeza que mi hijo se encontraba a miles de kilómetros de allí, seguramente habría hecho lo mismo que Diana y habría corrido hacia la oscuridad para buscarlo. En vez de eso guardé silencio y esperé hasta que los gritos de Lucas desaparecieron de mi cabeza. Fue como una tortura.

—Este lugar nos pone a prueba —le dije a Diana—. Hace que oigamos y veamos cosas que solo están en nuestra imaginación, pero no es culpa de nadie.

—Tal vez imaginé la voz de Ruben, pero los seres que vi anoche eran reales. Uno de ellos mató a Fatmida.

Ah, sí, la historia de los extraños monstruos de la niebla a los cuales todos habían visto excepto Zana y yo. Aún no sabía qué pensar de aquello. Le pregunté a Diana qué se suponía que eran esas criaturas. Quería tratar de entender lo que, en el fondo, seguía pareciéndome una especie de rocambolesca alucinación colectiva.

—La respuesta sencilla: no tengo ni idea.

—Así que hay una respuesta complicada.

—Increíble, más bien. Jamás te la tomarías en serio, sobre todo si no has visto a esos seres cara a cara.

—Inténtalo.

Diana suspiró y se sentó en un escaño de piedra adosado a la pared.

—Son los soldados de Alejandro. Hace miles de años, él los dejó aquí para custodiar el teseracto e impedir que el Furioso Resplandor fuera liberado. De algún modo, que se escapa a mi entendimiento o al de cualquier persona racional, siguen cumpliendo con su misión.

Estaba en lo cierto: no podía tomarme eso en serio, así que decidí dejar en paz el asunto.

—Zana y yo nos largamos. Quería que lo supieras. Vamos a intentar buscar una salida a través de las montañas.

—Ya, imaginaba que habríais tomado esa decisión. ¿Puedo unirme a vosotros?

—¿Estás segura de querer hacerlo?

—Sí, ya no soporto pasar un día más en este lugar. No quiero acabar como Fatmida o como Ruben. —Diana miró al frente y tensó las mandíbulas con decisión—. Yo haré cualquier cosa por sobrevivir. Siempre lo he hecho.

Zana, que ya había terminado de desayunar, se acercó a nosotros, con Fido trotando unos pasos por detrás de él. Le informé de la decisión de Diana y le pareció estupendo. Dijo que sería bueno tener más gente con quien charlar por el camino, algo muy propio de Zana.

Puedes hablar conmigo cuando quieras —intervino Fido—. *Soy capaz de comunicarme igual que Los Humanos.*

—E igual que la mayoría de ellos, solo dices las mismas bobadas una y otra vez —rezongó Zana—. Creo que la persona que te puso ese collar parlante no se dio cuenta de que no te hacía parecer más inteligente, sino todo lo contrario. Pero supongo que no es culpa tuya.

Fido lo miró con curiosidad, torciendo la cabeza.

Me pregunto a qué sabe tu nariz. ¿Puedo lamerla?

—¿Veis lo que os decía? —suspiró el nuristaní—. Es mejor quedarse callado y parecer tonto que abrir la boca y confirmar que se es tonto. Y hablando de personas sin seso, ¿dónde están De Jagger y sus chicos?

—No lo sé. Se marcharon hace un rato, pero De Jagger no quiso decirme adónde —respondió Diana—. Tan solo dijo que debían encontrar algo que íbamos a necesitar.

Yo sé buscar El Rastro —dijo Fido—. *Pero El Sargento no quiere que vaya con ellos. Me dice: «Quédate, no te necesitamos». No lo comprendo. ¡Yo sé buscar El Rastro mejor que nadie!*

—Fíjate: ahora el chucho ha dicho algo que tiene sentido —observó Zana—. Da igual, yo sí te sacaré partido hoy, perro tonto. Te vas a venir conmigo al campamento soviético.

—¿Por qué quieres volver allí? —pregunté.

—Seguro que aún quedan víveres y otras cosas que nos serán útiles cuando vayamos a explorar la montaña. Puede que incluso haya algún arma.

Yo puedo encontrar Las Armas. He sido entrenado para eso —dijo Fido con orgullo.

—Si el sargento y los otros nos acompañaran, no necesitaríamos armas —comenté—. Quizá podríamos negociar algún tipo de arreglo para que nos cedan uno de sus subfusiles.

—No cuentes con ello —repuso Diana—. Además, tampoco nos servirían para nada. Los subfusiles de Tagma tienen un sistema de seguridad en el gatillo que funciona por reconocimiento de la huella dactilar: solo su dueño puede dispararlos. Yukio me lo contó.

—Guau, ¿en serio? —exclamó Zana—. Sistema de reconocimiento dactilar... Tengo que hacerme con un arma de esas en cuanto regrese a Kabul. O mejor con dos: una para cada mano...

El nuristaní y Fido se fueron a registrar la base soviética mientras Diana y yo inventariábamos material en la Explanada que pudiera sernos de utilidad. Por otra parte, tampoco queríamos llevarnos nada sin antes hablarlo con De Jagger y sus hombres.

Cuando ya llevábamos un buen rato seleccionando pertrechos, De Jagger regresó al campamento acompañado por Randy. Yukio no venía con ellos.

Los hombres de Tagma fueron directamente hacia el Palacio del Tesoro, De Jagger se metió dentro y Randy y se quedó junto a la puerta, haciendo guardia. Intercambié una mirada interrogante con Diana y luego, los dos juntos, nos dirigimos a su encuentro.

La arqueóloga quiso entrar en el palacio para hablar con De Jagger, pero Randy le cortó el paso.

—Lo siento, pero el sargento no quiere que nadie lo moleste ahora —dijo.

Ella se enfadó.

—¿Qué estupidez es esa? ¡Aparta de ahí, Randy! De Jagger no tiene derecho a prohibirme la entrada a ningún sitio.

Lo echó a un lado de un empujón y se metió en el palacio.

De Jagger estaba en la tumba de Kidinnu. Se había postrado de rodillas frente a la estatua y permanecía muy quieto, con la cabeza inclinada y los brazos cruzados sobre el pecho. Parecía un caballero velando armas. Junto a él, en el suelo, estaba el casco de oro de Kidinnu y su maza de batalla. La estampa resultaba tan inesperada que Diana y yo nos quedamos sin saber cómo reaccionar.

Ignorando nuestra presencia, el sargento se incorporó y, con mucha calma, guardó el casco en una mochila que se colgó al hombro. Después recogió la maza del suelo y la asió con firmeza.

Yo no entendía nada... ¿Acaso De Jagger estaba expoliando la tumba delante de nuestras narices? ¿Y por qué le rezaba a aquella estatua?

El sargento nos miró con sus ojos acerados.

—Tengo una pregunta para usted, doctora Brodber. Una duda profesional. Esa inscripción que hay al pie de la estatua es sánscrito, ¿no es cierto?

—Sí, pero lo que yo quiero saber es...

—¿Y qué es lo que pone? ¿Sabría traducirla?

—«Kidinnu, Príncipe Infinito. Siervo de Ahura Mazda y del Furioso Resplandor. Solo por su propia mano puede alcanzar la muerte».

De Jagger asintió, pensativo.

—He soñado con esa frase... ¿Por qué?

—Ruan, devuelve esa corona y el arma a la estatua —dijo Diana, adoptando un tono de voz mesurado y razonable. El mismo que utilizaría para hablar con alguien que no está en sus cabales.

—«Solo por su propia mano puede alcanzar la muerte...» —respondió el sargento, ignorándola—. He pensado mucho en esa frase. «Solo por su propia mano puede alcanzar la muerte». ¿Usted qué piensa, doctora Brodber? ¿Tal vez significa que solo morirá cuando él quiera? Yo creo que ese es el sentido correcto. Sí, yo creo que así es. Pero se supone que fue Alejandro quien mató a Kidinnu... No dejo de pensar en ello. No tiene sentido. Si «solo por su propia mano puede alcanzar la muerte», ¿cómo es posible que Alejandro lo matara? ¿Sabe lo que creo, doctora Brodber? Que esa historia es una mentira. Pura propaganda. Alejandro no mató a Kidinnu. Es imposible que lo hiciera. Tal vez alguien se inventó esas cosas después. Tal vez Kidinnu ni siquiera esté muerto. —Los labios de De Jagger se fruncieron en una sonrisa apenas perceptible—. Solo bromeaba. Porque es evidente que lo está, ¿no es así? Usted qué opina, doctora Brodber. ¿Cuál es su punto de vista profesional? Tengo curiosidad por saberlo.

—Mi punto de vista profesional es que salgas de aquí y dejes las cosas que has cogido donde estaban.

—Saldremos de aquí, pero la corona y la maza me las voy a quedar. No creo que le importe, ¿verdad, doctora? A fin de cuentas, que usted me lo echara en cara sería puro cinismo.

—Basta ya, Ruan. Estás llevando las cosas demasiado lejos, te lo advierto.

De Jagger arqueó las cejas.

—¿Demasiado lejos, Diana? Ni siquiera hemos llegado al punto final, al lugar al que conducen todos los caminos... Ahora todos nosotros vamos a ir al teseracto, y tú lo vas a abrir. Sé que conoces el modo de hacerlo.

Randy se colocó a nuestra espalda con la clara intención de cortarnos el paso. La situación estaba tomando un cariz extraño e inquietante.

—No sé de dónde has sacado esa idea.

—Yo la oí decirlo.

—Si tan seguro estás de eso, Randy, entonces id vosotros y abrid esa maldita puerta, porque yo no pienso hacerlo.

—Por desgracia, Diana, me temo que Randy no captó toda la información, así que estamos en tus manos. Tú decides. Te ofrezco un trato: tus conocimientos a cambio de los míos. Si abres esa puerta, no diré nada sobre lo que hiciste en Tell Teba, nadie lo sabrá nunca. Quedará entre tú y yo... —El sargento miró a Diana a los ojos—. Y Anton Skalder.

Aquel nombre hizo mella en la arqueóloga. Vi cómo su barbilla temblaba y, por un instante, sus ojos reflejaron temor. Me pareció que se sentía acorralada.

—No sabes nada...

—Ponme a prueba. ¿Quieres que se lo cuente a él? —De Jagger me señaló—. Que decida por sí mismo si mi información resulta o no verosímil.

—¡Basta! ¡No quiero escuchar nada más! ¡No quiero! —La arqueóloga estaba furiosa. Trató de apartar a Randy de un em pujón para salir de la tumba, pero aquel estúpido pedazo de carne de Pasadena le dio una bofetada con el dorso de la mano que la hizo trastabillar.

—¡Eh! —grité—. ¡Qué crees que estás haciendo, gilipollas!

Me lancé contra Randy con la idea de devolverle el golpe. No me paré a pensar en que era el doble de grande que yo y mucho más fuerte. Le bastó un simple culatazo con su subfusil para tumbarme en el suelo. Allí me quedé, frustrado caballero andante, con una enorme brecha en la cabeza que sangraba sin parar. Randy consideró que aquello no era suficiente y me pateó las costillas.

—Sargento, no necesitamos a la doctora. Seguro que él también sabe cómo abrir la puerta, ella debió de contárselo. Puedo obligarlo a que nos lo diga si usted da la orden.

—¡No! —gritó Diana. Tenía un enorme verdugón en la mejilla, donde Randy le había pegado—. Lo haré. Abriré la puerta, pero, por el amor de Dios, no hagáis daño a nadie.

De Jagger asintió.

—Muy bien. Entonces vámonos.

Diana me ayudó a ponerme en pie.

—Lo siento —me dijo en un susurro—. No tengo elección.

—Tranquila, puede que aún guarde un as en la manga...

Pensaba en el revólver de Margo, que todavía llevaba conmigo. Estaba dispuesto a emplear las tres balas que quedaban si Randy o De Jagger volvían a ponernos la mano encima o si la cosa degeneraba. Esos dos cabrones se iban a llevar una sorpresa, casi estaba deseando que me dieran una excusa para meterles un tiro en la rodilla, sobre todo a Randy. Nunca en mi vida me había sentido tan furioso.

—¿Qué hacemos con el «paqui», sargento?

—Oh, sí, el afgano, lo había olvidado. A él no lo necesitamos, no tenemos por qué llevarlo con nosotros, sería un estorbo.

—Se enrabiará como un animal cuando vea lo que le he hecho al español. Esa gente es vengativa y violenta.

—Entonces redúcelo si nos topamos con él. Tenemos cosas más importantes de las que ocuparnos ahora, Randy.

La sonrisa de satisfacción del de Pasadena fue terrible. Me alegré de que Zana estuviera en la base soviética, lejos de su alcance.

Mi cerebro pergeñaba caóticamente todo tipo de planes para utilizar el revólver en el momento adecuado. Ni De Jagger ni Randy se habían dado cuenta de que lo tenía, lo cual me daba una ventaja. Lo malo era que solo podía dispararlo tres veces, aunque eso ellos tampoco lo sabían. A la desesperada, intentaba recrear en mi imaginación el escenario en el que pudiera sacarle mayor partido a mi arma secreta.

Salimos de la tumba de regreso a la Explanada. Randy iba detrás de nosotros con el dedo cerca del gatillo del subfusil, listo para disparar en cuanto recibiera una orden. Yo notaba el peso del revólver en el pantalón. De Jagger caminaba unos pasos por delante de mí, podía ver su nuca apenas cubierta por el vello translúcido de su peinado militar. «¿Y si le encajara en ella el cañón del revólver?», me pregunté.

«¿Podría inmovilizarlo? ¿Podría obligarle a que ordenara a Randy soltar el subfusil?».

Metí la mano en bolsillo y acaricié la culata del revólver. Le quité el seguro con cuidado. La nuca de De Jagger estaba tan cerca... Me bastaría sacar el arma y extender el brazo. No se lo esperaría. Antes de que nadie se diera cuenta tendría al sargento a mi merced.

Tomé la decisión. Y justo cuando estaba a punto de ejecutar mi plan, Zana apareció en el extremo opuesto de la Explanada cargando un par de mochilas llenas de pertrechos.

Si tan solo hubiera llegado un par de segundos después...

El nuristaní se quedó clavado en el suelo cuando nos vio. Se percató de inmediato de que algo iba mal. Dejó caer las mochilas y se llevó la mano a la espalda. Seguramente se habría enfrentado a machetazos contra dos tipos armados con subfusiles porque así era Masud al-Iskander Zana, pura sangre y corazón. Sangre de Alejandro.

—¡Huye, Zana! ¡Corre! ¡Sal de aquí! —grité.

—Mátalo, Randy.

El de Tagma se puso el subfusil al hombro y apuntó a Zana, quien corrió a buscar refugio dentro de uno de los palacios. Consciente de lo que estaba a punto de ocurrir, traté de arrebatarle el arma a Randy, pero antes de que pudiera hacer un solo movimiento se oyeron tres disparos que el eco del valle convirtió en un tiroteo. Dos de ellos fueron innecesarios porque Zana cayó derribado apenas sonó el primero.

De Jagger esbozó una sonrisa extraña, melancólica, como si le hubiera asaltado un bonito recuerdo.

—Es como jugar al tiro al blanco... —murmuró.

Yo grité y los insulté. En inglés, en español e incluso en persa; imprequé a ese par de cerdos sin honor en todos los idiomas que conozco. Apenas podía creer lo que acababan de hacer: habían disparado a un hombre por la espalda cuando intentaba escapar; no se me ocurría una forma más rastrera y cobarde de matar a un ser humano.

Mientras desfogaba mi ira, Randy me miraba con expresión estúpida, preguntándose tal vez qué era lo que me enfurecía tanto. De Jagger ni siquiera me prestó atención, sus ojos estaban fijos en el cuerpo inerte de Zana, al otro extremo de la Explanada.

—No podemos dejar ahí ese cadáver, Randy, ya sabes por qué. Ocúpate de todo mientras me llevo a estos dos al teseracto. Cuando acabes, reúnete allí con nosotros.

—¿Es que no habéis tenido suficiente? —exclamó Diana—. ¿Qué pretendéis hacer con el cuerpo?

—Quemarlo. De lo contario, puede que vuelva. En este lugar los muertos no mueren del todo.

Dejamos a Randy en la Explanada y tomamos la ruta hacia el corazón del valle. Allí donde un dios furioso y antiguo esperaba a ser despertado.

39
Diana/Suren

«Detrás de esa puerta hay una forma de vivir para siempre, hay un modo de ser infinitos... Yo os estoy ofreciendo ese don. Pero antes tengo que liberarlo; y esta vez ni siquiera Alejandro podrá impedir que lo haga»

Al entrar en el templo de Serapis veo una gran mancha roja en el suelo de la que parte un rastro de idéntico color. Empiezo a comprender que Yukio ha sufrido un destino igual al del pobre Zana.

Sin duda De Jagger se ha vuelto loco, igual que le ocurrió a Ruben. O puede que su cerebro ya tuviera alguna tara y este lugar maldito la haya estimulado de alguna forma. En cualquier caso, ahora estamos en sus manos. Tal vez si hacemos lo que dice no nos mate a nosotros también. Tal vez.

Suren camina a mi lado en silencio. Se mueve renqueante por culpa de la paliza que le ha dado Randy. Tiene un revólver. Sé que lo tiene porque se lo vi anoche, cuando esas criaturas merodeaban cerca de la Explanada. Creo que De Jagger no lo sabe y eso es bueno. Imagino que Suren lleva el arma encima porque durante todo el camino hasta el serapeo mantenía la mano metida en el bolsillo, como si ocultara algo. Supongo que espera el momento adecuado para utilizar la pistola, pero aún no ha tenido oportunidad: De Jagger no es estúpido y permanece en todo momento a nuestra espalda, manteniéndonos a tiro de su subfusil. Además, en el caso de que Suren sea capaz de disparar sobre él, deberá efectuar un tiro muy certero en un punto débil o de lo contrario la bala rebotará en el blindaje del *káliva*.

Recorremos la nave del templo hacia la colosal puerta de bronce del teseracto. Noto como si emitiera una radiación dañina, algo que presiona mi estómago y me hace zumbar los oídos. Oigo susurros. No me encuentro bien, siento como si sufriera de un intenso mal de altura, y esa sensación aumenta a medida que me aproximo a la puerta.

Hay algo detrás de sus hojas de bronce. Y tengo la enloquecedora certeza de que, sea lo que sea, sabe (de algún modo... *lo sabe*) que está a punto de ser liberado.

Y yo voy a ser quien cumpla su voluntad.

Ojalá no tuviera que hacerlo. Si creyera en Dios, ahora mismo estaría rezando con todas mis fuerzas, pero mucho me temo que el único dios cercano es el que está apresado en el teseracto.

Nos detenemos frente a la puerta. Me fijo por primera vez en un objeto que hay cerca, son varios cartuchos de dinamita rodeados por una maraña de cables conectados a un panel.

—Adelante, Diana, abre la puerta —dice Ruan—. Y si te has planteado engañarme con una combinación falsa, te aconsejo que no lo hagas. Ambos sabemos el efecto que tiene accionar la rueda equivocada, ya lo sufrimos en nuestra propia piel. Seguro que no quieres descubrir qué pasaría si tuvieras que volver a soportar esa tortura una y otra vez hasta que decidas ejecutar la combinación correcta. Sabes que te obligaré a hacerlo.

«Sí, estoy segura de ello, maldito bastardo», contesto para mis adentros.

Repaso la secuencia en mi memoria: león, águila, león, águila, caballo. Localizo esos animales en la puerta y compruebo que cada uno tiene una llave con forma de rueda. Coloco mi mano en la que se corresponde con el primer león e intento girarla. Al principio encuentro algo de resistencia, pero finalmente el engranaje se mueve con un chirrido metálico.

Cierro los ojos esperando el impacto de la OHP que hará que me doble sobre mi estómago, como la última vez. No ocurre nada. Parece que mi secuencia es la correcta.

—Bien, Diana, muy bien. Ahora continúa.

Giro la siguiente rueda, el águila. Por todo el templo resuena un golpe como de un martillo al caer sobre un yunque. Me dispongo a repetir la secuencia girando de nuevo la rueda del león, y al tocarla, siento un calambre en la yema de los dedos. Después el águila. El bronce tiembla, lo noto con toda claridad. Toda la puerta emite un zumbido intenso.

No. No es un zumbido. Es más bien... un susurro. Palabras en un idioma antiguo.

Ya solo queda girar la última rueda, el caballo, la llave que libera el Furioso Resplandor. Entonces De Jagger me detiene.

—Espera un momento. Aún no.

Del interior de la bolsa que lleva al hombro saca el casco dorado de Kidinnu. Lo sujeta con ambas manos y lo levanta hasta la altura de sus ojos, parece un sacerdote consagrando el cáliz de la comunión. Lo contempla durante un segundo y después, con suma reverencia, se lo coloca en la cabeza. Se acaba de coronar a sí mismo. Me mira y, por primera vez, su rostro irradia una sincera y pura expresión: euforia.

—Vamos, Diana, ¡libéralo! Es el momento. ¿No lo oyes? ¡Nos lo está pidiendo!

Lo oigo. ¡Oigo las voces! Dios mío, ¿acaso me estoy volviendo igual de loca que él? ¿De dónde vienen esos susurros que hablan en una lengua muerta? Me llaman por mi nombre. Lo repiten sin cesar de forma ávida y voraz. Me piden que lo despierte, que el mundo le pertenece. Hablan en un idioma desconocido para mí, y, a pesar de todo, ¡puedo entenderlo! ¿Por qué puedo entenderlo? ¡Es un sonido atroz, una cadencia que ningún ser humano sería capaz de articular! Tengo miedo. Pánico. Apenas puedo respirar.

—¡No! ¡No! —grito, llevándome las manos a los oídos—. ¡No quiero hacerlo! ¡No debemos, Ruan! Lo que hay aquí... Lo que sea que hay aquí encerrado... ¡no puede salir jamás, no es algo bueno! ¿Es que acaso no te das cuenta? ¿No puedes sentirlo?

La euforia desaparece del rostro de Ruan y me mira de nuevo sin asomo de expresión.

—Hicimos un trato. Si no abres la puerta, no guardaré más tu secreto.

¡Al infierno su trato! No me importa lo que pueda contar, lo único que quiero es alejarme de este templo maldito. Estoy segura de que él no sabe nada en realidad. Es imposible que lo sepa. Nadie me vio, lo sé. No había nadie allí cuando maté a ese cretino de Anton Skalder en plena noche.

No me arrepiento. Él mismo se lo buscó. Era un estúpido, un vulgar chantajista. Tuvo el final sórdido y patético que se merecía. Firmó su sentencia de muerte cuando me puso su móvil delante de las narices y empezó a enseñarme sus malditas fotografías de ovnis en las que no se veía nada salvo cielos oscuros y estrellas borrosas. Hasta que, de pronto, me encuentro con una en la que aparezco yo colándome en el almacén del yacimiento en plena noche. «Observa esta de aquí, ¿qué te parece? Interesante, ¿no crees? ¿Cuánto dinero pagarías tú por una fotografía como esta, doc?», me dijo, dejándome bien claro cuáles eran sus intenciones.

Maldito Skalder. No sé cómo pudo sacar esa foto. También tenía otra. Debió de tomarla a escondidas. Demostraban sin lugar a dudas que yo robé aquellas piezas del almacén, que no fueron los estudiantes afganos. Yo ya había planeado echarles la culpa a ellos o a cualquier trabajador de los que entraban y salían a diario del yacimiento sin que nadie recordase sus caras; a fin de cuentas, los locales siempre escamotean piezas en los yacimientos, y yo sabía que Wörlitz estaba más que predispuesto a sospechar de los nativos antes que de los respetables miembros de su equipo de arqueólogos. Que los estudiantes desaparecieran justo la noche que robé en el almacén me puso las cosas aún más fáciles.

Skalder lo sabía. Tenía pruebas y quería chantajearme. Incluso cuando quise darle a entender que sus fotos no valían tanto como él creía, el muy estúpido insistió: «Bueno, esa es tu opinión, doc. Ya veremos qué les parece a los demás cuando se las enseñe». Fue un idiota al pensar que yo me iba a quedar de brazos cruzados ante sus patéticas amenazas.

Siempre dije que haría cualquier cosa por salir de la ruina en la que me crie. Juré que nadie volvería a mirarme con desprecio ni con asco, como si yo fuera una rata de alcantarilla. Nunca en mi vida volvería a faltarme el dinero. Nunca. Descubrí una forma sencilla de obtener ganancias sustrayendo piezas de las excavaciones en las que trabajaba para venderlas en el mercado negro. Nadie me acusó nunca de nada; siempre tuve cuidado de no llevarme algo demasiado valioso, nunca grandes piezas, solo hurtos discretos. Así fue como descubrí lo sencillo que era.

Gané mucho dinero. Fui muy inteligente. No entiendo cómo Skalder pudo descubrirme. Aquella noche, después de que me enseñara las fotografías, le hice creer que me marchaba para regresar a mi dormitorio. Por el camino pensé en robarle el móvil, pero ¿y si me descubría? Llevaba uno de esos Tulevik, siempre atado a la muñeca. Entonces me di cuenta de que había una solución mucho más sencilla y segura... ¿Acaso no había logrado echarle la culpa del robo a los estudiantes afganos? ¿Por qué no buscar otro chivo expiatorio para quitarme de encima a Anton Skalder?

Me dije a mí misma: ojalá alguno de esos afganos que se suponen que están acechando nuestro yacimiento se colara aquí esta noche y le cortara el cuello a ese cerdo codicioso. Eso sería fantástico. Eso resolvería todos mis problemas...

Utilicé la daga ceremonial que encontró Fido porque era lo único parecido a un arma que tenía en mi poder. No voy a mentirme a mí misma: me resultó sencillo hacerlo, mi mano no tembló cuando me acerqué a Skalder sin hacer ruido y lo degollé antes de que se diera cuenta de lo que estaba pasando. De niña aprendí que la única forma de salir adelante es ser más lista que los demás, ser más fuerte que los demás y tener menos escrúpulos que nadie; porque la vida es una maldita jungla.

Me guardé la daga, nunca me separé de ella, pero la perdí. No sé cómo. Tal vez De Jagger la encontró, pero es imposible que solo con la daga haya logrado atar cabos. No me explico cómo puede siquiera sospechar que yo tuve algo que ver con la muerte de Skalder. Pero de algo estoy segura: no tiene pruebas de nada. Es imposible que las tenga, y yo no voy a aceptar su chantaje igual que no acepté el de Skalder.

Me encaro a De Jagger y le digo que me da igual nuestro trato, que no me importa lo que pueda contar sobre mí porque no serán más que los delirios de un lunático. Le digo que es evidente que ha perdido el juicio y le pido, más bien le ordeno, que deje que Suren y yo nos marchemos.

Él me sostiene la mirada. Mis palabras no parecen haberle causado ninguna emoción.

—De acuerdo —dice al fin, con tono mesurado—. Si no abres la puerta, entonces la volaré en pedazos. Me habría gustado evitarlo, pero no me dejas otro camino.

—¡Nos matarás a todos!

—No, nadie muere en el valle, Diana, ¿acaso aún no lo has comprendido? ¡No existe la muerte en presencia del Furioso Resplandor! Detrás de esa puerta hay una forma de vivir para siempre, hay un modo de ser infinitos... Yo os estoy ofreciendo ese don. Pero antes tengo que liberarlo; y esta vez ni siquiera Alejandro podrá impedir que lo haga.

Durante su enloquecido discurso le ha dado la espalda a Suren y él no desaprovecha esa oportunidad. Puede que sea la última. Veo cómo saca el revólver de su bolsillo y apunta a la cabeza de Ruan.

—Tire el arma y aléjese de la bomba, sargento.

De Jagger se vuelve y mira a Suren con una expresión de vaga sorpresa.

—¿Piensa dispararme?

—No le quepa duda.

Ojalá la voz de Suren sonara más firme.

Ruan niega lentamente con la cabeza. Apunta el subfusil hacia la rodilla de Suren y aprieta el gatillo. La sangre los salpica a ambos. Suren grita de dolor y cae al suelo soltando el revólver.

Debo actuar o será demasiado tarde para todos nosotros.

Recojo el revólver antes de que De Jagger pueda reaccionar. Ahora soy yo quien le apunta a la cara. «Ahora te tengo en mis manos, hijo de puta».

—Voy a matarte.

—Sí, lo sé. Tú sí serías capaz. Pero todos cometéis el mismo error cuando vais a matar a un hombre, Diana: primero pensáis en hacerlo. Ese es el error: no hay que pensarlo, simplemente hay que hacerlo.

Un destello de fuego brota del cañón del subfusil. Algo me golpea en el pecho y me empuja hacia atrás. Duele. Duele demasiado. Mi dedo presiona desesperadamente el gatillo del revólver y la bala impacta en el estómago del sargento. El blindaje del *káliva* hace que apenas se inmute.

Tengo que disparar otra vez, ¡tengo que hacerlo! Pero no sé qué me ocurre, mi cerebro procesa la idea, pero mi cuerpo es incapaz de llevarla a cabo. Algo me arde en el tórax, noto un torrente de sangre empapando mi pecho. Es viscosa e inunda el aire de un olor a óxido. La siento entrar en mis pulmones. Al toser un esputo denso de sangre me rebosa por entre los labios. No puedo respirar.

Dios mío, no puedo respirar.

No. Resiste, Diana, tienes que resistir. ¡Debes hacerlo!

Aún puedo ponerme en pie, aún puedo recuperar el revólver... Trato de coger aire y siento algo que borbotea en mi garganta. Mis piernas ya no me sostienen, mis brazos no responden a mis pensamientos.

¡Vamos, Diana! ¡Maldita sea! ¡Vamos!

Creo que aún siento el revólver en la mano. Podría disparar una vez más. Una última vez... ¡Por Dios, solo necesito fuerzas para un último disparo! Si Ruan no llevara puesto el maldito *káliva*, podría acertarle justo en el corazón.

Oh, sí, creo que ahora lo veo claro. Ya ni siquiera noto el dolor. Se va apagando poco a poco. Debo neutralizar el *káliva* y después disparar, así podré matarlo. Si la luz no me cegara, estoy segura de que podría hacerlo. Tan solo debo inutilizar el blindaje del *káliva*...

¿Hay alguien a mi lado? Sí... Creo que es Suren. No estoy segura. Me falla la vista. Debo decírselo, debo decirle la forma de inutilizar el *káliva*. Una OHP, una que sea más potente que cualquier otra, tanto que ni siquiera la piedra de galena pueda resistir su efecto, ¿me oyes, Suren? ¿Puedes oírme? Ni siquiera estoy segura de estar hablando en voz alta. Siento como si ni siquiera tuviera fuerzas para controlar mi voz...

Suren, tienes que provocar una onda, ¿comprendes? Tienes que hacerlo. Hay una forma, creo que hay una manera...

«Yo soy la voz del cantor, aquel que domina la Furia».

¿Me ha oído? ¿Comprende lo que quiero decir? ¡Si al menos tuviera fuerzas para explicárselo! Pero me siento exhausta... Es extraño... ¿por qué me encuentro tan débil si ya apenas siento el dolor? ¿Por...?

La bala me impactó en el hueso y el dolor fue atroz. Sentí en cada nervio de mi cuerpo cómo la rótula se partía en pedazos.

Me desplomé dando un grito y solté el revólver. Se disparó cuando la culata chocó contra el suelo y una de sus tres balas acabó perdiéndose entre las paredes del serapeo. Diana, rápida como una centella, recogió el arma y apuntó con ella a la cabeza de De Jagger. Hubo un intercambio de palabras entre ambos, pero yo no podía concentrarme en nada que no fuera el dolor ardiente en mi rodilla. De pronto, ambos dispararon casi al unísono. La bala de Diana rebotó en el traje blindado del sargento. Ya habíamos desperdiciado dos tiros del revólver, solo quedaba uno.

De Jagger en cambio fue más certero. Dos impactos de subfusil atravesaron el tórax de Diana. Uno de ellos debió de destrozarle los pulmones, porque empezó a vomitar sangre a cada respiración mientras se dejaba caer de rodillas, lentamente, haciendo acopio de sus últimas fuerzas para mantenerse en pie. Se negaba a morir.

Al mismo tiempo que Diana peleaba por cada latido de su corazón, el sargento perdió todo interés en ella y se concentró en accionar el panel del artefacto explosivo. Lo hizo sin prisa, sabiendo que ya no quedaba nadie en aquel templo que fuera una amenaza para él. Yo me arrastré hacia Diana con la absurda esperanza de prestarle alguna ayuda. Aún respiraba.

Me miró con ojos vidriosos. Apenas quedaba vida en ellos. Todavía sostenía el revólver en la mano. Pensé en utilizar la última bala contra De Jagger mientras nos daba la espalda para activar el explosivo. El problema era que yo apenas estaba en condiciones de sujetar el arma, y mucho menos de apuntarle a la cabeza, la única parte de su cuerpo que no estaba protegida por el blindaje del *káliva.*

Diana se moría ante mis ojos y no podía evitarlo. Tal vez incluso me reuniera con ella pronto, porque la herida de mi rodilla no paraba de sangrar.

Los labios de la arqueóloga se movieron. Estaba intentando hablar.

—El blindaje... Una onda... Una onda... fuerte...

—Tranquila —dije yo, estúpidamente. Mi voz no sonaba más firme que la suya, pero intenté disimular el dolor de la rodilla. No quería que la última imagen que esa valiente mujer viera en este mundo fuera mi cara deformada en una mueca—. Tranquila, todo irá bien... Todo va a salir bien...

Ella me miró con angustiosa desesperación.

—«Yo soy la voz del cantor...» —musitó.

Fueron sus últimas palabras.

—No lo sientas por ella —escuché decir a De Jagger. Ya había terminado de activar la bomba y se había acercado a nosotros. Nos miraba como si fuéramos dos insectos —. Era una asesina, mató a Anton Skalder. Empecé a sospecharlo el día que Diana y yo entramos en aquel barracón donde ordené que guardaran el cadáver. No me di cuenta de inmediato, ¿sabes...? Me preguntaba por qué el cadáver no estaba donde se suponía que lo habían dejado, debajo de aquel montón de nieve... Pero más tarde caí en la cuenta de que a Diana no le extrañó ver aquel tajo enorme en el cuello de Skalder... Spinelli le dijo a todo el mundo que Skalder murió accidentalmente al caer por una ladera porque la doctora Trashani pensó que sería mejor mantener lo del asesinato en secreto, para que no cundiera el pánico... Entonces ¿por qué a Diana no le sorprendió descubrir que Skalder murió degollado? Muy sospechoso, muy sospechoso... No le quité ojo desde entonces. El día que atacaron Tell Teba, poco antes de nuestra huida, registré sus cosas y encontré aquella daga que aún tenía manchas de sangre. Me la guardé. También encontré las piezas que se suponía que habían robado los estudiantes afganos, lo cual no me sorprendió demasiado... Ella dijo una vez que en todas las excavaciones en las que había participado siempre desaparecían piezas. Qué casualidad... —Yo no entendía nada de lo que estaba diciendo, pero creo que él no hablaba para mí sino para sí mismo—. No sé por qué mató a Skalder, puede que tuviera relación con ese asunto del robo, pero supongo que eso ya carece de importancia.

—¿Ahora vas a matarme a mí también?

—¿Por qué? Podría haberlo hecho antes, pero solo te disparé en la pierna para neutralizarte. No tengo nada contra ti.

—¡Entonces deja que me vaya, por favor!

—No irás muy lejos con una bala en la rodilla. Se te infectará y morirás. O perderás demasiada sangre y también morirás. Tu única opción de sobrevivir es quedarte aquí y recibir el don del Furioso Resplandor. —Dirigió una mirada hacia las cifras del panel de la bomba, que marcaban una cuenta atrás. Según aquellos números, me restaban unos quince minutos de vida.

—Estás loco... ¡La explosión nos matará a ambos!

—No, él no dejará que yo muera. Tengo su don. Está escrito: «Solo por su propia mano alcanzará la muerte». Kidinnu me ha escogido como su avatar y Alejandro ya no está aquí para detenerme. —De Jagger mostró una expresión exultante—. Esta vez lo he vencido. Los he vencido a todos.

De pronto una potente voz resonó entre las paredes del templo.

—¡Eh, tú, capullo! ¡Ese casco con cuernos es mío!

Allí estaba Zana, plantado en el umbral del serapeo, con Fido a sus pies y armado con una brillante hacha de oro.

40
Fido

«¿Qué tal sienta que te ataquen por la espalda, Randy?
Es cojonudo, ¿verdad, hijo de puta?»

A Fido le gusta pasar tiempo con Alfa. Se siente tranquilo a su lado y también se siente seguro porque Alfa es un humano fuerte. Fido lo sabe. Él sabe esas cosas. Fido es un perro muy inteligente, pero, aunque no lo fuera, aunque no fuera más que otro de esos perros tontos que solo saben ladrar por cualquier cosa y perseguir su propio rabo, Fido se sentiría a gusto con Alfa.

Alfa no es el verdadero nombre del humano. El humano se llama El Zana. La mayoría de las veces Fido no entiende ni una sola de las palabras que dice. Tanto es así que ni siquiera está seguro de que el nombre del humano sea El Zana. Nadie se lo ha presentado. Los humanos suelen presentarse a Fido: «Hola, muchacho, yo me llamo...», *y les hace mucha ilusión escuchar su propio nombre a través de El Chisme que Fido lleva colgado al cuello. Sin embargo, en la mente de Fido esos nombres no significan nada; él identifica a los humanos que conoce mediante otras formas. Formas que en su cabeza adquieren el aspecto de abstractas ideas perrunas. Alfa es una de esas ideas.*

Alfa tiene un tono de voz recio y firme. Eso a Fido le gusta. Alfa despide un aroma muy particular, muy fácil de identificar, aunque está lleno de matices. A veces huele a bosque. Otras a nieve. También huele a sudor, a sangre caliente y a tierra. Todo ello mezclado es el olor de Alfa. Y ese olor le dice a Fido que Alfa es el humano más fuerte. Por eso Fido haría cualquier cosa por Alfa.

Cuando Alfa le pide que lo acompañe a La Base Soviética, Fido va tras él sin dudarlo un instante. Solo el timbre de su voz hace que Fido se ponga en guardia.

Una vez allí, Alfa le pide que busque comida. Le enseña una cosa redonda de metal que llama «La Lata» y le pide que encuentre otras iguales a esa. Si Fido pudiera cuadrarse y hacer un saludo militar con su pata, lo haría encantado. Como no puede, se conforma con obedecer.

—Por supuesto. Voy a buscar y traer muchas Las Latas.

Eso no lo dice Fido, lo dice El Chisme que lleva en el cuello. Las ideas de Fido suelen ser más abstrusas para el lenguaje humano de lo que las frases de El Chisme dan a entender. A Fido no le gusta demasiado El Chisme. Se ha acostumbrado a llevarlo encima desde que era un cachorro, pero no le gusta. Sabe que gracias a El Chisme los humanos pueden entenderlo (o, al menos, creen que pueden hacerlo) y por eso es necesario que lo lleve. Pero Fido, que es un perro mucho más inteligente que la mayoría, sabe de forma instintiva que El Chisme no siempre habla por él. Si Fido razonara igual que una persona, diría que tiene la sospecha de que la Inteligencia Artificial de su módulo traductor es, digamos, un tanto creativa a la hora de expresar sus ideas y pensamientos.

A Alfa tampoco le gusta El Chisme de Fido. En eso ambos están de acuerdo.

Pero ahora mismo Fido no piensa en eso. En lo que piensa es en Las Latas. Tiene que buscar Las Latas.

Centrarse en un solo objetivo no siempre es fácil. El mundo está plagado de estímulos fascinantes que a Fido le encantaría seguir. Su capacidad de concentración es grande para ser un perro, pero no ilimitada.

Mientras busca Las Latas capta un nuevo olor. Es de un animal. Un animal pequeño. Tal vez una ardilla o algo similar. Ese bicho está provocativamente cerca. ¿Acaso no se da cuenta de que Fido está buscando Las Latas para Alfa? ¿Por qué viene a moles-

tar? Quién sabe. Las ardillas son estúpidas. Fido tendrá que darle una lección.

Además, una ardilla también es comida. Y Alfa le ha pedido que busque comida.

Fido se olvida de Las Latas y se pone a perseguir el rastro de la ardilla. Alfa no se da cuenta. Fido se aleja por entre los árboles del bosque y marca un par de ellos. Encuentra a la ardilla al cabo de un rato, sentada sobre su trasero de ardilla y royendo algo con sus tontos dientes de ardilla. Este no es lugar para ti, amiga. Nadie distrae a Fido cuando cumple las órdenes de Alfa y sale impune. Y mucho menos una ardilla tonta.

Fido ladra. El Chisme emite un par de frases idiotas. La ardilla sale corriendo como una centella y trepa por el tronco de un árbol. Es de las astutas, al parecer. Sabe que Fido no puede trepar. Aun así, Fido apoya las patas delanteras contra el tronco y ladra hacia la rama donde ese descarado animalejo se ha escondido. Al menos, que sepa quién manda aquí. Y mejor que no se le ocurra bajar de la rama.

De pronto Fido capta un nuevo olor. Todos sus nervios caninos se ponen en alerta. Fido conoce ese olor, aunque no sabe qué lo provoca porque nunca ha visto nada parecido. Tampoco ningún humano le ha explicado qué son esas cosas que viven en el bosque y huelen a hongos y carne muerta. Fido los ha visto una vez. Parecen personas. Se mueven como personas. Pero no son personas. Fido lo sabe. No son personas.

Son peligrosas. Eso Fido también lo sabe. Las Personas Que No Son Personas son peligrosas. Una noche le atacaron. Durante una de sus excursiones por el valle. Fido es un perro buscador y le gusta explorar por su cuenta. En aquella ocasión una No Persona surgió de entre la maleza. En la mano llevaba un cuchillo. Grande. El cuchillo era muy grande. Fido habría dicho que era una La Espada, si hubiera conocido esa palabra.

La No Persona olía a cuero viejo y a hojas muertas. En el lugar donde debería haber tenido Los Ojos y La Boca había un montón de hongos luminosos. Se lanzó contra Fido con su cuchillo grande. Pero Fido no es un perro cobarde. Nada de eso. No echó a correr como esa ardilla tonta, sino que se lanzó contra la No Persona. Hundió los colmillos en su piel gomosa y nauseabunda. Debajo de la piel no había sangre sino un lodo viscoso. Tenía un sabor tan horrible que Fido se sintió enfermo. Como si hubiera mordido algo envenenado. Soltó a la No Persona y se alejó de ella tan rápido como se lo permitieron sus patas. Su instinto le dijo que era mejor no acercarse a esos seres.

Ahora, al notar de nuevo esa peste a cuero y hojas muertas, Fido sabe que es mejor marcharse cuanto antes. Pero no se irá sin Alfa. Irá a avisarlo de que las No Personas están cerca. Fido debe prevenirle. Y protegerlo.

Regresa corriendo a La Base Soviética. Alfa no está, pero sí su rastro. La nariz de Fido se engancha a él. Es un rastro fresco. Seguirlo resulta muy sencillo. El olor de las No Personas va diluyéndose a medida que Fido se aleja de La Base Soviética en dirección a La Explanada, siguiendo el rastro de Alfa.

Entonces a mitad de camino oye un ruido fuerte. Son tres golpes. Tres disparos. Fido reconoce Los Disparos. Lo han entrenado para ello. Vienen de La Explanada y de inmediato Fido siente en las tripas que algo no va bien.

Otros perros al oír Los Disparos echarían a correr en dirección contraria. Fido no. Fido es un perro valiente. Además, siente que Alfa puede estar en peligro y eso, para él, es suficiente motivo para apresurarse a ir a su encuentro. Quizá tenga que ayudarle. Quizá lo hayan capturado las No Personas. Y aunque a Fido le dan miedo las No Personas, se enfrentaría a cualquier cosa por un humano amigo.

Al llegar a La Explanada Fido ve a Alfa. Está tirado en el suelo. Eso es extraño. Los humanos no suelen tirarse al suelo boca abajo. Les gusta andar y sentarse sobre sus extrañas patas largas. Pero no les gusta ponerse de cara a la tierra con los miembros desmadejados.

Tal vez Alfa esté durmiendo.

Junto a Alfa está Patada. Patada es uno de los humanos con armas que viven en La Explanada, los que llevan ese traje tan duro que cambia de color. Los otros dos son Barriga (que es donde suele rascar a Fido, y a él le encanta) y Frío. A Fido no le gusta Patada. Lo odia. Sabe que es un mal humano. Lo llama «Patada» porque una vez le clavó la punta de su bota en las costillas cuando lo encontró tumbado sobre su El Saco de Dormir. Luego lo ha hecho un par de veces más. Siempre cuando nadie mira.

Patada lleva su arma. Se acerca a Alfa y le apunta a la cabeza. De inmediato, Fido siente que quiere hacerle algo malo a Alfa. Tiene la misma actitud que cuando golpeaba a Fido a escondidas. Parece que quisiera hacerle daño a Alfa. Mucho daño. Más del que le causaría con un simple puntapié.

Fido no puede permitirlo.

Fido gruñe desde el fondo de su garganta. Patada gira la cabeza y lo mira con expresión hosca.

—Lárgate, perro asqueroso, o te meto una bala en las tripas.

Antes de terminar la frase, Fido se lanza contra él. Con el hocico arrugado y una hilera de dientes en vanguardia. Fido no es un perro violento. Pero le han enseñado a atacar cuando detecta una amenaza. Patada es una amenaza y Fido no tendrá piedad. No está familiarizado con ese concepto.

En un segundo, su cerebro de animal de presa analiza la situación para que el ataque sea más eficaz. Sabe que Patada lleva el káliva *que se hace impenetrable cuando recibe algún impacto o presión. En la cabeza de Fido esta idea se traduce como «No morder El Traje».*

Nada de El Traje. Hay que buscar la carne.

Patada lleva el cuello al aire. Es tan estúpido como aquella ardilla del árbol. Y, por desgracia para él, mucho menos rápido. Certero como una flecha, Fido alcanza el cuello de Patada y clava en él los dientes. Un torrente de sangre cálida y sabrosa estalla en el paladar de Fido.

Patada cae al suelo con Fido encima. Grita y pataleta. Agarra el cuello de Fido con una mano. Fido siente una presión en la tráquea y aúlla de dolor. Tiene que soltar el pescuezo de Patada, quien lo aparta de sí sujetándolo con ambas manos mientras Fido lanza dentelladas al aire. Las grandes manos de Patada se cierran sobre la garganta del animal. No para de gritar como un loco mientras la sangre fluye a chorros sobre su pecho. Patada es muy fuerte. A Fido le cuesta respirar.

De pronto Fido ve cómo Alfa se incorpora. Desenvaina su Cuchillo Grande y camina hacia Patada. Él no puede verlo porque está de espaldas. Alfa agarra el mango del Cuchillo Grande con ambas manos y corta el aire con su hoja formando un arco. El filo se hunde varios centímetros en el cuello de Patada, justo al otro lado de donde está el mordisco de Fido. La presión en la garganta de Fido se afloja súbitamente. Fido ve una fugaz chispa de asombro en los ojos de Patada antes de que se apaguen para siempre. El humano vomita sangre. Alfa extrae el Cuchillo Grande de la carne de Patada y este cae de espaldas.

Está muerto. Fido puede olerlo.

—¿Qué tal sienta que te ataquen por la espalda, Randy? Es cojonudo, ¿verdad, hijo de puta? *—dice Alfa, limpiando en su ropa la sangre de la hoja del Gran Cuchillo. Aunque eso Fido no lo entiende. A veces Alfa habla con sonidos que le resultan completamente extraños—.* Maldito cabrón: mira lo que le has hecho a mi machete, ahora está mellado.

Después de enfundar el Gran Cuchillo, Alfa utiliza al fin un idioma que Fido es capaz de comprender.

—¡Buen trabajo, chico! Sabía que eras todo un guerrero. Pero que sepas que lo tenía todo bajo control.

—¡Fido es un guerrero! —dice a través de El Chisme—. Y tú estabas durmiendo. Por eso estabas tumbado. Las Personas a veces se tumban para dormir.

—De eso nada, solo estaba acechando. ¿Comprendes eso? ¿«Acechar»? Cuando alguien empieza a dispararte por la espalda, lo más inteligente es tirarte al suelo y hacerte el muerto. Pueden pasar dos cosas: o que crean que te han dado y entonces se olviden de ti, o que se acerquen a rematarte, y entonces es cuando aprovechas para rebanarles el cuello. Es la clase de artimaña que aprendes cuando has crecido en una tierra donde las personas no hacen más que tirotearse entre ellos a cada rato.

Fido comprende las palabras «hacer el muerto» y de inmediato se tiende en el suelo esperando un El Premio.

—Sí, algo parecido... —*Alfa le rasca detrás de la oreja. Con eso Fido se da por satisfecho*—. Ahora tenemos que buscar a Suren y a Diana. Creo que ese sargento chiflado se los ha llevado a alguna parte, pero no sé adónde, y mucho me temo que puedan estar en problemas, chico. ¿Puedes rastrearlos?

Fido ladra un par de veces.

—*¡Puedo encontrar a Suren y a Diana! Son mis amigos. También puedo encontrar Las Latas.*

—No, ya no quiero latas. Eso ya es pasado, centrémonos en el presente.

Alfa recoge el arma que Patada dejó caer cuando Fido se le lanzó al cuello. El humano intenta dispararla.

—Nada. Imposible. Diana tenía razón: el gatillo responde a la huella dactilar del dueño... Muy chulo, pero no nos sirve para nada. Tendremos que buscar otra cosa. —*Alfa, como muchos humanos, manifiesta sus pensamientos en voz alta cuando está acompañado de una mascota*—. Creo que tengo una idea...

Alfa se mete en La Tumba, ese sitio al que Fido no quiere entrar porque entiende que Algo Malo vive allí, algo parecido a una No Persona. Alfa, que por supuesto es mucho más valiente que Fido (¡Alfa es más valiente que nadie!), entra en La Tumba y, al cabo de un rato, sale de ella con una Cosa Alargada y Brillante. La blande en el aire con expresión satisfecha.

—¿Qué opinas de esto? Un hacha por un lado y un martillo por el otro. Muy versátil, ¿no te parece? ¿Crees que con este artilugio y tus dientes nos apañaremos?

Fido ladra y El Chisme traduce como puede.

—*¡Es una Cosa Alargada y Brillante!*

—Sí, brilla porque es de oro. La gente de hace siglos sí que tenía buen gusto, no como en estos tiempos vulgares —*responde Alfa*—. Bien. Suren tiene una pistola, pero solo le quedan tres balas, y tampoco podemos esperar que las use con demasiado acierto. Suren es valiente, pero no es un guerrero como nosotros dos, ¿sabes, chico? Tenemos que darnos prisa en encontrarlo, prometí que se lo devolvería a su hijo de una sola pieza.

Fido escucha sentado sobre sus cuartos traseros, muy quieto. Por la forma en la que observa a Alfa con sus cálidos ojos marrones parece que entiende cada palabra del humano. No es así. Alfa está hablando en un lenguaje que Fido no comprende. El motivo por el que parece prestar tanta atención es porque está esperando. Fido espera una orden.

Finalmente, Alfa pronuncia las palabras mágicas:

—Busca a Suren. Busca a Diana.

Eso es todo cuanto Fido necesita. En apenas unos minutos caza el rastro y se pone a seguirlo. Se siente ansioso y feliz, como cuando perseguía a la ardilla por el bosque, antes de que ese bicho tonto se escabullera entre las ramas de los árboles.

Ahora está contento porque esta vez Alfa lo acompaña. Esta vez la presa no escapará.

41
Suren

«Tal vez un furioso resplandor...»

—¡Eh, tú, capullo! ¡Ese casco con cuernos es mío! —dijo Zana. Y todo lo que pasó después fue una maldita locura.

El dolor de mi pierna se hizo más soportable cuando apareció mi amigo en el umbral del templo. A De Jagger no le gustó nada aquel giro imprevisto de los acontecimientos.

«¡Ahora verás, cabrón desgraciado! —pensé con regocijo—. ¡Ese nuristaní está zumbado, tiene un hacha y te va a dar una paliza!». Además, Zana no estaba solo, se había traído a Fido.

El perro fue el primero en atacar. Se lanzó como una bala contra el cuello de De Jagger, enseñando los colmillos igual que un tiburón. El sargento ni siquiera tuvo tiempo de disparar el subfusil, pero sí acertó a protegerse con el antebrazo. Fido hincó los dientes en la tela del *káliva* y agitó la cabeza de un lado a otro sin parar de rugir.

Con su mano libre, el sargento encañonó a Fido entre las costillas con la intención de volarle las tripas al pobre animal. Zana intervino profiriendo un grito de guerrero y segó el aire con la hoja de su hacha. Abrió un corte profundo en el dorso de la mano de De Jagger, quien dejó caer al suelo el subfusil.

Zana descargó de nuevo el arma y acertó en un hombro del sargento, pero el tejido blindado del *káliva* neutralizó el daño. Si el nuristaní quería herirle debía buscar sus puntos débiles, allá donde la carne estaba desprotegida.

De Jagger no se lo ponía fácil. El sargento era un buen luchador, ágil y con sangre helada en las venas. Después de detener el hachazo, aprovechó que Zana estaba lo suficientemente cerca para darle una fuerte patada en el estómago. El nuristaní perdió el equilibrio y se quedó sin aliento. Mientras trataba de recuperar el resuello, De Jagger utilizó la maza de batalla que había robado de la tumba de Kidinnu para golpear con ella a Fido en la cabeza. El perro aulló de dolor y le soltó el brazo. Justo al mismo tiempo, la hoja del hacha de Zana voló en dirección a la yugular del sargento. De Jagger la detuvo con el mango de su maza. Los metales soltaron chispas al encontrarse.

Los rostros de Zana y De Jagger quedaron a escasos centímetros uno del otro, detrás de sus armas cruzadas de tiempos antiguos. Parecían dos guerreros resolviendo un duelo a muerte a base de músculo, furia y metal.

De Jagger hizo una finta con la maza y logró empujar a Zana hacia atrás. Entretanto, Fido intentaba morder las piernas del sargento. Supongo que el perro pretendía ayudar a Zana, pero lo único que lograba era entorpecer a ambos contendientes por igual.

—¡Aparta, Fido! —ordenó el nuristaní, desviando con su hacha una embestida de la maza de De Jagger—. ¡Protege a Suren!

El perro se colocó a mi lado, jadeando y gañendo, mirándome con sus enormes ojos castaños. En la cabeza tenía una fea herida que no paraba de sangrar. De haber podido hablar, tal vez hubiera dicho algo parecido a: «Lo siento, hice lo que pude», pero esa capacidad ya no estaba al alcance del noble Fido: su collar traductor se había hecho añicos por culpa del golpe que le dio el sargento. Se lo quité porque le estaba haciendo daño en el cuello.

De Jagger y Zana seguían peleando. El sargento intentaba recuperar el subfusil y Zana se lo impedía al tiempo que buscaba la forma de alcanzarle con el hacha en la cabeza. Ninguno de los dos era capaz de lograr su objetivo, ambos eran igual de hábiles. Verlos pelear a brazo partido era un espectáculo fascinante y angustioso. Entre gritos de rabia, hendían el aire con sus armas donde, una milésima de segundo antes, había estado su oponente. Zana se movía igual que una brizna de hierba en un vendaval y el filo de su hacha parecía estar en varios lugares al mismo tiempo, aunque la maza del sargento era capaz de bloquearlo siempre. De Jagger era parco en gestos, pero rápido, directo y brutal. Contaba además con la ventaja del *káliva*, un escudo que lo hacía prácticamente invencible.

Solo una vez Zana estuvo a punto de acertarle en la cabeza. Con la parte trasera del hacha, la que tenía forma roma, logró quitarle a De Jagger el casco de Kidinnu con un golpe de refilón. El casco cayó al suelo y rodó hacia donde yo estaba, inmóvil por culpa de mi pierna herida. Por desgracia, para hacer ese ataque Zana tuvo que exponerse demasiado y De Jagger lo aprovechó para golpearle con la maza en una cadera.

Zana gritó de dolor y cayó abatido, con la mano derecha en el suelo y la izquierda sobre el lugar donde había recibido el impacto. Tenía los dientes apretados en una expresión de ira y la frente empapada en sudor. Jadeaba. Estaba exhausto. Temí que De Jagger aprovechara ese momento de indefensión para aplastarle la cabeza con su arma. En vez de eso se quedó contemplándolo con una expresión de triunfo.

—Sabía que un día regresarías de entre los muertos. Lo sabía y te he estado esperando. Todo este tiempo... Mi alma cautiva en oro, como tú la dejaste. Maldiciendo tu nombre durante siglos: Alejandro... Alejandro... Pero el brillo del Sol de Macedonia hoy se apaga ante el Furioso Resplandor.

Aquel discurso alucinado me dio la oportunidad que estaba esperando: ahora al fin tenía al sargento a tiro. Mientras soltaba aquella sarta de delirios dándome la espalda, apunté con el revólver a su cabeza y acaricié el gatillo. La mano me temblaba y me sentía torpe y denso a causa de la lenta pero imparable hemorragia de mi rodilla, sin embargo tenía el pálpito de que la buena fortuna esta vez guiaría mi puntería. No iba a fallar. No podía fallar.

Entonces Fido ladró. Aquello despertó a De Jagger de su extraño trance y se giró para mirar al perro, sorprendido, como si hubiera olvidado que estaba allí. Aprovechando su distracción, Zana se incorporó y, dando un grito, se echó sobre él y lo derribó un segundo antes de que yo disparase el revólver. Ambos continuaron su pelea a muerte.

Reparé entonces en que Fido no había ladrado a De Jagger sino a la entrada del templo. El animal gruñía en esa dirección con el lomo erizado. Miré hacia allí y en el umbral del acceso al serapeo vi una silueta extraña recortarse contra la luz del exterior.

Era uno de *ellos*.

Un morador de la Ruina de Alejandro.

No sé cómo describir a esa cosa. Parecía un ser humano, pero era imposible que lo fuese. Entró en el templo caminando a paso rápido, casi a la carrera. En la mano llevaba una espada de forma recurva cuya punta arrastraba contra las piedras del suelo; era una especie de falcata cubierta de verdín, parecía tan antigua como las malditas pirámides de Egipto, al igual que los restos del atuendo de aquel ser. Llevaba (puedo jurarlo) un peto abollado y unas grebas en las piernas. Fuera lo que fuese aquello, en tiempos remotos luchó como soldado en un ejército en el que los capitanes daban las órdenes en una lengua muerta.

Su piel estaba tensa y oscurecida, apenas quedaba un gramo de carne debajo de ella, y su rostro se hallaba cubierto por una costra de hongos y líquenes que se extendían por todo su cuerpo como yagas de una espantosa enfermedad. Aquellos hongos brillaban con una repugnante fosforescencia.

Pensé que la hemorragia me había afectado al cerebro y me estaba haciendo alucinar, aunque apenas pude procesar esa idea más allá de un par de segundos porque aquel soldado fúngico se lanzó sobre mí con una rapidez espantosa, emitiendo un siseo de reptil. De un salto se colocó sobre mí con las piernas abiertas y descargó la falcata contra mi pecho. Detuve el golpe utilizando el casco de Kidinnu como rodela. El ser trató de herirme dos o tres veces más. Era rápido y torpe. Atacaba empujado por el puro instinto de causar daño, sin seguir ninguna estrategia o ardid. Pude evitar sus acometidas girando el tronco, izquierda, derecha; o desviándolas con el casco.

Fido se arrojó contra el soldado y logró quitármelo de encima. En ese momento, sin pensar, utilicé el revólver y disparé la única bala que quedaba a la cabeza de la criatura. Reventó como una fruta podrida llenando el aire de un olor nauseabundo. Su cuerpo se desplomó inmóvil.

Mi disparo atrajo la atención de Zana y De Jagger, que habían seguido su lucha en un extremo del serapeo sin ser conscientes de nada que no fuera matarse el uno al otro. Cuando sonó el tiro, ambos se detuvieron y miraron hacia donde yo estaba. Zana fue más rápido que el sargento a la hora de aprovechar aquella distracción. Trazó un arco en el aire con su hacha hacia el cuello de De Jagger, pero este reaccionó justo a tiempo para bloquearla con un potente golpe de maza. El mango del hacha de Zana se partió en dos. Desarmado, el nuristaní derribó al sargento mediante un placaje. Los dos rodaron por el suelo y allí el resto de la pelea se dirimió a puñetazos. Zana le partió la nariz al sargento de un golpe, este replicó con un derechazo impresionante a la mandíbula del nuristaní que lo dejó atontado y fuera de combate.

Mientras Zana trataba de recuperarse, De Jagger reparó en que estaba lo suficientemente cerca del subfusil como para alcanzarlo con la mano. A sus labios afloró una espantosa sonrisa de triunfo. Sus dientes estaban manchados por la sangre que le brotaba a borbotones de la nariz.

—¡Zana, el subfusil! —grité, intentando que mi amigo reaccionase—. ¡Va a coger el subfusil! —Aquella era toda la ayuda que podía prestar con mi rodilla machacada y tirado como un despojo al otro extremo del templo.

De Jagger se arrastró igual que una serpiente, sin dejar de sonreír. Sus dedos rozaron la culata del arma. De pronto, algo tiró de él hacia atrás. Era Fido, que le había agarrado con los dientes de la pernera del pantalón. El sargento se lo quitó de encima de una patada.

No obstante, esos dos o tres segundos en los que Fido pudo distraerlo fueron decisivos.

Zana reaccionó al fin. Se incorporó, recuperó el fragmento superior del hacha y descargó la hoja con todas sus fuerzas sobre la mano de De Jagger. El filo le sajó tres dedos de forma limpia. De Jagger gritó como un animal. Zana recogió del suelo el índice amputado del sargento, lo introdujo en el gatillo del subfusil y presionó. Cinco tiros. Tres de ellos rebotaron en el *káliva*. Los otros dos redujeron el cráneo de su dueño a pulpa.

Así acabó el sargento Ruan de Jagger. Literalmente alcanzó la muerte por su propia mano.

El templo se quedó en silencio, perturbado tan solo por los jadeos de Zana. El nuristaní tenía una expresión de profundo agotamiento en el rostro. Contempló el cadáver de De Jagger, luego los restos de la criatura a la que maté con el revólver, después el cuerpo de Diana y, finalmente, sus ojos se encontraron con los míos. Parecía confuso. No le culpo por ello.

—Estás herido... —dijo al fin.

—Estoy bien —mentí.

Asintió. Su cabeza seguía tratando de asimilar la escena dantesca que lo rodeaba.

—Vas a tener que explicarme un montón de cosas...

—¡Ahora no hay tiempo para eso! ¡La bomba!

—¿Qué bomba?

—¡Hay una bomba junto a la puerta del teseracto! ¡De Jagger la activó, tiene una cuenta atrás!

—¡Joder! ¿Es que no vamos a tener ni un segundo de respiro? —Zana se acercó a mirar el artefacto explosivo.

—¿Cuánto tiempo marca el contador?

—Algo más de nueve minutos. ¿Puedes andar?

—No sin ayuda.

—Eso tendrá que valer.

Me incorporé sujetándome al hombro de Zana. Un dolor intenso me atravesó la pierna cuando apoyé el pie en el suelo, grité y volví a caer al suelo, donde me quedé aturdido y con la espalda apoyada en los relieves de la puerta de bronce. Notaba cómo mis fuerzas me abandonaban con rapidez.

—¡Vamos, Suren, vamos! ¡Tienes que poner un poco de tu parte, yo solo no puedo hacerlo todo!

Pensé en Lucas y, una vez más, su recuerdo me dio fuerzas. ¡Aún teníamos una posibilidad! Nueve minutos podían ser suficientes para alejarnos del radio de la explosión. ¡Tenían que serlo!

Entonces una sombra bloqueó la salida del templo.

—¡Maldita sea! —dijo Zana—. Pero ¿qué demonios es eso?

Fido se puso a gruñir.

Había un pequeño ejército esperándonos en el umbral del serapeo, una fuerza de soldados que parecían haber viajado desde el infierno para darnos caza. Conté al menos veinte o treinta criaturas similares a la que acababa de matar con mi revólver. Seres horrendos, cubiertos de una putrefacción fungosa y fosforescente que deformaba sus cuerpos y sus rostros convirtiéndolos en monstruos. Algunos de ellos llevaban viejas lanzas, tanto completas como partidas por la mitad; otros, falcatas y escudos redondos de madera medio deshechos. Vestían con petos, grebas e incluso cascos que bien podrían haber adornado las vitrinas de un museo; tan corroídos por el óxido que parecían armaduras hechas de barro seco. Otros no portaban armas y apenas cubrían con harapos sus cuerpos infestados de líquenes y hongos que emitían un brillo enfermizo. Algunos de esos ropajes hechos trizas tenían un aspecto inquietantemente contemporáneo, vi uno que incluso recordaba al mono de vuelo de un piloto de nuestra era.

Las criaturas estaban quietas como estatuas, de cara hacia el teseracto. Parecía que nos hubieran estado aguardando.

Entonces atacaron.

Como cumpliendo una orden que solo ellos pudieron oír, los seres fúngicos se lanzaron al unísono al interior del templo. Algunos, los que aún no tenían la boca y la garganta colapsada por los hongos, emitían extraños siseos que erizaban la piel.

—¡Quédate detrás de mí! —gritó Zana.

El nuristaní recuperó el subfusil de De Jagger y lo utilizó para disparar ráfagas contra los fúngicos. Estos embestían como una horda, arrollándose unos a otros de forma caótica para alcanzarnos. Por el momento, Zana lograba mantenerlos a una distancia segura gracias al subfusil, aunque algunos de ellos no caían abatidos hasta que las balas les atravesaban la cabeza. A pesar de que la nave del templo pronto quedó cubierta de cuerpos de fúngicos acribillados, estos no dejaban de brotar por la entrada. Pareciera como si la Ruina de Alejandro hubiera lanzado contra nosotros a todo su ejército en un último intento por no dejarnos escapar del valle.

La munición del subfusil se agotaba y el temporizador de la bomba seguía avanzando.

Siete minutos para la explosión.

Uno de los fúngicos logró evitar las balas y se acercó demasiado a Zana. Llevaba un casco picudo, como de antiguo soldado persa, y enarbolaba una lanza. Su rostro era un amasijo de hongos brillantes. Zana había cogido la falcata de la criatura a la que yo abatí y la utilizó para enfrentarse al ser del casco persa. Con una mano le cortó la cabeza de un solo tajo mientras con la otra no dejaba de disparar contra la entrada del templo.

Al matar a la criatura, algo se le cayó del bolsillo al nuristaní: era su murli.

—¡Me estoy quedando sin balas, Suren!

El contador marcaba menos de cinco minutos.

Recogí el murli del suelo. Mis dedos palparon la inscripción grabada en su superficie: «Yo soy la voz del cantor, aquel que domina la Furia». Pensé en las últimas palabras de Diana. Cuando las pronunció me miraba desesperadamente a los ojos, como si quisiera transmitirme un mensaje, una idea.

«Yo soy la voz del cantor...».

Las balas del subfusil se habían agotado. Zana mantenía a raya a los fúngicos armado con una lanza y una falcata.

«Aquel que domina la Furia...».

Apenas cuatro minutos.

Si Diana tenía un mensaje para mí, ignoraba cuál podría ser. Quizá sus últimas palabras fueron solo el producto de un cerebro a punto de desconectarse. Sin embargo, pensé en «la Furia». Estábamos rodeados de ella: criaturas enfurecidas que nos atacaban de frente y, a nuestra espalda, una furia dormida tras una puerta de bronce. Tal vez había una forma de utilizarla en nuestro beneficio.

Contemplé a Zana y a Fido luchando a brazo partido contra los fúngicos. El nuristaní peleaba de forma espectacular, haciendo girar la lanza y la falcata, decapitando y despedazando a aquellas criaturas mientras Fido les lanzaba dentelladas. Mi amigo luchaba enardecido por la sangre de Alejandro que, según él, corría por sus venas. No puedo saber cuál era el aspecto del Sol de Macedonia, del gran conquistador de imperios, durante la batalla; nadie lo sabe, pero no me cabe ninguna duda de que sus rasgos fueron los de un nuristaní.

A pesar de todo, Zana y Fido no aguantarían mucho más, y yo no podía ayudarlos. Seguía desangrándome y ya apenas me quedaban fuerzas para moverme. Hasta me costaba mantener la cabeza en funcionamiento, sentía como si de un momento a otro me fuera a desvanecer.

Tres minutos.

Quizá fue por culpa de que mi cerebro no estaba recibiendo sangre suficiente, pero el caso es que de pronto se me ocurrió la idea de accionar una de las ruedas de la puerta de bronce. Pensé en la última vez que alguien lo hizo, y en cómo aquel impulso terrible nos anuló por completo... ¿Qué clase de efecto tendría aquella extraña fuerza sobre los moradores del valle?

Dos minutos.

Tan solo había una forma de averiguarlo.

Debía girar una rueda, cualquiera serviría... Salvo la del caballo. Esa no. Esa era la última que Diana dejó sin activar, la que abría la puerta del teseracto.

A esa no debía ni acercarme.

Me incorporé trepando por la puerta de bronce utilizando los relieves como asidero. La rueda más cercana a mí estaba sobre el lomo de un elefante. Me dispuse a activarla cuando, de pronto, uno de los seres fúngicos que, no sé cómo, logró atravesar la barrera defensiva que formaban Fido y Zana, se abalanzó sobre mí.

Llevaba los restos de la coraza de un soldado macedonio, aún se distinguía sobre ella un sol en relieve. Sus ojos eran dos cuencas vacías al fondo de las cuales titilaba una pálida fosforescencia. Por su rostro brotaban hongos con forma de dosel como si fuera el tronco de un viejo árbol, atravesando su cráneo y su piel. Sus manos, totalmente deformadas por un amasijo de fungosidades tumefactas, se cerraron en torno a mi cuello y comenzaron a estrangularme.

Tenía que alcanzar la rueda. ¡Debía alcanzarla!

Ya casi la rozaba con la punta de los dedos cuando una sacudida de aquel ser me hizo perder el equilibrio. Mi mano se aferró a una de las llaves de la puerta y la sentí girar con facilidad, pero no era la que estaba sobre el lomo del elefante.

Era la rueda del caballo.

Un minuto.

De pronto Fido aulló de dolor, parecía como si el pobre animal se estuviera muriendo. Al mismo tiempo, las hojas de la puerta de bronce comenzaron a separarse. Todo el serapeo tembló y fue atravesado por un impulso devastador. Sentí una presión insoportable en las entrañas y a la vez una palpitación dentro del cráneo. Fue terrible. No se parecía a ningún dolor que hubiera sentido antes. Por un segundo creí que iba a reventar en pedazos, *deseé* reventar en pedazos solo para dejar de experimentar aquel sufrimiento. Grité y me llevé las manos a la cabeza. Sentía como si mi cráneo fuera a implosionar. Oí también el grito espantoso de Zana y lo vi caer al suelo de rodillas. La nariz empezó a sangrarle. También yo noté una hemorragia sobre mi labio superior. Un sudor ardiente y rojizo me empapó de la cabeza a los pies. En una ocasión me explicaron que eso es posible en situaciones extremas: que cuando tu cuerpo se ve sometido a una tensión extraordinaria es posible sudar sangre. Creo que el término médico es «hematidrosis», y no es en absoluto una experiencia que le desee a otro ser humano.

El efecto de aquella onda brutal fue aún más violento sobre los fúngicos. Cuando el poder oculto tras la puerta de bronce los alcanzó, los hongos y los líquenes que cubrían sus cuerpos empezaron a brillar de forma cada vez más intensa hasta alcanzar un fulgor que mis ojos no pudieron soportar; en ese momento prendieron en llamas azuladas parecidas a fuegos fatuos. Todos los fúngicos, casi al unísono, ardieron de forma espontánea y se consumieron en un montón de cenizas. En apenas unos segundos, sus cuerpos se volatilizaron en medio de un fugaz resplandor de un intenso brillo aguamarina. De ellos no quedaron más que sus armas y pertrechos oxidados. Se disiparon como una oscuridad ante el amanecer. Todos. No quedó ni uno solo en pie.

Las puertas de bronce siguieron abriéndose lentamente. El efecto de aquel primer impulso asesino disminuyó, pero sin llegar a desaparecer del todo. Había sido como el primer grito de triunfo del poder apresado en el teseracto una vez que percibió que estaba a punto de ser liberado. El rugido de la bestia al despertar. Pero la emanación que desprendía aquella furia antigua no se detuvo, siguió brotando de las profundidades del teseracto igual que el latido de un corazón que poco a poco regresa a la vida.

Me hallaba postrado en el suelo, frente al umbral de la puerta de bronce, con todo el cuerpo empapado en sudor sanguinolento. Completamente paralizado, contemplaba la abertura que ante mí se hacía cada vez más y más amplia. A punto de enfrentarme cara a cara al Furioso Resplandor que cayó del cielo.

Del interior del teseracto surgió una luminosidad perversa de un color que ninguna mente cuerda sería capaz de describir. Era como una negrura tan absoluta, tan inconcebible, que resultaba al mismo tiempo enloquecedoramente radiante. Y en lo más profundo de ella, intuí la forma de un ser que no debía existir, que era imposible que existiera: numinoso y aterrador, brutal y antiguo como el mismo firmamento, un ser ante el cual yo no tenía más relevancia que una mota de polvo.

El resplandor oscuro creció en intensidad y, entonces, contemplé aterrado cómo decenas de filamentos repulsivos brotaban del fondo del teseracto y palpaban las hojas de las puertas de bronce de forma ansiosa, como si quisieran acelerar su apertura. Aquellos miembros eran de una espantosa variedad anatómica: algunos gibosos como masas de carne enferma, otros eran extraños apéndices similares a los palpos de un arácnido cuya forma y tamaño nadie debería siquiera concebir, otros parecían grotescas manos palmípedas atestadas de pequeños dedos que se agitaban como gusanos en un nido... Cada fragmento de aquel ser que pugnaba por salir de su encierro era un desafío aberrante a la cordura. Y aquello estaba a punto de ser liberado. Podía notar su impaciencia. Podía notar su *hambre*.

No podía permitirlo. Aun a costa de mi propia vida, tenía que impedirlo.

En mi mano aún conservaba el murli de Zana. «Yo soy la voz del cantor, aquel que domina la Furia». Si realmente ese pequeño instrumento poseía alguna fuerza capaz de someter al prisionero del teseracto, aquella era mi última oportunidad para descubrirlo.

Me llevé el murli a los labios y soplé. Aquel simple gesto me costó un esfuerzo inmenso.

Sonó una nota débil, apenas audible. De pronto sentí que el efecto de los impulsos emitidos por el teseracto se debilitaba por un instante. Algo se agitó en la consciencia del ser allí atrapado, pude notarlo como un pálpito. Ya no estaba eufórico.

Parecía más bien... sorprendido.

Dudo mucho que aquella mísera nota musical le hiciera ningún daño, pero, fuera el que fuese el efecto que tuvo sobre él, le resultó inesperado, como si hubiera recibido un manotazo en la boca. Aquello lo desconcertó por un instante, pero también comprendí que no lo detendría. Nada podría hacerlo.

Justo cuando entendí que ya no había esperanza, vi cómo Zana, que, al igual que yo, había quedado postrado bajo la intensa fuerza del Furioso Resplandor, aprovechó el momentáneo desconcierto de aquel ser y con una determinación rabiosa se puso en pie, tomó la bomba de dinamita, que aún marcaba su implacable cuenta atrás, y, con un grito digno de su ardiente sangre nuristaní, la arrojó con todas sus fuerzas al interior del teseracto.

La bomba explotó.

Sentí agitarse mi cuerpo al compás de la atónita ira del Furioso Resplandor. Aquel golpe de Zana lo había pillado desprevenido. Yo estaba seguro, o quise estarlo, de que aquella deflagración de varias cargas de dinamita en las mismas narices de ese bastardo cósmico debió de sentarle como una patada en los testículos. No lo mató, pero por Dios que tuvo que joderle bastante.

No acabó con él, algo así era impensable, pero la explosión hizo retumbar las paredes del templo. Algo se averió en el mecanismo de las puertas de bronce y dejaron de abrirse. Sus dos hojas cayeron la una sobre la otra encajándose de tal modo que el teseracto quedó de nuevo sellado. Un enorme sillar se desprendió del techo del serapeo y terminó de bloquear las puertas.

Todo el templo se estaba viniendo abajo. Algunas piedras me golpearon al caer, intenté apartarme a rastras, pero estaba seguro de que moriría allí aplastado. Entonces Zana me cargó a hombros y, juntos, emprendimos la huida de aquella milenaria estructura que se hundía a nuestro alrededor en medio de un enorme estruendo.

No sé cómo, Zana logró arrastrarme al exterior del serapeo. El aire frío del valle fue como una caricia en mi piel. Nos alejamos cuanto pudimos hasta caer rendidos tras un peñasco.

El templo colapsó por completo, sus muros, su pórtico, sus columnas...; todo se vino abajo acompañado de un bramido ensordecedor y de una nube de miasma. Al final, de aquella estructura milenaria tan solo quedó una montaña de escombros. Y, en algún lugar del corazón de aquella ruina, dos gigantescas puertas de bronce a las que ya nadie podría acceder para intentar abrirlas de nuevo.

O al menos eso deseaba con todo mi ser.

Aún notaba el efecto de las OHP en el valle, pero era muy tenue. Como si aquello que lo causaba hubiera vuelto a sumirse en su letargo.

—¿Suren? —La voz de Zana me llegó como de muy lejos. Intenté abrir los párpados, no fui capaz—. Suren, ¿estás bien?

—No —respondí con un hilo de voz—. Lo cierto es que no... —Haciendo acopio de las pocas fuerzas que me quedaban, abrí los ojos y esbocé una sonrisa—. Has estado grandioso con esa dinamita, amigo... Ni el puto Tom Brady la habría lanzado mejor...

Él me devolvió la sonrisa.

—No, tú sí que has estado magnífico con el murli: la nota justa en el momento preciso... —Se quedó callado y su rostro se tornó serio—. ¿Qué ha sido todo eso, Suren?

—No lo sé. Tal vez un furioso resplandor...

Sentía que se me iba la cabeza, como si mi cerebro se estuviera apagando poco a poco. Fido se acercó a mí, me acarició la cara suavemente con su hocico y empezó a gemir muy quedo. Luego se tumbó a mi lado, con la cabeza sobre mi regazo. Aquel astuto perro era consciente de que yo estaba en las últimas.

—Salgamos de aquí de una vez. Vamos, apóyate en mí, Suren, te ayudaré.

—No, Zana, no puedo... De veras que no puedo... Apenas puedo moverme...

El nuristaní utilizó la bandana que llevaba al cuello para hacerme un torniquete. Agradecí el gesto, pero ya era tarde. A esas alturas había perdido demasiada sangre.

—No digas tonterías, claro que puedes moverte. Y si no, me da igual: te llevaré a hombros, pero no pienso dejarte aquí. Iremos a la Explanada y te curaré esa herida, hay un montón de botiquines y cosas médicas allí.

Veía a mi amigo como una imagen borrosa. Todo era borroso. Todo estaba desapareciendo en la oscuridad a mi alrededor. No quería moverme. No quería ir a ninguna parte, tan solo dejarme caer en esa oscuridad, parecía cálida y tranquila. Me concentré en recuperar el rostro de mi hijo antes de dejarme llevar.

—Vamos, Suren, ¡vamos! ¡Tienes que moverte! ¡Mírame! ¿Me oyes? Mírame, no cierres los ojos.

El nuristaní se puso a darme manotazos en la cara hasta que entreabrí los párpados.

«Zana, ni lo intentes —pensé—. Es inútil y no tiene sentido. No voy a llegar muy lejos tal y como estoy; y el material de primeros auxilios que hay en la Explanada no será, ni de lejos, suficiente para curarme un balazo en la rodilla. Estamos solos en el valle, todo el mundo ha muerto. No sabemos cómo salir de aquí, nadie va a venir a buscarnos y yo no puedo moverme. Estoy cansado. He perdido mucha sangre. Casi no puedo oírte y la cabeza se me va. Lo único que quiero es cerrar los ojos. Cerrar los ojos durante mucho mucho tiempo...».

Noté que la cabeza de Fido se separaba de mi regazo. Luego lo oí ladrar, pero muy lejos. Demasiado. Recuperé la imagen de Lucas en mi cabeza. Quería decirle que lo sentía. Que lo sentía muchísimo. Y también que lo quería y que era lo mejor que me había pasado en la vida.

Entonces volví a escuchar a Zana.

—¡No, Suren! ¡No! —Esa voz ni siquiera me parecía real. Sonaba como la del nuristaní, pero también se parecía a la de Lucas—. ¡Vamos, maldito idiota, tienes que aguantar un poco más! ¡Solo un poco más! ¡Te juro por mi sangre que no voy a dejar que mueras aquí!

Sentí como si alguien me levantase del suelo igual que un fardo. Luego nada más. Eso es lo último que recuerdo.

42
Margo

«De modo que el cielo es un bar en San Francisco»

Una vez escuché un sermón de mi hermana que nunca he podido olvidar, Gran D. Era el primero o el segundo que daba en su congregación. Theresa estaba muy nerviosa y yo fui a darle un poco de apoyo moral. Ya sabes que no soy precisamente de las que se pasan la vida metida en la iglesia (demándame si quieres), pero por una hermana se hace lo que haga falta.

Aquel día se salió, Gran D. No sé si lo escuchaste, pero dijo unas cosas preciosas sobre los milagros. «Dios no es un mago enloquecido —dijo—. Creó el mundo basándose en normas y reglas; normas y reglas que Él mismo concibió, de modo que, ¿qué sentido tendría que estuviera saltándoselas cada dos por tres? Así que cuando recéis pidiendo un milagro, no esperéis columnas de fuego ni mares que se abren, no esperéis magia; pero tampoco dudéis de que Dios os va a escuchar y os dará lo que le habéis pedido, pero respetando las normas de la creación que él mismo articuló. Pensad en Dios no como en un brujo ni un hechicero, sino más bien como en un abogado astuto que sabe cómo y cuándo saltarse la ley natural. Él la escribió, por eso conoce sus lagunas mejor que nadie. Así que confiad en este abogado: nunca os cobrará nada y ganará todos los pleitos».

Amén a eso, Theresa. Con razón siempre fuiste el pico de oro de la familia.

Creo que con el tiempo, Gran D, voy entendiendo cómo piensas. También las cosas que me dice Theresa ayudan mucho, porque ella sí que te tiene pillado el truco. Sabía perfectamente que harías algo para que Kirkmann cambiase de opinión y enviase el Kaija a recoger a Suren. Lo sabía, de veras, nunca lo dudé. Sabía que utilizarías una de esas argucias de abogado de las que habla Theresa, que encontrarías la letra pequeña del contrato. Y no me fallaste.

Había decidido quedarme en Jalalabad y no regresar a casa hasta que al menos supiera a ciencia cierta qué le había ocurrido a Suren. Entonces, un día después de nuestra última conversación, Kirkmann me llamó por teléfono.

—Margo, tengo una buena y una mala noticia. La buena es que hemos encontrado un helicóptero de rescate para ir en busca de supervivientes al valle del Mahastún. La mala es que no lo podemos utilizar.

—¿Qué significa eso de que no lo podéis utilizar?

—Hemos consultado con expertos y, al parecer, sobrevolar el Mahastún plantea un problema importante. Ese valle emite algún tipo de radiación extraña que afecta a los aparatos eléctricos y ningún piloto quiere acercarse.

—Entonces, no hay nada que hacer...

—Yo no he dicho eso. Ten algo de confianza en mí, mujer, no te habría llamado solo para deprimirte aún más. Resulta que hemos dado con un tipo, un bielorruso, que asegura haber volado varias veces cerca del Mahastún y nunca ha tenido ningún problema gracias a un sistema que, según él, desarrollaron los soviéticos para neutralizar las radiaciones del valle.

—¿Qué sistema es ese?

—El mineral de galena. El bielorruso asegura que si el avión, el helicóptero o lo que sea lleva una carga de mineral de galena cerca de los paneles de mando, las radiaciones no afectan a los aparatos en vuelo; él mismo lo ha comprobado en varias ocasiones. Y ahora es cuando viene lo mejor, ¿estás preparada?

—Sí, sí; vamos, suelte de una vez lo que tenga que decir.

—Escucha, no vas a creértelo: ¿sabes cuál es uno de los usos del mineral de galena? Se utiliza como base común para la elaboración de pintura industrial. Da la casualidad de que todos nuestros Kaija llevan un precioso cromado color gris perla... ¿Y a que no adivinas cuál es el componente principal del acabado de la pintura que utilizamos en nuestra línea de fabricación? Mineral de galena.

—¿Habla en serio?

—¡Por supuesto! Todos nuestros Kaija están literalmente blindados contra las radiaciones nocivas de la Ruina de Alejandro. De hecho, sería más seguro llevar uno de esos aparatos al valle antes que cualquier otro vehículo. —Kirkmann hizo una pausa. Mi corazón palpitaba a toda velocidad—. Al final vas a tener tu Kaija tal y como querías, Margo. Lo he dispuesto todo para enviar un rescate al Mahastún lo antes posible.

—¿Qué quiere decir «lo antes posible»?

—Mañana. Si es que ese piloto bielorruso del que te he hablado acepta un pago razonable por sus servicios.

—Señor Kirkmann, es usted uno de los hombres más ricos del planeta, así que no me joda y rásquese el bolsillo.

La siguiente parte de la conversación fue un tira y afloja entre Kirkmann y yo a propósito de mi firme intención de formar parte del equipo de rescate. Él no quería permitírmelo, pero me puse cabezota, y ya sabes cómo soy cuando me pongo cabezota. Tuve que asegurarle a Kirkmann que firmaría un montón de documentos de exención de responsabilidad y, finalmente, harto de pelearse conmigo, claudicó.

El equipo estuvo listo en unas horas. Es de justicia reconocer que Kirkmann no descansó ni dejó descansar a nadie hasta que uno de los Kaija quedó convertido en una ambulancia voladora en un tiempo récord.

El piloto bielorruso, de nombre Yakub, resultó ser todo un personaje. De joven había sido piloto de helicópteros en el ejército y llevaba cerca de veinte años viviendo en Jalalabad. Allí tenía una avioneta y alquilaba sus servicios a todo aquel que quisiera pagárselos.

—Nunca pregunto qué llevo o a quién —me dijo, con un cerrado acento eslavo—. Solo cojo el dinero y pregunto ¿adónde?

Aseguraba haber volado cerca del Mahastún en muchas ocasiones.

—Un mal sitio. Se nota en cuanto te acercas, lo sientes en los huesos. No me gusta la idea de aterrizar ahí dentro.

—Entonces ¿por qué aceptó este trabajo?

—Porque me pagan más dinero del que he visto junto en toda mi vida.

Al final Kirkmann sí que se rascó el bolsillo.

Aparte del bielorruso, el equipo de rescate está conformado por dos paramédicas francesas de una ONG católica en Jalalabad y dos hombres que trabajan para Kirkmann.

El Kaija tardó menos de una hora en cubrir el trayecto hasta el Mahastún. Sentí un hormigueo de inquietud en el estómago al ver aparecer sus pálidos riscos en el horizonte. Yakub tiene razón, Gran D: no es un buen sitio.

Tuvimos suerte y no sufrimos ningún percance por el camino. O bien los hombres del Zulfiqar no nos vieron o bien ya no estaban en la zona.

Al aproximarnos a la ladera del Mahastún noté que Yakub se ponía tenso. No se fiaba de que la pintura del Kaija repeliera esas misteriosas radiaciones del valle.

—Le apuesto una botella de vodka a que nos estrellamos —me dijo.

Yakub tiene un retorcido humor bielorruso.

Los picos del Mahastún son elevados, pero desde luego no es el Himalaya, apenas superan los tres mil metros. En Montana a un pico de tres mil metros lo llamamos «pequeña cuesta». Sobrevolar esa altura fue sencillo para Yakub, y aunque el Kaija a veces daba unos bandazos inquietantes, logramos mantenernos en el aire sin percances.

—Hay algo ahí abajo, en esa explanada —avisó Yakub—. Parecen restos de un campamento.

Uno de los hombres de Kirkmann le pidió que aterrizara.

Yakub depositó el Kaija en un lugar de lo más extraño, repleto de fachadas esculpidas de aspecto antiguo. Allí encontramos equipo y materiales que pertenecían al GIDHE. Sin embargo, no había un alma y el silencio era propio de un cementerio.

En un extremo de la explanada hicimos un hallazgo deprimente: era uno de los guardias de seguridad de Tagma, tendido sobre un charco de sangre seca. Empecé a temer lo peor.

—Vamos, Suren... ¿dónde estás? —murmuraba para mí.

Después de registrar a conciencia la zona sin encontrar a ningún ser vivo, los del equipo de rescate debatimos sobre qué hacer a continuación.

—La señal que recibimos venía de aquí, no hay duda —dijo uno de los hombres de Kirkmann—. Pero no hay nadie.

—Quizá tuvieron que abandonar el campamento —respondí—. Puede que estén en alguna otra parte del valle.

—Tal vez, pero no podemos ponernos a explorar a ciegas. Lo más prudente es regresar a Jalalabad y volver más adelante con un equipo de búsqueda en condiciones.

Yo no quería marcharme sin al menos haber echado un vistazo por los alrededores, pero nadie secundaba mi postura. Así que finalmente tuve que aceptar la idea de regresar a Jalalabad con las manos vacías.

Ya estábamos embarcando en el Kaija cuando, de pronto, ¿a quién crees que veo aparecer sino al mismísimo Masud al-Iskander Zana, cargando a hombros con el cuerpo de Suren y con un perro siguiéndole los pasos?

Todos nos quedamos sin habla en cuanto irrumpió en la explanada. Su piel y su ropa estaban húmedas y de un color rojizo, parecía que acabara de salir nadando de una cuba de vino. Por lo visto era sudor. Había sudado sangre, igual que Tú Ya Sabes Quién. Jamás pensé que eso fuera posible.

Zana cayó al suelo de rodillas de puro agotamiento. Al verme, me reconoció de inmediato y su cara expresó una divertida mezcla de sorpresa e incredulidad.

—Bueno, ¿y por qué no? —dijo—. A estas alturas ya me espero cualquier cosa...

Dejó a Suren en el suelo. Estaba inconsciente y pálido. Muy pálido. Tenía la rodilla derecha destrozada y empapada en sangre. Rápidamente, las paramédicas comprobaron que aún seguía con vida y procedieron a trasladarlo al interior del Kaija.

—¡Dios bendito, Zana! ¿Qué ha pasado? ¿De dónde habéis salido?

—Del infierno, y no es para nada como yo lo imaginaba.

—¿Hay alguien más?

—No. Nadie. Todos muertos. ¿Podemos largarnos de una vez?

Suren estaba muy grave y necesitaba ser trasladado a un hospital con urgencia. En cuanto lo colocaron sobre una camilla nos metimos en el Kaija y despegamos. Mientras sobrevolábamos el Mahastún de regreso a Jalalabad, yo observaba cómo las paramédicas se ocupan de Suren. En aquel momento parecía que estaba más cerca de Ti que de mí.

Tuvieron que hacerle una transfusión de sangre de inmediato. Llevábamos reservas en el Kaija. Yo conozco su grupo sanguíneo al igual que él conoce el mío, por lo tanto, facilitó mucho las cosas el que yo me hubiera empeñado en unirme al equipo de rescate. Supongo que ese fue otro de tus pequeños milagros de abogado, ¿no, Gran D?

Mientras las paramédicas llevaban a cabo la transfusión, yo me acerqué a Suren y le acaricié el rostro. Entonces él abrió los ojos, solo un poco. Al verme, sonrió débilmente y buscó con los dedos el roce de mi mano.

—De modo que el cielo es un bar de San Francisco... —dijo.

Volvió a quedarse inconsciente. No despertaría hasta mucho tiempo después, en la cama de un hospital de Jalalabad.

Allí, en cuanto recuperara el habla, lo primero que pediría sería un móvil para hablar con su hijo. Yo le di el mío. La sonrisa que iluminó su cara cuando contempló a Lucas por videollamada es una de las cosas más bonitas que he visto en toda mi vida.

—Hola, jefe... ¿Cómo estás? —le diría, con la voz rota.

También sería lo único que yo escucharía de esa conversación, porque en cuanto empezó me alejé discretamente para dejarles un poco de intimidad. Y también para ocultar mi llorera al nivel de una ganadora del concurso de Miss América, Gran D, porque una tiene su dignidad.

Pero aún faltaban muchas horas para que eso sucediera. De momento el pobre Suren seguía tumbado en su camilla, hecho una piltrafa, completamente sedado y recibiendo sangre desde una bolsa a través de un tubo de plástico.

Las paramédicas me pidieron que les dejara espacio para poder hacer su trabajo, así que me trasladé a la parte delantera del Kaija donde estaba Zana, junto con el perro con el que apareció en la explanada. Habría jurado que ese chucho me era familiar.

—¿Cómo está? —me preguntó el nuristaní.

—Ha perdido mucha sangre y la pierna tiene muy mala pinta, pero creen que saldrá de esta.

Zana acarició al perro en silencio. Yo tenía tantas preguntas que no sabía ni por dónde empezar, así que formulé la primera que se me vino a la cabeza.

—¿Y este perro?

—Ahora es mi perro, supongo.

—Ya veo. —Ambos nos quedamos callados unos segundos—. ¿Cómo se llama?

—Bucéfalo.

El animal miró a Zana con expresión risueña.

—¿Bucéfalo? ¿Como el caballo de Alejandro?

—Exacto. Antes era un perro científico, no paraba de hablar y hablar, y tenía un nombre tonto de perro científico; pero ahora es un guerrero y por eso merece un nombre importante. Es el animal más valiente del mundo.

Bucéfalo ladró una vez, como dando su aprobación a su nuevo nombre.

—Zana, ¿qué ha ocurrido en ese valle? ¿Cómo...?

—Luego. Ahora no, princesa, si no te importa. Todavía estoy intentando procesarlo todo. Además, estoy agotado de cojones.

El nuristaní apoyó la frente contra la ventanilla del Kaija y cerró los ojos, con Bucéfalo plácidamente tumbado a sus pies. Creía que se había quedado dormido, pero al cabo de un rato, me preguntó, sin abrir los párpados:

—¿Dodger y Fagin te llevaron a Jalalabad?

—Sí, llegamos sanos y salvos. Fueron unos magníficos guardaespaldas.

—Sin embargo, no regresaste a tu casa.

—No iba a marcharme sin Suren.

—¿Por qué?

—Porque le quiero, supongo.

Zana se quedó callado, como si sopesara la respuesta.

—Bien. Contigo estará en buenas manos. Ahora tendrás que cuidar tú de él porque yo ya he cumplido con mi trabajo.

—Lo haré. Y gracias. Gracias por todo lo que has hecho, Zana. No sé cómo podremos pagártelo.

—Oh, sí que lo sabes —respondió el nuristaní—. Me debes una camiseta de los Patriots con la firma de Tom Brady. Y más te vale que sea de mi talla.

A continuación echó hacia atrás el respaldo de su asiento, colocó las manos detrás de la nuca y se quedó dormido mientras el Kaija se alejaba del Pedestal de la Luna bajo una preciosa luz de atardecer. Aunque, en lo que a ocasos se refiere, tú y yo sabemos que los más bonitos son los que se ven en Montana; los que se ven en casa.

Y amén a eso, Gran D. Amén a eso.

Último testimonio de Suren Gaitán, superviviente de la misión arqueológica de la Iniciativa GIDHE en Tell Teba (Afganistán)

El día que nos conocimos, Margo me preguntó por qué me gustaba viajar. Yo me enredé en una respuesta larga y llena de tópicos: por la aventura, por conocer nuevos lugares, por escapar de la rutina... Ese tipo de cosas. Luego le devolví la pregunta y su respuesta fue mucho más simple:

—Me gusta viajar porque me gusta volver a casa.

Con el tiempo he ido comprendiendo el valor de esa frase, especialmente cuando abracé a Lucas por primera vez tras la pesadilla de Afganistán.

Ha pasado un año desde que regresé.

Gracias a que Margo llegó a tiempo con el Kaija y a que Zana cargó conmigo desde el teseracto hasta la Explanada, hoy puedo contar lo que pasó. Todo esto, sin embargo, no fue suficiente para salvarme la pierna. Había transcurrido demasiado tiempo entre que De Jagger me metió un balazo en la rodilla y la herida pudo ser tratada en condiciones en un hospital de Jalalabad (bastante precario, por otro lado); así que no quedó más remedio que amputar por debajo del muslo. Varios médicos españoles me han dicho después que los doctores de Jalalabad hicieron conmigo una auténtica chapuza. Puede ser. Pero no me quejo. Teniendo en cuenta la cantidad de veces que casi muero durante aquella experiencia, media pierna me parece un precio razonable a cambio de sobrevivir para volver a estar con mi hijo. Además, hoy en día hacen unas prótesis bastante chulas. A Lucas le encanta la que llevo normalmente, dice que soy como Ironman, aunque, para ser sincero, creo que soy incluso mejor que Ironman. Tony Stark ni de coña habría sobrevivido a la Ruina de Alejandro. Las OHP del Furioso Resplandor lo habrían convertido en pura chatarra; pero no a mí, amigo, no a mí. Yo soy una Pequeña Persona Poderosa.

Todavía no le he contado a Lucas por todo lo que pasé en Afganistán. No sabría cómo explicárselo, es aún muy pequeño. Su abuela le dice que yo fui «un héroe» porque logré sobrevivir (aunque mi madre tampoco conoce todos los detalles) y Lucas piensa que es verdad, con eso es suficiente de momento.

No obstante, sí que le he hablado de Zana. Tantas veces que incluso le ha puesto su nombre al gatito que adoptamos poco después de que yo regresara a Madrid. Es un bicho simpático. No es un perro parlante, pero no está mal; además, gracias al gatito, Gareth Oso ha dejado de ser imprescindible, lo que en cierto modo me parece bueno.

Lo que más me gusta de él es que Lucas le haya puesto el nombre de la persona que salvó mi vida incontables veces en Afganistán. Le he hablado tanto a mi hijo del fabuloso nuristaní que ha llegado a convertirse en una especie de héroe para él, y de forma regular me pide que le narre historias y cuentos del príncipe de las montañas por cuyas venas corre la sangre de Alejandro. Muchas de esas historias he tenido que inventármelas para no repetirme: en ellas Zana se enfrenta a dragones, viaja por el espacio en una astronave, encuentra tesoros de piratas y hasta forma equipo con Los Vengadores. Zana es el superhéroe favorito de Lucas. También el mío.

No sé qué pensaría mi amigo nuristaní de todas estas hazañas. Supongo que le gustarían. Lo echo de menos. No he vuelto a saber nada de él, se marchó de Jalalabad mientras yo seguía inconsciente en aquel hospital, de modo que puede que sea verdad lo de los dragones y las naves espaciales; tratándose de Zana, cualquier cosa es posible.

Hace unos meses recibí un correo electrónico desde una dirección extraña. Lo habría descartado como spam de no ser porque en el asunto decía «Alejandro y Bucéfalo te mandan saludos». Lo abrí y no había texto, solo una fotografía adjunta de un sonriente Zana con una camiseta de los Patriots firmada por Tom Brady. Fido (es decir, Bucéfalo) estaba junto a él, con cara de perro feliz. Ambos tenían buen aspecto. Traté de responder, pero cuando lo hice recibí un aviso de que aquella dirección de correo no existía. Me gustaría mucho volver a ver a mi amigo al menos una vez más, porque nunca tuve la oportunidad de darle las gracias en condiciones. Y además le debo un casco con cuernos.

Le enseñé la fotografía a Margo y le pregunté cómo se las había arreglado para enviarle la camiseta. Ella me miró de forma enigmática: «Es un secreto entre Zana y yo», me respondió. No importa, ya se lo sonsacaré.

En otoño me llevé a Lucas a DisneyWorld, Florida, tal y como le había prometido tantas veces. Margo nos acompañó a pesar de que detesta esa clase de lugares. Lo pasamos de maravilla los tres, Margo y Lucas se llevan muy bien; lo cual es un alivio para mí, porque en este momento son las dos personas más importantes de mi vida.

Margo y yo tenemos muchos proyectos para colaborar de nuevo, como en los viejos tiempos. Yo quiero tomármelo con un poco de calma porque necesito pasar aún más tiempo con Lucas antes de volver a trabajar. Ese momento llegará, supongo, tarde o temprano. Me apetece volver a recorrer el mundo y sentir la cálida satisfacción de regresar a casa. Seguramente para mí se acabaron aquellas aventuras en escenarios extremos, pero hay montones de lugares fascinantes a los que viajar con solo una pierna y media y sin arriesgarte a morir tiroteado, acuchillado o víctima de un dios antiguo y psicótico. Margo dice que incluso podríamos viajar con Lucas.

Pero con calma. Poco a poco. No tengo prisa. El dinero, afortunadamente, ya no es un problema acuciante gracias a la indemnización que Kirkmann nos pagó a Margo y a mí a cambio de renunciar a emprender acciones legales contra la Iniciativa GIDHE. Yo acepté encantado. Era un montón de pasta y no tenía ninguna gana de embarcarme en un pleito feo e interminable sobre unos sucesos que estoy deseando olvidar y que aún siguen presentes en mis pesadillas.

Un tipo de un despacho de abogados me llamó para pedirme que testificara en una demanda colectiva contra el GIDHE, no sé a favor de quién, me daba igual; le dije que no quería saber nada de ese asunto y que tuviera la amabilidad de irse a tomar por saco.

La semana pasada me enteré de la muerte de Jaan Kirkmann por las noticias. Falleció en un hospital de Tallin, por causas naturales. Al parecer, su salud era mucho más precaria de lo que la gente sabía. Margo se sintió apenada cuando se enteró. Piensa que Kirkmann en el fondo no era un mal tipo.

A mí, la noticia de su fallecimiento me hizo pensar. Por primera vez en mucho tiempo reflexioné sobre el hecho de que yo soy el único miembro de la Iniciativa GIDHE que sobrevivió a la Ruina de Alejandro. Todos los demás están muertos. Solo quedan tres seres en todo el mundo que saben lo que duerme en ese valle: un nuristaní en paradero desconocido, un perro que perdió la capacidad de hablar y yo mismo.

Ese valle cerca del cual ahora mismo están horadando la tierra para abrir una mina de litio...

Aún no estoy seguro de lo que vi allí. Ni siquiera estoy seguro de si realmente vi algo. Tal vez aquellos extraños hongos alucinógenos que hicieron que escuchara el llanto de Lucas la noche en que murió la doctora Trashani fueron también los culpables de que imaginara un horror indescriptible oculto en el teseracto. Siempre pensé que Zana arrojó allí la dinamita con la intención de dañar a aquel ser, pero, quizá, simplemente quería alejarla lo más posible de nosotros y pensó que si explotaba dentro del teseracto causaría menos daño. Nunca tuve la oportunidad de preguntárselo.

Aunque, en el fondo, me alegro de no haberlo hecho. Puede que me hubiera respondido que aquello que vi era real.

He tomado la decisión de contarlo todo por una única y última vez. Recordarlo ha sido una experiencia desagradable, pero necesaria. La gente tiene que saber que, tal vez, haya algo poderoso allí, en el Pedestal de la Luna, en el corazón de la Ruina de Alejandro. Un ser atrapado en un sueño milenario del que nunca debe despertar. De modo que, si habéis llegado hasta aquí, hasta el final de mi relato, permitidme que os dé un último consejo. Uno muy simple:

Dejad que duerma.

Nota del autor

En esta novela hay muchos datos que son reales y otros son producto de mi invención. Por ejemplo: nunca existió el culto del Buda durmiente, pero en cambio la «momificación en vida» fue un proceso que se practicó con cierta asiduidad. En fin, considero innecesario hacer una lista de todo lo que es verídico y lo que no. Prefiero que sea el lector quien, como un avezado arqueólogo, escudriñe por sí mismo en busca de la verdad. Quizá se lleve más de una sorpresa.

Una pista: todos los personajes que aparecen en este relato son ficticios, aunque sí que existe un Ruan de Jagger, a quien conocí una vez en Sudáfrica, y que es un tipo muy simpático y mucho más equilibrado que el sargento que aparece en la novela. Espero que en el improbable caso de que este libro llegue a sus manos, el bueno de Ruan me perdone el haber tomado prestado su nombre. No lo pude evitar: es un nombre fantástico.

Para recrear el ambiente y los detalles de Afganistán me he servido de una gran cantidad de información recopilada de distintas fuentes. Me resultaron especialmente útiles los *Cuadernos de Kabul* de Ramón Lobo. También estoy en deuda con el teniente coronel Javier Banzo, del Ejército del Aire, quien compartió conmigo muchos datos interesantes basados en su experiencia personal en la región.

De igual modo, quiero agradecer a Joanne Ortiz y a Marta Rodríguez Esteban que resolvieran mis dudas sobre diversos aspectos que se mencionan en la novela, desde los cánticos rituales de los indios pawne hasta los movimientos de defensa en el lacrosse, entre otros muchos.

Todas estas personas me aportaron información muy precisa y oportuna siempre que lo necesité. Cualquier interpretación errónea o mal uso de la misma que se haya hecho en esta novela es solo culpa mía.

Las observaciones de mi hermana Carla sobre el manuscrito fueron, como de costumbre, imprescindibles para mejorarlo. Tengo mucha suerte de poder contar con su enorme talento de escritora siempre que lo necesito. Y encima cocina de maravilla.

Mi editor Alberto Marcos aportó su extraordinario instinto literario, su experiencia y su sinceridad para convertir *El yacimiento* en una novela sólida. Él es, en gran medida, el responsable de todo lo bueno que pueda contener. De igual manera quisiera dar las gracias a todo el equipo de Plaza y Janés por su estupendo trabajo de edición. También a los lectores y lectoras profesionales «de la casa», que aportaron una valiosísima batería de sugerencias sobre el manuscrito. Todas eran bastante buenas.

Otro cariñoso agradecimiento va para mi agente Justyna Rzewuska por su apoyo y su fe en esta novela. Y también por Fido. De no ser por Justyna es poco probable que me hubiera atrevido a introducir en este relato a un perro parlante, y habría sido una lástima.

Por último, y por ello más importante, quiero transmitir un amistoso agradecimiento a todos los que habéis llegado hasta el final de este extraño relato sobre ciudades perdidas y dioses que duermen. Espero que al menos haya sido un viaje divertido.

L. M. M.

«Para viajar lejos no hay mejor nave que un libro».

Emily Dickinson

Gracias por tu lectura de este libro.

En **penguinlibros.club** encontrarás las mejores recomendaciones de lectura.

Únete a nuestra comunidad y viaja con nosotros.

penguinlibros.club

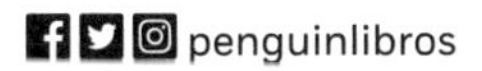